Louise Erdrich

Der Club der singenden Metzger

atb aufbau taschenbuch

Louise Erdrich, geboren 1954 als Tochter einer Ojibwe und eines Deutsch-Amerikaners, ist eine der erfolgreichsten amerikanischen Gegenwartsautorinnen. Zuletzt erhielt sie den National Book Award für »Das Haus des Windes«, den PEN/Saul Bellow Award und den Library of Congress Prize.

Louise Erdrich lebt in Minnesota und ist Inhaberin der Buchhandlung Birchbark Books.

Im Aufbau Verlag ist ihr Roman »Der Gott am Ende der Straße« lieferbar und im Aufbau Taschenbuch sind ihre Romane »Liebeszauber«, »Die Rübenkönigin«, »Der Klang der Trommel«, »Solange du lebst«, »Das Haus des Windes« und »Ein Lied für die Geister« erhältlich.

Dem ersten Weltkrieg entkommen, kehrt Fidelis Waldvogel in sein Dorf in Süddeutschland zurück und heiratet Eva, die schwangere Verlobte seines gefallenen besten Freundes. Gemeinsam – und mit einem Koffer voller Würste und den kostbaren Messern – beschließen sie, nach Amerika auszuwandern, in der Hoffnung dort ein besseres Leben zu finden. In Argus, North Dakota, lassen sie sich nieder, Fidelis eröffnet eine Metzgerei und ruft einen Gesangsverein ins Leben. Eva kümmert sich derweil um die vier Söhne und ganz nebenbei darum, dass die Metzgerei Waldvogel weiter floriert. Dann begegnet das Paar Delphine Watzka, einer jungen Artistin. Als Delphine auf Eva trifft, erkennt sie in ihr eine verwandte Seele und eine neue Freundin. Aber als Delphine auch Fidelis kennenlernt, erschüttert das nicht nur ihre Welt nachhaltig, sondern auch den Verlauf dieser »fast im Flüsterton erzählten Geschichte voller kleiner und großer Gefühle. Was folgt, wird Sie süchtig machen. … ein Meisterwerk.« (Cosmopolitan)

Louise Erdrich

Der Club der singenden Metzger

Roman

Aus dem Amerikanischen
von Renate Orth-Guttmann

atb aufbau taschenbuch

Die Originalausgabe unter dem Titel
The Master Butchers Singing Club
erschien 2003 bei HarperCollins, New York.

Die deutsche Erstausgabe unter dem Titel
Der Gesang des Fidelis Waldvogel
erschien 2004 im Eichborn Verlag.

FSC
www.fsc.org
MIX
Papier aus verantwortungsvollen Quellen
FSC® C083411

ISBN 978-3-7466-3528-6

Aufbau ist eine Marke der Aufbau Verlag GmbH & Co. KG

1. Auflage 2019

Umschlaggestaltung zero-media.net, München
unter Verwendung eines Bildes von Arcangel/TONY WOROBIEC
Druck und Binden CPI books GmbH, Leck, Germany
Printed in Germany

www.aufbau-verlag.de

Die Gedanken sind frei,
Wer kann sie erraten,
Sie fliehen vorbei,
Wie nächtliche Schatten.
Kein Mensch kann sie wissen,
Kein Jäger erschießen
Mit Pulver und Blei.
Die Gedanken sind frei!

Aus den »Fliegenden Blättern« um 1780

meinem Vater,
der für mich gesungen hat

— I —

Das letzte Glied der Kette

Fidelis kam nach zwölf Tagen Fußmarsch aus dem großen Krieg nach Hause, kroch in sein Bett im Kinderzimmer und schlief sechsunddreißig Stunden fest durch. Als er Ende November 1918 aufwachte, war er nur wenige Zentimeter davon entfernt, auf der von Clemenceau und Wilson umgezeichneten Landkarte Franzose zu werden, was ihm in diesem Moment weniger wichtig war als die Frage, was es wohl zu essen geben würde. Er schob das weiße Federbett zur Seite, das seine Mutter, seit er sechs war, jedes Jahr im Frühling lüftete und neu füllte. Obwohl sie immer wieder versuchte, durch kräftiges Schrubben die Spuren einer blutigen Nase zu tilgen, die er sich mit dreizehn geholt hatte, war der Fleck noch da, zu einem hellen Teebraun verblaßt und anzusehen wie ein ausgefranstes Nest. Fidelis roch Essen, einen leichten Hauch zwar nur, der ihn aber hoffnungsvoll stimmte. Kartoffeln vielleicht. Ein bißchen Quark. Ein Ei? Ein Ei wäre nicht schlecht. Das Bett war breit, weich und nach den vielen elenden Lagerstätten der letzten drei Jahre ein so unglaublicher Luxus, daß ihn beim Hinlegen eine Gänsehaut überlief. Das leise, glückliche Weinen seiner Mutter hatte ihn in den Schlaf begleitet. Auch jetzt noch meinte er sie weinen zu hören, aber es war das Sonnenlicht, das mit perlendem Laut, einer weiblich-gefühlvollen Melodie über die elfenbeinfarbenen Wände wanderte.

Nach einer Weile kam er zu dem Schluß, daß er das Licht singen hörte, weil er sauber war. Irritierend sauber. Vor zwei Tagen hatte er nicht gleich ins Haus kommen wollen, sondern darum gebeten, in einem Waschzuber auf dem kleinen überdachten Hof unter der Weinlaube zu baden. Man schürte ein Feuer und machte Wasser heiß. Seine Schwester Maria Theresa las ihm die Läuse aus dem Haar, und sein Vater brachte sauberes Zeug. Um auszuhalten, was der Krieg mit sich brachte, auch den eigenen Schmutz, hatte Fidelis seine Sinne abgeschaltet. Als er sich jetzt der Welt wieder öffnete, empfand er alles, was um ihn herum vorging, beängstigend intensiv, alle Gegenstände waren voller Gefühl und Leben – wie in einem sehr lebhaften Traum.

Die Stille in seinem Kopf dröhnte. Ganz gewöhnliche Geräusche, Passanten draußen auf der Straße, kamen ihm wundersam vor wie das Schnattern seltener Affen. Ein Glücksschauer überlief ihn. Schon das Anziehen der sauberen, ungezieferfreien Sachen war etwas so Großartiges, daß ihm fast die Tränen kamen, als er die goldenen Manschettenknöpfe mit dem Eberkopf schloß, die seinem Großvater gehört hatten. Flach atmend sammelte er sich und brachte kraft seiner Ruhe die Tränen zum Versiegen. Seit der Kinderzeit hatte er, wenn er traurig war, flach geatmet und war in Reglosigkeit verfallen. Als Rekrut hatte er von Anfang an gewußt, daß diese Begabung, völlig zur Ruhe zu kommen, der Schlüssel zu seinem Überleben war. Sie hatte denn auch den unerfahrenen jungen Soldaten durch den Krieg gebracht, weil sich sehr schnell herausstellte, daß er von einer Scharfschützenstellung aus auf hundert Meter Entfernung einem Mann ein Auge durchbohren und mit fünf

Schuß drei Treffer landen konnte. Auch jetzt noch würde er wachsam sein müssen. Erinnerungen würden sich anschleichen, Emotionen sein Denken sabotieren. Es war nicht ungefährlich, wieder ins Leben zurückzukehren, nachdem man innerlich fast gestorben war. Ein Übermaß an Gefühlen stürmte auf ihn ein, deshalb beschloß er, zunächst nur oberflächliche Eindrücke zuzulassen, versuchte sich zurechtzufinden. Selbst an sein Kinderzimmer, das er so gut kannte, mußte er sich erst wieder gewöhnen.

Er setzte sich auf die Bettkante. Auf einem dicken, in die Wand eingelassenen Bord standen – unberührt seit seinem Weggang – seine Bücher ordentlich aufgereiht oder gestapelt, mit schmalen Papierstreifen als Lesezeichen. Eine Weile hatte er sich, obgleich sein Beruf feststand, der Illusion hingegeben, er könne vielleicht Dichter werden. Deshalb standen dort die Werke seiner Helden – Goethe, Heine, Rilke, ganz hinten versteckt sogar Trakl –, die er jetzt fast unbeteiligt musterte. Wieso war ihm jemals wichtig gewesen, was diese Männer schrieben? Was gingen ihn ihre Worte an? Auch die Geschichte seiner Kindheit war in diesem Zimmer vertreten durch die Zinnsoldaten, die auf dem Fensterbrett aufgestellt waren, der Stolz seiner ersten Mannesjahre durch die gerahmten Diplome und den Meisterbrief an der Wand. Die waren wichtig, sie waren seine Zukunft. Sein Überleben. Im Schrank hingen die Hemden – gebleicht, gestärkt und gebügelt, bereit zum Hineinschlüpfen, auf dem Brett darunter warteten die blank geputzten Schuhe auf den alten Fidelis. Vorsichtig versuchte er, in das aufgesperrte Ledermaul zu fahren, aber es ging nicht. Seine Füße waren geschwollen, voller Frostbeulen, rissig, schmerzten. Nur die Nagelstiefel paßten, und die waren innen grün und stanken nach Moder.

Langsam wandte er sich um und betrachtete den Tag. Das Schlafzimmerfenster war ein langgezogenes goldenes Rechteck. Er stand auf und öffnete den Fensterflügel mit dem Widderhorngriff und sah hinaus über den trägen braunen Fluß von Ludwigsruhe, über die Dächer und die toten spätherbstlichen Gärten am anderen Ufer und einen Flickenteppich blaßgrauer Felder zu der kleinen Ansammlung von Dächern und Schornsteinen dahinter. Irgendwo im Straßengewirr der Nachbarstadt wohnte die Unbekannte, die er versprochen hatte aufzusuchen. Er ertappte sich dabei, daß er sich Gedanken über sie machte, komplizierte, intensive Gedanken. Die Gedanken wurden zu Fragen. Was machte sie gerade? Hatte sie einen Garten? Klaubte sie die letzten erdigen Kartoffeln aus einer kleinen strohbedeckten Miete? Hängte sie die Wäsche, frisch und weiß, an eine vereiste Leine? Unterhielt sie sich bei einer Tasse Tee mit ihrer Schwester, ihrer Mutter? Sang sie vor sich hin? Dann dachte er an sich und an das, was er versprochen hatte, ihr zu sagen. Wie sollte das gehen? Aber es mußte gehen. Irgendwie.

Eva Kalb, Eulenstraße 17. Fidelis war vor dem Fußweg aus hellem Backstein stehengeblieben und betrachtete mit gerunzelter Stirn den grazilen gußeisernen Bogen über dem Eingang. Um das Ziergitter herum wanden sich die kräftigen Ranken einer Kletterrose, blattlos und fast schwarz, riesige Dornen mit weißer Spitze. Der Fußweg war nicht gefegt, vor der Haustür lag Papier. Die anderen Häuser der Straße verrieten fanatische Ordnungsliebe noch im Chaos der Niederlage. Daß Eva Kalbs Haus so vernachlässigt war, beunruhigte Fidelis; hatte die Familie vielleicht vorher schon einen Trauerfall gehabt? Tränen stiegen ihm in die

Augen, und er kniff sich in den Nasenrücken. Die Heftigkeit seiner Emotionen, sogar in der Öffentlichkeit, erschreckte ihn. Hinter einer dünnen Gardine bewegte sich etwas. Man hatte ihn gesehen. Mit einem tiefen Atemzug und mit einem Ruck gleichsam in eine dickere Haut schlüpfend ging er den Fußweg entlang zum Haus.

Sie öffnete sofort, also war sie es gewesen, die am Fenster gestanden und ihn beobachtet hatte. Er wußte, daß es Eva war, weil sein Freund ihr Bild in einem Medaillon immer bei sich gehabt hatte. Fidelis hatte das Medaillon als Andenken behalten, und jetzt war ihm, als brenne das kleine Oval aus billiger Goldbronze ein Loch in seine Brusttasche. In dem Rähmchen steckte das handkolorierte Bild einer Frau, die ebenso tatkräftig wie zart wirkte. Der sensible Mund verriet Klugheit und Sinnlichkeit zugleich, die schrägen, tiefgrün-unergründlichen ungarischen Augen verunsicherten Fidelis mit ihrem geraden, forschenden Blick. Die antrainierte Reglosigkeit, die ihm geholfen hatte, die letzten Jahre zu überstehen, war dahin. *Schnell, die Wahrheit*, sagte sie mit einer Feindseligkeit, die wohl Selbstschutz war und ihn auf der Stelle gehorchen und das sagen ließ, was gesagt werden mußte: Ihr Liebster, ihr Bräutigam und künftiger Ehemann, Johannes, mit dem Fidelis durchgemacht hatte, was ein Mensch nur durchmachen konnte, war tot.

Unmittelbar danach war sich Fidelis nicht sicher, ob er diese Worte nur gedacht oder tatsächlich ausgesprochen hatte, aber ihm schien, als seien Töne aus seinem Mund gekommen, die er zwar nicht hören konnte, die aber Eva mit einem tiefen, zitternden Atemzug in sich aufnahm, von dem ihr die Sinne schwanden. Das schöne, kluge Gesicht wurde ganz leer, und einen Augenblick sah

Fidelis in ihr nur die nackte, gequälte Kreatur. Dann sank Eva Kalb, die Hände wie betend gefaltet, Fidelis in die Arme. Als er sie auffing und behutsam an sich zog, spürte er mit einer Überraschung, die ihm durch und durch ging, daß sie schwanger war. Später war ihm, als habe das Kind aus ihrem Leib heraus seine helfende Hand berührt.

Fidelis blieb, die Verlobte seines besten Freundes in den Armen haltend wie ein schlafendes Kind, unter der Tür stehen. Stundenlang hätte er dort stehen können. Die Kraft, die er brauchte, um sie zu halten, war nur ein winziger Bruchteil der Kraft, die er besaß, denn er gehörte zu den Menschen, die stark geboren werden und deren Stärke von Jahr zu Jahr wächst.

Es heißt, daß manche Menschen – und vielleicht gehörte Fidelis zu ihnen – im Mutterleib die Zellstruktur eines möglichen Zwillings in sich aufnehmen. Oder er stammte von jenen alten Germanen ab, die durch die Wälder streiften und ihren Gott an den Lebensbaum hängten. In einigen Gegenden Deutschlands glaubte man auch, daß in einen Menschen, der getötet hat, das Wesen des Opfers eingeht. Das wäre eine Erklärung für das Leichte und das Schwere, das sich in Fidelis' Wesen mischte. Er hatte Sekundenbruchteile, ehe seine Scharfschützenkugel das ferne Gesicht zerschmettert hatte, im Zielfernrohr ein Lächeln aufblitzen sehen. Er hatte erlebt, wie ein Mann, dessen Hals er durchschossen hatte, die Hand auf die Wunde preßte und wie das Blut durch seine Finger quoll. Er teilte aus seinem mit Sandsäcken geschützten und verstärkten Posten heraus den Tod so zielgenau aus, daß die Engländer und Franzosen sich bemühten herauszubringen, wann er Wache hatte. Sie haßten ihn und versuchten – was ihnen auch fast gelungen wäre –, ihn zu fangen, denn sie wußten schon ganz genau, wie sie ihn langsam töten würden. Es war auf beiden Seiten ein sehr persönlicher Krieg. Fidelis nahm es hin, er drückte sich nicht und fuhr fort, beharrlich und mühelos wie ein Raubtier, seine Opfer aus den zu flachen Gräben zu holen.

Sie gruben sich tiefer ein, um ihm zu entkommen, aber in einem Augenblick törichten Leichtsinns, schierer Erschöpfung oder todbringenden Überschwangs erwischte er sie doch. Vielleicht war es wirklich so, daß ihre Seelen über den blutgetränkten Schlamm hinweg geradewegs in ihn eingingen, denn seine innere Ruhe wurde zu einer gelassenen Gewalttätigkeit, ungestört vom Gebrüll des schweren nächtlichen Geschützfeuers. Seine Kameraden begannen ihn zu fürchten und dann, als die Lage immer schlechter wurde, ihn zu hassen. Er zog den Beschuß des Feindes auf sich, deshalb mied man ihn. Er schlief und schlief. Granaten schlugen um ihn herum ein, Kameraden schrieen ihn an, Fidelis runzelte nur leicht die Stirn, seufzte wie ein Kind und schlief weiter. Er träumte schwarze Träume, an die er sich beim Erwachen nicht mehr erinnerte. Gewissenhaft ölte und säuberte er sein Gewehr. Er aß das Brot und die Wurst, die getrockneten Pfirsiche und Äpfel, die er von daheim mitgebracht hatte, und jeden Morgen tunkte er den Finger, mit dem er den Abzug drückte, in einen kleinen Topf mit Honig von seiner Mutter, leckte den Finger ab und schmeckte die Bienensüße voller Waldbitternis – ein Geschmack aus der Kindheit, gesaugt aus den verborgenen Blüten der Silbertannen, dort, wo sie am dichtesten standen. Er leckte nie den ganzen Honig ab, und wenn er zur Waffe griff, rutschte sein Finger nie weg.

Jetzt wartete Fidelis in der Tür, bis Evas Mutter kam. Als er Eva ins Haus brachte und sie auf ein verschossenes rosafarbenes Sofa legte, wurde ihm das, was er bereits gewußt und seinem Freund Johannes versprochen hatte, der auf dem Rückzug unter den Klängen zart schwirrender Musik gestorben war, zur Gewißheit: Er würde Eva heiraten. Später, als sie ihm ihr Jawort gab und ihn küßte, schmeckte er auf ihrer Zunge und an ihrem Hals verschiedene Bedeutungsschichten. Er schmeckte Johannes, dem er im Tod die Stirn geküßt hatte wie einem kleinen Bruder, den man gerade zu Bett gebracht hat. Das war der salzige Geschmack des Kummers. Eva schmeckte anders und vertraut. Sie schmeckte nach der Bitternis in der Süße des Waldhonigs, und als er sein Gesicht von dem ihren hob, verströmte sie den intensiven Duft der heimlichen Schwarzkieferblüte kurz vor dem Welken.

Die Hochzeit war eine armselige Angelegenheit, die Braut hochschwanger mit dem Kind, das in Irrsinn und Verzweiflung des letzten Kriegshalbjahres gezeugt worden war. Doch der Priester wußte Bescheid, er gab ihnen seinen Segen, und sie verbrachten die erste gemeinsame Nacht in Fidelis' Kammer, wo noch immer die Zinnsoldaten über das Fensterbrett marschierten. Sie lag nackt im flackernden Licht einer Kerze, und ihr Körper verdeckte den Fleck aus Kindheitstagen auf dem Federbett. Das goldene Haar, das den gleichen rötlichen Schimmer hatte wie das seine, war über das Kissen gebreitet, die Brüste waren blau geädert wie von Flammen, die Brustwarzen rissig und dunkel. Er kniete vor ihr, zwischen ihren Beinen, legte die Hände auf ihren Leib und spürte die kräftigen Bewegungen des Kindes. Die Empfindungen, die ihn bei seiner Heimkehr so aufgewühlt hatten, waren allmählich abgeflacht zu einem Gefühl der Scham darüber, daß er überlebt hatte. Er wußte nicht, was er mit seinem Leben anfangen sollte, aber als er, Evas Hüften umklammernd und ihre Beine hinter seinem Rücken verschlingend, in ihren Körper eindrang, trat er aus der gefährlichen Ruhe heraus, in der er gelebt hatte, und erkannte bewegt, daß es ihm – trotz der Last getöteter Seelen, trotz seiner Erfahrungen mit dem schwarzen Urgrund des Seins und seiner eigenen mörderischen Fähigkeiten – bestimmt war zu lieben.

Bald stellte sich heraus, daß es ihm auch bestimmt war zu reisen. Für ihn stand fest, daß er nach Amerika gehen mußte, weil er eine Scheibe Brot von dort zu Gesicht bekommen hatte. Als er kurz vor der Hochzeit mit Eva über den Marktplatz von Ludwigsruhe ging, sah er eine kleine Menschenmenge, die sich um einen Nachbarn und guten Bekannten seiner Eltern geschart hatte. Dieser Mann hatte etwas Weißes, Quadratisches in der Hand, was Fidelis zunächst für ein Bild hielt, doch die weiße Fläche war leer. Als er erkannte, daß es Brot war, mit geradezu fanatischer Präzision geformtes Brot, trat Fidelis in den Kreis, um das Wunderding in Augenschein zu nehmen. Verwandte aus einer fernen Küstenstadt hatten es in einem Paket in die Heimat geschickt als Beweis dafür, was in den Händen erfindungsreicher Menschen aus einem so alltäglichen Gegenstand wie einem Laib Brot werden konnte. Maschinen hatten es geknetet und gebacken und in Scheiben geschnitten. Sollte es tatsächlich das Werk amerikanischer Wald- und Wiesenbäcker sein? Darum drehten sich die Gespräche. Fidelis prüfte die Scheibe Brot, als sie, von Hand zu Hand weitergereicht, bei ihm ankam. Er registrierte die feine Krume und staunte über die Verarbeitung der Hefe, bemerkte den präzisen Schnitt, wunderte sich kopfschüttelnd über das merkwürdig gleichmäßige Goldbraun der Kruste. Ihm kam dieses Ding ganz und gar unglaublich vor, ein Artefakt aus einem Ort, wo man offenbar einer unglaublich starren Ordnung anhing. Am gleichen Tag noch nannte ihm der Nachbar den Namen des Ortes, aus dem das Brot gekommen war, und er hielt ihn sorgsam, Buchstabe für Buchstabe, auf einem Zettel fest, den er in den nächsten Monaten mit sich herumtrug, bis aus dem Entstehungsort eines kleines Wunders ein konkretes Reiseziel geworden war.

Als er mit einem Koffer, gefüllt mit den wunderbaren Rauchwürsten seines Vaters, von Bord der RMS *Mauretania* ging und in das quirlige Chaos des Hafens von New York City eintauchte, half ihm die Kraft seiner Ruhe durch die wirbelnde Ankunft der Massen. Man schrieb das Jahr 1922, und Evas Sohn war drei Jahre alt. Seiner inneren Ruhe hatte Fidelis es zu verdanken, daß er die Nachwehen des Kriegs mit ihrem Mangel überstanden hatte, in denen er sich auf tückische Schwarzmarktgeschäfte hatte einlassen müssen. Sein Koffer barg den Wohlstand seiner ganzen Familie. Alles, was sie an Schmuck noch besaßen, auch die Manschettenknöpfe, hatten sie hergegeben, damit er die Schiffskarte erstehen konnte, ohne seine Messer zu verkaufen. Mit gehorteten Kugeln aus der sorgsam versteckten Flinte hatte er das Wildschwein gewildert, aus dem die Würste gemacht waren, die ihm die Reise quer durch dieses neue Land ermöglichen sollten. Englisch sprach er nur so viel, wie er auf dem Schiff gelernt hatte, Wörter, die er für seine Zwecke brauchte – *Zug, Bahnhof, Westen, beste Wurst, Metzgermeister, Arbeit, Geld, Land*. Das Schicksal seiner Familie hing jetzt allein von ihm ab und – so sah er es – von seiner Fähigkeit, sich still und wachsam zu verhalten.

Gewiß, in seiner gelassenen Reglosigkeit lag Kraft, doch die wurde relativiert durch seine rastlos hin und her wandernden Augen, die so hell waren, daß es schien, als leuchte ein Licht in seinem Schädel. Das dichte rötlichblonde Haar, unter dem Vorkriegshut seines Vaters zerdrückt, war zu lang, aber er war glatt rasiert und trug saubere Unterwäsche. In den Innentaschen des väterlichen Anzugs steckte alles, was er brauchte. Der Anzug war von der gleichen bayrisch-soliden Qualität wie der Hut. Seine Angehörigen, die stolz darauf waren, keine Bayern zu sein, mißtrauten den Süddeutschen, die, wie sie fanden, von gröberer Machart waren als ihre Wollstoffe.

Obwohl seit Generationen Handwerker und Metzger, taten sie sich einiges auf ihre Bildung zugute und sehr viel auf die besonders schönen Männerstimmen in der Familie, die meist einen Sohn übersprangen. So war es mit der Singstimme seines älteren Bruders nicht weit her, Fidelis aber besaß einen Tenor von so natürlicher Klarheit und Frische, daß man hätte denken können, sein Nachname – Waldvogel – sei eigens für ihn erfunden worden. Der Name Waldvogel war in seiner Stadt so häufig, daß er sich darüber nie Gedanken gemacht hatte, aber in diesem neuen Land, wo ein Deutscher einfach ein Deutscher war, egal, aus welchem Teil des Landes er kam, sollte später immer wieder jemand darauf hinweisen und anfügen, Waldvogel sei ein erstaunlich sanftmütiger Name für einen Mann, der von der Schlachterei lebte.

Seine Familie sah das natürlich anders; das ordentliche Töten war eine Kunst. Der Beruf, der gewissenhaftes Lernen und zahlreiche Prüfungen erforderte, verlangte auch außergewöhnliche Präzision und ein sicheres Timing. Wer den Meisterbrief als Metzger erwerben wollte, mußte sich in sämtlichen Gewürzen dieser Welt auskennen, die geheimnisvolle Herstellung Hunderter von Wurstsorten beherrschen und bei dem geschlachteten Tier das

Messer mit traumwandlerischer Sicherheit ansetzen können. Sein Vater, der sich darin ein Leben lang geübt hatte, schien kaum die Hände zu bewegen, wenn er das Tier in zunehmend manierlichere und überschaubarere Teile zerlegte. Auf dem Block verlor es seine Kreatürlichkeit und ging – so sah Fidelis das – in eine höhere und befriedigendere Daseinsform über.

Fidelis erinnerte sich der eleganten Bewegungen seines Vaters bei der Arbeit, während er selbst stundenlang Schlange stand, Untersuchungen über sich ergehen ließ, sich mit Stempeln und Schriftstücken herumärgerte, das Gedränge ungeduldiger Mitmenschen und den eigenen Hunger ertrug. Auch das schaffte er mit jener inneren Disziplin, die er am Visier seiner Waffe gelernt hatte. Denn die Rauchwürste in seinem Koffer waren keine Wegzehrung, sie waren seine Fahrkarte Richtung Westen.

Während er durch das Gedränge all jener, die hier schon Fuß gefaßt hatten, zum Bahnhof ging, überkam Fidelis ein überwältigendes Gefühl von Einsamkeit. Passanten, die an ihm vorübergingen, sahen einen aufrechten, kräftig gebauten Mann mit hohen Wangenknochen, blondem Haar, gerader, kühn vorspringender Nase und einem Mund, der so schön war wie die Stimme, die ihm entströmen konnte. Daß ihn die Stürme einer jungen und überraschenden Liebe umtrieben, sahen sie natürlich nicht. Er griff sich ans Herz, das unter den Aufschlägen seines Jacketts hin und wieder allzu unruhig pochte. Das Medaillon, das Eva ihrem Johannes geschenkt und das Fidelis heimlich behalten hatte, steckte dort, denn Fidelis hatte – beglückt und verstört zugleich – erleben müssen, daß er zwar durch die Ehe mit Eva das dem sterbenden Freund gegebene Versprechen gehalten hatte, dabei aber wie durch eine Falltür in die Schwärze einer Liebe gestürzt war, die wie eine Laube aus tintenschwarzen Zweigen die wehrlose Schönheit des Kindes, Evas Liebreiz, ihre Seelenstärke, ihre dickschädelige, geradlinige, störrische Anmut überwölbte.

Der Bahnhof mit seinen schweren, messingbeschlagenen Toren verschluckte Fidelis und alle anderen. In dem Menschenstrom ließ er sich bis zu den Fahrkartenschaltern treiben. Wieder wartete er in einer Schlange, bis er vor einer jungen Frau mit schmalen Lippen stand, deren Kiefer in einem den Menschen dieser Stadt eigentümlichen Rhythmus mahlten. Fidelis kannte noch keinen Kaugummi, und die Bewegung so vieler Kinnladen machte ihn nervös. Doch ihre Augen blitzten in jäher Gier, und die Kaubewegung hörte auf, als sie ihn sah.

»Ich wünsche, nach Seattle«, sagte er, die Wörter im Mund zusammenklaubend, »zu gehen.«

Sie nannte ihm den Fahrpreis. Er verstand die Zahlen nicht, die ihr von der Zunge klickerten, und gestikulierte, sie möge die Zahl aufschreiben. Sie tat es, warf ihm einen Seitenblick zu, fügte ihren Namen an und den Satz *Komm mich besuchen, wenn du wieder da bist*. Die Finger mit den rot lackierten Nägeln reichten ihm den Zettel und hielten ihn noch ein bißchen fest, so daß er zerren mußte, damit sie ihn freigab. Er bedankte sich auf deutsch, und sie zog eine geübt bekümmerte Schnute, die er, weil er todmüde war, nicht bemerkte. Immerhin, der Betrag war leserlich. Er wußte nun, um wie viel er die bescheidene Summe würde aufstocken müssen, die er noch besaß. Er steckte den Zettel in die Tasche und fand eine Säule, an die er sich lehnen konnte.

Dort stellte er sich so, daß der hintere Rand des väterlichen Hutes die kannelierte Säule berührte, hob den Koffer, öffnete den Deckel und senkte ihn so weit, daß er knapp über den Rand sehen konnte. So blieb er stehen bis zur Dämmerung, als der durch die hohen Fenster fallende rauchige Glanz sich vertiefte und schließlich zu einem matten Grau verblaßte. In seiner Reglosigkeit schien er – nein, nicht wie angewurzelt, er schien in der Luft zu hängen wie an Fäden, die ihn noch in der Schwebe hielten. Das mochte die wahrnehmbare Auswirkung des Hungers sein, der in ihm wühlte, ihn leichter machte, sein Inneres aufriß, dennoch verharrte er unbewegt und guten Mutes in der Dunkelheit. Auf der Überfahrt hatte er den Preis geübt, den er für die Würste verlangen wollte, und auf einen Schlag verkaufte er sieben, vielleicht nicht deshalb, weil sie so unwiderstehlich waren, sondern weil selbst in dieser Stadt, die so reich an Sehenswertem war, der Anblick dieses Mannes, der den geöffneten – und offenkundig schweren – Koffer voller Würste auf unermüdlichen Armen hielt, so manchen stehenbleiben ließ. Hin und wieder holte das verdämmernde Licht sein ruhiges, gleichsam verklärtes Gesicht aus der Dunkelheit. Sein Verkaufserfolg verdankte sich – und das war ihm von Anfang an klar gewesen – ebenso sehr der Ruhe, die er ausstrahlte, wie der Qualität seiner Ware, auch wenn er felsenfest davon überzeugt war, daß die Würste seines Vaters die besten der Welt waren.

Was ja vielleicht auch stimmte. Am nächsten Morgen kamen manche Kunden, die am Vortag eine gekauft hatten, und verlangten zwei, und nachmittags setzte sich das fort. Fidelis hatte, den geschlossenen Koffer im Schoß, auf einer Bahnsteigbank geschlafen, war im Waschraum gewesen, hatte etwas von dem überraschend süßen und kalten Wasser dieser Stadt getrunken, ansonsten aber seinen Posten nicht verlassen. Wem das auffiel – und es waren doch einige in der wirbelnden Menge –, staunte über seine Ausdauer. Wie hielten seine Arme so viele Stunden das Gewicht des geöffneten Koffers aus? Der Koffer, in dem auch seine geliebten Messer lagen, war schwerer, als er aussah, aber Fidelis hielt ihn mühelos. Der Tag verging, und seine Reglosigkeit erschien den Betrachtern wie Selbstquälerei. Fidelis empfand es nicht so. So zu stehen war nicht schwer, es tat ihm fast wohl nach der unablässigen Bewegung des Ozeans. Und die Kraft, die er brauchte, um die ganze Zeit den Koffer in einer Stellung zu halten, war ein Klacks für ihn, auch wenn er geschwächt war, weil er nichts gegessen hatte.

Der Hunger war seit langem sein ständiger Begleiter, so auch jetzt. Er wußte, wie er ihn zu nehmen hatte, und am zweiten Tag auf seinem Posten – zum letzten Mal hatte er auf dem Schiff eine kärgliche Mahlzeit eingenommen – wußte er, daß er etwas essen mußte. So schwer es ihm auch fiel, etwas von seinem Geld herzugeben – es war an der Zeit.

Fidelis klappte den Koffer zu, in dem der Wurstvorrat merklich abgenommen hatte, und ging durch die Bahnhofshalle, das vertraute Summen des Hungers im Ohr, zu einer kleinen Imbißbude in einer Nische. Dort setzte er sich auf einen Hocker, klemmte den Koffer zwischen die Füße, bestellte drei Portionen des billigsten Eintopfgerichtes – zähes Rindfleisch, Kartoffeln, Möhren, Soße – und aß mit der geduldigen Konzentration, die er sich angewöhnt hatte, wenn er nach langer Zeit des Hungers wieder Nahrung zu sich nahm. Die Kellnerin brachte zusätzliches Brot, und als er ihr zu verstehen gab, daß er es nicht bezahlen konnte und sie es ihm trotzdem aufdrängte, bedankte er sich und spürte dabei zu seiner Überraschung ein Würgen in der Kehle. Er staunte immer wieder, wie freundlich fast alle Leute hier waren, aber schließlich waren die meist nicht am Verhungern und hatten in jüngster Zeit weder eine vernichtende Niederlage erlitten noch erleben müssen, daß man ihnen außerhalb ihrer enger gewordenen Landesgrenzen nur Verachtung entgegenbrachte. Deshalb, fand Fidelis, konnten sie sich kleine Wohltaten wie ein geschenktes Stück Brot wohl leisten.

Er zahlte, berechnete die geringfügige Verminderung der Summe, die ihn an sein Ziel bringen sollte, und ging in den öffentlichen Waschraum, um sich wie jeden Morgen zu rasieren. Er wickelte ein inzwischen fast durchsichtiges Stückchen gestohlene Seife aus und wusch sich unauffällig mit Hilfe eines seiner beiden Taschentücher. Er hätte gern die zweite Unterhose ausgewaschen, die in der Gesäßtasche seiner Hose steckte, aber er genierte sich, weil noch andere Männer da waren. Der Brusttasche entnahm er eine Zahnbürste aus geschnitztem Elfenbein, deren Schweinsborsten durch langen Gebrauch schlaff und weich geworden waren. Er hatte sie den ganzen Krieg über mitgeschleppt, ebenso wie das vom ständigen Abziehen hauchdünne Rasiermesser, den winzigen Kamm, den raffinierten silbernen Ohrreiniger. All das verstaute er, als er fertig war, wieder ordentlich in seinen Taschen, nahm den Koffer und kehrte an seinen Posten zurück.

Als die Dämmerung wieder zu den Fenstern hereinkam, hatte er über die Hälfte von dem verdient, was er brauchte. Beim Geldzählen kam ihm eine Idee. Warum sollte er nicht mit dem, was er hatte, in den Zug steigen, so weit fahren, wie er kam, und die Würste den in den Waggons eingesperrten Mitreisenden verkaufen? Er ging wieder zum Schalter, geriet diesmal an einen ungeduldigen älteren Herrn und erstand eine Fahrkarte, die ihn bis zum Anfang des Mittleren Westens bringen würde. Dann stellte er sich wieder an seine Säule, verkaufte noch eine Wurst, klappte den Koffer zu und marschierte, die Fahrkarte in der inneren Brusttasche, zu dem numerierten Bahnsteig. Zusammen mit anderen Fahrgästen, die in Abschiedsschmerz schwelgten oder die Reise in Begleitung antraten, bestieg er den Waggon, suchte sich einen Platz und wartete geduldig, bis der Zug sich ruckelnd in Bewegung setzte und den verhaßten Ozean und New York hinter sich ließ.

Die Würste reichten bis Minneapolis und durch hügelige Prärien bis in das unvermittelt einsetzende Flachland und den hohen Himmel von North Dakota, wo er das letzte Glied der letzten Wurstkette an den Mann brachte. Er stieg aus und ging einen schmalen Kleinstadtbahnsteig entlang. Die Stadt war ein Gewirr freundlicher niedriger Häuser. Manche hatten falsche Halbgeschoßfassaden über den Markisen und Schaufenstern, ein oder zwei waren aus Kalkstein und mindestens drei aus robusten Backsteinen. Vor der beängstigend flachen Landschaft, mit dem Rükken zum Fluß und ohne jede Fluchtmöglichkeit wirkte der Ort wehrlos und läppisch, fand Fidelis, sah aus wie ein Provisorium, fast wie ein Camp, das ein heftiger Sturm oder ein Krieg wegfegen konnte. Argus … er las den Ortsnamen auf dem Schild und prägte ihn sich ein.

Er drehte eine Orientierungsrunde, staubte den väterlichen Anzug ab, machte sich klar, daß er mit 35 Cents dastand und einem Koffer, in dem keine Würste mehr waren, sondern nur noch seine sechs Messer, ein Wetzstahl und Schleifsteine in verschiedenen Größen. Im Westen und im Süden sah man nichts als Horizont. In nördlicher Richtung gab es Straßen mit halbhohen Bäumen und Häusern, die einen soliden Eindruck machten. Die Hauptstraße mit einem neuen Bankgebäude aus Kalkstein und einer Ladenzeile mit dekorativen Backsteinfassaden führte nach Osten. Der Wind umtoste Fidelis, ohne ihn zu beachten, was der als unerträglich und tröstlich zugleich empfand.

Fidelis wußte noch nicht, daß er nie weiterfahren würde. Er hatte so lange hierbleiben und sein Handwerkszeug einsetzen wollen, bis er genug Geld verdient hatte, um an jenen Ort zu reisen, für den er sich wegen der Perfektion seines Brotes entschieden hatte. Jetzt überlegte er, wo wohl in dieser Stadt das Brot gebacken wurde, woher das Bier kommen mochte, wo sie Milch und Butter kühlten, wo die Würste gestopft und die Schweineschnitzel geschnitten und zerhackt, wo das Vieh geschlachtet wurde, aber nirgends fand sich ein Hinweis. Wohin er auch blickte – alles sah gleich aus. Fidelis rückte den Hut seines Vaters gerade, schlenkerte die Aufschläge der Hosenbeine nach unten und nahm seinen Koffer.

— 2 —

Der Balancekünstler

In einer Kleinstadt am Oberlauf des Mississippi, in einem nur zur Liebe angemieteten Zimmer, hielten ein Mann und eine Frau, die unbekleidet im Bett lagen, in leiser Angst inne. Seit einigen Monaten waren sie gut miteinander bekannt, ja befreundet. Kennengelernt hatten sie sich beim Theaterspielen in Argus, North Dakota. Es blieb nicht aus, daß sie beide wissen wollten, ob mehr daraus werden konnte, und so hatten sie sich zusammengetan und waren losgezogen. Würden sie sich mit einer akrobatischen Nummer ihr Brot verdienen, würden sie ein Liebespaar werden? Der Mann streckte die Hand aus und ließ sie kreisen, und die Frau, Delphine Watzka, zog wie abwägend die schmal gestrichelten Augenbrauen hoch. »Du hast sehr kräftige Bauchmuskeln«, sagte er und strich leicht mit den Fingerknöcheln, dann mit den Fingerspitzen über ihren Körper. Delphine drehte sich mit einem Ruck auf den Rücken, warf die Bettdecke ab und klopfte sich auf den Leib. »Ich habe starke Arme, starke Beine und einen strammen Bauch. Ist ja auch kein Wunder. Verdammt, ich schäme mich nicht dafür, daß ich auf einer Farm aufgewachsen bin. Ich habe jede Menge Kraft. Nicht, daß ich damit was anfangen könnte.«

»Ich wüßte da was«, sagte der Mann.

Im ersten Moment dachte sie, der Mann, der Cyprian Lazarre hieß, unglaublich gelenkig und unglaublich stark war, würde sofort zur Tat schreiten, und hoffte, daß er sich, sein Ziel vor Augen, über all seine Bedenken hinwegsetzen würde, doch es kam anders. Sie merkte, daß er sich zunehmend für seinen Plan begeisterte, aber statt Delphine leidenschaftlich zu bespringen, kniete er sich auf die durchhängende Matratze und betrachtete sie nachdenklich. Narbenwülste zogen sich fächerförmig über seine Schultern. Er war zweiunddreißig Jahre alt, und sein Körper war durch das ständige Training steinhart und muskulös. Er sah aus wie eine dieser Skulpturen aus dem zerstörten Troja, fand Delphine, auch was die Schäden betraf, die der Krieg und die Zeit ihnen wie ihm zugefügt hatte.

Zusammen mit einem Vetter und einem Freund hatte sich Cyprian freiwillig für das US Marine Corps gemeldet, hatte die Ausbildung und die vielleicht gefährlichste Phase des Krieges, die Ansteckungsgefahr durch die Spanische Grippe, überlebt und war in der vierten Angriffswelle der Schlacht am Bois de Belleau eingesetzt worden. Im letzten Kriegsjahr hatte er durch Chlorgas vorübergehend das Augenlicht und durch den absplitternden Lauf eines MG fast die Hand verloren, die Ruhr hatte ihm alle Kraft geraubt, sein Humor ließ ihn im Stich, und er bereute seinen patriotischen Überschwang. Er war schon wieder in der Heimat, bevor ihm klar wurde, daß er als Ojibwa noch kein amerikanischer Staatsbürger war. An der Wahl, die während seiner langwierigen Rekonvaleszenz stattfand, durfte er nicht teilnehmen.

Mit einem leichten Schwung richtete er sich auf und sprang vom Bett. In dem winzigen Zimmer stand ein Stuhl. Seine Augen glänzten mit der Begeisterung des wahren Künstlers, als er die Lehne packte, die Fußballen anspannte, um auf dem Holzfußboden nicht auszurutschen, und sich dann zu einem Handstand hochschwang. »Bravo«, lobte er sich leise selbst. Der Stuhl schwankte ein wenig und kam wieder zur Ruhe. Mit dem kerzengeraden Rücken, dem straffen Gesäß und den hochgereckten Zehen war er ein Idealbild der Männlichkeit. Delphine war froh, daß sie ihn nicht von vorn sah, und hoffte sehr, daß gegenüber ihrer Pension niemand zufällig zu dem vorhanglosen Fenster im Obergeschoß hochsah. Doch da hörte sie schon von draußen einen Aufschrei, den Cyprian souverän mißachtete.

»Das ist dann das Finale«, sagte er. »Ich schwebe drei Meter hoch in der Luft, und du hältst mich allein durch die Kraft deiner Bauchmuskeln.«

Wieder schrie draußen jemand, dann hörte man aufgeregtes Stimmengewirr.

»Ach ja?« klang es dumpf aus Delphines Blusenausschnitt. Zu ihren Talenten gehörte es, daß sie sich blitzschnell ankleiden konnte. Das hatte sie beim Umziehen im Theater gelernt, wo alle Ensemblemitglieder in einem Stück zwei oder drei Rollen übernehmen mußten. Sie war vollständig angezogen, bis hin zu Strümpfen und Schuhen, ehe Cyprian erfaßt hatte, was sich unten auf der Straße tat. Er war, während er seinen Handstand übte, noch immer beim Reden und Planen, als sie leise das Zimmer verließ und die Treppe hinunterrannte. Unten blieb sie stehen und sammelte sich. Dann verließ sie gelassen das Haus und ging geradewegs auf die bereits dunkelrot angelaufene Vermieterin zu.

»Mrs. Watzka!«

»Tut mir leid«, seufzte Delphine und setzte eine resignierte Miene auf. »Er hatte im Krieg eine Gasvergiftung.« Sie tippte sich an die Schläfe, und während die Vermieterin sie noch mit offenem Mund anstarrte, ging Delphine resolut auf die Gaffer zu, die sich auf dem Gehsteig versammelt hatten. »Ich muß doch sehr bitten! Haben Sie keine Achtung vor einem Mann, der den Hunnen bekämpft hat?« Sie verscheuchte die Menge mit raschen, entschiedenen Handbewegungen, so wie sie früher ihre Hühner gescheucht hatte. Die Zuschauer, die eben noch nach oben gestarrt hatten, schlugen die Augen nieder und taten, als begutachteten sie ihre Einkäufe. Eine ältere Dame mit Knitterfältchen in den Wangen, runden Kulleraugen und fleischigen Lippen flüsterte Delphine ins Ohr: »Sehen Sie zu, daß er sich ausruht, liebes Kind. Er ist in einer für einen Mann höchst undelikaten Verfassung.«

Daß Delphine sich nicht zu dem bewußten Fenster umdrehte, sprach für ihr schnelles Denken und ihre Selbstdisziplin, allerdings beschloß sie, schleunigst wieder nach oben zu gehen. »Ja, wissen Sie«, seufzte sie, ganz leidgeprüfte Ehefrau, »er kann's nur, wenn er vorher einen Handstand macht. Immerhin haben wir so zwei entzückende Kinder zustande gebracht.«

Schon im Gehen sagte sie freundlich, als sei nichts Besonderes vorgefallen, als habe sie die Gaffer nicht soeben dazu verführt, die wildesten Spekulationen anzustellen: »Und nicht vergessen: Die Vorstellung beginnt um fünf. Auf dem Festplatz, gleich die zweite Bühne.«

An der Art des Schweigens hinter sich merkte sie, daß sie ein volles Haus erwarten durften.

Abends ließ Cyprian Teller auf Stangen kreisen, balancierte zwei auf jedem Arm, eine auf jeder Schulter, eine auf der Stirn und eine zwischen den Zähnen. Er stellte weitere Stangen in einer langen Reihe auf, versetzte die Teller in wirbelnde Bewegung und lief an der Reihe hin und her, während Delphine die Zuschauer wetten ließ, wie lange er es schaffen würde, die Teller kreiseln zu lassen. Das brachte ihnen das meiste Geld. Er stapelte Gegenstände auf dem Kopf, die ihnen die Zuschauer brachten – Kisten mit Hühnern, Geschirr. Die Waschmaschine lehnte er ab. Während der Stapel wuchs, tänzelte er auf der Stelle. Er rollte mit einem Fahrrad über Drahtseile, die quer über den Festplatz gespannt waren. Als Krönung kletterte er, weil es ein windstiller Tag war, an der Fahnenstange hoch, balancierte dort und machte zum Schluß einen Handstand auf dem Knauf an der Spitze. Als Delphine ihn dort sah – eine menschliche Stecknadel vor dem wilden schwarzen Himmel von Minnesota –, schlug ihr Herz für ihn. In diesem Moment verzieh sie Cyprian den Mangel an Leidenschaft. Daß er sie dringend brauchte, sagte sie sich, mußte genügen.

Eine gedrungene junge Polin von einer ärmlichen Farm ist normalerweise nicht allzu attraktiv für Männer, aber Delphine konnte keiner widerstehen. Sie war schlagfertig – vielleicht zu schlagfertig. Was ihr über die Lippen kam, überraschte sie oft selbst, aber der häufige Kontakt mit unberechenbaren Alkoholikern hatte ihre Reflexe geschärft. Sie hatte kleine, regelmäßige, sehr weiße Zähne und ein raffiniertes Grübchen in einem Mundwinkel, hellbraune Augen, die schmal und keck in einem bräunlichen Gesicht standen und bei Sonne honiggelb leuchteten. Die Nase war kräftig und gerade, die Ohren aber saßen verwegen schief. Häufig trug sie die Haare so, wie sie sich die Frisur einer spanischen Contessa vorstellte – eine Schmachtlocke in die Stirn gekringelt, je eine vor den unsymmetrischen Ohren, das übrige

Haar zu einem kunstvollen Knoten geschlungen. Wenn sie einen Mann scharf ansah, wurde er unruhig und wandte den Blick ab, um ihn gleich darauf wieder auf Delphine zu richten. Ihre bezwingende Anziehungskraft machte ihr das Leben nicht unbedingt leichter.

Mit drei oder vier Monaten hatte sie die Mutter verloren. Die maßlose Liebe, die sie ihrem trunksüchtigen Vater entgegenbrachte, wurde nicht erwidert oder sogar verschmäht, trotzdem war sie seinen Anfällen von Selbstmitleid hilflos ausgeliefert. Sie hätten selbst das winzige Stück Land und ihr Häuschen verloren, wenn der Farmer, an den ihr Vater es verpachtet hatte, sich nicht kategorisch geweigert hätte, es zu kaufen. Vorsichtshalber hatte er diese Entscheidung auch vertraglich festlegen lassen, so daß sie jeden Monat ein sehr bescheidenes Einkommen hatten, das prompt in Schnaps umgesetzt wurde, wenn Delphine es nicht gleich an sich nahm. Um aus dem häuslichen Elend herauszukommen, hatte sie sich farbenprächtige Kostüme genäht, die hehren Reden tragischer Heldinnen memoriert und mit Hingabe bei Aufführungen im Stadttheater mitgespielt. Dort hatte sie auch Cyprian kennengelernt, der mit Hilfe des städtischen Ensembles seine Nummer auf Hochglanz brachte. Zusammen hatten sie North Dakota verlassen und waren in die Berge und Wälder von Minnesota gefahren, wo die Städte dichter beieinander lagen und weniger auf die notleidenden Farmer angewiesen waren. Er hatte ihr aufregende Erlebnisse versprochen, und der Anfang war eben jener alles enthüllende Handstand vor dem Fenster gewesen. Auch Geld hatte er ihr versprochen; von dem sie allerdings bislang noch nicht viel gesehen hatte. Delphine hatte mitgemacht in der Hoffnung, sich in Cyprian, dieses Bild von einem Mann, zu verlieben, dessen Schönheit aber, wie sich später herausstellte, bei weitem nicht das Wichtigste war.

Cyprian bezeichnete sich als Balancekünstler. Delphine merkte bald, daß Balancieren das einzige, buchstäblich das einzige war, was er konnte. Er konnte keine Socken waschen, konnte keiner geregelten Arbeit nachgehen, keine geplatzte Naht nachnähen, sich keine Zigarette rollen, nicht singen, vertrug keinen Alkohol. Er konnte nicht lange genug stillsitzen, um einen Zeitungsartikel von Anfang bis Ende zu lesen. Er konnte kein richtiges Gespräch führen, keine Geschichte erzählen, allenfalls einen kurzen Witz. Er konnte sich nicht auf lange Kartenspiele wie Cribbage oder Pinochle konzentrieren. Er würde – falls sie irgendwann einmal seßhaft werden sollten – vermutlich nichts anbauen können. Trotzdem gewann sie ihn lieb, und das aus drei Gründen: Erstens behauptete er, verrückt nach ihr zu sein, zweitens war er, auch wenn sie sich noch nicht mit wirklicher Leidenschaft geliebt hatten, sehr sanft und zärtlich, und drittens war er leicht verletzbar. Delphine war es schrecklich, die Gefühle eines Mannes zu verletzen, weil sie so sehr an ihrem Vater hing. Trotz seiner zerstörerischen Raserei im Rausch war sie Roy Watzka in unerschütterlicher Liebe zugetan, und das hatte sie wohl geprägt.

So verlangte sie auch von Cyprian nicht viel mehr, als daß er nicht vom Stuhl fiel. Cyprian seinerseits fand es nach einer Woche einfach schön, zu Delphine zu gehören. Er rollte sich in den Betten der billigen Pensionen unter Decken zusammen, die auf Delphines Wunsch immer frisch gewaschen werden mußten, weil sie heikel in punkto Ungeziefer war. Während er seine schmerzenden Muskeln pflegte, kümmerte sich Delphine ums Überleben. Sie flickte, was bei ihren Auftritten zerrissen war, legte fest, wie lange sie in jedem Ort bleiben und wohin sie danach gehen würden, zählte Geld, wenn welches da war, schickte Annoncen und Briefe an die Zeitung und bestimmte, was es zu essen gab.

Am Tag nach dem Balanceakt auf der Fahnenstange verkündete sie, daß sie genug Geld hatten, um sich zu Eiern und Haferbrei auch Würstchen zu leisten. Außerdem standen lange Übungsstunden auf einer Kuhweide an, dafür mußten sie sich stärken. Sie aßen, langsam und mit Genuß, von dicken, verkratzten Tellern. Der Wirt, der sie inzwischen kannte, brachte noch Zucker und einen übriggebliebenen Pfannkuchen. Cyprian kritzelte auf einem Stück Papier herum. Das Ergebnis war ein Strichmännchen, das Handstand auf einem Stuhl machte oder vielmehr einem scheinbar zufällig aufeinander getürmten, in Wirklichkeit sehr sorgfältig ausbalancierten Stapel von Stühlen, wobei der unterste auf dem Bauch einer Frau mit Stricharmen und Strichbeinen und einem lächelnden Mondgesicht stand.

»Damit verdienen wir ein Vermögen«, sagte Cyprian feierlich.

Delphine besah sich den Turm aus Stühlen, den Strich, der ihren Bauch darunter darstellte, und angelte nach dem nächsten Würstchen.

Es war – an diesem Tag jedenfalls – eine Weide ohne Kühe, und die Kuhfladen waren getrocknet. Delphine schleuderte sie hoch wie Teller, machte ein paar Streckübungen und zwei Dutzend Rumpfbeugen, ließ die Muskeln spielen. Ihre Bauchmuskeln wurden immer kräftiger. Cyprian hatte ihr gezeigt, wie sie mit Hilfe wissenschaftlich erarbeiteter Übungen die Muskeln weiter stärken konnte. Da er Hunderte von Malen fallen mußte, ehe eine Nummer perfekt war, öffnete Delphine den Mund zu einem wohligen Gähnen, wenn das Gewicht von ihrem Bauch wich. Sekundenbruchteile später schlug dann Cyprian neben ihr auf. Sie regte sich nicht, bis alle Stühle auf die Weide gepoltert und ihm blaue Flecke beschert hatten. Er stellte die Stühle so, daß ihr nichts passieren konnte, wenn sie in der einmal gewählten Stellung verharrte. Immer wieder spürte sie seinen Sturz, spürte, wie sich sein Körper im Fallen jede Phase des Balanceaktes einprägte, wie der Turmbau zusammenbrach und um sie herum zu Boden fiel. Sie rührte kein Glied. Ein paarmal kam ihr ein Stuhlbein so nah, daß ihre Frisur ein wenig in Unordnung geriet, mehr passierte ihr nie.

Es war ein strahlender Tag, und Delphine trug einen eleganten langen Rock, der um sie herumwirbelte, als sie vor das Publikum trat. Mit vier Flipflops sprang sie auf einen breiten niedrigen Tisch, kreuzte die Beine, faltete die Hände und meditierte, um die Spannung zu erhöhen. Als die Zuschauer anfingen, ungeduldig herumzurutschen, verwandelte sie sich mit einem Salto rückwärts in einen menschlichen Tisch. Jetzt trat Cyprian auf. Er hatte ein großes Holztablett mit Teegeschirr in der Hand, auf Kopf und Schultern trug er eine Anordnung von sechs Stühlen, die er nacheinander zu Boden gleiten ließ. Auf dem letzten Stuhl nahm er Platz, stellte das Tablett auf Delphines Körper und nickte ihr freundlich zu. Aus einem Ärmel zog er eine Gabel, ein Messer und einen Hering. Den Hering legte er auf den Teller, schnitt ihn in kleine Stücke und verzehrte ihn rasch. Als er fertig war, wischte er sich den Mund und reckte sich wie jemand, der jetzt bereit ist, mit einer Zigarette und einem guten Buch zu entspannen. Dann aber umwölkte sich seine Miene – offenbar war nicht alles so, wie er es haben wollte. Er setzte sich nacheinander auf jeden der Stühle, und seine Miene wurde immer sorgenvoller. Schließlich kam er zum letzten Stuhl. »Du hast doch nichts dagegen?« fragte er Delphine höflich. »Aber nein«, gab sie zurück. Er räumte das Teegeschirr ab und stellte den ersten Stuhl auf das Tablett, das auf ihrem Bauch lag. Jetzt brauchten sie einen hilfsbereiten Zuschauer, der ihnen die Stühle heraufreichte. Einen nach dem anderen balancierte Cyprian sie aus, kletterte höher und höher, schließlich war der letzte Stuhl an Ort und Stelle. Cyprian nahm darauf Platz und holte eine Zigarette aus der Tasche.

Wenn sie mit ihrer Nummer so weit gekommen waren, merkte er jedesmal, daß er die Streichhölzer auf dem Tisch oder vielmehr auf Delphine vergessen hatte. (Immer war es ein Zuschauer, der ihn, stolz auf seinen Scharfblick, darauf aufmerksam machte). Irgend jemand war dann stets bereit, ihm die Streichhölzer hochzuwerfen, aber Cyprian hatte schon, jede Hilfe höflich ablehnend, eine zusammenlegbare kleine Angelrute hervorgeholt und wickelte die Schnur ab. An ihrem Ende waren ein Schwimmer, ein pompöser Haken und ein Senkblei befestigt, das in Wirklichkeit ein Magnet war und sich mühelos die präparierte Streichholzschachtel angelte.

Sowie Cyprian die Streichhölzer hatte, zündete er langsam und genüßlich seine Zigarette an. Dann holte er mit schwungvollen Bewegungen ein Buch hervor, erfreute die Menge mit einer Lesung mehr oder weniger schlüpfriger Witze, über die er selbst, vor Vergnügen mit den Beinen strampelnd, herzhaft lachte, so daß die Stühle beängstigend ins Wanken kamen und die Zuschauer – was ja Sinn der Sache war – angstvolle Schreie ausstießen. Natürlich stürzte Cyprian nicht, sondern warf, als er mit Lesen fertig war, das Buch weg und machte auf dem obersten Stuhl einen Handstand. Es gab viel Beifall, und dann kam der Höhepunkt der Nummer, für die sich Delphine einen Trommelwirbel gewünscht hätte: Cyprian kletterte kopfüber an den Stühlen herunter, dabei den Turm abbauend, indem er sich einen Stuhl nach dem anderen auf die Füße stellte, bis er mit sämtlichen Stühlen einen Handstand auf dem Bauch seiner Partnerin machte.

Auf Delphines Oberkörper balancierend, die Stühle auf den Füßen, reckte Cyprian den Hals vor, bis sich ihre Lippen trafen. Der Kuss war voll gespielter Leidenschaft, so daß die Zuschauer johlten und sich in Delphine leiser Groll regte. Noch immer waren die Stühle über ihnen in der Schwebe. Sie sahen sich in die Augen. Zuerst hatte Delphine das aufregend gefunden. Aber was sieht man schon in den Augen eines Mannes, der einen Handstand macht und dabei sechs Stühle auf den Füßen balanciert? Man sieht seine Angst, er könnte die Stühle fallen lassen.

In Shotwell an der Grenze zu North Dakota schlossen sie sich einem Wanderzirkus an. »Die Gegend hier ist schon mehr mein Fall«, sagte Delphine zu Cyprian und freute sich über den Anblick von so viel Horizont. Wo die Straßen zu Ende gingen, türmte sich Himmel. Die Städte, die sie bisher besucht hatten, waren zu sehr von Bäumen umzingelt gewesen. Der weite Himmel weckte Heimatgefühle. Hier trafen sie auf ein trinkfreudiges Völkchen. Cyprian kannte einige dieser Leute von Rummelplätzen und anderen Veranstaltungen her, und am ersten Tag nahm er Delphine mit in den Saloon, eine klamme, schmuddelige Bruchbude mit niedriger Decke. Sie zwängten sich mit drei anderen Paaren in eine

Nische, und sofort kamen harte Getränke auf den Tisch. Delphine hatte Cyprian noch nie trinken sehen, nur hin und wieder war er mit einer leichten Fahne zu ihr gekommen. Als die Gläser vor ihnen standen, versuchte er, den Schnaps auf ex zu trinken, und würgte. Delphine trank ihr Bier in kleinen vorsichtigen Schlukken und schüttete den Schnaps unauffällig auf den Fußboden. Sie genierte sich fast, daß sie auf Alkohol mit so heftigem Widerwillen reagierte. Nach der ersten Runde standen zwei Paare auf und tanzten, Delphine und Cyprian blieben mit dem anderen Paar am Tisch sitzen. Die Männer waren in ein tiefsinniges Gespräch vertieft, und da Delphine und die andere junge Frau links von ihren Männern saßen, konnten sie sich nicht an deren Gespräch beteiligen und sich auch nicht miteinander unterhalten. Delphine sah eine Weile, Interesse heuchelnd, den tanzenden Paaren zu, und als das langweilig wurde, ging sie zunächst ihre Nase pudern – wozu der entsprechende Raum allerdings kaum einlud – und trat dann vor die Tür, um den Sonnenuntergang zu bewundern. Der Himmel war in Aufruhr, die Wolkenränder leuchteten in spektakulärem Grün, dahinter stand das Licht in giftig-bedrohlichem Gelb. Ein Passant meinte, es sähe verflixt nach einem Gewitter aus.

»Stört Sie das?« fragte Delphine und lächelte, weil sie jeden Mann anlächelte und weil sie sich über einen Himmel freute, der sie an ihre Heimat erinnerte.

»Klar stört mich das. Ich bin schließlich Farmer.«

»Kommen Sie doch zu unserer Vorstellung«, warb Delphine. »Und bringen Sie Ihre ganze Familie mit.«

»Zieht sich da wer aus?«

»Wir ziehen uns alle aus«, sagte Delphine.

»Mann o Mann«, sagte der Farmer.

Als Delphine in den Saloon zurückkam, saß die andere junge Frau verdrossen rauchend in der Nische, die Männer waren weg.

»Wo stecken sie denn?« fragte Delphine.

»Weiß ich doch nicht, verdammt noch mal!« Die violett leuchtenden Lippen der jungen Frau bewegten sich beim Trinken und Rauchen nervös wie zwei schlaffe Seile. Delphine bekam eine Gänsehaut, wenn sie diese Lippen ansah. Die Frau war häßlich und vielleicht deshalb so aggressiv. Sie hatte noch zwei Drinks bestellt, und Delphine dachte zunächst, ein Glas wäre für sie, aber die andere leerte beide hintereinander vor ihrer Nase.

»Was ist denn dir über die Leber gelaufen?« fragte Delphine.

»Weiß ich doch nicht, verdammt noch mal.«

Delphine trat wieder vor die Tür, wo der Himmel und die Wolken so schnell ihr Aussehen wechselten wie Delphine am Theater ihre Kostüme. Nicht zum ersten Mal, seit sie ihren Vater verlassen hatte, plagten sie Einsamkeit und schlechte Laune. Vielleicht hatte so viel leerer Raum um sie her das Heimweh geweckt, vielleicht lag es am Bier, aber sicher hatte auch Cyprians Abwesenheit etwas damit zu tun. Er zeigte immer viel Verständnis für ihre Stimmungen. Wenn sie traurig war, sagte sie es ihm, und meist schaffte er es auf die eine oder andere Weise, sie aufzuheitern. Bei ihrem letzten Tief hatte er bei ihr Taschendieb gespielt (sie hatte immer ein bißchen Geld in der Jackentasche, die sich leicht aufknöpfen ließ) und ihr einen Strauß roter Gewächshausrosen gekauft. Noch nie hatte ihr jemand Rosen geschenkt. Sie hatte die Blüten getrocknet und bewahrte sie zur Erinnerung in einem Taschentuch auf. Ein andermal hatte er ihr ein Gläschen Erdnußbutter zum Auslöffeln gekauft, ein Luxus, den sie sich sonst nicht gönnte. Er hatte ihr Eis am Stiel gebracht und Kleinigkeiten, die kein Geld kosteten, schöne Steine vom Seeufer und einmal eine kleine Pfeilspitze, mit der in grauer Vorzeit ein Ojibwa einen Vogel geschossen haben mochte. Delphine trug sie an einer dünnen Schnur um den Hals. Jetzt war Cyprian vermutlich losgegangen, um ihr ein Geschenk zu kaufen. Als sie merkte, daß zwei Dollar aus der Jacke fehlten, wurde ihr gleich besser.

Sie schliefen diesmal in einem Zelt. Delphine legte sich auf das Feldbett, rollte sich in ihre Decke und wachte noch vor dem Morgengrauen auf, weil das Gewitter tatsächlich gekommen war. Der Regen war durch die ungewachsten Zeltwände eingedrungen und hatte sie bis auf die Haut durchnäßt. Zum Glück war ihr Zeug, das in der Mitte gelegen hatte, nur ein wenig feucht geworden, und sie spannte eine Leine zwischen zwei Bäumen und hängte alles zum Trocknen auf. Cyprian hatte nicht im Zelt geschlafen. Der Ärger brodelte in ihr, aber als Cyprian dann auftauchte, war er lieb und zärtlich, bettelte um Zuwendung und hatte ihr tatsächlich etwas mitgebracht, eine Margerite aus massiver Schokolade, so daß ihre Verstimmung verflog. Sie lächelte ihn an, und er drückte sie an seine Brust, die hart wie eine Ritterrüstung war.

»Ich liebe dich«, sagte Delphine. Sie sagte es nicht zum ersten Mal, aber die Worte lösten den Kloß, der in ihrer Kehle gesteckt hatte, die Tränen flossen, und daraus erwuchs ihr neue Kraft.

»Wo zum Teufel warst du?« fuhr sie ihn an.

»Nirgends.« Das kam nicht aalglatt oder abwiegelnd, sondern klang so schmerzerfüllt, als sei er wirklich im Nirgendwo gewesen. Er strich ihr die Haare aus dem Gesicht und gab ihr einen Kuß auf die Stirn, direkt unter dem Mittelscheitel. Ihr Haar war rechts und links zu Zöpfen geflochten, sie sah aus wie ein Kind und fühlte sich auch so. Cyprian schien so bedrückt, daß sie vergaß, was sie eigentlich hatte wissen wollen, und sich zärtlich an ihn schmiegte. Seine Umarmung war so fest, daß sie nur noch kurz und flach atmen konnte, aber das machte nichts. Sie saßen unter einem Baum. Delphine sollte das nie vergessen. Sie wußte nicht, was geschehen war, aber sie waren einander sehr nah, und sie spürte, wie seine unbedingte Liebe zu ihr in ihm sang, in seinem Denken, unter seiner Haut. Sie fühlte sich zutiefst geborgen und regte sich nicht. Er schlief ein dort unter dem Baum, aber sein Arm ließ sie nicht los. Zufrieden sah Delphine zu, wie die Welt um sie her erwachte, die Erde heller wurde, wie mit dem Licht des neuen Tages wogendes Leben in die grünen Weizenfelder kam.

Erst in Gorefield, Manitoba, erfuhr sie, was es mit diesem Nirgendwo auf sich hatte und warum ihm das Antworten so schwer gefallen war. Sie waren in einem noblen Hotel abgestiegen, in der Hochzeitssuite. Die Möbel waren reich mit Spindeln und Schnörkeln verziert, und die Bezüge der Polstermöbel sahen aus wie Gobelins aus dem Museum. Die Teppiche waren dick und weich und mochten aus Persien kommen, Delphine kannte sich da nicht aus. Sie hatte sich den Luxus dieses Zimmer geleistet, weil sie ein für allemal wissen wollte, wie es bei ihnen mit der Liebe stand. Er hatte die Augen geschlossen, während sie sich auf dem Bett herumrollten, und schien sich mit aller Kraft zu konzentrieren. Sie fand, daß er sich reichlich mechanisch bewegte, mochte ihn aber nicht aus dem Konzept bringen. Sie war hellwach und fand die ganze Sache ziemlich langweilig. Er ließ die Hände auf ihren Brüsten tanzen oder kniff ihr gedankenlos, ja schmerzhaft in die Brustwarzen. Es juckte sie, ihm eine Kopfnuß zu verpassen, und sie wollte schon die Hoffnung aufgeben, als er mit einem beglückten Stöhnen zum Höhepunkt kam oder zumindest so tat und sie ansah wie ein Hund, der seine Streicheleinheiten einfordert.

Sie tätschelte ihn anerkennend und drehte seinen Kopf so, daß er sie ansehen mußte. Dann trafen sich ihre Blicke, und das schaffte eine geheimnisvolle Verbindung, wie sie Delphine noch nie zuvor erfahren hatte. Beide ließen Zeit und Raum hinter sich und spürten sich nur noch in der ruhigen Kraft ihrer Augen, die einander nicht losließen. Delphine fühlte, wie ihr liebende Energie zuwuchs, und Cyprian wurde mühelos hart. Sie rollte sich auf ihn. Je tiefer sie einander in die Augen sahen, desto mehr begehrte einer des anderen Körper, desto mehr liebten sie sich – bis zur völligen Erschöpfung. Dann sahen sie sich wieder an und konnten nicht aufhören, probierten die nächste Sache, machten die nächste Entdeckung. Es war eine eigenartige Erfahrung, über die sie nie sprachen und die sie leider nie wiederholen konnten.

Zwei Tage später ging Delphine zum Fluß hinunter. Cyprian hatte sich nach der Vorstellung abgesetzt, ohne ihr zu sagen, wohin er wollte. Sie mußte sich also allein vergnügen, und weil sie sich darauf gut verstand, wanderte sie ohne Groll oder Bedauern zur einzigen Sehenswürdigkeit der Stadt. Sie setzte sich auf eine kleine Bank und sah dem Fluß beim Fließen zu. Er bewegte sich rasch in Richtung Norden, sie hörte, wie die Strömung kleine Zweige mitriß, Schlamm und Blätter und Fische.

Es war eine friedliche Nacht. In dem Licht, das hier und da vom gegenüberliegenden Ufer zu ihr drang, konnte sie ein Stück des Uferweges erkennen. Wie ärgerlich, dachte Delphine, als sie Stimmen und Schritte hörte, und zog sich in das dichte Buschwerk neben der Bank zurück. Sie wollte ihre Bank zurückhaben, sie mochte mit niemandem sprechen. Da erschienen zwei Männer auf der Lichtung. Als sie zu der Bank kamen, verstummten sie, der eine setzte sich, und der andere kniete sich vor ihm hin. Delphine war neugierig geworden, konnte aber nicht erkennen, was hier vorging. Später, als sie in Ruhe alles noch einmal überdachte, fand sie es gut, daß sie nicht gleich alles gesehen hatte. Der Schock wäre zu groß gewesen. Sie hatte nicht gewußt, daß Männer auf diese Art zusammensein konnten.

»O du mein guter Gott!« ächzte der Mann auf der Bank, zwischen jedes Wort einen Punkt setzend. Das letzte geriet zu einem lauten Stöhnen. Er breitete die Arme aus und spreizte die Beine. Der Mann, der vor ihm kniete, gab keinen Laut von sich. Dann bewegten sich die beiden. Delphine sah, daß der Mann auf der Bank einen Anzug trug, denn jetzt drehte er sich um, packte mit beiden Händen die Lehne der Bank und beugte sich vor. Der Mann, der vor ihm gekniet hatte, stand nun hinter ihm. Sein weißes Hemd leuchtete. Delphine starrte auf den hellen Fleck, bis das Hemd plötzlich verschwand. Die Männer waren jetzt halb nackt und bewegten sich begierig aufeinander zu.

Immer wieder kamen sie zusammen, lösten sich, rollten übereinander wie Fische. Manchmal bewegten sie sich hektisch wie zappelnde kleine Tiere, dann wieder wurden ihre Bewegungen langsamer, sanfter. Delphine konnte jetzt unmöglich ihr Versteck verlassen und wollte es auch nicht mehr. Einzelheiten konnte sie nicht erkennen, aber allmählich reimte sie sich alles zusammen. Sie begriff auch, daß es Cyprian gewesen war, der das blendendweiße Hemd von sich geworfen hatte, und dann tat sie etwas, was sie – wie so häufig – selbst überraschte. Sie trat aus dem Buschwerk hervor und begrüßte die beiden Männer mit einem munteren »Guten Abend!«.

In panischem Schrecken fuhren die beiden auseinander. Ihr stummer Schockzustand machte Delphine gehässig. Sie setzte sich auf die Bank.

»Ich habe dich gesucht, Liebling«, sagte sie.

»Delphine, ich weiß nicht, was …«

»Himmelherrgottnochmal!« Der andere Mann suchte nervös seine Sachen zusammen.

Delphine schlug die Beine übereinander, zündete sich eine Zigarette an und stieß sacht den Rauch aus. Mit fast träumerischer Heiterkeit sprach sie weiter, entlockte den Männern höfliche Antworten, schnitt unverfängliche Themen an. Sie machte einen kleinen Scherz, die Männer lachten – und die Wirklichkeit geriet in Schieflage. Keine Frage war mehr sinnvoll, Delphines Verstand arbeitete auf zu vielen Ebenen, zu vielschichtig war die dunkle Neugier. Sie kam nicht auf das zu sprechen, was sie mit angesehen hatte, sondern machte, belustigt und ihrer Macht bewußt, weiter unwiderstehliche Konversation. Das Geplänkel zwischen ihr und den beiden Männern ging hin und her, während sie vom Flußufer landeinwärts gingen. Die Männer schüttelten sich zum Abschied die Hand. Seite an Seite, ernst und nachdenklich, kehrten Delphine und Cyprian ins Hotel zurück.

Wie wird es jetzt weitergehen, dachte Delphine. Eigensinnig hielt sie an der naiven Vorstellung fest, sie und Cyprian könnten nun, da alles klar war, endlich ein richtiges Liebespaar werden, zugleich aber war sie vernünftig genug, um zu erkennen, wie töricht diese Erwartung war. Als sie glücklich auf ihrem Zimmer waren, passierte überhaupt nichts. Es war einfach zu anstrengend, darüber nachzudenken. Sie zogen sich aus bis auf die Unterwäsche, schlüpften unter die Decke und hielten sich bei der Hand wie Trauernde, wachsam, hilflos, sprachlos.

Mitten in der Nacht, in tiefer Dunkelheit, begann Delphines Gehirn zu arbeiten, und davon wachte sie auf. Sie stellte sich einen Augenblick dem Sturm ihrer Gefühle, dann schüttelte sie Cyprian, bis er aufstöhnte. Sie hatte ihm wegen seines Verrats Vorhaltungen machen, ihn fragen wollen, ob er nicht mehr wisse, wie sie einander in die Augen gesehen hatten, warum er ihr nicht gesagt hatte, was mit ihm los war. Sie hätte ihn gern angeschrieen oder einfach losgeheult – plötzlich aber fragte sie etwas ganz anderes.

»Wie machst du das eigentlich, wenn du balancierst?« Als es heraus war, begriff sie, daß sie es wirklich wissen wollte. Auch Cyprian war hellwach, er hatte noch gar nicht geschlafen. Er legte die Hand vors Gesicht und atmete durch die Finger.

Keine leichte Frage. Wenn er balancierte, war sein ganzer Körper ein einziger Gedanke. Er hatte das Balancieren noch nie in Worte gekleidet, aber jetzt versuchte er – vielleicht, weil es dunkel war, weil sie nun Bescheid wußte, weil er an ihrer Stimme merkte, daß sie nicht böse war –, sich an eine Antwort heranzutasten.

»Manche Leute reden von einem Punkt, aber es ist kein Punkt. So was wie einen Balancepunkt gibt es nicht.«

Sie zündete sich eine Zigarette an und ließ den Rauch in einer weißen Wolke über ihnen hochsteigen. »Sondern?«

So wendig Cyprian in anderer Beziehung war, so ungeschickt stellte er sich an, wenn es um Worte ging. Der Versuch, zu beschreiben, was sich beim Balancieren abspielte, bereitete ihm körperlichen Schmerz. Trotzdem gab er sich verzweifelte Mühe.

»Nimm an, du hättest einen Traum«, sagte er ernst. »In dem Traum weißt du, daß du träumst. Wenn du glasklar erkennst, daß du träumst, wachst du auf. Aber wenn es dir nur vage bewußt ist, kannst du den Traum beeinflussen.«

»Und so ist es mit dem Balancieren?«

»So ungefähr.«

Er stieß, erleichtert und ausgepumpt, die Luft aus. Sie überlegte einen Augenblick.

»Und was ist, wenn du fällst?« fragte sie schließlich.

Cyprian atmete wieder tief ein, ließ fast die Hoffnung fahren, aber weil er Delphine liebte, wenn auch auf seine Art, mühte er sich erneut um eine Antwort. Das dauerte so lange, daß sie schon fast eingeschlafen war, aber sein Verstand arbeitete auf Hochtouren und sprühte blaue Funken.

»Wenn du fällst«, sagte er, und Delphine fuhr aus ihrem Halbschlaf hoch, »mußt du vergessen, daß es dich gibt. Du mußt fallen wie ein Schatten, der auf die Erde fällt. Schwerelos.«

»Ich glaube, ich werde dich verlassen«, sagte Delphine.

»Bitte verlaß mich nicht«, erwiderte Cyprian.

Es war ein echter Balanceakt dort auf dem großen breiten Bett.

— 3 —
Die Knochen

Die Stadt Argus gäbe es nicht ohne die Eisenbahn, und eigentlich hatte die Eisenbahn dort gar nichts zu suchen, aber als sie erst einmal den Fluß überquert hatte, konnte niemand mehr sie daran hindern, weiter in die Leere vorzustoßen. Was in die Silos von Argus wanderte, verließ den Ort mit dem Zug Richtung Westen oder Osten, und aus dem, was blieb, wurde die Stadt. Erst kamen die Läden mit Gerätschaften und Lebensmitteln für die Farmer, dann die Bank, die ihr Geld in Verwahrung nahm, dann weitere Geschäfte, in denen die Bankmenschen und auch die Ladenbesitzer sich versorgen konnten. Wohnhäuser wurden gebaut, eine Kirche und dann eine zweite. Eine Schule. Häuser für die Lehrer und die Eisenbahner und die Häuserbauer entstanden. Kneipen für ihre Laster. Ein Drugstore für ihre Wehwehchen. Und so ging es weiter. Eines Tages war Argus dann Kreisstadt, hatte sich ein schönes Rathaus geleistet und konnte nun mit Fug und Recht behaupten, eine der aufstrebenden Städte North Dakotas zu sein.

Fidelis fand sofort Arbeit bei Kozka, dem Metzger, und verdingte sich auch in Betrieben der umliegenden Kleinstädte. Außerdem machte er, wenn man ihn holte, Hausschlachtungen auf den Farmen, denn zuerst besaß er noch kein Auto. Nachdem er bei Kozka angefangen hatte, belebte sich dessen Geschäft, denn

Fidelis verstand sich auf die Kunst des Wurstens wie sein Vater, der am Vorabend der großen Reise seine Geheimnisse an ihn weitergegeben hatte. Es ist ganz einfach, hatte der Vater gesagt. Schätze keine Zutat gering. Nimm von allem das Beste. Selbst das Salz muß von erster Güte sein, der Knoblauch ganz frisch. Das galt natürlich auch für das Fleisch und die durchsichtigen Schafsdärme für die Wursthäute. Fidelis hielt sich, als er den ersten Schwung schwedischer Würste für die skandinavische Kundschaft machte, an das Gebot des Vaters und nahm für die Füllung nicht irgendwelche Kartoffeln, sondern die beste Qualität, die in der Gegend zu finden war. Es wurde ein Triumph für ihn. Am Donnerstag standen die Kunden Schlange, um die Wurstketten noch ungeräuchert direkt aus dem Kessel zu kaufen, was Kozka freute, weil die Würste dann schwerer waren. Fidelis selbst lebte von Wurstzipfeln und angestoßenem Obst, altbackenen Keksen und suspekten Abfällen. Er braute sein eigenes Bier, wusch seine Hemden und Schürzen selbst und lebte auch sonst äußerst sparsam, bis er genug Geld beisammen hatte, um eine größere Wohnung zu mieten. Mit dem, was danach von dem Ersparten noch übrig war, und einem unerwarteten Zuschuß von seinen Eltern holte er Eva über den leeren Ozean in die Leere von Himmel und Erde.

Sie kam an einem stürmischen Frühlingstag mit Franz, ihrem kleinen Sohn, der stolz seiner Mutter die Tasche trug, als sie aus dem Zug stiegen. Seit jenen Wochen, als Fidelis aus dem Krieg zurückgekehrt war und das Sonnenlicht hatte singen hören, hatte ihn keine vergleichbare Verwirrung der Sinne mehr heimgesucht. Die schwere Arbeit an zwei oder gar drei Arbeitsstellen gleichzeitig aber machte ihm zu schaffen, und er ertappte sich dabei, daß er Dinge laut aussprach, die er nur zu denken glaubte. Im

Aufruhr des Wiedersehens sprach Fidelis in das Gewoge von Evas Haar hinein. *Alles, alles,* sagte er halblaut, und Eva dachte unwillkürlich: Alles? Was denn? Trotz der Häuser und Läden kam sie sich vor wie in einer Mondlandschaft. Auf der Fahrt quer durchs Land hatte sie die menschlichen Ansiedlungen immer weniger werden sehen, was sie erschreckte und bekümmerte. Als es dämmerte, meinte sie vom Zugfenster aus sogar Wölfe zu erkennen, deren dunkle Leiber mit den schwankenden Schatten kleinwüchsiger Bäume verschmolzen. Ganz sicher war sie ihrer Sache nicht, aber das »Alles, alles« ihres Mannes kam ihr geradezu lächerlich vor, und in diesem eigentlich erhebenden Augenblick des lang ersehnten Wiedersehens verzog sie skeptisch die Lippen. Sie wußte ja nicht, was er wirklich hatte sagen wollen.

Als er sie nun wieder in den Armen hielt, spürte Fidelis die Liebe in sich rumoren wie ein großes, struppiges, ungebärdiges Tier. Dann brach sie aus ihm heraus und umschloß mit ihrer Kraft Eva und ihn. Unter ihrem Ansturm kapitulierte er und schenkte alles, was er war oder vielleicht einmal werden konnte, dieser Frau. Wenn ein so starker Mann seine Niederlage akzeptiert, erschüttert ihn das bis in die Grundfesten. Er ist unendlich allein. Vielleicht hätte Eva ihn in diesem Augenblick verstanden, wenn er den Mut gehabt hätte, sich zu erklären, aber da dies nicht geschah, lächelte sie nur, küßte ihn und faßte einen nahezu tollkühnen Entschluß. Weit und breit konnte sie in dieser Gegend nichts Reizvolles oder Nutzbringendes entdecken, aber das würde sich ändern. Dafür würde sie, Eva Waldvogel, sorgen.

Der Mann, dem Fidelis Waldvogel seine erste Stelle in Argus verdankte, wurde sein Arbeitgeber und später dann sein einziger

Konkurrent. Pete Kozka war ein gutmütiger, aber humorloser Klotz, der ständig Arbeitskräfte brauchte, weil er geizig war und die Leute ihm immer wieder wegliefen. Einmal hatte ein Wirbelsturm sein Geschäft durchtobt und kleine Münzen aus dem Wechselgeldfach sauber in die verputzte Wand gedrückt. In Scharen waren die Neugierigen gekommen, um sich dieses Naturwunder anzusehen. Normalerweise war die Rivalität zwischen den beiden Metzgern durchaus freundschaftlich und äußerte sich vor allem in Streichen und Maulheldentum. Manchmal wurde aber auch etwas Ernsteres daraus. Ein Schabernack, der sich verselbständigte, sollte ihre Beziehung erheblich beeinträchtigen. Es begann damit, daß Fidelis Kozkas Metzgerei verließ und am anderen Ende der Stadt ein eigenes Geschäft eröffnete. Da Fidelis diese Absicht nie verschwiegen hatte, nahm Kozka sie mit stoischem Gleichmut hin. Überdies sah es damals noch so aus, als seien dem Wachstum von Argus keine Grenzen gesetzt, ja, als könne aus dem Ort, wenn die Grundstücksgeschäfte im County weiter so boomten, vielleicht sogar eine richtige Großstadt werden. So weit kam es dann doch nicht, aber zu der Zeit, als Fidelis sich selbständig machte, gab es genug Kundschaft für beide. Mit einem Kredit von der Bank und dem Geld aus dem Verkauf seines Anteils an einem Haus der Familie Waldvogel in Ludwigsruhe konnte Fidelis eine alte Farm auf der anderen Seite der Stadt kaufen, so weit weg von den Kozkas, wie das innerhalb der Stadtgrenzen nur möglich war. Zunächst trug diese Rücksichtnahme dazu bei, eine vielleicht doch vorhandene Verstimmung zu beseitigen. Fidelis konnte schließlich nicht vorhersehen, daß die Durchgangsstraße, die man verlegt hatte, um die vorher ständig verstopfte Hauptverkehrsader von Argus zu entlasten, unmittelbar an dem Schaufenster der Metzgerei vorbeiführen würde, die er an das massive Farmhaus angebaut hatte.

Doch nicht der Neid auf den geschäftlichen Erfolg, der Fidelis ohne eigene Anstrengung zugefallen war, vergiftete die Beziehung, sondern eine ganz andere, elementare Mißgunst, bei der das Geld keine Rolle spielte. Die Liebe zu Hunden ist – je nach dem Charakter des Hundebesitzers – eine mehr oder weniger problematische Angelegenheit. Fidelis beispielsweise hielt nicht viel von hündischer Hingabe, weil sie aus seiner Sicht vor allem aus dem Bauch und nicht aus dem Herzen kam. Pete Kozka hingegen war fest davon überzeugt, daß Hunde – zumal seine eigenen – Geschöpfe von unübertrefflicher Treue waren und ihre Anhänglichkeit echter Zuneigung entsprang. Pete und seine Frau Fritzie züchteten reinrassige Chow-chows, die eine kohlschwarze Zunge und einen boshaften Charakter hatten. Der Älteste der Sippe war ein schnupftabakbrauner, preisgekrönter Rüde namens Hottentot. Er paarte sich abwechselnd mit seiner ersten Hundegattin Nancy und seiner Nebenfrau Zig – eine Kurzform für »Zigeunerin«. Angehörige dieses Volksstammes gelten bekanntlich als besonders musikalisch, und der Hündin Zig, die ihren Schlafplatz neben dem Klavier hatte, konnte man durch Absingen von Kinderliedern in Moll jederzeit ein melodisches Jaulen entlocken.

Nach dem Umzug von Fidelis führten diese unterschiedlichen Auffassungen in einer an sich unwichtigen Sache zu einem ernsthaften Zerwürfnis. Es begann damit, daß Hottentot sich regelmäßig am Hintereingang der Metzgerei Waldvogel einfand, um Fleischabfälle zu ergattern. Neben ihrer unterschiedlichen Sicht, was die Motivation von Hunden anging, waren Pete und Fidelis auch grundsätzlich anderer Meinung über die Verwertung von

Abfällen, Innereien und Gedärmen, die in einer Metzgerei eine nicht unbedeutende Rolle spielen. Während bei Pete auch noch das letzte Fitzelchen, bis hin zu den Schwanzspitzen, in eine Tonne wanderte, die sicher im Tiefkühlschrank verwahrt und jeden Monat an eine Verwertungsfirma verkauft wurde, schenkte Fidelis weg, was er nicht verarbeitete, und hatte dadurch eine große Gefolgschaft in den Kreisen derer, die nicht auf Rosen gebettet waren – von Hunden über Landstreicher bis hin zu den vom Schicksal hart geprüften Armen von Argus. Zu den Besuchern am Hintereingang der Metzgerei gehörte, wie gesagt, auch Hottentot.

Der Hund war ein gefräßiges, argwöhnisches und mißlauniges Vieh, was Fidelis amüsiert konstatierte und als Bestätigung seiner These von dem gnadenlosen Opportunismus der Hunde ansah. Hottentot strich schwanzwedelnd um jeden herum, der einen Knochen in der Hand hielt oder von dem er sich einen Leckerbissen erhoffte. Für den Rest der Menschheit hatte er nur abgrundtiefe Verachtung. Er schnappte gern und biß auch gelegentlich zu, und alle, die einmal Bekanntschaft mit seinen scharfen Fängen gemacht hatten, haßten ihn aus tiefstem Herzen. Er wäre längst an Gift krepiert – ein Schicksal, das lästige Hunde in Argus häufig ereilte –, wären nicht Pete und Fritzie so nett gewesen. Sie waren beliebt, obwohl sie nicht anschrieben und sich ihre Suppenknochen bezahlen ließen. Sie hatten keine Feinde.

Daß der von den Kozkas vergötterte Hund quer durch die Stadt zu seiner Metzgerei lief, erfüllte Fidelis mit Genugtuung. Als Hottentot wieder einmal – das rostbraune Fell gesträubt, die schlauen schwarzen Augen funkelnd, die Samtschnauze höhnisch verzogen – vor der Schlachterei der Waldvogels aufkreuzte, bekam er so viel an Abfällen, wie er vertilgen konnte, und als Dreingabe einen riesigen Rinderknochen, mit dem Fidelis ihn zu Pete zurückschickte. Nun war das noch nicht weiter schlimm, nur hatte Fidelis leider allzuviel Spaß an Hänseleien. Der Hund kam jetzt täglich, und Fidelis hatte eine durchtriebene Freude daran, ihn mit immer gruseligeren Skelettresten zu versorgen – Schädeln, Schenkelbeinen, Rippen. Die Krönung war die Wirbelsäule einer Färse, sorgsam so ausgeschnitten, daß die Sehnen noch an den Gelenken hingen. Damit war die Geduld der Kozkas endgültig erschöpft. Als Hottentot dieses Gebilde stolz durch die Straßen von Argus schleifte, hin und wieder innehaltend, um daran zu nagen oder seine Beute fester zu fassen, bekamen alle Wind von der Sache – nicht nur im übertragenen Sinn. Die Knochen rochen schon, und vor Kozkas Geschäft, wo Hottentot sich einen halben Vormittag an dieser Köstlichkeit labte, machte sich ein widerlicher Geruch breit, ehe Pete die Bescherung entdeckte. Fluchend bückte er sich, um dem Hund seine Beute zu entreißen. Als Hottentot drohend knurrte, packte Pete ihn bei den Ohren und zog ihm den Kopf nach hinten. »Keine Mätzchen«, drohte er, »sonst nagele ich dir das Fell an die Wand.«

»Heb das Ding gut auf«, sagte Fritzie, die mit verschränkten Armen im Türrahmen stand, »das können wir vielleicht noch mal gut gebrauchen. Und binde den Hund an.«

Hottentot wurde mit einem Strick an den Pfosten der Wäscheleine gebunden, was das schlaue Tier nur für kurze Zeit bremste. Am späten Nachmittag hatte Hottentot den Strick durchgebissen und trabte zu Fidelis, um dort sein Abendessen einzufordern. Bei Einbruch der Dunkelheit war er wieder zu Hause und hatte einen mit schmackhaften Sehnen zusammengebundenen Satz Hufe mitgebracht. Jetzt kettete Pete ihn an, aber Hottentot verdrehte die Kette, bis die Glieder zersprangen, und war am nächsten Morgen erneut bei den Waldvogels. Als Pete sah, wie sich sein Hund auf der Vortreppe sabbernd über einen schmierigen Schweinskopf hermachte, kannte seine Wut keine Grenzen. Er griff nach dem Schweinskopf und kam dadurch Hottentots Fängen gefährlich nah. Der Hund richtete ihm den Arm so übel zu, daß Dr. Heech ihn mit zehn Stichen nähen mußte und ihm den guten Rat gab, den Hund auf der Stelle zu erschießen. Pete Kozka aber gab nicht Hottentot die Schuld, sondern Fidelis, der ihm die Liebe seines Hundes gestohlen hatte.

»Das werden wir ja sehen«, brummte er abends und sann über eine passende Rache an dem Burschen nach, den er von der Straße geholt, dem er Arbeit gegeben und der sich jetzt gegen ihn gewandt und ihm sogar seinen Hund abspenstig gemacht hatte.

Fidelis war kein frommer Mann, aber seine Messer waren ihm heilig. Wenn er eine Tasse von Evas starkem Kaffee getrunken und sein Frühstück, bestehend aus Käse, Brot und gedünsteten Backpflaumen, vertilgt hatte, war sein erstes Ziel der geschlitzte Holzblock, in dem seine Messer steckten. Er holte sie heraus und legte sie nebeneinander auf ein Flanelltuch. Mit diesen Messern und den Würsten im Koffer war er seinerzeit aus Deutschland gekommen, sie waren von bester Qualität, von der Klinge bis zum Griffzapfen aus einem Stück geschmiedet und dann vom Rükken bis zur Schneide so lange bearbeitet, daß ein Werkzeug entstanden war, mit dem sich ideal arbeiten ließ. Fidelis hielt seine Messer peinlich sauber und wachte darüber, daß sich auch nicht der kleinste Hauch von Rost darauf festsetzen konnte. Dann traf er die wichtigste Entscheidung des Tages – welche Messer nur den Wetzstahl brauchten und an welche er mit dem Schleifstein herangehen mußte.

Meist reichte der lange Wetzstahl aus, der an einem eisernen Haken an der Wand hing und mit dem die Eltern ihn nach seiner Meisterprüfung von dem besten Fotografen von Ludwigsruhe hatten ablichten lassen. Rhythmisch und schwungvoll zog er diejenigen Messer über den Stahl, deren Klingen nur minimale Nacharbeit erforderten, und verstaute sie wieder in dem Messerblock. In allen Dingen maßvoll, tat er auch beim Schärfen nie des Guten zuviel, nahm nie durch zu ausgiebiges Schleifen kostbaren Stahl weg. Stumpfe Klingen aber hätten die Fleischfasern gequetscht und das Messer gefährlich abrutschen lassen. Er nahm seine Schleifsteine aus einer Schublade unter dem Messerblock und legte sie der Reihe nach neben dem Messer zurecht, das auf dem Tuch wartete. Zuerst kam der grobe schwarze Stein zur Bearbeitung der Schnittfläche, es folgten immer feinere, sechs alles in allem. Die Fläche des letzten war fast so glatt wie Papier. Wenn Fidelis, zufrieden mit seinem Werk, das Messer aus der Hand legte, hätte er damit eine Wimper spalten können.

Sowie die Jungen zur Schule gegangen waren und Fidelis sein Messerritual beendet hatte, machte Eva den Laden auf und ging den Tagesplan durch. Fidelis ging gewöhnlich ins Badezimmer, zog sich einen präzisen Scheitel, rasierte sich sorgfältig, ließ die gedünsteten Backpflaumen ihr Werk tun und trank noch eine Tasse heißen Kaffee. Er hatte das Badezimmer ausgebaut und auf deutsche Art gemütlich gestaltet. Hier gab es, wie früher zu Hause, weiche Vorleger und hübsche Grünpflanzen, dazu auf einem Bord in Reichweite Aschbecher und Tabak, Bücher und Zeitungen. Über der Badewanne hingen allerlei Utensilien zur Körperpflege – eine Bürste mit einem Griff aus poliertem Ahornholz zum Rückenscheuern, eine kleinere, gröbere Bürste für die Finger, ein großer Bimsstein für die Hornhaut an den Füßen und ein haarweiches Bürstchen mit blauem Griff fürs Gesicht. Außerdem gab es einen ansehnlichen Seifenvorrat, von der schärfsten Kernseife bis zu den fliederfarbenen ovalen Seifenstücken aus Frankreich, die Eva benutzte. Die Seifen lagen in einem Zedernkistchen mit Lattenrost, so daß überschüssiges Wasser ablaufen konnte und die Seife länger hielt. Neben der Wanne lagen, ebenfalls auf einem Bord hinter Vorhängen aus Drell, Stapel von Handtüchern. Das Material war dünn geworden, strahlte aber nach der Bleiche sonnenweiß. Das Badezimmer war in freundlichem Gelb gestrichen, und das breite Fenster aus Glasbausteinen ging nach Südosten, so daß die Morgensonne hineinkam. Angesichts dieses behaglichen und großzügigen Badezimmers hätte man die Waldvogels für wohlhabend halten können, aber das waren sie nicht. All das war Evas Werk. Sie verstand sich darauf, sparsam zu haushalten und noch aus einem Nichts etwas zu machen.

An einem Sommermorgen wandte sich Fidelis, nachdem all diese kleinen, aber wichtigen Rituale erledigt waren, dem zu, was als erster Punkt auf seiner Tagesordnung stand – der Schlachtung einer preisgekrönten Sau, die den Mecklenburgs gehörte, ihrer Zerlegung und Verarbeitung zu Karbonaden, Lendenstücken, Schinken, Haxen, Eisbein, Rückenfett, Speck und Würsten. Die Sau hatte die Nacht im Pferch verbracht und war rasend vor Hunger. Zum ersten Mal in ihrem Leben kam niemand, um ihr morgendliches Quieken mit einem Eimer voll Schlempe zu beschwichtigen. Die Sau war intelligenter als der Hund Hottentot, der sich am Zaun herumdrückte, bereit, sich das zu schnappen, was übrigblieb, wenn die Menschen die Sau zerlegt hatten. Sie hätte aus dem, was da auf sie zukam, sehr viel lernen können, aber ein Schwein bekommt eben immer nur die eine Chance, die große Niedertracht des Menschen zu erfahren, und der Verrat vollzieht sich so rasch und endgültig, als sei dies immer wieder ein überraschendes Einzelschicksal. Da diese Sau aber vielleicht schlauer als viele ihrer Artgenossen war, hatte sie das deutliche Gefühl, daß hier etwas nicht stimmte. Vielleicht hatten andere Sauen und Eber mit ihrer Witterung letzte Botschaften hinterlassen, vielleicht hatte sie die Gier wahrgenommen, die von Hottentot ausging, vielleicht war es aber auch nur das Unerhörte der Situation, das sie so nervös und dann aggressiv machte, denn als Fidelis den Pferch betrat, um ihr ohne Umstände die Flinte an den Schädel zu halten, trabte sie trotz ihrer gewaltigen Leibesfülle und der winzigen Beine erstaunlich behende an das andere Ende des Pferchs.

Von dort beäugte sie den Mann, der kein Futter mitgebracht hatte, mit düsterem Argwohn. Fidelis stieß einen deftigen Fluch aus und rief Franz, der ihm helfen sollte, die Sau den Treibgang hochzujagen. Dort kam sie dann nicht mehr heraus, er konnte sie in aller Ruhe schlachten, mit der Winde in eine Wanne hieven, brühen, entborsten, abkühlen lassen, ausweiden und zerteilen. Hottentot, der das alles schon oft genug miterlebt hatte, kläffte aufgeregt, und die verängstigte Sau wollte nur noch weg. Als Franz durch den Zaun hindurch mit dem Stock nach ihr stieß, tänzelte sie ein paar Schritte vor. Fidelis war mit einem Satz bei ihr und stieß ein lautes Gebrüll aus, das sie in den engen Treibgang scheuchen sollte. Statt dessen lief sie – immer dicht am Zaun entlang

– bis zu einer Stelle, an der kein Stock sie von hinten erreichen konnte. Dort blieb sie zitternd, aber stur stehen. Inzwischen wußte sie, daß die Lage todernst war. Ihr bisheriges behagliches Leben hatte sie auf so eine Situation nicht vorbereitet, aber sie war nicht nur ein preisgekröntes, sondern auch ein listenreiches Tier. Als Fidelis ihr einen Schubs in die Seite gab, schnaubte sie wütend und wich aus. Atemlos jagte er sie durch den Dreck, rutschte aus, rappelte sich, über und über mit Schlamm bedeckt, fluchend wieder hoch und lief mit flatternder Schürze geradewegs auf die Sau zu, die nun doch verstört zurückwich. Der wedelnde Fidelis irritierte sie so sehr, daß sie sich in die gewünschte Richtung jagen ließ, bis Fidelis sie glücklich im Treibgang hatte. Erleichtert knallte er das Gatter zu.

Dann aber beging er einen Fehler: Er kletterte, die Flinte in der Hand, über die Seitenwand zu der Sau. Als er auf sie zuging, um den Schuß zu setzen, wie er es schon mit so vielen Tieren gemacht hatte, ging sie zum Angriff über. Quiekend stürmte sie durch den schmalen Gang auf ihn zu, zerschmetterte ihm mit ihrer gewölbten Stirn die Kniescheibe und schlug die Zähne in sein Bein. Als sie seine Arbeitshose zerfetzte und das Fleisch bis auf die Knochen aufriß, stieß Fidelis einen lauten Schmerzensschrei aus, der sich mit dem kämpferisch schrillen Quieken der Sau mischte und Franz auf den Plan rief. Dem stockte der Atem. Die Sau hatte von Fidelis abgelassen, nachdem er ihr eins mit der Flinte übergezogen hatte, jetzt aber sah es so aus, als wollte sie erneut angreifen und seinen Vater endgültig vernichten. Während Fidelis taumelnd zurückwich und versuchte, die Flinte umzudrehen, damit er schießen konnte, gab sie seinem Knie mit einem weiteren Biß den Rest. Danach zog sie sich mit haßerfüllt geröteten

Triefaugen in ihre Ecke zurück. Das ungeduldige Gekläff des hungrigen Hottentot schien sie in ihrer Entschlossenheit noch zu bestärken. Ehe sie sich aber erneut auf Fidelis stürzen konnte, gelang es Franz, die Sau und seinen Vater durch ein Brett zu trennen. Vorübergehend ausgebremst, wich sie zurück, und diesen kurzen Moment des Zauderns nützte Fidelis, um ihr den Lauf zwischen die Augen zu setzen und abzudrücken.

Es gab einen lauten Knall, der Hottentott entzückte und Franz fast das Trommelfell sprengte. Mit einem leisen Jammerlaut brach die Sau zusammen, und Fidelis hinkte zu der Winde, um das Tier in die Stahlwanne zu hieven. In diesem Augenblick erfaßte ihn ein ganz sonderbares Gefühl, das nichts mit seinen körperlichen Schmerzen zu tun hatte, sondern aus der Seele kam, eine Art Trauer. Heiße Tränen stiegen ihm in die Augen und liefen ihm übers Gesicht. Rasch schickte er Franz weg. Er war ratlos. Seit seiner Kindheit hatte er nicht mehr geweint, und nicht einmal im Krieg hatte es ihn so erwischt wie jetzt. Trotz aller Mühe bekam er sich nicht in den Griff, er weinte, wütend über seinen hilflosen Kummer und geradezu entsetzt, als er begriff, daß er um die Sau weinte. Aber wie war so etwas möglich? Er hatte Menschen getötet, er hatte sie sterben sehen. Sein bester Freund war neben ihm gestorben. Keine einzige Träne hatte er vergossen. Und jetzt heulte er um ein Schwein? Danach wich er der toten Sau nicht mehr von der Seite und kümmerte sich höchstpersönlich um jede Einzelheit ihrer Schlachtung. Obwohl die qualvoll schmerzende Wunde ihm einen womöglich bleibenden Schaden signalisierte, blieb er in Bewegung, damit das Knie sich nicht versteifte. Erst am späten Nachmittag hörte er auf, und auch dann nur, weil Eva ihn dazu zwang. Als letzte Tat vor dem Gang zu Dr. Heech warf er Hottentot den Saumagen hin und ein riesiges Bündel Knochen, das der Hund, weil er nicht alles auf einmal bewältigen konnte, mit zu den Kozkas schleppte.

Fidelis saß auf einer Bank im Sprechzimmer, über die ein Laken gebreitet war, und summte, um sich von dem Schmerz abzulenken, der in seinem Knie wühlte, ein deutsches Spottlied vor sich hin: »Ich bin der Doktor Eisenbart«. Heech zog die gepflegten Augenbrauen hoch, runzelte die Stirn und überlegte. »Kenne ich«, sagte er dann. *»Ich mache, daß die Blinden sehn und daß die Lahmen wieder gehn.«* Fidelis versuchte zu lachen, schaffte aber nur ein Japsen. Er hatte eine Metzgerschürze fest um das Knie gewickelt und die provisorische Bandage mit den Schürzenbändern befestigt.

»Laß sehen, was du jetzt wieder angestellt hast«, sagte Heech halblaut und schnitt die verknoteten Bänder auf. Fidelis hätte ihn am liebsten gebeten, die Schürze aufzuheben, aber wahrscheinlich hätte der Arzt darüber geflissentlich weggehört oder wäre sogar beleidigt gewesen. Mit sicheren Handgriffen wickelte Heech den zerfetzten Stoff ab und seufzte, als ein dicker Fleischlappen daran haften blieb. »So ein Knie ist ein technisches Wunderwerk«, bemerkte er kopfschüttelnd, denn er neigte zum Dozieren, »und jetzt ist es kaputt.« *Kaputt* war eins seiner Lieblingsworte. Sorgfältig untersuchte er die Wunde. Er hatte sehr schönes Haar, auf das er ziemlich stolz war. Dichte, glänzende Locken fielen ihm in die Stirn. Anatomie war seine Leidenschaft, und sorgfältige, von ihm selbst gefertigte Aquarelle von Muskeln, Knochen, dem Verdauungsapparat und den Fortpflanzungsorganen zierten die Wände. Während er Fidelis' zerschundenes Knie und die zerstörten

Bänder der Kniescheibe begutachtete, überlegte er schon – nicht anders als eine Frau, der man eine zerrissene Jungenhose bringt –, wie sich die Risse und Löcher am besten reparieren ließen. Auch Fidelis betrachtete sein Knie, aber seine Gedanken gingen in eine andere Richtung, waren Metzgergedanken. Hier würde er schneiden, da häuten, hier mit der Klinge, da mit der Spitze des Messers arbeiten. Im Nu hätte er so einen ansehnlichen Braten gewonnen, mit gerade so viel Fett, daß das Fleisch schön marmoriert war. Er schlug sich mit der flachen Hand an die Stirn, um ein wenig Ordnung in seine Gedanken zu bringen, aber dabei wurde ihm schwarz vor Augen. Das Lied, das er vor sich hin gesummt hatte, hallte kreischend in seinem Kopf nach. Heech half ihm, sich auf der Bank langzulegen.

»Ruhig atmen«, befahl der Arzt. »Daß du mir nicht in Ohnmacht fällst!« Er setzte dem Metzger eine Gummimaske auf, und Fidelis stürzte in eine trockene, trudelnde, funkensprühende Ferne, in der er alles, was Heech mit seiner Nadel anstellte, merkte, hörte und sogar fühlte, aber nichts davon berührte ihn, obwohl er theoretisch wußte, daß jeder Handgriff schmerzte. Zu allem Überfluß summte Heech beim Nähen vor sich hin, aber daß er im Umgang mit seinen Patienten unberechenbar war, wußte schließlich die ganze Stadt. Manchmal beschimpfte er sie, und manchmal weinte er, und manchmal – so wie jetzt – schien er an seiner Arbeit einen durchaus unprofessionellen Spaß zu haben. Er hatte das rührselige Lied von »Aura Lee« angestimmt. Auch Fidelis gefiel die Melodie, und er sang den Refrain mit, dann fing Heech noch einmal von vorn an, damit Fidelis sich den Text einprägen konnte. Wenn Fidelis sang, wichen stets alle Sorgen von ihm, auch jetzt, obwohl es klar war, daß er möglicherweise in Zukunft humpeln würde. Überdies hatte er seinem peinlichen und tränenreichen Zorn dadurch Luft gemacht, daß er die Sau mit brutaler Präzision zerlegt hatte. Auch er hatte Gefallen an dem Lied gefunden. Nach dem letzten Stich der letzten Naht verstanden sie sich schon richtig gut, und Heech behielt ihn noch eine Viertelstunde da, um eine Schiene zu skizzieren, die das Knie bis zur endgültigen Heilung fixieren und Fidelis dennoch einige Bewegungsfreiheit geben sollte.

»Jetzt reicht's«, stieß Fritzie hervor, als sie das widerwärtige Bündel sah, das Hottentot vor der Ladentür bewachte, damit Kunden abdrehen ließ und die Kozkas zum Gespött der Stadt machte.

Sie zerrte ihren Mann zu dem Haufen grünlich schillernder Knochen, stopfte sie in einen Jutesack und sagte ihm, was er tun sollte. Pete warf den Sack in den Laderaum seines Autos und fuhr zur Metzgerei Waldvogel. Eigentlich hatte er den Sack nur vor die Ladentür stellen und sich dann davonmachen wollen, aber zu seiner Überraschung las er dort auf einem Schild das Wort »Geschlossen«, und im Haus rührte sich nichts. Er folgerte, daß sein Rivale wegen der glänzenden Geschäftslage offenbar keine Bedenken hatte, einen Tag blauzumachen, und dieser Gedanke ärgerte ihn maßlos. Neid, Empörung und selbstgerechter Kummer trieben ihn zu einer für ihn eigentlich untypischen Tat. Er packte die verwesenden Knochen mit dem stinkenden Mark und den widerlich wulstigen oder gesplitterten Enden und betrat das Haus durch den Hintereingang. In Argus schloß niemand die Türen ab (nach diesem Vorfall allerdings ließ Eva eine Zeitlang sämtliche Schlösser mit einem zornigen Klick zuschnappen und erstand sogar einen Satz Riegel, um die Türen von innen zu sichern), so daß Pete Kozka sein Mitbringsel ablegen konnte, wo er wollte. Natürlich traf er keine kluge Wahl, sondern setzte noch eins drauf, gab dem Schabernack einen Dreh ins Rachsüchtige. Er entschied sich für das Schlafzimmer von Fidelis und Eva. Dort zerrte er das weiße Federbett und die gestärkten, schön bestickten Bettücher aus Evas Aussteuer herunter, legte die Knochen auf die Matratze und deckte alles ordentlich wieder zu. Flüssigkeit aus den Knochen drang in die Matratzen, in die Bettücher und in die Daunen der Bettdecken.

Danach kannte Eva, was die Kozkas betraf, kein Erbarmen, und könnte sie die beiden geschäftlich ruinieren oder ihnen das Leben zur Hölle machen, erklärte sie, würde sie es bedenkenlos tun. In diesem Punkt war sie unversöhnlich. Was die Kozkas getan hatten, machte ihr weit über die persönliche Rivalität der beiden Männer hinaus zu schaffen und brachte sie später noch oft ins Grübeln. Evas Heim war – in strikter Abgrenzung von der Metzgerei – auf Ordnung gegründet, duftete nach Gebackenem, nach Sauberkeit und Leben. Jetzt aber waren Fäulnis und Todesgeruch eingedrungen und ließen sich, auch mit allen nur denkbaren Mitteln – Bleiche, Kernseife, Essig, Sunlicht und Lavendel, Orangenessenz, Zitronensaft – nur schwer vertreiben. Es half alles nichts: Ein leiser Ruch von Verwesung blieb im Ehebett haften.

Obwohl der Schabernack die Grenze zur Bösartigkeit überschritten hatte, konnte Fidelis keine Ruhe geben. Der Jux war für ihn zu einem Kunstwerk geworden, das er fertigstellen, zu einer Geschichte, die er zu Ende erzählen mußte, koste es, was es wolle. Auch machte er Hottentots Hysterie dafür verantwortlich, daß die Sau wie von Sinnen gewesen war, und wollte die Kozkas so weit bringen, daß sie endlich einen ausbruchssicheren Zwinger für den Hund bauten. Als der sich wieder einmal von der Leine losgerissen hatte und am Hintereingang der Metzgerei Waldvogel herumlungerte, warf Fidelis ihm ein Bündel Hühnerfüße hin, die er im Lauf des Monats gesammelt hatte und die der Hund natürlich sofort zu den Kozkas trug. Die Gäste, die in den holzgetäfelten Nischen und an der Theke von Sal Birdys Drugstore saßen und ihn mit seiner Beute vorbeikommen sahen, spekulierten darüber, wo im Haus der Waldvogels diese übelriechende Gabe wohl wieder auftauchen würde. Doch Pete Kozka wußte nun nicht mehr weiter. Er hatte dem Spuk ein für allemal ein Ende machen wollen, aber weil Fidelis die Eskalation scheinbar gar nicht zur Kenntnis nahm, warfen die Kozkas schließlich das Handtuch. Endlich bauten sie einen mit Maschendraht umzäunten Auslauf, dem der Hund nur noch selten entkam.

Wenn es ihm aber doch glücklich wieder gelungen war und er Überreste von toten Tieren anschleppte, schwor Pete Kozka regelmäßig, es den Waldvogels heimzuzahlen. Hottentot wurde so lästig, daß Eva drohte, sie würde vor Gericht gehen. Mehr als einmal erklärte sie, der Hund sei schuld daran, daß ihr Mann eine Beinschiene tragen und immer wieder schmerzhafte Eingriffe am Knie aushalten müsse. Eine Weile spalteten die beiden Metzgereien – ähnlich wie die katholische und die lutherische Kirche – die Stadt in zwei Lager.

Während dieser Zeit der Entfremdung legte Fidelis den Grundstein zu dem, was in Argus eine Institution werden sollte. In Ludwigsruhe war er im Gesangverein gewesen, und das fehlte ihm hier. Zu dem deutschen Verein hatten ausschließlich Metzgermeister gehört, aber das gemeinsame Singen mit Dr. Heech hatte ihm klargemacht, daß in Amerika die Trennung nach Berufsgruppen für einen Gesangverein nicht erforderlich war.

Das erste Treffen fand in Waldvogels Schlachthalle statt, die eine hohe Decke hatte und Wände, von denen die Töne aufs schönste widerhallten. Der Bankdirektor und einer seiner Mitarbeiter, der Schnapsschmuggler, der Sheriff, der Arzt und der Stadtsäufer hatten sich eingestellt – eine gute Mischung. Portland Chavers, der Bankangestellte, und Zumbrugge, sein Chef, kauften das Bier von Newhall, dem Schmuggler, was Hock, der Sheriff, großzügig übersah. Dr. Heech mißbilligte dieses Vorgehen, beschränkte sich aber darauf, den Alkoholkonsum scharf zu überwachen, und sah allenfalls dann weg, wenn sie – was hin und wieder vorkam – auch ihn zu einem Schluck überreden konnten. Der Säufer von Argus – Roy Watzka, Delphines Vater – kam reichlich auf seine Kosten. Fidelis sorgte für Cracker, Käse, Sommerwurst und gute Stimmung, denn wenn er singen konnte, war er glücklich, Dunkelheit und Schwere wichen, alles war Licht, Leichtigkeit und Musik. An jenem ersten Abend saßen die Männer bis zum Morgengrauen beisammen, tranken Bier und sangen in dem wunderbaren Gefühl, eine wichtige Entdeckung gemacht zu haben. Sie sangen sich ihre Lieblingslieder vor und lernten den Text voneinander. Die Stimmen erhoben sich erst einzeln und vereinigten sich dann zu einem Chor, der inbrünstig durch die Nacht schwebte. Bei den bekannteren Weisen wurden sie ganz von selbst mehrstimmig. Sheriff Hock hatte eine herzbewegende Kopfstimme, Zumbrugges Bariton war sonor wie ein Cello, was bei einem Mann, der so zahlreiche herzlose Zwangsvollstreckungen angeordnet hatte, vielen verwunderlich vorkam. Roy Watzka konnte, sobald er ein Glas Schnaps in der Hand hielt, alle Stimmen gleichermaßen überzeugend singen, aber es stellte sich heraus, daß seine Stimme in der Tonhöhe der von Chavers so ähnlich war, daß sie manchmal eher gegeneinander als miteinander sangen. An diesem Abend – wie danach immer einmal in der Woche – sangen Männerstimmen Eva in den Schlaf. Der Gesangverein wurde der beliebteste gesellschaftliche Treffpunkt der Stadt, und bald kamen auch Männer dazu, die kaum Stimme hatten oder keinen Ton halten konnten, setzten sich an den Rand und hörten einfach zu.

Ausgerechnet Pete Kozka war von dem Gesangverein besonders angetan, denn er sang selbst leidenschaftlich gern. Er fühlte sich ausgegrenzt und klagte Fritzie, er würde ja selbst einen Gesangverein gründen, wenn nicht Fidelis alle guten Stimmen schon weggeschnappt hätte. Der Gesangverein trug viel dazu bei, das Verhältnis zwischen den beiden Metzgern zu entspannen. Als Pete es einfach nicht mehr aushielt, abseits zu stehen, kam er eines Abends zu der Singestunde, als sei nichts geschehen. Fidelis zuckte nicht mit der Wimper. Als die beiden Metzger miteinander sangen, war die Feindschaft so gut wie begraben.

Geredet wurde natürlich immer noch, die Rivalität der beiden war schließlich ein ergiebiges Thema, aber nach einiger Zeit war der Metzgerstreit Schnee von gestern, und man wandte sich neuen Ungereimtheiten, neuen Nöten zu. Denn immer wieder kam die eine oder andere große Erschütterung über die Stadt. Wenn die Menschen gerade anfingen, sich in trügerischer Sicherheit zu wiegen, wenn sie glaubten, ihre Gebete hätten geholfen, das Böse in Schach zu halten, oder unbedacht ihr friedliches Zusammenleben mit einem Fest feierten, einer Parade oder ähnlichen Überheblichkeiten, passierte ein Unglück. Ein Toter wurde entdeckt, ein Kind in einer Ladung Getreide erstickt. Eine Frau war schwanger und war es eines Tages nicht mehr. Man wußte, daß sie ihr Kind umgebracht hatte, aber beweisen ließ sich nichts. Ein vielleicht betrunkener junger Mann wurde in einem Anfall von Eifersucht erschossen. Es gab eine brutale Vergewaltigung, das Mädchen landete im Irrenhaus, der Mann lief weiterhin frei herum, und eines Tages war er verschwunden. Die Bank wurde beraubt, ein Auto zu Schrott gefahren, ein Junge bei einem Unfall mit der Dreschmaschine zerstückelt. Der Lieblingslehrer der Kinder jagte sich eine Kugel in den Kopf. Immer wieder wurde die Stadt daran erinnert, daß zwar redliche Menschen in ihr lebten, von denen die meisten sich für fromme Kirchgänger hielten, daß Argus zwar stolz auf den Bürgersinn seiner Bewohner sein konnte, aber nicht unverletzlich war. Straubs Beerdigungsinstitut florierte, ein Zeichen dafür, daß der Tod sich in Argus nicht weniger wohl fühlte als an anderen Orten. Und in überraschenden, heimlichen Einsprengseln florierte, obwohl vom Stadtrat nicht geduldet, hier und da auch das Böse.

— 4 —
Der Keller

In den drei Monaten ihrer Tournee hatten Delphine und Cyprian den staubigen, verarmten Orten, in denen sie auftraten, erstaunlich viel Geld abgeknöpft. Was ein Beweis dafür war, wie Delphine bemerkte, daß die Leute trotz der trostlosen Lage auch noch im Sommer 1934 bereit waren, für eine Ablenkung von ihrem Elend Geld hinzublättern. Obgleich sie also nicht schlecht verdienten, zog es Delphine zurück in die Heimat. Vorher aber kaufte sie in einem zweitklassigen Juweliergeschäft zwei billige Ringe. Ohne zumindest so zu tun, als sei sie verheiratet, durfte sie sich in Argus nicht sehen lassen.

»Völlig unwichtig, die Dinger«, sagte sie und warf ihm einen argwöhnischen Blick zu, als sie den Trauring überstreifte.

»Für dich«, gab er zurück.

»Und für dich auch«, sagte sie warnend. Schon kam es ihr vor, als ob der Ring drückte. Oft genug hatte sie gehört, daß man mit Ringen in Maschinen und an Autotüren hängenbleiben und sich die Finger brechen oder gar abreißen konnte. Sie hatte noch nie einen Ring getragen.

»Bilde dir bloß nicht ein, daß ich jetzt das Frühstück mache. Ich hab noch keine Lust, die brave Hausfrau zu spielen.«

»Schön, dann koche ich«, sagte Cyprian.

Delphine wollte sich ausschütten vor Lachen. Sie hatte noch nie erlebt, daß er sich auch nur die Butter aufs Brot gestrichen hätte. Wenn sie essen gingen, hatte sie das für ihn besorgt, als liebevoll frauliche Geste gewissermaßen, aber vielleicht war es besser, wenn sie ihn jetzt nicht mehr so sehr umsorgte, er glaubte sonst womöglich, das ginge immer so weiter.

Nachdenklich drehte sie an dem Ring herum, einem kleinen Schutz vor den lutherischen Damen, die mit Luchsaugen jeden ihrer Schritte verfolgen würden. Klatschen würden sie trotzdem, ihr Vater sorgte schon dafür, daß ihnen der Gesprächsstoff nicht ausging. Dabei wußten sie im Grunde gar nicht viel von dem, was sich auf der abgelegenen Farm vor der Stadt abspielte. Nur gut, daß man von dort aus das Elend ihres Vaters, das auch das ihre war, nicht so ohne weiteres mitbekam.

Vielleicht war nicht nur die vorgetäuschte Ehe, sondern die Rückkehr überhaupt ein Fehler. Würde ihr Vater Cyprian zu seinem Saufkumpan machen? Cyprian vertrug keine harten Getränke, seinen Balanceakt konnte er dann vergessen. Aber trotz allem sehnte sie sich nach Roy, und beängstigende Vorahnungen, dramatische Bilder plagten sie. Er lag im Sterben und verlangte keuchend nach ihr wie der Vater in dem Märchen von der Schönen und dem Biest. Stürzte betrunken kopfüber in den Fluß hinter dem Haus. Wollte sich ertränken.

Delphine und Cyprian fuhren nach Süden, zurück nach Argus. Das legendäre Langgras, das einst alles Land unter dem Himmel bedeckt hatte, wogte noch immer am Rand mancher Felder, an den Rändern der Sumpflöcher und den Ufern des malerischen kleinen Flusses, der manchmal über die Ufer trat und die halbe Stadt verwüstete. Die Felder mit verkümmertem Weizen – manche waren ganz kahl – zogen endlos an ihnen vorüber. Wie graue Netze hingen die Nester des Heerwurms in den Bäumen. Hin und wieder stand ein Haus mit leeren Fensterhöhlen am Straßenrand. Über der Haustür, die mit einem Vorhängeschloß gesichert war, leuchtete tapfer und hoffnungslos ein wenig Farbe. Die Tankstellen bestanden meist nur aus einer Benzinpumpe vor einem kleinen Kaufladen, Hier und da fuhren sie an einer Siedlung vorbei oder sahen eine vom Blitz getroffene Pappel. Und über allem hing freundlich-eintönig der geduldige Himmel, regenlos und grau wie eine Plane.

Als sie an Waldvogels Metzgerei vorbeifuhren, sahen sie zwei Menschen rennen, eine Frau in geblümtem Waschkleid, Schürze und Stöckelschuhen, und einen etwa fünfzehn- oder sechzehnjährigen Jungen mit sportlicher Figur und wehendem dunklem Haar. Sie liefen um die Wette einem Ziel hinter dem staubigen Parkplatz entgegen. Es war ein Kopf-an-Kopf-Rennen. Plötzlich aber schien es, als machte die Frau einen Satz nach vorn, in Wirklichkeit aber verkürzte sie sogar die Schritte, reckte sich auf die Zehen und setzte zum Endspurt an. Als der Wagen fast vorbei war, wandte sich Delphine noch einmal um. Das Haar der Frau hatte sich aus dem Knoten gelöst und wehte hinter ihr her, ein rotgoldenes Siegesbanner, denn sie hatte den Zaun am Ende des Grundstücks zuerst berührt und den Jungen besiegt. Delphine wandte sich wieder Cyprian zu.

»Die Frau hättest du sehen sollen! Wie die rennen kann! Hier müssen wir abbiegen.«

Sie waren jetzt auf einem schmalen, halb zugewachsenen Weg.

»Nicht so schnell«, sagte Delphine.

Der Weg war holprig und an vielen Stellen ausgewaschen. Sie

näherten sich dem heruntergekommenen kleinen Haus – drei düstere Zimmer und eine vorspringende Veranda –, in dem Delphine mit Roy gelebt hatte.

Just in diesem Augenblick trat Delphines Vater aus dem Haus, ein blasser, krummgezogener kleiner Mann mit der dicken Nase eines traurigen Clowns. Als er Delphine sah, nahm er den Schlapphut ab, drückte ihn ans Gesicht und weinte hinein. Die Schluchzer schüttelten seinen ganzen Körper. Hin und wieder ließ er den Hut sinken, um sie seinen verzerrten Mund sehen zu lassen. Es war eine Meisterleistung. Cyprian hatte noch nie einen Mann so weinen sehen, nicht mal im Krieg, und war entsetzt. Er drückte Roy sein Taschentuch in die Hand und setzte sich mit ihm auf die Veranda. Delphine straffte die Schultern, atmete tief ein und betrat das Haus.

Gleich darauf war sie wieder da und schnappte stumm nach Luft. Die Männer waren in ein tränenseliges Gespräch vertieft. Delphine ging wieder ins Haus, riß die Fenster auf, lief zum Wagen, holte einen Schal aus dem Koffer, tränkte ihn mit Soir de Paris und band ihn sich über Mund und Nase. Der Gestank war so grauenvoll, daß ihr der Gedanke kam, ihr Vater sei kein harmloser Trinker, sondern durch und durch verderbt. Als sie an seinem Stuhl vorbeikam, trat sie gegen das Stuhlbein.

»Na, hör mal!« protestierte Cyprian.

»Halt du die Klappe«, sagte Delphine hinter ihrem Tuch und betrat tapfer wieder das Haus.

Schlechten Geruch empfand sie als persönliche Beleidigung. Sie hatte schon oft hinter ihrem Vater herputzen müssen, aber dies war eine neue Dimension. Fast vermutete sie, daß er dieses Chaos absichtlich angerichtet hatte, um ihr zu zeigen, wie hilflos er ohne sie war. Der Fußboden war mit einer krümelig-schwarzen Masse bedeckt, einem Gemisch aus Kleidern, Essen, Erbrochenem und Pisse, Schweinepfoten und morschen Hühnerknochen, womöglich hatte sich auch ein Hund hier zum Sterben hingelegt. Sie sah jede Menge Insektenhülsen, Rattenkot in widerlichen Klumpen und einen Haufen fauliger, keimender Kartoffeln, wohl das Geschenk eines menschenfreundlichen Nachbarn, der Roy vor dem Verhungern hatte bewahren wollen. Von Ekel geschüttelt taumelte Delphine auf die Veranda.

»Ich brauche eine Schaufel«, brachte sie heraus. Dann schlug sie die Hände vors Gesicht und fing an zu weinen. Sie weinte noch herzzerreißender als ihr Vater. Cyprian war fassungslos. Er war ihre gleichbleibende, leicht zynische Freundlichkeit gewöhnt und hätte ihr einen so intensiven Kummer nicht zugetraut. Nach dem, was Cyprian mit dem Mann in Gorefield, Manitoba, getrieben hatte, waren ihre Augen höchstens ein bißchen feucht geworden. Jetzt schüttelten die Schluchzer sie wie ein Sturm, der kurz abflaute und immer wieder anschwoll. Ihr Vater hörte fast ehrfürchtig zu, mit gesenktem Kopf wie bei einer Predigt. Cyprian hielt so viel nackte Emotionen kaum aus. Er setzte sich zu Delphine auf die Stufen und legte ihr sehr behutsam, sehr zärtlich einen Arm um die Schultern. Erst jetzt wurde ihm klar, daß er große Hochachtung vor Delphine hatte. Ihr Ausbruch bewegte ihn sehr. Er hatte das zuweilen im Krieg erlebt: Der Augenblick, in dem die Stärksten die Kontrolle über sich verloren, war immer am schlimmsten. Er wiegte Delphine und sprach ihr leise Trost zu.

»Nicht weinen, kleine Schwester«, sagte er, und Delphines Tränen flossen nur noch reichlicher. Obwohl diese liebevolle Anrede eigentlich nicht romantisch, sondern eher brüderlich klang, war sie plötzlich bei allem Ekel, der sie schüttelte, irgendwie auch glücklich.

»Ist schon gut«, sagte sie mühsam, obwohl gar nichts gut war und sie sich am liebsten weiter an dieser ebenso wohltuenden wie ungewohnten männlichen Zuwendung gelabt hätte.

»Du schaffst das schon, das weiß ich, aber du brauchst Hilfe«, stellte Cyprian fest.

Etwas Besseres hätte er nicht sagen können. Dabei hatte sie ihm außer Balancieren bisher rein gar nichts zugetraut. Wenn ich mich auf ihn verlasse, hatte sie gedacht, bin ich verlassen, aber die Vorstellung, den Gestank allein angehen zu müssen, öffneten die Tränenschleusen noch weiter.

»Du hast ja so recht«, schluchzte sie.

Cyprian war so beglückt, daß er ihr einen leidenschaftlichen Kuß auf die pochende linke Schläfe gab. Er war einsam aus dem Krieg zurückgekommen, war einsam geblieben und hatte sich auf seine Balancekunst konzentriert. Seine Brüder waren nach Norden gezogen, in ein Cree-Reservat, seine Eltern waren Trinker, und die Großeltern hatten sich angeekelt auf die Suche nach einem Ort gemacht, wo sie in Frieden sterben konnten. Falls es noch Onkel und Tanten gab, so führten sie ihr eigenes Leben, mit dem er nichts zu tun haben wollte. Er war immer allein gewesen – bis jetzt. Über das Romantische waren sie längst hinaus. Jetzt hatte er Delphine Watzka und Delphines Vater, um die er sich kümmern mußte. Und diesen grauenhaften Gestank, der aus dem Haus drängte wie ein eigenständiges Wesen, ein böser Geist.

An Roy Watzka hatte er sich erstaunlicherweise nicht gehängt, der roch völlig normal. Delphine und Cyprian packten ihn ins

Auto, fuhren zurück in die Stadt, mieteten ein Hotelzimmer und ließen Roy dort mit seinem Lieblingsschnaps allein. Es sei zwecklos, ihm das Zeug vorzuenthalten, hatte Delphine zu Cyprian gesagt, er würde einfach losgehen, sich auf eigene Faust Stoff suchen und dadurch in gefährliche Situationen geraten, aus denen man ihn dann mühsam wieder befreien mußte.

Sie kauften zwei Schaufeln und einen Kanister Kerosin und fuhren zurück zum Haus. Dort banden sie sich parfümgetränkte Tücher vor Mund und Nase und machten sich daran, den widerwärtigen Müll herauszuschaffen.

»Dieses Parfüm hab ich noch nie leiden können«, stöhnte Cyprian, nachdem sie die dritte Schaufel unkenntlicher Abfälle herausgetragen hatten.

»Ich nehm's nie wieder, Schatz«, versprach Delphine. Sie konnte dieses Kosewort jetzt benutzen, weil sie nun beide wußten, daß nicht die große Leidenschaft sie verband – ein Gedanke, über den sie sich nun liebevoll lustig machen konnten –, sondern ein Gefühl, das nicht ganz und gleichzeitig mehr als verwandtschaftlich war. Der Gestank fiel wie erbost ob der Störung über sie her und schlug ihnen auf den Magen. Abwechselnd fingen sie an zu würgen und steckten sich gegenseitig immer wieder damit an. Delphine war eine sehr resolute Frau, und Cyprian war im Krieg durch die Hölle gegangen, aber als sie sich zu einer besonders widerwärtigen Schicht vorgearbeitet hatten, rannten sie beide von dem gleichen Gedanken beseelt ins Freie.

»Am besten fackeln wir die Hütte ab.« Cyprian sah verlangend zu dem Kerosin hin.

»Keine schlechte Idee«, gab Delphine zurück.

Sie holten zwei Bierkästen, legten eine lange Zigarettenpause ein und entschlossen sich zum Weitermachen. Delphine staunte, wie gut Cyprian mit der Schaufel umgehen konnte. Sie trugen im Garten einen großen Haufen Müll zusammen und setzten ihn in Brand. Das Zeug verbreitete beißenden Rauch und hinterließ stinkende Asche, aber das Feuer wirkte reinigend auf ihre Seelen. Mit neuem Schwung machten sie sich ans Schaufeln, Wegschaffen und Verbrennen und mußten nicht mehr unterbrechen, um sich zu übergeben. Bis zum Anbruch der Dunkelheit hatten sie eine dicke Schicht von uringetränkten Katalogen und Zeitungen abgetragen. Roy Watzkas Saufkumpane schienen die Speisekammer neben der Küche als Klo benutzt zu haben. Ein Mann allein schafft nicht so viel, sagte Cyprian.

»Mein Vater schon«, widersprach Delphine. Sie machten, am Feuer sitzend, eine Pause. Zum Glück hatte der Gestank inzwischen offenbar ihren Geruchssinn abgetötet. Sie störten sich nicht mehr an dem Gestank, hatten weder Hunger noch Durst, spürten keinen Schmerz, fühlten sich unangreifbar. Das Haus war fast leer. Damit war der erste Schritt getan. Der nächste war schwieriger. Die Ursache des Gestanks mochte inzwischen zu schwarzen Teerflocken verbrannt sein, aber in den Wänden, in der Tapete, in den Möbeln hing er nach wie vor. Welche Substanz konnte ihn vertreiben, ohne sich mit ihm zu mischen? Zunächst mußten sie den Rückzug antreten. Als das Feuer ausgegangen war, fuhren sie zurück ins Hotel und schlichen sich verstohlen hinein, weil ihnen klar war, daß sie den ekelhaften Geruch mitbrachten. Roy war schon hinüber.

In weiser Voraussicht hatten sie sich den Luxus eines Zimmers mit Bad geleistet. »Du zuerst«, sagte Cyprian ritterlich.

»Ich kann nicht«, sagte Delphine.

»Dann baden wir zusammen«, sagte Cyprian. Delphine ließ das Bad ein und gab ein Fläschchen duftendes Shampoo dazu. Sie stiegen zusammen in die Wanne, seiften sich gegenseitig ein und wuschen sich die Haare. Cyprian lehnte sich, Delphine zwischen den Knien, seufzend an die Kopfstütze. Delphine ließ mit dem großen Zeh hin und wieder Wasser heraus- und warmes Wasser nachlaufen. Es war eine erotische Situation ohne sexuelle Beiklänge, voll von animalischer Zufriedenheit. Beide fanden es schön, einander unbefangen nackt sehen zu können, und genossen das Gefühl, sauber zu sein. Allerdings hatte sich der Gestank in ihrem Gedächtnis festgesetzt, sie meinten ihn noch immer zu riechen und hatten Angst, man könnte sie aus dem Lokal werfen, in dem sie am nächsten Morgen frühstücken wollten, man könnte ihnen auf der Straße aus dem Weg gehen. Darüber hätten sie fast Roy vergessen. Sie wollten sich gerade abtrocknen, als ein rumpelndes Röcheln durch die Wand drang. Cyprian fuhr zusammen.

»Er schnarcht«, erläuterte Delphine.

»Auch das noch ...«

Delphine warf ihm einen besorgten Blick zu. Cyprian betrachtete Delphine in ihrer ungenierten Nacktheit. Ihr Körper war fest, anmutig und kraftvoll. Sie hatte sehr schöne Brüste. Wie die Frau aus den Geschichten meiner Großmutter, dachte Cyprian, die Frau, die eine halbe Füchsin war. Die Brüste waren makellose goldene Kegel mit honigfarbenen Brustwarzen – aber machen wollte er nichts mit ihnen, er fand es nur schön, sie anzuschauen.

»Wenn ich Künstler wäre«, sagte er, »würde ich dich zeichnen.« Er rubbelte sie mit einem rauhen Handtuch ab. »Dein Vater sägt ja mächtige Bäume durch. Ich überlege, ob ich mich nicht zum Schlafen vor die Tür legen soll.«

»Man gewöhnt sich dran«, tröstete Delphine. »Stell dir einfach vor, es wäre was aus der Natur.«

»Das Schnarchen?«

»Wie ein Gewitter. Ein großer See. Bäume.«

Das Prusten und Strampeln kam Cyprian alles andere als natürlich vor, und Delphines Rat schien eher dubios, aber sobald er sich hingelegt und an sie geschmiegt hatte, stürzte er in einen tiefen Schacht, in dem er sonderbare Träume hatte. Er träumte von Bäumen, deren Äste im Wind knackten und knarrten, er träumte, daß er in einem tobenden Sturm von Eisscholle zu Eisscholle sprang, er träumte von einer tückischen Mine, die jedesmal hochging, wenn er zum Sprechen ansetzte.

In seinem Traum sprach er, wenn der Lärm einmal verstummte, frei und offen mit Delphine.

Und was hab ich zu ihr gesagt, überlegte er in der kurzen Wachphase, ehe er wieder in den schwarzen Strom der Bewußtlosigkeit eintauchte. Was habe ich ihr erzählt? Was weiß sie? Denn er hatte noch nicht gewagt, von dem zu sprechen, was sie am Fluß in Manitoba gesehen oder nicht gesehen hatte. Von dem, was kurz nach jenem Abend passiert war, als sie einander in die Augen gesehen und ihre Körper in vollkommener Harmonie zueinander gefunden hatten. Waren sie jetzt ineinander verliebt, oder hatte sich grundlegend etwas geändert? War sie seine kleine Schwester und der lärmende Trunkenbold im Nachbarbett sein neuer Vater? Womöglich, dachte er, als er noch vor Tagesanbruch wieder an die Oberfläche stieg, hatte der Gestank sie alle aus dem Takt gebracht. Fest stand nur eins: Wenn es hell wurde, würden sie weitermachen.

Der Gestank stand wie ein Zelt über dem Haus. Sie gingen hinein, um den Kampf wieder aufzunehmen, und rannten sofort wieder hinaus. Es war, als hätten sie noch gar nicht angefangen, oder schlimmer noch, als hätten sie nur kurz einen Deckel angehoben. Es müsse aus dem Fußboden kommen, meinte Cyprian.

»Oder aus dem Keller?« Delphine schüttelte es wie ein Kind, das sich gruselt.

Der Keller war nur eine große Grube unter der Speisekammer, die als Luke eine Klappe an Scharnieren hatte. An der Klappe war ein drehbarer Ring befestigt, mit dem man abschließen konnte. Delphine hatte den primitiven Kellerraum nach Möglichkeit überhaupt nicht betreten – sie und Roy hatten kaum je genug zu essen gehabt, um sich dort unten Vorräte anzulegen –, Roy aber hatte auf primitiv in die Seitenwände gegrabenen Borden seine Schnapsvorräte gelagert. Ganz früher einmal waren da unten Kartoffeln in einer großen Tonne gewesen oder vielleicht Rüben, für Delphine aber war der Keller nur ein unheimlicher Ort voller Spinnen, aus dem wohl auch die Käfer und der Rattenkot stammten.

»Ich will das nicht sehen«, sagte Delphine.

»Ich auch nicht«, bekräftigte Cyprian.

»Jetzt fackeln wir die Hütte doch ab.«

»Rauchen wir erst mal eine.«

Sie setzten sich auf ihre Bierkästen. Von hinten wirkte das Haus rührend klein und harmlos, man mochte ihm so viel Feindseligkeit kaum zutrauen. Delphine hatte die Türen und Fensterrahmen blau gestrichen, weil es angeblich Stämme gab, die glaubten, daß Blau böse Geister vertrieb. Eigentlich hätte sie eher eine Farbe zum Vertreiben von Säufern gebraucht, aber die gab es nicht.

Säufer waren die ständige Heimsuchung ihrer Kindheit gewesen und auch noch, als sie zu einer aufgeweckten Jugendlichen herangewachsen war, die in einem staatlichen Rechtschreibwettbewerb den ersten Preis gewonnen hatte. Ihr Siegerwort hieß *Szygygium*. Sie hatte es intuitiv richtig geschrieben und hinterher nachschlagen müssen, was es bedeutete.

Delphine war die beste Schülerin ihres Jahrgangs gewesen. Sie hätte ein Stipendium für ein katholisches College bekommen können, war aber früh zur Aussteigerin geworden. Das lag wohl an den Planeten in der Konjunktion ihres Siegerwortes, die, unbekümmert ihre Schatten mal hierhin, mal dorthin werfend, einen unheilvollen Einfluß auf sie ausübten. Die Erfahrungen mit den Saufkumpanen ihres Vaters überzeugten sie davon, daß im Mittelpunkt des Weltalls kein Gott war, sondern eine ungeheuerliche Leere, das Schweigen eines Gottes, der so lange getrunken hatte, bis ihm die Sinne schwanden.

Vermittelt hatte ihr diese Erfahrung das Haus, in dem die Betrunkenen, unbeeindruckt von dem leuchtenden Blau der Tür und der Fensterrahmen, herumtorkelten. Sie war weder beraubt noch vergewaltigt worden und hatte die Gottesferne nicht stärker empfunden als andere Leute auch. Man hatte sie nicht bedroht oder gezwungen, anderen Menschen Schaden zuzufügen, hatte sie auch nicht geschlagen oder der Sprache oder Stimme beraubt. Was sie geprägt hatte, waren die tränenseligen Geschichten, die in diesem Haus erzählt wurden, schreckliche Schicksale, die sie nicht hatte abwenden können. So sollte es ihr ganzes Leben lang bleiben: Katastrophen, die wie Stühle um sie herum niederstürzten, so nah, daß sie ihre Frisur in Unordnung brachten, ohne sie selbst zu treffen.

Vielleicht war sie durch den frühen Verlust der Mutter überempfindlich geworden. Wenn über Besucher, Freunde, Bekannte, Fremde ein Unglück hereinbrach, durchlitt Delphine deren Gefühle. Als ein Kind in ihrer Straße erblindete, kämpfte Delphine wochenlang mit einem Alptraum, in dem man ihr eröffnete, auch sie sei blind. Oder sie träumte, sie sei von ihrem Mann verlassen worden wie Mrs. Vashin, eine muntere Schlampe, die versucht hatte, sich umzubringen, weil sie sich nicht zutraute, neun Kinder allein großzuziehen. Der Versuch war mißlungen, aber das rote Mal des Stricks, den Mrs. Vashin sich um den Hals gelegt hatte, wurde sie ihr Leben lang nicht mehr los. Oder sie sei, wie Clarisse Strub, ihre beste Freundin aus der High School, Opfer einer rätselhaften Krankheit geworden. Solche Sachen passierten so regelmäßig, daß sie bei Delphine ein nervöses Zucken im Kopf auslösten, vergleichbar einem Kniesehnenreflex, der sich jedem hoffnungsvollen Lichtstrahl verweigerte.

Delphine verzichtete darauf, mit Gott zu hadern. Nachdem sie begriffen hatte, daß Gott ihr die Mutter nicht zurückgeben würde, wäre das nur Zeitverschwendung gewesen. Sie ging vorzeitig von der Schule ab, weil sie es charakterlos fand, täglich zwanzig- oder dreißigmal schwindeln zu müssen. Gott war gut: Lüge! Gott war allmächtig? Nicht ausgeschlossen, aber dann war Er eben nicht gut, weil Er ihre Mutter hatte sterben lassen. Barmherzig: Lüge! Gerecht: Lüge! Allwissend? Schaute Er wirklich nach, was ihre Hände nachts unter der Bettdecke trieben? Guckte Er wirklich in ihren Kopf hinein und weinte über ihre unreinen Gedanken? Und wenn dem so war, warum kümmerte Er sich um solche Bagatellen, hatte sich aber nicht die Zeit genommen, ihre Mutter wieder gesund zu machen? Was waren das für Prioritäten? Delphine zählte die Lügen und vermerkte sie am Rand ihrer Lehrbücher und der Romane, die sie sich in der Bibliothek auslieh. Lügen! Noch mehr Lügen! Ihre Randnotizen nahmen derart überhand, daß die Nonnen in den kommenden fünf Jahren ihre Schülerinnen anwiesen, Bücher mit handgeschriebenen Bemerkungen zu melden und die Notizen nicht zur Kenntnis zu nehmen.

Ihrem Vater war diese Entwicklung nur recht. Als er erfuhr, daß sie die Schule aufgegeben hatte, gab er seinerseits ein geregeltes Leben auf und widmete sich ernsthaft dem Trinken, während Delphine arbeitete. Vielleicht war sie einfach zu gescheit gewesen, sagte sie sich manchmal. Vielleicht hätte sie lieber die Tyrannei der Lügen ertragen sollen, als sich mit ihren immer nur kurzzeitigen Jobs zu plagen. Sie verpackte Butter in der Molkerei Ogg. Sie schlug Eier auf und mußte würgen, wenn ein faules dabei war und ihr der Schwefelgestank in die Nase stieg. Eine Weile hatte sie Kekse in Blechdosen sortiert und von denen gelebt, die kaputtgingen und aussortiert wurden. Sie hatte in einem Textilgeschäft an einer Knopflochmaschine gearbeitet. Hatte gebügelt. Sich beim Waschen von Bettwäsche durch das Bleichmittel Blasen an den Händen geholt. Es waren stupide, schlecht bezahlte Jobs. Von dem Geld, das sie heimbrachte, versuchte der Vater noch die Hälfte für sich abzuzweigen. Als sie zum ersten Mal ihren Lohn mit ihm teilte, vertrank er ihn außer Haus. Beim nächsten Mal brachte er seine Kumpane mit. Als sie heimkam – mit schmerzenden Gliedern, staubbedeckt, erschöpft vom Sortieren von Backsteinen in der Ziegelei –, tranken die alkoholhaltiges Gesichtswasser aus der Flasche, lärmten herum, aßen alles, was im Haus war, bis hin zu dem letzten Stück Schinken, und drängten dann in ihr Schlafzimmer, ihren einzigen Zufluchtsort. Sie ging mit dem Besen auf die Männer los und drosch auf sie ein, bis der Stiel zerbrach. Als die brüllten vor Lachen und nicht gehen wollten, flimmerte es ihr plötzlich vor Augen. Sie lief hinaus zu ihrem Holzvorrat, zerrte die Axt aus dem Hauklotz und rannte damit zurück in die Küche.

Hey, Roys Baby ..., höhnte einer.

Sie schlug zu, spaltete das gerade ausgegebene Karo-As, zog die Axt aus der Tischplatte und hob sie erneut. Ihr Vater kreischte. Als sie ihm mit der Axt drohte, wich er zurück und verstreute dabei die Pokerkarten in alle Winde. Sie sei offenbar verrückt geworden, schimpfte er und ergriff mit seinen Kumpanen die Flucht. Nachts brach er durch dünnes Eis in den Fluß ein und bekam eine lebensgefährliche Lungenentzündung, so daß Delphine die Arbeit in der Ziegelei aufgeben mußte, um ihn zu pflegen. Damals hatte sie sich zum ersten Mal gegen ihn aufgelehnt, und darüber kam er nicht hinweg. Als er sie in ihrem zerschlissenen Nachthemd, Zeter und Mordio schreiend, ins Zimmer stürmen sah, war seine Großmäuligkeit in sich zusammengefallen wie ein angepiekster Luftballon. So und ähnlich also sahen die Erfahrungen aus, die Delphine geprägt hatten. Trotzdem brachte sie es nicht übers Herz, das Haus in Flammen aufgehen zu lassen. Hier war sie aufgewachsen, hier hatte – nach einer von Roys Geschichten – ihre Mutter sie zur Welt gebracht. In der Küche angeblich, am Herd, wo es warm war.

»Dann müssen wir wohl den Keller angehen«, seufzte sie.

»Das habe ich befürchtet«, sagte Cyprian, aber es klang ganz zuversichtlich. Er drückte die Zigarette aus, klopfte sich die Hosen ab und lachte, als Staubwolken seine Hände einhüllten. Delphine hätte ihm gern gesagt, wie großartig sie es fand, daß er so zupacken konnte. Die Leute in der Stadt schätzten so etwas, und auch sie selbst war stolz auf ihr Stehvermögen. Aber würde sie damit nicht zugeben, daß sie ihn einmal für ein Weichei gehalten hatte, für einen Tölpel, der nicht einmal etwas anbauen konnte? Offenbar hatte sie ihn verkannt. Er war ein Künstler. Balancekünstler. Vielleicht hatte er sich, solange er mit dieser Nummer aufgetreten war, ganz auf diese eine Sache konzentriert und kam erst jetzt dazu, der Welt zu zeigen, was sonst noch in ihm steckte.

Um an die Luke zu kommen, mußten sie eine Schicht wegstemmen, die aus eingemachten Pfirsichen, Scherben der Einmachgläser, Hundekot und im Pfirsichsaft klebenden rotglänzenden Perlen bestand. Als das geschafft war, hämmerten sie an dem festgeklemmten Ring herum. Allmählich wurde es dunkel, und sie mußten aufhören und eine Laterne holen. Immer noch zögerten sie den letzten Schritt hinaus. Langsam füllten sie Petroleum in die Lampe, Cyprian trimmte umständlich den Docht und zündete ihn an. Dann öffneten sie mit Hilfe eines Stemmeisens und eines Dosenöffners die Klappe.

Im Rückblick hatte Delphine den Eindruck, daß die Klappe aufgeflogen war wie nach einer Explosion, aber sie hatten wohl beide den Gestank unterschätzt, gegen den sie bisher gekämpft hatten, denn der war nur ein olfaktorischer Schatten dessen, was ihnen jetzt entgegenkam. Beide stürzten durch die Hintertür ins Freie und rollten sich in dem struppigen Gras herum.

»Was zum Teufel war das?« fragte Cyprian, als sie die Bierkästen erreicht und mit zitternden Fingern ihre Zigaretten angezündet hatten. Es war, als habe ein Poltergeist sie aus dem Haus geworfen. Sie wußten nicht einmal mehr genau, ob sie die Klappe wirklich aufgemacht hatten.

»Ich glaube schon«, sagte Delphine.

»Ich auch«, bestätigte Cyprian.

»Da unten ist was.« Delphine stieß mit dem Zigarettenrauch einen tiefen Seufzer aus.

»Was meinst du?«

»Ein Toter.«

Delphine hatte recht und auch wieder nicht: Es war mehr als einer, genau ließ sich die Anzahl nicht feststellen. Da unten herrschte, wie Cyprian es später ausdrückte, ein großes Kuddelmuddel. In ständiger Angst, den Sheriff holen zu müssen – was, um Himmels willen, hatte Roy angestellt? –, rafften sie ihre letzten Kräfte zusammen, wagten sich zurück ins Haus, griffen nach der Laterne, beugten sich über die Öffnung, warfen einen Blick nach unten und liefen wieder hinaus – alles mit angehaltenem Atem. In sicherer Entfernung blieben sie stehen und rangen nach Luft.

»Hast du genau hinsehen können?«

»Ja.«

»Menschen?«

»Monster.«

Haargenau so sahen sie aus, diese bedauernswerten Toten mit ihren aufgedunsenen Zungen, den Glubschaugen, der herausquellenden Hirnmasse, dem grün schillernden Pilzbewuchs, besiedelt von einer wimmelnden Schar von Lebewesen. Um die Leichen herum stapelten sich leere Flaschen.

Was hatte Roy angestellt?

Delphine geriet in Panik. »Und wenn wir das Haus jetzt doch anzünden?«

»Dann denken alle, wir hätten ein Verbrechen vermutet. Wenn das Haus brennt, kommt sowieso die Feuerwehr, und der Sheriff stellt Ermittlungen an. Und nur den Keller können wir nicht abfackeln. Wenn die Flammen das kaputtmachen, was wir da unten gefunden haben, sitzen wir erst recht in der Patsche.« Selbst in diesem Augenblick war Delphine gerührt, wie selbstverständlich er *wir* sagte. Er hätte jetzt einfach weggehen, sie mit ihrem Vater, dem stinkenden Haus und den Leichen allein lassen können, aus denen unten im Keller neues Leben entstanden war. Aber er hielt zu ihr, ließ mit keinem Wort Erbitterung über dieses Schlamassel erkennen. Er ist nicht nur tüchtig, dachte Delphine, sondern auch loyal, ich würde ihn heiraten, wenn nicht das mit den Männern wäre. Es war vielleicht ein ungewöhnlicher Zeitpunkt für die Überlegung, ob er ein Mann zum Heiraten war, aber während Cyprian sich an ihrer Seite mit ernster Miene der Herausforderung stellte, konstatierte Delphine, daß er noch nie besser ausgesehen hatte. Das Gesicht mit den hohen Wangenknochen war angespannt, der Blick entschlossen. Sie mochte diese neue Seite an ihm, das Ernsthafte, Überlegte, seine Geduld.

»Wir müssen mit Roy reden«, entschied er. »Wir müssen wissen, was da los war, Delphine.«

Roy empfing sie mit hilflosem Wutgebrüll. Er hatte sich in seinem Bettzeug verheddert und glaubte, sie hätten ihn in eine Zwangsjacke gesteckt. Er war einmal mit Delirium tremens ins Krankenhaus eingeliefert worden. Dort hatte man ihn in ein kaltes nasses Laken eingeschlagen, das Laken mit Sicherheitsnadeln festgesteckt und ihn in einem schallgedämpften Zimmer seinem Schicksal überlassen. Er hatte Spinnen von der Decke regnen sehen und gespürt, wie Riesenläuse unter seiner Haut herumkrabbelten. Dieser Horrortrip habe ihn wieder zur Flasche getrieben, behauptete er. Danach hatte er nie wieder den Versuch gemacht, trocken zu werden. Bei klarem Verstand konnte er das, was da aus ihm hervorbrach, nicht aushalten.

»Jetzt hör mir mal zu.« Delphine machte sich daran, ihn auszuwickeln. »In deinem Keller liegen Leichen.«

»Erlöse mich, ich flehe dich an«, sagte Roy in seinem gewohnten, halb hochfahrenden, halb wehleidigen Ton. »Ich brauche dringend was zu trinken.«

Resigniert bedeutete sie Cyprian, ihrem Vater einen Schluck von dem Whiskey zu geben, den sie auf dem Weg hierher für ihn erstanden hatten.

»Aber nur einen Schluck, Dad. Wir müssen reden. In deinem Keller liegen Leichen.«

»Leichen? Was für Leichen denn?« fragte er patzig.

»Das wissen wir eben nicht.«

Roys Blick richtete sich gierig auf die Whiskeyflasche. »Darf ich dann wenigstens um eine Beschreibung bitten?« fragte er mit trügerisch sanfter Stimme.

»Schwer zu sagen.« Cyprian warf Delphine einen ratlosen Blick zu. »Einer hatte einen flachen Filzhut auf und trug so was wie eine Fliege … und vielleicht einen Anzug …«

»Einen schwarzen Anzug?« Roy war plötzlich hellwach.

»Was meinst du, Delphine – war es ein schwarzer Anzug?« Delphine ging im Zimmer auf und ab und versuchte mit geschlossenen Augen, das grausige Bild wieder vor sich erstehen zu lassen. »Ich glaube schon«, bestätigte sie matt. Roy sprang unvermittelt auf, nahm Cyprian die Flasche aus der Hand und schüttete so viel wie möglich von ihrem Inhalt in sich hinein, ehe Delphine und Cyprian ihm seine Beute wieder entreißen konnten. Dann wischte er sich mit dem Ärmel über den Mund und torkelte zweimal durch den Raum, ehe er mit ausgebreiteten Armen vor ihnen stehenblieb. »O je … Das sind Doris und Porky und ihr Kleines.«

»Was sagst du da?« Delphine packte ihn bei den Schultern und schüttelte ihn so heftig, daß sein Kopf hin und her flog.

»Hör auf.« Roy ließ sich aufs Bett fallen und streckte die Hand nach der Flasche aus, die aber Cyprian jetzt selbst an die Lippen setzte. Mit einem wilden Satz versuchte Roy, sie zu schnappen, aber Cyprian zog sie weg und hob sie hoch.

»Wer sind Doris und Porky?«

»Und ihr … ihr Kleines?« ergänzte Delphine. Sie kannte die Familie flüchtig. Ihre Freundin Clarisse war mit ihnen verwandt, und jetzt fiel ihr auch ein, daß Clarisse ihr allerhand über Portland »Porky« Chavers erzählt hatte. Es waren schlimme Ding gewesen; zumindest er tat ihr nicht leid.

»Sie waren auf der Party«, sagte Roy benommen.

»Party?«

»Für den Vater von deiner Freundin Clarisse. Natürlich ein Freund von mir. Er hatte sich eine Party gewünscht und keine feierliche Beerdigung, weil er ein Strub war. Ich war der einzige, der bereit war, eine Party für ihn zu machen statt der üblichen Trauerfeiern, auf denen er sein Leben lang von Berufs wegen war.« Roy legte eine Pause ein, um dann ziemlich geschwollen anzufügen: »Es war gewissermaßen ein Akt der Barmherzigkeit.«

»Auf so was kannst auch nur du kommen«, sagte Delphine.

»Einen besseren Gastgeber hätte er sich nicht wünschen können. Das Bier floß in Strömen«, sagte Roy in dem wehmütig gedämpften Ton eines Beichtenden.

»Und bezahlt hast du es von unserem Pachtgeld«, stellte Delphine wutentbrannt fest.

»Laßt jetzt mal das Bier beiseite«, mahnte Cyprian. »Wie war das mit Doris und Porky?«

Roy schluckte wie ein braves, aber verängstigtes Kind. »Wochen später haben wir gemerkt, daß sie weg waren.«

»Wer? Deine stinkigen Saufkumpane?«

Roy warf Delphine einen gespielt vorwurfsvollen Blick zu, war aber zu schockiert, um die Szene weiter auszuschmücken. »Kozka und Waldvogel, Mannheim und Zumbrugge, wir haben uns alle gefragt, wo sie wohl abgeblieben sind. Porky war nicht zur Singestunde gekommen. Sie hatten alles stehen und liegen lassen. Das Haus war leer. Der Hund ist gekommen und hat sie gesucht, er war nicht aus der Speisekammer wegzubringen. O du mein lieber Herrgott … Jetzt weiß ich, warum.«

Roy beugte sich vor und fing an zu weinen. »Und wir haben gedacht, sie sind nach Arizona gegangen«, jammerte er immer wieder.

Delphine und Cyprian plumpsten wie Holzpuppen aufs Bett und rangen nach Luft. Sie waren mit den Nerven am Ende. Cyprian warf Roy die Whiskeyflasche zu, ging ins Badezimmer, drehte den Wasserhahn auf, winkte Delphine und schloß ab.

»Nicht nachdenken«, riet Delphine.

Cyprian antwortete nicht. Er ließ sehr heißes Wasser einlaufen, gab etwas von dem Erdbeerschaumbad zu, das er vorhin im Kaufladen erstanden hatte, und zog erst Delphine aus und dann sich selbst. Ihre Sachen warf er zusammengeknüllt in eine Ecke. »Die verbrennen wir«, entschied er. Sie stiegen in die Wanne, wuschen sich gegenseitig zärtlich und behutsam und genossen eng aneinandergeschmiegt das warme Bad. Immer wieder ließen sie Wasser ab- und nachlaufen, bis ihre Haut erst weich, dann schwammig weiß und runzlig wurde wie Krötenhaut. Roy klopfte einmal, murmelte eine Entschuldigung und ging wieder weg.

»Ich geh hier nie wieder raus«, sagte Delphine.

Cyprian gab noch einen Schuß Erdbeerschaumbad in die Wanne und ließ heißes Wasser nachlaufen, und als das Wasser schon längst gurgelnd im Abfluß verschwunden war, saßen sie immer noch da.

Jetzt stellte sich die Frage, wem sie es sagen, was sie unternehmen sollten. Doris und Porky und – schrecklicher Gedanke! – ihr Kind mußten Angehörige haben. Am nächsten Morgen nahmen sie Roy in die Zange. Stück für Stück gab er Einzelheiten preis. Zum Beispiel, daß er sich während der »Party« davongemacht und in dem leeren Hühnerstall geschlafen hatte, der früher Delphines schwarze Rosecomb Bantams beherbergt hatte. In seinem Kummer über den Tod von Cornelius Strub hatte er sich den Pennern unten an der Bahn angeschlossen. Wochenlang hatte er dort kampiert, und als er zurückkam, war er so fertig, daß er Halluzinationen hatte. Möglich, daß er tatsächlich Klopfgeräusche aus den Wänden und dem Fußboden hatte dringen hören, aber weil ihn gleichzeitig die gewohnten Schreckensbilder von Schlangen verfolgten, die sich um die Lampen ringelten und von den Wänden wogten, hatte er diese Laute nicht weiter beachtet.

»Und dann hab ich eines Tages nichts mehr gehört«, sagte er

leise und gedrückt. »Wie das mit Geräuschen so ist … Und ich hab gedacht, daß das Delirium allmählich aufhört.«

»Es hilft nichts, wir müssen zum Sheriff«, erklärte Cyprian grimmig.

»Und wenn Dad verhaftet wird?«

»Wenn er sie nicht absichtlich eingesperrt hat, kann ihm nichts passieren … Du hast sie doch nicht im Keller eingeschlossen?«

Roy saß plötzlich bolzengerade und sah mit geöffnetem Mund und leerem Blick so vor sich hin, daß Delphine dachte, ihn würde gleich der Schlag treffen, aber dann machte er den Mund abrupt wieder zu und erklärte mit größter Bestimmtheit, natürlich hätte er das nicht getan.

»Ich glaube nicht, daß es zu einer Anklage kommt. Das sieht ganz nach einem Unfall aus. Vielleicht sind Doris und Porky während der Totenwache neugierig geworden und wollten sich zusammen mit ihrem …«, Cyprian schloß die Augen, » … ihrem kleinen Jungen Roys Schätze ansehen. Jemand hat die Gläser von den Borden gerissen und ist dabei aus Versehen an den Ring der Klappe gekommen, und dann konnten sie nicht mehr raus …«

»Alkohol hab ich da unten nicht gehabt«, erklärte Roy. »Nicht einen Tropfen.«

»Ja, dann bleibt die Sache rätselhaft …«

Sie frühstückten in beklommenem Schweigen, dann gingen sie zum Büro des Sheriffs.

In Sheriff Hock vereinten sich Zartes und Massiges auf wunderliche Weise. Die feinen Züge waren in die wabbeligen Fettmassen von Wangen und Kinn eingebettet, das hellbraune Haar war ein dünner Flaum, der Bartwuchs hingegen so kräftig, daß man unmittelbar nach dem Rasieren schon wieder Stoppeln sah. Sein Mund war häufig mit Saftspuren oder Schokolade verschmiert, wie der eines kleinen Jungen, aber die Worte, die diesen Mund verließen, waren stets klar und präzise. Um von dem hysterischen Roy so weit wie möglich Abstand zu halten, kippte er seinen Schreibtischsessel nach hinten. Er saß ganz still. Auf seinem Gesicht lag ein Ausdruck nachsichtiger Verachtung, aber wenn er sich Delphine zuwandte, hatte sein Blick etwas von der Ergebenheit eines alten Hundes.

»Ich will die Leichen da raushaben«, erklärte Roy so empört, daß man den Eindruck gewinnen konnte, die traurigen Gestalten hätten sich selbst in seinem Keller eingesperrt, um ihm einen Tort anzutun. Vorwurfsvoll sah er den Sheriff an – eine sehr ungeschickte Taktik, wie Cyprian fand.

»Setz dich erst mal«, sagte er zu Roy und flüsterte, er solle den Mund halten. »Am besten fangen wir ganz von vorn an.«

»Wenn ich darum bitten dürfte.« Sheriff Hock zog sich wieder zu seinem kleinen Holzschreibtisch heran, griff nach einer braunen Schreibunterlage und legte die schönen Finger um einen Stift. Mit der linken Hand strich er über die mit moosgrünem Stoff eingebundene Kladde, in der er Informationen notierte, die ihm die Leute aus der Stadt brachten, und schlug sie auf. Dann nickte er seinen Besuchern kurz zu. »Also bitte.«

Delphine fing an und berichtete – abwechselnd mit Cyprian – so ausführlich wie möglich, immer wieder eine höfliche Pause einlegend, damit der Sheriff alles aufnehmen konnte. Es kam ihm offenbar auf jede Nuance an. Den Stift in der erhobenen Hand, die buschigen, an sandfarbene Raupen gemahnenden Augenbrauen zusammengezogen, wartete er geduldig, bis sie die jeweils beste, genaueste Formulierung gefunden hatten. Diese konzentrierte Aufmerksamkeit lockte alle Einzelheiten aus ihnen heraus – die genaue Tageszeit, die Lichtquelle, die besondere Art des Geruchs, ihre eigenen Theorien, die Sorge um Roy. Als sie fertig waren, hatten sie das Gefühl, als hätten sie alle miteinander ein gewaltiges Werk vollbracht. Sie waren erschöpft, aber noch war es ja nicht zu Ende.

Als Sheriff Hock sich in müder Majestät erhob, mußte Delphine daran denken, daß er vor seiner erfolgreichen Bewerbung um das Amt des Sheriffs als König Heinrich VIII. Triumphe gefeiert und auch einen legendären Falstaff gegeben hatte. Was sie für ihn empfand, war eine komplizierte Mischung aus Respekt und Mitleid. Er war ebenso heftig wie hoffnungslos in Clarisse Strub verliebt, und alle, die darüber im Bilde waren, wußten auch, daß Clarisse ihn verabscheute. Er war viele Jahre lang hinter ihr hergewesen und hatte zahlreiche Gedichte auf sie verfaßt, die vor Selbstmitleid trieften. Seine Leidenschaft war inzwischen ein alter Witz, aber weil er der Sheriff war, sagte ihm das niemand.

»Wir beginnen jetzt mit den Ermittlungen«, erklärte er. In einem kleinen Raum hinter der Amtsstube befand sich sein Handwerkszeug – Pistole, Maßbänder, rote Fähnchen zum Stoppen von Fahrzeugen, Notizbücher und Akten, ein Ständer mit mehreren Gewehren. Bedächtig wählte er aus, was er brauchte, verfaßte eine ausführliche Nachricht für seinen Stellvertreter und verließ mit seinen Besuchern das Haus.

»Roy fährt mit mir«, entschied er.

Fiebernd vor Angst und Stolz belegte Roy den Beifahrersitz. Cyprian und Delphine folgten in respektvollem Abstand mit ihrem eigenen Wagen. Als sie ausstiegen, konstatierte Delphine beeindruckt, daß der Sheriff auch eine Quarantänemaske mitgebracht hatte, die er anlegte, bevor er das Haus betrat. Ohne ein Wort mit ihnen zu wechseln, bewegte er sich rasch und behende durch die kleinen Räume, und sehr bald verdunkelte seine breite Gestalt die Türöffnung zur Speisekammer. Dann öffnete er die Klappe zum Keller, machte sich ein paar Notizen, stützte die Klappe ab, damit sie offenblieb, und betrat durch die Hintertür den Garten.

Dort blieb er lange stehen – entweder um seinen Magen zu beruhigen oder um sich zu sammeln. Die anderen warteten in einiger Entfernung.

»Ehe ich dir gestatten kann, wieder dein Haus zu betreten«, sagte er schließlich zu Roy, »muß ich die anderen Gäste vernehmen, die an dem verhängnisvollen Abend hier waren.« Er wandte sich an Delphine. »Da ihr in eurem begreiflichen Eifer vermutlich alle Spuren eines möglichen Verbrechens zerstört habt, muß ich darauf bestehen, daß ihr als potentielle Zeugen die Stadt nicht verlaßt.«

Sie nickten, und der Sheriff fuhr davon. Roy sagte, er müsse eine Weile allein sein, und ging zum Flußufer. Delphine gab Cyprian mit einer Handbewegung zu verstehen, daß ihr Vater zwischen den Baumwurzeln am Ufer immer eine Flasche versteckt hatte. Zusammen mit Cyprian entlud sie den DeSoto. Das Schlafzelt schlugen sie im Gegenwind möglichst weit weg vom Haus auf. Dann setzte Delphine sich in den Wagen, um in der Stadt das Notwendigste einzukaufen. Cyprian solle inzwischen aufpassen, sagte sie, daß Roy nicht auf die Idee kam, stockbetrunken schwimmen zu gehen.

Es ist erstaunlich, aber leider wahr, daß einmal erfahrenes Glück einen Menschen später umbringen kann. Roy Watzka war, auch wenn es so aussah, nicht der typische Säufer, sondern ein gefährlicher Romantiker. Er hatte einmal im Leben geliebt, selbstlos und leidenschaftlich, mit der staunenden Dankbarkeit eines kleinen Polen. Die Frau, die er geliebt hatte, war Minnie, die alle Welt für Delphines Mutter hielt und die alle nur von Roys Fotos und seinen Geschichten her kannten. In diesen Geschichten aber blieb sie in der Erinnerung der Stadt lebendig. Vielleicht steckte tief verborgen auch in ihr etwas, was Roys leidenschaftliche Liebe erwidert hatte, aber in den unscharfen Fotos deutete kaum etwas auf ein romantisches Innenleben hin. Auf einem hatte sie sich halb von der Kamera abgewandt, um ihren Mund lag ein bitterer Zug, der Argwohn ausdrücken mochte, vielleicht aber auch nur ein Schatten war, weil sie in der prallen Sonne stand, auf einem anderen hatte sie sich gerade bewegt, so daß ihr Gesicht nur eine vage hellgraue Fläche war. Auf einem dritten streckte sie die Hände nach einem flatternden Huhn aus, und Flügel und wehendes Haar verdeckten ihre Züge.

Als sie nicht mehr da war, wurden diese Fotos für Roy zu Reliquien. Manchmal zündete er abends vor ihnen eine Reihe von Votivkerzen an und begann, unentwegt trinkend, ein Gespräch mit ihr, bis sie ihm antwortete. Wenn das Kerzenlicht dann über die geliebten Fotos spielte, sah er Minnie deutlich vor sich, sah, wie sich im Lauf des Gesprächs ihr Gesicht veränderte und sanfter wurde. Aber was nützte Roy ein Glück, das es nur als Erinnerung gab? In den ersten Jahren nach Minnies Heimgang – ein Kummer, über den zu sprechen Roy sich weigerte – trank er nur hin und wieder und verkraftete den Alkohol dank einer gesunden Leber ohne größere Schwierigkeiten. Auch während der Prohibition schaffte er es, sich mehr oder weniger regelmäßig zu betrinken, weil er, was seinen Stoff anging, nicht wählerisch war. Haarwasser, Orangenblütenwasser, Hustensaft jeder Art, ja, selbst die Elixiere, die Frauen einzunehmen pflegten, wenn sie ihre Tage hatten, begleiteten seine Trauerrituale, und damit ruinierte er langsam, aber sicher das Organ, das er fälschlicherweise für sein Herz gehalten hatte.

Als Delphines Vater immer seltener mit dem Alkohol die Erinnerung an ihre Mutter beschwor, sondern anfing zu trinken, weil er den Alkohol brauchte, war Delphine gerade zehn geworden. Danach kannte sie ihren Vater fast nur noch als alkoholisiertes Wrack, während die Mutter auf den Fotos unwandelbar jugendlich-geheimnisvoll blieb. Die verwischten Bewegungen, das flatternde Huhn verliehen ihr Leben. Woran sie gestorben war, hatte Roy ihr nie verraten. Delphine fand es verwunderlich, daß niemand im Ort sie irgendwann beiseite genommen und ihr das Geheimnis ins Ohr geflüstert hatte, folgerte aber daraus, daß niemand etwas Genaues wußte. In diesem Vakuum hatte Delphines Phantasie Wunschbilder erstehen lassen, hatte sie sich aus alltäglichen Gegenständen die Geschichte ihrer Mutter zusammengeträumt, sah ihre Züge in den Schatten von Blättern und in Wolkenformationen.

Sie war sich auch sicher, daß die Gegenstände in ihrer Kammer einmal Minnie gehört hatten, obwohl Roy ihr das nie bestätigt hatte – das Lackschränkchen, das Bild mit der Welle, die sich an einem Felsen brach, und ihr größter Schatz, eine hölzerne Zigarrenkiste mit einem kleinen weißen, in das Ende eines Musselinschals gehüllten Stein. Manchmal, wenn die Sehnsucht sehr groß war, machte sie das Kistchen auf, dem noch immer ein schwacher süßer Duft nach Tabak und Zedernholz entströmte, legte sich – häufig am späten Nachmittag, wenn die Sonne schräg durch das Westfenster des kleinen Zimmers fiel – den Schal ums Handgelenk, steckte den weißen Stein in den Mund, lutschte daran, prägte sich mit der Zunge seine Rundungen ein und wickelte, von einem tröstlichen weißen Nebel umgeben, den Schal ab und wieder auf.

Mit zwölf legte sie den Stein zum letzten Mal in die Zigarrenkiste zurück und verabschiedete sich von ihrem Ritual. Nach und nach erkannte sie nun, was ihr fehlte. Manchmal wurde ihr fast schwindlig, wenn sie andere Mädchen mit ihren Müttern beobachtete, aber sie biß die Zähne zusammen und ertrug den Anblick. Sie war immer zu halsstarrig und zu schüchtern gewesen, einer älteren Frau – einer Lehrerin, der Mutter einer Freundin – ihre Sehnsucht anzuvertrauen, aber diese Sehnsucht war immer da, manchmal tief vergraben, manchmal, besonders in Krisenzeiten, heftig und bedrängend. Als Delphine jetzt in die Stadt fuhr, war sie froh, daß sie das Haus nicht niedergebrannt hatten. Sie sehnte sich nach den Fotos ihrer Mutter, die Roy in der obersten Schublade des schwarzen Lackschränkchens aufbewahrte, sehnte sich danach, ihnen und damit dem Geheimnis nah zu sein. Der Wunsch, die Zigarrenkiste zu öffnen und den weißen Stein herauszunehmen, wurde fast übermächtig. Sie sah vor sich auf die Fahrbahn und wünschte sich etwas, von dem sie wußte, daß es nie in Erfüllung gehen würde: daß ihr einmal, ein einziges Mal nur, ein deutlicher Blick auf das Gesicht ihrer Mutter gegönnt wäre. Von diesem Wunsch beseelt betrat Delphine Waldvogels Metzgerei und lernte Eva Waldvogel kennen.

— 5 —

Die Frau des Metzgers

Bei der ersten Begegnung dieser zwei verwandten Seelen ging es um Schweineschmalz. Delphine, zunächst noch eine ganz normale Kundin, blieb unter der Tür der Metzgerei Waldvogel stehen und atmete den Geruch von Sägespänen ein, von Koriander, Pfeffer und Holzrauchschinken, einen köstlichen Geruch, sauber und voller Leben. Rasch trat sie ein und legte die kräftigen Hände auf den Ladentisch.

»Ein Viertelpfund Räucherspeck, ich will ihn auslassen und in dem Fett Fische braten.«

»Was für Fische?« fragte Eva entgegenkommend. Sie sprach fließend Englisch, allerdings mit starkem Akzent. Mit neuen Kundinnen versuchte sie immer ein Gespräch anzufangen, und diese junge Frau kam ihr zwar irgendwie bekannt vor, gehörte aber weder zur Stammkundschaft noch zu ihrem Bekanntenkreis. In den blitzenden Kühltheken leuchtete es vor allem rot. Rot in allen nur denkbaren Schattierungen – zwanzig oder dreißig Bratenstücke, Sommerwurst, Bierwurst, Kalbswurst, Blutwurst, schwedische und italienische Wurst, geräucherte Pfefferwurst, glänzende Herzen und Lebern und helles Kalbsbries, Innereien und ein großes Fach mit den zart gewürzten, ungeräucherten gebrühten Wienern, nach denen die Kunden an Fidelis' Wursttagen Schlange standen.

»Da lasse ich mich überraschen. Sie schwimmen noch im Fluß.« Delphine hatte die Frau hinter der Theke sofort erkannt – sie war es, die vor zwei Tagen das Wettrennen gegen den halbwüchsigen Jungen gewonnen hatte. Damit war sie fast so etwas wie eine Bekannte, und das schenkte Delphine Selbstvertrauen. »Ein Streifen ist für Köder. Und wenn wir nichts fangen, essen wir den Rest einfach selber.«

»Gut gedacht.« Eva wog ein besonders schönes Stück Schinkenspeck aus. Bei neuen Kundinnen achtete sie immer besonders auf Qualität und spendierte eine kleine Zugabe, damit sie wiederkamen.

»Probieren Sie mal dieses Schmalz«, riet sie Delphine. »Eignet sich gut für Bratfisch und ist sehr billig. Wenn Sie es aufheben wollen, warten Sie, bis sich die Grieben abgesetzt haben, und gießen das flüssige Fett ab. Den Speck haben Sie dann für morgen. Schmalz ist nämlich nicht gleich Schmalz.«

Eva griff in die von einem elektrischen Ventilator gekühlte Glasvitrine. »Mein Mann war schon in Deutschland Metzgermeister, während dieser Kozka bloß Kriegskoch war. Mein Fidelis hat ein Geheimrezept dafür. Kosten Sie mal.« Und auf deutsch fügte sie hinzu: *»Schmeckt gut.«*

Sie streckte Delphine ein blaues Schüsselchen hin, und Delphine langte mit der Fingerspitze hinein. »Rein wie Butter.«

»Kaum Salz«, flüsterte Eva, als dürfe das nicht jeder hören. »Aber man braucht einen Eisschrank, damit es sich hält.«

»Den hab ich nicht«, gestand Delphine. »Das heißt, ich hatte einen, aber als ich weg war, hat mein Vater ihn verkauft.«

»Ich hab Sie schon mal gesehen«, sagte Eva, »aber ich kann Sie nicht unterbringen. Wie, bitte, heißt Ihr Vater?«

Delphine gefiel Evas direkte, aber liebenswürdige Art, und sie bewunderte den üppigen goldenen Haarknoten, in dem zwei gelbe Bleistifte steckten. Evas Augen waren leuchtendgrün mit silbrigen Glanzlichtern, durch das eine Auge zog sich ein eigentümlicher schimmernder Streifen. Als später das Leben ihren Körper verließ, sollte dieser Streifen zu einer schwarzen Linie werden, als sei hinter einem Türspalt das Licht erloschen. Jetzt, als sich die Gedankenverbindung Schmalz, Eisschrank und eisschrankverkaufender Vater in Evas Kopf zu einem Bild zusammenfügte, verengten sich ihre Augen, und sie wartete gespannt auf Delphines Antwort.

»Roy Watzka«, sagte Delphine nach kurzem Zögern.

Eva nickte, während sie mit einer einzigen geübten Bewegung die Ware einwickelte und verschnürte und Delphines Geld entgegennahm. Das Wechselgeld zählte sie Delphine in die Hand. Der Name hatte ihr alles verraten, was sie wissen wollte. »Kommen Sie, ich zeige Ihnen, wie man richtige Fruchttörtchen bäckt. Wetten, daß Sie so was noch nie gegessen haben? Liegt nur daran, daß der Talg so verdammt gut ist.«

»Wo haben Sie Ihr Englisch gelernt?« wollte Delphine wissen.

»Das meiste hab ich den Metzgern abgelauscht«, gab Eva zurück.

Delphine folgte Eva durch den Gang, warf einen neugierigen Blick in das Büro, in dem Akten und Rechnungen herumlagen, auf die Spinde, in denen die Männer ihre Kleidung unterbrachten, das Nippesregal in der Wandnische mit den Kinderfiguren aus deutschem Porzellan. Eins der Kinder pflückte Rosen, ein anderes führte ein weißes Zicklein am Halsband. Dann waren sie in der lichtdurchfluteten Küche mit den großen Fenstern über der

Spüle. Für Delphine schien die Zeit den Atem anzuhalten. Sie sah sich um.

Auf einem Bord standen große tönerne Brotbackformen, in einer Holzschütte war Mehl. Der leuchtendgrüne Lack der Holzschränke paßte zu dem grünen Fußbodenbelag aus Linoleum. An die Arbeitsfläche war ein schwerer glänzender Fleischwolf geschraubt. Auf dem runden Tisch lag eine karierte Wachstuchdecke. In den rot geränderten Karos waren eine blaue Traube oder ein dicker rosagoldener Pfirsich, ein Apfel oder eine zartgrüne Birne abgebildet. Die Fenster hatten keine Gardinen, aber auf den Fensterbrettern blühten in Töpfen scharlachrote und kompromißlos heitere Geranien. Es duftete verführerisch nach frischen Brötchen.

Etwas Bedeutsames ging in Delphine vor, als sie Evas Küche betreten hatte. Eine Art Schwindel ergriff sie, und dann wurde sie ganz ruhig, wie ein Vogel, der nach langem Flug einen Platz gefunden hat, an dem er sich niederlassen kann. Die Küchenstühle waren robust und hatten gerade Lehnen, wie Cyprian sie für seinen Balanceakt schätzte. Eva löffelte aus einem Redwing-Steinguttopf Kaffeebohnen in eine Kaffeemühle. Die gerösteten Bohnen rieselten in das Mahlwerk, das Eva mit einer kleinen Kurbel in Gang setzte. Das Mahlen war eine so geräuschvolle Tätigkeit, daß Eva über die Kaffeemühle aus Mahagoni hinweg Delphine nur ansehen konnte. Ein wunderbarer Duft verbreitete sich. Delphine holte tief Atem. Mit raschem, sicheren Griff leerte Eva den Inhalt der kleinen Holzschublade in eine grau emaillierte Kaffeekanne mit schwarzen und weißen Tupfen. Das Wasser, das sie zum Kaffeekochen brauchte, kam aus einem Hahn über der Spüle, nicht aus einer Pumpe. Dann stellte sie die Kaffeekanne auf einen überwältigenden weißen Gasherd, auf dem in geschnörkeltem Chrom der Name Magic Chef zu lesen war.

Delphine stieß einen tiefen Seufzer aus. Ihr hatte es die Sprache verschlagen, aber das störte nicht weiter, denn Eva hatte schon einen der Bleistifte aus dem Haar gezogen und einen Block geholt, um das Rezept aufzuschreiben. Sie benutzte die alte deutsche Schrift, und mit ihrer Rechtschreibung war es – zumindest in englisch – nicht weit her. Über diese kleine Unzulänglichkeit freute sich Delphine, denn die offenkundig so überaus tüchtige, selbstsichere Eva, Mutter von vier kräftigen, intelligenten Söhnen und Metzgermeistersfrau, wäre sonst für sie ein unerreichbarer Ausbund an Vollkommenheit gewesen. Delphine, die keine Mutter gehabt, die Unsägliches im Haus ihres Vaters vorgefunden hatte, die durch Kälte und Hunger abgehärtet war, deren Liebhaber sechs Stühle und sich selbst auf ihrem Bauch balancierte, Delphine, die von der guten Gesellschaft der Stadt schlankweg übersehen wurde, aber richtig schreiben konnte – Delphine gewann durch dieses Rezept mit den vielen Schreibfehlern neues Selbstvertrauen, und in diesem Augenblick traf sie eine taktisch kluge Entscheidung.

Da diese Eva, die sie schon jetzt liebend gern zur Freundin gehabt hätte, früher oder später ohnehin erfahren würde, was in Roy Watzkas Haus geschehen war, würde Delphine es ihr freiwillig erzählen. Delphine begriff, daß sie etwas Wertvolles besaß – eine Geschichte, die man herumerzählen konnte, die womöglich später einmal zu einer städtischen Legende werden würde, und daß sie dieses Wertvolle Eva zum Geschenk machen konnte. *Das Mädchen ist sofort zu mir gekommen,* konnte Eva sagen, *fix und fertig, das arme Ding, und hat mir erzählt …* Und so berichtete sie Eva Waldvogel ausführlich und ohne ihre Erschöpfung, ihren Widerwillen, ihre Niedergeschlagenheit zu verschweigen, was sie in diesen drei Tagen erlebt hatte, und schloß wie nebenbei: »Sie erfahren es als erste.«

Eva hörte sich alles mit dem gelassenen Blick eines Prälaten an und erteilte Delphine, auch wenn sie nicht darum gebeten worden war, Absolution in Gestalt von frisch gebrühtem Kaffee und eines Zimtbrötchens mit Rosinen und Butterzuckerguß. Delphine hatte das Entsetzliche erst ganz allmählich begriffen, und akzeptierte dankbar diese schlichte, menschliche Reaktion. Erst als einer von Evas fünfjährigen Söhnen, ein kräftiger kleiner Bengel mit rundem Gesicht und braunen Locken, in die Küche stürmte, sich ein Rosinenbrötchen erbat und wieder hinauslief, brach Delphine in Tränen aus. Bis dahin hatte sie die Wirklichkeit des Kindes im Keller verdrängt. Vielleicht haben sie ihm Alkohol eingeflößt, hatte sie gedacht, oder vielleicht war es ihm ein Trost gewesen, daß er bis zuletzt mit seinen Eltern zusammengewesen war. Konfrontiert mit einem Ende, das sich jeder Vorstellungskraft entzog, empfand Delphine die gleiche erschütternde Hilflosigkeit wie früher. Das kleine Haus, in dem sie aufgewachsen war, schien entschlossen, ihr immer wieder vor Augen zu führen, wie grausam das Leben war, und sie bewußt zu verschonen, damit sie sich über diese Grausamkeit in aller Ruhe ihre Gedanken machen konnte.

Schluchzend schlug sie die Hände vors Gesicht, und dabei genierte sie sich schrecklich, weil sie hier saß und Eva etwas vorheulte. Die aber schien daran gewöhnt zu sein, daß man sich an ihrem Tisch ausweinte – oder aber sie war in Gedanken noch bei dem, was Delphine ihr erzählt hatte. »Schon gut, ist ja schon gut«, sagte sie halblaut, legte Delphine hin und wieder eine Hand auf die Schulter und schenkte Kaffee nach.

»Die Tränen sitzen Ihnen nicht locker«, stellte sie fest und gab damit Delphine das Gefühl, stark und heldenhaft zu sein.

»Stimmt«, sagte sie, dabei weinte sie nun schon zum zweiten Mal seit ihrer Rückkehr in diese Stadt, in der ihr Vater nun für immer der Mann sein würde, der in seinem Suff nicht gehört hatte, wie drei Menschen in seinem Keller starben.

Als Delphine mit einem Klumpen Schmalz, dem Speck, drei Apfelsinen, sechs Zwiebeln, Brot und einem Ende Sommerwurst den Metzgerladen verließ, war sie für die nächste Unterredung mit ihrem Vater gewappnet. Sie fuhr, den größeren Schlaglöchern ausweichend, zurück zum Haus. Die Begegnung mit Eva hatte sie in einen traumgleichen Zustand versetzt. Es war, als hätte sie sich verliebt, und doch anders. Daß Eva Notiz von ihr genommen, deutlich zu erkennen gegeben hatte, daß sie Delphine näher kennenlernen wollte – das war alles zu plötzlich gekommen, als daß sie sich richtig darüber freuen konnte. Als das kleine Haus wieder vor Delphine auftauchte, sagte sie sich, daß es vermutlich bei diesem einen Mal, dieser einen menschenfreundlichen Geste bleiben würde. Oder daß ihre Tränen die Metzgersfrau abgeschreckt hatten. Trotzdem war sie Eva dankbar für die Einladung in ihre Küche.

»So eine Küche werde ich später auch mal haben«, sagte sie laut.

Doch dann sah sie den Wagen des Sheriffs vor dem Haus stehen, sah dessen schlaksigen Stellvertreter, einen Leichenwagen, ein paar neugierige Nachbarn und Cyprian, der sichtlich unglücklich in einiger Entfernung stand und jonglierte, und begriff, daß sie auf diesen Tag noch länger würde warten müssen.

Der Bestattungsunternehmer von Argus, Aurelius Strub, war zusammen mit seiner Frau Benta und seiner Nichte und Gehilfin, Delphines Freundin Clarisse, dabei, die Leichen aus dem Keller zu holen. Clarisse sollte einmal das Geschäft, die Pietät Strub, erben, das fortschrittlichste und angesehenste Bestattungsunternehmen in der ganzen Gegend. Für die Freundschaften an der High School war diese Aussicht eine Belastung gewesen, denn natürlich hatten ihre Mitschülerinnen und Mitschüler irgendwann begriffen, daß sie, wenn sie in Argus blieben, früher oder später Clarisse Strub in die resoluten, gummibehandschuhten Hände fallen würden. Der hübschen Clarisse, die für die Sektion eines Plattwurms eine Eins plus bekommen hatte. Der koketten Clarisse, die sich mit der Verwendung von Make-up in diesem wie im nächsten Leben auskannte. Clarisse, deren strahlende und spottlustige Miene sich eine Zeitlang verdüstert hatte, als sie an einer sorgfältig geheimgehaltenen Infektion litt. Um das Leiden loszuwerden, das sie sich möglicherweise bei einer Leiche mit einer nicht erkannten Syphilis geholt hatte – denn auch damals schon hatte sie unter Aufsicht ihrer Tante hin und wieder beim Einbalsamieren ausgeholfen –, hatte sich Clarisse einer komplizierten Langzeitbehandlung bei Dr. Heech unterzogen, der nachdrücklich die Meinung vertrat, ein Toter könne die Krankheit unmöglich übertragen haben, und ihre Infektion mit düsterer Skepsis betrachtete. Er verabreichte ihr intravenöse Salvarsan-Injektionen und Quecksilbereinspritzungen ins Gewebe. Beides war sehr unangenehm. Mit der Zeit war Clarisse einigermaßen abgehärtet, Delphine war bei jedem Stich der Injektionsnadel zusammengezuckt, hatte aber der Freundin trotzdem immer die Hand gehalten. Nur einmal war die Behandlung glimpflich abgegangen – an dem Tag, als Clarisse als Nebenwirkung der Behandlung Zahnfleischbluten bekommen und Dr. Heech ihren Gaumen mit Kokain eingerieben hatte. Außer dem Arzt wußte nur Delphine, was geschehen war, und sie war – abgesehen von der Familie – auch die einzige, die Zugang zu den geheiligten Kellerräumen der Pietät Strub hatte.

Clarisse trug ein sackartiges weißes Gewand, eine grüne Maske, Gummihandschuhe und eine dunkle Brille, aber die schwarzen Locken waren unverkennbar. Als sie Delphine sah, legte sie Maske und Handschuhe ab, dann streckte sie, hin- und hergerissen zwischen der Freude über das Wiedersehen und dem Ernst der Lage, beide Hände aus und trat näher an sie heran. Sie warf einen vorsichtigen Blick in die Runde, denn bei den Strubs waren Beherrschung und Ehrfurcht im Angesicht des Todes ehernes Gesetz, und da durfte sie sich nicht beim Herumalbern mit einer Freundin erwischen lassen. Als sie sich vergewissert hatte, daß sie unbeobachtet waren, schnitt Clarisse eine gruselige Grimasse. Die Freundinnen hatten im Stadttheater die Erste und Zweite Hexe in *Macbeth* gespielt.

»Sagt, wann ich euch treffen muß, in Donner, Blitz oder Regenguß?« zischelte sie.

»Wann der Wirrwarr ist zerronnen, Schlacht verloren und gewonnen«, setzte Delphine prompt ein.

So hätten sie noch stundenlang weitermachen können, sie kannten praktisch das ganze Stück auswendig, da sie als zweite Besetzung die Lady Macbeth und alle übrigen Rollen einstudiert hatten, doch da erschien Aurelius mit einem dubiosen Packen. Clarisse bedeutete Delphine, daß sie später weiterreden würden, und Delphine signalisierte ihr Einverständnis. Clarisse verzog das

Gesicht und krächzte, ohne den Mund zu bewegen: »*Und als ne Ratte ohne Schwanz komm in sein Schiff ich Schlaue und kaue, kaue, kaue.*«

Neugierig deutete sie auf Delphines Zelt am Ende des Feldes und auf Cyprian, der das Hemd ausgezogen hatte und auf einem Küchenstuhl seine Balancenummern übte. Über die grüne Maske hinweg zwinkerte sie Delphine zu, dann widmete sie sich wieder ihrer traurigen Arbeit. Man würde die Leichen hier im Garten einsargen müssen. Ein dreiteiliger Sichtschutz aus Segeltuch war hinter der Tür aufgestellt worden, es roch nach Formalin und Ethanol. Im Gras waren Krüge mit destilliertem Wasser aufgereiht. Die Stimmung war ernst und nüchtern. Wenn die Strubs sich der Toten annahmen, konnte man aufatmen. Clarisse galt noch als etwas ungestüm, generell aber hatten alle Strubs die richtige Einstellung, sie legten ein sachliches Mitgefühl an den Tag, das nie salbungsvoll-ölig oder sentimental war. Die Toten waren schwierig in ihrer Hilflosigkeit und machten auch die Überlebenden hilflos, deshalb brauchte die Stadt Strubs Pietät.

Als Delphine mit ihren Einkäufen zum Zelt hinüberging, sah sie, daß Cyprian eine kleine Feuerstelle aus Steinen gebaut hatte. Sie staunte immer wieder über sein Geschick. Die Feuerstelle war kein einfallsloser Kreis aus Steinen, sondern sorgsam gemörtelt, Stein auf Stein, mit einem Abzug, einer kleinen Ablage, einem eingemörtelten Haken. Außerdem hatte er sich darangemacht, den Hühnerstall zu reparieren. Und bei all dem war er noch ein so außergewöhnlich schöner Mann.

Als Cyprian sich mit einem freundlichen Blick ihr zuwandte und sie kurz sein Profil sah, stockte ihr der Atem. Die tiefliegenden Augen waren samtig schwarz, die Nase klassisch geformt, die

Lippen leicht geschwungen, und wenn er lächelte, blitzten geradezu unheimlich perfekte Zähne. Vielleicht war es dieses gleichmäßige Weiß der Zähne, sagte sie sich jetzt, was sein Gesicht ein wenig zu schön machte. Sie musterte ihn kritisch. Eine kleine Unvollkommenheit verleiht einem Gesicht viel mehr Tiefe, macht es interessanter. Oder bin ich nur eifersüchtig, will ich nur mein Herz schützen?

Sie streckte ihm die Päckchen hin, er baute sie in seine Jongliernummer ein, warf sie vergnügt in die Luft, vor sich, hinter sich, unter einem Bein hindurch, das er erst mit gestreckten Zehen wie eine Ballerina nach vorn reckte, dann seitlich abwinkelte wie ein Hund, der pinkeln will.

Wie sollte man einen Mann nicht lieben, der so wunderbar zu jonglieren verstand? Wie sollte man einen Mann nicht lieben, der zu einem hielt, während der Sheriff, sein Stellvertreter und der Bestattungsunternehmer drei Leichen aus dem Keller des väterlichen Hauses holten? Sie vergaß ihre kritischen Gedanken und beschloß, sich an Cyprian einfach so zu freuen, wie er war. Er hatte getan, was er konnte, damit sie sich wohl fühlte. Er hatte nicht nur das Zelt für sie beide aufgeschlagen, sondern auch ein zweites, eine Bleibe aus Zeltleinwand und Decken, für ihren Vater aufgebaut, ganz nah am Fluß und an Roy Watzkas Wurzelversteck und so weit weg von ihnen, daß sie sein Schnarchen nicht hören würden.

Nachdem die drei Leichen abtransportiert waren, senkte sich tiefe Erschöpfung auf Delphine und Cyprian. Stumm starrten beide ins Feuer, bis es zu roter Glut heruntergebrannt war. Sanft senkte sich die Dunkelheit herab. Es war Neumond. Bis tief in die Nacht saßen sie da, tranken frisches Wasser, aßen Sommerwurst, Brot und Schmalz und Apfelsinen, denn Cyprian hatte keine Fische gefangen. In der mondlosen Nacht strahlten die Sterne um so heller. Es war so still, daß sie den Fluß hörten, und dieses sanfte Geräusch half Delphine endlich ein wenig über den Horror hinweg.

Jetzt drängte es sie zu sprechen. In der Dunkelheit war ihr Gesicht nicht zu erkennen. Der Vater hockte im Gebüsch und trank. Cyprian saß neben ihr. Sie gab sich einen Ruck. »Der Mann am Fluß damals, du weißt schon …«

Cyprians Herz hämmerte. Er hatte auf diesen Augenblick gewartet und doch gehofft, er würde nie kommen. Seine Antwort stand längst fest.

»Du bist alles, was ich mir vom Leben wünsche«, sagte er.

Delphine überlegte. Eigentlich war es genau das, was sie sich früher erträumt hatte, als sie in ihrem Zimmer wie in einer Falle saß, während im Garten und in der Küche Betrunkene herumtorkelten. Neben ihr saß ein starker, gutaussehender Mann, der sich auf ungewöhnliche, aber erstaunlich erfolgreiche Art seinen Lebensunterhalt mit Balancenummern verdiente. Ein Mann mit Talent. Ein Mann, der behauptete, sie sei alles, was er sich vom Leben wünsche – was wohl bedeutete, daß er sie heiraten wollte. Und doch litt dieser Mann unter einer Heimsuchung, wie sie das hatte nennen hören – und das war noch die schonendste Formulierung gewesen.

»Warum machst du es?« fragte sie.

»Ich weiß nicht.«

»Aber ich muß es wissen.«

Wie gewöhnlich – und Cyprian hätte das voraussehen können – war sie nicht bereit, eine bequeme Antwort zu akzeptieren, nicht einmal um den Preis, daß so eine Antwort ihm seine Würde gelassen hätte. Selbst eine Ausflucht, die womöglich beide glücklich gemacht hätte, kam nicht in Frage. Nichts, was er bisher über dieses Begehren gehört hatte, paßte zu dem, was er empfand, wenn er diese Form von Liebe erlebte. In solchen Augenblicken war es schlicht und einfach das höchste Glück. Unmöglich, das näher zu erklären, zumal einer Frau. Aber wenn ich es schon einer Frau erklären muß, dachte er, den Blick auf Delphines Gesicht gerichtet, über das der rötliche Widerschein der Flammen spielte, bin ich froh, daß sie es ist. Er konnte sich nicht genug über das wundern, was er für Delphine empfand. Mit solchen Gefühlen hatte er nie gerechnet. Er freute sich an ihren lockeren Sprüchen, ihrer amüsanten, direkten Art, er bewunderte ihre Kraft, die sie gering geschätzt hatte, ehe er sie gelehrt hatte, etwas damit anzufangen, und ihre unerschütterliche Freundlichkeit diesem verlotterten Roy Watzka gegenüber. Selbst die Beharrlichkeit, mit der sie die Wahrheit über die verborgene Seite seines Ich einforderte, hatte ihren ganz besonderen Reiz.

Doch er wußte nicht, wie er es ausdrücken sollte, und sie verlangte die ganze Wahrheit, nicht mehr und nicht weniger.

Zunächst aber geriet sie auf ein Nebengleis. »Einer, der Lazarre heißt, ist kein Pole.«

»Stimmt.«

»Was bist du dann?«

»Franzose.«

»Und was noch?«

Cyprian zögerte einen Augenblick. »Ja, ich … bin ein Chippewa. Ojibwa. Mein Großvater hat uns Anishinaabeg genannt – Menschen. Kommt auf dasselbe raus.«

»Dann bist du Indianer.«

Das in der Stadt zuzugeben, in der sie jetzt zusammenlebten wie ein Ehepaar, war keine Kleinigkeit.

»Du hast helle Haut.«

»Mein Vater war ein halber Franzose, und meine Mutter hatte auch Franzosenblut. Hast du schon mal von den *michifs* oder *métis* gehört?« Cyprian sah sie kurz an, hob die Schultern, sah wieder weg. »Wohl nicht. Dann hättest du auch von meinem berühmten Vorfahr gehört, von Louis Riel, der als Märtyrer für eine große Vision gestorben ist, die Vision von einer Nation mit gemischtem Blut. Einer Nation wohlgemerkt, nicht einer Gruppe von Jägern. In einem Gebiet mit Grenzen und mit einer richtigen Regierung in einem großen Teil von Manitoba. Viele von uns träumen noch immer davon. Ich bin der Nachkomme eines großen Mannes, Delphine, daß du es nur weißt. Riel. Er steht in den Geschichtsbüchern.«

»Konnte er gut balancieren?«

Cyprian legte lächelnd den Kopf schief. »Er konnte wunderbar balancieren, aber sie haben ihn trotzdem gehängt. Ich schätze, daß bei mir eher seine leichte Seite durchschlägt und nicht so sehr das Heldenhafte, auch wenn ich mich im Krieg ganz ordentlich gehalten habe. Alle meine Vettern und zwei meiner Brüder haben braune Haut.«

»Ja, jetzt sehe ich es.« Seine Träume von verlorenem Ruhm und einem Heldenerbe hatten sie milder gestimmt. »Man merkt es an deinen Augen und überhaupt – oder vielleicht an deinem Haar.« Ablenken ließ sie sich von Cyprians unvermuteter Mitteilsamkeit aber dann doch nicht. »Wie war das nun mit … mit dem Mann am Fluß?«

Sie wartete geduldig. Cyprian atmete tief und versuchte vergeblich, die richtigen Worte für das zu finden, was ihn überkam, wenn er begriff, daß es mit einem Mann geschehen würde. Als sie ihm schließlich eine direkte Frage stellte, atmete er auf.

»Hat es im Krieg angefangen?«

»Es hat im Krieg angefangen.«

Er schöpfte neue Hoffnung, denn das war eine Erklärung, die ihm bisher noch nie in den Sinn gekommen war. Es konnte durchaus etwas mit dem Krieg zu tun haben, konnte eine Folge des Lebens in einer reinen Männerwelt sein oder eine Nebenwirkung der Gasvergiftung oder eine infizierte Wunde, etwas wie eine Schützengrabenneurose, ein aus der Angst geborener Bazillus. Aber noch während er in diesen Erklärungen herumsuchte, begriff er, daß sie nicht die ganze Wahrheit waren. Im Krieg hatte er sich tatsächlich heftig in einen Mann verliebt, um den er noch immer trauerte. Überraschend aber war diese Liebe nicht gekommen, denn gewußt hatte er schon immer, daß er die Gefühle, die Männer gewöhnlich Mädchen und später Frauen entgegenbringen, für Männer hegte. Nein, der Krieg hatte viel Schlimmeres gebracht als eine Entscheidung darüber, wen er lieben konnte und wen nicht.

Schon das Nachdenken darüber ermüdete ihn.

»Stell dir mal die gleiche Frage«, sagte er schließlich resigniert. »Warum machst du es gern mit Männern? Was du dazu sagen würdest, ist auch meine Antwort.«

Delphine knabberte an einem Stück Brot, schürte das Feuer zu hellerer Flamme und überlegte. Was sie mit ihm verband, war ja tatsächlich etwas eher Weibliches. Ihr war, als könnte sie ihm alles sagen, was im Herzen einer Frau vorging, in der Gewißheit, daß er es verstehen würde, da er selbst auch so empfand. Und deshalb befriedigte sie seine Antwort, auch wenn sie bedeutete, daß sie endgültig kein Liebespaar werden würden. Auch ob sie noch einmal mit ihrer Nummer über Land ziehen würden, war nun fraglich. Zunächst mußten sie ja ohnehin hier bleiben, das hatten sie Sheriff Hock versprochen. Und weil sie für das Hotel, für Roy Watzkas Schnaps, für Putzmittel und neue Decken viel Geld ausgegeben hatten, würde sie sich jetzt schleunigst Arbeit suchen müssen.

Diesmal ging Delphine die vier Meilen zur Metzgerei zu Fuß. Sie mußten Benzin sparen, außerdem wollte sie ihre Beinmuskeln trainieren für den Fall, daß sie doch wieder auf Tournee gingen. Vielleicht konnten sie mal an ein oder zwei Wochenenden hier auftreten, die Einnahmen wären ihnen zupaß gekommen, um eine Matratze für Roy zu erstehen und ein dringend benötigtes Gebräu, mit dem sich der noch immer virulente Gestank aus Fußboden und Wänden vertreiben ließ. Als Delphine die Metzgerei betrat, hörte sie das muntere Scheppern einer Ladenglocke und dachte sich, wie hübsch sich das aus der Tiefe des Hauses anhören mußte.

Delphine sagte, wie beim ersten Mal, was sie haben wollte, und wurde wie beim ersten Mal von Eva zu einem Kaffee eingeladen. In Evas Putzschrank fand sich nichts, was für Delphines Zwecke stark genug gewesen wäre, und Eva wollte deshalb selbst etwas zusammenmixen.

»Glaub mir, ich habe meine Erfahrungen«, sagte sie. »So ein Gestank ist ein Riesenproblem, man kriegt ihn kaum wieder weg. Versuch's zuerst mit Essig und Wasser. Dann bestelle ich am besten Industrie-Ammoniak, ihr müßt euch nur mit den Dämpfen vorsehen. Und wenn auch das nicht hilft, könnte man es mit Lauge versuchen. Vor allem aber rate ich euch dringend, den Keller zuzuschütten, Kalk allein reicht nicht. Füllt ihn einfach mit einer tüchtigen Mischung aus Holzasche und Erde auf. Ihr wollt ihn doch sicher nicht mehr benutzen?«

Delphine schüttelte nachdrücklich den Kopf.

»Schön, dann schüttet ihn zu.« Eva trank ihren Kaffee in kleinen Schlucken. Heute hatte sie das Haar an den Seiten eingeschlagen und zu einem Knoten in Form einer Acht geschlungen, dem alten Zeichen für die Ewigkeit. Sie stand auf, um einen Hefeteig durchzukneten, der schon einmal gegangen war, und ihn danach mit Handtüchern zuzudecken. Indessen kam Delphine ein ganz seltsamer Gedanke: daß vielleicht Augenblicke, die man als besonders eindrucksvoll erlebte, wie dieser Augenblick, in dem Eva sich umwandte, die Sonne auf ihr Haar fiel und das Symbol aufleuchten ließ – daß solche Augenblicke Ewigkeitswert hatten. Aufbewahrt wurden an einem Ort, der außerhalb der Zeit stand und an dem sich Gott nicht vergreifen konnte.

Schließlich, so spann Delphine ihren Gedanken weiter, war es doch Gott, der die Zeit gemacht hatte und das Ende aller Dinge bestimmte. Sag mir eins, hätte Delphine ihre neue Freundin gern gefragt, warum werden wir damit gestraft, uns die Ewigkeit vorzustellen, wo wir doch wissen, daß wir sie nicht erleben werden, weil wir selbst so endlich sind? Aber sie schob die Frage weg, weil sie plötzlich Hemmungen hatte, und in diesem Zustand konzentrierter Unaufmerksamkeit lernte sie Evas Mann, den Metzgermeister Fidelis Waldvogel, kennen.

Ehe sie ihn zu Gesicht bekam, spürte sie ihn schon wie eine

elektrische Aufladung in der Luft, wenn die Wolken tief hängen und Blitze über die Erde zucken. Dann empfand sie eine Schwere, ein Gravitationsfeld bewegte sich durch ihren Körper. Sie wollte, um das Gefühl abzuschütteln, schnell aufstehen. Aber da stand er schon unter der Tür, kam herein, füllte mühelos die Küche aus.

Nicht wegen seiner Größe. Er war weder besonders groß noch besonders breit, aber er verströmte so viel Kraft, als steckte in ihm ein größerer Mann. Oder konnte es sein, daß die Schreie der Tiere in ihm steckten? Vielleicht lag es auch an seinen muskelbepackten Schultern oder seiner wachsamen Stille. Eine breite rote, zerschundene Hand hing wie ein Haken an seiner Seite, mit der anderen balancierte er eine Rinderkeule auf der Schulter, die einen Zentner oder auch doppelt so viel wiegen mochte. Er sah aus, als trüge er leicht daran, obwohl die Adern an seinem Hals dick und blutprall hervortraten wie die eines Bullen. Er sah Delphine aus weißblauen Augen an, und sie senkte als erste den Blick. Wolken jagten über die Sonne, dann flutete wieder Licht in die Küche, die roten Mäuler der Geranien auf dem Fensterbrett waren weit aufgerissen. Sein Blick hatte sie getroffen wie ein Schock, rasch griff sie nach einer von Evas Zigaretten und zündete sie an. Dann wandte er sich ab, sprach kurz mit seiner Frau und ging, ohne sie zu begrüßen.

Diese Schroffheit war zwar unhöflich, aber Delphine nur recht. Sie wollte ihn gar nicht näher kennenlernen und beschloß, ihm nach Möglichkeit aus dem Weg zu gehen. Im Grunde war er ja auch nicht weiter wichtig. Eva war wichtig und der Job, den Eva ihr gerade angeboten hatte.

»Wann?«

Delphine gefiel die Vorstellung, im Laden zu arbeiten und in den Pausen täglich in Evas Küche sitzen zu können.

»Ab morgen.«

»Wenn ihr aufmacht, bin ich da«, versprach Delphine.

»Also dann bis morgen um sechs.«

Am nächsten Tag kam Delphine durch den Hintereingang. Ihr Weg führte vorbei an dem Heizkessel und dem Waschzuber, den Werkzeugregalen, den gebleichten Schürzen, die auf Ständern und Haken trockneten, durch den Gang, in dem Papier und Gerätschaften gelagert wurden. Von einem Haken an der Ladentür nahm sie Evas blaue Schürze mit den blauen Blümchen. Jetzt hörte sie die Ladenglocke läuten. Sie lernte die Schlachthalle kennen, sah die Wanne zum Brühen und Entborsten der geschlachteten Tiere, die Ketten und Haken, an denen Rinderhälften und halbe Schweine befestigt waren. Stand vor dem Kühlraum, legte den stählernen Hebel um, die Luftschleuse war unterbrochen, die schwere Tür öffnete sich seufzend, es roch nach Gewürzen und Käse. Im großen Gefrierschrank roch es schärfer. Beide waren mit Ketten, Haken, Tonnen und Regalen ausgestattet. Zwischen Schlachthalle und Laden lag eine Räucherkammer, davor waren Hickory- oder Apfelbaumscheite aufgestapelt, standen Eimer mit Salzlake. An die Räucherkammer schloß sich der Raum an, in der das Fleisch weiterverarbeitet wurde und in dem immer geschäftiges Treiben herrschte. Auf den Metzgerblocks wurden die Viertel zerlegt, Tische mit Stahlplatten waren um die Säge herum angeordnet, wo Steaks und Bratenstücke geschnitten wurden. In diesem Raum wurde jeden Morgen Sägemehl gestreut, um Blut und Knochenmehl aufzusaugen, das die Fleischsägen versprühten, und die Reste von Knorpel und Talg, die von den Blöcken fielen, wenn sie mit den schweren rechteckigen Stahlbürsten gereinigt wurden. An den Türen hingen blutbesudelte Schürzen. Zu Delphines Pflichten gehörte es auch, bei der Wäsche zu helfen. Jeden Tag sammelte sie die schmutzigen Schürzen und Putzlappen ein und trug sie in die Waschküche. Eva hatte nichts dagegen, wenn Delphine ihre eigene Wäsche mitbrachte, auch wenn sie das nie ausdrücklich sagte. Delphine mochte ihr Zeug noch so ausgiebig waschen – der Geruch von Roys Haus wollte nicht weichen. Vielleicht hing er in den Nähten ihrer Sachen, in dem grüngrauen Karostoff, den Ranken auf dem Baumwollkleid, den bestickten Säumen. Nur ganz allmählich trat an seine Stelle der Geruch der Metzgerei – nach rohem Blut, geronnenem Fett, scharfem Pfeffer und Sägemehl. Fast täglich zog Delphine ein frisches Kleid an, abends wusch sie sich die Haare im Fluß. Trotzdem roch sie immer nach Fleisch. Zuerst störte sie das, nach und nach aber gewöhnte sie sich daran, und schließlich nahm sie den Geruch gar nicht mehr wahr.

An ihrem zweiten Arbeitstag hängte Delphine Würste im Kühlraum auf, als sie die Ladenglocke hörte. Einmal, noch einmal, und ein drittes Mal mit wütender Beharrlichkeit. Wer konnte denn da nicht die paar Sekunden warten? Als Delphine erbost aus dem Kühlraum kam, sah sie sich der Frau gegenüber, die in der Stadt nur Step-and-a-Half hieß. Sie war mager wie ein streunender Hund und noch relativ jung – zwischen dreißig und vierzig –, aber verhärmt und verbittert wie eine Alte. Sie lebte allein und vom Handel mit Lumpen und Trödel aller Art. Roy unterhielt sich manchmal mit ihr, und Delphine erinnerte sich, daß Step-and-a-Half ihr, als sie klein war, hin und wieder einen Lutscher oder eine Münze in die Hand gedrückt hatte, daß diese Frau manchmal wie aus dem Nichts bei ihnen aufgetaucht war und die Betrunkenen, die sich im Haus herumgedrückt hatten, plötzlich spurlos verschwunden waren. Sie wirkte beängstigend. Den sonderbaren Namen verdankte sie ihren unglaublich großen Schritten. Die Dunkelheit war ihr Reich. Nachts streifte die hagere Gestalt mit langen Schritten durch die Straßen und sah nach, ob jemand einen abgetragenen Rock, ein buntes Allerlei von Hemden und Blusen oder vielleicht sogar einen Mantel auf die hintere Veranda gelegt hatte. Da sie Überbleibsel nicht nur sammelte, sondern sich auch von Resten ernährte, kam sie regelmäßig zu den Waldvogels, um Kutteln zu holen. Oder Ochsenmäuler, die Eva allerdings meist zu einem Salat verarbeitete, der ihrer Meinung nach einen besonderen Nährwert für Jungen hatte. Heute waren ihr auch Knochen zugedacht, Eva hatte sie schon bereitgelegt.

Die Knochen, an denen noch erfreulich viel Fleisch hing, lagen in einer mit einem Handtuch abgedeckten Schüssel. Delphine schüttete sie auf Pergamentpapier, packte sie ein und umwickelte das Päckchen mit Schnur, die an einer Rolle von der Decke hing. Dann schob sie die Ware mit einer raschen Bewegung über den Ladentisch. Statt dankbar danach zu greifen, straffte Step-and-a-Half die hageren Schultern, richtete sich auf, beäugte das Päckchen stumm und öffnete es vorsichtig, so daß die stumpfen, fetten Knochen wieder zum Vorschein kamen. Die betrachtete sie nun prüfend, als könne sie aus ihnen die Zukunft lesen.

»Der da taugt nichts.« Sie schob einen wulstigen Schenkelknochen beiseite. »Und Hälse nehme ich nicht.«

Dann prüfte sie die übrigen Abfälle, unter denen sie zufrieden lächelnd einen Ochsenschwanz entdeckte, so gewissenhaft wie die Frau des Bankdirektors die Marmorierung von mehreren zur Wahl stehenden teuren Steaks. Als sie fertig war, winkte sie Delphine, die das Päckchen feierlich wieder verschnürte und der Frau mit einer respektvollen Bewegung überreichte, denn sie hatte inzwischen begriffen, daß Eva es so gemacht hätte. Befriedigt griff Step-and-a-Half in eine Innentasche ihres weiten Männertrenchcoats und holte einen Packen sauber zugeschnittener Staubtücher heraus.

»Die gibst du Eva«, sagte sie streng, als habe sie die Befürchtung, Delphine könne die Lumpen für sich behalten. Die blanken Augen, in denen zunächst fast so etwas wie unerklärlicher Haß gestanden hatte, richteten sich jetzt eigentümlich schwermütig auf Delphine.

»Darf es noch etwas sein?« fragte Delphine unsicher. Aber Step-and-a-Half sah sie nur unentwegt an, ohne etwas zu sagen. Als Delphine nun ihrerseits ihr Gegenüber betrachtete, machte sie eine Entdeckung. Step-and-a-Half mit ihren kraftvollen, ausgeprägten Zügen hätte eine schöne Frau sein können, wenn nicht das Mißtrauen ihr die Mundwinkel tief heruntergezogen und um das Kinn herum tiefe Falten gekerbt hätte. Die Augen waren stets argwöhnisch verengt. Unvermittelt schlug Step-and-a-Half mit einer Hand energisch auf den Ladentisch, griff mit der anderen ihr Päckchen, wandte sich ohne Dank oder Gruß um, rauschte hinaus und schloß die Tür so heftig, daß die Ladenglocke nicht weniger stürmisch läutete als bei ihrem Eintritt.

Nach und nach lernte Delphine ihre Kunden kennen. Manche zahlten, manche lebten, wie Step-and-a-Half, von dem, was die Zahlenden übrigließen. Denn die Metzgerei und die toten

Tiere ernährten ein buntes Vielerlei an Lebewesen – vom Bankdirektor, der jeden Tag sein nach allen Regeln der Küchenkunst gebratenes Steak bekam, bis zu den Käufern von Würsten und billigen Bratenstücken; von der Familie der Dakota Sioux, die dunkler waren als Cyprian, altmodisches Kattunzeug und Ketten mit pink- und korallenfarbenen, blauen und gelben Perlen trugen und Wildfleisch oder Beeren gegen Mehl und Tee eintauschten, bis zu denen, die gar nichts zahlten wie Step-and-a-Half, Simpy Benson, die Shimeks und die arbeitslosen Väter, die während der Depression auf Wanderschaft gegangen waren. Dazu kamen die Hunde, die sich an den von Step-and-a-Half verschmähten Knochen gütlich taten, und die Pflanzen, die mit den gemahlenen Knochen gedüngt wurden, an dem sich die Hunde die Zähne ausgebissen hatten.

Es gab auch Kunden, die – ohne etwas zu kaufen – regelmäßig kamen, um einen Schwatz zu halten oder die Treffen des Gesangvereins zu planen, wie Gus Newhall, der dicke Schnapsschmuggler, oder Tensid Bien, der immer höflich, immer mit Schlips und Kragen und wie aus dem Ei gepellt eine kleine Ewigkeit in dem Regal mit den Keksen der Sunshine Baking Company herumstöberte, verlegen den einen oder anderen kostete und dann nur ein, zwei Scheiben Hackbraten kaufte, manchmal eine Apfelsine, ein paar Kekse, ein Stück zähes Rindfleisch, eine Rübe, einen Käserest. Pouty Mannheim kam in die Metzgerei, einer der Mannheim-Brüder, rundlich und mit den Allüren eines reichen Jungen, dazu seine konfuse Dauerfreundin Myrna und Chester Zumbrugge, der hinter ihr her war. Scat Wilcomb und Mercedes Fox. Der alte Dr. Heech und sein Sohn, der junge Dr. Heech, der gar kein Doktor, sondern Zahnarzt war und empörenderweise Vegetarier, was ihm prompt den Verdacht eintrug, Kommunist zu sein. Nur eine Kundin sah Delphine lieber gehen als kommen, und das war Evas verwöhnte Schwägerin. Alle sagten nur Tante zu ihr, denn sonst hätte man sie mit ihrem Taufnamen Maria Theresa anreden müssen und ihr mit diesem majestätischen Namen noch mehr Flausen in den Kopf gesetzt.

Delphine sagte nicht Tante zu ihr. Sie vermied jede Anrede, wenn diese Frau hereinrauschte, angekündigt von einem einzigen kurzen Anschlag der Ladenglocke, als wäre selbst die eingeschüchtert von einer Frau, die sich so viel auf ihre Bedeutung und Eleganz einbildete. An Delphines erstem Arbeitstag ging Tante geradewegs zur Wurstvitrine, öffnete scheppernd die Schiebetür, holte einen Ring Mortadella heraus und verstaute ihn in ihrer Tasche. Delphine trat zurück und musterte Maria Theresa – oder vielmehr ihre Schuhe – voller Neid. Aus dünnem, schmiegsamen Leder, raffiniert geknöpft, umschlossen sie gefällig die langen schmalen Füße. Tante war zwar nicht besonders hübsch – sie hatte, was bei einer Frau nicht unbedingt von Vorteil war, viel Ähnlichkeit mit Fidelis, besaß wie er einen kräftigen Nacken, ein kantiges Kinn, zu dünne Lippen und Augen, deren eiskaltes Blau Delphine einen Schauer über den Rücken jagte –, aber mit ihren Füßen konnte sie wirklich Staat machen, was sie auch wußte. Ihre Schuhe waren stets teure Fabrikate aus bestem Leder.

Tante legte den Kopf zurück. »Wer bist denn du?« fragte sie und wandte sich ab, ohne eine Antwort abzuwarten. Die Frage, die schon deshalb eine Beleidigung war, weil Delphine der Schwester des Metzgers schon vorgestellt worden war, blieb in der Luft hängen. »Wer bist denn du?« Auf so eine Frage kann man eine lange oder eine kurze Antwort geben, und während Delphine die Fleischtheken scheuerte und sich dann mit Schrubber und Scheuertuch an den Fußboden machte, hatte sie Zeit, sich Gedanken über die tiefere Bedeutung dieser Bemerkung zu machen.

Wer bist du, Delphine Watzka, Kind eines Säufers und einer unbekannten Dirne, Herumtreiberin, mutterloses Ding mit einem Körper aus Stahl und einem Herzen voller Begierde? Wer bist du, polnische Schlampe mit deiner polnischen Wirtschaft, mit einem Keller voller Leichen und einem Mann in deinem Zelt, der Unvorstellbares mit anderen Männern getrieben hat? Mit einem Vater, der wie ein Baby in seinem eigenen Kot liegt und an der Flasche hängt? Wer bist du, und was fällt dir ein, dich hier einzunisten, in diesem Haus, in diesem Laden, und vor allem bei meinem Bruder Fidelis, der Meister über dies alles ist?

Es blieb nicht aus, daß Delphine Groll auf die Frau empfand, die solche Selbstzweifel bei ihr geweckt hatte. Sie konnte Tante von Anfang an nicht leiden und malte sich genüßlich die Niederlage aus, die sie dieser Person bereiten würde, eine Niederlage, von der Tante sich nie mehr erholen würde. Tante versuchte selbst Eva zu tyrannisieren, was ihr Delphine in ihrer unverbrüchlichen Treue zu der Freundin besonders übelnahm. Als Tante mit einem von ihrer Schwägerin frisch gebackenen Brot unter dem Arm die Metzgerei verließ und sich ohne zu fragen noch eine Flasche Milch nahm, notierte Delphine auf einem Zettel: Tante hat eine Flasche Milch genommen, einen Ring Mortadella und ein Brot. Da wußte sie noch nicht, daß selbst ein so harmloser Vermerk ein unerfreuliches Nachspiel haben konnte, denn Tante nahm nichts, sondern ließ sich aus ihrer Sicht nur geben, was man ihr schuldig war. Aus dem Erbteil ihrer Großmutter, deren Liebling sie gewesen war, hatte Tante einmal ihrem Bruder fünfhundert Dollar zur

Anschaffung von Geräten für die Metzgerei geliehen. Inzwischen hatte er das Geld längst zurückgezahlt, aber sie forderte noch immer Zinsen dafür – in einer Art, die alle stets an ihre pflichtbewußte Großherzigkeit erinnern sollte.

Die Söhne der Waldvogels, besonders Markus und Franz, mochten Tante nicht, das hatte Delphine schon gemerkt. Kinder waren ihr fremd, sie hatte bisher kaum Kontakt zu ihnen gehabt, aber weil Evas Söhne ihr wichtig waren, beobachtete sie die Jungen aufmerksam und versuchte, ihnen näherzukommen. Bei Franz, dem Ältesten, fing sie an.

Mit seinen fünfzehn Jahren war er ein kräftiger, athletischer Bursche, in seiner selbstbewußten, lässigen Art ein echter Amerikaner, offen und undurchsichtig zugleich. Delphine fragte sich, ob er keine heimlichen Sorgen und Launen hatte oder sie nur geschickt verbarg. Wenn er sie sah, lächelte er sie an und grüßte sie mit einem ganz leichten deutschen Akzent. Er war immer vergnügt und unerschütterlich höflich. Nach und nach begriff sie, daß er Fidelis' unendliche Geduld und beherrschte Wut in sich vereinte. Er verfügte nicht nur über beträchtliche Körperkräfte, sondern hatte auch das Stehvermögen seiner Mutter geerbt und war deshalb ein Spitzensportler. Ob Football, Basketball oder Baseball – er betrieb alles mit der gleichen kraftvollen Anmut und war in Argus eine Art Lokalmatador.

Sein nächstjüngerer Bruder war introvertierter. Markus war knapp neun und hatte offensichtlich einen Hang zum Philosophischen und zu mönchischer Abgeschiedenheit, obwohl er auch gern wild und ausgelassen spielte. In der Schule bekam er – je nach seiner Stimmung – in einem Jahr Bestnoten, im nächsten brachen seine Leistungen ein. Er hatte die langen Hände seiner Mutter geerbt, ihr feines rotgoldenes Haar, die schmalen Wangen und die Augen, in denen manchmal ein Ausdruck schwermütiger Neugier und Belustigung stand, als wollten sie sagen: *Verrückt, das alles.* Auch Markus war höflich, aber eher zurückhaltend. Seinem Vater ging er pflichtbewußt zur Hand, seine Mutter aber, die ihm den Namen ihres geliebten Vaters gegeben hatte, vergötterte er. Oft strich sie ihm übers Haar, das so sehr dem ihren glich, auch wenn die Locken jetzt geschoren waren, zog ihn an sich und küßte ihn. Dann machte er sich los – Jungen mußten so reagieren, das war Ehrensache –, aber so behutsam, daß man merkte, wieviel ihm daran lag, sie nicht zu verletzen.

Die beiden Jüngsten, Erich und Emil, waren fünf Jahre alt und Zwillinge, bullenstark, unerträglich, wenn sie Hunger hatten, glücklich und zufrieden, sobald dieser gestillt war. Sie waren schlichte Gemüter und beschäftigten sich am liebsten mit ihren Holzgewehren und den Armeen aus Tonscherben und Aststückchen, die auf dem Fußboden ihres Zimmers ihre Schlachten schlugen. Auch ein paar richtige Soldaten – die Zinnsoldaten von Fidelis und etliche modernere Krieger, die sie erstanden, wenn sie ausnahmsweise ein paar Cents geschenkt bekamen – gehörten zu diesen Armeen und waren die einzigen Spielsachen im Haus. Als Delphine einmal hatte wissen wollen, womit die Jungen denn spielten, erwiderte Eva, daß sie aus allem Spielzeug machten, was ihnen unter die Finger geriet.

»Ein Stock wird zum Gewehr, mit unseren Fleischtrögen rutschen sie die Hügel herunter. Manchmal bekommen sie einen Schläger, einen Ball geschenkt. Ich überlasse sie sich selbst und bin immer wieder gespannt, was sie zustande bringen.«

Auch Delphine sah ihnen jetzt hin und wieder zu und staunte.

Aus herumliegenden Rädern, Federn und Lattenkisten konstruierten sie einen Buggy, den sie von Hunden ziehen ließen. Sie bauten eine lebensgefährliche Baumschaukel, hängten sie an einen Ast und ließen sich in hohem Bogen über die Straße schleudern, wo sie jederzeit mit einem vorbeifahrenden Auto zusammenstoßen konnten. Am Fluß bauten sie Flöße aus Holzresten, Schwerter aus Pflugscharen, Forts aus Kistenholz, Gewehre mit Kieselmunition, Wasserbomben aus Rinderblasen. So ausgelassen sie draußen auch spielen mochten – in der Metzgerei, zumal im Beisein ihres Vaters, waren sie lammfromm. An Schlachttagen wurde viel von ihnen verlangt. Wenn jede Hand gebraucht wurde, stülpten selbst die Jüngsten Mägen um und kratzten die Steinchen heraus. Als sie alt genug waren, ein Messer zu benutzen, lernten sie rasch, sich damit nicht die Finger abzuschneiden. Für Fidelis war klar, daß er alle seine Söhne später ebenfalls zu Metzgern ausbilden würde.

Mit diesem Beruf hatte Delphine so ihre Schwierigkeiten. Es machte ihr nichts aus, Fleisch zu verkaufen oder Preßkopf zu schneiden, aber das Schlachten war nichts für sie. Nicht nur die sinnliche Erregung des Tötens widerstrebte ihr, sondern auch die langwierige, penible Arbeit danach. Die Därme, die zum Wursten gebraucht wurden, mußten mehrmals gewaschen, die Mägen gewendet und sorgfältig wieder glattgestrichen werden. Für all das waren schier endlose Prozeduren erforderlich, und einige der Schritte fand sie durchaus überflüssig. Eva war da anderer Meinung. Mit dem Würzen der Wurstmasse und dem Wursten selbst hätte Delphine sich vielleicht noch anfreunden können, aber das hatte Fidelis sich selbst vorbehalten und wachte eifersüchtig über jeden Schritt. Manches dabei hielt er geheim, über jeder Sorte Wurst brütete er wie ein Alchemist.

Viel lieber hätte Delphine auf der Bühne gestanden oder hinter der Bühne Kostüme entworfen und genäht. Auch das Kulissenmalen machte ihr Spaß. Sie liebte alles, was mit dem Theater zu tun hatte, und hatte einen guten Blick für Dinge, aus denen ein Kostüm werden konnte: Federn, Kränze, wallende Gewänder, viktorianische Blusen. Der Spaß am Verkleiden hatte Clarisse und Delphine zusammengebracht, als sie noch in der Grundschule waren. Sie hatten bei Clarisse im Garten verwickelte Dramen aufgeführt, mit einem Laken über einer Wäscheleine als Vorhang, und zu zweit alle Rollen mit dem entsprechenden komplizierten Kostümwechsel und sämtlichen Regieanweisungen gespielt. Als Beleuchtung hatten sie eine alte Schiffslaterne, deren Schein als eine Art Rampenlicht nach Anbruch der Dunkelheit ins Gras gerichtet werden konnte. Dank ihrer Einfälle, und weil die anderen Kinder ihnen mit einer Mischung aus Hohn und Scheu begegneten, waren sie einander damals sehr nah gekommen. Sie hielten zusammen wie Pech und Schwefel, und das war ihre Rettung. Irgendwann waren die Neckereien an ihnen abgeprallt, und sie hatten sich ein gewisses Maß an Achtung erworben. Wenn eine Kleinstadt feststellt, daß ihre Sonderlinge immun gegen Aggressionen sind, nimmt sie die Außenseiter schließlich auf und weiß sie zu schätzen. So geschah es auch mit »diesen Mädchen« – ihr sonderbarer Aufzug wurde akzeptiert, ihr Unterhaltungswert gewürdigt.

Dennoch hatten Clarisse und Delphine immer davon geträumt, Argus zu verlassen und sich in die unbekannte Wildnis der Städte mit ihren fremden Menschen und richtigen Theatern zu wagen. Delphine hatte sich zwar für kurze Zeit diesen Traum erfüllt, allerdings mit dem enttäuschenden Ergebnis, daß sie nur ein menschlicher Tisch, ein Requisit, die Basis für Cyprians glanzvollen Balanceakt gewesen war. Clarisse hatte die Stadt nie verlassen, denn ihr Vater und ihr Onkel hatten sie gleich nach dem Highschool-Abschluß fürs Geschäft eingespannt. Ihr Schicksal war es, zu bleiben und die Toten der Stadt auf ihrer letzten Reise zu begleiten. Es mache ihr nichts aus, sagte sie zu Delphine, sie habe sich damit abgefunden. Gewußt hatte sie schon immer, daß sie die Nachfolge der Eltern würde antreten müssen, aber nachdem beide gestorben waren, wurden ein Studium oder das Theaterspielen zu einem Luxus, den sie sich nicht mehr leisten konnte. Außerdem war sie laut ihrer Tante Benta ein Naturtalent im Einbalsamieren, einer Kunst, in der sich schon die alten Ägypter geübt hatten, die aber in Dakota gerade erst im Kommen war. Aurelius Strub hatte sein Diplom bei einem der ersten herumreisenden Balsamierer erworben, der durch ihren Bundesstaat kam, und seither das Verfahren laufend verbessert. Im weiteren Umkreis von Argus gab es viele Hinterbliebene, denen die heitere Abgeklärtheit der von den Strubs präparierten Toten ein Trost gewesen war.

Seit Delphine dort arbeitete, kaufte Clarisse nicht mehr bei Kozka, sondern in der Metzgerei Waldvogel. Sie hatte das Haus ihrer Eltern geerbt und kochte sich nach einem langen Arbeitstag gern zur Entspannung komplizierte Gerichte. Sie war – nicht nur beim Fleisch – sehr wählerisch, und Delphine hob ihr immer die magersten Stücke auf. An einem Nachmittag waren sie allein im Geschäft und begutachteten ein zartes Schweinekotelett, das Delphine gerade auf ein Stück Pergamentpapier gelegt hatte.

»Schneid bitte noch das Fett ab«, bat Clarisse.

»Fett? Ich seh' kein Fett!«

»Da, an der Ecke.« Clarisse zeigte hin.

Delphine entfernte ein fingernagelgroßes Fitzelchen. Jetzt nickte Clarisse zufrieden, und Delphine wickelte das Fleisch ein. Das taillierte braune Wollkostüm der Freundin, die gestärkte weiße Bluse und die weiß paspelierten Lederpumps wären auch in der Großstadt nicht fehl am Platz gewesen. Ihr Ehrgeiz war es, wie sie einmal zu Delphine gesagt hatte, nicht nur die Verstorbenen wie Ehrengäste auf einer Party herzurichten, sondern sich selbst so elegant zu kleiden, wie es einem bedeutsamen Abschied angemessen war. Sie kam gerade von der Beerdigung eines Fünfunddreißigjährigen, der ertrunken war – das häßliche Wort »Wasserleiche« fiel nur in diskretem Flüsterton –, und erzählte stolz, daß sie die abscheulichen roten und lila Flecken in seinem Gesicht fast ganz hatte zum Verschwinden bringen und die für diese Todesart typische schnelle Zersetzung hatte aufhalten können.

»Ich hätte nie zugelassen, daß ihn andere Leute so zu Gesicht bekommen wie den ertrunkenen Jungen, der in der Kirche in Fargo in seinem eigenen Kot lag«, sagte sie. »Schlampige Arbeit. Die armen Eltern. Die Frau – du kennst die Leute nicht, sie sind neu hier – war hin und weg von dem, was wir geleistet haben. Sie hat sich überschwenglich bedankt, und die Familie wollte noch was draufzahlen, aber das haben wir natürlich abgelehnt. Wie gefällt dir die Jacke?«

Sie hatten die gleiche Größe, und Clarisse war ein großzügiger Mensch, so daß Delphines Interesse an der Garderobe der Freundin nicht ganz uneigennützig war.

»Würde dir gut stehen«, sagte Clarisse.

»Ich wüßte nicht, wo ich so was anziehen sollte.«

»Geht ihr nicht manchmal aus, Cyprian und du?«

»Im Augenblick sind wir Zeltbewohner, Clarisse«, sagte Delphine lachend, und Clarisse stimmte ein. Ihre helle, frische Stimme übertönte das Gerumpel der Generatoren und das Mahlen der Fleischwölfe im Hintergrund. In diesem Augenblick kam Eva mit einer neuen Rolle Schnur herein, die sie über die Registrierkasse hängen wollte. Sie bedachte Clarisse mit ihrem formellen Lächeln, wie Delphine es nannte, einem Lächeln, das Kundinnen vorbehalten war, die sie nicht näher kannte oder nicht besonders mochte. Delphine erfaßte eine jähe Unruhe, und sie fühlte sich in ihrer Loyalität zu beiden Frauen hin- und hergerissen. Eva ging gleich wieder, und Clarisse, der ihre Zurückhaltung nicht aufgefallen war, die sich wahrscheinlich nur gesagt hatte, daß Eva mit anderem beschäftigt war, sah stirnrunzelnd auf ihre Fingernägel herunter, ein sicheres Zeichen dafür, daß sie etwas loswerden wollte, was ihr zu schaffen machte.

»Komm schon«, sagte Delphine, auch wenn sie jetzt ein schlechtes Gewissen hatte, weil sie während der Arbeit schwatzte. »Im Augenblick ist nicht viel los, ich hab ein bißchen Zeit. Heraus damit.«

»Im Grunde ist es ja für dich nichts Neues.« Clarisse verzog leicht gequält das Gesicht.

»Jetzt red schon«, verlangte Delphine energisch.

Clarisse senkte den Kopf und sah ihre Freundin dann fast zornig an.

»Hock war gestern abend bei mir. Hat auf der Veranda gestanden und über dies und das gesprochen und so getan, als hätten wir ein Geheimnis miteinander. Ich hätte schreien können, so nervös hat er mich gemacht. Schließlich hab ich ihm die Tür vor der Nase zugeschlagen, und da hab ich ihn flüstern hören: *Ich wer-*

de husten und prusten und dir dein Haus zusammenpusten. Wie der Wolf in dem Märchen von den drei kleinen Schweinchen.«

Clarisse konnte entsetzlich unglücklich aussehen, wenn sie wollte. Ihr Gesicht erschlaffte, als sei sie plötzlich älter, und sie biß auf ihren Lippen herum, bis ihre Zähne voller Lippenstift waren. Mit der behandschuhten Hand drückte sie sich das eingewickelte Schweinekotelett an die Stirn und schloß die Augen.

»Ich kann sagen, was ich will – er dreht mir jedes Wort im Mund herum«, stieß sie erbost hervor. Sie streckte das eingewickelte Kotelett auf Armeslänge von sich weg und sprach zu ihm statt zu Delphine. »Wahrscheinlich hast du mich und mein Gejammer wegen Hock längst satt. Ich hab mich selber satt, das kann ich dir flüstern. Wenn ich könnte, würde ich wegziehen, aber ich stehe hier in der Pflicht, und außerdem bin ich gut in meinem Beruf. Heech sagt, daß ich von Anatomie genausoviel verstehe wie er. Ich habe Versuche mit einer neuen Pumpe gemacht, die … aber die Einzelheiten erspare ich dir. Ich bin stolz auf meine Arbeit, und das laß ich mir nicht kaputtmachen.«

»Am besten tun wir uns zusammen und murksen den Kerl ab«, schlug Delphine vor.

»Schön wär's ja«, sagte Clarisse wehmütig.

North Dakota verdorrte in der gnadenlosen Hitze. Für Delphine bedeutete das Sommerwetter, da in der zweiten Woche ihre neue Tätigkeit schier unerträglich wurde, daß sie von Gerüchen überwältigt wurde. In der Schlachthalle roch es nun deutlich nach Geschlachtetem, der Abfallhaufen schillerte grün, überall war der widerliche Geruch nach Fleisch, und auch nach der Arbeit konnte sie den Gerüchen nicht entgehen. Kaum war der Keller zugeschüttet, waren die Fußböden gescheuert, neue Matratzen, saubere Decken und Bettwäsche angeschafft, die Wände mit Essig eingesprüht und kräftig abgewischt, kaum war das Haus wieder bewohnbar, kam die Hitzewelle, so daß sie und Cyprian beschlossen, weiter in ihrem Zelt zu schlafen, weil sie dort wenigstens ein paar Stunden Ruhe fanden.

Gegen drei kam vom Fluß, der immer weniger Wasser führte, ein leichter Luftzug, und Cyprian stellte die Zeltklappen so, daß sie etwas davon hatten. Doch mit dem Luftzug kamen auch Heerscharen von Mücken, die in giftiger Gier gegen die Zeltleinwand anflogen. Die ganze Nacht über hörten sie das Gesumm, manchmal so laut wie Luftalarmsirenen, manchmal leise und bedrohlich, immer aber stetig, ohne Pause.

Cyprian kaufte Moskitonetze, die sie über ihre Feldbetten hängten. Dadurch bekamen sie zumindest so viel Schlaf, daß ihnen am nächsten Tag nicht die Augen zufielen. Zuerst trieb sie das Sirren der Insekten, die sich an den winzigen Löchern der Netze drängten, wo sie wohl warmes Menschenblut wahrnahmen, fast zum Wahnsinn. In der folgenden Woche kauften sie in der Apotheke Baumwollwachs und steckten es sich in die Ohren. Kaum hatten sie das Moskitoproblem gelöst, kam eine Heerwurmplage. Die Raupen waren gar nicht so häßlich – olivbraun mit einem verschlungenen Muster aus blauen Tupfen –, widerwärtig wurden sie dadurch, daß es so viele waren. Sie marschierten zu Tausenden über das Zeltdach und ließen sich nicht aus den Decken und vom Zeltboden fernhalten, so fest Delphine und Cyprian ihn auch anpflöckten. Delphine mußte wohl oder übel über diesen ekligen Teppich laufen, so daß sie Schleimspuren hinterließ, wenn sie die Metzgerei betrat. Roy aber, der viele

Nächte halb im Fluß oder unter den Sternen dicht am Ufer verbrachte, blieb von allem Ungeziefer verschont. Vielleicht, meinte Delphine, weil sein Blut zum großen Teil aus hochprozentigem Alkohol bestand.

»Eigentlich müßten zumindest die Moskitos ganz scharf auf ihn sein, für die ist er doch eine wandelnde Bar«, sagte sie eines Abends, als sie sich wieder einmal darüber geärgert hatte, wie friedlich ihr Vater schlafen konnte. Sie und Cyprian schwitzten unter ihren Moskitonetzen, rollten das Baumwollwachs zwischen den Fingern und konnten sich nicht darüber einig werden, ob Cyprian mit dem DeSoto Schnaps aus Kanada schmuggeln sollte. Das war nicht nur gang und gäbe, um die hohen Steuern zu umgehen, sondern galt sogar, wenn man deutscher Herkunft war oder den Schnaps an Deutsche lieferte, als patriotische Tat. Bei den Deutschen war die Prohibition besonders unbeliebt gewesen, denn nach ihrer Überzeugung hatte sich das Gesetz unmittelbar gegen ihre Tradition der Zechkunst gerichtet. Als die Prohibition aufgehoben wurde, gaben die hohen Alkoholsteuern neuen Grund zum Ärger. Niemand genoß es so sehr wie die Deutschen, dem Staat ein Schnippchen zu schlagen. Sogar Tante hatte sich bei der Rückkehr von einer Reise in den Norden mit Whiskey gefüllte Wärmflaschen als Busen unters Kleid gesteckt und war huldvoll lächelnd an den Zollbeamten vorbeigerauscht.

»Wenn ich legal bleiben könnte, wär's mir lieber«, sagte Cyprian, »aber es ist ein gutes Angebot.«

»Das heißt, daß ich eine ganze Woche zu Fuß zur Arbeit gehen muß.«

»Aber das stört dich nicht an der Sache …«

»Stimmt.«

Cyprian stützte sich auf einen Ellbogen und sah sie nachdenklich an. »Ich laß mich nicht erwischen – Ehrenwort!«

»Mir wird ganz anders, wenn ich nur dran denke.«

»Wirklich?«

»Na ja, wenn du's genau wissen willst …«

Nicht einmal jetzt hatte Cyprian Lust, sie zu küssen, aber er liebte sie so sehr, daß er in diesem Augenblick fast seine Bedenken über Bord geworfen hätte. Seit dem Ende ihrer Tournee und vor allem, seit das Haus sauber war, kehrte allmählich alles wieder in geregelte Bahnen zurück. Seine Balancenummer und das Reisen fehlten ihm, andererseits hatte er da nie im voraus gewußt, wo er würde auftreten können, wie seine Schau ablaufen würde. Er wünschte sich ein vorhersehbares Leben mit einem kleinen zusätzlichen Kick. Bei Männern, die im Krieg waren, hatte man das oft – Normalität war ihnen nicht genug, sie mußten jede Situation dramatisieren, ein Gefahrenmoment hineinbringen. Vielleicht war das auch für ihn der springende Punkt. Vielleicht beneidete er aber auch Delphine. Nicht nur, weil sie so eng mit Clarisse und jetzt mit Eva befreundet war, sondern weil nun sie alles bezahlte – Lebensmittel, Kleidung, Roys Whiskey. Seiner Meinung nach mußte eigentlich der Mann das Geld verdienen.

»Ich mach's«, erklärte er.

Delphine stöhnte auf.

»Ich kenn mich gut mit Autos aus«, sagte Cyprian, um sie zu besänftigen. »Da hab ich eine Menge im Krieg gelernt. Wenn ich die Tour hinter mir habe, such ich mir einen Job. In einer Autowerkstatt oder so.«

»Und was sage ich dem Sheriff?«

»Ehe der was merkt, bin ich längst wieder …«

Er kam nicht weiter, denn in diesem Moment erhob Roy ein lautes Jammergeschrei. Sie warfen die Moskitonetze zur Seite, sprangen auf und tasteten sich vorsichtig zu Roys Säufercamp am Flußufer. Delphine hatte eine Petroleumlampe mitgenommen, die ein wenig Helligkeit verbreitete, so daß sie zuerst sah, warum sich Roy so hysterisch gebärdete. Im Schlaf waren die Heerwürmer über ihn gekommen, vielleicht, um an seinen Sachen zu nagen, vielleicht auch nur, um sich vor dem nächsten Blätterschmaus ein wenig auszuruhen. Sein Haar war voll von ihnen, sie hingen ihm aus den Ohren, bedeckten seinen ganzen Körper, er war schauerlich anzusehen. Deshalb staunte Delphine sehr, als er bei ihrem Anblick unvermittelt ruhiger wurde.

»Besorg mir was zu trinken, Kindchen«, bettelte er und blinzelte ihr durch einen Raupenvorhang hindurch zu. »Ich hab das große Zittern, brauch Whiskey. Ist natürlich nur Einbildung, aber ich könnte schwören, daß ich voller Würmer bin..«

»Das gibt sich wieder, Dad, du mußt nur still stehen.« Delphine klopfte ihm dicke Polster von Heerwürmern von Armen und Schultern, auch Cyprian griff mit beiden Händen zu, versuchte, ihm die Horden aus dem Haar zu kämmen, sie von seinen Hosenbeinen zu schütteln und behutsam aus den Ohren zu ziehen.

»Wenn du ruhig bleibst, kriegst du deinen Whiskey«, redete er ihm gut zu.

»Bleib ganz ruhig«, sagte Delphine. »Es ist wirklich nur Einbildung.«

Cyprian verstand tatsächlich etwas von Autos. Inzwischen hatte Delphine ihre Meinung völlig geändert und pries Eva gegenüber seine praktische Begabung. Das Reparieren von Autos befriedigte ihn nicht so sehr wie das Balancieren, aber das Technische lag ihm. Der DeSoto schnurrte, von Cyprian liebevoll gepflegt, wie ein Kätzchen an der Sahneschüssel, so drückte er es aus. Ehe er am nächsten Tag seine Fahrt antrat, überprüfte er Delphine zuliebe kostenlos den glänzenden braunen Lieferwagen, auf den Eva so stolz war. *Metzgerei Waldvogel* stand an der Seite. *Immer frisch, immer gut. Das Beste aus der Alten Welt.*

Bestes aus der Alten Welt … darauf kam es Eva vor allem an, denn hierzulande bekam man ja tatsächlich keine Wurst, wie es sie so köstlich und so grundsolide gemacht in Deutschland an jeder Straßenecke gab. Auch anderes konnte man hier einfach nicht kaufen, sagte sie und hörte sich ein bißchen wie Tante an. Marzipan. Heringe. Sauer Eingelegtes, bei dem alle Gewürze stimmten. So weiche Brötchen wie in Deutschland. So plustrige Federbetten. So glänzende Pelze. So dicke Sahne.

Wir können nicht alles selber machen, sagte sie häufig. Nur die Wurst. Fidelis war nach Amerika gegangen, weil ihm in Deutschland das amerikanische Wunder in Gestalt einer Scheibe Brot begegnet war, von der er allerdings nie erfahren hatte, wie sie schmeckte. Eva zog ihn oft damit auf, denn sie fand das amerikanische Brot abscheulich – dünn, salzig, krümelig, nie war es frisch und bis zum Mittagessen immer schon altbacken. Und so was nannte sich Brot! Die Kruste weich, die Krume zäh – alles sei verkehrt an diesem Brot, sagte Eva, und deshalb buk sie ihr Brot selbst und verkaufte das, was sie nicht selbst brauchten. Manchmal lag auch Kuchen in der hohen Glasvitrine, die sie mit Zeitungspapier und Essigwasser putzte, bis die Scheiben spiegelten.

Eva war stolz darauf, daß sie mit allem fertig wurde, was das Leben ihr schickte, aber nicht einmal sie schaffte es, daß in der Hitze der Betrieb in der Metzgerei so reibungslos lief wie sonst. Die Glasvitrinen liefen an, schwitzten, Arbeitsflächen und Böden waren glitschig von geschmolzenem Fett. Alles wurde komplizierter – auch für Delphine. Die Nächte im Zelt ohne Cyprian waren unerfreulich. Es fiel ihr schwer zuzusehen, wie sich Roy mit zwei Saufkumpanen am Fluß zugrunde richtete. Sie wagte nicht, sich die Ohren zuzustopfen, für den Fall, daß sich einer der Betrunkenen an sie heranmachte, und ertrug deshalb lieber das giftige Sirren der Moskitos. Sie schlief unruhig und wachte immer wieder auf. Manchmal fragte sie sich, ob Cyprian sie verlassen hatte, damit sie Sehnsucht nach ihm bekam. Dann war ihm das nur zu gut gelungen. Sie waren wie ein altes Ehepaar – nur mit dem Unterschied, daß die romantische Phase bei ihnen nur sechs Stunden gedauert hatte. Um ein bißchen Ruhe zu haben und auch, um Eva zu entlasten, schlief Delphine alle zwei oder drei Nächte auf Evas Couch. Wenn sie dann früh aufwachte, konnte sie, ehe die ärgste Hitze einsetzte, noch ein paar Stunden putzen.

Jetzt, da sie fast den ganzen Tag mit Eva zusammen war, sah sie, wie sehr die Freundin litt. Ihr Gesicht war blaß von der täglichen Plage. Sie wolle sich nur eine Minute hinlegen und ausruhen, sagte sie manchmal. Wenn Delphine dann nach ihr sah, fand sie Eva in einem bleiernen Schlaf der Erschöpfung und brachte es nicht übers Herz, sie zu wecken.

Nach ein, zwei Stunden wachte Eva immer von selbst auf und arbeitete verbissen weiter.

Sie wischten den Boden des Schlachtraums täglich mit Bleichmittel. Die Kühlung der Fleischvitrinen lief auf Hochtouren, trotzdem wurden sie lauwarm, und die Ware mußte ständig überprüft werden. Ein lärmender Generator kühlte einen geräumigen

Gefrierschrank, der vollgepackt war mit allem, was nicht schlecht werden durfte. Sie kauften nur eine Mindestmenge an Milch für ihre Kundschaft, denn die wurde manchmal schon auf der Fahrt ins Geschäft sauer. Auch der Rahm schlug um, aber aus dem versuchte Eva wenigstens noch saure Sahne zu machen, die sie zum Kochen verwendete. Butter oder Schmalz lagerten sie gar nicht mehr. Die Hitze wurde immer grausamer. Die Jungen schliefen in Unterhosen auf dem Dach. Eva schleppte eine Matratze und Bettzeug nach oben und legte sich zu ihnen. Nur Fidelis hielt unten die Stellung.

Die Kozkas hatten Fidelis – vielleicht als Versöhnungsgeste – eine Hündin geschenkt, allerdings keinen Chow-Chow, denn mit denen hatten sie zu viele Enttäuschungen erlebt. Hottentot war inzwischen völlig verwildert, seine Nachkommen zeigten keinerlei Achtung vor ihren Herren und bissen schon als Welpen mögliche Käufer. Deshalb hatten sich die Kozkas auf eine ruhigere, ausgeglichenere Hunderasse verlegt. Die weiße Schäferhündin, die Fidelis von ihnen bekam, war ein ausgesprochenes Energiebündel. Nachts lief sie wachsam durch die unteren Räume, tagsüber kaute sie zufrieden an großen, grün schillernden Knochen. Die Hündin Schatzie liebte Eva von Anfang an wie eine Schwester, und obwohl sie den größten Teil des Tages angeleint vor dem Haus verbrachte, stellte sie die Ohren auf, sobald sie Eva im Haus herumgehen hörte. Wenn Eva sie von der Leine ließ, machte sie vor Freude wilde Sprünge. Als sie dem Welpenalter entwachsen war, wich sie kaum mehr von Evas Seite. Daß sie bettelte oder Eva in der Hoffnung auf einen guten Bissen erwartungsvoll ansah, kam so gut wie nie vor. Die Schäferhündin betrug sich stets würdevoll und betrachtete es offenbar als ihre

Aufgabe, zusammen mit Eva die dummen Schafe, als die sie die Männer ansah, vor Gefahren zu bewahren. Wenn Eva die Hündin streichelte, tat sie das nicht beiläufig-gedankenlos, sondern kratzte sie an Stellen, an die Schatzie selbst nicht hinkam. Sie nahm sogar eine alte Haarbürste und entwirrte ihr damit das Fell. Staunend beobachtete Delphine, wie Eva der Hündin tief in die Augen sah, wie zärtlich sie mit Schatzie sprach. In Delphines Bekanntenkreis hatte niemand eine besonders hohe Meinung von Hunden. Evas sensibler Umgang mit der Schäferhündin ebenso wie ihre Art, auf Außenseiter und Sonderlinge – unter anderem auch Step-and-a-Half – einzugehen, die zu ihr ins Geschäft kamen, überzeugten Delphine endgültig davon, daß Eva ein ganz besonderer Mensch war.

Täglich verdunkelte sich der Himmel, die trockene Hitze ließ die Blätter verdorren – und nichts geschah. Der Regen schien greifbar nah, er spannte sich wie ein graues Tuch über dem Himmel, das kein Luftzug bewegte. Wenn Delphine morgens durch die Hintertür das Haus der Waldvogels betrat, war sie naßgeschwitzt. Sie wusch sich das Gesicht und band die Schürze um, die schlapp hinter der Tür hing. Schon jetzt war die Luft stickig und beklemmend. Der Tau war im Nu getrocknet. Es drohte noch heißer zu werden. Wenn das Wetter umschlägt, kann das böse werden, dachte Delphine, während sie Wasser in einen Eimer laufen ließ, aber von mir aus kann der Wetterumschlag bringen, was er will – Wirbelstürme, Blitz und Donner –, Hauptsache, diese Hitze hört auf.

Heute wollte sie gleich früh das Bohnerwachs vom Linoleum schaben und eine neue Schicht auftragen. Doch als sie den Laden aufgeschlossen hatte, betrat Sheriff Hock das Geschäft.

Entweder, er weiß was Neues über die Toten, dachte Delphine, wrang den ammoniakgetränkten Putzlappen aus und hängte ihn über den Eimerrand, oder er will über Clarisse sprechen.

»Soll ich vielleicht lieber zu dir nach Hause kommen?«

»Wir sind allein«, sagte Delphine. »Schießen Sie los.«

Dabei hatte sie Evas Sohn Markus vergessen, der wegen der Hitze auch früh aufgestanden war, im hinteren Teil des Ladenraums über der Buchführung saß und lautlos seinen Stift über die Spalten mit Soll und Haben wandern ließ. Auf Evas Bitte sah er immer ihre Abrechnungen durch, und das machte ihn stolz. Delphine hatte, verunsichert durch den unvermuteten Besuch des Sheriffs, nicht daran gedacht, daß Markus jedes Wort hören konnte, vielleicht hatten auch die Hitze oder leise Angst ihr Denken abgestumpft. Ihr ging es nur darum, das Gespräch so schnell wie möglich hinter sich zu bringen.

Sheriff Hock nickte schroff. Sein Gesicht wirkte trotz der behaglichen Fettmassen verhärmt und abgezehrt. Er holte einen spitzen Bleistift aus einem Futteral und blätterte seinen Notizblock auf. Er hatte die Rosenknospenlippen einer Kurtisane, und wenn er den Mund aufmachte, fiel es schwer, ihn nicht anzustarren, weil der aussah wie eine Rose, die jeden Augenblick anfangen konnte zu sprechen. Er habe ein paar Fragen, sagte er und spulte seine Liste ab. Die meisten waren nicht allzu aufdringlich und galten vor allem ihrem Zusammenleben mit Roy und Cyprian. Offenbar stimmten ihre Antworten mit den Aussagen der Männer überein, denn er hatte an keiner etwas auszusetzen. Dann aber kam er auf die roten Perlen zu sprechen, die in der Speisekammer auf dem Fußboden geklebt hatten.

»Du erinnerst dich an die Perlen?«

»Ja, natürlich.« Die brüchige Masse, die an der Kellerluke geklebt hatte, war unvergeßlich, und über die Perlen hatte sich Delphine schon häufig den Kopf zerbrochen. »Das Zeug ließ sich so schlecht wegstemmen, daß ich schon dachte, es wäre so was wie Leim.«

»Genau das habe ich auch gedacht«, bestätigte Sheriff Hock sehr ernst. »Ich lasse es zur Zeit im staatlichen Labor prüfen.«

In einem staatlichen Labor? Delphine war beunruhigt, führte aber ihm zuliebe den Gedankengang fort.

»Wer trägt schon auf einer Trauerfeier etwas mit roten Perlen?« fragte sie mit pflichtschuldig ratlosem Gesicht.

»Genau.«

»Haben Sie meinen Vater gefragt?«

»Er hat sich ziemlich vage ausgedrückt.«

Delphine räusperte sich diskret. »Er … es geht ihm nicht besonders …«

Sheriff Hock klappte seinen Block zu, klemmte ihn unter den Arm und nahm einen von Evas Krapfen aus der Vitrine. Mit seiner Körperfülle litt er sehr unter der Hitze. Er bewegte sich mühsam, und sein Hemd war am Rücken und unter den Armen dunkel von Schweiß. Bedrückt und in abstrakte Überlegungen vertieft nahm er kleine Bissen von dem Krapfen. »Wo kriegt dein Vater seinen Whiskey her?« fragte er schließlich.

»Ich kaufe ihn«, sagte Delphine.

»Den meine ich nicht. Ich meine den Stoff, den er im Keller hatte.«

»Das weiß ich nicht.«

»Versuch nicht, ihn zu decken, Delphine«, sagte Sheriff Hock kopfschüttelnd. »Die Erklärung für die Tragödie dürfte in der Tatsache zu suchen sein, daß im Keller haufenweise leere Flaschen herumlagen.«

»Vielleicht hat er sie für Step-and-a-Half gesammelt«, sagte Delphine, als sie begriff, daß ihre List nichts gebracht hatte. »Die verkauft Flaschen an Leute, die ihr Bier selbst brauen.«

Der Sheriff nickte gemessen. »War dein Vater mit den Chavers befreundet?«

»Das wissen Sie doch so gut wie ich.«

»Nur fürs Protokoll.«

»Ja.«

»War er entsetzt? Erschüttert?«

Delphine lebte auf, vielleicht, weil sie diese Frage guten Gewissens beantworten konnte. »Ja, was glauben denn Sie? Fix und fertig war er, Sie hätten ihn sehen sollen. Die letzten Haare hat er sich büschelweise ausgerissen und sich wie ein Baby auf dem Fußboden gewälzt. Sie kennen ja Roy … Er hätte gedacht, die Familie sei nach Arizona gefahren, um dort zu überwintern. Immer wieder hat er das gesagt.«

»Der Winter war schon fast vorbei, als sie eingeschlossen wurden.«

Plötzlich hörte man von hinten die dröhnende Stimme von Fidelis, und Sheriff Hock ließ von Delphine ab. Sie atmete auf, denn in ihr regte sich jetzt Sorge um den Vater und die leise Angst, er könnte doch auf irgendeine Weise mit dem Tod im Keller zu tun haben. Wegen der roten Perlen hatte sie ihn allerdings schon gründlich ausgefragt, hatte alles aus ihm herausgeholt, was er über die drei Toten wußte, und war jetzt ratlos. Roy Watzka schien von dem Unglück nicht weniger überrascht als alle anderen, und es sah nicht so aus, als könne er noch irgendwelche brauchbaren Hinweise liefern.

Fidelis und der Sheriff verließen das Haus durch den Hintereingang. Dabei summten sie die Melodie eines Liedes, zu dem sie einen mehrstimmigen Satz komponieren wollten – wahrscheinlich bei einem Krug von dem kühlen dunklen Bier, das Fidelis selbst braute und von dem Delphine jetzt gern einen Schluck gehabt hätte. Als sie sich nach dem Scheuerlappen bückte, hörte sie am Schreibtisch in der Ecke Papier rascheln und einen Stuhl knarren. Rasch drehte sie sich um und sah Markus, der offenbar mit seiner Buchhaltung fertig war.

»Du hast das alles mitbekommen?«

Markus drehte sich um und sah Delphine an. Das schmale, von einem frischen Sonnenbrand gerötete Gesicht glühte, und Delphine erkannte darin Evas unbeugsamen Willen. Er war entschlossen, nichts zu sagen. Irgendwie, überlegte Delphine später, wußte er schon jetzt, wie alles kommen würde, sah weit in die Zukunft hinein, begriff, warum sie hier war und warum ihre Rolle in seinem Leben sich so grundlegend ändern würde. Sie kam nicht an ihn heran.

»Du mußt sehr gescheit sein«, sagte Delphine, »wenn deine Mutter dir die Buchhaltung anvertraut, obwohl du erst acht bist.«

»Ich bin neun. Und die Buchhaltung macht sie. Ich schau sie nur nach.« Markus verzog keine Miene.

»Aber gescheit bist du.« Delphine ließ nicht locker. Seine Unzugänglichkeit empfand sie als Herausforderung, und sie wollte ihn zumindest dazu bringen, daß er herausließ, was er gehört hatte, schon um Eva auf seine Fragen vorbereiten zu können. »Und weil du ein gescheiter Junge bist, weißt du, daß der Sheriff mir nur Fragen gestellt hat, weil er die Wahrheit herausbekommen wollte.«

Markus senkte den Blick.

»Ich hab nichts gemacht«, stieß Delphine zu ihrer eigenen Überraschung hervor. Erst als Markus jetzt wieder die Augen auf sie richtete – Augen, in denen sich das Grün und Blau der elterlichen Augen mischte –, begriff sie, daß der Junge im Keller etwa so alt gewesen sein mußte wie er und daß Markus ihn sicher gekannt hatte.

»Wie hieß denn das Kind?« fragte Delphine sanft und trat einen Schritt näher.

Unter dem Sonnenbrand war der Junge bleich geworden.

»Ruthie«, krächzte er. »Ruthie Chavers.«

Dann drehte er sich auf dem Absatz herum und polterte durch den langen Gang hinaus in den heißen Garten. Delphine blieb einen Augenblick wie betäubt stehen. Ruthie! Um auf andere Gedanken zu kommen, machte sie sich mit dem Schaber über den Fußboden her, kratzte geduldig das vergilbte oder verklumpte Bohnerwachs ab und sah mit dumpfer Befriedigung, wie die weißen Karos wieder weiß, die grünen sauber und streifenfrei wurden. Dabei ging ihr ständig der Mädchenname im Kopf herum. Ruthie. Ruth bedeutete Barmherzigkeit, soviel wußte sie, aber diese Ruth hatte keine Barmherzigkeit erfahren. Die Erkenntnis, daß das tote Kind im Keller ein Mädchen war, hätte wie ein Schlag sein, die Unerträglichkeit dieses Leidens noch verstärken können, aber zu ihrer eigenen Verblüffung empfand Delphine es nicht so. Der Fußboden war schon fast getrocknet, als sie die Erklärung in ihrem Herzen fand, eine Erklärung, die sie erst überraschte und dann bedrückte.

Sie begriff, daß sie Mädchen für stärker und ausdauernder hielt. Ein Mädchen würde selbst ein so schreckliches Los unsentimental hinnehmen, wenig Mitleid fordern. Ein Mädchen würde sich mit einem gewissen Fatalismus in ihr Schicksal ergeben, würde sich in den Schlaf flüchten, bis der in die ewige Ruhe übergegangen war. Je mehr sich Delphine mit dem Leiden der Kleinen identifizierte, je länger sie sich in Gedanken damit beschäftigte, desto weniger tat Ruth Chavers ihr leid. Es war, als habe sie selbst dort im Keller gesessen, sich durch Hunger und Durst gequält bis zum Delirium und zum bitteren Ende. In den Armen einer Mutter, dachte Delphine.

Dann kamen Kunden, und Delphine band eine frische Schürze um.

Abends drehte Delphine das Pappschild in der Glastür um, so daß das Wort »Geschlossen« nach draußen zeigte, und wischte noch einmal, um die Fußspuren des Tages zu tilgen. Sie ließ den Boden trocknen, dann füllte sie Bohnerwachs in einen zweiten Eimer und trug es mit einem langen Pinsel in breiten gleichmäßigen Bahnen auf. Sie arbeitete sich bis zum Ladentisch vor, stellte eine Kiste vor die Tür, damit die Jungen nicht die Fläche ruinierten, die noch trocknen mußte. Dann hängte sie die Schürze auf, verabschiedete sich rasch und ging nach Hause, zum Schwitzen in ihrem einsamen Zelt. Am nächsten Morgen würde sie, ehe sie aufschloß, eine zweite Schicht auftragen, die konnte dann trocknen, während sie mit Eva ihren Morgenkaffee trank. Wenn keine Kunden da waren, würde sie das Linoleum mit einem weichen Tuch und viel Kraftaufwand auf Hochglanz polieren. So hatte sie es sich jedenfalls vorgenommen, und so geschah es letztlich auch, aber Wochen später und unter völlig veränderten Umständen.

Als Delphine am nächsten Morgen in der Küche saß und die zweite Schicht Bohnerwachs trocknen ließ, drängte von außen schon die Hitze gegen die Mauern. Sie war zufrieden, denn Eva hatte den Boden angesehen und gesagt, er sähe aus wie neu. Der starke, schwarze türkische Kaffee ließ sie in Schweiß ausbrechen. Sie schenkte sich Wasser aus einem Krug ein, den Eva auf den Tisch gestellt hatte, und tupfte sich Hals und Schläfen mit einem Geschirrtuch trocken.

Eva war fast die ganze Nacht aufgewesen, um ihr wöchentliches Backpensum zu erledigen, solange es noch ein wenig kühler war. »Du, mir geht's nicht besonders«, sagte sie jetzt.

Das klang so beiläufig, daß Delphine es kaum zur Kenntnis nahm und nur mit einem mitfühlenden Seufzer reagierte, in den sie auch sich selbst einschloß, die in der Hitze Fußböden gewachst hatte. Doch dann wiederholte Eva, als hätte sie vergessen, was sie gesagt hatte: »Du, mir geht's nicht besonders.« Sie stützte die Ellbogen auf den Tisch und legte die Hände um die Tasse. Sie saß ganz still, als horchte sie in den alltäglichen Geräuschen, die sie umgaben, nach einem tieferen Ton oder Wort, und das fand Delphine dann doch beunruhigend.

»Wie meinst du das?«

»In meinem Bauch ist alles wie verklumpt.« Schweißtropfen zitterten auf Evas Oberlippe. »Die Schmerzen kommen und gehen.«

»Krämpfe?« fragte Delphine.

»Nein, oder vielleicht doch.« Eva holte tief Luft, hielt den Atem an, stieß ihn wieder aus. Dann fuhr sie sich mit Delphines Geschirrtuch übers Gesicht, als wollte sie dort etwas wegwischen. Sie atmete schwer. »Wie Krämpfe, ja, aber nicht so, als wenn man seine Tage hat.«

»Vielleicht kommst du ja nur ein bißchen früh in die Wechseljahre?«

»Kann sein. Meine Mutter …« Dann schüttelte sie den Kopf und verzog den Mund zu einem breiten Lächeln. Ihre Stimme klang jetzt hoch und unnatürlich. »Ach was, weinen und jammern ist hier verboten!«

Sie sprang auf, stieß ungeschickt an den Ladentisch und machte sich hektisch in der Küche zu schaffen, als könne sie mit ständiger Bewegung gegen das angehen, was sie quälte. Minuten später war sie scheinbar die alte tüchtige Eva. Sie holte zwei große Bleche mit Brötchen aus dem Ofen und nahm sie mit einem Spachtel ab. Dann formte sie weitere Brötchen, indem sie den Teig durch die Rundung aus Daumen und Zeigefinger drückte, bestückte noch zwei Bleche und schob sie in den Backofen. Delphine beobachtete sie einen Augenblick besorgt und atmete dann auf. Den raschen, zielstrebigen Bewegungen war keine Schwäche anzusehen.

»Ich geh nach vorn und fange an zu bohnern«, sagte Delphine. »Bei dieser Hitze ist der Boden bestimmt schon trocken.«

»Ja, schön«, gab Eva zurück, aber als Delphine an ihr vorbeiging, um die Kaffeetasse in die graue Specksteinspüle zu stellen, griff Eva nach ihrer Hand. Leichthin, eine Spur zu sorglos, sagte sie den Satz, bei dem es ihrer Freundin selbst in dieser brütenden Hitze eiskalt wurde.

»Bring mich zum Arzt.«

Eva lächelte wie über einen gelungenen Witz, legte sich auf den Boden, schloß die Augen und regte sich nicht mehr.

Fidelis war zu einem Farmer gefahren, um Vieh zu begutachten, und war nicht aufzutreiben, als Delphine von Dr. Heech zurückkam. Eva saß mit Morphin betäubt auf der Rückbank des Lieferwagens. Delphine hatte ein Bündel Zettel in der Hand, auf denen stand, wen sie aufsuchen sollte, was noch getan werden konnte. Dr. Heech hatte sich wütend und traurig ans Telefon gehängt und ließ einen Chirurgen, den er kannte, alles für die Aufnahme einer gewissen Eva Waldvogel bereitmachen. Die Patientin, sagte er, leide an einem Tumor, der unmittelbar auf lebenswichtige Organe drückte und in wenigen Tagen zum Tode führen würde, wenn man ihn nicht entfernte.

Da Fidelis nicht im Haus und Franz mit den Zwillingen zu einem Baseballspiel gefahren war, mußte Delphine die Nachricht Markus anvertrauen.

»Ich schreibe jetzt ein paar Zeilen«, sagte sie, Evas Koffer neben sich, »die gibst du dem Vater. Ich bringe deine Mutter zum Doktor.«

Markus reichte ihr einen Zettel, ließ ihn fallen, hob ihn mit angstvoll ungeschickten Jungenfingern wieder auf. Er lief zum Wagen und krabbelte auf die Rückbank. Dort fand ihn Delphine. Er streichelte das Haar seiner Mutter, der das Schmerzmittel offenbar Erleichterung gebracht hatte. Sie war so gefaßt, daß Markus sich beruhigte und Delphine ihn behutsam wegziehen konnte, ehe Eva vor dem Sohn wieder zu leiden begann. Offenbar hatte sie seit vielen Monaten ihre starken Schmerzen verheimlicht. Die Krankheit war bedenklich weit fortgeschritten, und Heech, der Eva sehr gern hatte, schalt sie mit der Verzweiflung des Arztes, der sich mit seiner Hilflosigkeit nicht abfinden kann.

»Du hättest gescheit genug sein müssen, zu mir zu kommen«, sagte er immer wieder. »Warum bist du nur nicht zu mir gekommen?«

Während Delphine Evas Sohn ins Haus zurückbrachte, versuchte sie ihm über den Kopf zu streichen, aber er zuckte erschrocken zurück. An der ungewohnten Zärtlichkeit merkte er, wie schlimm es um seine Mutter stand. Delphine nahm rasch die Hand weg und machte eine beiläufige Bemerkung. Markus, der rot geworden war, sah sie nicht an, murmelte etwas Unverständliches und verschwand.

Delphine setzte sich wieder an den Tisch, um die Nachricht an Fidelis zu schreiben:

Ich habe Eva in das Krankenhaus gebracht, das sich Mayo-Klinik nennt. Heech sagt, daß man ihr dort am schnellsten helfen kann. Sie hat heute früh das Bewußtsein verloren. Es ist Krebs. Du kannst mit Heech reden und dann nachkommen, wenn im Geschäft alles geregelt ist. Sieh zu, daß du Cyprian Lazarre auftreibst. Vielleicht ist er im Zelt oder auf Vaters Land. Lazarre ist ein guter Mann, er wird sich um alles kümmern.

Auf der Fahrt zur Mayo-Klinik hörte Delphine den Metzger zum ersten Mal singen, wenn auch nur in Gedanken. Immer wieder ließ sie die Weise in ihrem Kopf ablaufen wie eine Grammophonplatte, die ihr Trost brachte, während sie den Tacho bei 160 Stundenkilometern hielt. Alles um sie her verschwamm. Felder drehten sich wie Speichen eines Rades. Häuser, Kühe, Pferde, Scheunen flogen vorbei wie flüchtige Schatten. Dann stand sie im Stau der Stadt. Während der ganzen Fahrt hatte sie sich das Lied vorgespielt, das sie Fidelis am Vortag in der blutbefleckten Schlachthalle hatte singen hören. Die Hitze hatte sie so mitgenommen, daß sie sich über die leise Sanftmut seines Tenors nicht einmal hatte wundern können, hatte ihn eigentlich nur unbewußt wahrgenommen, hörte seine Stimme jetzt aber ganz deutlich. »Die Gedanken sind frei«, hörte Delphine. Immer höher stiegen die Töne wie in der Wölbung eines Kirchenschiffes. Wer hätte einer Schlachthalle die feierliche Akustik einer Kathedrale zugetraut? Fidelis hatte für den Gesangverein die Lieder geübt, die er in Deutschland gelernt hatte.

Das Lied ging ihr nicht aus dem Kopf, und mit ihren paar Brocken Deutsch übersetzte sie sich den Text. *»Die Gedanken sind frei, wer kann sie erraten. Sie fliehen vorbei wie nächtliche Schatten.«* Die Reihen des auf dem Halm verdorrten Getreides zogen kreiselnd an ihr vorbei. Durch die Luftschlitze drängte der heiße Fahrtwind und dröhnte im Innenraum des Wagens. Auch als es endlich anfing zu regnen, kurbelte Delphine die Fenster nicht wieder hoch. Sie fuhr so schnell, daß die Tropfen ihr wie Hagelkörner ins Gesicht schlugen, und der Schmerz hielt sie wach. Hin und wieder hörte sie Geräusche von der Rückbank. Vielleicht hatte das Morphium nicht nur Evas Schmerz betäubt, sondern auch ihre Selbstbeherrschung gelockert, denn im feuchten, nassen Knistern des Windes hörte Delphine ein hohes, klirrendes Wimmern, ein Kreischen wie von quietschenden Reifen, ein Knurren, als sei der Schmerz ein wildes Tier, mit dem sie rang.

— 6 —

Der Nachtgarten

Das Ungeziefer, das in der Trockenheit des letzten Sommers eingegangen war, hatte vorher zahllose Eier gelegt, aus denen jetzt im Juni neues Leben schlüpfte. Delphine und Eva saßen nebeneinander auf wackeligen Stühlen in Evas Garten, zwischen den Füßen Flaschen mit Fidelis' erdschwarzem selbstgebrautem Bier. Delphine trug ein Waschkleid mit Schürze, Eva ein Nachthemd und einen leichten Wollschal darüber, die Schnecken waren nackt. Sie lebten – zähe, fühlerbewehrte Glibberleiber mit vielen Jungen – im Schutz der Mulchschicht aus Heu und kleingeschnittenem Zeitungspapier. Schon hatten sie viele Sämlinge mit Stumpf und Stiel aufgefressen, und Eva hatte geschworen, ihnen den Garaus zu machen.

»Das letzte Festmahl!« Sie deutete auf ihre Bohnenpflänzchen, während sie Bier auf den Kuchenteller träufelte. »Jetzt geht es ihnen an den Kragen.«

Das Bier kam eiskalt aus der neu eingebauten Kühlvitrine, denn Fidelis war einer der ersten Kaufleute in Argus, die eine Alkohollizenz beantragt hatten. Von Zeit zu Zeit meldete das ferne Scheppern der Ladenglocke, daß Kundschaft gekommen war. Jetzt, gegen Abend, kamen nur wenige Käufer, und Franz wurde mit dem Bedienen allein fertig. Eva setzte die Flasche an den

Mund und füllte dann einen weiteren Kuchenteller, den sie in den Boden eingegraben hatte. Eigentlich war das schöne kalte Bier zu schade für die Schnecken.

Langsam tranken die beiden Frauen den starken, bitteren Stoff. Die Sonne fiel schräg durch die Stäbe des Pferchs. Die Blechverkleidung des Kühlaggregats strahlte Wärme ab, und sie rochen die braunen verdorrten Reben, die im vergangenen Jahr blaue Trauben getragen hatten.

»Vielleicht hätten wir die Biester einfach mit Salz bestreuen sollen«, sagte Delphine, aber dann dachte sie: Evas Tod ist so nah, wir können es uns leisten, den Hilflosen einen leichten Tod zu schenken. Wortlos strich sie über Evas Hand. Seit Eva so krank war, schlachtete Fidelis zweimal pro Woche und arbeitete rund um die Uhr für die Arztrechnungen. Der Lehmboden in den Pferchen, mit Kot und Angst angereichert, brodelte vor Fruchtbarkeit. An den Rändern wuchs das Unkraut so dicht und kraftvoll, daß es aussah, als könnten die Pflanzen jeden Augenblick ihre Wurzeln hochziehen wie Röcke und über den Zaun springen. Hier aber, dachte Delphine beim nächsten Schluck, hatte das Unkraut nicht viel Platz zum Leben.

Evas Garten war der dunkle Widerpart ihres Organisationsgenies, war – anders als das Haus – ungeordnet und wild. Er lebte und gedieh von den Abfällen. Ob ausgekratzte Kochtopfreste, Teeblätter, Gurkenschalen – alles wurde eingegraben, manchmal nur aufgehäuft und verrottete unter der sengenden Sonne von North Dakota. Die Samen der Kürbisse, die auf dem Müll gelandet waren, und der weggeworfenen Tomaten vermehrten sich nach Lust und Laune. Evas Methode bestand darin, keine Methode zu haben. In ihrem Garten gab es Apfelbäume, die aus Kernen entstanden waren. Die Rosen an der Rinne, in die das Rinderblut lief, waren so unverschämt dick, daß sie geradezu bedrohlich wirkten. Die Ringelblumen, die Eva besonders ans Herz gewachsen waren, köpfte sie im Herbst und verstreute die Samen. Der herbe Duft ihrer Blätter hing in der Luft. Es gab viele Vögel. Eva fütterte sie mit Hafermehl.

Delphine hatte noch nie im Garten gearbeitet, nie überlegt, was man tun konnte, um Vögel anzulocken, sich nie für die Dinge interessiert, was bei ihrer Freundin zu Ritualen geworden war. Erst seit sie Eva Waldvogel kannte – ein wenig auch schon durch ihre Reisen mit Cyprian –, war ihr klargeworden, daß eine fürsorgliche Frau dem blinden Chaos der Männer einen Sinn geben kann. Doch jede Frau braucht auch ihr Stück Wildnis, und für Eva Waldvogel war das ihr Garten. Hier tobte alles sich aus. Der Garten wurde immer üppiger, wurde schließlich zu einem Dschungel aus herabhängenden Ranken und rostigen Schinkendosen, die als Vogeltränken dienten. Schatzie, die weiße Schäferhündin, grub alte Knochen aus, die irgendwelche Hunde vor ihr vergraben hatten, und weigerte sich, sie wieder in die Erde zu versenken. Es würde ein abscheulicher Anblick sein, dachte Delphine, wenn im Herbst unter dem welken Laub ein Gewirr von Schulterknochen und Schlüsselbeinen, Gelenken und Knubbeln zum Vorschein kam. Als müßten die verstreuten Toten, die sich für das Jüngste Gericht bereit machten, erst noch ihre Einzelteile tauschen, damit alles zusammenpaßte. Bis dahin aber verbargen die breiten Blätter die Gebeine, die Schatzie überall verteilt hatte.

Delphines Neigung, sich mit Schicksalsfragen zu beschäftigen, verstärkte sich durch Evas Krankheit. Sie hatte die Sterblichkeit stets im Blick und fand es erstaunlich, daß der Mensch es überhaupt schaffte, eine gewisse Zeit zu überleben. Das Leben war ein echtes Kunststück, unwahrscheinlich wie Cyprians Balancenummer, absonderlich wie das Festmahl der Schnecken.

Eva beugte sich vor, grub mit ihrer Schaufel ein kleines Loch und drückte ihre noch zu einem Viertel gefüllte Bierflasche als Falle hinein. »Sterbt glücklich«, sagte sie ermutigend. Delphine gab ihr eine nicht ganz geleerte Flasche, und Eva steckte sie neben einen Kürbishügel, der – was sie nicht mehr erlebte – bis zum Herbst den ganzen Garten überwuchern sollte. Große klobige Hubbards-Hybriden würden unter den grünen Blattpolstern hervorrollen, Delphine würde sie ernten, die warzigen, ungleichmäßigen Kugeln an der Hintertür stapeln und später in Heu packen Eva lehnte sich zurück und machte die nächste Flasche auf. Es war ein guter, ein sehr guter Tag für sie.

Die letzten Sonnenstrahlen waren warm, und der leichte Wind hielt Bremsen und Moskitos fern. Delphine merkte, wie ihr Kopf groß und wackelig, aber ganz leicht wurde, als hätte er sich von ihr gelöst. Der Garten prangte in prallem Grün. Da Delphine ihn unermüdlich gegossen hatte, waren die Knospen der Stockrosen, die sanft gegen die Hauswand schlugen, groß und dick, die Akeleien hoch wie Büsche. Warum sollte das Leben nicht weitergehen, warum sollte es keine Hilfe geben?

»Hoffnungslos«, sagte Eva, als hätte die Freundin laut gesprochen. »Es sind einfach zu viele, außerdem sind sie zu dumm, sie finden nicht zu den Flaschen.«

Unbemerkt hatten sich die fast durchsichtigen Jungen zu den Blättern vorgearbeitet. Sie sahen nicht aus wie Lebewesen, sondern wie verfestigte Tropfen, aber sie waren unersättlich. Von manchen Blättern hatten sie nichts übriggelassen, außer den Rippen, einem zarten Spitzengebilde. Nur die grenzenlose Üppigkeit von Evas Garten bewahrte ihn vor völliger Vernichtung. Es war einfach so viel da, daß sie nicht alles schafften. Und jetzt kamen unter Steinen und Abflußrohren und aus den gekachelten Abflüssen Schlangen hervor. Die schwarzen Bandnattern hatten leuchtende orangerote und glänzendgrüne Streifen, ihre Bäuche waren blaßgelb wie flüssige Butter. Delphine meinte sie durch die Spalten der brodelnden Erde gleiten zu hören und wußte, daß sie sich unter den heißen Stroh- und Heuballen entrollten. Bald waren sie überall und taten sich an den Schnecken gütlich. Eine Kröte hopste heran und blinzelte aus ihren von Runzeln umgebenen Altweiberaugen in die sinkende Sonne.

»Dann gehe ich jetzt«, sagte Delphine. Die Sonne sank, es wurde allmählich dunkel, aber sie blieb neben Eva sitzen. Es war, als wüßten sie, daß sie in den kommenden Wochen keinen Frieden finden würden und in schweren Nächten dann zumindest die Erinnerung an diese blaue Stunde blieb, in der die Nachtfalter kamen und blind um die geschützte Lampe am Ende des Gartens herumflatterten. Eva und Delphine schützte das Zitronengras, das in einem Eimer brannte, und das Basilikum, das Eva ihnen ins Haar gesteckt hatte. Evas Füße in den dünnen Ledersandalen waren kühl, Delphine grub ihre Zehen in das feucht-modrige Erdreich.

An ruhigen Abenden ging Delphine sonst nach der Arbeit, und wenn sie Eva zu Bett gebracht hatte, in das Haus zurück, das sie mit Cyprian und Roy teilte, las sich in einem Buch fest, werkelte zur Entspannung in der Küche oder richtete etwas im Haus. Heute aber konnte sie sich nicht trennen und blieb sitzen. Langsam ließ die Wirkung des Biers nach, die Nacht wurde tiefer, dichter, schwärzer. Sie schwiegen. Schließlich war auch die letzte Bierflasche eingegraben, die Zeit verging, und sie saßen regungslos, ohne zu denken. Delphine stellte sich vor, wie alle Knochen in der Erde zusammenrückten. Die Schäferhündin zu Evas Füßen seufzte im Schlaf, und Delphine fielen die Augen zu.

Jetzt, da die Außenwelt unsichtbar war, öffneten sich ihre Sinne. Sie spürte das schnelle Werden und Vergehen, das Übermaß an blindem Gefühl, das sie umgab, das sie nicht steuern konnte. Unversehens wurden ihr Hände und Füße schwer, so daß sie sich nicht bewegen konnte. Und das war gut so, denn das Licht war so matt, die Schwärze so tief, daß ihr war, als könnte sie wie ein Boot abtreiben, auf Nimmerwiedersehen, und nur ihr zerknülltes Kleid zurücklassen. Dann hörte sie Evas Stimme.

»Ich hab mal irgendwo gelesen, daß der Verstand einem bleibt. Die Augen. Das Gehirn zum Lesen. Wär' schön, wenn das wahr wäre.«

Delphine hatte bisher gedacht, daß es ihrer Freundin gleich war, ob sie zu einem Tier oder einer Pflanze wurde, ob ihr Herz wieder in den Kreislauf aller Nahrung einging, daß es sie nicht kümmerte, ob all ihr Denken und Trachten, das emsige Geschäftemachen mit Schweinefleisch und Blutwurst verlorene Liebesmüh gewesen war. Eva hatte über ihren Tod immer beiläufig-verächtlich oder voller Spott gesprochen. Zum ersten Mal ließ sie jetzt etwas wie Angst erkennen. Oder Sehnsucht. Die Worte trafen Delphine sehr.

»Du bleibst, was du bist«, sagte sie möglichst leichthin, »und da sitzt du dann, spielst auf deiner Harfe und guckst dir den Blödsinn an, den die Menschen unten anstellen.«

»Harfe spielen kann ich nicht«, sagte Eva. »Mir drücken sie wahrscheinlich eine verdammte Kinderflöte in die Hand.«

»Wenn du mir eine Wolke reservierst, spielen wir zusammen«, schlug Delphine vor.

»Abgemacht. Und du bringst deinen hübschen Mann mit – wenn du ihn dazu überreden kannst.«

Sie lachten. Lachten viel zu laut, bis sie Tränen in den Augen hatten, dann rangen sie nach Luft und verstummten ganz. Seit langem taten sie jetzt schon so, als glaubten sie an einen Himmel, über den man lachen konnte, und versprachen sich gegenseitig ein Wiedersehen auf seinen grünen Auen.

Obgleich Roy Watzka ein unverbesserlicher Trinker war, gab es in der Stadt niemanden, der ihn nicht leiden konnte. Das hatte mehrere Gründe. Zum einen war ein schwerer Verlust schuld daran, daß er sich so hatte gehen lassen. Seine Behauptung, er habe bis zur Selbstzerstörung geliebt, weckte in vielen Frauenherzen ein Echo, so daß er, wenn er kein Geld mehr hatte, ganz gut von milden Gaben leben konnte. Einige Frauen machten ihm sogar belegte Brote und wickelten sie sorgsam ein, damit er etwas zu essen hatte, wenn er von einer Sauftour kam. Überdies konnte Roy Watzka, wenn er nüchtern war – was zugegebenermaßen selten vorkam –, schuften wie ein Besessener. Am liebsten arbeitete er in der Landwirtschaft, weil er sich da gut auskannte. Wenn spirituelle Schuldgefühle ihn umtrieben, konnte er melken oder ausmisten oder Heu stapeln, daß es nur so rauchte, und manchmal nahm er – in der Hoffnung, sich damit eine neue Schnapsquelle zu erschließen – nicht einmal Geld dafür, aber auch, um als in seiner Art großzügig zu gelten. Für eine Geschichte war er in jedem Zustand gut, und damit machte er sich beliebt. Außerdem wurde er, wenn er betrunken war, nicht ausfällig, und man wußte, daß Delphine zwar mehr zu leiden hatte, als einer Tochter eigentlich zuzumuten war, daß Roy sie aber aufrichtig liebhatte.

Eva mochte ihn, oder zumindest tat er ihr leid, und aus ihrer Küche war er nie mit leeren Händen weggegangen. Jetzt, da sie litt, hatte Roy Watzka andere Gründe für seine Besuche. Er kam fast jeden Nachmittag, manchmal von Schnapsgeruch umwabert, aber bereit, überall anzupacken. Er hatte sogar eine neue Grube für den Abort ausgehoben und das Häuschen an seinen neuen Platz geschafft. Wenn er fertig war, setzte er sich immer noch eine Weile zu Eva und erzählte ihr von seinen Abenteuern als junger Mann beim Goldgraben oder von dem Hausschwein, dem er das Lesen beigebracht hatte, oder sonst noch mancherlei: wie man das Gift einer Klapperschlange molk, wie er von einem Wolfsmenschen die Werwolfsprache gelernt hatte, welche lateinischen Namen die Blumen hatten und woher sie kamen. Er kannte Rezepte für köstliche Weine und wußte, wie es die Franzosen mit ihrer Schlempe hielten. Wenn Delphine zuhörte, was hin und wieder vorkam, wußte sie nicht, ob sie sich über Roys geschickte Ablenkungsmanöver freuen oder ärgern sollte. Woher hatte er diese erstaunlichen Weisheiten? Aus Kneipen, sagte er, und aus dem zerfledderten Lexikon, dem einzigen Buch im Haus der Watzkas, bis Delphine alt genug gewesen war, sich selbst Lesestoff zu kaufen. Sie hatte ein Leben lang hinter ihm hergeputzt, aber nie hatte er sich zu ihr gesetzt, nie hatte er so mit ihr gesprochen, so ernsthaft und gütig, mit diesem aufrichtigen Wunsch, zu zerstreuen und zu unterhalten. Und was das Schlimmste an der Sache war: Seine Geschichten überzeugten Delphine fast davon, daß es noch Hoffnung für ihn gab.

Pouty Mannheim war fasziniert vom Fliegen. Er hatte sich eine ausgemusterte Jenny gekauft, bastelte in seiner Freizeit unermüdlich an ihrem Motor herum oder übte Rollen und Sturzflüge oder andere raffinierte Manöver. Mit Vorliebe donnerte er im Tiefflug über die Metzgerei und winkte den Jungen zu. Fidelis hatte ihm erlaubt, auf dem Feld hinter dem Haus zu landen, und jedesmal, wenn Pouty herunterkam, warf Franz die Schürze weg und lief hinaus. Sobald Poutys Maschine aufgesetzt hatte und er ins Haus gegangen war, um ein paar Worte mit Fidelis zu wechseln, kletterte Franz ins Cockpit, liebkoste die Instrumente und studierte Poutys Logbuch, in dem seine Flüge verzeichnet waren, der Spritverbrauch, die Flugstunden. Wenn Pouty Mannheim dann wiederkam, fungierte Franz stolz und eifrig als Bodenpersonal, warf den Propeller an, gab das Startzeichen. Wenn das Flugzeug losrollte, löste das bei Franz eine Erregung aus, die er sich selbst nicht erklären konnte. Er war ein stiller Junge, aber sobald die Maschine sich in Bewegung setzte, fing auch er an zu rennen, jagte schreiend hinterher und warf ihr seine Mütze nach. Der Augenblick, in dem die so zierlich wirkenden Räder die Bodenhaftung verloren, der Abstand zwischen Erde und Flugzeug größer wurde, hatte für Franz etwas Berauschendes, erfüllte ihn mit einem Gefühl, das er nicht hätte beschreiben können, nicht in der Sprache seiner Eltern, nicht in der seiner Schulkameraden. Es war eine stumme, ungestüme, nahezu körperlich schmerzhafte Befreiung, die ihm fast Tränen in die Augen trieb.

Wenn Pouty am Himmel nicht mehr zu sehen war, blieb Franz ein paar Minuten still stehen, ehe er sich wieder unter die Leute wagte. Seine Mutter schien die einzige zu sein, die auch nur annähernd begriff, was in ihm vorging, wenn die Maschine abhob.

Seit ihrer Krankheit war sie eine dankbare Zuhörerin, und manchmal saß er nach einem von Mannheims Besuchen lange bei ihr und redete – niemand sonst hätte das über sich ergehen lassen – ausführlich über die verschiedenen Flugzeugtypen, ihre Vor- und Nachteile, ihre Unterschiede. Sein Wissen bezog er aus Zeitungen und Zeitschriften, die sich bei ihm stapelten. Über seinem Bett hingen sorgfältig ausgeschnittene Bilder. Da gab es einen eleganten Fokker-Eindecker mit schwarzem Kreuz auf Flügeln und Schwanz, unscharfe Fotos von Immelmann, dem Adler von Lille, von Rickenbacker und dem »As der Asse«, ein aktuelles Foto von Charles Lindbergh und die Abzeichen und Embleme der RAF, ein selbstgemachtes Banner mit der Aufschrift »Beware the Hun in the Sun« und ein sorgfältig abgeschriebenes Gedicht mit dem Titel »Der junge Flieger«. Franz hatte einen flotten französischen Nieuport-11-Jagdflieger gezeichnet mit einem über dem Piloten montierten MG und einem schreienden Indianerhäuptling auf dem Rumpf. Sein Lieblingsflugzeug war der Albatros, ein deutsches Jagdflugzeug mit dicker roter Nase, verziert mit einem Herzen, einem weißen Hakenkreuz und dem üblichen schwarzen Kreuz. Aus Nägeln und Pappe hatte er das Modell einer Sopwith Camel gebastelt und den rotweißblauen Kreis mit Buntstiften ausgemalt, die er in der Schule hatte mitgehen lassen. Eva hatte ihm ein dickes Sammelalbum geschenkt, in das klebte er Meldungen über die Barnstormers, die über Land reisten und ihre Kunststücke vorführten, und ihre Fotos, die er aus der Zeitung oder Plakaten ausschnitt. Seiner Mutter las er Beschreibungen ihrer Kunststücke vor, wenn sie unruhig war. An einem dieser Nachmittage fragte sie: »Was glaubst du, wie es dort aussieht? Über den Wolken, meine ich.«

»Das kann ich dir sagen«, gab Franz zurück. »Es sieht aus, als wenn du die Wolken betreten und auf ihnen herumspringen könntest.«

Sie musterte ihn zweifelnd, aber auch ein wenig stolz, weil ihm so eine Formulierung eingefallen war. Und da kam ihm der Gedanke, er müsse das alles seiner Mutter zeigen.

»Wir fliegen mal zusammen«, sagte er, und als er sah, daß die Vorstellung freudiges Erstaunen in ihr auslöste, stand für ihn fest, daß er sein Vorhaben wahr machen mußte. Pouty würde sie mitnehmen. Fidelis hatte ihm das für Franz zwar verboten, jetzt aber lagen die Dinge anders, dieser Flug diente einem guten Zweck. Aus dem spontanen Einfall wurde ein ernsthafter Entschluß. Es gab Dinge, die einfach sein mußten. Sie mußte erleben, wie es da oben am Himmel war. Zusammen mit ihm. Mit diesem Gedanken ging er zu Bett, und als er am nächsten Tag neben seinem Vater stand und arbeitete, überlegte er unablässig, wie er Pouty Mannheim dazu bewegen konnte, ihn und seine Mutter in seiner Maschine mitzunehmen.

Pouty hatte sein Flugzeug in einer Scheune im Norden der Stadt untergestellt, zu Fuß war es von den Waldvogels ein ziemlich langer Weg, und Franz mußte sich eine Ausrede ausdenken, um sofort zu Pouty zu gehen, denn bis der zufällig einmal bei ihnen vorbeikam, konnte er unter Umständen lange warten, und Franz hatte das Gefühl, daß es bald geschehen müsse, auch wenn er es nicht wissen konnte, wie schnell sich der Zustand seiner Mutter verschlechtern würde. Er lieh sich Mazarine Shimeks Fahrrad – daß es ein Damenrad war, störte ihn in diesem Augenblick nicht – und brachte die Strecke rasch hinter sich. Er war so erfüllt von seiner Mission, daß er, als er mit Pouty sprach, unwillkürlich die Stimme hob und mit den Armen fuchtelte, ja sogar bittend und bettelnd hinter ihm herlief, als er einmal zur Scheune ging, um ein Werkzeug zu holen.

»Sie ist krank«, sagte Pouty schließlich und kratzte sich das glatte, runde Kinn, das wie ein polierter Apfel glänzte.

»Eben deshalb«, sagte Franz.

»Fidelis läßt sie nicht.«

»Und deshalb wirst du ihm nichts sagen.«

Auch wenn Pouty Mannheim kein besonders einfühlsamer Mann und an anderen Menschen relativ wenig interessiert war und selbst von seiner Mutter wenig Liebe erfahren hatte, machten Franz' Worte Eindruck auf ihn. Während er seine Instrumente prüfte, Schrauben anzog und eine kleine Stelle am Rumpf seiner Maschine nachlackierte, ließ er sich die Sache durch den Kopf gehen, schließlich willigte er ein.

An dem Tag, an dem Fidelis Lieferungen ausfuhr, landete Pouty frühmorgens auf dem Feld hinter der Metzgerei. Es war schon warm, und der Himmel war sehr blau, aber es war nicht diese drückende, metallische Bläue, die einen Staubsturm ankündigt. Ein wenig Feuchtigkeit lag noch auf dem Gras, auf den Blättern, eine Ahnung von Morgentau. Franz lief ins Zimmer seiner Mutter, zwang sich zur Ruhe und legte ihr eine Hand auf den Arm. Sie war wach und schon für den Flug angezogen. Das gazedünne weiße Hauskleid hatte ein Muster aus voll erblühten Rosen, von denen manche zartrosa waren, andere in den Falten der Blütenblätter in einem dunkleren Rot leuchteten, und dazu hellgrüne Blattranken. Das durch die Behandlungen geschädigte Haar umstand in kurzen Locken ihren Kopf. Sie hatte mit unsicherer Hand ein wenig Lippenstift aufgelegt und mit duftendem Fliederwasser gegurgelt. An manchen Tagen roch ihr Atem nach Keller und Moder – nach dem, was in mir drin passiert, sagte sie –, und das war ihr schrecklich. Sie hielt so sehr auf peinliche Sauberkeit. Ihre Augen waren wunderschön, fand Franz, grüne Schrägen in dem schmalen, bleichen Gesicht.

»Mama, deine Maschine ist startbereit«, sagte er mit scheuem Stolz.

Sie wandte sich ihm zu, setzte sich mit seiner Hilfe auf den Bettrand und strich sich übers Haar, dann stand sie schwankend auf und schob erst den einen, dann den anderen Fuß in die braunen Lederschnürschuhe. Sie holte tief Atem, um Kraft zu sammeln und auch, um ihre Erregung zu bändigen. Franz' Geschwister waren vorn im Laden bei Delphine, die eingeweiht war und versprochen hatte, alle so lange abzulenken, bis Eva und Franz Poutys Maschine erreicht hatten. Eva versuchte, neben Franz herzugehen, ohne zu stolpern, aber im Garten blieb er stehen, hob sie mit einem kraftvollen Schwung hoch und trug sie hinaus aufs Feld.

Sie mußte lachten, weil er sie überrascht hatte, dann legte sie ihm den Arm um den Hals. Mein Sohn, dachte sie, mein kleiner Sohn. Und als sie am Flugzeug waren und er sie behutsam hineinsetzte, auf den Platz hinter dem Piloten, dachte sie an seinen Vater und daß Johannes seinerzeit nicht viel älter gewesen war als Franz jetzt. Sie trauerte um den Jungen von damals und wunderte sich über alles, was seit seinem Tod geschehen war, lauter Dinge, über die auch er gestaunt hätte, und dann kam ihr der Himmel in den Sinn, und sie fragte sich, wie es wohl wäre, wenn ihr Pfarrer mit seinen Beteuerungen recht hätte. Würde Johannes tatsächlich dort im Jenseits stehen, zusammen mit allen Toten ihrer Familie, um sie zu begrüßen? Wie alt wäre er dann? Und was sollte sie sagen, was würde geschehen, wenn Fidelis auch in den Himmel kam? Bei wem würde sie bleiben?

Pater Clarence war mit diesem Problem total überfordert, und Eva hatte ihren Spaß daran, seine Zuversicht ins Wanken zu bringen. Lächelnd hielt sie ihr Gesicht in die Sonne, während Pouty ins Cockpit stieg. Franz warf den Propeller an und legte sich mächtig ins Zeug dabei. Als der Motor ansprang und die Maschine sich schüttelte wie ein nasser Hund, sprang auch er hinein, setzte sich hinter Eva und legte die Arme um sie.

»Hast du sie?« rief Pouty.

»Alles klar.«

Die Maschine machte einen Satz. Ungestüm vorwärts drängend, rasch an Tempo und Kraft zunehmend, hob sie ab. Franz riß den Mund auf und füllte ihn mit Wind, das Herz wurde ihm weit – und dann flog er zum ersten Mal in seinem Leben, den Arm um die Taille seiner Mutter gelegt. Die Maschine ging in einen Steilflug, der ihnen den Atem nahm, danach wurde Pouty ruhiger und wandte sich nach Westen, so daß sie die Sonne im Rücken hatten. Er wollte, dem Fluß folgend, für Eva ein paar Reiher und Fischadler aufstöbern. Vergangene Nacht, als er über diesen Flug nachgedacht hatte, war er sich ziemlich heldenhaft vorgekommen, weil er der Sterbenden diese Freude machen wollte. Später, hatte er beschlossen, würde er es Fidelis gegenüber als seine Pflicht und Schuldigkeit darstellen, und wenn Eva nach der Landung rote Backen hatte und sich viel wohler fühlte, freute sich Fidelis bestimmt. Ja, Pouty ging sogar noch weiter: Womöglich führte der

Flug dazu, daß sie wieder gesund wurde. So was hatte es schon gegeben – und so groß war sein Glaube an die Macht des Fliegens.

Vielleicht ging es Franz ähnlich, denn als er seine Mutter festhielt, war ihm, als könnte der Wind, der ihre Haut peitschte, alles wieder heil machen. Sie stiegen höher, das Band des Flusses wurde zu einem Quecksilberfaden, die staubigen grünen Bäume zu Wölkchen, die Straßen waren dunkle Schnüre zwischen dürren Feldern. Sie federten über heiße Luftströmungen, folgten in sanften Kurven dem Flußlauf, umkreisten eine seiner Schleifen, stießen tief herunter zu einer Farm, auf der Bekannte von Mannheim lebten. Sie sahen alles, was es zu sehen gab, bis Pouty rief, der Treibstoff ginge zu Ende, und er müsse zurück aufs Feld. Eva hatte insgeheim gehofft, über dem Erlebnis des Fliegens würden die Schmerzen vergehen. Statt dessen wurden sie noch stärker, aber das kam daher, sagte sie später zu Delphine, daß auch das Glücksgefühl so stark war, nicht nur das körperliche Glück des Schwebens, sondern auch die Beglückung der Seele.

Als sie wieder auf der Erde waren, trug Franz seine Mutter zurück ins Bett. Auf Kissen gestützt, trank sie schluckweise Wasser und zitterte vor Glück und Schmerz.

»Da oben im Himmel hat mein Gehirn wieder Luft bekommen«, sagte sie zu Delphine. »Ich kann ganz schnell und intensiv denken, und ich sehe Dinge, die … Dinge …«

»Was siehst du?«

»Zum Beispiel, daß dieses Argus nur ein Punkt ist. Wir sind alle nur Punkte. Und all diese Punkte fliegen aus eigener Kraft, nicht der Wind weht uns da hinauf. Was sagt uns das?«

Der Griff, mit dem sie Delphine am Arm packte, war noch erstaunlich fest. Delphine schüttelte ratlos den Kopf.

»Es gibt eine Idee, einen Plan, der größer ist als alle verdammten Vorschriften, und im Grunde habe ich das schon immer gewußt. Größer als die Kerzen in der Kirche. Größer als Beichtstühle, größer als die Hostie.« Sie bekreuzigte sich. »Ich kenne ihn nicht, aber er ist groß. Sehr, sehr groß.«

Dann bat sie Delphine, ihre Söhne zu rufen, und sagte auch ihnen, sie habe etwas sehr Tröstliches gesehen, was nichts mit der Kirche zu tun hatte, nicht einmal mit der heiligen katholischen Kirche, nichts mit dem Abendmahl oder mit der Firmung durch den Bischof.

»Es ist nicht wichtig, ob ihr euch darauf einlaßt oder nicht«, sagte sie ungeduldig. »Wenn ihr glaubt, daß es sein muß, dann tut es. Aber der Plan ist größer, der Plan kennt alle Zusammenhänge, und nicht einmal der kleinste Fingernagel ist ihm zu gering.« Eva reckte ihren kleinen Finger hoch. Ihre Augen waren ein wenig glasig und hatten gefährliche smaragdgrüne Glanzlichter. »Seid nicht allzu traurig, wenn ich sterbe«, fuhr sie fort. »Der Tod ist nur Teil von etwas unvorstellbar Großem. Unser Denken fängt erst an, dieses Große zu begreifen, lernt gerade das Fliegen. Was wird danach kommen? Ihr werdet es erleben, und ihr werdet begreifen, daß eure Mutter Teil des Plans ist. Ich werde immer Teil der Dinge sein, und die Dinge werden Teil von mir sein. Ich werde nicht vergehen, denn ich war schon immer Teil des Plans.«

Ihre Wangen waren jetzt so rosig, wie Pouty es sich erhofft hatte. Sie nahm einen großen Schluck Wasser, hustete ein wenig und schloß plötzlich die Augen. Franz wartete kurz, streckte dann erschrocken die Hand aus. »Sie schläft«, sagte er und streichelte ihre Lippen. Sanft schob er die jüngeren Geschwister aus dem Zimmer. Würde sie jetzt sterben, wäre das Drama perfekt, dachte

Delphine, die in der Tür stand. Vielleicht hatte Eva sogar mit dem Gedanken gespielt, in diesem Augenblick loszulassen, hatte es sich aber anders überlegt, weil sie wußte, daß Franz, wenn sie sofort nach dem Flug gestorben wäre, Ärger bekommen hätte.

»Die Jungen spielen im Obstgarten«, berichtete Delphine, »und die Männer sind schon mächtig angedudelt.« Eva lächelte matt, und Delphine half ihr, sich aufzurichten, damit sie aus dem Fenster sehen konnte. Eva nickte und ließ sich erschöpft wieder zurücksinken. Man hörte die Männer singen. Sie arbeiteten sich durch eine Reihe patriotischer Gesänge. Sheriff Hock brillierte in den hohen Lagen des »Star Spangled Banner«. Seine Stimme klirrte so gespenstisch durch die glühende Hitze, daß Delphine eine Gänsehaut überlief.

»Männer sind solche Dummköpfe«, flüsterte Eva. »Sie finden sich unheimlich schlau, weil sie den Everclear in den Stachelbeerbüschen versteckt haben.«

Obwohl die letzten Tage ein Alptraum gewesen waren, wehrte sich Eva nach wie vor gegen die Düsternis des Sterbens und gab sich dem Leiden fast heiter hin. Manchmal konnte sie sogar über den Schmerz lachen, sich über ihren Zustand lustig machen – besonders jetzt, da das Ende so nah war. Delphine begriff erst später, daß der Kauf der Chinchillas ein Zeichen dafür war, wie schnell es abwärts ging. An einem ihrer letzten guten Tage war Eva heimlich mit dem Lieferwagen zu der Farm einer wunderlichen alten Frau gefahren und mit den Chinchillas zurückgekommen. Jetzt hockten hinter der Wäscheleine, unter der die Männer tranken, die dick bepelzten Tiere schnaufend in primitiven Drahtgehegen und stanken sanft vor sich hin.

Delphine saß neben ihrer Freundin in der Kammer, die von der Küche abging und in der auf langen Regalen Gläser mit Eingemachtem aufgereiht waren. Dort hatte Fidelis auf Evas Bitte hin ihr Bett aufgebaut. Aus einem schönen großen Fenster konnte man von dort in den Garten sehen, deshalb wollte sie hier sterben. Von hier aus konnte sie den Fortgang des Chinchillaprojekts verfolgen, von dem sich ihre Söhne reichen Geldsegen erhofften. Aus Drahtgitter von Bekannten, die mit ihrer Zucht Schiffbruch erlitten hatten, waren die Käfige entstanden, und aus Holzabfällen kleine Behausungen. Ein Ablenkungsmanöver, dachte Delphine, eine List. Diese merkwürdigen, karnickelähnlichen Geschöpfe sorgten dafür, daß die Söhne sich nicht ständig auf ihre sterbende Mutter konzentrierten.

Heute, am 4. Juli, dem Nationalfeiertag, war die Metzgerei ab Mittag geschlossen. Jetzt feierte die ganze Stadt. Fidelis hatte einen alten Tisch und Stühle im Garten aufgestellt, auf dem Tisch lagen Bierwurst und Sommerwurst, eine Wassermelone und Schalen mit Crackern. Unter den Tomatenpflanzen standen beschlagene Bierflaschen in einer Wanne mit Eis. Das Bier brauchten sie, um den hochprozentigen Alkohol herunterzuspülen, den sie versteckt hatten. Es war zum Lachen, wie sie verstohlen in das Blattwerk der Stachelbeerbüsche griffen, die Flasche herausangelten und sie nach einem heimlichen Blick zum Haus hinüber an den Mund setzten. Selbst Fidelis, so kraftvoll und zielstrebig er sonst auch war, benahm sich heute wie ein kleiner Junge mit schlechtem Gewissen.

Jetzt kam Cyprian durch das klapprige Gartentörchen und stellte lachend sein Gastgeschenk zu den Würsten. Alter Whiskey, vermutlich von seiner letzten Fahrt über die Grenze. Seit Cyprian sich ums Geschäft gekümmert hatte, während Fidelis und Delphine in der Mayo-Klinik mit den Ärzten sprachen, kam er gelegentlich vorbei. Er hatte seine Sache gut gemacht, nichts war abhanden gekommen, und Fidelis hätte ihn gern eingestellt, aber das Fleischgeschäft, sagte Cyprian, sei nichts für ihn. Er habe im Krieg genug Blut und Innereien gesehen, genug für sein ganzes Leben. Außerdem – das sagte er allerdings nur zu Delphine – lag ihm der Alkoholschmuggel mehr, und er brachte mehr Geld. Delphine war das nicht recht, aber was sollte sie machen? Schließlich gehörte der Wagen zur Hälfte ihm, und er war ein erwachsener Mann.

Er war nun auch Mitglied im Gesangverein, obwohl er nur eine mäßige Stimme hatte, einen leicht belegten Bariton. Neuerdings gab er sich als Handlungsreisender aus und hatte sogar Muster seiner angeblichen Waren – Haarbürsten, Bodenbürsten, Hundebürsten, Pferdebürsten, Schrubber, Kartoffelbürsten – im Wagen, um die Grenzer und neugierige Nachbarn zu täuschen. Manchmal kauften sie ihm sogar eine Bürste ab. Seine Kunden waren vor allem Kriminelle, gefährliche Burschen aus Minneapolis. Delphine störte nicht nur, daß er ein hohes Risiko einging, sondern auch, daß er sein Geld mit dem von ihr so verachteten Stoff verdiente. Weil er selbst aber nur selten trank – er fürchtete um die Balancenummern, die er zwischen den Fahrten nach wie vor übte –, sagte sie nichts dazu. Außerdem war sie jetzt vollauf damit beschäftigt, Eva beim Sterben zu helfen.

Hoffnung auf Heilung bestand längst nicht mehr. Nach der Operation war sie im Krankenhaus mit radiumgefüllten Röhrchen aus Neusilber behandelt worden, die in die Gebärmutter geschoben und mehrmals ausgetauscht wurden. Als sie heimkam, roch sie wie ein verschmorter Sonntagsbraten.

»Ich rieche nach Angebranntem«, sagte sie. »Hol mir Fliederwasser aus dem Drugstore.« Delphine wusch sie mit Blütenwasser aus einer großen lilafarbenen Flasche, aber viel half es nicht. Tagelang schied sie blutigen schwarzen Kot aus, und der Geruch nach Versengtem wollte nicht weichen. Trotz der Therapie breitete der Krebs sich aus. Dr. Heech behandelte sie einmal im Monat mit Radium, das er über lange Nadeln aus vierundzwanzigkarätigem Gold mit Hilfe einer Pinzette, um sich nicht die Finger zu verbrennen, in den neuen Tumor bohrte. Jeweils am Sonntag kam sie in seine Praxis und wurde, auf einen Tisch geschnallt, mit Äther betäubt. Wenn sie aufgewacht war, bekam sie eine Morphiumspritze. Dr. Heech brachte die Nutzlosigkeit dieser Behandlungen regelmäßig derart in Rage, daß er es nicht mehr in der Praxis aushielt und leise fluchend das Weite suchte. Delphine blieb bei Eva, denn die Nadeln, die, durch schwarze Wachsfäden miteinander verbunden, wie ein Wagenrad anzusehen waren, mußten sechs Stunden im Körper bleiben.

»Ich bin das reinste Nadelkissen«, sagte Eva einmal, als sie kurz aus ihren unruhigen Träumen hochschreckte. Delphine las inzwischen, döste oder strickte. Es ging ihr wie in der Kindheit mit den tränenseligen Betrunkenen und vom Unglück verfolgten Nachbarn: Sie mußte schreckliches Leid mit ansehen, ohne etwas dagegen tun zu können. Ihr Körper schien an allen Qualen teilhaben zu wollen. Auch in ihrem Bauch schoß die Pein hoch, wenn die Nadeln in Eva hineinstachen, das Morphium führte auch bei ihr zu Schweißausbrüchen, sie fühlte sich schwach und benommen, als Eva das verkohlte Fleisch ausschied, und manchmal plagten sie unbestimmte Schmerzen, so daß sie sich am liebsten hingelegt und nichts mehr gehört und gesehen hätte. Doch sie biß die Zähne zusammen und machte weiter, ohne sich ihren Kummer anmerken zu lassen. Wenn sie sich morgens der Metzgerei näherte, schickte sie ein Gebet gen Himmel, das ihr für diese Situation passend erschien.

»Ich spuck dir ins Gesicht, Gott!«

Der Fluch war nur ein sehr schwacher Ausdruck dessen, was sie empfand, aber es tat ihr wohl, nicht heucheln zu müssen. Warum sollte sie so tun, als ob sie betete? Dafür war Tante zuständig. Sie hatte eine Horde frommer Lutheranerinnen um sich versammelt, die alle paar Tage nachmittags vorbeikamen, um die Papistin zu bearbeiten. Als Eva zu schwach geworden war, um sie wegzuschicken, versuchte Delphine die Frauen zu vertreiben. Weil ihre Stellung im Haus bei weitem nicht so stark war wie die von Tante, ging das nicht so ohne weiteres, und sie mußte sich etwas anderes einfallen lassen, um sie daran zu hindern, sich wie Truthahngeier um das Bett zu scharen und in hämisch murmelndem Gebet die hageren Hände zu falten. Sie konnte zum Beispiel, solange Eva schlief, einen Zuckerkuchen backen für den Fall, daß die Heuchlerinnen auftauchten. Der Trick mit dem Kuchen klappte meist. Wenn sie wußten, daß sie sich in der Küche den Bauch vollschlagen konnten, hatten sie es eilig, dort hinzukommen, und nachdem sie sich an Evas Leid und Evas Linzertorte, die mittlerweile auch Delphine zu backen gelernt hatte, gütlich getan hatten, verschwanden sie, angeführt von Tante, die noch den Mund voller Kuchen hatte.

Es war ein wunderschöner sonniger Tag mit einer leichten Brise, ein Wetter, wie Tante es liebte, und Delphine konnte nur hoffen, daß die Betschwesterbrigade ihren Pflichten fürs Gemeinwohl nachkam und irgendwo Kartoffelsalat ausgab und Wassermelonen schnitt. Die Männerstimmen hoben und senkten sich, sie hörte die Sangesbrüder dröhnend über irgendwelche prahlerischen Geschichten lachen, lautstark Kritik an dem Unfug üben, den die Regierung anstellte. Dann wieder wurden sie still und starrten blicklos in das Blättergewirr von Evas Garten. Wie stets stand Fidelis im Mittelpunkt, der immer haarsträubendere Geschichten aus den Männern herauslockte oder sie zum Kräftemessen herausforderte.

In der sonnendurchfluteten Küche machte sich Delphine an den Mürbeteig für die Pasteten, die es zum Abendessen geben sollte, damit die Männer eine Grundlage hatten. Die Kartoffeln kochten. In einem Krug waren mit scharfem Senf, braunem Zucker und Melasse gewürzte Bohnen. Natürlich würde es auch wieder Wurst geben. Delphine arbeitete kalte Butter in das Mehl, gab eine Prise Salz dazu, knetete den Teig, rollte ihn in ein geöltes Tuch und stellte ihn in den Eisschrank. Dann schnitt sie den gelbgrünen Rhabarber in halbmondförmige Scheiben, hier und da die rosige Haut abziehend, wenn sie zu fest war. Ihr Zeitgefühl entsprach der Wirkungsdauer einer Portion des mit Nelken und Zimt gewürzten Opiumweins oder einer Dosis Morphium, das sie nach den Anweisungen von Dr. Heech inzwischen selbst spritzen konnte. Nicht zuviel, hatte er gemahnt, wenn es zu Ende geht, verliert selbst das Morphium seine Wirkung.

Er hatte sie gelehrt, die Lösung frisch zuzubereiten, damit sich kein Schimmel bilden konnte, und sowie Delphine hörte, daß Eva sich regte, unterbrach sie sofort ihre Arbeit und kochte Wasser zum Sterilisieren der Spritze ab. Am Vorabend hatte sie eine Lösung eins zu dreißig vorbereitet und in den Eisschrank gestellt. Dr. Heech fand, daß sie sich aufs Spritzen besser verstand als jede Krankenschwester, und darauf war sie stolz, um so mehr, da sie selbst einen Horror vor Spritzen hatte und den Einstich im eigenen Fleisch spürte, wenn sie Eva ihre Dosis gab. Sie wußte genau, wann die nächste Spritze fällig war, brauchte keine Uhr dafür, sondern nur den Ausdruck in Evas Blick. Jetzt lag die Freundin mit halb geöffnetem Mund und gerunzelter Stirn da. Sie würde sehr bald Linderung brauchen, sobald das Wasser kochte. Delphine versuchte sie abzulenken und massierte ihr die wunden Hände.

»Ah …«, seufzte Eva, als Delphine die Kuhlen zwischen den Fingerknöcheln bearbeitete. Ihre Stirn glättete, die durchsichtigen Lider schlossen sich, sie atmete ruhiger. »Was machen unsere dummen Kerle?« fragte sie.

Delphine sah aus dem Fenster. Draußen ging es hoch her. Sheriff Hock schwang große Reden, und Fidelis deutete lachend auf seinen Bauch. Dann verglichen die Männer ihre Bäuche. Der von Cyprian war am flachsten, er bestand, wie Delphine am besten wußte, aus harten, gleichmäßigen Muskelsträngen, die er bewegen konnte wie eine Klaviatur. In den länger werdenden Schatten sah sie, daß Cyprians Gesicht leicht benommen wirkte – vom Alkohol und auch vom Zusammensein mit anderen, denn auf der Farm mit Roy und auf seinen Fahrten war er das Alleinsein gewohnt. Auf der Wäscheleine hing ein Laken, und in seinem Schatten waren die Bäuche bleiche Fleischberge.

»Sie zeigen sich gegenseitig ihre Wampen«, meldete Delphine.

»Hoffentlich nicht das, was drunter ist.« Evas Stimme war belegt.

»Schäm dich!« Delphine lachte. »Nein, die Schwänze haben sie noch in der Hose. Aber irgendwas ist im Busch. Ich richte dich auf. Das ist ja besser als jedes Tingeltangel.«

Sie nahm zusätzliche Kissen und Decken aus einem Regal,

schob das Bett ans Fenster und half Eva hoch. Dann legte sie eine Spritze ins kochende Wasser, machte die Pasteten fertig, schob sie in den Ofen und brachte Eva lauwarmes Wasser, was sie zu Delphines Erleichterung auch trank. Sie hatte wieder ein wenig Farbe, und ihre Augen waren wacher.

»Setz dich her«, sagte sie und deutete aufs Bett. »Ich glaube, sie haben irgendeinen Unsinn vor.«

Die Männer schienen Wetten abzuschließen, sie schwenkten Geldscheine und grölten. Sie waren noch nicht so betrunken, daß sie torkelten, aber sie machten einen Höllenlärm und lachten brüllend über jeden Witz. Jetzt erschienen die Jungen, setzten sich auf die Querstangen des Zauns und sahen zu.

Eva schnitt eine Grimasse. Ein schönes Beispiel gaben diese Männer! Plötzlich räumten sie lärmend Gläser und Flaschen, Cracker und Wurstenden, Käse und Teller vom Tisch, dann legte sich zur allgemeinen Erheiterung Sheriff Hock rücklings auf die Tischplatte. Er paßte nicht ganz drauf, am einen Ende ragten die Stiefel, und am anderen Ende ragte der Kopf über die Tischplatte hinaus. Sein Bauch war wie ein Berg. Jetzt baute sich auf der anderen Tischseite, unmittelbar vor Evas Fenster, Fidelis auf. Er hatte die obersten Knöpfe seines weißen Hemdes geöffnet, die Ärmel hochgekrempelt, die Hosenträger abgestreift und grinste übers ganze Gesicht. Er beugte sich über den Sheriff wie ein Gewichtheber, breitete mit einer theatralischen Geste die Arme aus und packte mit den Zähnen eine Schlaufe, die, wie die Frauen jetzt sahen, eigens zu diesem Zweck an dem breiten Gürtel des Sheriffs angebracht worden war.

Einen Augenblick schien die Welt stillzustehen. Nichts geschah – oder auch sehr viel: Fidelis sammelte Kraft. Es war, als ob er diese Kraft aus der Erde selbst zog. Er straffte sich, Röte überzog Gesicht und Hals. Die Kieferknochen zeichneten sich weiß unter der Haut ab, die Sehnen und Muskeln an Hals und Schultern spannten sich, und dann packte er die Gürtelschlaufe mit den Zähnen, hob den Stadtfalstaff hoch, hielt kurz inne und hievte ihn, halb aus seiner gebückten Haltung hochkommend, mit einem Ruck noch höher.

In diesem Augenblick unerhörter Anstrengung sah Delphine sein Schlächtergesicht – den animalischen Ausdruck, die flammend roten Ohren, die hervortretenden Halsadern, die vorquellenden Augen, die sich zum Fenster hoben, sich vergewisserten, ob Eva auch zusah. Delphine tat das Herz weh. Er machte das für Eva, zu ihrer Ablenkung; in diesem Augenblick begriff Delphine das ganze Ausmaß seiner Liebe und Hilflosigkeit, die ihn zu scheinbar törichten Taten trieb. Einen erwachsenen Mann mit den Zähnen an der Gürtelschlaufe hochheben – wie albern. All seine Kraft vermochte nichts gegen ihre Krankheit. Vor ihr war er schwach wie ein Kind.

Fidelis machte zwei große Schritte und ließ den Sheriff fallen. Es gab lautes Gelächter, dann fingen sie wieder an zu singen, rüde Lieder, die zu ihrem Rausch paßten. Sie wurden immer lauter, trotziger. Aus dem Kammerfenster sah ihnen der Tod zu, mit Evas Augen. »Jimmy Crack Corn«, »The Wabash Cannonball«, »I'm Forever Blowing Bubbles«, deutsche Trinklieder. Eine düstere Ballade über die Sehnsucht einer Matrosenbraut. Delphine ging in die Küche, um die Lösung für die Injektion zu holen. Sie öffnete den Eisschrank, sah hinein, räumte darin herum. Das Morphium, für das Fidelis viele Stunden geschuftet und das Delphine so sorgsam gehütet hatte, war fort. Die Lösung, das Pulver, die zweite Spritze. Sie konnte es nicht fassen. Noch einmal suchte sie und ein drittes Mal. Eva wurde schon unruhig.

Delphine lief hinaus und winkte Fidelis. Er war schweißüberströmt und wischte sich Gesicht und Nacken.

»Evas Medizin ist weg.«

»Weg?«

Er war nicht so betrunken, wie sie gedacht hatte, oder vielleicht hatte der Kraftakt im Garten ihn ernüchtert.

»Ich habe überall nachgesehen. Jemand hat sie gestohlen.«

»Heiliges Kreuz …« Er wirbelte herum, und Delphine war schon fort, ehe er den langen Fluch zu Ende gebracht hatte. Sie gab Eva den Rest von dem Opiumwein, aber Evas Magen rebellierte. Sobald sie mühsam einen Löffel voll geschluckt hatte, gab sie ihn wieder von sich. »Ich bin schlimmer als ein spuckender Säugling«, sagte sie matt und versuchte zu lachen, aber was herauskam, klang wie leises Ächzen. Sie atmete flach und schnell wie immer, wenn sie versuchte, nicht zu schreien.

»Bitte …« Sie verdrehte die Augen, bäumte sich auf und winkte Delphine, ihr einen zusammengerollten Waschlappen zwischen die Zähne zu schieben. Der Schmerz kam immer näher, wie ein mächtiger Sturm, den niemand aufhalten konnte. Es würde Stunden dauern, bis Delphine Dr. Heech aufgetrieben hatte, sie wußte ja nicht, wo er feierte, und dann den Apotheker, um Nachschub für Eva zu besorgen. Sie rief Fidelis und Cyprian zu, sie sollten die Pasteten aus dem Ofen nehmen, und setzte sich ins Auto. Dann kam ihr eine Idee. Statt Heech zu suchen, brauste sie los und hielt vor Tantes winzigem Haus. Es war nur zwei Blocks von der lutherischen Kirche entfernt, wo sie jeden Sonntag darum betete, die bedauernswerte Papistin, die ihr Bruder zur Frau genommen hatte, möge von Götzendienst und Heiligenverehrung ablassen und ihre Söhne den Lutherischen zurückgeben.

»Was willst du?«

Tante stand in der Tür, und ihr Gesichtsausdruck bestätigte Delphines Verdacht. Sie erinnerte sich jetzt, daß Tante sich, die Fingerspitzen in die Krümel des Zitronenkuchens stippend, mit ihren Betschwestern flüsternd über die hohe Dosis des Schmerzmittels ereifert hatte.

»Wo ist die Medizin?« fragte Delphine noch verhältnismäßig ruhig. Als Tante nur kalt lächelte, wiederholte sie schärfer: »Wo ist Evas Medizin?«

»Ich weiß nicht«, antwortete Tante auf deutsch. Das machte sie oft, wenn sie mit Delphine zu tun hatte, weil sie angeblich deren Englisch so schlecht verstand. Delphine drängte sich an ihr vorbei ins Haus. Auf dem Küchentisch lag ein langer, schmaler, in ein Taschentuch gewickelter Gegenstand. Delphine griff instinktiv danach, wickelte ihn aus und hätte fast die Injektionsspritze fallenlassen.

»Wo ist die Medizin?« fragte Delphine jetzt eisig. Sie drehte sich um und ging wie in einem Theaterstück mit der Spritze in der Hand drohend auf Tante zu. Und weil sie das Gefühl hatte, auf einer Bühne zu stehen, fand sie nichts dabei, einen Text zu sprechen, der zu dieser Situation paßte.

»Los, du alte Krähe, mir kannst du nichts vormachen. Du spritzt dir also heimlich das Zeug, ja?«

Natürlich glaubte Delphine das nicht wirklich, sie wollte Tante nur dazu bringen, ihr zu sagen, wo das Morphium war. Tante hatte es die Sprache verschlagen. Delphine stürzte zu Tantes kleinem Eisschrank und wühlte darin herum, riß alle Lebensmittel heraus, zerschlug sogar die Eier. Dann wandte sie sich zu Tante um. Sie war so verzweifelt, daß ihr schwindlig war.

»Bitte, ich muß es wissen. Wo ist die Medizin?«

Inzwischen hatte sich Tante wieder gefaßt. Sie geruhte sogar englisch zu sprechen.

»Die Eier bezahlst du mir.«

»Schon gut. Jetzt red schon.«

Aber Tante kostete ihren Vorteil aus.

»Die Leute sagen, daß sie süchtig ist. Das darf nicht sein. Die Frau meines Bruders? Das ist eine Schande für uns.«

Delphine begriff, wie unklug es gewesen war, den einzigen Menschen gegen sich aufzubringen, der sie rasch mit Morphium versorgen konnte, der es ihr nur auszuhändigen brauchte. Sie hatte sich zu weit vorgewagt, jetzt würde Tante ihr nie helfen. Warum hatte sie sich auch nicht beherrschen können? Sie versuchte, ihre Angst und ihren Stolz zu überwinden. Vielleicht ließ sich Tante beschwichtigen, wenn man sich vor ihr demütigte?

»Komm, du weißt doch genau, worum es geht. Unsere Eva leidet. Du siehst sie nur, wenn sie schmerzfrei ist, du weißt nichts von ihren Qualen. Hab Erbarmen mit der Frau deines Bruders. Es ist keine Schande, ihr die Schmerzen zu nehmen, Tante, das hat der Arzt auch gesagt.«

»Der Arzt kennt Eva nicht so, wie ich sie kenne. Er hat zuviel Mitleid mit ihr. Sie ist süchtig, meine Freundin Mrs. Orlen Sorven hat einen Blick dafür.«

»Tante, um der Liebe Gottes willen …«, flehte Delphine. Sie wäre notfalls auch auf die Knie gefallen. Der kleine kalte Mund zuckte, die Augen leuchteten triumphierend.

»Nichts zu machen. Ich hab das Zeug weggeschüttet.«

Delphine drehte sich um. Am Rand von Tantes Porzellanspüle trockneten eine ausgewaschene Phiole und die Flasche, in der das Morphium gewesen war, in der Sonne. Bei diesem Anblick war es um Delphines Beherrschung geschehen. Sie hatte Bärenkräfte, und es fiel ihr nicht schwer, Tante am Mieder zu packen und zum Wagen zu zerren. »Du kommst jetzt mit und kümmerst dich um Eva, damit du mal siehst, wie das ist«, schrie sie ihr ins Gesicht, und nach kurzer Gegenwehr ergab sich Tante in ihr Schicksal.

Vor dem Haus stieß Delphine sie aus dem Wagen. »Ich hab keine Zeit, jetzt bist du dran. Hilf ihr, bleib bei ihr.« Delphine gab Gas, und Tante betrat das Haus, hochzufrieden darüber, hier endlich die Zügel in die Hand nehmen zu können.

Stunden vergingen, in denen Delphine betete, fluchte und feilschte, den Teufel um Hilfe anflehte, in Tränen ausbrach, wenn sie wieder einmal vergeblich von einer Stelle zur anderen geschickt worden war. Weder Heech noch Sal Birdy, der Apotheker, waren aufzutreiben. Sie wußte, daß auch Fidelis nach ihnen suchte, aber sie sah ihn nicht. Mit leeren Händen kam sie zurück, trocken schluchzend, mit den Fäusten aufs Armaturenbrett trommelnd, als sie ihren Vater über die Straße stolpern sah.

Seine Hose war nach unten gerutscht, das Hemd flatterte ihm lose um die krummen, hageren Schultern. Flammender Zorn erfaßte Delphine. Sie sah sich vorsichtig nach allen Seiten um, denn sie hatte plötzlich nur noch den Wunsch, ihn zu überfahren. Sie schaltete in den niedrigsten Gang und rollte hinter ihrem Vater her. Es wäre ein Kinderspiel. Betrunken, wie er war, würde er es kaum merken. Um wieviel einfacher wäre dann ihr Leben! Als sie auf gleicher Höhe mit ihm war, sah sie zu ihrer Überraschung, daß sein Blick klar war. Nein, er war nicht betrunken, oder jedenfalls nicht sehr, und steuerte offensichtlich zu Fuß das gleiche Ziel an wie sie im Auto – die Metzgerei. Als er sich schlurfend der Beifahrertür näherte, stellte sie fest, daß er offenbar in der üblichen Absicht unterwegs gewesen war, und empfand nichts als Verachtung für ihn, weil er in dieser Situation nur darauf erpicht gewesen war, sich neuen Stoff zu besorgen. Aber in der Flasche, die er trug, war kein Schnaps und auch kein selbstgebrautes Bier. Roy hielt sie sorgsam mit beiden Händen fest und streckte sie ihr hin. Es war eine braune viereckige Medizinflasche, und auf dem Etikett stand »Morphiumsulfat«. Er war in die Apotheke eingebrochen und hatte das Schloß des Giftschranks durchgesägt, in dem Sal laut Gesetz seine Betäubungsmittel unter Verschluß halten mußte.

Als Delphine scharf bremste, aus dem Auto sprang und mit der Flasche zum Haus lief, hörte sie ihn schon von weitem, den schrillen Klagelaut eines gemarterten Leibes. In der Küche schlitterte sie über Eingemachtes aus zerbrochenen Gläsern. Tante lag bleich, verstört und zu nichts nütze in einer Ecke auf dem Fußboden. Markus und Franz klammerten sich weinend an ihre Mutter, die in der Schublade nach einem Messer suchte. Ihr ganzes Sein war auf diese Aufgabe konzentriert. Nicht einmal der starke Franz konnte sie zurückhalten.

Delphine hatte schon so oft vor dem Chaos gestanden, daß sie auch jetzt gelassen und umsichtig reagierte. Rasch trat sie zu Eva und nahm ihr das Messer weg. »Nicht jetzt, Liebes. Nicht jetzt. Gedulde dich noch ein wenig. Ich habe die Medizin. So darfst du nicht von deinen Söhnen gehen.«

Die schmerzgeschüttelte Eva wehrte sich nicht, als Delphine sie behutsam auf den Küchenboden legte.

Delphine wandte sich an Franz. »Hol eine Decke und ein Kissen«, sagte sie freundlich. Seine Tränen trockneten, weil er endlich etwas tun konnte. »Und du, Markus, nimm ihre Hand, und sag zu ihr: *Sie macht jetzt die Medizin. Gleich ist es soweit. Gleich.*«

— 7 —
Das Herz aus Papier

Markus angelte aus einem Loch im Kopfkissen die gerollten Zettelchen, den von einem Zug zu einer blinkenden Scheibe platt gewalzten Vierteldollar, das knisternde rote Herz aus Papier und den Knackfrosch aus Blech. All das hatte er von Ruthie Chavers geschenkt bekommen. Für ihn war sie nicht tot, sie war irgendwo in Sicherheit, nur unerreichbar. Entenfedern wirbelten aus dem Kissen, er stopfte sie in das Loch zurück und drückte den Stoff zusammen. Eine goldene Sonnenbahn fiel schräg durch das Fenster auf sein Bett. Behutsam entrollte Markus ihren ersten Brief, den sie um einen Bleistift gewickelt hatte. *Hi Markus ich hab deinen Brief bekommen gezeichnet Ruthie,* las er. Nach diesem ersten Brief war ein zweiter gekommen, in dem sie schrieb, was sie nach der Schule machen wollte, und unter dem *Alles Liebe* stand, dann ein dritter, der schönste, wie er fand, in dem sie schrieb, wie sehr sie sich über seinen Brief gefreut hatte, und schließlich der Valentinsgruß. Vorsichtig glättete er das rote Papier und betrachtete die glänzende Oberfläche. Die Karte hatte eine Beschichtung, die in der Sonne funkelte, das war ihm noch nie aufgefallen. Er hielt das Herz schräg, um die volle Wirkung bewundern zu können, drehte es um, und da war wieder dieses Wort. *Liebe.* Nachdem er noch einmal alles studiert hatte, den Blechfrosch wie immer sechsmal hatte knacken lassen und den Vierteldollar gerubbelt hatte, verstaute er die Sachen wieder an ihrem Platz, verschloß das Loch mit einer Sicherheitsnadel, schüttelte das Kissen auf und legte es ans Kopfende des Bettes. Dann ging er hinaus.

Manchmal stieß er, wenn er sich auf eine bestimmte Weise umdrehte, an den Knackfrosch und wachte dann von dem Klicken auf. Er fand es immer sehr laut, aber seine Brüder hatten einen guten Schlaf und merkten nichts. Wenn er von dem Klicken aufgewacht war, schien es ihm immer sehr lange – in Wirklichkeit war es höchstens eine halbe Stunde –, bis er wieder einschlief. Während er dann auf den Schlaf wartete, horchte er auf die leichten Atemzüge der Hündin Schatzie vor seiner Tür. Manchmal jaulte sie im Traum kurz auf oder schnaufte, als hätte sie etwas Interessantes entdeckt. Manchmal sprachen seine Brüder im Schlaf, fuhren hoch, stritten mit Unsichtbaren oder kommandierten sie herum. Einmal hatte Franz auf Markus gedeutet und leise und erregt gesagt: *Du hast vergessen, die Benzinuhr zu stellen.* Dank des Blechfroschs wußte er etwas, wovon seine Brüder keine Ahnung hatten – daß sein Vater manchmal die halbe Nacht auf war und für seine Mutter sang.

Als er zum ersten Mal das Licht am Ende des Ganges bemerkt und den leisen Gesang gehört hatte, war er nicht mutig genug gewesen, um der Sache nachzugehen. Beim nächsten Mal sah er, daß Schatzie fest schlief und nicht einmal zuckte, demnach konnten weder Einbrecher noch Mörder im Haus sein, denn denen wäre die Hündin sofort an die Gurgel gegangen. Sie würde ihn beschützen, wenn er aufstand, um nachzusehen, was es mit dem Licht und den Geräuschen auf sich hatte. Schatzie stand wie erwartet auf, als er an ihr vorüberging, und folgte ihm leise, nur ihre Krallen klickten leise auf dem grünen Linoleum. Er fröstelte ein wenig in seinem abgetragenen, gestreiften Pyjama und ging sehr langsam. Er wollte nicht entdeckt werden, wollte nicht den Zorn seines Vaters heraufbeschwören. Fidelis war just in dem Augenblick verstummt, als Markus vor der Tür zu der Kammer stand, in der seine Mutter schlief.

Markus wagte kaum zu atmen und bedeutete Schatzie, nicht näher zu kommen. Er stellte sich so, daß das matte Licht, das durch die Tür fiel, ihn nicht erreichte, warf einen Blick in den Raum und erstarrte. Sein Vater kniete am Bett der Mutter und hielt ihren Fuß. Er war schlank, dieser Fuß, wachsbleich, und schien in dem kühlen Lampenlicht zu leuchten. Fidelis legte die Stirn an ihren Knöchel, sein Rücken bebte, und nach einem Augenblick der Betäubung begriff Markus, daß sein Vater weinte. Es war ein beängstigendes Weinen ohne Schluchzer, ohne Tränen. Noch nie hatte er seinen Vater weinen sehen. Am schlimmsten war, daß man auch denken konnte, sein Vater hätte einen Lachkrampf. Vielleicht lacht er ja tatsächlich, dachte Markus. Seine Mutter konnte sehr komisch sein, vielleicht hatte sie gerade einen Witz erzählt. Aber nein, ihr Gesicht war unbewegt. Er hörte ihr mühsames, rasselndes Atmen. Jetzt hob Fidelis den Kopf. Es sah aus, als blickte er seinen Sohn an, und Markus überlief ein angstvoller Schauder. Aber sein Vater starrte blind die dunkle Wand an und sah Markus nicht.

Langsam richtete sich Fidelis auf und legte behutsam die Bettdecke über Evas Fuß. Markus wollte gehen, weil er Angst hatte, doch noch ertappt zu werden, aber er konnte sich noch immer nicht rühren. Seine Mutter hatte die Augen aufgeschlagen und sah Fidelis lange an. Dann lächelte sie. Es war ein wunderschönes, freudiges Lächeln, das ihr Gesicht ganz weich werden ließ und das Markus nie vergessen sollte. Fidelis setzte sich auf den Stuhl neben das schmale Bett, nahm ihre Hand und sang ein Lied, das Markus kannte, ihr Lieblingslied, das von den Wasserjungfern im Fluß in Deutschland. Warm und rein klang es durch die Dunkelheit, und Markus meinte, braunes Karamel zu schmecken. Rasch ging er zurück in sein Zimmer. Das Lied des Vaters deckte seinen Rückzug. Er kroch ins Bett und schob an der Sicherheitsnadel vorbei die Finger durch das Loch im Kopfkissen. Geborgen in der väterlichen Stimme, schlief er, die Hand auf dem Herzen aus Papier, rasch wieder ein.

Delphine bleichte die blutbeschmierten Schürzen. Schrubbte die dreckigen Socken. Die verfleckten Unterhosen und Overalls. Holte die guten Anzüge aus dem Mottenschutz, lüftete und bügelte sie. Besprengte Fidelis' schwere, dicke weiße Baumwollhemden mit Stärke, rollte sie zusammen und legte sie in den Kühlraum. Jeden Morgen bügelte sie ihm eins, genau, wie Eva es gemacht hatte. Sie kämpfte bei der Bettwäsche, den Hand- und Tischtüchern einen hoffnungslosen Kampf gegen Schweiß, Kot und Blut, immer wieder Blut. Allein die Wäsche war eine Ganztagsbeschäftigung, und wie Eva daneben noch so viel anderes bewältigt hatte, war Delphine ein Rätsel. Das Waschen betrachtete sie als eine Art Abschiedsgeschenk, denn wenn Eva ging, würde auch sie gehen. Ohne Eva konnte sie hier nicht bleiben. Nicht nur, weil die Leute reden würden, denn geredet wurde jetzt schon über sie. Da war auch noch anderes, was sie nicht einmal sich selbst gegenüber zugeben mochte. Es ging einfach nicht. Außerdem gab es da jemanden, der es gar nicht mehr erwarten konnte, endlich das Kommando zu übernehmen.

An Evas letztem Geburtstag kam Tante gerade zur rechten Zeit für den Kuchen. Als sich die Besucher nach dem Überreichen ihrer sinnlosen Geschenke und nach den viel zu munteren Trinksprüchen um den reich verzierten Kuchen scharten, erschien sie, wie üblich in Schwarz, und sprach mit ihrer kalten, näselnden Stimme Delphine an. »Der Kuchen ist gut. Wieviel zahlt mein Bruder dir zusätzlich für die Pflege von Eva?«

Fidelis war unbemerkt dazugekommen und hörte Delphines Antwort: »Keinen roten Heller, du scheinheilige Kuh.«

Tante hatte rote Flecken auf den Wangen wie von einem Schlag, und Delphine schien es, als huschte über Fidelis' Gesicht ein überraschtes Lächeln. Sie hatte ihm noch nicht gesagt, daß Tante Evas Morphin gestohlen hatte. Die Erfahrung mit Trinkern hatte sie gelehrt, für sich zu behalten, was sie wußte, und wertvolle Informationen erst dann herauszugeben, wenn sie damit das Doppelte ihres Wertes erzielen konnte. Die Zeit wird kommen, dachte Delphine, irgendwann wird Tante für Evas Leiden büßen.

Ein kleiner Bach hinter dem Haus, der vor allem im Frühjahr Wasser führte, war versiegt und zu einem holprigen Pfad geworden, auf dem die Jungen in den Wald liefen. Meist waren sie, wenn sie ihre Pflichten erledigt hatten, dort zu finden, auf der Suche nach Pfeilspitzen, löcherigen grauen Topfscherben und kleinen Muscheln aus der Zeit, als hier, so weit das Auge reichte, ein Meer gewesen war. Markus dachte oft über dieses Meer nach, von dem er in der Schule gehört hatte. Daß er auf einem früheren Meeresgrund herumlief, faszinierte ihn. Manchmal stellte er sich vor, daß das Wasser bis über seinen Kopf stieg und ihn umgab wie Luft, daß um ihn herum Wassergetier trieb und tauchte. Jetzt blieb er mit den Zwillingen einen Augenblick stehen, und alle drei griffen nach den Hustenbonbons, die Tante ihnen regelmäßig schenkte und die immer voller Flusen waren. Sie fingen an zu lutschen und spuckten die Flusen aus, bis sie zu dem eigentlichen Bonbon kamen, das flau und medizinisch schmeckte, aber immerhin süß war.

»Hier war mal der Boden von einem Meer.« Markus zeigte Emil eine brüchige Muschelschale, die er gerade aufgehoben hatte. Sie war nicht größer als sein Fingernagel. Sein Bruder besah sich die Muschel ziemlich uninteressiert.

»Zeig mal.« Erich nahm die Muschel, musterte sie und gab sie dann Markus zurück. »Stirbt sie jetzt?« fragte er.

»Ich glaube schon.«

Die ganze Woche über hatten die Kinder von Delphine nur altes Brot und dicken Haferbrei bekommen. Sie vergaß zu kontrollieren, ob die Jungen ihre Aufgaben erledigt hatten, und ließ sie spielen, wo sie wollten. Für Delphine existierten zur Zeit zwei Welten. Die eine gehörte denen, die weiterleben durften, Mittelpunkt der anderen Welt war die eine, die sterben mußte. Meist blieben die Kinder den ganzen Tag draußen. Nach dem Abendessen kamen sie zu ihrer Mutter, um ihr einen Gutenachtkuß zu geben. Evas Gesicht war grau und klein. Um den Mund hatten sich Falten eingegraben, sie atmete langsam, mit schier endlosen Pausen, die Augen waren riesengroß und blicklos, aber die Jungen hatten keine Angst vor ihr, sie hatten sich an den Anblick gewöhnt. Wenn Markus sie küßte, empfand er überhaupt nichts, sie schmeckte nur so sonderbar, nach Muff und Erde, gar nicht mehr nach Mensch. Wenn er dann unter seine Bettdecke kroch, hörte er ein dumpfes Summen, schlief augenblicklich ein und wachte auch dann nicht auf, wenn Emil zu ihm ins Bett gekrabbelt kam. Morgens war er benommen und zerschlagen und hatte Mühe, seinen Bruder hinauszubefördern.

»Mein Fuß ist wieder eingeschlafen«, jammerte Emil.

Wenn sie zu lange still saßen, beklagten sich die kleinen Brüder, wurden ihnen die Glieder schwer und kribbelten. Markus sah, daß ihnen die Augen zufielen, jetzt, am hellichten Tag, in der kostbaren Zeit, in der sie spielen konnten.

Er deutete zum Wald hinüber. »Kommt mit«, sagte er. Es müßte schön sein, dachte er, sich eine Weile auf dem Laubteppich unter Zwergbirken und Ahorn auszuruhen. Jeder nahm noch ein Bonbon, und dann liefen sie, fleißig Flusen spuckend, zum Wald und setzten sich in einen hohen, knisternden Laubhaufen, der nach Staub roch. Nach einer Weile legten sie sich auf den Rücken und sahen zu den grünen Blättern auf, die sich an den Zweigen drehten. Die Lider wurden ihnen schwer, und Erich fing leise an zu schnarchen. Die Luft flirrte vor Hitze. Ameisen krabbelten Markus über die Hand, und er schüttelte sie ab. Hier, wo das ständig wechselnde grüne Licht durch die Bäume fiel, kam er sich vor wie unter Wasser. Lagen sie vielleicht wirklich am Meeresgrund? Tobten vielleicht dort oben wilde Stürme und hohe Wellen? Hier unten, auf ihrem weichen, friedlichen Lager, konnte ihnen das alles nichts anhaben.

Emil lag neben ihm, auch er schlief schon halb. Jetzt rückte er ein Stück näher an den Bruder heran. Markus schob ihn einmal weg, dann gab er nach, seufzte ergeben wie ein Erwachsener und ließ es zu, daß Emil seinen Hemdzipfel festhielt, den Daumen in den Mund steckte und endgültig einschlief. Markus blieb noch eine Weile wach, einmal strich er dem Bruder sogar übers Haar –

mit der gleichen beiläufigen Bewegung, mit der er die Hündin zu streicheln pflegte. Schatzie fehlte ihm. Sie begleitete die Jungen jetzt nicht mehr auf ihren Streifzügen, sondern lag meist vor der Tür zu Evas Kammer, bewachte ihre Herrin und wartete geduldig darauf, ihr durch die tiefen schwarzen Räume der Nacht auf die andere Seite zu helfen.

Es gab kein Vorher und kein Nachher. Die Tage gingen ineinander über. Evas langes Sterben war Erde und Luft. Seit einer Woche trank sie nur hin und wieder einen Schluck lauwarmes Wasser. Ihr Haar stand hoch wie eine Zipfelmütze, so oft Delphine es auch zurückkämmte. Ellbogen und Knie waren dicke Knoten, unter der Haut konnte man die Knochen zählen. Das Morphium lief in sie hinein wie Wasser, aber es half nicht mehr. Ihr Körper konnte nicht leben und nicht sterben. Die Augen waren beängstigend, sie sahen durch alles hindurch. Eva hatte Delphine beigebracht, ihr fest in die Augen zu sehen, und wenn sich ihre Blicke trafen, versank die Welt. Eine ganz eigentümliche Spannung schwang zwischen ihnen. Die ineinander verschlungenen Blicke wurden zu einer Macht, die – tröstlich und beängstigend zugleich – Delphine gleichsam aus sich selbst herausriß. Zusammen mit Eva flog sie ekstatisch und mit bebendem Herzen durch die Lüfte.

In der Nacht, in der Eva endlich starb, wachte Delphine, in eine Steppdecke gewickelt vor Evas Bett liegend, von dem Klopfen auf. Evas Arme ruderten wie beim Rückenschwimmen, ihre Fäuste schlugen an das Kopfteil des Bettes. Mühsam richtete Delphine sich auf. Sie hatte seit Tagen nicht mehr als zwei Stunden hintereinander geschlafen, und als sie jetzt versuchte, Evas Arme festzuhalten, hätte sie nicht sagen können, ob sie noch schlief oder schon wach war. Eva rannte auf der Stelle, die abgezehrten Beine strampelten, die Arme schwangen auf und ab. Sie lief in Stöckelschuhen, sie lief um die Wette mit Franz, ihr Atem kam schnell und keuchend wie vor dem Endspurt. Sie knirschte mit den Zähnen und schien mit aller Kraft der unsichtbaren Ziellinie zuzustreben. Die Halssehnen strafften sich, das Gesicht zuckte, dann holte sie tief Atem, und in ihrer Brust ratterte es, als würden Stecken aneinandergeschlagen. Ihre Arme sanken herab. Sie atmete tief aus.

»Hörst du mich?« fragte Delphine.

Eva schlug die Augen auf, holte kurz Luft und sah Delphine wortlos an. Ihr Gesicht war jetzt auf eine herbe Art wieder schön, die Haut straffte sich über den Wangen, die anmutigen Linien um die Augen wurden wieder sichtbar. Nach einer Weile flüsterte sie, Delphine solle Licht machen.

Delphine knipste die Lampe an und nahm Evas geballte Faust. Einen Augenblick fielen ihr in taumelnder Müdigkeit die Augen zu, und ihr Kopf sank nach vorn. Dann gab sie sich einen Ruck, holte von einem Regal am Bett eine runde, bernsteinfarbene Flasche mit Mandelöl, goß ein wenig davon in ihre linke Handfläche und rieb damit Evas Finger ein, bis die Faust sich löste.

»Franz weiß nichts davon«, stieß Eva plötzlich hervor. »Fidelis ist nicht sein Vater. Der hieß Johannes Grünberg, er war Jude. Sehr gebildet und sehr hübsch, groß und blond. Er ist im Krieg geblieben.« Ihre Lippen zuckten, sie rang nach Luft. »Fidelis weiß es, aber er hat nie darüber gesprochen.«

Delphine goß noch ein wenig Öl aus der Flasche und massierte damit die schlaffe, trockene Haut an Evas Unterarm. Zum vierten Mal hatte Eva jetzt schon für diese Mitteilung alle Kraft zusammengenommen. Bisher hatte sie Delphine danach stets Anweisungen gegeben, wann sie Fidelis zu heiraten und wie sie sich um die Jungen zu kümmern habe. Diesmal aber sagte sie etwas anderes, und sie sagte es sehr schlicht und unmißverständlich.

»Ich möchte, daß nur du meine Leiche anfaßt. Und bitte, schreib an meine Mutter. Schreib ihr, daß du mich gepflegt hast. Schreib ihr: Ich habe dich geliebt.«

Delphine suchte Evas Blick und wartete auf seine hypnotisierende Wirkung, diesmal aber war es anders als sonst. Ihre Gedanken hatten eine unsichtbare Schranke, ein magnetisches Feld durchbrochen, eine plötzliche Leichtigkeit riß sie beide hoch in einen schwindelerregenden Sturm der Ruhe. Später dachte Delphine, sie hätte Fidelis rufen müssen oder seine Söhne, aber in jenem Augenblick hatte sie nur an Eva gedacht, denn sie wußte, daß Eva Angst hatte. Sie ließ Evas Hand nicht los, weil sie sah, daß Eva ihre Hand brauchte, so wie ein Kind eine Hand braucht, die es hält, wenn es an einen neuen, fremden Ort kommt. Als die Stecken in Evas Brust wieder aneinanderschlugen, lauter diesmal, dreimal, machte Delphine keinen Versuch, die Freundin bequemer zu betten. Eva blickte noch immer Delphine an – vielleicht hatte sie auch noch einen Atemzug getan –, und Delphine sah, wie sich der Silberstreif verdunkelte, gleich dem Spalt einer Tür, hinter der das Licht erloschen ist.

»Pietät Strub, was kann ich für Sie tun?« fragte Benta schlaftrunken, aber Delphine wußte, daß die Strubs den Verlauf von Evas Krankheit verfolgt und den Anruf erwartet hatten

»Ich hätte wohl Clarisse verständigen sollen, aber dann hätte ich wahrscheinlich die Fassung verloren«, sagte Delphine.

»Gewiß, zuerst findest du es schwer, weil sie deine Freundin ist«, sagte Benta. Ihre Stimme klang jetzt wach und energisch. »Aber du wirst sehen, Clarisse kann dir ein großer Trost sein. Dürfen wir beide kommen?«

»Ja«, sagte Delphine, und dann saß sie in Evas Küche und hörte die Stimmen von Fidelis und seinen Söhnen in der Kammer nebenan, hörte, wie sie sich gegenseitig trösteten und abwechselnd vom Kummer übermannt wurden. Es war gut, zumindest die Stimmen zu hören, denn Delphine war nun sehr allein. Sich zu ihnen zu setzen, schickte sich nicht. Sie hatte Eva mit ihrer Fliederseife gewaschen, ihr ein Handtuch zwischen die Beine gelegt, ihre Züge geglättet und die Augen geschlossen, erst dann hatte sie Fidelis gerufen. Sie überlegte, ob sie die Tote zu den Strubs begleiten sollte, schließlich war es Evas letzter Wille gewesen, aber plötzlich wurde ihr alles zuviel, und sie hatte das Gefühl, sie habe nach Evas Tod nicht mehr das Recht, in diesem Haus zu sein. Es schien ewig zu dauern, bis die Strubs mit dem perlgrauen Leichenwagen vor der Hintertür hielten. Delphine ließ sie ein, und Clarisse nahm sie sachlich-freundschaftlich in die Arme. Zusammen mit den Strubs betrat Delphine dann doch – plötzlich war es ganz leicht – die Kammer, in der Fidelis und seine Söhne bei Eva saßen. Als die Tür aufging, beugte Fidelis sich vor und hob Eva hoch. Er sah so hilflos aus in diesem Augenblick, als wüßte er nicht, wohin mit seiner Frau, daß alle wie gelähmt dastanden, bis Aurelius ihm eine Hand auf die Schulter legte.

»Leg sie hin, Fidelis. Wir geben gut acht auf sie.«

Behutsam bettete Fidelis seine Frau wieder auf die Matratze. Mit einem heiseren Aufschrei lief Markus zum Bett, beugte sich vor und küßte mit leidenschaftlicher Geste die Fesseln seiner

Mutter, wie er es beim Vater gesehen hatte. Er legte die Hände um ihren Fuß, schloß die Augen, legte die Stirn an die Stelle, die er geküßt hatte. Franz war die Szene peinlich, und er wollte den Bruder wegziehen, aber Delphine hinderte ihn daran, ein hallender Klagelaut erfüllte plötzlich den kleinen Raum. Es war nicht klar, ob ein einzelner ihn ausgestoßen hatte oder sie alle miteinander oder ob es etwas war, was aus den Wänden drang. Das Geräusch brach den Bann, und sie traten zurück und ließen Eva mit den Strubs allein.

Für Roy Watzka begann eine Phase beispielloser Enthaltsamkeit. Aus trockenen Tagen wurden trockene Wochen. Der eine Grund dafür war die Erschütterung über Evas Tod, außerdem verfolgte ihn wieder das, was sich im Keller abgespielt hatte. Im Delirium tremens waren ihm die Toten erschienen. Die Chavers, bemoost und über und über mit schimmernden Käfern bedeckt, kamen auf ihn zu, streckten streichelnd die Hände nach ihm aus und zerrten ihn in ihr Würmergrab. Schon seit der Entdeckung der Toten quälte ihn dieses Bild, und als Eva gestorben war, wurde es übermächtig. Zum ersten Mal empfand er ein Grauen, gegen das sogar die Qualen des Entzugs erträglich schienen.

Diesmal verdingte er sich nicht bei anderen Leute, sondern konzentrierte sich auf sein eigenes Haus. Als Cyprian von einer seiner Fahrten in den Norden zurückkam, fand er zu seiner Überraschung keinen zufrieden am Fluß zechenden Roy vor, sondern einen stillen alten Mann, der bedächtig das Haus sonnengelb strich. Heiter wirkte es jetzt mit seinen blauen Türen und Fenstern. Roy schliff und lackierte die Fußböden, füllte den Keller weiter auf und schwärzte den Herd. Delphine, die nach Evas Tod alle Hände voll mit den Waldvogel-Söhnen zu tun hatte, war sprachlos über die Fürsorge, die Roy ihr angedeihen ließ. Manchmal machte er das Frühstück. Wenn sie aus dem Zimmer kam, das sie mit Cyprian teilte, stand es wie hingezaubert auf dem Tisch: eine dampfende Schale Haferbrei mit einer Pfütze schmelzender Butter und ein, zwei Stück braunem Zucker. Sahne. Manchmal Eier oder Toast, den er an einer Gabel über der Gasflamme röstete – denn von ihrem Lohn hatte Delphine einen Herd gekauft, den sie auf Raten abzahlte. Cyprian ließ einen kleinen Eisschrank liefern. Die Tischplatte glänzte frisch poliert, Gelee bibberte in der kleinen Kristallglasschale ihrer Mutter, die Delphine längst verpfändet oder zerbrochen geglaubt hatte. Das Frühstück erschien ihr wie eine unverhoffte Entschädigung für alles, was sie durchgemacht hatte, und half ihr über die Erschütterung durch Evas Tod und seine Nachwehen hinweg. Als sie aufhörte, in der Metzgerei zu arbeiten, rechnete sie damit, daß Roy rückfällig werden würde, aber er blieb hart gegen sich selbst und ihr gegenüber so liebevoll wie seinerzeit an Evas Krankenbett. Er sang Lieder, die er im Hobo-Lager am Fluß gelernt hatte. »Blue Tail Fly«, »Joe Hill«, »Big Rock Candy Mountain«. Bald waren wieder Hühner im Hühnerstall, große orangefarbene Rhode Islander, und die Stufen zur hinteren Veranda lagen nicht mehr lose auf, sondern waren ordentlich angenagelt.

»Die Toten sind mächtiger, als wir glauben«, sagte Delphine zu Cyprian, als sie gegen Ende des Sommers auf eben diesen Stufen saßen.

Cyprian schüttelte den Kopf. Meinte sie Eva oder die Veränderung, die Roys Alpträume bewirkt hatten? Auch Cyprian war froh darüber und überlegte, ob er seine anrüchige Arbeit nicht aufgeben und sein Geld auf legale Art verdienen sollte. Roy war dabei, um den Zaun des Hühnerhofs herum Wieselfallen aufzustellen. Am Vortag hatte er auf dem Zaun ein leichtes Drahtgeflecht angebracht, um die Falken der Coopers abzuwehren. Nicht nur Roy hatte sich im Haus betätigt. Seit zwei Wochen waren alle Räume wie von goldenem Licht überhaucht. Delphine hatte die Wände sonnengelb gestrichen, die alten Möbel mit Hilfe von Knochenleim, Draht und Schraubzwingen wieder zusammengefügt und mehrere Stühle neu gepolstert. Von Step-and-a-Half hatte sie eine hübsche Lampe mit Fransen bekommen und sich darüber gewundert. War die Trödlerin durch Evas Tod so durcheinander, daß sie nicht wußte, was sie tat? Delphine hatte das Lackschränkchen poliert und eine neue Matratze gekauft, auch wenn die gute Federung für Cyprian und sie nicht viel brachte. Das Leben, redete sie sich ein, war so traurig, daß sanfter Trost jetzt alles war, was sie brauchte – aber das stimmte nicht. Es hätte sie durchaus getröstet, wenn Cyprian sich lustvoll auf sie gestürzt hätte. Meist aber schliefen sie Hand in Hand ein wie Bruder und Schwester, und damit gab sie sich zufrieden. Oft zogen sich ihre Gespräche bis tief in die Nacht hin.

Roy war mit seinen Fallen fertig und kam auf sie zu, und Delphine beschloß, ungarisches Gulasch mit saurer Sahne zu machen, ein Rezept von Eva, und dazu Spätzle. Als sie ins Haus ging, wurde ihr der flüchtige Zauber dieser Stunde bewußt. All das Schöne, das sie jetzt erlebte, hatte letztlich Eva ihr geschenkt – daß ihr Vater sich endlich wie ein Vater benahm, daß Cyprian so aufmerksam mit Roy umging, Karten mit ihm spielte und ihm half, trocken zu bleiben. So sehr ihr Eva auch fehlte – daß Horror und Schmutz des Todes, das lange Warten, das ständige Herzweh ein

Ende hatten, war eine Wohltat. Sie brauchte nicht mehr trinkende Männer unter der Wäscheleine oder Tantes schneidende Verachtung zu ertragen. Sie roch Ahorn und Fichten und den Dunst vom Fluß her statt roher Rinderhälften. Es war schön, daß sie sich im schwindenden Licht des kühlen Tages ans Kochen machen konnte, es war schön, daß sie in ihrem neuen Eisschrank Fleisch und Butter hatte, in der Apfeltonne Äpfel, in der Zwiebelkiste Zwiebeln. Wenn das alles aber so gut und so schön war – warum war ihr dann plötzlich so bange? Warum mußte sie plötzlich an ihren kurzen Blick in den Keller denken, sah die Toten die Lippen bewegen und ihre Worte wie grüne Flammen zu sich hochsteigen?

Weil sie wohl schon in diesem Moment wußte, daß es noch nicht zu Ende war, daß es nie zu Ende sein würde. Denn während sie traumverloren mit dem Kochen begann, schlich sich der Junge grün und blau geschlagen und mit schmerzenden Gliedern aus der Hintertür und flüchtete zu ihr. Sie gab mehr Mehl und noch ein Ei in den Spätzleteig, schnitt noch zwei Zwiebeln in das Gulasch. Brauchte das ganze Fleisch auf. Machte mehr, als nötig gewesen wäre. Als wüßte sie, daß er, wenn er durch die Nebenstraßen und über die Maisfelder, die Gräben und Weiden, zu ihr gefunden hatte, müde sein würde. Todmüde. Und einen Bärenhunger würde er haben, der Markus.

Als Tante am nächsten Morgen nach Markus fragte, betrachtete Delphine sie aufmerksam und erkannte wieder einmal die Ähnlichkeit mit Fidelis. Doch während seine Züge wie mit Winkel und Lineal ausgerichtet waren, hatten die Engel bei Tante offenbar geschludert, denn alles war krumm und schief – die kalten blauen Augen standen zu weit auseinander, die Nase war dicker und zu kurz, die Oberlippe viel schmaler als die Unterlippe, der Mund insgesamt so klein, daß Delphine nur staunen konnte, daß so viele Worte auf einmal herauskamen, und sich fragte, wie sie es fertigbrachte, mehr als eine Erbse auf einmal zu essen. Delphine mußte sich auf das Gesicht konzentrieren, um die Worte, die aus Tantes Mund kamen, auf Abstand zu halten. Wenn ich auf das hören würde, was sie sagt, müßte ich ihr eine runterhauen, dachte Delphine, ließ sie reden und erklärte schließlich achselzuckend: »Ich hab ihn nicht gesehen.«

»Gelogen«, sagte Tante, machte aber keine Anstalten, die Veranda zu verlassen. Delphine war mit verschränkten Armen im Türrahmen stehengeblieben und hatte offenbar nicht vor, sie hineinzubitten und ihr ein Stück von dem köstlichen Zimtkuchen anzubieten, dessen Geruch ihr in die Nase stieg. Sie schluckte trocken, als Delphine sich Mehl von der Bluse klopfte. Vielleicht war es auch Puderzucker. Tante biß die Zähne zusammen und kämpfte gegen ihre Gier.

Delphine hatte die Einzelheiten von Tantes Schmährede erfolgreich verdrängt, aber sie begriff, daß diese Rederei nur Selbstschutz war, ein raffinierter Versuch, die Unschuld des Jungen in Frage zu stellen, denn Tante wies immer wieder auf den Widerspruch zwischen seiner schmächtigen Gestalt und seinem teuflischen Charakter hin. Sie hatte ihn erst peitschen und dann schlagen müssen, und dann war er unerklärlicherweise weggelaufen. »Ich hab ihn nicht gesehen«, wiederholte Delphine gähnend.

»Wenn Fidelis hier wäre …,« murmelte Tante. Aber Fidelis war mit dem vollbeladenen Lieferwagen unterwegs, um seine Würste an Lebensmittelgeschäfte zu liefern.

»Der Junge ist kein Dummkopf«, sagte Delphine. »Er wird schon einen Platz finden, wo er unterkriechen kann. Zumindest, bis sein Vater wieder da ist. Um ihn brauchst du dir keine Sorgen zu machen.«

»Um ihn mach ich mir auch keine Sorgen«, erklärte Tante. »Aber was wird sein Vater sagen, wenn er nach Hause kommt und sieht, daß sein Sohn weg ist?«

»Hast du Angst, Fidelis könnte dich mit dem Bullenschwengel traktieren?«

Tante wich zurück, sichtlich im Zweifel, ob sie tief gekränkt sein oder über Delphines Witz lachen sollte. Sie entschied sich für ein Lachen, das aber aus dem winzigen Mund wenig überzeugend klang. Der Bullenschwengel war ein getrockneter Bullenpenis als hausgemachte Peitsche, die hinter der Ladentür hing. Mit ihr bearbeitet zu werden war eine Strafe, die schmerzhaft war, aber keine Spuren hinterließ. Von Eva wußte Delphine, daß Fidelis ihn gegen die Söhne so gut wie nie eingesetzt hatte. Zweimal hatte Franz ihn zu spüren bekommen, als er in die Ladenkasse gegriffen hatte, und einmal die Zwillinge, weil sie den Abort angezündet hatten. Markus hatte er nie damit geschlagen. Daß der Bullenschwengel stets griffbereit an seinem Platz hing, war Drohung genug.

»Ja, dann geh ich jetzt«, sagte Tante. »Ich muß Erich und Emil was zu essen geben, die beiden fressen wie die Scheunendrescher.« In staubiger Schwärze rauschte sie davon. Delphine ging zufrieden zurück ins Haus und sah von dort aus dem Wagen nach, der um die Biegung holperte.

»Kannst rauskommen«, rief sie in Richtung Schlafzimmer.

Markus lief ans Fenster.

»Kommt sie noch mal?«

»Kaum.«

Er hatte aus unerfindlichen Gründen für die Flucht seine besten Sachen angezogen, die er auch bei der Beerdigung getragen hatte, das Hemd mit den Brusttaschen und dem Reverskragen, die kurzen, kratzigen braunen Hosen, die er haßte, Wollsocken ohne Löcher und die Schnürschuhe von Franz, die ihm noch zu groß, aber auf Hochglanz poliert waren.

»Wir stecken dich am besten in einen Overall«, entschied Delphine und schickte Cyprian in die Stadt. »Jetzt gibt's erst mal Frühstück.« Sie machte für ihn, was sie auch für die anderen gemacht hatte, einen Stapel Pfannkuchen mit den letzten süßen wilden Blaubeeren, einem großen Klecks Butter und ein wenig Ahornsirup, den Cyprian bei seiner letzten Fahrt im Tauschhandel von einem Chippewa bekommen hatte. Vorsichtig stellte sie den Zinnkrug wieder in den Eisschrank. Dann goß sie sich eine Tasse Kaffee ein, setzte sich zu Markus und sprach mit ihm, auch wenn sie, da er den Mund voll hatte, keine Antwort erwartete. Gestern abend war er ohne jede Erklärung aufgetaucht. Während des Essens waren ihm die Augen zugefallen, und er hatte sich widerstandslos ins Bett bringen lassen. Sie hatte es nicht übers Herz gebracht, ihm Fragen zu stellen.

»Du bleibst bei uns, bis dein Vater wieder da ist«, sagte sie jetzt. Er nickte erleichtert.

»Ich muß nicht unbedingt wissen, warum du weggelaufen bist«, fuhr sie fort, »aber wenn du willst, kannst du es mir erzählen. Oder Cyprian. Aber nicht meinem Vater, der schwatzt. Mich interessiert nur: Warum ausgerechnet zu mir?«

Markus hörte auf zu essen, schluckte und sah sie an. Auf dem blassen Gesicht leuchteten die rötlichen Sommersprossen. Er biß sich unsicher auf die Lippen, und in seinen Augen stand eine tiefe Traurigkeit. Und weil es Evas Augen waren, verlor Delphine sich einen Augenblick in ihnen, bis er leise, aber deutlich sagte:

»Du hast dich um sie gekümmert.«

Dann fing er wieder an zu essen. Er war rot geworden, und Delphine blinzelte und rührte in ihrem Kaffee herum. Was hatte der Junge damit sagen wollen? Daß Delphine sich nun auch um Markus kümmern müßte? Oder daß sie, weil sie seine Mutter geliebt hatte, nun auch den Sohn lieben und in Schutz nehmen würde? Zufrieden sah sie ihm beim Essen zu. Er schaufelte sich die Pfannkuchen in den Mund, als hätte er eine Woche gehungert, und sehr bald stand Delphine auf, um noch eine Portion zu machen.

Markus blieb und half Roy beim Rasenmähen, beim Roden von jungen Bäumen und Jäten von Winden auf einem Stück Land, aus dem eine Weide werden sollte. Roy wollte jetzt unbedingt eine Kuh anschaffen. Wenn Markus mit Cyprian und Roy Schach spielte oder Roys Taktik beim Cribbage begutachtete, kam nach und nach das eine oder andere heraus. Seine größte Sorge galt den Chinchillas. Er fragte sich, ob Franz auch das Wasser wechselte und nicht einfach nur etwas nachgoß, denn das, hatte Eva gesagt, dürfe man nicht machen, und er hatte Angst, daß die Zwillinge die Tiere quälten, sie mit Stöcken durch die Käfige jagten, was nicht gut fürs Fell war. Und dann schüttelte er den Kopf und sagte bekümmert, Tante habe keine Ahnung von ihrem Futter. Sie habe überhaupt vom Essen keine Ahnung.

»Was habt ihr denn gegessen?« fragte Delphine beiläufig und versuchte, sich ihren Triumph nicht anmerken zu lassen.

»Hauptsächlich Kekse«, sagte Markus.

»Aus der Dose, was?«

Er nickte ernsthaft, aber seine Augen funkelten. »Nur im Saubermachen ist sie gut. Andauernd ist sie beim Fegen und Wischen, und dann brüllt sie uns an und macht weiter. Wir hatten solchen Hunger, daß wir jede Menge unreife Äpfel gegessen haben.«

»Da haben Emil und Erich bestimmt Durchfall gekriegt?«

»Und wie!«

»Dann hatte sie noch mehr zu waschen.«

»Ich hab ihr auch mehr zum Waschen gegeben.«

Delphine nickte. Sie wußte, warum Markus unbedingt auf dem blanken Fußboden schlafen wollte. Morgens stand er immer vor ihnen auf. Der Lappen, mit dem er unter sich aufgewischt hatte, hing, im Fluß gespült, schon auf der Leine, und auch die Hose hatte er gewaschen und noch naß angezogen. Vor Evas Tod war das nie vorgekommen, Delphine kannte also den Grund, wußte auch, warum Tante ihn geschlagen hatte, und wünschte sich immer öfter, sie könnte ihr den Hals umdrehen wie einem Huhn oder sie mit einem Tritt sonstwohin befördern. Was konnte sie tun, außer Markus hierzubehalten? Wenn der Sheriff davon erfuhr, bekam sie womöglich Ärger, aber das war nicht zu ändern.

»Wenn der Sheriff auftaucht«, sagte sie, »machst du dich am besten unsichtbar. Wenn du draußen bist, schlag dich in die Büsche, und geh hinunter zum Fluß. Und wenn es dich beruhigt ...« – sie strich ihm über die rötlichblonde Stirnlocke –, » ... schau ich mal nach deinen lebendigen Pelzmänteln.«

Das sagte sie, damit er nicht vergaß, daß sie früher oder später die Viecher würden schlachten müssen, aber sie hätte sich keine Sorgen zu machen brauchen. Sein Gesicht erhellte sich.

»Wir erwarten so an die sechs Junge, und die Weibchen brauchen Knochenmehl im Futter. Wenn wir sie im Herbst verkaufen, kriegen wir über dreihundert Dollar, schätze ich. Die Jungen halten wir im Winter in dem beheizten Schuppen, und nächstes Jahr verdienen wir zweitausend.«

»Wer kauft denn so was?« fragte Delphine.

»Ein Händler. Er macht Pelze.«

»Es gibt doch nichts, was es nicht gibt«, lachte Delphine.

Als sie hinkam, hatten die Tiere natürlich kein Wasser, und sie mußte mehrere mit einer Pipette füttern, um sie durchzubringen. Warum sie sich nicht um ihre eigenen Angelegenheiten kümmerte, wollte Tante wissen.

»Es waren Evas Karnickel«, sagte sie. »Nicht deine.«

»Es sind keine Karnickel, sondern Nager. Und wo steckt Franz?«

»Wo er jetzt immer steckt. Bei den Flugzeugen.«

Seit Tante für sie kochte, aß Franz bei den Fliegern auf dem neuen Flugplatz. Wenn er mit seiner Arbeit im Geschäft fertig war, wich er seinen Helden nicht mehr von der Seite. Seine Leidenschaft für Flugzeuge hatte sich noch gesteigert. Für Lindbergh schwärmte er so glühend, daß er sogar versuchte, sich wie sein Held zu kleiden. Er verfolgte alles, was »Slim« machte, und kannte die *Spirit of St. Louis* in allen Einzelheiten, wußte, wo die Treibstofftanks angebracht waren, wie der geflochtene Pilotensitz aussah und die heikle Lenkung, die Lindbergh geholfen hatte, wach zu bleiben. Eins seiner Sammelalben war allein Lindbergh gewidmet und mit Zeitungsausschnitten und Bildern prall gefüllt. Am liebsten hätte er ein Flugzeug gebaut, mußte sich aber vorläufig damit begnügen, an den Motoren auf dem Flugplatz und auf dem Feld hinter der Metzgerei an einem Auto, einem alten, ausgeschlachteten Model T herumzubasteln.

»Die Kleinen müssen lernen, das Futter zu mischen«, sagte Delphine, und Tante rauschte beleidigt ins Haus und schickte Emil und Erich zu ihr. Stark wie Bullenkälber kamen sie angerannt in ihren kurzen Hosen und zerrissenen Hemden und barfuß, denn die Schule fing erst in ein paar Wochen wieder an. Delphine strich ihnen das struppige Haar aus der Stirn und hockte sich zu ihnen.

»Mit den Tieren könnt ihr Geld verdienen«, sagte sie.

Die beiden nickten gelangweilt.

»Was werdet ihr mit dem Geld anfangen?« fragte Delphine.

Die beiden wechselten einen belustigten Blick, als hätte sie etwas sehr Komisches gesagt.

»Für jeden von euch könnten hundert Dollar herausspringen, meint Markus, vielleicht mehr. Was kosten denn eure Soldaten so?«

Das wußten sie nun bis auf den letzten Cent genau, und auch den Preis für das übrige Kriegsgerät, für jedes Pferd, für jede Kanone hatten sie genau im Kopf. Die Preise für die Offiziere variierten je nach Rang. Ihre Armeen kämpften noch nach den Regeln vergangener Jahrhunderte. Die Offiziere saßen, statt bäuchlings durch den Dreck zu robben, auf Gäulen mit prächtigen Schabracken. Als Delphine den Zwillingen klargemacht hatte, daß Chinchillas gleich Geld gleich Soldaten oder Zitronendrops oder Lakritzestangen und Eis in Birdy's Drugstore waren und der Gewinn in drei Teile gehen würde, wenn sie nicht Tante das Füttern und Käfigputzen überließen, wurden die Gesichter ernst und entschlossen, die Augen verrieten Begehrlichkeit.

Delphine rüttelte Cyprian wach, weil die wilden Hunde wieder jaulten, ein Rudel von Streunern aus den Gärten der Reichen, den Hütten der Armen, den eher unbemittelten Geschäften auf der Hauptstraße. Delphine hatte sie, von Eva darauf aufmerksam gemacht, oft hinter dem Gartenzaun der Metzgerei gesehen, graue Schatten, manche groß und kräftig, andere klein wie Whippets, eine klassen- und rassenlose Bedrohung, angeführt von dem Schurken Hottentot. Zur Metzgerei lockten sie die Abfälle, die Fidelis ihnen hin und wieder hinwarf, und die im Unkraut vergessenen Hühnerköpfe. Dort hatten sie nie gejault. Weil da immer etwas für sie abfiel, waren sie schlau genug, keinen Krach zu machen.

Vor der Stadt aber jaulten sie in stürmischen Nächten den Mond an und heulten sich in ihre ursprüngliche Wolfsgestalt zurück. Ihr Lied war ein gespenstisches Gurgeln, aber es fehlte die Hingabe, das nahezu Vernunftbegabte, das Delphine in den Stimmen der Wölfe im Norden gehört hatte, wo sie und Cyprian vor einem Auftritt am Rande eines bitterarmen kleinen Ortes kampierten. Jetzt rüttelte sie ihn wach, weil sie sich einsam fühlte in dieser dunklen Nacht, und auch, weil das Jaulen romantische Gefühle in ihr weckte und Erinnerungen an die eine unvergeßliche sexuelle Erfahrung. Er wachte, wie immer, sofort auf, jederzeit bereit, mit ihr zu reden, zu essen oder Karten zu spielen. Das – unter anderem – empfand sie als so besonders schön und tröstlich an Cyprian: Er wachte stets gutgelaunt auf und war von der ersten Minute an zu allen Schandtaten bereit. Zu fast allen. Weil sie ihn brauchte und draußen die Hunde jaulten, sagte sie mit rauher Stimme: »Schlaf mit mir.«

Cyprian sog scharf die Luft ein. Er fragte sich schon lange, wann es ihr nicht mehr genügen würde, daß er neben ihr lag wie der Metzgershund – so hatte er Männer nennen hören, die an der Seite ihrer Frauen schliefen, ohne sich das zu nehmen, was sie ihnen an Zärtlichkeit, an Sex boten. So wie der Metzgershund das, was er gern frißt, nie anrührt, sondern dazu abgerichtet ist, sich stoisch neben einer saftigen Keule niederzulassen. Und weil er wußte, daß dieser Moment einmal kommen würde, hatte er sich etwas ausgedacht, was ihm eigentlich moralisch widerstrebte. Er würde sich Männer dabei vorstellen, hatte sogar schon die aufmarschieren lassen, bei denen das besonders gut funktionieren würde. Jetzt musterte er stumm seine Kollektion, rief die Bilder ab – einen Hals mit pulsierenden Adern, eine Brust, schöne, erregende Bilder, und an diesen Bildern hielt er sich fest, als eine Frauenbrust, ein Frauenseufzer sich dazwischendrängte. Er vollzog den Akt ungeschickt und zu schnell, weil er es hinter sich haben wollte, und danach versuchte er es wiedergutzumachen, indem er nicht sofort einschlief, sondern seine Hände, seinen Mund in Bewegung hielt, bis sie sich unter ihm aufbäumte und aufschrie und dann ganz still wurde.

»Delphine«, flüsterte er nach einiger Zeit, »Delphine, hast du Hunger?«

Sie antwortete nicht. Vermutlich tat sie so, als schliefe sie. Aber er konnte nicht schlafen. Der Vorfall hatte ihm bewußt gemacht, daß er im Leben eigentlich nur dieses eine ganz große Verlangen hatte, und das war schlimm, weil er nicht wußte, wohin damit. Mit einem Mann zusammenzuleben war undenkbar, so etwas gab es höchstens in den Städten, und das waren dann wohl auch andere Männer. Hier aber gab es Delphine, mit der er sprechen konnte, wie er mit Männern nie gesprochen hatte, mit der er vergnügt sein, die er beschützen konnte, und das war ein wunderschönes Gefühl. Und dennoch legten sich seine Hände im Traum um harte Männerschultern, sah er Männergesichter vor sich, und Gott im Himmel, wie sie rochen, wie sie redeten, was alles sonst noch geschah in dieser dunkelroten Welt, die er gerade heraufbeschworen hatte. Mit schlechtem Gewissen, weil er über diesen Gedanken wieder steif geworden war, drehte er Delphine um, drang blindlings, hemmungslos in sie ein, so daß ein Schauder sie überlief und sie ihm Verwünschungen ins Ohr flüsterte, er wollte sie zum Schweigen bringen, wollte sie spüren lassen, wie zerrissen sein Herz war, wollte den kleinen Mann in sich töten, der wütend war, weil sie eine Frau war, und als sie sich wehrte, ihm die Lippen zerbiß und ihn stumm niederkämpfte, legte er sich bereitwillig zurück.

Die Hunde waren näher gekommen, schienen direkt unter dem Fenster zu jaulen. Einen Augenblick war es gleich, ob sie eine Frau war oder ein Mann, er spürte nur die dunkle Lust, als ihr Mund ihn aufnahm. Er streichelte ihr Haar und berührte ihre Lippen, die sich fest um ihn geschlossen hatten, und verlor sich in ihr, und als sie fertig war, legte er die Hände um ihr Gesicht, strich über ihre Wangenknochen, wischte ihr den Mund ab und murmelte »Armes Ding, armes Ding«, bis sie anfing zu lachen.

Als sie dann mitten in der Nacht am Herd standen, ein Schweinskotelett brutzelten und darüber stritten, wie sie es teilen sollten, tauchte schlaftrunken auch Markus in der Küche auf.

»So was Dummes, jetzt müssen wir es in drei Teile schneiden«, lachte Cyprian. Er war wie berauscht von dem, was ihm im Schlafzimmer widerfahren war. Wie hatte sie es fertiggebracht, ihn einen Augenblick vergessen zu lassen, was sie war? Sie hätte eine Wölfin sein können. Der Junge sah verlegen an sich herunter, aber Cyprian sagte: »Setz dich hin, das Tischtuch deckt alles zu.« Markus gehorchte grinsend.

Delphine war barfuß und trug einen flammendroten chinesischen Morgenmantel, der auf dem Rücken mit einem Zweig voller Apfelblüten bestickt war. Erst hielt sie ihn zu, dann steckte sie ihn mit einer Nadel fest, um die Hände fürs Kartoffelschneiden frei zu haben.

Sie dünstete eine Zwiebel und setzte Wasser für Kamillentee auf. »Jetzt essen wir erst mal, und dann trinke ich den Tee. Ich will mich morgen nach Arbeit umsehen und brauche meinen Schönheitsschlaf.«

Die Hunde waren fort, das Geheul war verstummt, sobald sie Licht gemacht hatten. Roy schlief jetzt in einem kleinen Sommerschuppen hinter dem Hühnerstall, er hatte sich dort ein Lager zurechtgemacht, eine Pritsche mit Matratze, einer alten Tagesdecke und einem Kissen, das Delphine von Eva bekommen hatte, nachdem diese erfahren hatte, daß alles, was im Haus gewesen war, verbrannt werden mußte. Er wolle sie nicht stören, sagte er, und sie ließen ihm den Willen.

Markus riß die Augen auf. »Da draußen ist was.«

Über dem Gebrutzel in der Pfanne war es deutlich zu hören – das rhythmische Knurren, die jähen Schnaufer, das schrille Gewimmer.

»Das ist Roy. Er schnarcht.«

Der Alte war selbst auf diese Entfernung deutlich zu hören. Delphine schüttelte die Pfanne. Was sollten sie machen, wenn es kalt wurde? Sie war mit dem Geräusch aufgewachsen und hatte sich daran gewöhnt, wie andere Leute sich daran gewöhnen, neben einem Verschiebebahnhof zu wohnen, aber der arme Cyprian würde nachts kein Auge zutun. Während sie die knusprigen Bratkartoffeln wendete, dachte sie seit langer Zeit mal wieder an eine mögliche gemeinsame Zukunft, rief sich aber schnell wieder zur Ordnung. Nur wegen dieser einen Nacht? So was Dummes! Sie wußte doch, was los war, wenn er die Augen so fest geschlossen hielt. Delphine wendete die Kartoffeln noch einmal und schob mit dem Pfannenwender eine Portion auf jeden Teller. Als sie Cyprian seinen Teller hinstellte, streifte sie mit dem Handrücken sein Gesicht. So gern sie eine Antwort auf ihre Frage gehabt hätte, baute sie schon vor: Womöglich kam das nächste Mal erst in acht Monaten oder in einem Jahr, und wußte sie denn, was sich bei seinen Fahrten in den Norden abspielte?

Als Fidelis mit dem Lieferwagen vorfuhr, war Delphine dabei, das Stroh auf ihren Kartoffelbeeten auszutauschen. Sie richtete sich auf, strich sich die verschwitzten braunen Locken aus der Stirn und sah ihn aus zusammengekniffenen Augen an. Eine Auseinandersetzung erwartete sie nicht, aber daß er sich nach seiner Tour auf die Suche nach Markus machen würde – damit hatte sie gerechnet. Bald fing ja die Schule wieder an. Mit herabhängenden Armen ging er auf sie zu, und auch sein Gesicht war unbewegt. Er trug ein zerknittertes Karohemd, das sie noch nie gesehen hatte, und seine Hose war schmutzig, er hatte sich daran die blutigen Hände abgewischt. Fidelis war immer wie aus dem Ei gepellt gewesen, aber dafür hatten eben Eva und dann sie gesorgt, und sie konstatierte voller Genugtuung, daß Tante mit der Wäsche nicht fertig wurde. Etwa einen Meter voneinander entfernt blieben sie stehen. Delphine legte den Kopf schief. Sie hatte die Sonne im Rücken, in der weißen Glut waren seine Züge nicht zu erkennen.

»Wo hast du denn gesteckt?« fragte sie.

»Hab meine Runden gemacht, bis ich den Drehwurm hatte. Ich komme wegen Markus. Wo ist er?«

»Der Drehwurm ist keine Entschuldigung.«

Sie sehnte sich plötzlich sehr nach Eva, und ihr Kummer schlug jäh in Wut um. »Hier natürlich. Glaubst du, ich sehe ruhig zu, wie deine Schwester, diese Schreckschraube, ihn grün und blau schlägt?«

Fidelis wurde sehr ernst, wirkte allerdings nicht überrascht. Er sah so gedankenvoll auf seine groben Metzgerstiefel mit den Stahlkappen herunter, daß auch Delphine den Blick nach unten senkte, aber außer rissigem Leder dort nichts entdecken konnte.

»Ich wollte ihn holen«, sagte Fidelis leise. Delphine wartete. Ein Dankeschön wäre nicht zuviel verlangt, dachte sie, aber weil er jetzt beharrlich schwieg, fragte sie schroff: »Wirst du ihn auspeitschen?«

»Warum sollte ich?« Fidelis hob den Kopf und sah sie an. Noch durch die Sonnenglut hindurch spürte sie das blasse Feuer seines Blicks. Wie bei der ersten Begegnung gab es ihr einen seltsamen Ruck, der nicht Angst war, sondern das Gefühl, daß in diesem Augenblick viel mehr geschah, als sie erfassen konnte. Die Kraft, die in ihm schlummerte und sich in jeder seiner Bewegungen verriet, auch wenn er sie gewaltsam zurückhielt, ließ sie an einen glatten, sauber verputzten Staudamm denken.

»Komm herein und trink ein Glas Eistee. Roy und Markus sind unten am Fluß, aber ich glaube, in dieser Hitze beißt kein Fisch an. Sie müßten jeden Augenblick wieder da sein.«

Sie versuchte, Zeit zu gewinnen, überlegte, wie sie auf diplomatische Art erreichen konnte, daß Markus bei ihr blieb. Fidelis betrat das Haus, das noch in kühlem Halbdunkel lag, weil sie die Fensterläden geschlossen hatte. Jetzt machte sie die Fenster auf und spürte die Kellerfäulnis, die sich immer wieder einschlich und die für sie nach Verzweiflung roch. Vor dem Haus standen sechs Ahorneschen, die am späten Nachmittag dafür sorgten, daß die Räume kühl blieben. Alles war blitzsauber. In einen Krug mit starkem Tee hatte sie Zitronenschnitze und Zucker gegeben und ihn in den Eisschrank gestellt. Jetzt goß sie den Tee in gläserne Bierseidel. Fidelis betrachtete den Tee leicht melancholisch. »Bier habe ich nicht«, sagte Delphine.

Fidelis nahm einen langen Zug, und sie schenkte nach. Dann stellte er das Glas hin. »Wann kommst du zurück?« fragte er.

Delphine überlegte. Ihre Verhandlungsposition war nicht ungünstig. »Das ist eine verdammt schwierige Frage«, sagte sie.

Fidelis beugte sich vor und krümmte den Rücken, als wollte er etwas sehr Schwieriges aussprechen, dann sagte er nur: »Allein schafft Tante das nicht.«

Delphine begriff, daß es für ihn an Hochverrat grenzte, seine Schwester auch nur andeutungsweise zu kritisieren. So war das in diesen alten deutschen Familien. Tante war die einzige Angehörige, die er hier hatte. In ellenlangen Briefen an die Lieben in der alten Heimat erstattete sie ausführlich Bericht über sein Tun und Treiben. Es hieß, daß Tante gern wieder in ihre hübsche deutsche Stadt Ludwigsruhe zurückgegangen wäre und nur Fidelis zuliebe blieb. Sie konnte ihn in diesem Land nicht allein lassen, vor allem nicht wegen der Jungen. Trotzdem ärgerte sich Delphine über sein sichtliches Unbehagen.

»Ich könnte mir vorstellen, ab und zu auszuhelfen, aber dann mußt du sie vor die Tür setzen.«

Fidelis war wie vor den Kopf geschlagen. Das hatte er offenbar nicht erwartet, und Delphine mußte lachen.

»Sie kann nicht kochen. Sie vergrault dir die Kunden. Sie läßt dich herumlaufen wie einen Landstreicher. Die Kinder verwildern. Und solange sie da ist, komme ich nicht zurück, darauf kannst du wetten.«

Fidelis nickte knapp. Damit war das Thema für ihn offenbar erledigt. Ein so großer, starker Mann – und hatte Angst vor der eigenen Schwester! Eigentlich hätte sie das wundern müssen, aber inzwischen kannte sie ihn besser.

»Ich weiß ja, daß es hart für dich ist«, sagte sie, scheinbar milder gestimmt. »Ich mag die Jungen, deshalb werde ich es mir überlegen. Laß Markus noch zwei Wochen bei uns, Cyprian kann ihn von hier aus zur Schule fahren. Tante wird nicht mit ihm fertig, und uns ist er eine große Hilfe.«

Fidelis war einverstanden, und als Markus auftauchte, beobachtete Delphine genau, wie er mit seinem Vater umging, ob er gern mit ihm zurückgefahren wäre. Aber Markus hatte den Wagen seines Vaters mit gemischten Gefühlen vor dem Haus entdeckt und schien erleichtert, daß er bei Delphine bleiben durfte. Sie stellte einen Zitronenkuchen auf den Tisch, und die Spannung löste sich schnell. Fidelis aß langsam und mit Genuß. Er wußte, daß es Evas Rezept war, und als er die letzten Krümel aß und seine Gabel bedächtig auf den Tisch legte, war er sichtlich bewegt. Delphine traf seine Trauer wie ein Stromstoß. Als er mit anerkennendem Nicken den ansehnlichen Fisch annahm, den Markus trotz der Hitze gefangen hatte und ihm schenkte, richtete der kleine, magere Junge sich stolz auf, und Delphine unterdrückte ein Lächeln. Ja, er mußte bleiben, ganz klar. Ehe Tante wieder auf ihn losgehen konnte, wollte sie ihm noch das eine oder andere beibringen – und sie wußte auch schon, wie sie dabei vorgehen würde.

Gelegentlich träumte Delphine noch immer von der Bühne, von einer ehrgeizigen Theaterproduktion oder davon, die Balancenummer irgendwie in die Handlung eines Theaterstücks einzubauen. Dafür aber würden sie mit dem Stück auf Tournee gehen müssen, denn ein Ensemble aus Berufsschauspielern konnte sich die Stadt nicht leisten. Wenn sie ehrlich war, wollte sie aber jetzt, nachdem Roy sich so gewandelt hatte und Markus bei ihnen lebte, gar nicht mehr weg. Der Verlust von Eva hatte ein Lücke gelassen, und sie war nun wieder öfter mit Clarisse zusammen. Das war ein Grund mehr, in Argus zu bleiben. Außerdem war noch nicht klar, ob sie und Cyprian für die Ermittlungen noch gebraucht wurden. Bisher war der Sheriff einer Lösung des Falles Chavers nicht näher gekommen, jedenfalls hatte sie noch nichts dergleichen gehört, und weil sie gern wissen wollte, wie die Dinge standen, ging sie eines Tages – Cyprian war wieder einmal mit dem Wagen nach Norden unterwegs – in die Stadt, während Roy im Schatten seinen Mittagsschlaf hielt.

Als sie ankam, war sie naßgeschwitzt. Der um diese Zeit übliche Wetterumschwung war in diesem Jahr ausgeblieben. Der Stoff unter ihren Armen war dunkel von Schweiß, der Hals feucht, das Haar rutschte in nassen Strähnen aus den Klammern, mit denen sie es hochgesteckt hatte. In der Stadt, auf den breiten, mit kümmerlichen Bäumen bestandenen Straßen brannte die Sonne noch heißer. Erst im halbdunklen Büro des Sheriffs konnte sie aufatmen. An der Decke lief ein Ventilator, ein kleineres, schwarzes, amtlich wirkendes Exemplar surrte auf seinem Schreibtisch. Die Backsteinmauern wirkten isolierend, und im Büro war es kühl und still. Sheriff Hock, der mit Papierkram beschäftigt war, ließ sich gern unterbrechen.

»Roy und mich würde interessieren, was Sie über die Chavers in Erfahrung gebracht haben«, sagte Delphine, nachdem man miteinander über die Hitze gejammert hatte. Cyprian erwähnte sie nicht, womöglich fragte der Sheriff sonst, wohin er hin und wieder verschwand, und das Märchen vom Bürstenvertreter mochte sie ihm nicht vorsetzen. Doch Sheriff Hock schien sich für Cyprians Exkursionen nicht im mindesten zu interessieren. Es sei gut, daß sie gekommen sei, sagte er, denn er habe schon längst mal über Kostüme mit ihr sprechen wollen

»Kostüme?«

»Was hattet ihr bei eurer Balancenummer an?«

»Ganz gewöhnliche Sachen. Gerade weil wir so normal aussahen, wirkte unsere Nummer um so überraschender. Außerdem hatten wir zuerst kein Geld für Glitzerkram und Pailletten.«

»Oder rote Perlen?«

Delphine sah den Fußboden in der Speisekammer vor sich. »Soll das heißen, daß wir unter Umständen verdächtig sind?«

»Du hast ja die Perlen gesehen«, sagte Hock. »Sie sind immer noch ein Rätsel. Dein Vater hat ausgesagt, daß er sich nicht erinnern kann, bei der Trauerfeier in seinem Haus Pailletten oder Perlen oder sonst etwas Ausgefallenes gesehen zu haben.«

»Was bei seinem Zustand nicht viel heißen will.«

»Mag sein. Ich habe mir auch die Requisiten unserer Theatergruppe angesehen, oder hast du gedacht, die hätte ich vergessen?« Er drohte ihr mit dem Zeigefinger und zwinkerte auf eine Art, die ihr bei einem Sheriff mißfiel. »Ich weiß, daß euch die Hexenszene viel Spaß gemacht hat, dir und Clarisse. Die Lady Macbeth hättet ihr bestimmt auch mit Bravour bewältigt.«

»Wir waren nur die zweite Besetzung«, sagte Delphine vorsichtig. War das am Ende eine versteckte Anschuldigung? Um die Situation zu entschärfen, setzte sie hinzu: »Wir könnten doch …« Sie stockte. Alle Schauspieler wußten, daß es Unglück brachte, den Namen Macbeth auszusprechen. »… das schottische Stück wieder ins Repertoire nehmen.«

»Bedauerlicherweise läßt mir der Beruf dazu keine Zeit. Und glaubst du wirklich, unsere Bürger möchten ihren Sheriff als Mörder sehen? Ich würde ihr Vertrauen verlieren.«

»Das glaube ich nicht. Sie könnten ja auch den Banquo spielen.«

»Nein, nein, zu oft wird die Kunst mit der Wirklichkeit verwechselt. Ich bin der Sheriff, deshalb muß ich diese Rolle rund um die Uhr spielen. Einen anderen Part zu übernehmen, solange ich den Stern trage – das verwirrt die Menschen.« Sheriff Hock ballte eine Hand zur Faust und zog eine düstere Miene. »Wie geht es übrigens Clarisse?«

»Sie weiß vor Arbeit kaum, wo ihr der Kopf steht«, sagte Delphine rasch, bemüht, sich ihre plötzliche Unruhe nicht anmerken zu lassen.

»Sie weiß also vor Arbeit nicht, wo ihr der Kopf steht«, wiederholte Hock mit einem leise bedrohlichen Unterton. »Oder versucht sie nur, ihrem unabwendbaren Schicksal zu entgehen? Zwecklos!«

»Unabwendbar? Sie sind ja übergeschnappt. Clarisse kann Sie nicht ausstehen. Sheriff hin oder her – lassen Sie Clarisse in Ruhe!«

»Sahnebonbon gefällig?« Hock holte eine Schachtel unter seinen Papieren hervor und streckte sie ihr hin. Als sie den Kopf schüttelte, bediente er sich selbst und schob das Bonbon langsam zwischen die Lippen.

Delphine wandte sich zum Gehen. Sie bereute ihren Ausbruch. Es war unklug, sich Hock zum Feind zu machen.

Im Drugstore bestellte sie sich eine Limonade, um sich zu beruhigen, dann ging sie rasch zu Strubs Pietät.

Dort war alles – bis hin zu den gestreiften Markisen vor den Fenstern – in geschmackvollen Grau- und Brauntönen gehalten. Die Veranda umgab ein hübsches Ziergitter, der Rasen war makellos grün, der Blütenflor im Sommergarten bestand aus blaßlila und malvenfarbenen Stockrosen, weißen Petunien, zartblauen Kornblumen. Auf grelle Farben hatte man bewußt verzichtet. An der Hintertür, die ebenfalls in ruhigem Grau gehalten war, befand sich eine moderne elektrische Klingel. Delphine drückte auf den Knopf und hörte im Haus das melodische Geräusch. Sie sah sich nervös um, aber offenbar war ihr niemand gefolgt. Als Clarisse zur Tür kam, bedeutete Delphine ihr, sie rasch einzulassen.

»Ist was mit Roy?« fragte Clarisse. Der wissend besorgte Ton verunsicherte Delphine.

»Unsinn! Was soll mit ihm sein?« stieß sie ärgerlich hervor.

»Entschuldige. Das war eine dumme Frage.« Sie legte einen Arm um Delphine und führte sie in ein kleines Vorzimmer.

»Wo können wir reden?« fragte Delphine.

»Am besten unten. Ich arbeite gerade an Mr. Pletherton.«

Delphine nickte. Im Keller, der im Sommer kühl und im Winter nur sparsam beheizt war, damit stets die richtige Arbeitstemperatur herrschte, kümmerten sich Clarisse, ihr Onkel und ihre Tante um die Toten von Argus. Delphine, die abgesehen von Dr. Heech und dem Sheriff im Fall eines vermuteten Verbrechens als einzige Außenstehende hier Zutritt hatte und dieses Vorrecht durchaus zu würdigen wußte, hatte sich noch nie an dieser Umgebung gestört, und inzwischen fand sie den Arbeitsraum der Strubs weit weniger gruselig als die Schlachthalle. Außerdem konnte sie dort sicher sein, daß niemand sie belauschte. Sie folgte der Freundin, die einen weißen Kittel trug und jetzt die Gummihandschuhe abstreifte.

»Ich hätte eigentlich mit einem Jungen aus South Dakota ausgehen sollen, aber der hat mich versetzt«, sagte Clarisse. Offenbar wirkte ihr Beruf auf potentielle Freunde immer noch so abschreckend wie früher in der High School. Wenn sie mit ihm gehen wolle, hatte der Junge ihr klipp und klar erklärt, würde sie sich eine andere Arbeit suchen müssen. Clarisse sagte, sie wundere sich, wie sie einen Mann habe achten können, dem ihr Job Angst einjagte.

»Er hat mich eine Leichenbestatterin genannt, Delphine, du weißt ja, wie sehr mir das gegen den Strich geht. Er ist genau wie die anderen. Alles Feiglinge. Die würden sich wahrscheinlich gar nicht hier heruntertrauen.« Sie schnitt eine greuliche Grimasse, machte einen Buckel und krächzte: »Die haben Angst, ich könnte ihnen das Blut aussaugen.«

Delphine lachte, obgleich die plötzliche Verwandlung der Freundin sie in dieser Umgebung doch etwas nervös machte. In einer Ecke drehte sich auf einem Grammophon eine Schallplatte mit dramatischen Opernmelodien. Sie spiele die Platte nicht nur zu ihrem eigenen Vergnügen, erklärte Clarisse, sondern weil sich durch Musik die Flüssigkeit, die in die Leiche gepumpt wurde, gleichmäßiger verteilte. Möglicherweise aber war der Kunde, an dem sie zur Zeit arbeitete, kein Opernfreund. Im gleißenden Licht des Arbeitsraums wirkte Mr. Pletherton, den Clarisse jetzt noch einmal kritisch betrachtete, sehr grau und sehr tot. Vielleicht hatte sie auch noch nicht die richtige Nuance für das Make-up gefunden. Sie war ständig am Experimentieren. »Die sind alle so verschieden.« Clarisse strich ihm sachlich über den Arm, und man hörte ein leises Knistern. »Postmortales Emphysem«, stellte sie stirnrunzelnd fest. »Ein schwieriger Fall, Delphine. Lebensmittelvergiftung. Hat er sich in einem Restaurant in Fargo geholt.«

An der Nordwand standen Glasschränke, auf den oberen Borden waren Behälter mit Lippenstiften, Mund- und Augenkitt, Bandagen und Leim aufgereiht. In einer kleinen Schachtel lagen Visitenkarten, die Benta in Paraffin tränkte und statt Watte als Abstandshalter zwischen Zahnfleisch und Lippen benutzte, weiterhin fanden sich dort der Allzweckreiniger Bon Ami, der als Zahnpolitur diente, Massagecreme und Zitronensaft, Essig und Seife. Stapelweise saubere Handtücher. Handbürsten, Haarbürsten, Nagelfeilen und Klarlack. Auf den breiteren Borden weiter unten standen praktische Vierliterflaschen mit Methylalkohol, Ethanol, Arsenlösung, Formalin und kleinere Flaschen mit Nelkenöl, Sassafras, Wintergrün, Benzaldehyd, Orangenblütenöl, Lavendel und Rosmarin. Aurelius Strubs Balsamierdiplom, die erste westlich von Minneapolis und östlich von Spokane vergebene Urkunde dieser Art, hing in einem üppig verzierten Rahmen an der Wand.

Die Hitze hatte eine Welle von Bestattungen gebracht. Dennoch hatte Clarisse ihr fröhliches Lächeln und ihre Anmut nicht verloren. Delphine mußte plötzlich an das denken, was Malcolm in dem »schottischen Stück« gesagt hatte: *Und sollt auch alles, was verderbt, den Schein der Anmut dreist sich geben, so kann die Anmut doch nur solches Aussehn haben.* Rasch verdrängte sie das Zitat.

In der Ecke standen zwei hübsche Polstersessel, dazu ein kleiner Elektroherd mit einem Topf zum Kaffeebrühen.

»So, jetzt leg los«, verlangte Clarisse.

Der überraschende Nachmittagsbesuch konnte nur bedeuten, daß etwas vorgefallen war, und Delphine kam denn auch sofort zur Sache. »Was für ein Kostüm hast du in *The Lady and the Tiger* getragen?«

»Ein flottes Teil, über und über …«

»… besetzt mit roten, rosa- und pfirsichfarben schimmernden Perlen.«

»Es waren Unmengen, weißt du noch? Ein richtiges Kunstwerk.«

Clarisse konnte gut nähen und nutzte diese Fertigkeit, um bei ihren Kunden nahezu unsichtbare Nähte zu legen. Sogar die unter der Kleidung verborgenen Verbindungen waren perfekt, Kettenstiche oder geheftete Nähte lehnte sie ab. Das ist nur Flickschneiderei, sagte sie immer.

»Und wo ist es jetzt?«

»In meinem Kleiderschrank«, sagte Clarisse unbekümmert. »Warum?«

»Sieh zu, daß du es los wirst.«

»Nachdem ich so viel Arbeit hineingesteckt habe?« ereiferte sich die Freundin.

»Ich ahne, worauf Sheriff Hock hinauswill, Clarisse. In dem Zeug, mit dem die Kellerluke in unserem Haus verkleistert war, steckten Perlen, die genauso aussahen wie die an deinem Kleid.«

Clarisse riß den Mund auf, sah Delphine verstört an und drückte die Hände so fest an die hübschen Wangen, daß die ovalen Nägel weiß wurden. »O Gott! Ich hab dir doch erzählt, daß Sheriff Hock mir an dem bewußten Abend das Kleid praktisch vom Leib gerissen hat ...«

»Ich habe so das Gefühl, daß sich in Hocks Dickschädel etwas zusammenbraut.«

»Er will mich in eine Falle locken«, sagte Clarisse. »Der Mann ist unmöglich, ich kann nicht vernünftig mit ihm reden. Er wird diesen Zufall ausnutzen, das Kleid, die arme Ruthie und Doris ... Wie kann er nur! Da unten war ein Kind.« Sie vergoß ein paar zornige Tränen, dann nahm sie die Hände vom Gesicht. »Aber von dem laß ich mich noch lange nicht unterkriegen. Ich bin eine berufstätige Frau, bis fünf muß Mr. Pletherton fertig sein, und er ist, wie gesagt, ein schwieriger Fall.« Sie wirkte plötzlich sehr erschöpft. Dann sah sie Delphine nachdenklich an und schüttelte die Locken. »Würdest du mir einen großen Gefallen tun? Hol das Kleid aus meinem Schrank und wirf es bei dir zu Hause ins Feuer.«

In der verschwörerischen Stimmung dieses Augenblicks ließ Delphine sich dazu hinreißen, Clarisse ihre Hilfe zu versprechen, und ging leicht benommen davon. Erst als sie vor dem Haus ihrer Freundin stand, wurde ihr klar, daß sie drauf und dran war, eine Dummheit zu begehen. Was sollte Sheriff Hock denken, wenn er sie dabei erwischte, wie sie das Kleid aus dem Schrank nahm? Und was sollte sie damit anfangen? Möglich, daß die Perlen schmolzen, aber rückstandslos verbrennen würden sie bestimmt nicht. Bedrückt ging sie die Treppe zu dem Zimmer hoch, in dem sie so oft übernachtet hatte. Viele schöne Stunden hatte sie in diesem Haus erlebt – ganz normale Mahlzeiten in einer Familie, ein intaktes Familienleben, lauter Dinge, die es für sie nie gegeben hatte. Kein Wunder, daß die Strubs ihren Beruf so schätzten: Emotionale Überraschungen waren von den Toten nicht zu erwarten, auch wenn die handwerkliche Seite oft Probleme mit sich brachte. Der einzige Scherz, den Aurelius Strub sich jemals erlaubt hatte – vielleicht hatte er sich, müde, wie er war, auch nur versprochen –, war die Bemerkung, der Junge, der in die Erntemaschine geraten war, hätte die Pietät Strub vor eine wirklich schwere Aufgabe gestellt.

Delphine betrat Clarisses Zimmer, in dem das Chaos eines Kinderzimmers herrschte. Irgendwo mußte die Freundin sich schließlich auch mal gehen lassen. Delphine überlegte hin und her, was sie mit dem Perlenkleid anstellen sollte. Schließlich steckte sie es in eine Tüte und schlich damit hinaus. Wenn sie die Bitte von Clarisse wörtlich nahm und das Kleid mit nach Hause nahm, hatte sie das Beweisstück – denn so mußte man es nun wohl nennen – am Hals. Sie sah förmlich die Perlen in der Feuerstelle vor dem Haus glitzern. Delphine holte einen Spaten aus dem Geräteschuppen und arbeitete eine halbe Stunde im Garten. Wenn jemand sie sah, konnte sie sagen, daß sie sich um das Schwertlinienbeet ihrer Freundin kümmerte. Die Pflanzen standen zu dicht, und sie wollte ein paar Rhizome mitnehmen. Sie grub ein tiefes Loch, stopfte das Kleid hinein und schüttelte die Tüte gründlich aus, um sicherzugehen, daß sämtliche Perlen in der Grube landeten. Dann packte sie ein paar Irisrhizome und

Taglilienableger in die Tüte, stellte den Spaten an seinen Platz zurück und ging nach Hause.

Delphine hockte sich vor die Feuerstelle, wartete, bis eine schöne Glut entstanden war, und legte ein paar Kartoffeln hinein. Dann stellte sie den Rost über die Kohlen und schürte das Feuer wieder ein wenig, um Fisch in Schmalz zu fritieren. Aus dem Eisschrank nahm sie eine Portion marinierte Bohnen, die kalt, süß und essigscharf zugleich waren, und setzte sich in der Abendkühle mit Roy und Markus zum Essen. Durch den Rauch waren sie vor den Moskitos geschützt. Sie holte die Sahne aus dem Haus, die sie – ein kleiner Luxus – in der Stadt gekauft hatte, und dazu die von Markus gepflückten Himbeeren. Delphine mußte zugeben, daß das Geld, das Cyprian heimbrachte – er lieferte fast seinen ganzen Verdienst ab –, ihr sehr willkommen war, denn dadurch konnten sie speisen wie die Könige, und sie hatte das Haus in Ordnung bringen können. Trotzdem atmete sie erleichtert auf, als sie ihn vorfahren hörte. Sie gab nicht gern zu, wie froh sie war, wenn er von einer seiner Fahrten wohlbehalten zurückkam, und schüttelte ihn jetzt mit rauher Zärtlichkeit.

»Du bleibst?« fragte sie.

Er küßte ihr die Hand und sah aus feurigen schwarzen Augen langsam zu ihr hoch. Und wenn er noch so müde war – zum Flirten war er stets bereit. War das eine Schutzmaßnahme, hinter der er sein Geheimnis verbarg, oder lag ihm das Flirten im Blut?

Sie hatten noch jede Menge Bratfisch übrig. Delphine machte die grünen Bohnen in Schmalz heiß, holte eine gebackene Kartoffel vom Rand der Glut, jonglierte sie von einer Hand in die andere, legte sie auf seinen Teller und riß sie mit der Gabel auf.

Ein Dampfstrahl schoß hoch, und sie löffelte flüssiges Fett in die mehlige Masse. Er brummelte einen Dank.

»Morgen bewerbe ich mich als Telefonistin«, sagte sie. »Findest du, daß ich eine gute Stimme habe?«

»An dir ist alles gut.« Cyprian seufzte wohlig. Es war ein schönes Gefühl, mit vollem Bauch in der hereinbrechenden Dunkelheit bequem am Feuer zu sitzen. Was er gesagt hatte, war ehrlich gemeint. Er war froh, wieder hier zu sein. Jenseits der knisternden Flammen sangen die Trauertauben ihr Abendlied. Eine Spottdrossel spulte ihr Programm ab, ein kompliziertes Lied nach dem anderen, Wolken überzogen den grünen Himmel wie Pinselstriche. Es dauerte nicht lange, bis Roy, der jetzt, da er trocken war, nur die Energie eines gewöhnlichen Sterblichen besaß, zu seinem Schuppen tappte. Markus sank zusammen und war gleich darauf fest eingeschlafen. Cyprian trug ihn ins Haus. Als er zurückkam, fragte Delphine:

»Magst du auch Jungen in der Art, wie du Männer magst?«

Cyprian sah sie im Licht des Feuers verblüfft an und verzog das Gesicht. »Nein!«

»Tu nicht so entsetzt, ich mußte das fragen. In diesen Dingen kenne ich mich nicht aus. Mit der anderen Sache hast du mich ja auch total überrumpelt. Außerdem brauche ich deine Hilfe. Du mußt Markus das Pinkeln beibringen.«

Cyprian, der gerade zwölf Stunden ohne Pause gefahren war, glaubte, sich verhört zu haben.

»Er kann das nämlich nicht«, setzte sie hinzu.

»Machst du Witze?«

»Nicht richtig. Du mußt ihm beibringen, wie man sich als Mann beherrscht, wie man mit dem Pimmel seinen Namen in den Sand schreibt. Wie man das Wasser abdreht, ohne den Hahn anzufassen. So Sachen eben. Sonst kann ich ihn nicht zu seiner Tante zurückschicken.«

Jetzt hatte Cyprian verstanden. Er nickte nachdenklich und musterte Delphine anerkennend. Wie viele Frauen würden an so was denken? Keine einzige. Und deshalb liebte er sie. Es konnte klappen. Er willigte ein, und am nächsten Morgen machte Delphine zwei Krüge Limonade, einen für Cyprian und einen für Markus, und wiederholte das nun jeden Tag. Sie übten fleißig, und am Ende der Woche war Markus morgens trocken. Doch das war nur der Anfang des Überlebenstrainings, das sie für ihn plante.

Die nächste Phase ihrer Ausbildung konnte Delphine nicht mehr in Angriff nehmen. Sie hatte Markus beibringen wollen, überzeugend – mit Schaum vor dem Mund und verdrehten Augen – einen epileptischen Anfall vorzutäuschen, mit dem er Tante, wenn sie in Wut geriet, bestimmt erfolgreich matt gesetzt hätte. Doch noch ehe sie ihm die erste Stunde hatte geben können, fuhr wieder der Lieferwagen vor, dem Fidelis in seinem zerknitterten Hemd entstieg. Seine Hosen waren offenbar eingelaufen, und er trug keine Socken. Er wirkte abgespannt und niedergeschlagen, die Haut unter den Augen war gerötet, er war sehr still und schien etwas von seiner Kraft verloren zu haben. Delphine sah, daß er stark abgenommen hatte. Die Knochen zeichneten sich unter der Haut ab, die Wangen waren hohl. Diesmal blieb er vor der Tür stehen, nicht einmal auf ein Glas Wasser wollte er hereinkommen, aber es war offensichtlich, daß er etwas auf dem Herzen hatte.

»Bitte.«

Einem Mann wie ihm kam so ein Wort nicht leicht über die Lippen. Wer weiß, ob ich es noch einmal von ihm höre, dachte Delphine und ließ es wie ein kleines Denkmal zwischen ihnen stehen.

»Ich habe meiner Schwester gesagt, daß sie mein Haus verlassen soll.«

Delphine legte eine Hand an die Kehle und sah Fidelis an, dann nahm sie die Hand weg, stemmte sie in die Hüfte und sah über das Feld hinweg in Richtung Hühnerstall. Daß Fidelis sich für sie und gegen die eigene Schwester entschieden, daß er die Schwester geopfert hatte, um Delphine in sein Leben zurückzuholen, war eine große Sache. Jetzt hatte sie in Tante eine unversöhnliche Feindin, die auf Rache sinnen und seine Familie gegen ihn aufhetzen würde.

»Sie kommt nicht mehr zurück?« vergewisserte sich Delphine.

Fidelis nickte leicht.

»Weißt du, Fidelis«, sagte sie ein wenig stockend, denn sie war sich gar nicht sicher, ob sie zurückkommen wollte, »so sehr viel besser als deine Schwester mach ich es bestimmt auch nicht.«

Fidelis schaute skeptisch. Delphine wandte sich ab und überlegte. Zum ersten Mal war ihr Leben geordnet und friedlich. Als Telefonistin würde sie Verbindungen herstellen, die Zeit ansagen, Auskunft über Telefonnummern geben und jeden Tag zur gleichen Zeit heimkommen können, die Anstellung würde ihr noch mehr Ruhe und Frieden bringen und vermutlich auch mehr Geld. Dann aber dachte sie an die Jungen und an all das, was Eva ihr beigebracht hatte. Eva hatte sie gelehrt, den Haushalt zu führen und sich gleichzeitig ums Geschäft zu kümmern, von ihr hatte sie die Tricks und Kniffe, die geduldige Beschäftigung mit Einzelheiten gelernt – all das, was Eva sich selbst durch mühsames Herumprobieren angeeignet hatte. Eva hatte ihr das Wissen eines ganzen Lebens geschenkt, und sie hatte das Geschenk angenommen, weil sie Eva liebte. Die vielen Gespräche, in denen Eva ihr Fidelis und die Jungen ans Herz gelegt hatte, waren unvergeßlich. Je näher das Ende kam, desto eifriger hatte Eva darauf hingearbeitet, Delphine an ihre Stelle zu setzen, sie Gewohnheiten und spezielle Essenswünsche aufschreiben lassen, und es hatte ihr gut getan. Wieviel davon hatte Eva ihrem Mann erzählt? Was hatte er versprochen? Delphine machte den Mund auf, um die Frage zu stellen, aber die Worte blieben ihr in der Kehle stecken.

»Dann machen wir es so«, sagte sie statt dessen. »Ich komme früh um acht, arbeite während der Stoßzeiten im Geschäft, mache Mittagessen und später Abendessen. Um sechs gehe ich nach Hause.« Mit fester, entschlossener Stimme stellte sie die Bedingungen, steckte den Rahmen ab, und als er einverstanden nickte, streckte sie ihm die Hand hin wie einem Mann, und er schlug ein.

— 8 —

Köterdämmerung

Wenn Kinder trauern, sind sie anfällig für jede Art von Mißgeschick, stolpern leicht, stoßen sich die Zehen, schlagen sich womöglich ein Auge aus. Fallen vom Dach. Fallen vom Fahrrad. Rutschen im Sägemehl auf dem Fleischmarkt aus. Die Trauer ebnet auch allen nur möglichen Krankheiten den Weg. Unerklärlichen Fieberschüben, allem, was in der Gegend grassiert. Selbst die Robustesten können Diphtherie bekommen, Keuchhusten, ganz zu schweigen von Darmgrippe und Wald- und Wiesendurchfällen, Stockschnupfen, vereiterten Augen und Ohren. Läusen. Als es kalt geworden war, ließen die Jungen keine Krankheit aus, und Delphine konnte die mit Fidelis vereinbarten Arbeitszeiten kaum einhalten. Manchmal mußte sie die Kinder die ganze Nacht über versorgen, manchmal an ihren Betten schlafen. Hühnersuppe wurde ihre Spezialität. Täglich kontrollierte sie die Ohren der Jungen auf Nissen. Aber auch wenn ausnahmsweise keinem etwas fehlte und alle in tiefem, festen Kinderschlaf lagen, blieb sie nun abends unter der Tür stehen und sorgte sich. Die Jungen hatten in ihr einen uralten Reflex ausgelöst, der sich nicht abschalten ließ. Manchmal zählte sie, ehe sie ging, in abergläubischer Konzentration die Atemzüge, genau zehnmal bei jedem Kind, nicht mehr und nicht weniger, dann zwang sie sich zum Gehen.

Die Sorge schuf neue Sorgen und machte sie nervös. Manchmal wachte sie nachts neben Cyprian auf, weil lange zurückliegende Ereignisse wieder hochkamen, bei denen sie von Freundinnen oder Freunden verraten oder blamiert worden war oder die Trunksucht des Vaters sie unglücklich gemacht hatte. Oft weckte sie dann Cyprian, erzählte ihm aber nie, daß sie nach ihrer Liebesnacht den ganzen Monat zwischen Hoffen und Bangen darauf gewartet hatte, daß sich ein Kind einstellte. Und er sagte ihr nicht, daß es ihm ebenso gegangen war, denn der ständige Anblick von Markus im Haus drängte ihm den Gedanken geradezu auf, und er hatte sich immer Kinder gewünscht. Er stellte sich vor, wie er einem Sohn, einer Tochter das Rechnen, das Balancieren beibringen, ihnen erzählen würde, wo er herkam, sie lehren würde, was er wußte. Deshalb hätte er Delphine bei ihren nächtlichen Gesprächen gern gefragt, ob sie schwanger sei, ließ es aber, weil damit natürlich das Thema Sex zur Sprache gekommen wäre, und dem fühlte er sich emotional nicht gewachsen. Er hätte sich darauf vorbereiten müssen, und das war mühsam. Zärtlich und liebevoll ihr Gesicht zu streicheln und ihre Hand zu halten, ihr Geschichten von seinen Brüdern zu erzählen und von dem störrischen Pferd, das ihnen gemeinsam gehört hatte, so lange, bis sie wieder eingeschlafen war –, das alles war so viel einfacher. Es war einfacher, ihr Bruder zu sein, aber Kinder hätte er trotzdem gern gehabt, und bei Delphine bleiben wollte er auch. Monate vergingen, er begriff, daß sie nicht mit seinem Kind schwanger war, und in einer mondlos dunklen Nacht, die wie ein Schacht ins All war, bat er Delphine, ihn zu heiraten, und zwar richtig, mit einem breiten, goldenen Trauring.

Die Dunkelheit war so dicht, daß sie sich in grünen Spiralen um sie drehte, und es dauerte lange, bis Delphines Antwort kam. Aber nicht, weil sie nachdenken mußte, sondern weil sie überlegte, wie sie es ihm sagen sollte. Es gab nur die eine Möglichkeit.

»Nein.«

Das Wort hallte noch lange im Raum nach.

Es gab auch Positives. Delphine führte die Metzgerei mit Schwung und Eifer. Sie hätte nie gedacht, daß sie nun, da sie einen Teil der Verantwortung trug, so viel Freude an der Arbeit haben würde. Das ständige Putzen machte ihr nichts aus, zum Fegen und Sägemehlstreuen, zum Säubern der Vitrinen und Schrubben der Böden holte sie sich die Zwillinge, und wenn viel zu tun war, half Franz beim Bedienen. Es war ihr fast peinlich, wieviel Spaß sie daran hatte, etwa einen Ring einer Leberwurst zu verkaufen, die einmalig in Amerika war, ein Stück von dem Colby-Käse, den man nicht überall bekam, Bücklinge aus einer gerade aufgestemmten Kiste mit dem Duft nach Salzlake und Rauch. Von Eva hatte sie die Überzeugung übernommen, daß alles, was Fidelis herstellte, unübertrefflich und alles, was die Metzgerei feilbot, von einer Güte war, die nur die eigene Kundschaft verdiente.

Diese Überzeugung war gut fürs Geschäft, und Delphine hatte auch ein Gespür dafür, was sich gut verkaufte, und wann sie mit dem Preis heruntergehen mußte. Sie führte eine wöchentliche Lotterie ein, bei der man Lebensmittel im Wert von einem Dollar gewinnen konnte, das brachte neue Kunden. Bis auf den Bankdirektor und die wenigen anderen Reichen, die in ihren von sattgrünen Rasenflächen umgebenen, leuchtendbunten Häusern auf der Anhöhe wohnten, die der unberechenbare Fluß noch nie erreicht hatte, waren die meisten Einwohner die halbe Zeit pleite. Viele waren so arm, daß sie sich überhaupt kein Fleisch leisten konnten. Delphine verstand es, den Reichen ihr Geld abzuknöpfen, und ging mit den Armen behutsam um. Sie führte nun Hülsenfrüchte – Bohnen und Erbsen –, verhandelte geschickt mit den Farmern und feilschte wie ein Roßhändler um die Waren, die sich mit Sicherheit verkaufen ließen. Sie begann mit einem ehrgeizigen Grossisten aus der Großstadt zu handeln und nahm allerlei Neues auf, was die Leute neugierig machte und in ihren Laden lockte. Seifen, die sie selbst ausprobierte und empfehlen konnte, Pülverchen gegen allerlei Leiden, abgepackten Haferschrot, Apfelweinessig, Walnußöl, Senf in Gläsern. Sie ließ eine Vitrine für Molkereiprodukte einbauen. Bisher hatten sie die Milch aus einer Kanne hinten im Kühlraum ausgeschenkt, jetzt führten sie Sahne, täglich frische Milch, Butter in drei Güteklassen und frische Eier von Roys Hühnern.

Roy war immer noch trocken, was Delphine schon fast unheimlich war, obgleich sie sich nicht beklagen konnte. Er arbeitete nach wie vor viel im Haus und begleitete hin und wieder sogar Cyprian auf seinen Fahrten in den Norden, ohne sich ein einziges Mal an ihrer Schmuggelware zu vergreifen. Manchmal setzte ihr Roy mit Unschuldsmiene die Lügengeschichten vor, mit denen er Eva zerstreut hatte. Erzählte, wie er in einer italienischen Oper mitgesungen oder einen Bären erlegt, daß er von einem Navajo das Weben gelernt hatte und lange hebräische Gebete hersagen konnte. Delphine lernte ihn von einer ganz neuen Seite kennen. Dieser nüchterne Mensch war ein Fremder für sie, und sie wußte nicht recht, wie sie mit ihm umgehen sollte. Früher war ihre Beziehung klar gewesen: Er hatte sie um Geld angebettelt, und sie hatte es ihm abgeschlagen. Sie freute sich, daß er nach wie vor mit den Männern aus dem Gesangverein zusammenkam. Nach Geschäftsschluß setzte er sich zu ihnen, schnitt dicke Scheiben von Fidelis' Wurst ab und legte sie auf Cracker. Auch Cyprian kam dann dazu. Wenn Delphine in der Küche fertig war, fuhren er und Roy sie nach Hause. Später dachte sie, daß sie dieses Leben, das seinen geregelten Gang ging, ohne Höhen und Tiefen und unangenehme Überraschungen, damals nicht genug gewürdigt hatte. Es war ein glückliches Leben gewesen, nur hatte sie das damals nicht erkannt.

Markus sah jetzt täglich nach den Chinchillas, denn jeden Tag konnte der Pelzhändler eintreffen, und der sollte erstklassige Felle bekommen. Daß Markus den Tieren Namen gegeben hatte, fast liebevoll mit ihnen umging, stets darauf achtete, sie nicht zu verschrecken, dabei aber nicht das mindeste Bedauern über ihren bevorstehenden Tod an den Tag legte, war Delphine unbegreiflich. Aber bei einem Metzgerssohn, der täglich die Tiere kommen und gehen sah, war das wohl normal. Das einzige Tier, das er mit anderen Augen ansah, war Schatzie, die jetzt nachts das Zimmer der Jungen bewachte. Die weiße Schäferhündin war inzwischen ruhig und abgeklärt, aber sobald sie ein verdächtiges Geräusch hörte, sträubte sich ihr Fell. Delphine hatte schon erlebt, daß sie drohend knurrte, wenn ein unbekannter Lieferant hereinkam. Manchmal waren die bernsteingelben Augen so wach und aufmerksam auf Delphine gerichtet, daß sich eine ferne Erinnerung in ihr regte und sie eine Gänsehaut bekam.

Markus freute sich schon jetzt auf die Summe, die seine Chinchillas bringen würden, und rechnete immer wieder den Gewinn mit den jüngeren Brüdern durch, die, ihre Bleistifte in kurzen, dicken Fingern haltend und an der Lippe nagend, ganz bei der Sache waren. Franz hatte von Anfang an erklärt, er sei zu alt für solche Spielereien, deshalb sollte der Gewinn in drei Teile gehen, und sie diskutierten ausführlich, ob sie das Geld für ein großes Vorhaben zusammenlegen oder teilen sollten oder ob sie sich womöglich alle drei ein neues Fahrrad würden leisten können. Indessen jagten sich die wertvollen grauen Nager ahnungslos in ihren Drahtkäfigen oder schlüpften in die primitiv zusammengezimmerten Schlafboxen, und das weiche Fell wuchs und wuchs. Bis zu einem Freitagabend.

Nach einer kleinen Vorspeise aus Schafsgeschlinge zwängten sich die verwilderten Hunde durch den Zaun. Vorn im Laden schlug Schatzie an. Während Fidelis an Einbrecher dachte und die Schlösser überprüfte, hielten die wilden Hunde ein Festmahl. Sie warfen die Käfige um und holten die Chinchillas heraus, einen nach dem anderen, verschlangen oder zerfetzten sie und machten sich davon, lautlos wie immer in der Nähe der Metzgerei, und nur ein Gewirr von Spuren blieb zurück.

»Delphine!« Markus war am nächsten Morgen zuerst zu ihr gekommen, und sie empfand das leicht beschämt als Kompliment. Er war untröstlich, Schluchzer schüttelten ihn, in der Faust hatte er einen Fetzen schlaffes Fell. »Die haben sie geholt, die haben sie totgemacht.«

Sie lief mit den Jungen nach hinten. Tatsächlich: Die Käfige lagen auf dem Boden, aufgerissen wie Einkaufstüten, und weit und breit war kein Chinchilla mehr zu sehen. Der Fellfetzen war das einzige Beweisstück, das die Hunde zurückgelassen hatten, und Markus hielt es fast ungläubig umkrampft. Die Hoffnung auf goldene Berge, auf das große Geld war nun dahin, aber Delphine begriff, daß die Chinchillas in gewisser Weise auch eine Hinterlassenschaft Evas gewesen waren und daß der Raubzug der wilden Hunde deshalb besonders schmerzte. Fidelis empfand offenbar ganz ähnlich, als er das Zerstörungswerk besichtigte. Ein dumpfer Zorn legte sich um ihn wie ein schwerer Umhang. Er senkte den Kopf und zog die Brauen zusammen. Dann traf er eine Entscheidung.

»Seid ruhig«, sagte er auf deutsch und legte den Söhnen, was selten vorkam, die Hand auf die Schulter. Ohne ein Wort mit Delphine zu wechseln, wandte er sich um und ging zur Schlachthalle. Er suchte Fleisch zusammen, das durch Gefrierbrand verdorben war, soviel Gedärm, wie er finden konnte, die Abfälle einer Rinderhälfte, die er gerade für den Bankdirektor räucherte, und packte alles in Tröge, die er am Rand des Feldes ausleerte. Die Jungen und Delphine hatten zugesehen und folgten ihm jetzt in den Verschlag neben der Schlachthalle, wo seine Gewehre standen. Er lud beide, steckte sich zusätzliche Patronen in die Tasche, nahm einen Stuhl auf die Schulter und stellte ihn draußen unter einen Baum. Dann fiel ihm noch etwas ein. Aus dem Kühlraum holte er drei Flaschen Bier, Brot, Mortadella, Käse und Äpfel und setzte sich wieder in den Schatten des Baumes, die Fleischreste in Sichtweite. Die Jungen und Delphine, die ihn vom Garten aus im Auge behielten, sahen, wie er sich beide Gewehre über die Knie legte. Dann öffnete er eine der braunen Flaschen.

Delphine ging zurück ins Haus. Die Ladenglocke schlug an, und Step-and-a-Half trat ein, um sich ihre Fleischreste zu holen. Die aber hatte Fidelis gerade als Lockfutter draußen ausgekippt. Delphine musterte die schön marmorierten, teuren Bratenstücke, die in der Vitrine lagen, holte ein Rindersteak heraus, wickelte es ein, band ihr Päckchen zu und reichte es kommentarlos über den Ladentisch.

Step-and-a-Half sah Delphine an, ohne eine Miene zu verziehen, und wog das Päckchen in der Hand.

»Nehmen Sie schon«, drängte Delphine.

Auf dem kühn geschnittenen Gesicht lag tiefes Mißtrauen. »Wieviel?«

»Nehmen Sie schon«, wiederholte Delphine vielleicht ein wenig zu schroff. Sie ärgerte sich über das unbegreifliche Zögern ihrer wunderlichen Kundin.

»Nein, danke.« Delphine begriff, daß Step-and-a-Half das üppige Geschenk als Almosen empfand, und auf Almosen – so ihre Botschaft – war sie nicht angewiesen. Sie kramte hektisch in ihrer vielschichtigen Kleidung und in ihren Taschen herum, dann legte sie einen Vierteldollar auf den Ladentisch. Delphine hatte noch nie erlebt, daß sie in der Metzgerei etwas bezahlt hatte. Sie nahm sich den Vierteldollar und gab Step-and-a-Half drei Cents heraus.

»Kannst du behalten«, knurrte die gekränkt und klagte im Hinausgehen lautstark darüber, wie teuer heutzutage alles geworden war.

Vom Küchenfenster aus sah Delphine die Jungen, die auf der obersten Querstange der Pferchumzäunung saßen, Grashalme kauten und ihren Vater nicht aus den Augen ließen. Auch sie spürte kribbelnde Erregung. Immer wieder sah sie nach, ob die Hunde schon da waren. Als die Sonne höher stand, kamen die Jungen herein, weil sie Hunger hatten. Delphine strich ihnen süße Butter auf Brötchen und belegte sie mit Scheiben von dem Huhn, das sie am Vortag gekocht hatte. Sie brachten ihrem Vater seinen Anteil, setzten sich zum Essen wieder auf den Zaun und warteten weiter. Sie mußten sich erstaunlich lange gedulden. Wenn man nicht mit ihnen rechnete, lungerten die Hunde ständig am Feldrand herum, und wenn man auf sie wartete, kamen sie nicht. Fidelis war wohl auch deshalb so wütend, weil er früher das abgerissene Rudel aus Mitleid gefüttert hatte. Sie hatten ihn ausgenutzt, und so etwas ließ er sich nicht bieten.

Am späten Nachmittag – die Jungen dösten im Schatten des wilden Weins – hörte Delphine den ersten Schuß. Fidelis hatte gewartet, bis die Meute beisammen war, jetzt drückte er ohne Pause ab. Delphine lief zur Hintertür hinaus, setzte sich zu den Jungen auf den Zaun und sah zu, wie er die Hunde erlegte. Einen dicken braunen Köter traf eine Kugel, die ihn herumwirbelte wie einen Kreisel. Den Grauen erwischte es am Kopf, er hielt wie erstaunt mitten im Lauf inne und fiel dann langsam vornüber. Zwei mittelgroße Hunde mit langem, verfilztem Fell liefen, von Kugeln getroffen, jaulend davon und starben, noch ehe sie den Wald erreicht hatten. Ein roter Hund biß knurrend in die Luft, ehe ihm eine Kugel die Gurgel durchschlug, einem schmutzigweißen, der auf dem Bauch durchs Gras robbte, zerschmetterte eine Kugel das Rückgrat. Schließlich war nur noch ein flinker grauer Köter übrig, der sein Heil in der Flucht suchte. Fidelis visierte sorgsam an seinem mageren Rücken entlang. Der letzte Schuß hallte über das Feld. Fidelis wandte sich um und winkte den Jungen.

»Aufsammeln«, befahl er. Sie trugen die Hunde zusammen. Auch der große braune Chow-Chow der Kozkas war dabei, wie Delphine mit einigem Unbehagen bemerkte, und deshalb fand auch sie es gut, alle Beweise zu vernichten. Fidelis brachte zwei Kanister Kerosin, leerte den einen über den Hunden aus, legte Holz, Zweige, Abfall darüber. Als der Scheiterhaufen schulterhoch war, goß er den zweiten Kanister darüber aus, rollte Papier zu einer langen Fackel und warf sie auf das kerosingetränkte nasse Holz.

Mit einem dumpfen Knall ging alles hoch. Das Feuer brannte bis tief in die Dämmerung hinein, immer wieder legten die Jungen Abfälle nach. Eine Weile roch es wie ein ganz normales Feuer, dann nach gebratenem Fleisch, dann nach gar nichts mehr. Die lodernden Flammen verschlangen alles, und noch als es dunkel geworden war, sahen die Jungen und Delphine wie gebannt zu. Die Glut war so stark, daß sie sogar grünes Holz verzehrte, auch die Hundeknochen würden zu Asche werden, nichts würde übrigbleiben. Dann war es so spät geworden, daß Delphine die Jungen ins Bett schicken mußte.

Fidelis' Zimmer lag dem der Jungen gegenüber, aber er schlief fest und wachte nie auf, deshalb vertraute Delphine darauf, daß Schatzie die Kinder bewachen würde. Sie verabschiedete sich nie von Fidelis, wenn sie ging, und achtete auch darauf, nicht mit ihm allein zu bleiben. Heute war er noch bei der Arbeit. Er holte die Zeit nach, die er mit den Gewehren im Schoß unter dem Baum versäumt hatte. Als sie die Atemzüge der Kinder gezählt hatte, legte sie eine Hand auf Schatzies Fell, und die Hündin sah wie immer bestätigend zu ihr hoch. Weil sie müde war, sah sie Schatzie ein wenig zu lange in die Augen, und plötzlich konnte sie den Blick nicht mehr abwenden, und Tränen traten ihr in die Augen. Sie meinte Eva zu sehen, die sie ruhig und voller Mitgefühl betrachtete.

Delphine überlief es kalt. »Verflixt, ich verliere den Verstand«, sagte sie laut, um den Bann zu brechen. Sie ging hinaus in die Gartenwildnis, in der sie tagsüber dicke Kürbisse geerntet hatte, und lief bis zum Ende des Feldes. Um sie her summten und brummten Insekten in der herbstlichen Dunkelheit, durch den Rauch hindurch roch sie die Würze wilder Kräuter. »Herrgott, Eva«, hörte sie sich sagen. Und dann sprach sie mit der Freundin, erzählte ihr Dinge aus dem Alltag, amüsierte sich mit ihr über die Jungen, die Männer, die Kunden. Überlegte, warum der oder jener dies oder jenes machte. Seit Evas Tod hatte Delphine nicht mehr geweint, hatte alle Gedanken an Eva verdrängt. Als sie jetzt in der Dunkelheit stand und mit der Freundin sprach, war die Trauer wieder da, und nun weinte sie, weil die Tränen auch ein wenig Trost brachten, weinte, bis die letzten Reste des Scheiterhaufens zu stumpfer roter Glut geworden waren und die Dunkelheit alles zudeckte.

So wird es auch sein, dachte sie auf der Heimfahrt düster, wenn es mit mir zu Ende geht, wenn die letzte Glut erlischt und die Dunkelheit schon am Rand des Blickfelds steht. Als sie zu ihrem Haus abbog, sprang etwas Lebendiges mit Augen, die im Scheinwerferlicht rot aufleuchteten, in großen Sätzen davon. Ein Hund. Plötzlich mußte Delphine lachen. Vielleicht brachte nicht einmal Fidelis es fertig, die Welt von wilden Hunden zu befreien, vielleicht würden sie im Dunkeln nach wie vor um ihr Haus herumheulen und sich womöglich Roys Hühner holen. Unerklärlicherweise heiterte der Gedanke, daß ein Hund den nahtlos präzisen Schüssen von Fidelis entkommen war, sie ein wenig auf, und seltsam beschwingt näherte sie sich dem Haus. Schon von weitem hörte sie das rumpelnde Schnarchen ihres Vaters. In der Küche brannte Licht, wahrscheinlich spielte Cyprian Solitaire oder las die billigen Krimiheftchen aus dem Drugstore, die er liebte, oder übte, wie jeden Tag, eine kleine Nummer für die Show, die er plante.

Delphine trat ein. Nein, Cyprian war über dem Warten auf sie im matten Licht einer Lampe eingeschlafen. Er war im Unterhemd, sie sah die Kriegsnarben, seine prallen Muskeln, das weiche Gold seiner Haut. Der schlafende Cyprian, das Gesicht halb vom gedämpften Lampenlicht erhellt, war ein außergewöhnlicher Anblick. Er sah aus wie eine Gestalt aus einem berühmten Gemälde, ein gefallener Held in einer Szene aus dem klassischen Altertum. Jetzt wachte er auf, nahm ihre Hand und hielt sie ans Gesicht. Lange verharrte er so, und dann sagte er, daß er ihr, wenn sie verheiratet wären, nie Kummer machen, ihr immer treu sein würde. Das, was ihn umtrieb, was ihn an Männern reizte, würde er aufgeben, würde sich jeden Gedanken daran verbieten. Er würde sich ändern, weil er sie liebte, und wenn auch sie ihn liebte, könnten sie glücklich werden.

Delphine setzte sich nicht gegenüber, denn da hätte sie ihm in die Augen schauen müssen, sondern neben ihn, legte ihm einen Arm um die Schultern. Hätte sie ihn nicht zusammen mit jenem Mann gesehen, hätte sie ihm das vielleicht geglaubt. Aber sie hatte ihn gesehen, und das, was er getan hatte, war – sie suchte unbeholfen nach Worten –, war der wahre Cyprian, das hatte sie an der Lust und der Kraft gespürt, mit der die beiden sich bewegt hatten, an dem Glück, das er noch ausstrahlte, als sie ihr Versteck schon verlassen hatte.

Sie reagierte zunächst nicht auf das, was er gesagt hatte, sondern berichtete von ihrem Tag, erzählte von dem Köder, den Fidelis ausgelegt hatte. Sein Interesse erwachte, als sie von den Gewehren sprach, die Fidelis auf dem Schoß gehalten hatte, und um Cyprian abzulenken, sprach sie weiter, erzählte, wie lange sie gewartet hatten, wie Fidelis dann geschossen hatte und kein Schuß danebengegangen war. Erst hinterher hatte sie über die Mühelosigkeit und Präzision staunen können, mit der Fidelis einen Hund nach dem anderen erlegte, erst hinterher fiel ihr auf, daß die Schüsse so nahtlos aufeinander gefolgt waren, so daß sie geglaubt hatte, nur einen einzigen Knall zu vernehmen.

Cyprian hörte gespannt zu und nickte hin und wieder stumm. Delphine konnte nicht wissen, daß seine Gedanken in eine ganz andere Richtung gingen.

Fidelis ist also Scharfschütze, dachte er. Ein deutscher Scharfschütze. Ob er mich auch mal im Visier hatte, wenn ich mit dem Rücken zu ihm stand, ohne Helm? Ob er es war, der Syszinski das Gehirn weggepustet, Malaterre die Hand abgeschossen oder den Mann, den ich liebte, ins Herz getroffen hat?

Fidelis Waldvogel und Cyprian Lazarre sprachen nie über den Krieg, den sie auf verschiedenen Seiten erlebt hatten, und doch lag er zwischen ihnen wie der einst so grauenvolle und jetzt mit grünem Gras überwachsene belgische Schlamm. Die Gräben waren zugeschüttet, die Tunnel eingefallen, die Heerscharen von Männern, die so gern noch gelebt hätten, zu Staub geworden. Wenn sie miteinander tranken, kam mal dem einen, mal dem anderen diese Zeit in den Sinn, denn für beide verging kein Tag ohne Erinnerung an den Krieg. Ein Bild, ein Geräusch, ein Wort, irgend etwas kam hoch, und der eine oder der andere hielt inne, kämpfte kurz mit sich und tat dann, als sei nichts geschehen. Und der andere spürte die Erschütterung wie den Nachhall von fernem Geschützfeuer und ging mit einem Witz oder einem großen Schluck Bier darüber hinweg.

Nur einmal, an einem ruhigen Abend, als Cyprian mit Fidelis am Küchentisch saß und auf Delphine wartete, die noch zu tun hatte, kam etwas davon an die Oberfläche.

»Du hast ordentlich was abbekommen«, stellte Fidelis mit einem kritischen Blick auf die Narben fest, die von Cyprians Hals nach oben liefen und in seinem glänzenden rabenschwarzen Haar verschwanden.

»Du aber auch.« Cyprian deutete auf sein eigenes Kinn, um die Delle zu bezeichnen, die eine Kugel in Fidelis' Kiefer hinterlassen hatte. Mehr sagten sie nicht. Fidelis hätte ihm die Kugel zeigen können, die man ihm aus der Schulter geholt hatte und die er jetzt an der Uhrkette trug. Oder die Narben der Säbelhiebe auf dem Rücken und an den Armen. Die Hüfte, die der Munitionswagen überrollt hatte, so daß man ihn schon aufgegeben hatte. Beide waren schwerer versehrt, als man ihnen ansah, hatten Narben davongetragen, die unter ihrer Kleidung verborgen waren und auch unter ihrem gegenwärtigen Ich. Das, was sie erlebt hatten, ließ sich nicht zu Geschichten verarbeiten, die man bei Veteranentreffen zum besten gab. Deren Geschichten spielten meist in der Etappe, und wenn es um Kampfhandlungen ging, dann um kurze, ruhmreiche Gefechte, schnellen, ruhmreichen Tod. Weder Fidelis noch Cyprian hatten den Ruhm kennengelernt, wohl aber die Erhabenheit des Grauens, nur gab es darüber nichts zu sagen.

Tante kochte vor Wut, Delphine spürte es wie eine Duftwolke aus dem Abwasserkanal an der Straße. Ihrem Ansehen in der Stadt und der lutherischen Gemeinde hatte es nicht gutgetan, daß ihr eigener Bruder sie aufgefordert hatte, sein Haus zu verlassen, und sich dafür diese Delphine geholt hatte, die – Tante war eifrig dabei, Informationen zu sammeln – die Tochter eines stadtbekannten Säufers war, eines Katholiken, ja schlimmer noch: eines Polen, eine ehemalige Schaustellerin, die einen viel zu gut und entschieden ausländisch aussehenden Mann geheiratet hatte (oder auch nicht, wie gemunkelt wurde), eine verdammte Hergelaufene. Diese Person hatte sich an die kranke Eva herangemacht, weil sie ihre Chance – einen Witwer mit eigenem Geschäft und vier gescheiten Söhnen, eine gute Partie – gewittert hatte. Die weiß, was sie will, sagte Tante und nickte vielsagend, o ja, sie weiß, was sie will, diese Delphine.

Tante schickte lange Briefe mit dunklen Andeutungen nach Deutschland und lehnte die umgehend eintreffenden Antworten an die Registrierkasse, wo Fidelis sie beim besten Willen nicht ignorieren konnte. Er las die Briefe, machte ein verkniffenes Gesicht, sagte aber nichts. Er war deprimiert. In seinem Kleiderschrank hatte er eine Zigarrenkiste mit zahlreichen Orden, unter anderem dem Eisernen Kreuz. Mit einem einzigen Koffer war er hergekommen, hatte die Würste, die darin gewesen waren, verkauft, die Messer behalten und gearbeitet wie ein Wilder, nur um zu erleben, daß es hier zu einer ähnlichen Wirtschaftskrise kam wie während der deutschen Inflation, bei der seine Mutter, wie sie einmal geschrieben hatte, die *Reichsmark* in Schubkarren zum Bäcker hatte bringen müssen, wenn sie Brot kaufen wollte. Er war aus einer Krise in eine andere geraten. Doch dann hatten seine Eltern Glück gehabt, im schlimmsten Jahr hatten sie eine Immobilie zurückbekommen, die ihnen vor dem Krieg gehört hatte, ein Lagerhaus, und ihm seinen Anteil daran geschickt.

Mit diesem Geld hatte er die Farm in North Dakota gekauft und das Geschäft eröffnet, hatte achtzehn Stunden am Tag Ochsen gehäutet und Schweine geschlachtet, um Eva, Franz und dann Tante zu sich zu holen. Seine liebe, geduldige Mutter, der strenge Vater fehlten ihm und auch die Brüder, die alle im Familienbetrieb tätig waren, aber da war nun die Arbeit, immer mehr Arbeit, er kam nie nach, und an einen Besuch bei der Familie konnte er zur Zeit nicht denken. Er las die Briefe und legte sie beiseite, ehe sie in jenen Teil seines Wesens vordringen konnten, wo er Gefühle wie Sehnsucht oder Einsamkeit weggeschlossen hatte.

Tante nahm die Briefe enttäuscht wieder an sich und betete ihm um so eifriger vor, was sie an Schockierendem über Delphine erfahren hatte. Er winkte ungeduldig ab. Sie biß sich auf die Lippen, als er diese polnische Person verteidigte, und schäumte vor Wut. Dritten gegenüber konnte sie mit ihrer Kritik nicht zu weit gehen, denn das hätte dem Geschäft geschadet und die Kunden zur Konkurrenz getrieben, aber ihr Zorn brodelte weiter und wurde dick und sämig wie Suppe. Sie fühlte sich von ihrem Bruder ungerecht behandelt und träumte von einer Rückkehr nach Ludwigsruhe. Im Lauf der Zeit wurden ihre Wunschträume recht konkret, sie dachte daran, die Jungen mitzunehmen – vielleicht nicht Markus, aber die anderen drei. Oder nur die Zwillinge. Das wäre machbar.

Allein wagte sie sich nicht nach Deutschland zurück, schließlich hatte sie in diesem fremden Land mit seinem trotz des Kriegs reichlichen Angebot an Männern nicht einmal einen Partner gefunden. Irgend etwas würde sie mitbringen müssen, und da wären mutterlose Kinder gerade recht. Die aufopfernde Beschützerin der Kinder ihres Bruders würde man in der Kleinstadt als Tante und nicht nur als alte Jungfer akzeptieren und entsprechend respektieren. Was blieb ihr sonst?

Wenn sie in ihrem kahlen kleinen Haus saß, an dem billigen, gebraucht gekauften Lehrerschreibtisch, der das Wohnzimmer beherrschte, jagten ihre Gedanken manchmal herum wie Ratten im Käfig. Sie konnte nicht ständig über den Büchern sitzen, die sie für andere Leute führte, und dabei täglich ein wenig mehr austrocknen, brüchig werden wie die Seiten, auf denen sie schrieb, steif wie die Zahlen, die sie addierte und subtrahierte. Andererseits – was war schon so Großartiges an einem Mann? Ihre verheirateten Freundinnen hatten nichts Besseres zu tun, als über die schmutzigen Kommentare der Männer zu jammern, ihre schlechten Gewohnheiten, ihre Herumtreiberei, oder damit anzugeben, wie gut oder wie viel diese aßen. Mit einem Ehemann konnte sie nur dann etwas anfangen, wenn er reich war. Und ohne einen reichen Mann blieb ihr nur die Buchführung für drei Geschäfte – Krohn Hardware, Olson's Café und die Metzgerei –, die schwer zu kämpfen hatten und nur mit Mühe die paar Dollar für ihre Dienste aufbringen konnten. Die einzige Möglichkeit, aus diesem kahlen Zimmer herauszukommen, war also, sich einen reichen Mann zu angeln oder aber Delphine auszubooten und Emil und Erich irgendwie von ihrem Vater loszueisen, solange sie noch jung genug waren, um fremde Leute zu bestricken, und noch nicht so alt, um ihr Ärger zu machen.

Natürlich blieb noch ein Drittes: Sie konnte selbst versuchen, an das große Geld zu kommen. Je länger sie darüber nachdachte, desto fester war sie davon überzeugt, daß das ihre einzige Hoffnung war. Die Geldgier begann in ihr zu brodeln und zu wühlen. Sie träumte von Dollars, einem Meer an Dollars, träumte davon, mit einem Pelzmantel in Deutschland von Bord zu gehen. Nachts tanzte Geld vor ihren Augen, aber es war hinter Gittern, so daß sie nicht herankam. Als sie einmal mittags bei ihrem dürftigen Mahl saß – einer Scheibe Brot und einer Weißwurst –, kam ihr ein völlig verrückter Gedanke. Erschrocken versuchte sie, ihn wieder loszuwerden, aber es half nichts – er hatte schon von ihr Besitz ergriffen.

Als Tante am nächsten Morgen aufstand, hatte sie beschlossen, das letzte Schmuckstück ihrer Großmutter zu verkaufen, das ihr geblieben war, eine Kamee mit dem kunstvoll geschnittenen Profil einer Frau, die mit dem langen, hellen Haar und dem zarten Gesicht sittsam und sinnlich zugleich wirkte. Es war eine sehr schöne Arbeit. Als Kind hatte sie das Schmuckstück immer bewundert, und als sie es aus dem Versteck, einer Ritze hinter dem Ankleidetisch, holte, sah sie es am Spitzenkragen ihrer Großmutter stecken, wo sie es an einem sonnigen Tag bei einem Picknick im Garten behutsam berührt hatte. Wie lange war das her! Die Kamee stand für alles, was an ihrem Leben im Vorkriegsdeutschland sicher und bequem, untadelig und solide gewesen war. Auch jetzt hatte sie die Kamee häufig getragen, um die Erinnerung wachzuhalten. Sich von ihr zu trennen, war keine Kleinigkeit, aber es mußte sein. Sie steckte das Schmuckstück in eine Socke und die Socke in ihre Handtasche. Sie würde die Kamee verkaufen und mit dem Geld ein modisches Kostüm erstehen. In diesem Kostüm würde sie zur Bank gehen und nicht weichen, bis sie einen Job bekommen hatte, der ihr irgendwie, weil sie dann hautnah mit viel Geld in Berührung kam, dem ganzen Geld der Stadt, zu Reichtum verhelfen würde.

Delphine wäre fast umgefallen, als sie Tante sah – nicht in dem schwarzen Kleid, das inzwischen wie ihre zweite Haut war, sondern in einem Kostüm aus einem steifen, metallisch schimmernden Stoff, das wie eine Rüstung zusammengeschweißt und genietet aussah. Tante wirkte darin unbesiegbar, und das entsprach auch ihren Absichten. Als sie zur Bank ging, deren Direktor der einzige in Argus war, der sich jeden Tag ein Steak leisten konnte, hatte sie das Gefühl, dank des Kostüms würde sich nun alles zum Besseren wenden. Beim Warten vor dem Büro des Bankdirektors konnte auch der Anblick der so viel jüngeren Kassierer und Bankangestellten ihr Vertrauen in das Kostüm nicht erschüttern, das steife Gewebe hielt sie aufrecht. Und auch als man ihr eine Anstellung in der Bank schlichtweg verweigerte, half ihr das Kostüm, den Mut nicht zu verlieren. Sie würde durch die ganze Stadt laufen, beschloß sie, und nicht ruhen, bis sie eine Stellung gefunden hatte, die ihr Geld brachte – gleichgültig, wo und bei wem. Das Kostüm würde ihr den Weg weisen.

Vielleicht, sagte Delphine später zu Cyprian, war das Kostüm magnetisch, es sah jedenfalls so aus. Warum sonst wäre Tante von einem Auto angefahren worden, das aus dem gleichen Material zu sein schien? Mit schleppenden Schritten, an dem einen Vierteldollar herumspielend, den sie noch in der Tasche hatte, überquerte Tante die Straße, ohne nach rechts und links zu sehen, und kollidierte mit dem Wagen von Gus Newhall, dem früheren Schnapsschmuggler, der jetzt Patentmedizin verkaufte und gerade in der Bank einen dicken Batzen Geld eingezahlt hatte. Der Wagen warf Tante um und ließ sie seitwärts gegen einen Baumstamm kollern, aber sie trug zumindest äußerlich keinen ernstlichen Schaden davon. Dem Kostüm war nichts passiert. Nachdem sie es abgestaubt hatte, glänzte es wie neu. Tante rappelte sich auf, wehrte die erschrockenen Passanten ab und hätte Gus Newhall gern einen rücksichtslosen Trottel, ein gemeines Schwein, einen widerlichen Schuft geschimpft, aber weil er ein guter Kunde von Fidelis war, hielt sie den Mund und trollte sich, obwohl ihr schon jetzt alles weh tat. In ihrem kleinen Wohnzimmer legte sie sich auf den ovalen Flickenteppich und verfluchte stetig und mit einer deutschen Gründlichkeit, die sogar sie überraschte, sämtliche Zeitgenossen, die ihr an diesem Tag über den Weg gelaufen waren, angefangen bei dem Juwelier, dem sie ihre geliebte Kamee verkauft hatte und der sie bestimmt nicht gegen das Kostüm, das sie so bitter enttäuscht hatte, wieder eintauschen würde.

Franz saß auf Mazarine Shimeks Fahrrad, und Mazarine saß auf dem U des Lenkers. Er umklammerte die Gummigriffe, versuchte, über ihre Schulter oder über ihren Arm hinweg auf die Fahrbahn zu spähen und das zu übersehen, was sich unter dem leichten, fliederfarbenen Kleid wölbte. Mazarines Knie waren geschlossen, mit den Füßen, die in weißen Söckchen und schweren Knabenschnürschuhen steckten, stützte sie sich auf die Querstange. Das lange, hellbraune Haar lockte sich unter dem ausgefransten Stirnband. Immer wieder streifte eine Strähne die Nasenspitze, die Oberlippe, die Wange von Franz, der mit Mazarine auf dem Weg zum Flugplatz war.

Mazarine fand Flugzeuge auch spannend oder behauptete das jedenfalls. Sie sammelte Bilder von Piloten und Wettflügen für sein Album, kam mit, die Flugzeuge anschauen, und saß im Schatten der Scheune, wenn einer der Piloten, die ihre Maschinen in der Scheune unterstellten oder für den Tag dort gelandet waren,

Franz an ihren Motoren herumtüfteln ließen. Wenn Franz arbeitete, holte sie sich ihre Bücher vom Gepäckträger und machte ihre Aufgaben in Mathematik oder Geographie, und wenn sie Langeweile bekam, erledigte sie die von Franz gleich mit. Danach lief sie in der Scheune herum und sah sich die Flugzeuge an, bis Franz sich zur Rückfahrt bequemte. Aber sie fuhren nicht gleich heim. Seit Monaten war sie jetzt sein Schatz. Kurz vor dem Abzweig zum Geschäft hielten sie an, und Franz schob Mazarines Fahrrad ins Unterholz. Hand in Hand gingen sie zu einer Kiefer mit tief hängenden Zweigen, die sie ganz umschlossen.

»Bald wird es kalt«, sagte Mazarine und machte es sich auf den weichen, rostbraunen Nadeln bequem. »Und was wird dann?« Sie schob die Jungenhand von ihrem Knie. Er rückte ein Stück weg und wartete. Einmal hatte sie behutsam seine Hand genommen und auf ihre Brust gelegt, die linke. »Laß sie kreisen«, hatte sie gesagt. Er versuchte es, aber sie hatte sehr schnell stirnrunzelnd seine Hand wieder abgeschüttelt. »Das bringt nichts«, hatte sie gesagt. Jetzt ließ er seine Hand liegen, wo sie lag, vielleicht wollte sie ja, daß er es heute noch mal versuchte. Ihre Oberlippe war schmal, aber aufreizend geschwungen. Links war sie ein bißchen höher als rechts, so daß man die Zähne sah. Ihre Unterlippe war voll und beerenrot. Franz kannte ihre Lippen sehr gut und ihre Ohren auch. Er durfte ihre Ohren küssen und den Hals bis hinunter zu dem schmalen Grat des Schlüsselbeins. Ihre Wimpern waren so lang, daß sie einen Schatten warfen. Die anderen Mädchen beneideten sie darum. Diese Wimpern waren braun wie ihre Augen und viel dunkler als das dichte Haar mit den von der Sonne gebleichten Strähnen, das sich über den Schultern nach außen kringelte.

Er berührte ihr Haar, traute sich sogar, leicht daran zu ziehen, und kam wieder näher. Sie rückte heran und schmiegte sich in seinen Arm. Sie lehnten an der Kiefer und mußten immer vor Anbruch der Dunkelheit ihr Versteck verlassen, damit sie sich gegenseitig noch Harz und Kiefernnadeln vom Rücken zupfen konnten. Er sah sie an. Sie schloß die Augen wie ein gehorsames Kind und öffnete sie, als er ihren Mund freigab. Sie fuhr sich mit der Zunge über die Lippen, sah ihn neckend an, schob die Finger zwischen die Knöpfe seines Hemds und ließ sie über seine Rippen wandern. Dabei kratzten ihre Nägel leicht über seine Haut. Mazarines Regeln waren einfach. Franz durfte nur das machen, was sie ihm erlaubte. Sie hingegen durfte mit ihm machen, was sie wollte, vorausgesetzt, er blieb still sitzen und grapschte nicht. Was sehr schwierig war, fand Franz, wenn das, was sie mit ihm anstellte, schier unerträglich wurde.

Sheriff Hock saß im hellen Licht einer Lampe mit grünem Schirm bis spät abends über seinen Akten. Die meisten Fälle, die er bearbeitete, waren kleinere Vergehen – Bagatelldiebstähle, Ordnungswidrigkeiten, Kneipenschlägereien, häusliche Gewalt, Verkehrsunfälle. Schwere Verbrechen fielen nicht in seine Zuständigkeit. Besonders unangenehm war ihm die Teilnahme an Auktionen von Gehöften oder Zwangsversteigerungen. Gouverneur Langer hatte zwar die Banken angewiesen, diese Maßnahmen einzustellen, trotzdem ordnete Zumbrugge jedes Jahr ein oder zwei an, und Aufgabe des Sheriffs war es, dabei für Ruhe und Ordnung zu sorgen. Schon ein paarmal waren Auktionen angesetzt gewesen, die Roy Watzka seine Farm gekostet hätten, in letzter Minute aber hatte er immer wieder die fällige Rate seines Kredits zahlen können. Woher das Geld kam, war rätselhaft, fest stand nur, daß er zahlte und dann weitertrank, bis alles wieder von vorn anfing.

Zum ersten Mal seit vielen Jahren hatte Roy diesmal seine Rate bei der Bank pünktlich gezahlt. Sheriff Hock sah im Lichtkreis der Lampe den braunen Aktenordner durch. Roys überraschende Zahlungsmoral stand bestimmt im Zusammenhang mit Delphines Rückkehr. Er hätte die Akte gern geschlossen. Vielleicht war es ja wirklich ein tragischer Unfall gewesen, beim Leichenschmaus war es hoch hergegangen, und es wäre nicht das erste Mal, daß jemand versehentlich in einem Keller eingesperrt wurde, aber der Fall hatte doch so manche Merkwürdigkeiten. Diese grausigen Toten … der schaurige Kleister aus Pfirsichsaft und Perlen und Hundescheiße … Diese verdammten Perlen! Clarisse! Er fuhr sich mit der Hand übers Gesicht, dachte an die Demütigung, die nach wie vor eine offene Wunde war, an Delphines Spott. Der Erinnerung hilflos ausgeliefert, krümmte er sich in seinem Schreibtischsessel, versuchte, auf andere Gedanken zu kommen, und landete doch immer wieder bei Clarisse. Allerdings hatte er ein probates Mittel, sie zumindest eine Weile abzuschieben: Er stellte sich vor, wie er sie in einen Schrank schob, ihr einen zärtlichen Kuß gab, die Schranktür schloß und den Schlüssel drehte. Es dauerte immer Stunden, bis sie sich befreit hatte, und während sie sich mühte, konnte er sich auf anderes konzentrieren.

Merkwürdig war auch, daß Roy keinen Lärm im Keller gehört hatte. Sheriff Hock wäre froh gewesen, wenn er an Roy Watzkas Schuld so fest hätte glauben können wie zumindest einige seiner Mitbürger, aber er hatte das Gefühl, daß Roy zwar ein Säufer, im

Grunde aber ein anständiger Kerl und so harmlos war, wie seine Tochter behauptete. Sheriff Hock traf, wie er gern sagte, seine Entscheidungen häufig aus dem Bauch, und etwas sagte ihm, daß noch ein Stück des Puzzles fehlte. In einem anderen nicht abgeschlossenen Fall hatte er etwas entdeckt, was möglicherweise wieder Bewegung in die Ermittlungen bringen konnte. Er nahm ein Papier aus der Akte, strich es glatt, überflog es noch einmal, nickte und schlug kräftig mit der flachen Hand darauf. Dann legte er es sorgfältig zusammen und steckte es in die Brusttasche seines Jacketts. Das Blatt knisterte, als er die Lampe ausknipste.

An einem kühl-goldenen Nachmittag, an dem der Herbstwind Blätter durch die Luft wirbelte, wurde Roy Watzka wegen Morphiumdiebstahls verhaftet, obwohl der schon längere Zeit zurücklag und Fidelis gleich danach dem Sheriff erklärt hatte, wie es dazu gekommen war. Den Preis für das Morphium zahlte Fidelis seither in monatlichen Raten an Sal Birdy ab. Er folgte dem Sheriff widerspruchslos und betrat aus freien Stücken die Zelle, in der er schon häufig gesessen hatte. Bisher allerdings hatte er dort nur schnarchend seinen Rausch ausgeschlafen, und weder die zerschlissene Decke noch die verschmutzten Wände oder der leise müffelnde Eimer hatten ihn gestört. Diesmal war alles anders. Seit er nüchtern war, achtete Roy sehr auf Sauberkeit, und so erbat er sich von Sheriff Hock zu dessen Verblüffung sofort ein ganz bestimmtes Putzmittel, das nach Kiefernnadeln roch und mit dem er den Hühnerstall wieder benutzbar gemacht hatte, außerdem Schrubber und Eimer, Wasser, eine Bürste und Putzlumpen. Er schob die alte Decke durch die Gitterstäbe und versuchte, die Wanzen aus der Matratze zu verscheuchen. Darüber vergaß er ganz zu fragen, ob seine Tochter schon Bescheid wußte. Sheriff Hock übernahm es, in die Metzgerei zu gehen und ihr die Nachricht zu überbringen. Vorher aber traf er noch gewisse Vorkehrungen, um Delphine im Auge behalten zu können.

Als Sheriff Hock die Metzgerei betrat, war Delphine sofort klar, daß es um Roy ging, und ihr wurde ganz elend. Sie hatte also nicht umsonst gefürchtet, daß es so reibungslos nicht weitergehen würde. Ausgerechnet jetzt war auch Tante im Geschäft, sie sprach hinten mit Fidelis. Wenn ich Glück habe, dachte Delphine, wächst sich das Gespräch zu einer langen Diskussion aus, dann kommen sie nicht nach vorn – in den Gesprächspausen aber war trotzdem jedes Wort zu verstehen, das im Geschäft gesprochen wurde.

Daß Sheriff Hock ihr nichts Gutes mitzuteilen hatte, merkte sie schon daran, daß er auftrat wie ein Schauspieler, der den Boten mit den schlechten Nachrichten gibt. Delphine überkam, genau wie damals, als sie Tante mit der Spritze bedroht hatte, ein ganz sonderbares Gefühl. Ihr war, als spielte auch sie eine Rolle, als wüßte sie ihren Text und auch den des Sheriffs auswendig, als sei dieser Augenblick seit Anbeginn der Zeit geprobt worden.

Der Sheriff hatte kaum den Mund aufgemacht, als die Stimmen hinter der Tür verstummten. Minuten später würde Tante das, was er Delphine zu sagen hatte, in der ganzen Stadt herumtratschen.

»Ich habe deinen Vater verhaftet.«

»Ich will zu ihm«, sagte Delphine ruhig. Vor ihrem inneren Auge stand einen Augenblick Tantes hämische Miene, dann verdrängte sie entschlossen dieses Bild und fragte nach der Höhe der

Kaution. Die, sagte Hock, würde Richter Zumbrugge festlegen – Roland Zumbrugge war der Bruder von Chester Zumbrugge, dem Banker –, es stünde ihr frei, die Kaution zu zahlen und Roy rauszuholen, allerdings habe sich Roy offenbar mit seinem Schicksal abgefunden.

»Kann ich mir vorstellen. Es ist schließlich sein zweites Zuhause«, bemerkte Delphine bissig. Beim Anblick von Sheriff Hocks feistem Gesicht mit der spitzen Nase verlor sie plötzlich die Nerven. »Sie wissen genau, daß er's nicht war«, stieß sie hervor. »Er ist völlig harmlos.«

Der Sheriff war jetzt hellwach. Delphine glaubte, wie er gehofft hatte, die Verhaftung sei wegen der drei Toten im Keller ihres Vaters erfolgt. Wenn sie sich noch so einen Schnitzer leistete, war er der Information, die ihm noch fehlte, ein gutes Stück näher gekommen. Ausweichend sagte er: »Nach meiner Erfahrung kann man Betrunkene nie so ohne weiteres als harmlos bezeichnen. Ich an deiner Stelle würde mich nach einem guten Anwalt umsehen.«

»Und woher soll ich das Geld für einen guten Anwalt nehmen?« fragte Delphine bitter.

Um den Rosenmund des Sheriffs zuckte ein Lächeln, und in seinen Augen stand wieder dieses Glitzern, das Delphine bei einem Gesetzeshüter als äußerst bedrohlich empfand.

»Vermutlich könnte unser Freund Cyprian bei seinen Fahrten in den Norden noch eine Kleinigkeit für dich dazuverdienen«, meinte der Sheriff.

Delphine hätte viel darum gegeben, wenn der Himmel in diesem Augenblick Tante mit Taubheit geschlagen hätte. »Ich weiß wirklich nicht, was Sie meinen«, sagte sie kühl – aber dann ging ihr der Text aus, und sie beeilte sich, auf vertrauten Boden zurückzukehren.

»Wann darf ich meinen Vater besuchen?«

»Jederzeit.«

Fast hätte sie sich noch höflich bedankt, aber dann drehte sie sich nur um und knallte die Schürze auf den Ladentisch.

»Du hast ja gehört, was los ist«, sagte sie im Vorübergehen zu Tante. »Brauchst dein unverschämtes Maul gar nicht so weit aufzusperren.«

Tante, die vor Schadenfreude fast platzte, setzte eilig eine bekümmerte Miene auf. Fidelis war Sheriff Hock bereits gefolgt. Vielleicht erfährt er etwas, dachte Delphine. Schwer atmend trat sie in den kalten, sonnigen Tag hinaus und überdachte noch einmal ihr Gespräch mit dem Sheriff. Hatte er Beweise? Was für Beweise? Woher? Wenn er genug in der Hand hatte, um Roy zu verhaften, mußte es einen Zeugen geben oder zumindest Indizienbeweise, mit denen man vor Gericht arbeiten konnte. Ihre Angst trieb sie zu Clarisse.

Als Delphine den Keller von Strubs Bestattungshaus betrat, wandte sich Clarisse, die an der Spüle stand, strahlend zu ihr um. »Wie schön, dich zu sehen!«

Wenn ihre Arbeit gut lief, merkte man ihr die Befriedigung schon von weitem an. Sie sprühte vor Lebenslust, die reine, seidenweiche Haut und die roten Lippen leuchteten, in den dunklen Augen stand ein Funkeln.

»Ich muß noch mal mit dir sprechen«, sagte Delphine.

Mit einer anmutigen Drehung deutete Clarisse auf den Arbeitstisch.

»Ich zeig dir mal was.«

»Nicht jetzt, Clarisse. Deine Begeisterung in allen Ehren, aber ...«

»So werden Eltern ihr Kind in Erinnerung behalten«, sagte Clarisse jetzt sehr ernst. »Begeisterung ist da vielleicht nicht das richtige Wort. Aber ich mäßige mich ja schon, ich war nur ...«

»Schon gut, Clarisse, ich bin ein bißchen daneben. Roy sitzt im Gefängnis.«

»Dieser verdammte Hock.« Clarisse schüttelte ihre Locken und reichte Delphine eine Tasse frisch gebrühten Kaffee. »Andererseits war es ja nun mal sein Keller. Und er war in der bewußten Nacht sturzbetrunken, also ...« Sie schüttelte mitfühlend den Kopf, ohne sich festzulegen. »Ich kann dazu nichts sagen, mir ist nichts aufgefallen, leider. Aber wie siehst du denn aus? Diese Schatten unter den Augen ... Du darfst nicht so schuften.« Sie nahm Delphines Hand wie früher, als sie unten am Fluß ihre ernsthaften Gespräche geführt hatten. »Mach dir keine Sorgen, wir kriegen Roy schon raus.«

Delphine mußte sich zusammennehmen, um nicht die Hand der Freundin abzuschütteln.

»Du glaubst, daß er es war. Ja, er hatte getrunken, aber etwas so Grausames würde er nie tun. Du weißt, daß er inzwischen trocken ist und ...«

»Aber hat er dich nicht schon oft genug enttäuscht?« fragte Clarisse sanft.

»Nie!«

Clarisse sah sie ernst an und drückte mit zwei Fingern ihre Lippen zusammen.

»Schon gut, sag's nicht«, seufzte Delphine.

Clarisse nahm die Finger von den Lippen. »Du mußt hier raus, Delphine. Überlaß ihn seinem Schicksal, und mach einen Sekretärinnenkurs. Geh zum Theater. Mach irgendwas. Fahr in die Großstadt.«

Delphine lachte. »Und woher nehme ich das Geld?« Sie senkte die Stimme. »Ich hab dein Kleid im Irisbeet vergraben.«

»Dank dir schön. Ich weiß ja, daß ich mich auf dich verlassen kann.«

»Natürlich kannst du das. Aber ich wüßte doch gern …«

»Was?«

»Wer sie da unten eingeschlossen hat.«

»Du willst glauben, daß es nicht Roy war.«

Delphine nickte.

»Dann war er es auch nicht.« Clarisse nahm Delphine in den Arm, und die legte mit einem tiefen Seufzer den Kopf an die Schulter der Freundin. Clarisse roch nach Formalin, Körperpuder und Kaffee, und an ihren Schuhen war Blut. Hin und wieder, dachte Delphine, macht das Leben mir weis, es gäbe Menschen, die mir fast so nahestehen wie Clarisse, aber dann werden sie mir genommen, und wir sind wieder nur zu zweit. Außenseiter. Freaks. Ausgestoßene.

Für einen Undercover-Job war ein Mann von Sheriff Hocks Körperfülle nur bedingt geeignet, aber er war es schließlich von der Bühne her gewöhnt, in eine Rolle zu schlüpfen. Weil ein Auto auf den leeren Straßen zu sehr aufgefallen wäre, hatte er sich einen schäbigen Buggy aus der Scheune seines Stellvertreters geliehen, einen müden, alten Klepper requiriert und davorgespannt. Am Stadtrand angekommen, setzte er einen Schlapphut auf und zog einen zerschlissenen Kittel an, hielt in sicherer Entfernung von der Metzgerei am Straßenrand, so daß der Klepper grasen konnte, und ließ den Kopf auf die Brust sinken. Jetzt hatte er leichtes Spiel. In der streng rechtwinklig angelegten Stadt konnte er mühelos nachvollziehen, wohin Delphine wollte, und behielt sie auf den breiten, staubigen Straßen und Alleen stets im Blick. Daß sie zu Strubs Bestattungshaus ging, überraschte ihn nicht. Er dachte an Clarisse in ihrem hautengen, rot funkelnden Kleid. Konnte er sich ihr vielleicht in diesem Zusammenhang wieder nähern, ihr vor Augen führen, was für ein Mensch er wirklich war? Er legte die Hand an die Stirn, als sei da noch die Beule, die sie ihm bei der chaotischen Trauerfeier für ihren Vater verpaßt hatte. Für jeden anderen Mann in Argus ist sie viel zu wild, dachte er. Nur ich habe keine Angst vor ihr, sie steht mir zu. Und er war es leid, sich ständig vertrösten zu lassen, er konnte ihre Ausreden nicht mehr hören. Ihr Herz war eine harte kleine Nuß, die man nur zu knacken brauchte, um die Liebe darin zu finden. Mit ihrem Dickkopf vergeudete sie kostbare Zeit. Die Jugend ging dahin. Eigentlich müßten sie jetzt miteinander am grünen Flußufer wandeln und über ihre gemeinsame Zukunft sprechen. Sheriff Hock knirschte mit den Zähnen, sein Gesicht verhärtete sich. In dieser Stimmung hätte er sie am liebsten geschüttelt, bis sie wach wurde, sie angeschrieen und umklammert, bis sie in Schmerz oder Leidenschaft seinen Namen rief.

Delphine durfte sich auf einen wackeligen Stuhl vor der vergitterten Haftzelle setzen. Ihr Vater schaute verdrießlich. »Aber wenigstens kann man es hier jetzt aushalten«, sagte er und deutete mit einer Kopfbewegung auf den frisch gescheuerten Boden, die sauberen Wände und das Bett, das er dank Delphine mit frischer Wäsche hatte beziehen können. Für das Essen der Häftlinge war Apple Newhall zuständig, die bei der Verteilung durchaus Unterschiede zu machen wußte. Roy, einer ihrer Lieblinge, bekam zum Abendessen einen Teller mit Bohnen in Tomatensoße, dazu hatte sie eine dicke Bierwurst und eine halbe Gemüsezwiebel spendiert. Delphine sah ihm beim Essen zu. Roy kaute vorsichtig, denn seine Zähne waren nicht mehr die besten. Hin und wieder hielt er inne und seufzte theatralisch. Er sehnte sich nach den Fotos von Minnie auf dem kleinen Privataltar und nach einer Decke, die angeblich sie ihm gestrickt und die Delphine aus dem großen Gestank gerettet und im Fluß gewaschen hatte. Seit Roy nicht mehr trank, war ihm diese Schmusedecke Trost und Stütze. Warum, dachte Delphine, gerät er jetzt, da er nüchtern und rücksichtsvoll und solide geworden ist, in den schlimmsten Schlamassel seines Lebens? Vielleicht vergab sie zu schnell, oder sie hatte – möglicherweise aus Selbstschutz – schon vergessen, was für ein Versager Roy Watzka als Vater war. Es war ihr gar nicht recht, daß plötzlich das Mitleid sie überwältigte und sie in Gedanken nach Entschuldigungen für ihn suchte. Auch sein körperlicher Verfall ging ihr ans Herz – sie wollte nicht sehen, wie stark seine Hände zitterten, wie mühsam er schlurfte, wie gründlich der Alkohol ihn ruiniert hatte.

Sie griff nach einer seiner abgearbeiteten Hände. »Du warst es nicht, Dad, das weiß ich. Bald bist du wieder draußen. Ich besorge dir einen Anwalt.«

»Anwalt?« Roy runzelte verwundert die Stirn. »Natürlich war ich's, da gibt's auch Zeugen. Es mußte einfach sein.«

Delphine winkte ihm erschrocken zu schweigen. Sheriff war

– erstaunlich leichtfüßig für einen so schweren Mann – hinter sie getreten und hatte jedes Wort gehört. Rasch begab sie sich auf neutralen Boden. »Fidelis hat angeboten, die Kaution zu zahlen, wenn …«

»Fidelis hat Albert genau erzählt, wie es war. Eva brauchte das Zeugs, da hab ich's eben rausgeholt. Ich hab sie gern gehabt, sie war eine liebe und gute Frau«, sagte Roy bewegt. »Hat großartige Sandwiches gemacht und Verständnis für meinen Durst gehabt.«

Eva also … Delphine hatte Mühe, sich so schnell umzustellen, dann aber fuhr sie empört zu Sheriff Hock herum. »Warum haben Sie ihn nicht gleich danach verhaftet?«

Sheriff Hock versuchte, sich seine Enttäuschung nicht anmerken zu lassen. Sal Birdy habe, ehe er den Apotheker habe verständigen können, den Diebstahl schon an die Apothekerkammer gemeldet, schwindelte er, was ihm inzwischen sehr peinlich sei, und nun sei leider eine gründliche Untersuchung angeordnet worden. Roy sei nur der Ordnung halber in Gewahrsam genommen worden, und sobald der Papierkrieg erledigt sei, könne er gehen.

»Es ist nur eine Formalität«, schloß Sheriff Hock und zog sich verlegen zurück.

»Eine Formalität«, wiederholte Delphine voller Zorn, wollte Hock nicht merken lassen, wie erleichtert sie war; befreit von dem, was ihr die ganze Zeit im Kopf herumgegangen war – der Anwalt, der Prozeß, die Jury, der Richter … all das eben, was eine Mordanklage mit sich brachte. Jetzt brauchte sie sich nur noch ein wenig zu gedulden, dann war alles überstanden. Sie blieb noch eine Weile bei Roy sitzen, der sie mit Persönlichkeit und Veranlagung seiner Hühner vertraut machte. »Ich hab ein Romeo-und-Julia-Pärchen dabei«, sagte er. »Vom Unglück verfolgte Bantams. Die beiden schwarzen Rosecombs, die immer zusammensitzen, darfst du nicht stören, aber den großen Gockel, der so viel Lärm macht, kannst du von mir aus ruhig in den Suppentopf stecken, die Roten übernimmt dann der Kleine, der schafft das schon.« Roy redete und redete, und Delphine begriff, daß er an einem Ort, den er oft genug in dumpfer Betäubung erlebt hatte, nüchtern aber als beschämend empfand, nicht gern allein blieb.

In den Dürrejahren wurde immer weniger geschlachtet, es lohnte einfach nicht. Die Rinder, die sich von grünen Disteln oder dürftigem Sumpfgras, ja sogar von der Rinde junger Pappeln nährten, waren nur noch Haut und Knochen. Seit einer Woche aber hatte sich das Geschäft belebt, Fidelis arbeitete bis spät in die Nacht und mußte die Lederschiene anlegen, die Heech ihm aufgezeichnet und dann bei einem Sattler in Auftrag gegeben hatte. Auch wenn sein Knie knarrte und schmerzte, war Fidelis davon überzeugt, daß diese Schiene und die Nähkunst des Dr. Heech ihn vor einem lahmen Bein bewahrt hatten. Mit dieser Schiene ließen sich die vielen Überstunden aushalten.

Manchmal brachten die Farmer ihre Tiere erst kurz vor Anbruch der Dunkelheit, die mußten dann bei Fackelbeleuchtung in den Treibgang gejagt werden, und sie hatten fast bis zum Tagesanbruch mit dem Häuten und Zerlegen zu tun. Heute früh hatte Fidelis zwei Stunden geschlafen und war dann hochgefahren, um die Jungen aus dem Bett zu scheuchen und zur Schule zu schicken. Einen Augenblick sah er blicklos in die graue Morgenluft, noch gefangen in einem Traum, in dem er auf einer

Straße in Ludwigsruhe Eva folgte und nach ihr ein unbekanntes Geschäft betrat.

Es war ein winziger Laden, vollgestopft mit allerlei Kram, von Nadeln und Stoffen bis zu Gläsern mit Marmelade, der in einen Berg hineinführte, in ein Gewirr grauer, trüb von nackten Glühbirnen beleuchteter Gänge. Eva trug ein pflaumenfarbenes Kleid aus leichter Baumwolle, das sie umwehte, wenn sie um eine Ecke bog. Am Ende eines engen Ganges drehte sie sich um, als er ihren Namen rief, lächelte freudig überrascht und ging auf ihn zu. Dann wachte er auf. Sein Körper sehnte sich danach, liegenzubleiben und weiterzuschlafen, wochenlang, wenn möglich, aber das ging natürlich nicht, er mußte aufstehen und seine Söhne wecken.

Er stolperte hinüber in ihr Zimmer und rüttelte wortlos Franz wach. Bei Markus war das nicht nötig, der wachte sofort auf, wenn Fidelis nur den Bettpfosten berührte. Emil und Erich machten mehr Mühe, sie schliefen sofort wieder ein, wenn man auch nur eine Minute Ruhe gab. Fidelis ging ins Badezimmer, ließ Wasser in einen Becher laufen, spülte sich den Mund aus, pinkelte und nahm seine Hose von einem Haken an der Tür. Dann machte er in der Küche Milch für den Kakao warm, den die Jungen zum Frühstück bekamen. In einen zweiten Topf schüttete er Haferflocken mit Wasser und drehte die Flamme klein, damit sie nicht überkochten. Immer wieder drohten ihm die Augen zuzufallen. Er füllte Wasser in die Kaffeekanne, gab eine Handvoll Kaffeemehl und Eierschalen dazu, dann setzte er sich an den Tisch, den Kopf in die Hände gestützt, schlief ein und wachte erst wieder auf, als Emil mit nur einem Stiefel die Küche betrat.

»Wo ist der andere?«

»Den muß Schatzie heute nacht versteckt haben.«

Es war die einzige Unart der Hündin.

»Such ihn«, befahl Fidelis und ging zum Herd. Jetzt kam Markus und meldete, er habe beim Anziehen einen Ärmel halb abgerissen. Wie hatte er das nur wieder angestellt? Fidelis sah sich die Jacke an. Ein hoffnungsloser Fall. »Hast du dich gestern geprügelt?« Markus ließ den Kopf hängen. Fidelis warf ihm die Jacke hin. »Heute abend wird gearbeitet. Ein Lügner muß doppelt soviel arbeiten wie ein ehrlicher Mensch.« Nach seinen Erfahrungen stimmte das zwar nicht, aber der Satz klang irgendwie überzeugend. Er schob Markus in Richtung Badezimmer. »Wasch dich.«

Mit Franz gab es solche Probleme nicht, aber dafür war er sehr pingelig bei seiner Morgentoilette und ließ sich nicht gern stören. »Ich hab Emils Stiefel gefunden«, sagte er, und man merkte ihm an, daß er dem kleinen Bruder am liebsten eine runtergehauen hätte, aber das ging nicht, weil er schließlich schon ein junger Mann und auf seine Würde bedacht war. Grübelnd begutachtete er seine Frisur.

Fidelis stellte den Topf mit Haferbrei, Schälchen, braunen Zucker, Milch und seinen geliebten Kaffee auf den Tisch. Plötzlich tauchte Erich im Schlafanzug auf. Er hatte sich in die Badewanne gelegt und war dort unbemerkt eingeschlafen.

»Raus mit dir, zieh dich an.«

Natürlich fand er sich, verschlafen, wie er war, nicht zurecht, und Fidelis empfand neben Ärger auch Mitgefühl. Er wünschte, sie könnten sich allesamt im Bett zusammenrollen und wie die Bären schnarchen, bis Eva am Kopfteil des Bettes rüttelte und die Faulpelze zum Frühstück rief. Mit schweren Schritten begleitete er Emil zum Zimmer der Jungen. Emils Sachen lagen noch so auf dem Fußboden, wie er sie am Vorabend hingeworfen hatte, und rochen ziemlich muffig, aber er zwang seinen Sohn, sie anzuziehen. Immerhin – die Stiefel waren beide da. Als Fidelis wieder in die Küche kam, begann der Kaffee zu wirken. Die Benommenheit wich.

Er streckte sich seufzend, während die Jungen Riemen um ihre Bücher schnallten und nach den Lunchpaketen griffen. Delphine machte ihnen am Vortag schon alles zurecht. Eine kalte Kartoffel für jeden, ein Stück Fleisch. Einen Apfel oder eine Möhre. Manchmal Schmalzgebackenes oder dicke Pfefferkuchen. Sie fuhren in ihre Jacken und machten, daß sie wegkamen. Jetzt hatte Fidelis die zweite Tasse Kaffee vor sich stehen, Kaffeekochen hatte er inzwischen gelernt. Er ging mit der Tasse ins Badezimmer, stellte sie aufs Fensterbrett und gab einen guten Schuß Fornie's Alpenkräuter dazu. Dann schlug er Schaum und seifte sich das Gesicht ein. Den Rasierpinsel mit dem silbernen Griff hatte er zusammen mit einer passenden Haarbürste und einem Rasiermesser von Eva zur Hochzeit bekommen. Nach dem Rasieren tupfte er sich das Gesicht mit einem Handtuch ab und rieb Kinn und Wangen mit Pimentöl ein. Dann ging er ins Geschäft.

Die Sonne fiel in breiter Bahn auf die Hauklötze und Arbeitsflächen. Das Holz hatte tiefe dunkle Risse und Schrammen, aber die Oberfläche war sauber gescheuert und leuchtete hell. Die Messer blitzten in der Sonne. Er begutachtete sie und zwang sich, so müde er war, zu der üblichen gewissenhaften Prozedur des Schärfens. Dann holte er aus dem Kühlraum Schweinehälften, gestern entborstet, ausgenommen und aufgehängt. Während er sie mit raschen, sparsamen Bewegungen in Koteletts und Lendenstücke verwandelte, spürte er, wie die bleierne Erschöpfung, die bis in die Fingerspitzen gereicht hatte, allmählich schwand. Doch während sein Körper automatisch funktionierte, verlangte seine Seele immer dringender nach Schlaf. Die Müdigkeit drückte so auf seine Augen, daß er sich nur mit einem kurzen Rundgang durch den Garten zu helfen wußte. Dann arbeitete er weiter, bis Delphine am Spätnachmittag sagte, er solle sich hinlegen.

»Raus mit dir!« sagte sie schroff. »Ich kümmere mich schon um alles.«

In Deutschland hatte er bei Frauen gewisse Zeichen nur ansatzweise zu deuten gelernt, erst Eva hatte ihn gelehrt, genauer hinzusehen. Deshalb begriff er jetzt, daß Delphine bewußt kein Mitgefühl erkennen ließ, kein persönliches Wort über die Lippen brachte, weil sie nicht etwas anfangen wollte, was unmöglich war. Er machte es genauso. Sie sprachen nur übers Geschäft oder über die Kinder, lebten wie Fremde nebeneinanderher, hatten eine unsichtbare Mauer zwischen sich errichtet. Fidelis wußte, daß die Mauer intakt bleiben mußte, weil sonst alles zusammengebrochen wäre. Er spürte, daß ihre strikten Regeln eine Kraft zurückdrängten, über die nachzudenken er sich verbot. Er ging ins Schlafzimmer, machte die Tür zu und zog die Schuhe aus. Als er sich aufs Bett legte, setzte sofort die erlösende Entspannung ein, und er versank in einem totenähnlichen Schlaf.

Er schlief mehrere Stunden, erwachte mit einem Ruck und sah, wie am Morgen, einen Augenblick zur Decke hoch. Doch jetzt sagte ihm sein Körper, daß er ausgeruht war, und er blieb, das ungewohnte Gefühl mit allen Sinnen auskostend, noch einen Augenblick liegen. Früher hatte er sich in diesen Momenten Eva zugewandt, und sie hatten sich geliebt – langsam und genußvoll, wie sie es voneinander gelernt hatten. Im Lauf der Jahre war dieser intime Akt womöglich noch inniger geworden, im Gegensatz zu so manchen Paaren, die es nur zu machen schienen, um ihre Triebe zu befriedigen. Andere Männer witzelten oder jammerten darüber, wie viel oder wie wenig Zeit die Frau ihnen zugestand – ein bißchen mehr vielleicht, wenn sie tagsüber brav gewesen waren. Fidelis beteiligte sich nie an solchen Gesprächen. Bei ihm und Eva war es anders gewesen. Als Eva von ihm gegangen war und er die erste Handvoll Erde auf ihren Sarg geworfen hatte, war ihm gewesen, als zöge am Himmel über ihm etwas unermeßlich Schönes vorbei, um auf Nimmerwiedersehen zu verschwinden, und die Trauergäste hatten einen Mann gesehen, der dastand wie ein Klotz, ein tumber Tölpel. Verlegen war er vom Grab zurückgetreten, aber ein Teil von ihm war wohl nie weggegangen, stand noch immer dort, spürte, wie das Blut sich mühsam durch sein Herz zwängte, spürte das Summen im Kopf, die Erde, die auf seinen Handflächen trocknete. Als Hälfte, unwiderruflich von Eva getrennt, lebte er weiter, so gut es ging. Manchmal konnte er es noch immer nicht fassen.

Delphine tat, was sie konnte, um nicht daran denken zu müssen, daß es Zeit war, sich bei Fidelis zu bedanken, weil er ihren Vater auf Kaution freibekommen hatte. Sie packte das Fleisch von einer Vitrine in die nächste, reinigte die erste mit einer starken Essig-Wasser-Mischung, ordnete die Stücke gefällig und legte aus grünem Papier geschnittene Dekorationen dazwischen, die Schweinskoteletts, Steaks und Würste hübsch zur Geltung brachten. Dabei fiel ihr dies und jenes ein, was sie erledigen konnte, aber noch während sie im Kopf eine Liste zusammenstellte, rief sie sich zur Ordnung. Am vernünftigsten war es, die Sache gleich zu erledigen. Statt den Lappen wieder in den Eimer zu tauchen, drückte sie ihn aus, legte ihn auf die Arbeitsfläche und schloß die Schiebetüren der Vitrinen.

»Fidelis …« Er drehte sich um. »Du hast die Kaution für meinen Vater gezahlt …«

»Ja.« Er nickte, wischte sich die Hände an der Schürze ab und wollte sich wieder dem Fleisch zuwenden, das er durchgedreht hatte und jetzt würzte, aber sie war noch nicht fertig.

»Du kriegst es zurück.«

»Schon gut.«

»Ich zahl's dir zurück. Wenn er …«

»Er läuft bestimmt nicht weg.« Damit zwang sie ihn weiterzusprechen. Den ganzen Vormittag über hatte er sich die Sätze zurechtgelegt, trotzdem tat er sich schwer damit. Er holte tief Luft und machte einen Anlauf. »Was du für Eva getan hast, und was Roy getan hat …« Weiter kam er nicht.

»Sie war meine Freundin und gut zu Dad. Ich hab's nicht für dich getan.«

Fidelis zuckte die Schultern, wollte sagen, daß es keine Rolle spielte, aber sie kam ihm zuvor.

»Ich will nicht, daß die Leute reden. Besonders Tante.«

»Die weiß nicht, daß ich bezahlt habe.«

»Aber sie wird es erfahren, sie macht deine Buchführung. Und dann weiß es die ganze Stadt.«

Fidelis runzelte nachdenklich die Stirn. »Und wenn schon«, sagte er störrisch. »Die wissen doch alle, was ihr für Eva getan habt, du und Roy.«

»Ich will nicht, daß die Leute daran denken.« Delphines Stimme war gegen ihren Willen scharf und laut geworden. »Ich weiß, was sie jetzt schon denken, ich hab's gehört, und ich weiß, was deine Schwester herumklatscht. Ich will, daß es aufhört. Aber ich freue mich …« Sie stockte, dann fuhr sie leise und befangen fort: »Ich dank dir, daß du ihn rausgeholt hast. Mein Vater war noch nie trocken. Daß sie ihn eingesperrt haben, wo er endlich dem Alkohol abgeschworen hat, war schlimm für ihn.«

So offen hatte sie noch nie mit ihm gesprochen. Draußen, auf der Farm, wäre es ihr leichter gefallen. Jetzt wandten sich beide erleichtert ab. Delphine war so erschöpft, daß sie am liebsten nach Hause gegangen wäre und sich hingelegt hätte. Fidelis spürte einen Druck auf der Brust. Eine Weile fiel ihnen die Arbeit besonders schwer, sie übersahen einander geflissentlich und sprachen nur das Allernotwendigste miteinander, und erst ganz allmählich fanden sie wieder zur Normalität zurück. Wer sie nicht kannte, hätte glauben können, daß diese beiden sich nicht grün waren, aber sie waren sich des Risikos bewußt, etwas von der Anspannung zu verraten, die das Leben und Arbeiten miteinander erzeugte. Ihr schroffer, wortkarger Ton bot ihnen eine Basis, auf der sie gefahrlos nebeneinander existieren konnten.

Nach dem Austausch von Worten, ja ganzen Sätzen war die Gefahr, von dieser Basis abzukommen, nicht mehr von der Hand zu weisen. »Irgendwann«, sagte Delphine zu Fidelis, »bringen sich deine Söhne noch um.« Der zuckte die Schultern. »Jungen sind nun mal so.« Diverse Krankheiten, gefährliche Flußfahrten, die verwünschte Schaukel, auf der sie Kopf und Kragen riskierten – all das hatten sie überlebt. Jetzt, nachdem das Laub gefallen war, dürfte nicht viel mehr passieren, sagte sie sich, als daß sie sich mit dem Hammer auf den Daumen schlagen oder den selbstgebauten Buggy zu Schrott fahren. Zum Glück hatte Fidelis kein Geld, um ihnen Schußwaffen zu kaufen. Worauf sie gestoßen, wovon sie besessen waren, was am Spätnachmittag, nach der Schule, ihr Leben bestimmte, konnte Delphine nicht wissen, aber sie spürte die Anspannung, die Erregung, die in der Luft lag. Streit und verschwörerisches Geflüster verstummten jäh, wenn sie das Zimmer betrat. Werkzeuge verschwanden auf geheimnisvolle Weise. In den Nähten und Taschen der Jungenkleidung fand sie jetzt ständig Erde.

— 9 —
Die Erdkammer

Ein Jahr nach dem Tod seiner Mutter begann Markus, sich für Grabungen zu begeistern. Rohbauten oder verlassene Baustellen ziehen Kinder in einem bestimmten Alter unwiderstehlich an. Jenseits der Kiefern- und Eichenwälder, zwei, drei Kilometer hinter der Metzgerei, sollte eine vornehme Villa gebaut werden, der Keller wurde ausgeschachtet, die Erde zu einem hohen Berg gehäuft. Sehr bald aber war dem Bauherrn das Geld ausgegangen. Kein einziges Brett war verbaut worden, aber der morsche Bauschuppen stand noch auf dem Gelände. Auf diese Baustelle stieß Markus durch Zufall, als er eines Tages auf der Jagd war – so nannte er seine ziellosen Streifzüge mit der Schleuder und einer Tasche voller Steine. Natürlich sprang er zuerst in den Keller, lief über den Lehmboden und krabbelte mit einiger Mühe wieder heraus. Dann besah er sich den Bauschuppen mit dem löcherigen Dach, in dem bestimmt was zu holen war, ging geduckt hinein, trat nach den Mauselöchern und stocherte in den Schwalbennestern herum, aber die Vögel waren alle schon gen Süden gezogen. Auf dem Boden lagen verrostete Dosen und zu seiner großen Freude eine Axt mit einem Stück Stiel, die er an sich nahm. Einem schmalen, ausgetretenen Pfad folgend, fand er dann den Aushub. Der Berg war hoch und so frisch, daß er noch nicht mit Gras bewachsen war, nur ein wenig robustes Unkraut sproß aus der Kuppel wie vereinzelte Haare auf einem kahlen Kopf. Er erklomm den Hang, legte das kostbare Axtblatt und seine Schleuder ab, streckte sich aus und schaute in den Himmel.

Während er auf die hellen Wolkenstreifen blickte, meinte er eine Bewegung zu spüren. Vielleicht rückte sich die Erde zurecht, vielleicht war es auch gar nichts gewesen, aber das Gefühl, daß die Erde lebte, war irgendwie schön. Er wartete, merkte aber nur, wie so oft in jenem ersten Jahr, daß er grundlos angefangen hatte zu weinen. Es war eine Plage, dieses Weinen, und in der Schule mußte er sehr aufpassen, daß die anderen es nicht merkten. Ein paarmal hatte er schon so tun müssen, als hätte er Durchfall, und war ganz schnell aufs Klo gerannt, um sich wieder in den Griff zu bekommen. Deshalb tat es wohl, einmal ohne Zeugen die Tränen laufen zu lassen. Als sie versiegt waren, richtete er sich auf, nahm das Axtblatt und die Schleuder und versuchte, auf dem feuchten Unkraut den Hang herunterzurutschen, was aber nicht recht klappte. Er riß nur das Unkraut mit und zog eine tiefe Furche durch die Erde.

Als er sich unten hinsetzte und an den Hang lehnte, hatte er wieder den Eindruck, daß der sich bewegte, als hätte sich in seinem Inneren ein Riese im Schlaf umgedreht. Vielleicht war der Hügel ja innen hohl wie die Berge im Märchen. Er legte das Ohr an die Erde und hörte sein Herz schlagen, aber der Berg schien mehr von ihm zu verlangen. Nach einer Weile machte er sich daran – eigentlich nur aus Neugier und ohne ein bestimmtes Ziel –, mit dem Axtblatt seitlich in dem Hang herumzugraben.

Bald war das Loch so groß, daß er eine Schulter und dann den

Kopf hineinstecken konnte. Die Erde war schwer, schwarz und bröckelig, durchsetzt mit zerbrechlichen weißen Schneckenhäusern und Muschelschalen, so groß wie sein Fingernagel. An den meisten Stellen war sie fest, manchmal aber kam ein weicheres Stück, dann tat er sich mit dem Graben leichter. Hin und wieder fielen von oben Erdbrocken auf ihn herunter, die er ungeduldig mit den Füßen ins Freie beförderte. Als er tief genug gegraben hatte, schob er sich in die Höhlung, rollte sich behaglich zusammen und hätte sich am liebsten nicht mehr von der Stelle bewegt, obwohl sein Magen knurrte. Beim nächsten Mal, beschloß er, würde er Verpflegung mitbringen.

Lange saß er so, von Erdgeruch umgeben, und wieder kamen die unkontrollierbaren Tränen, die ihn immer ohne Vorwarnung heimsuchten. Auch jetzt ließ er sie fließen, sie taten ihm gut. Vor seinem inneren Auge sah er seine Hand und die Erde, die er aufgenommen hatte, um sie auf den Deckel des Sarges zu werfen, in dem seine Mutter lag. Er hatte seine Hand angestarrt und die Erde darin und war regungslos am Rand der Grube stehengeblieben, hatte wie hypnotisiert auf die weißen Blumensträuße geblickt und die Hand zur Faust geschlossen. Franz hatte sanft seine Finger gelöst, die Erde herausgeschüttelt, die Handfläche abgeklopft und ihn weggezogen. Erst dann hatte er seinen Arm losgelassen. Gesagt hatte er nichts.

Niemand hatte gesprochen auf dem Rückweg vom Friedhof und auch später nicht; das Schweigen um alles, was mit seiner Mutter zu tun hatte, war immer tiefer geworden. Sein Vater sprach nie von ihr, erwähnte nie auch nur Gegenstände, die an sie erinnern konnten. Alles, was ihr gehört hatte, verschwand – ihre geblümten Waschkleider, die Schuhe, der Mantel mit dem Pelzbesatz. Delphine war die einzige, die ihren Namen noch aussprach. Es war, als habe es sie nie gegeben.

Für Markus aber war sie gegenwärtiger denn je, und er pflegte trotzig die Erinnerung an ihr Aussehen, ihre Worte. Andere mochten sie losgelassen haben, er aber hielt an ihr fest.

Mit leisem Seufzen rieselte die Erde an seinem Rücken herunter. Der Berg setzte sich noch immer, Bröckchen für Bröckchen. Markus schloß die Augen, dämmerte vor sich hin, schlief sogar kurz ein. Als er in der flachen Grube aufwachte, fühlte er sich gut – so gut wie im Sommer oder wenn er sich vor der Krankheit seiner Mutter auf Weihnachten oder seinen Geburtstag gefreut hatte. Und auch jetzt spürte er, daß etwas besonders Schönes auf ihn wartete, daß er es finden würde, wenn er weitergrub.

Zu Hause konnte er die aufregende Entdeckung nicht für sich behalten, er mußte Emil und Erich davon erzählen. Dabei arbeiteten seine Gedanken weiter, und er schilderte mit beredten Worten, was er zum Greifen nah vor sich sah – einen Tunnel, ein Fort, eine Geheimkammer, alles bergmännisch verstärkt und abgestützt mit Brettern aus dem verlassenen Schuppen, mit Ästen aus dem Wald. Seine Idee war es auch, die anderen Kinder feierlich schwören zu lassen. Nicht jeder durfte beim Bau mitmachen. Nachdem sie Geheimhaltung versprochen und den Schwur mit heißem Wachs auf der Innenseite ihrer Handgelenke besiegelt hatten, stahlen sie Schaufeln, holten Laken von der Wäscheleine, um die Erde aus den Gängen zu schaffen, legten einen Vorrat an Brot, unreifen Äpfeln, Nüssen, Kartoffeln und Wurstenden an, denn Hunger hatten sie immer. Nach der Schule zogen sie zur Baustelle, arbeiteten bis zum Anbruch der Dunkelheit und auch noch danach. Aus den Scheunen verschwanden in dieser Zeit Laternen, von den Ankleidetischen der Mütter Haushaltskerzen und dank Roman Shimek, dem größten Rabauken von Argus, die Altarkerzen der katholischen Kirche, was Pater Clarence dazu bewog, von der Kanzel herab eine geharnischte Strafpredigt zu halten.

Da die Waldvogel-Brüder seit dem Tod ihrer Mutter nicht mehr in die katholische Kirche gingen und auch nicht in die lutherische, obwohl Tante ihrem Bruder deswegen ständig Vorhaltungen machte, hatten sie den Pfarrer nicht über die gestohlenen Kerzen predigen hören, aber die anderen Jungen erzählten ihnen davon. Früher wäre ihnen das vielleicht zu Herzen gegangen, vielleicht hätten sie sogar das Bedürfnis gehabt, zur Beichte zu gehen, jetzt aber platzten sie vor Stolz auf ihre Schlechtigkeit, denn ohne ihre Mutter fühlten sie sich auch von Gott verlassen. Warum sollten sie an einen Gott glauben, der sich so ungerührt über ihre Gebete hinweggesetzt und ihnen die Mutter weggenommen hatte? Sie verhöhnten Gott, zeichneten sich Wachsmale auf die Handgelenke, legten einen Blutschwur ab, leckten das rostige Axtblatt. Fidelis hatte keine Ahnung von diesem Treiben und Delphine nur vage Vermutungen.

An einem Samstag fuhr Franz mit Mazarine auf deren Fahrrad zur Metzgerei. Sie sprang vom Lenker, als er die Fahrt verlangsamte, ging neben ihm her und blieb stehen, als er das Rad an die Hauswand lehnte. Lächelnd sah sie zu ihm hoch und versuchte, ihre Nervosität zu verbergen. Der Vater von Franz wirkte bedrohlich, bestimmt konnte er sie nicht leiden. Bei ihrem ersten Besuch hatte er kein Wort gesagt, hatte sie nicht geneckt oder ausgiebig gemustert, wie sie es bei Erwachsenen neuerdings öfter erlebte. Manchmal wurden diese Blicke auch noch deutlicher, obwohl sie es darauf wahrhaftig nicht anlegte. Daß Fidelis Waldvogel sie überhaupt nicht zur Kenntnis nahm, war beunruhigend. Jetzt zögerte sie kurz, dann folgte sie Franz ins Geschäft, wo er seine Schürze umband. Aus der Schlachthalle hörte sie die Stimme seines Vaters und atmete auf, als er nicht in den Laden kam, um sie zu begrüßen.

»Das ist Mazarine«, sagte Franz zu Delphine, die in diesem Augenblick dazukam und sich die Hände an einem Handtuch abwischte.

»Ihr habt beide ein Z im Namen«, sagte Delphine.

Mazarine sah Franz überrascht und beglückt an. Wie oft hatte sie auf der Rückseite eines Schulhefts mit ihrer beider Namen herumgespielt, aber das gemeinsame Z war ihr nicht aufgefallen. Delphine begriff, daß sie Mazarine eine große Freude gemacht hatte, und lächelte. Sie hatte sofort erkannt, daß diese Mazarine, die Jungenschuhe trug und nur ein Kleid besaß, einen kleinen Teufelsbraten als Bruder hatte, deren Familie bettelarm war, nur dieses Fahrrad besaß und Schulden hatte, die sie nie würde abzahlen können – daß diese Mazarine Franz liebte. Ein Wunder war es nicht. Franz war ein Typ, dem die Mädchen nachliefen, auch die reichen. Wenn sie in die Metzgerei kamen, um für ihre Mütter einzukaufen, machten sie einen langen Hals, um einen Blick auf ihn zu ergattern, aber für oberflächliche Tändeleien war Franz nicht zu haben. Als er seine Mutter nach dem Flug in ihr Zimmer getragen hatte, hatte Delphine gesehen, wie sehr er Eva liebte. Ebenso ernst, vielleicht gefährlich ernst, hatte sie damals gedacht, würde er seine erste Liebe zu einem Mädchen nehmen.

Wenn jemals ein Mädchen einem der Jungen weh tut, dachte Delphine, drehe ich ihr den Hals um. Nie würde sie vergessen, wie hilflos und verloren die Kinder nach Evas Tod gewesen waren. Nach einer kurzen, aber gründlichen Musterung bat sie Mazarine, ihr ein wenig zur Hand zu gehen. Eine Bestellung mußte für den Gefrierraum verpackt werden. Delphine zeigte Mazarine, wie man die richtige Menge Papier abriß, scharfe Falze kniffte, den Bindfaden von der Rolle holte und mit einem Schwung das Päckchen zuband. Mazarine erledigte alles gewissenhaft und umsichtig und fragte, ob sie noch etwas tun könne. Delphine ließ sie vorn im Laden die Regale auswischen und die Konserven abstauben. Als das getan war, bat Mazarine um weitere Aufträge.

»Hast du Hunger?« fragte Delphine.

Mazarine winkte ab, aber sie schluckte dabei, und Delphine begriff, daß sie nicht hätte fragen dürfen. Mazarine war stolz.

»Komm mit in die Küche.« Delphine hörte Mazarine unter der Tür nach Luft schnappen. Die Nachmittagssonne fiel schräg durch die Fenster auf die blauen Brotschalen und ließ die blanken Kupferbeschläge des Mehlbehälters aufleuchten. Das Tischtuch mit dem heiteren Obst- und Blumenmuster in den Karos lag sauber abgewischt auf dem Tisch. In einem Korb türmten sich Äpfel. Delphine mußte daran denken, wie sie zum ersten Mal in Evas Küche gestanden hatte, und fühlte sich ihr plötzlich sehr nah. Sie machte Mazarine ein Bratenbrot, legte einen Krapfen und einen Apfel dazu und schenkte ihr ein großes Glas Milch ein.

»Das wirst du schon noch schaffen«, sagte sie.

Zehn Minuten später kam Mazarine wieder in den Laden und fragte erneut nach Arbeit.

»Du kannst wohl nie genug bekommen«, lachte Delphine.

»Nein«, antwortete Mazarine schüchtern, aber entschlossen. Delphine dachte an das, was man sich über Mazarines Vater erzählte, einen wegen seines Jähzorns berüchtigten Herumtreiber, und über die Mutter, die unmäßig dick war, obgleich in der Familie das Essen oft knapp wurde, und die immer wieder mit Kopfschmerzen das Bett hüten mußte. Reine Nervensache, sagten die Leute, und Faulheit noch dazu. Mazarine wußte bestimmt, daß die Mutter in der Metzgerei Schulden hatte, vielleicht wollte sie durch ihre Hilfe hier etwas gutmachen. Vielleicht wollte sie aber auch nur Franz beeindrucken oder an den Tagen, an denen er arbeiten mußte, in seiner Nähe sein. Das eine oder andere von Evas Sachen, die in einer Truhe oben unterm Dach lagen, konnte Mazarine passen, aber vielleicht wäre es Franz nicht recht, wenn sie dem Mädchen etwas davon schenkte. Als Mazarine ging, packte sie ihr geräucherte Truthahnschenkel und Speck ein und fügte beiläufig und außer Hörweite der anderen hinzu, sie habe ein paar Posten von der Rechnung der Shimeks gestrichen. Mazarine wurde rot, aber dann hob sie den Kopf und nickte rasch.

Vielleicht könnte sie ja etwas von meinen Sachen gebrauchen, dachte Delphine, ein Paar Schuhe etwa, die mir zu eng sind … Delphine begriff, daß sie versuchte, Mazarine zu retten und zu warnen, weil die – möglicherweise wie sie selbst – dazu neigte, sich aufzuopfern. Sie gab sich einen Ruck. Laß die Finger davon. Mazarine hat dich nicht um Hilfe gebeten, und außerdem hat sie eine Mutter, so unzulänglich die auch sein mag.

Auf dem Weg zu den Shimeks machten sie halt, versteckten Mazarines Rad und gingen durch das Unterholz und den Wald die kleine Anhöhe hoch zu ihrer Kiefer. »Nächstes Mal bringen wir eine Decke mit«, sagte Franz.

»Wie stellst du dir das vor? Versuch mal zu erklären, wozu ich auf dem Gepäckträger eine Decke spazierenfahre.«

Franz küßte sie. Ihr Atem roch nach Apfel, ein paar Zuckerkörner klebten in ihrer Halsgrube. Während er ihr den Zucker vom Hals leckte, sah Mazarine ins Geäst hoch und kämpfte mit sich. Sie hätte gern gesagt, wie sehr sie ihn liebte, wollte ihm aber nicht zuvorkommen. Als sie es nicht mehr aushielt, warf sie Franz mit einem heftigen Stoß um, sah ihm tief in die Augen und beugte sich langsam so weit vor, daß ihre Lippen die seinen streiften. Dann zwickte sie ihn, sie rauften, fielen übereinander her, und sie ließ zu, daß er sich auf sie legte, aber nur so lange, bis sein Atem rasch und rauh ging, dann – er hatte noch die Augen geschlossen – rollte sie herunter und lief mit wehenden Haaren zur Straße zurück.

Nachdem Roy im Gefängnis gewesen war, fand Delphine, daß er immer weniger wurde. Er hatte stark abgenommen, die Haut war weich und flaumig wie ein reifer Pfirsich, die Augen trüb, das weiße Haar wirr. Auch in der Körpergröße war er geschrumpft und sah jetzt aus wie ein uralter kleiner Junge. Betrunken war er keck und redselig gewesen, jetzt lief er langsam und träumerisch herum, vergaß viel und war oft beängstigend friedlich.

Fleißig war er aber immer noch. Vormittags packte er in der Metzgerei überall mit an, wo Hilfe gebraucht wurde, ließ sich mit zehn Cents und einem Stück Wurst entlohnen, dann zog er weiter zu seinem Nachmittagsjob. Neuerdings half er Step-and-a-Half beim Sortieren und Transportieren, sah mit ihr zusammen das durch, was die Stadt nicht gebrauchen konnte. Gemeinsam streiften sie durch Argus und holten die gebrauchten Sachen von den Veranden. Zwischen zwei Sauftouren hatte er auch früher schon mit Step-and-a-Half zusammengearbeitet, jetzt machte er es täglich. Sie waren ein erstaunliches Paar – sie eine stolze, hochgewachsene Erscheinung mit scharfen Zügen und Adlernase, phantastisch anzusehen in ihren Fellen und Lumpen, er blaß und gebeugt, die Wangen vom Whiskey rot geädert, die Haut zart und durchsichtig, dazu eine lila Knollennase. Er hatte aus Brettern, Eisenteilen und Fahrradreifen eine handliche Karre gezimmert, die nun einer von ihnen schob, während der andere laut rufend ihr Kommen ankündigte. Straßauf, straßab nahmen sie dann, was sie bekommen konnten. Viel war es nicht in dieser schweren Zeit, wenn man nicht wie Step-and-a-Half die Köchin des Bankdirektors kannte, wenn sich nicht, wie für Step-and-a-Half, die Hintertüren der mehr oder weniger Begüterten öffneten, der Farmer, deren reiche Ländereien jetzt Teil der Stadt geworden waren, der Ladenbesitzer, die sich mit minimalen Gewinnspannen im Geschäft hielten. Da sie ihr Gewerbe schon so lange betrieb, war sie dort überall willkommen und mit ihr nun auch Roy Watzka.

Step-and-a-Half und Roy zusammen arbeiten zu sehen, war für Delphine ein Ärgernis. Sie hätte wohl froh sein müssen, daß ihr Vater einer anständigen Beschäftigung nachging, aber gelassen hinzunehmen, daß er sich mit einer so wunderlichen Person zusammengetan und dadurch wieder Anlaß zu Klatsch gegeben hatte, fiel ihr schwer. Außerdem war Delphine überzeugt davon, daß Step-and-a-Half sie nicht leiden konnte, weil sie Evas Stelle im Laden eingenommen hatte.

Eines Tages aber sprach Step-and-a-Half sie an. Delphine wickelte in dem gewohnten kleinen Ritual die Wurstzipfel und Fleischreste ein, die Step-and-a-Half mit dem üblichen Scharfblick geprüft hatte. Es hatte etwas Hochnäsiges, fand Delphine, wie sie darauf beharrte, sich noch aus dem schlechtesten Zeug das Beste herauszusuchen. Warum aber stand sie noch immer da, nachdem sie ihr Päckchen in Empfang genommen hatte, sah Delphine böse an und ließ ein rostig-kratziges Räuspern hören? Ein scharfer, nicht eigentlich unangenehmer Geruch nach Kampfer und Wildnis ging von ihr aus. An diesem Tag hatte sie einen bildschönen Schal aus türkisfarbenem Samt wie einen Turban um den Kopf geschlungen.

»Hab ne Katze gefunden«, sagte Step-and-a-Half.

»Roy hat's mir erzählt.«

Demnach teilte sie sich jetzt ihre vollgestopfte Bude mit einer jungen Katze, einem kleinen grauen Wollknäuel mit spitzen Zähnchen. Vielleicht will sie Milch, dachte Delphine, bat Step-and-a-Half zu warten, goß im Kühlraum Milch in eine Sahneflasche und reichte sie Step-and-a-Half über den Ladentisch. Step-and-a-Half nickte kurz und wie verwundert über Delphines erstaunliche Großzügigkeit und rührte sich nicht vom Fleck. Einen Augenblick betrachtete sie mit zusammengekniffenen Augen den deutschen Meisterbrief von Fidelis, der in einem schweren, geschnitzten Holzrahmen an der Wand hinter dem Ladentisch hing. Der Text war in Frakturschrift geschrieben und zu klein, um ihn aus dieser Entfernung lesen zu können. Schließlich neigte Step-and-a-Half majestätisch den Kopf und sagte: »Sie graben einen Tunnel bis nach China.«

Delphine fuhr zusammen. Was sollte dieses verrückte Gerede?

»Sie graben sich ihr eigenes Grab. Sieh zu, daß sie aufhören.«

»Wird gemacht«, versprach Delphine. »Ich will keinen Ärger haben.«

Step-and-a-Half nickte weise. Dann beugte sie sich halb über den Ladentisch und sah Delphine scharf an.

»Ich kenne die Lazarres. Taugt nichts, die Familie. Nimm dich mit diesem Cyprian in acht; und paß auf dein Geld auf.«

»Was geht das dich an?« fragte Delphine verwirrt. »Im übrigen gibt er mir Geld und nicht umgekehrt.«

»Das glaubst du«, sagte Step-and-a-Half, drehte sich auf dem Absatz um und polterte mit ihren klobigen Männerstiefeln hinaus.

Als die Tage kürzer wurden, kam Cyprian jeden Abend ins Geschäft und trank meist noch ein Bier mit Fidelis, während Delphine ihre Arbeit fertig machte. Wenn die Jungen nach Hause gekommen waren, die Gesichter von der Kälte gerötet, die zerschundenen Hände aneinanderreibend, verschwitzt vom schnellen Laufen, Erdbrocken an den Schuhen, stürzten sie sich auf ihr Essen, und sowie sie fertig waren, räumte Delphine die Teller ab und stellte saubere hin, dann aßen auch die Erwachsenen, was Delphine an dem Tag auf die Schnelle hatte machen können – Kartoffelbrei, Gulasch oder sonst ein Stück Fleisch, das sie nicht verkauft hatten und das sich nicht gehalten hätte. Wenn Eier da waren, gab es auch Kuchen. Häufig kam Tante dazu, manchmal Clarisse oder Roy oder der eine oder andere von Fidelis' Freunden und Sangesbrüdern. Meist saß Fidelis mit ein paar Leuten noch am Tisch, wenn Delphine und Cyprian gingen, nur wenn hinterher Singestunde war, blieben alle da. An einem Abend ließ

Delphine Fidelis und Cyprian allein am Tisch sitzen, weil sie noch den Warenbestand aufnehmen wollte. Die beiden Männer saßen da, die Reste von Nieren, Soße und Kartoffelbrei vor sich, und hielten sich an ihren Bierflaschen fest.

Als Delphine im Büro verschwand, spürten sie beide die wachsende Spannung. Nach einer Pause sagte Fidelis, er würde gern mal fliegen wie Franz, und Cyprian erwiderte, ihm reiche das Automobil vollauf. Dann tranken beide einen Schluck, und es wurde wieder still.

»Aber in einen Orkan würde ich nicht gern wieder kommen«, sagte Cyprian.

Fidelis nickte, verzichtete aber bewußt darauf zu fragen, wann Cyprian denn in einem Orkan gewesen war. Der Orkan schien ihm als Thema plötzlich problematisch, aber auch andere Themen – die Vor- und Nachteile verschiedener Autotypen, Roosevelts Besuch in Grand Forks, die Milchpreise, die Frage, ob es noch etwas zu schlachten geben würde, wenn die Dürre anhielt, die Alkoholsteuer und der Brand des Opernhauses in einer Nachbarstadt – fand er zu heikel. Als einzig halbwegs sicherer Gegenstand blieb das Essen oder das, was davon übrig war, deshalb bemerkte Fidelis, die Nieren seien nicht übel.

»Nicht übel?« fragte Cyprian. »Was soll das heißen?«

»Daß sie gut gekocht hat.«

»Kannst du laut sagen«, sagte Cyprian so triumphierend, als hätte er gerade einen Sieg über Fidelis errungen, und der ärgerte sich. Er nahm einen langen Schluck, Cyprian tat es ihm nach, und dann lachten sie verlegen, um die plötzlich entstandene Mißstimmung zu vertreiben.

»Hast du das von der Sonnenfinsternis gelesen?« fragte Cyprian in der Hoffnung, daß zumindest der Himmel ihnen zu Hilfe kommen würde.

»Nein«, erwiderte Fidelis bemüht neutral.

»Soll eine besonders dunkle sein«, murmelte Cyprian, der von diesen Dingen keine Ahnung hatte. Dann verfiel er auf ein seiner Meinung nach narrensicheres Thema. »Kriegst du jetzt im Herbst viel Wild zum Verarbeiten?«

Darauf ging Fidelis bereitwillig ein. »Ab und zu ein Stück Rotwild, und Gus Newhall hat in den Minnesota Northwoods einen Bären geschossen. Dabei hat er einen verdammten Indianer erwischt, einen Treiber, der dicht vor ihm war. In seiner Aufregung hat Gus abgedrückt, die Kugel hat dem Mann fast den Kopf abgerissen und ihn das Trommelfell gekostet.«

Cyprian, der gerade die Bierflasche an die Lippen setzen wollte, erstarrte und ließ die Flasche sinken. Dann sah er mit seinen schwarzen Augen in die hellen von Fidelis, und das war gefährlich. Plötzlich kamen ihre Blicke nicht mehr voneinander los, nicht einmal blinzeln konnten sie, denn derjenige, der zuerst blinzelte, war auf obskure Weise der Verlierer. Wie bin ich nur in diese Falle geraten, dachte Fidelis. Egal, da mußte er jetzt durch. Er hatte im Krieg gelernt, nicht zu blinzeln, wenn er einen Gegner im Visier hatte, weil er damit den ruhigen Druck des Fingers auf den Abzug gefährdet, den Sekundenbruchteil versäumt hätte, in dem der Gegner leichtsinnig seine Deckung verließ. Cyprian hatte die gleiche Kunst beim Boxen gelernt, denn so taxierten sich die Kontrahenten im Ring. Sie sahen sich in die Augen, und in dem Sekundenbruchteil eines Lidschlags konnte der bessere Mann den entscheidenden Schlag landen. Unbeweglich starrten sie sich an und fingen an zu keuchen. Ihre Augen wurden trocken und brannten, in der Nase stach es. Die Spannung wurde ungeheuerlich, lächerlich, unerträglich. Als Delphine hereinkam, zerschmetterte Fidelis mit einem lauten Knall seine Bierflasche. Alle drei sahen verblüfft auf das Blut, das aus seiner Hand schoß. »Was war denn das für ein Orkan, in dem du warst, Cyprian?« fragte Fidelis.

»Belleau Bois.« Cyprians Stimme war seidenweich. »Wo wir durch die brennenden Weizenfelder vorgerückt sind und die Deutschen von den Bäumen geschossen haben. Sie konnten nichts machen. Und als die Scharfschützen dann am Boden lagen, haben wir die Bajonette genommen.«

Delphine wäre am liebsten weggelaufen, statt dessen holte sie eine Flasche Ethanol und betupfte damit die Hand von Fidelis, während sie sich Cyprian zuwandte, um die Dinge wieder ins Lot zu bringen. »Wenn ich nicht irre, hat es damals einen Waffenstillstand gegeben. Was soll also dieses Gerede?«

Cyprian zuckte die Schultern, und Fidelis lachte, obwohl er gegen seinen jäh aufschießenden Zorn ankämpfen mußte und der Alkohol brannte. »Stimmt«, sagte er leichthin und schämte sich plötzlich seiner unerklärlichen Abneigung gegen Cyprian, mit dem er bisher immer gut ausgekommen war. »Ich war nicht in Belleau Woods. Der Krieg ist vorbei. Endgültig.«

»Eben.« Cyprian hatte zu seiner gewohnten Sanftmut zurückgefunden. »Abgesehen von ein paar Schönheitsfehlern.« Er deutete auf seinen Hals mit den wulstigen Narben.

Delphine streckte sich müde unter dem Quilt aus, den Eva an ihren guten Tagen aus briefmarkengroßen Stoffstückchen für sie genäht hatte. Die Spannung, die sie sich nicht erklären konnte und schon gespürt hatte, ehe sie die Küche betrat, machte ihr Sorgen. Cyprian, der kurz vor einer Explosion gewesen war, atmete jetzt ruhig neben ihr, aber er schlief nicht.

»Worüber habt ihr denn gestritten?« fragte sie.

»Über dich.«

»Schön blöd«, sagte Delphine und kam sich selbst blöd vor.

»Schon möglich.«

Delphines Lachen klang gereizt. Wieso war er eifersüchtig, wenn er sie immer nur wie eine Schwester behandelte? Warum meinte er überhaupt ein Anrecht auf sie zu haben? Es gärte und brodelte in ihr.

»Ich denke«, sagte sie schließlich, obgleich sie den Gedanken noch nicht zu Ende gedacht hatte, »wir sollten aufhören, nebeneinander zu schlafen, wenn du mich nicht lieben willst wie eine Frau.«

Sobald er aus dem Bett gestiegen war, fehlte ihr das Gewicht, das sie sonst immer neben sich gespürt hatte, sehnte sie sich danach, sich an seinen Rücken zu schmiegen und einen Arm um ihn zu legen. Wenn sie im Gleichtakt mit ihm atmete, schlief sie immer nach wenigen Sekunden ein. Nachdem sie eine Weile allein in der schweigenden Dunkelheit gelegen hatte, stand sie seufzend auf und wickelte sich in ihren roten Morgenmantel. Er saß am Küchentisch. »Verflixt, ich hab's nicht so gemeint«, sagte sie. »Bitte komm zurück.«

Cyprian folgte ihr ins Schlafzimmer, dann lagen sie wieder in der Schwärze und Stille beieinander. Roy schnarchte vor dem Herd, aber obwohl sie sich wie Kinder aneinandergekuschelt hatten, drohte eine traurige Erkenntnis sie zu trennen. Cyprian wußte, daß sein Ärger unberechtigt war und Delphine deswegen Mitleid mit ihm hatte. Und auch Delphine kam nicht zur Ruhe. Die Politur an der Innenseite des falschen Traurings blätterte ab, und das Metall darunter juckte. Sie warf sich hin und her, war noch lange wach, nachdem Cyprian eingeschlafen war, und lauschte neidisch seinen ruhigen Atemzügen.

Auch Fidelis war in jener Nacht länger wach als sonst.

Dreimal hatte er von der Küche aus den Jungen zurufen müssen, sie sollten endlich Ruhe geben. Früher hätte Eva aus ihnen herausgeholt, warum sie so hibbelig waren, aber ihm lag das Fragen nicht. Die Kinder hatten ihr eigenes Leben, in das er sich nicht einmischte, und von sich aus kamen sie nicht zu ihm. Daß es zwischen Fidelis und seinen Söhnen so formell zuging, lag sicherlich daran, daß er ständig überarbeitet war, aber dazukam, daß man es in seiner Familie immer so gehalten hatte. Er hatte mit seinem Vater nie – auch nicht als Erwachsener – über Persönliches gesprochen.

Fidelis blieb, obwohl es so spät war, über seinen Lieferantenrechnungen sitzen, überlegte, welche Gläubiger er abwimmeln konnte, welche er würde hinhalten können und wo sofort gezahlt werden mußte. Er zählte seinen kleinen Bestand an Bargeld, versuchte, auf eine Summe zu kommen, mit der er irgendwie doch alle würde zufriedenstellen können, nahm sich erneut die einzelnen Rechnungen vor, kürzte den Betrag auf der einen, schob eine andere auf einen anderen Stapel. Hin und wieder stemmte er die Fäuste an die Schläfen und starrte auf die Papiere, ohne etwas wahrzunehmen, dann fing er wieder an zu rechnen und ordnete die Stapel neu. Das Eintreiben der Schulden hatte er Tante übertragen. Sie verstand sich besser darauf, Blut aus Steinen zu pressen, denn nur so kam man in diesen Notjahren an sein Geld.

Auch die häßliche Szene mit dem Mann, der ein brauchbarer Bariton war und den er als Delphines Ehemann betrachtete, ließ ihm keine Ruhe. Als er seine kläglichen Bemühungen satt hatte, stand er auf und ging in der Küche herum, vier Schritte hin, vier zurück. Daß der Raum so klein war, frustrierte ihn, und er hätte seine Lauferei gern auf den Gang verlegt, wollte aber die Jungen nicht stören, die endlich eingeschlafen waren, deshalb beschränkte er sich wohl oder übel auf das Hin und Her über die Küchenfliesen. Plötzlich blieb er mitten im Raum stehen, hob die Hand an den Kopf und lachte.

Das war es also! Er hatte immer gewußt, daß mit diesem Cyprian etwas nicht stimmte, war aber nie dahintergekommen, was es war. Als er daran dachte, wie sie einander gegenübergesessen und sich angestarrt hatten, ohne zu blinzeln, als er sich daran erinnerte, wie er von Gus Newhalls Bärenhatz erzählt hatte, ging ihm ein Licht auf. Fidelis sah die pechschwarzen Augen seines Gegenüber vor sich und dachte an den Treiber mit dem kaputten Trommelfell. Natürlich: Cyprian war Indianer. Irgendwie hatte er schon immer gewußt, daß Cyprian anders war. Jetzt war alles wieder in Ordnung. Oder beinah. Denn Fidelis begriff auch, daß die Abneigung, die so plötzlich zwischen ihnen entstanden war, ihren Grund auch in Delphines Abwesenheit oder Anwesenheit oder vielleicht ihrer bloßen Existenz hatte.

Der Eingang zu der Erdburg, abgestützt mit dem Boden eines alten Wagenkastens, war eine wahre Pracht geworden. Den Türsturz aus einem kurzen Balken, den sie in der morschen Bauhütte gefunden hatten, zierte sogar ein Hufeisen. Auch der Eingang des Tunnels war mit Brettern verstärkt, die sie aus den Schuppenwänden gestemmt und durch das kleine Waldstück zur Baustelle geschleppt hatten. Am Bau arbeiteten jetzt nur noch ein paar Unentwegte – Markus, die Zwillinge Emil und Erich, Grizzy Morris und Roman Shimek. Die anderen waren abtrünnig geworden, aber die Kerntruppe störte das nicht. Das Beste kam ja erst, sie hatten es bis zur Bergmitte geschafft und arbeiteten jetzt stetig daran, ihre Höhle, ihr Klubhaus, ihre Machtzentrale, ihr geheimes Gelaß zu erweitern.

Vorher aber mußten an die sechs Meter bäuchlings bewältigt werden. Anfangs war das Loch im Berg sehr klein gewesen. Markus hatte mit dem Blatt einer Hacke, das immer zuerst zum Einsatz kam, eine Höhle ausgekratzt, die nur wenig größer war als der Tunnel. Mit den gestohlenen Bettüchern brachten sie den Aushub ins Freie. Markus war am eifrigsten, er grub und schleppte noch, wenn die anderen schon im Gras saßen, sich ausruhten oder rostbraune, in Zeitungspapier gewickelte falsche Tabaksblätter zu rauchen versuchten. Er rief sie nicht zur Ordnung, machte ihnen keine Vorwürfe, wenn sie da herumsaßen, ja er nahm sie kaum zur Kenntnis. Geduckt durch die eindrucksvolle Pforte zu kriechen und in das schwarze Herz der Erde vorzudringen, bis zu einer Stelle, wo es so still war, daß er das Blut in der Lunge seufzen, sein Herz pochen hörte – das verschaffte Markus tiefe Befriedigung. Wenn sie dann heimgingen, war er ruhig und ein wenig benommen und schlief durch – zum ersten Mal, seit er die Mutter verloren hatte.

Von den Erwachsenen kam niemand so recht dahinter, was sie trieben. Im Grunde war es erstaunlich, daß die Jungen nicht schmutziger waren, wenn sie heimkamen, aber der November war mild, und der größte Teil der sichtbaren Erdspuren auf der Kleidung und im Haar ließ sich ausbürsten oder abklopfen oder irgendwie tarnen. Außerdem vermieden sie, wenn sie ins Haus kamen, zunächst jede Begegnung mit den Eltern oder im Fall von Markus und seinen Brüdern mit Delphine. Manchmal war sie dann gar nicht da, weil sie den Jungen das Essen in die Röhre gestellt hatte und zur vereinbarten Zeit mit Cyprian heimgefahren war. Der Vater, der im Geschäft oder an seinem vollgepackten Schreibtisch arbeitete oder mit Freunden in der Küche saß und Bier trank, bekam sie erst zu sehen, wenn sie gewaschen und bereit fürs Bett waren. Auch dann nahm er sie nur flüchtig zur Kenntnis. Sie lebten, sie atmeten, äußerlich war alles in Ordnung, und erschöpft, wie er war, begnügte er sich mit diesem Augenschein.

Es wurde nun früher dunkel, die Erde wurde jeden Tag ein wenig kälter, und die Jungen gruben sich in den Berg hinein wie Taschenratten, die es eilig haben, ihr Winterquartier herzurichten. Nach und nach wurde die Höhle größer, so daß schließlich ein Junge darin erst knien, dann stehen konnte, ein zweiter konnte sich hineinzwängen, ein dritter. Und dann kam der Regen.

Kalt und grau trommelte er drei Tage lang herunter, ließ die Gräben und die städtische Kanalisation überlaufen, füllte die Flüsse und Moorlöcher, verwandelte die Straßen in Bäche und den Keller der Baustelle in einen großen Teich. So plötzlich, wie es angefangen hatte zu regnen, verzogen sich die Wolken, eine matte Sonne kam heraus, und ein kühler Wind trocknete das Schwarz der Felder zu einem matten Grau. Nach der Schule liefen die Jungen zu ihrem Berg, um nach dem Bau zu sehen, aber die Schäden waren nicht so groß wie befürchtet. Ein paar Bretter hingen durch, der Berg selbst war an der Stelle, wo sie immer zu ihrem Ausguck kletterten, ausgewaschen, aber der Tunnel, den sie in einer leichten Schräge nach oben angelegt hatten, war ebenso wie die Geheimkammer erstaunlich trocken. Diese Trockenheit allerdings war trügerisch, denn die Erde darüber hatte sich mit Wasser vollgesogen und war um vieles schwerer als zu Beginn ihrer Arbeit.

Eifrig machten sie sich an die Reparaturen.

»Die Bretter hierher«, kommandierte Markus. »Wir müssen verstreben.« Dieses Wort fand er wunderbar erwachsen und professionell und benutzte es daher gern. Er hatte aus dem Werkzeugvorrat seines Vaters eine Brechstange mitgehen lassen, zum Glück hatte es noch niemand gemerkt, und damit stemmten die Jungen weitere Bretter aus dem Bauschuppen, durch dessen Wände nun die Sonne in breiten Bahnen fiel. Nach dem Regen roch die Luft sauber, und die Jungen arbeiteten rasch und umsichtig, da ihnen an diesem Spätherbsttag nur noch wenig mehr als eine Stunde Tageslicht blieb. Sie holten die Erde heraus, die dort, wo die Bretter nachgegeben hatten, in den Tunnel gefallen war. Sie war naß und klumpig, aber das fiel ihnen nicht weiter auf, weil ohnehin so viel Feuchtigkeit in der Luft war. Sie brachten den Gang bis zu der Geheimkammer, die nur mit einer wackeligen Bretterkonstruktion abgestützt war, notdürftig in Ordnung.

»Es wird dunkel«, sagte Roman unruhig, als Markus das nächste Brett in den Tunnel schleifte, »ich muß gehen.«

»Moment noch. Hilf mir mal mit dem Brett.«

Roman schob das Brett nach vorn, und Markus schlängelte sich so weit zurück, daß er es sich zwischen die Füße klemmen konnte. Hier, tief im Berg, war die Luft von Nässe gesättigt. Er rief den anderen zu, sie sollten mit der Hacke und dem Bettuch nachkommen, aber eigentlich war ihm das in diesem Moment nicht wichtig. Er hatte einen Kerzenstummel und Streichhölzer in der Tasche, zündete aber die Kerze noch nicht an. Die Dunkelheit legte sich freundlich und wohltuend um ihn, die Stille war tröstlich und rein. Er strich über die Wände der Geheimkammer und stellte zufrieden fest, daß sie trocken waren. Er würde wohl doch kein Licht brauchen, um das Brett an die richtige Stelle zu schieben. Er stellte zwei Bretter senkrecht, grub sie dreißig Zentimeter tief ein und legte das dritte Brett quer darauf. Dann kroch er zurück, um das nächste Brett zu holen, und traf auf halbem Wege Roman.

»Ich geh jetzt«, keuchte Roman. »Es ist schon fast dunkel. Komm endlich.«

»Ich will nur noch das letzte Stück hier verstreben.« Da war es wieder, dieses Wort, und mit dem Brett in einer Hand schlängelte er sich durch den schadhaften Teil des Ganges in den Hohlraum und hatte gerade auch mit diesem Brett die Decke verstärkt, als die Jungen, die schon draußen waren, etwas Eigenartiges bemerkten. Sie waren auf dem Weg zum Schuppen, um vor dem Heimweg noch ein letztes Brett herauszustemmen, als eine lautlose Kraft, die aus der Erde selbst zu kommen schien, sie zwang, sich umzudrehen. Im gleichen Augenblick sank der Berg mit einem unbeschreiblichen, aus großen Tiefen dringenden dumpfen Laut in sich zusammen. Eben noch hatte da ein hoher Kuppelbau gestanden, jetzt war es nur noch ein formloser Hügel. Minuten vergingen, bis die verblüfften Jungen begriffen hatten, daß Markus noch drin war.

Das Bett aus Kiefernnadeln war oben trocken, darunter aber noch feucht, und Mazarine und Franz setzten sich auf einen niedrigen Steinsims neben der Kiefer und unterhielten sich. In letzter Zeit bemühte sich Betty Zumbrugge sehr um Franz, vor allem wegen seines Erfolgs beim Football, und das machte Mazarine Kummer, auch wenn sie es nicht einmal sich selbst gegenüber zugeben mochte. Betty fuhr mit dem Wagen ihres Vaters in die Schule, sie hatte jeden Tag ein anderes Kleid an und trug Seidenstrümpfe. Sie war blond – zu blond, sagten manche Mädchen – und benutzte einen scharlachroten Lippenstift, den sie angeblich in Minneapolis gekauft hatte. Sie sprach Franz in der Schule an und fragte, ob er mit ihr spazierenfahren wolle. Sie griff zu allen Mitteln, selbst auf die Gefahr hin, sich lächerlich zu machen, wie Mazarines Freundinnen sagten. Bisher hatte Franz nicht reagiert, und Mazarine war zu stolz, um mit ihm darüber zu sprechen. Ihm wäre es nie in den Sinn gekommen, daß Bettys Annäherungsversuche Mazarine verletzen könnten. In dem gedämpften Licht, das durch die Kiefernzweige fiel, sah er sie an.

»Komm her«, sagte er und streckte sich auf den weichen Kiefernnadeln aus.

Sie schüttelte den Kopf. »Es ist feucht.«

»Ehe wir heimfahren, sind wir wieder trocken.« Mazarine rutschte von dem Sims, rollte sich neben ihm zusammen und sah an dem mächtigen Stamm zum Himmel hoch. Franz beugte sich über sie und strich ihr das Haar aus der Stirn. Der Haaransatz wirkte wie mit einem feinen Pinsel gezogen, so gleichmäßig umgab er ihr Gesicht. Er küßte ihre Augenbrauen, die braun und gerade waren, ganz ähnlich wie die seinen, und dann legte er die Hände um ihr Gesicht und küßte sie ausgiebig auf den Mund.

Sein Herz hämmerte. Der Regen hatte den Kieferndufl und den Schimmelgeruch aus dem welken Laub verstärkt. Mazarine roch nach billiger Schulseife, nach Papier, nach ihrem salzigen Körper. Er streckte sich aus und hoffte, sie würde seine Hand wieder auf ihre Brust legen. Diesmal würde er es nicht beim Streicheln belassen. Aber es kam anders.

Mit einer wieselflinken Bewegung machte sie sich los und kniete sich neben ihn. Langsam und bedächtig zog sie das Ende seines Gürtels aus der ersten Schlaufe und lächelte. Überrumpelt lehnte er sich zurück. Sie rieb auf seinem obersten Hosenknopf herum. Er biß sich auf die Lippen. Bitte, schrie es in ihm. Bitte ... Sie öffnete den ersten Knopf, mit fast mütterlicher Sorgfalt den zweiten und den nächsten – bis unten hin. Dann streckte sie sich neben ihm aus und legte die Wange an seine Unterhose. Sein Glied schnellte ihr in schmerzhafter Spannung entgegen. Sie schlang die Arme um seine Hüfte, er packte ihre Schultern, legte die Hände um ihren Nacken unter dem langen Haar und murmelte die Koseworte, die nur ihnen gehörten. Ihr Gesicht lag heiß und schwer an seinem Glied. Ein leichter Wind ließ die Kiefernzweige rauschen.

Der Regen war gut fürs Geschäft gewesen. Die Farmer nahmen ihn zum Anlaß, in die Stadt zu fahren, und mehr als einer hatte sich im Gespräch mit Fidelis entschlossen, ein Dutzend alte Legehennen schlachten zu lassen, eine Kuh, die keine Milch mehr gab, sogar ein Schwein, das fett genug war, oder einen Ochsen, um ihn nicht durch den Winter bringen zu müssen. Die nächste Woche würde viel Arbeit, aber auch Gewinn bringen, und Fidelis sah im Geist den Rechnungsstapel auf seinem Schreibtisch schrumpfen. Wenn er Glück hatte, würde er bald wieder die Maserung der Schreibtischplatte sehen und womöglich Winterstiefel für die Söhne kaufen können. Es ging offenbar wieder aufwärts. Auf seiner Runde durch die Lebensmittelgeschäfte und Kaufläden hatte er etwas mehr verkauft als sonst, und Zumbrugge hatte seine Schulden bezahlt. Das linderte die Geldsorgen ein wenig, die an seiner Kraft zehrten, und er fand das Leben ausnahmsweise recht annehmbar. Als er Cyprian sah, der an der Motorhaube des DeSoto lehnend auf Delphine wartete, bot er ihm ein Bier an und sagte, er solle doch einen Augenblick hereinkommen und sich setzen, ganz so, als sei bei ihrer letzten Begegnung nichts Besonderes vorgefallen. Cyprian lehnte höflich dankend ab und wollte beim Wagen warten. Und dabei hätte Fidelis es belassen sollen, nur war es seine Art, jede Situation bis zum Äußersten auszureizen.

Meist erreichte er mit einem Scherz das, was er wollte. Diesmal aber hatte er gar nicht vor, Witze zu reißen, er fühlte sich einfach wohl und wollte auch unbewußt bei Cyprian etwas gutmachen, weil er ihm die Geschichte von Gus Newhall und dem Indianer mit dem kaputten Trommelfell erzählt und dabei gelacht hatte, wollte Cyprian zu verstehen geben, daß er nichts gegen Indianer hatte, daß die ihn ganz im Gegenteil sogar interessierten. In Deutschland hatte er einiges über ihr Leben gehört, war aber hier mit ihnen kaum in Berührung gekommen. Statt Cyprian in Ruhe zu lassen, wodurch sich die Spannung in ein paar Tagen oder Wochen gelegt hätte, holte er zwei Flaschen Bier aus dem Kühlschrank und ließ die Verschlüsse der hohen, dunkelbernsteinfarbenen Flaschen hochschnellen, so daß die Kohlensäure in einer kleinen Rauchsäule entwich.

»Hier!« Er streckte Cyprian eine Flasche hin. »Wird dich nicht umbringen.«

Cyprian trank einen Schluck, ohne etwas zu sagen. Dumpf starrte er den aufgewühlten Schlamm im Hof an und heuchelte Interesse an den Rissen und Schrunden, zu denen er sich verfestigt hatte. Er wußte selbst nicht, was mit ihm los war. Warum konnte er nicht einfach danke sagen und mit Fidelis so unbefangen umgehen wie sonst? In seiner Brust lag ein großer Stein, der ihm das Atmen schwermachte. Durch das Bier wurde die Sache nicht besser, es hatte für ihn einen bitteren Beigeschmack. Dann sah er überrascht, wie seine Hand die Flasche umdrehte und das Bier auf die ausgedörrte Erde goß. Der Hopfengeruch hing ein paar Sekunden in der Luft und verwehte. Fidelis stellte seine Flasche auf der Motorhaube ab. Jetzt war alles zu spät. Gekränkt und zornig stellte er sich Cyprians Blick, trat aber vorsichtshalber einen Schritt zurück, so daß ein plötzlicher Schlag ihn nicht erreichen konnte. Er band die schmutzigweiße Schürze ab, ließ sie zu Boden fallen und krempelte die Ärmel hoch.

Cyprian sah gedankenvoll zu, wie das Bier sich ausbreitete und ein zartes Muster auf die verkrustete Erde zeichnete. Wenn er aufsah, das wußte er, würde es losgehen, und er hatte es jetzt nicht eilig. Der Gedanke, daß dieser Augenblick unvermeidlich war, erfüllte ihn mit Genugtuung. »Es mußte so kommen«, sagte er halblaut.

»Des Menschen Wille ist sein Himmelreich«, bemerkte Fidelis ausdruckslos.

Cyprian stieß sich von der Motorhaube ab, hob langsam den Kopf und sah wieder in die weißblauen Augen, die ihn festhielten, während er den Hut absetzte, das Jackett abschüttelte und ebenfalls die Ärmel hochkrempelte. Da standen sie nun, die Arme locker, aber schlagbereit, der eine schlank, dunkel und geschmeidig, der andere ein kompaktes Kraftpaket. Beide hatten ihre Stärken, und beide hatten eigentlich vor, den Gegner, um die eigenen Fähigkeiten möglichst effektiv einzusetzen, planvoll in die Enge zu treiben, aber daraus wurde nichts. Zum zweiten Mal an diesem Tag kam Fidelis die eiserne Selbstbeherrschung abhanden. Bei dem Gedanken an das sinnlos verschüttete Bier packte ihn blinde Wut, und er stürzte sich geduckt auf Cyprian, um ihn gegen das Auto zu schmettern. So nah wollte aber Cyprian den Metzger nicht an sich herankommen lassen. Auch er duckte sich, traf Fidelis mit einem gezielten Haken am Kinn und wich dann tänzelnd zurück, um den Schaden zu begutachten.

Viel war nicht passiert, aber der Kinnhaken hatte Fidelis aus seiner ziellosen Wut herausgeholt, er hatte sich nun wieder im Griff und überlegte mit zusammengekniffenen Augen seinen nächsten Schritt. Die Männer umkreisten einander konzentriert und voll kalter Wachsamkeit, in Gedanken bei dem, was sie erst zugeben würden, wenn alles vorbei war, bei der Schande, der Torheit, sich wegen einer Frau zu schlagen, auf die beide keinen Anspruch hatten. In der Pause zwischen Cyprians Kinnhaken aber und dem nächsten Schlag von Fidelis, in der Pause zwischen der Absicht und der Tat klangen die angstvollen Rufe der Jungen wie laute Vogelschreie über das gelbe Gras der Felder zu ihnen herüber.

Fidelis ließ die Fäuste sinken und warf Cyprian einen warnenden Blick zu, dann liefen beide, gejagt von den Rufen, die offenkundig nichts Gutes bedeuteten, den Kindern entgegen. Ramon keuchte heiser, Emil schluchzte etwas von einem Berg, Erich kam totenblaß auf seinen kurzen dicken Beinen hinterhergetappelt. Fidelis hockte sich neben Emil, aus dem alles in wirrem Durcheinander heraussprudelte – das Fort, der Berg, wie der Berg zusammengesackt war, die Geheimkammer, Markus – und verstand zunächst gar nichts. Cyprian aber hatte sofort alles erfaßt. »Schaufeln«, sagte er. »Wir müssen Schaufeln mitnehmen.« Cyprian war es auch, der Delphine anwies, möglichst viele Leute zusammenzutrommeln, der sie von Fidelis wegzog und sagte, sie solle sich beeilen und auch den Arzt holen, Markus sei womöglich lebendig begraben.

Nur daß es dem in der Erde nicht so vorkam. Als der donnernd zusammenstürzende Berg ihn nicht umgebracht, sondern in einen winzigen Hohlraum zwischen zwei verzogenen Brettern eingeklemmt hatte, wurde Markus sehr müde. Die Erde hatte sich um ihn geschlossen wie eine Faust. Ihm tat nichts weh, er konnte sich nur nicht bewegen. Er bekam Luft, aber was da in seine Lungen drang, mußte wohl so was wie ein Betäubungsgas sein, denn er verfiel in einen traumlosen, erschöpften Dämmerschlaf wie früher als kleiner Junge, wenn das Fieber wich und seine Mutter zu ihm unter den kühlen, frischen Bettbezug schlüpfte, ihm die Hand auf die Stirn legte und ihn wiegte. Auch jetzt meinte er, ihre Hand zu spüren und ihren tröstenden Körper. Dann schlief er endgültig ein. Sie lagen im Bug eines Schiffes, das sehr viel Stille und Dunkelheit geladen hatte, und schaukelten bis ans Ende der Welt.

In der Dämmerung konnten die Männer gerade noch die Umrisse des Erdhügels und den verschütteten Zugang erkennen. Fidelis fing sofort an zu graben wie ein Wilder, und Cyprian brauchte alle Kraft, um ihn festzuhalten und daran zu hindern. In der tiefer werdenden Dämmerung sahen die beiden Männer sich an, und Cyprian sagte langsam und nachdrücklich: »Hör auf damit, sonst stürzt auch noch der Rest ein. Wir müssen sehr vorsichtig sein.«

Er zeigte ihm das Werkzeug, das die Jungen benutzt hatten, und drückte Fidelis die Hacke mit dem abgebrochenen Stiel in die Hand. Dann knieten sie sich hin und versuchten, den Zugang zu erweitern, indem sie mit raschen, behutsamen Bewegungen die Erde wegkratzten. Cyprian schaffte den Aushub auf einem Bettuch bis zum Ausgang, die Jungen packten wortlos zu, schütteten die Erde aus und brachten es zurück. Als Delphine mit Laternen und der Rettungsmannschaft eintraf, waren die beiden Männer, schon schweißgebadet vor Anstrengung, erst mit dem Oberkörper in der Öffnung verschwunden. Während Fidelis sich bäuchlings vorarbeitete, rief er nach Markus.

Seine Rufe hallten von den Tunnelwänden wider und erreichten Cyprian, der nicht reagierte. Er hatte auf dem Schlachtfeld Sterbende rufen hören, hatte die Schreie so vieler Menschen gehört, die nach einem blutigen Gefecht aus dem Schlamm aufgestiegen waren, und wußte, daß es nicht gut war, die Verzweiflung zu nah an sich herankommen zu lassen. Die anderen, die draußen warteten, brachten nicht so viel Disziplin auf. Der ganze Gesangverein hatte sich versammelt, aber es war ein ebenso trauriges wie sinnloses Treffen. Sie konnten nicht mehr tun, als halblaut über Strategien zu diskutieren, um den Berg herumzugehen und zu überlegen, ob es eine andere, bessere Möglichkeit gab, den Jungen zu retten. Die heiseren Schreie des Metzgers nahmen sie so sehr mit, daß manche ungeniert in Tränen ausbrachen oder sich abwandten und die Stirn an einen Baumstamm lehnten. Sie hüteten die Laternen und sorgten sich. Mehr konnten sie nicht tun, denn die beiden im Berg weigerten sich, aufzugeben oder Hilfe anzunehmen.

Sie arbeiteten sich an den umgefallenen Brettern entlang. Cyprian richtete sie wieder auf und konnte nur hoffen, daß sie die Last der Erde tragen würden. Der Tunnel war so eng, daß die Decke ihren Rücken streifte. Wenn er einstürzte, würden sie nicht sofort tot sein, sondern noch spüren, wie langsam Luft und Leben aus ihnen wich. Trotzdem kroch Cyprian verbissen hinter dem Metzger her bis zu einem kleinen Quergang, der noch intakt war. Sie zwängten sich durch. *»Gott Verdienst«*, sagte Fidelis auf deutsch, machte sich so lang, wie er konnte, und berührte Markus' Schuhsohle.

Cyprian spürte den Schock, der Fidelis' Körper durchbebte, und packte ihn am Knöchel. *Warte*, sagte er, *warte,* denn Erdbrocken polterten bedrohlich auf sie herab, und wenn der Metzger kräftig an dem Jungen zog, der vielleicht ohnehin tot war, womöglich mit dem ganzen Körper in der Erde steckte, konnte die gebrechliche Bretterkonstruktion in sich zusammenfallen und alle drei unter sich begraben. *Warte*, sagte Cyprian, *versuch festzustellen, wie er liegt.* Der Metzger robbte näher und schaffte sich einen schmalen Spalt für seinen zitternden Arm. Er tastete behutsam über Markus hin, bis er merkte, daß sein Sohn atmete, aber auch, daß er halb begraben war und nur überlebt hatte, weil bei dem Erdrutsch ein paar Bretter sich zufällig zu einem Hohlraum zusammengefügt hatten. Als Fidelis begriff, daß diese Bretter jeden Augenblick nachgeben konnten, spürte Cyprian seine Erschütterung und seine Furcht.

Er versuchte, trotz der Nässe und Dunkelheit, trotz der lastenden Schwere des Erdreichs die Angst, die ihn vom Körper des

Metzgers her erreichte, mit einem tiefen Atemzug zu vertreiben. *Langsam,* sagte er und staunte selbst über seine Stimme, die fest und freundlich zugleich klang. *Immer mit der Ruhe.* Fidelis brauchte seine ganze Kraft, um die Hände zu bewegen, nur die Hände. »Ich weiß nicht«, hörte Cyprian ihn sagen, und dann erklärte er dem Metzger in dem gleichen ruhigen, überzeugenden Ton, er, Cyprian, würde es allein schaffen, Fidelis müsse jetzt erst einmal mit ihm zusammen ins Freie kriechen.

»Ich mache das nicht zum ersten Mal«, sagte Cyprian, als sei es etwas Alltägliches, einen Jungen aus einem zusammengesackten Erdhaufen herauszuholen. Wie er es fertigbrachte, so überzeugend zu lügen, wußte er nicht, aber er wußte, daß Fidelis nur restlos einleuchtenden Argumenten zugänglich sein würde, daß er ihm keine Möglichkeit zur Widerrede geben durfte. »Du bist zu breit, du könntest ihn umbringen, wenn du versuchst, ihn auszugraben. Ich habe das gelernt. Ich hole ihn raus. Komm jetzt mit. Es geht um deinen Jungen.«

Fidelis gehorchte wie in Trance. Seine Feindseligkeit war in bedingungslose Loyalität umgeschlagen. Langsam schob er sich rücklings aus dem Tunnel heraus ins Licht der Laternen. Als Cyprians Stiefel erschienen, stürzten die Helfer herbei, und er schrie sie an, sie sollten ihm vom Leibe bleiben.

Erschrocken wichen sie zurück und hockten sich im Kreis um den Zugang, der so klein aussah, daß es fast unglaublich schien, daß zwei erwachsene Männer darin hatten verschwinden können. Langsam kam erst der eine, dann der andere heraus, dann hockten sie in dem weißen Licht, über und über mit nasser schwarzer Erde bedeckt, und füllten sich die Lungen mit frischer Luft. Cyprian verlangte ein Seil.

»Ich muß zurück.« Fidelis lief zum Eingang. Daß er den Jungen im Stich gelassen hatte, war ihm unerträglich. Cyprian stürzte sich auf ihn und hielt ihn fest. »Delphine«, rief er. »Delphine, sag du's ihm.« Die Lichter flackerten, der Wind brachte erste Regentropfen mit.

»Cyprian schafft das«, sagte Delphine ruhig, die begriffen hatte, worauf es ankam. Sie hielt den Blick des Metzgers fest. »Laß ihn gehen.«

Später erzählten sie sich, Cyprian habe sich in die Erde hineingebohrt wie ein Regenwurm. Plötzlich war er verschwunden. Fidelis blieb draußen, benommen den massigen Kopf schüttelnd, die Augen in dem erdverkrusteten Gesicht weit aufgerissen. Er ließ sich zu Boden fallen und wehrte heftig jeden Annäherungsversuch ab. Alle zogen sich zurück, nahmen die Laternen mit und ließen ihn in der Dunkelheit allein, weil er es so wollte. Nur Delphine blieb unerschrocken an seiner Seite. Er schien selbst ein Klumpen Erde zu sein, wie er da saß und wartete. Obwohl auch Delphine unter der fast unerträglichen Anspannung litt, fragte sie sich, ob Fidelis wohl betete. Sie hatte ihn noch nie beten sehen, und das, was ihr an törichten, verzweifelten Bitten lautlos von den Lippen kam, war kein richtiges Gebet. Sie hätte auf Step-and-a-Half hören sollen. Jetzt waren die Mächte, die die Erde geschaffen hatten, von ihren Bitten gewiß nicht stärker beeindruckt als ein Metzger von dem protestierenden Muhen einer Kuh, die er in den Treibgang jagt. Dennoch bat sie verzweifelt, der Regen möge noch eine Weile ausbleiben, die Erde sich verfestigen, der gefährdete Tunnel halten. Vielleicht hatte sie das eine oder andere davon halblaut ausgesprochen, denn der Metzger griff nach ihrer Hand, als wollte er sie oder vielleicht sich selbst beruhigen, vielleicht wußte er auch nicht, was er mit Delphines Hand machte, merkte gar nicht, daß er sie hielt, während beide wie Bittsteller vor dem Eingang knieten.

Es ging im Grunde wieder darum, das Gleichgewicht zu finden, nur diesmal nicht in der Luft. Cyprian schob sich rasch und zielstrebig durch den immer enger werdenden Gang, so schnell, daß ihn die Angst nicht einholte, eine Angst, die sein Denken lähmen und sein Herz zum Rasen bringen würde. Sie war eine natürliche Erscheinung, diese Angst, genau wie die Stille, die sich in ihm ausbreitete, wenn er sich dem Ende einer Fahnenstange näherte. Er sah gelbes Licht vor sich flirren und atmete tief und gleichmäßig. Aus dem Krieg und von besonders gefährlichen Nummern her wußte er, daß sich diese Urangst nur überwinden ließ, wenn er ausschließlich an seine Atmung dachte, an den nächsten Atemzug und den danach, wenn er sich auf das Balancieren auf einem imaginierten Drahtseil konzentrierte. So atmete er sich durch den engsten Teil des Tunnels und kam schließlich an die Stelle, wo Fidelis die Hand in den winzigen Hohlraum gesteckt hatte.

Der Junge war noch da. Zuerst dachte er, Markus sei tot, und war unsäglich enttäuscht, aber als er sich mit den Fingerspitzen bis zum Mund des Jungen vorgetastet hatte, spürte er Wärme, und rechts entdeckte er eine Stelle, an die er die Erde schaffen konnte, die er so behutsam wegnahm, wie ein Archäologe einen zerbrechlichen Schatz freilegt. Trotz aller Vorsicht schien zweimal die Erde um sie herum zu beben. Er wußte nicht, daß es der Donner des heraufziehenden Gewitters war, eines Gewitters, das die Wartenden bis auf die Haut durchnäßte. Zehn Mann mußten Fidelis niederkämpfen, als er Delphines Hand losließ und versuchte, wieder in den Berg zu kommen.

Cyprian konzentrierte sich nur auf die Erde, die er wegschaffte, eine Handvoll nach der anderen, bis er den Jungen so weit freigeschaufelt hatte, daß er ihn in der Taille leicht anwinkeln konnte, denn nur so würde er ihn aus seinem Gefängnis herausbekommen. In der tiefen Dunkelheit streifte er Markus die Erde erst vom einen, dann vom anderen Bein, drehte ihn um, legte die Arme des Jungen um seine Brust und zog ihn vorsichtig ruckelnd durch die schmale Öffnung auf den Tunnelboden.

Erdbrocken stürzten polternd herunter, eins der Bretter gab nach, und Cyprian legte schützend die Hände um das Gesicht des Jungen, aber der Tunnel hielt.

Es war gut, daß Markus nicht bei Bewußtsein war, denn Cyprian spürte, daß ein Arm gebrochen war. Wäre der Junge plötzlich aufgewacht und hätte um sich geschlagen, hätte es gefährlich werden können. Deshalb verschnürte er ihn wie ein Paket und knüpfte eine Schlaufe, die er zwischen die Zähne nahm, so daß er Markus ziehen konnte. So schob er sich mit den Füßen zuerst durch den Tunnel und in den Regen hinaus. Als die Lichter ihn anstrahlten und die Männer bei seinem Anblick in Hochrufe ausbrachen, kam Markus kurz zu sich und blinzelte. Das erste, was er sah, war Delphines Gesicht, umgeben von einem Strahlenkranz, als sie die Verschnürung löste und ihn in die Arme nahm.

Franz und Mazarine hatten so lange unter der Kiefer gelegen, daß sie beim Aufstehen wie betrunken waren, erfüllt von einer schwindelnden Glückseligkeit. Als er heimkam, spürte er noch den Druck ihres Gesichts auf seiner Männlichkeit, ihr Haar weich und lebendig unter seinen Händen. Er merkte sofort, daß etwas nicht stimmte. An diesem Abend trafen sich die Männer sonst immer zur Singestunde, aber heute war es sehr still im Haus, man hörte nur den Regen trommeln. Die Ladentür war unverschlossen, das Licht brannte, aber kein Mensch war zu sehen. Franz ging in die Küche, sah den gedeckten Tisch, die Gläser mit Milch. Er öffnete und schloß die Hände, setzte sich auf einen Küchenstuhl, nahm ein Stück kaltes Fleisch von einem Teller, als hoffte er, darunter eine Nachricht zu finden. Der erste Schock über das leere Haus legte sich, für ihn stand nun fest, daß ein Unglück geschehen war. Er wußte nicht, was er machen, wohin er sich wenden sollte, selbst die Hündin war fort. Das Gewitter kam näher, es schüttete wie aus Eimern.

Ratlos lief Franz auf und ab, stand vor der Tür, wo er naß bis auf die Haut wurde, ging frierend wieder in das hell erleuchtete Haus zurück. Und als er ruhelos hin und her wandernd an das dachte, was er getan hatte, während zu Hause etwas Schlimmes passiert war, wischte er sich die Handflächen am Hemd ab, um das Gefühl von Mazarines Haar zu tilgen. Er hatte große Angst um seinen Vater, um sie alle, und in diese Angst mischte sich brennende Scham, weil er jedes Gefühl für Pflicht und Zeit verloren hatte, weil er mit seinem Glied an ihrem Gesicht beinah eingeschlafen war. Was immer jetzt geschehen sein mochte – es war seine Schuld. Er ging wieder zur Tür, trat von einem Fuß auf den anderen, machte in seiner Verzweiflung noch eine Runde ums Haus, dann sah er kleine schwankende Lichter über die Felder kommen und lief laut rufend auf sie zu.

— 10 —

Die Erdkrankheit

Markus war lange krank, nachdem Cyprian ihn aus dem Berg geholt hatte. Er litt nicht nur unter den Folgen des Armbruchs – laut Dr. Heech ein sehr interessanter Bruch mit Komplikationen –, sondern ein namenloser Feind war über ihn gekommen, so daß er ständig fieberte und nur noch schlafen wollte. Delphine nannte es die Erdkrankheit. Sie stellte sie sich so vor, daß die Erde ihn ausgekühlt hatte und er sich deshalb noch immer zu der dumpfen Kälte hingezogen fühlte, in der seine Mutter schlummerte. Manchmal war sein Blick so starr, daß sie ihn kaum ertragen konnte – bis sie begriff, daß dies nur der rätselhafte Blick eines Neugeborenen war. Dann ließ sie ihn in Ruhe und versuchte nicht mehr, ihn mit Gedichten abzulenken oder mit Spielen zu unterhalten. Vielleicht brauchte er Zeit zum Denken, mußte in sein Leben erst wieder hineinwachsen. Die Pupillen der blaugrünen Augen blieben geweitet, aber die Dunkelheit in ihnen war wohl doch nicht so sehr die Folge der Stunden in jenem Grabhügel als das noch Ungeformte, aus dem etwas Neues entstehen würde.

Eines Tages fiel ihr auf, daß er äußerlich Fidelis ähnlicher wurde – vielleicht, weil er nun wie sein Vater die tiefe Stille in sich hatte als einen Ort, an dem er sich aufgehoben fühlte. Auch wenn ihr schien, als sei er gleichzeitig ganz neu und älter geworden, hielt sie es für das beste, ihn in mancher Hinsicht so zu behandeln, als sei er jünger, als er war. Tagsüber pflegte sie ihn liebevoll, sah, wenn keine Kunden da waren, immer wieder nach ihm und brachte ihm die kräftigende Kloßsuppe, die Eva immer für die Jungen gekocht hatte, wenn sie krank waren. Bei schönem Wetter setzte sie ihn in die Sonne, und als ein früher Schneefall die Latten des Pferchs weiß bestäubte und der ganze Garten von bläulichem Rauhreif überzogen war, sorgte sie dafür, daß er dicht am Fenster saß. Sie glaubte, daß er Licht brauchte, viel Licht, weil er da unten in der Erde so viel Schwärze geschluckt hatte.

Mazarine saß auf dem Fahrrad, als Betty Zumbrugge in dem noblen Auto ihres Vaters an ihr vorbeifuhr. Das kam öfter vor – nur sah sie heute, als sie einen Blick ins Wageninnere warf, Franz dort sitzen. Eine Sekunde lang trafen sich ihre Blicke, dann sah er weg, und Mazarine hatte aus seinen Augen keine Botschaft herauslesen können. Seine ausdruckslose, fast dümmliche Miene erschütterte sie. Dümmlich hatte sie ihn noch nie erlebt.

»Das ist Mazarine Shimek«, sagte Betty, als wüßte sie nicht, daß er mit Mazarine gegangen war. »Die hat nur ein einziges Kleid.«

»Das ist nicht wahr«, erwiderte Franz verlegen und hilflos.

Seit jenem letzten Tag unter der Kiefer hatte er nicht mehr mit Mazarine gesprochen. Schon der Gedanke an sie und diese Stunde des Glücks, in der gleichzeitig sein Bruder fast zu Tode gekommen wäre, war ihm unerträglich. Er sah zu Betty hinüber. Sie reckte den Kopf, um übers Lenkrad schauen zu können, was ihr spitzes kleines Kinn reizvoll zur Geltung brachte. Auf den runden Wangen lagen Puder und Rouge, die Lippen schimmerten leuchtend rot. Was passiert wohl, überlegte Franz, wenn man ein Mädchen küßt, das Lippenstift benutzt? Ob das Zeug abfärbt? Bettys Lippenstift glänzte wie nasse Farbe. Oder wie Blut. Er sah plötzlich sein rot verschmiertes Gesicht vor sich und spürte kribbelnde Erregung. Er schüttelte den Kopf, um den Gedanken zu verscheuchen.

»Was hast du denn?« fragte Betty.

»Da ist eine Biene im Auto.« Franz kurbelte das Fenster herunter.

»Hast du Angst, daß dich was sticht?« fragte Betty belustigt und kokett.

Franz zuckte verlegen die Schultern und antwortete nicht. Am liebsten hätte er Bettys Hand vom Steuer genommen und gesagt, sie solle rechts ranfahren, weil er sie küssen wollte. Und gleichzeitig dachte er, daß er, wenn sie anhielt, wohl die Beifahrertür aufreißen und die Flucht ergreifen würde. Sie war so kunstvoll frisiert, daß er sich fragte, wie sie wohl schlief. Im Sitzen? Wenn sie die Arme hob, roch er ihren Schweiß, den konnte sie nicht verbergen, und es fröstelte ihn, als wäre er an einem Fuchsbau vorbeigegangen.

»Komm mit zu mir«, sagte sie. »Du kannst mir bei Mathe helfen.«

Sie lächelte, während sie mit Vollgas über ein Schlagloch segelte. Franz fuhr sich mit der Zunge über die Lippen. »Das geht nicht, ich muß arbeiten«, stotterte er. »Jetzt gleich, bin schon spät dran, der Vater wartet schon.« Er war plötzlich froh über die viele Arbeit, die zu erledigen war. Betty bog achselzuckend zur Metzgerei ab. Sowie sie hielt, sprang er heraus, und jetzt, da die Gefahr vorüber war, ging er um die Motorhaube herum, beugte sich durchs offene Fenster und konnte sich lachend und ungezwungen entschuldigen.

Als das Auto vorübergefahren war, stieg Mazarine wieder auf ihr Fahrrad und fuhr über die gefrorene Erde nach Hause. Sie räumte hinter ihrer Mutter her, die sich hingelegt hatte, und suchte nach Eßbarem. Ganz unten in einem fast leeren Sack fand sie noch ein paar Tassen Mehl, in einem alten braunen Krug etwas Schmalz, drei dicke Steckrüben, die da, wo die Sonne hingekommen war, lila Flecken hatten. Ihr Kopf dröhnte, aber sie war ganz ruhig und weinte nicht. Sie kochte die Rüben in der Schale, rieb und salzte sie. Aus dem Mehl und dem Schmalz buk sie Brötchen. Eins stellte sie ihrer Mutter ans Bett, dann setzte sie sich auf die Stufen der primitiven Hütte, aß langsam ihren Anteil, schlug den Rest in ein sauberes Tuch ein und wartete auf Roman. Plötzlich fiel ihr ein, daß auch Betty Zumbrugge ein Z im Namen hatte. Es gab ihr einen Ruck. Blicklos starrte sie auf das Astwerk der jungen Bäume, die den Garten begrenzten. Und dann kamen ihr ohne Vorwarnung die Tränen, liefen ihr über die Wangen und tropften auf ihre Hände.

Ein Vetter von Gus Newhall war mit einer Heilerin verheiratet, in deren Familie seit Generationen wundertätige Geheimnisse der Heilkunst überliefert wurden. Er redete Fidelis zu, die Frau kommen zu lassen. Als Eva so krank gewesen war, hatte man sie auch dazu gedrängt, aber sie hatte keine gute Meinung von Rußlanddeutschen und hatte sich deshalb geweigert. »Die treiben Schindluder mit ihren Frauen«, hatte sie gesagt und einen Spruch aus jenen Siedlungen im Westen zitiert.

Weiberschterba, koi Verderba,

Pferdeverrecka, des brengt Schrecke.

»Der Tod einer Frau«, so hatte sie ihnen den Vers erklärt, »ist nicht weiter schlimm, aber wenn ein Pferd stirbt, ist es eine Katastrophe.«

Allerdings hatte ja leider auch die berühmteste Klinik im Mittleren Westen nichts für Eva tun können. Überdies hieß es, die Methoden dieser Frau seien bei Kindern besonders wirksam. In einem Fall hatte die Heilerin dem kranken Kind ein Ei auf den Bauch gebunden, die Krankheit in das Ei übertragen, das rohe Ei im Feuer verbrannt und dazu einen Spruch gemurmelt, der die Krankheit in dem brennenden Eigelb festhielt. Auch als »Messerin« hatte sich diese Frau bewährt, sie leitete aus den Abmessungen der Menschen Neigungen zu bestimmten Krankheiten ab und verstand es, mit entsprechenden Sprüchen Schaden von den einzelnen Körperteilen abzuwenden. Also wurde nach der Frau geschickt, und eines Tages stand sie vor der Ladentür. Nicht mit dem schwarzen Kopftuch der Rußlanddeutschen, wie Delphine erwartet hatte, auch nicht in einem gekräuselten, schürzenartigen Rock, und unmäßig dick war sie auch nicht, eher klein und stämmig, ordentlich anzusehen mit kurzem, dunkelbraunen Haar und frischer, sommersprossiger Haut.

»*Wo ist das Kind?*« fragte sie sachlich.

Delphine brachte sie ins Zimmer der Jungen, wo Markus unter einem Stapel von Steppdecken lag und schlief, und holte Fidelis, der im Türrahmen stehenblieb. Aus ihrer Handtasche nahm die Frau eine blaue Schnur, die sie sich um die Hand wickelte, dann zog sie Markus die Decken weg, machte ihn behutsam wach, sagte ein paar Worte auf deutsch zu ihm und bat ihn dann auf englisch, auf dem Rücken liegenzubleiben, weil sie ihn messen wollte. Markus streckte, noch traumbefangen, gehorsam die Arme aus, an die sie ihre Schnur legte, mit der Zeit aber wurde ihm die Sache offenbar unheimlich. Die Heilerin maß seinen Oberkörper, die Schenkel, Hals, Hände, Füße und Kopf, musterte ihn aufmerksam und fing mit dem Messen noch einmal von vorn an, wobei sie nun jedesmal, wenn sie die Schnur anlegte, auf deutsch einen Spruch murmelte. Gefesselt von dem dramatischen Geschehen, merkten weder Delphine noch Fidelis, daß Markus inzwischen starr vor Angst und Empörung war. Als die Heilerin fertig war, deckte sie Markus wieder zu, tätschelte ihn freundlich und ging hinaus. Fidelis gab ihr einen großen Schinken, und Delphine mußte sich wieder um ihre Kundschaft kümmern. Markus blieb in dem abgedunkelten Zimmer allein und dachte nach.

»Hallo, ich hab Hunger!« Plötzlich stand er im Geschäft. Seit vielen Wochen hatte er das nicht mehr gesagt.

In seiner Stimme schwang Argwohn mit, und er warf Delphine einen schrägen Blick zu, den sie sich nicht recht erklären konnte. »Geht's dir besser?« fragte sie und staunte über den Erfolg der Heilerin. Markus nickte mürrisch. Am Küchentisch sitzend, aß er langsam, Löffel für Löffel, seine Kartoffelsuppe und wischte den Teller sorgsam mit Brot aus. »Ich will zur Schule«, verkündete er und griff mit dem heilen Arm nach seinen Büchern.

Delphine legte ihm eine Hand auf die Stirn. Er sah sie finster an.

»Du hast immer noch leichtes Fieber.«

»Ist mir egal.« Er schüttelte ihre Hand ab und ging würdevoll an ihr vorbei. Offenkundig war er tief gekränkt, aber Delphine wußte nicht, warum, bis Franz ein paar Tage später fragte: »Stimmt es, daß ihr bei Markus habt Maß nehmen lassen für einen Sarg?«

Delphine sah ihn konsterniert an. »Was redest du da?«

»Das erzählt er in der Schule herum, er prahlt geradezu damit, daß er schon fast tot war, daß die Frau des Leichenbesorgers gekommen ist und bei ihm für einen Sarg Maß genommen hat.«

Delphine überlegte, ob sie Markus sagen sollte, was wirklich geschehen war. Womöglich hätte er sich dann erneut ins Bett gelegt und sich geweigert, wieder aufzustehen. Immerhin war der Besuch der Heilerin wohl ein heilsamer Schock gewesen. Erst nach ein paar Wochen sagte sie Markus die Wahrheit. Bis dahin hatte sich seine geheimnisvolle Krankheit restlos verflüchtigt. Er war dem Leben wiedergeschenkt.

— II —

Weihnachtssonne

Den ganzen Dezember über fiel frostig-pudriger Schnee. Der Himmel war klar, und Tag für Tag begleiteten den Sonnenaufgang zwei kalt gleißende Nebensonnen. Wo der Schnee weggeweht war, sah man in den alten Pflugspuren klägliche Weizenreste und Maisstengel stehen, der Boden wirkte wie tot. An anderen Stellen war die Erde zu einem blutleeren, greisenhaften Weißgrau ausgebleicht. Das Gemisch aus verwehter Erde und Schnee war aggressiv, scheuerte in Argus die Farbe von den Häusern und peitschte den Schulkindern ins Gesicht. Meist legten sie jetzt den Schulweg im Rückwärtsgang zurück, die Arme schützend in die Ärmel gesteckt, in kleinen Gruppen, wobei immer abwechselnd einer es übernahm, auf Hindernisse zu achten. Schnee, der den Rändern der Welt ihre Schärfe nimmt, der sich wie eine Decke heruntersenkt, ist ein Segen. Dieser Schnee war genau das Gegenteil, er schärfte alle Konturen, die Stadt wirkte öde, schäbig und verloren, wie aus Versehen in die Landschaft gesetzt, ein nur notdürftig getilgter Fehler.

Nachdem das Kostüm sie im Stich gelassen hatte, gab Tante nicht auf, auch nicht, als sie sich im ganzen Landkreis nur höhnische oder ablehnende Blicke einhandelte, wenn sie nach Arbeit fragte. Die Bank suchte sie so oft heim, daß die Kassierer die Augen verdrehten, sobald sie sie nur kommen sahen. Einen kurzen, wahnwitzigen Augenblick lang erwog Tante sogar, den Besitzer des Billardsalons zu fragen, ob er jemanden zum Putzen brauchte. Sie kam bis zum Hintereingang, aber der Geruch nach schalem Bier, Schweiß, Pisse und Schlimmerem und das Wissen um das, was sie dort an Müll vorfinden würde, schreckte sie dann doch ab. So suchte sie weiter. Und das Kostüm machte mit. Es nutzte sich nicht ab, es franste nicht aus, es schützte sie wie ein Schild. Und wenn sie sich am Ende eines erfolglosen Tages nach Hause schleppte, hielt das Kostüm sie aufrecht und bestärkte sie in ihrem Entschluß, sich nicht hungrig ins Bett zu legen, sondern hocherhobenen Hauptes zu ihrem Bruder zu gehen und hochfahrend wie immer einzufordern, was sie brauchte – denn anders hätte sie es nicht annehmen können, zumal nicht unter den Augen von Delphine, auf die sie angewiesen war und die sie zugleich haßte.

Seit dem Unglück im Berg schien es Tante, als sei Fidelis zugänglicher, wenn sie davon sprach, die Jungen nach Deutschland mitzunehmen. Sie konnte sich den wiederholten Hinweis nicht versagen, daß die Söhne ihres Bruders immer wieder in größte Gefahr gerieten. Und womöglich kam es ja noch schlimmer. Die Jungen, soviel stand fest, waren echte Teufelsbraten, sie beteten Heilige an, schlugen über die Stränge, riskierten Kopf und Kragen. Tante hielt es für ihre Pflicht, Fidelis darauf hinzuweisen, daß er seine Söhne nicht so beaufsichtigen konnte, wie es nötig gewesen wäre, auch wenn Delphine tagsüber da war. Sie waren verwildert, sie bekreuzigten sich. Und da er obendrein noch Delphine bezahlen mußte, konnte er ihnen nicht mal Schuhe kaufen, sie liefen in alten Stiefeln herum, die mit Zeitungspapier ausgestopft waren. In diesem Stil redete sie immer weiter, bis Fidelis das Zimmer verließ, aber sie merkte, daß er nicht unbeeindruckt blieb. Sie machte sich sein schlechtes Gewissen zunutze, die Erinnerung an das, was mit Markus im Berg hätte geschehen können, was um ein Haar geschehen war.

In dem Kostüm, das in der Nachmittagssonne glitzerte, und mit dicker Unterwäsche vor der Kälte geschützt, lief Tante durch die Stadt und wappnete sich gegen die unvermeidlichen Ablehnungen. Sie blieb am Ball. Sie fragte nach Arbeit. Und eines Tages hatte sie Erfolg.

Der Laden hatte gerade erst aufgemacht. Zunächst wußte man nicht recht, was es dort zu kaufen gab. Eine Flut von Körben und Tabaksdosen quoll bis auf den Gehsteig. In einem großen Schaufenster lagen Ballen neuer Stoffe und sauber zurechtgeschnittene gebrauchte Stoffbahnen, ein großes Zinnsieb mit halbmondförmigen Griffen aus Horn, handgeklöppelte Spitze, Krimskrams und Bänder. Daneben stand eine funkelnagelneue Nähmaschine. »Kurzwaren« stand auf dem Schild über der Tür. Tante trat ein. Hinter der zerschrammten Tür sah sie eine ramponierte Schneiderpuppe, weitere Stoffballen von Wolle bis Kattun und bunte Putzmacherartikel. In Körben lagen gefärbte Federn, zehn Sorten Maschinenspitze, ein Pelzkragen, der sich auf ihrem alten schwarzen Mantel gut gemacht hätte, einzelne Messer, Gabeln und Löffel aus Silber. Gebrauchte Mörtelkübel standen da und in einer Ecke Maschendrahtrollen, an der Wand hing ein gut erhaltener Rechen. Es gab Samen von Gurken, Kürbis und Kletterzucchini, und es gab Schmierpapier. Die Vielfalt der Waren war verwirrend und heiter, ein kühner Mischmasch. Tante machte die Runde durch den kleinen Laden, dann stellte sie der streng blickenden Frau hinter dem Ladentisch ihre übliche Frage nach Arbeit. Die Frau, die hochschwanger war, kam hinter dem Ladentisch vor. »Ich muß eine Weile aussetzen. Können Sie verkaufen?«

»Aber ja«, bestätigte Tante im Brustton der Überzeugung.

»Dann warten Sie mal eben«, sagte die Frau. »Ich hole den Boss.«

Sie verschwand hinter einem dünnen Vorhang. Man hörte sie mit einer zweiten Person sprechen, dann kam Step-and-a-Half hinter dem Vorhang hervor.

Tante durchschaute die Situation nicht gleich. Sie streifte Step-and-a-Half mit einem ungehaltenen Blick, und ihre Mundwinkel verzogen sich herablassend wie in der Metzgerei, wenn Step-and-a-Half dort ihre Reste holte. Tante sah an der Verkäuferin vorbei und wartete auf den Boss. Sie sah wieder die Frau hinter dem Ladentisch an, sah dann Step-and-a-Half an und begegnete deren boshaft-belustigtem Blick.

»Ja, bitte?« sagte Step-and-a-Half.

»Ich wollte den Boss sprechen.« Tante sah sich suchend um.

»Steht vor Ihnen«, sagte Step-and-a-Half.

Tante fuhr so heftig zusammen, daß die kunstvoll geschlungenen Haarknoten ins Rutschen gerieten. Sie glaubte sich verhört zu haben und lachte kurz und bellend.

»Was soll das heißen?«

»Das Geschäft gehört mir.«

Die Frau hinter dem Ladentisch stieß ungeduldig die Luft aus. »Sie haben doch gesagt, daß Sie Arbeit suchen, oder?«

Tante konnte es noch immer nicht fassen. Sie nickte bestätigend, räusperte sich und brachte ein demütig-hilfloses »Ja!« heraus.

»Können Sie verkaufen?« fragte jetzt auch Step-and-a-Half.

Auch das bejahte Tante leicht benommen.

»Und verstehen Sie was von dem Zeug hier?« Step-and-a-Half deutete mit einer ausladenden Bewegung auf den vollgepackten Laden. Die hochmütige Geste, die bei einer Lumpensammlerin lächerlich gewirkt hätte, schien durchaus angemessen für die Besitzerin üppiger Stoffballen und der Vielfalt an erstaunlichem Kram und Krempel, der hier aufgestapelt oder liebevoll ausgestellt und angeordnet war.

Tante hatte sich noch immer nicht ganz von ihrem Schock erholt. »Ich weiß viel.«

»Und müssen Sie dieses Ding da tragen?« fragte Step-and-a-Half mit einer Kopfbewegung zu dem metallglitzernden Kostüm hin. Tante wich zurück, verschränkte die Arme und klappte verblüfft den Mund zu. Gewiß, sie brauchte Arbeit, aber ihr Stolz konnte nur schwer verkraften, daß sich die abgerissene Lumpensammlerin auf geheimnisvolle Art und Weise in eine ehrbare Geschäftsfrau verwandelt hatte. Und eine potentielle Chefin. Daß mit einem Schlag ihr gewohntes Gesellschaftsbild auf den Kopf gestellt war, hätte Tante noch ertragen, aber der Angriff auf das Kostüm, diesen treuen Begleiter, traf sie tief.

»Es ist ein gutes und sehr teures Stück«, erklärte sie. Step-and-a-Half winkte ab und stieß mit dem Fuß gegen eine elegante, schwarzemaillierte elektrische Singer-Nähmaschine mit zart goldenem Blumenmuster, die sich in einem Unterschrank aus Holz versenken ließ.

»Wenn Sie sich auf so was verstehen, können Sie bei mir verkaufen.«

»Ich werde es lernen«, versprach Tante. Sie konnte den Blick nicht von dem funkelnden Ding lassen, dem neuesten Modell, stromlinienförmig und dennoch anheimelnd. Sie sah nur noch die Nähmaschine, als sei die von einem Scheinwerfer angestrahlt, alles andere, selbst die demütigende Vorstellung, unter Step-and-a-Half arbeiten zu müssen, trat in den Hintergrund. Die glänzende, nüchtern-kompakte Maschine mit der funkelnden Nadel und dem blanken, verchromten Schwungrad versprach Hilfe in der Not. Tante strich über die Maschine, ließ die Hand neugierig über den Unterschrank aus Eiche mit den hübschen Schnitzereien gleiten.

»Setzen Sie sich mal ran«, sagte Step-and-a-Half. »Mrs. Knutson wird Ihnen zeigen, wie es geht.«

Beglückt und bezaubert setzte sich Tante an die Maschine und ließ sich instruieren. Selbst als Roy Watzka, der Mensch, den sie in Argus am geringsten achtete, an ihr vorbeiging und einen Ballen purpurfarbenen Filz ins Fenster stellte, nahm sie ihn kaum zur Kenntnis. Sie lernte gerade das Einfädeln.

Es wurde kälter, aber der Schnee machte sich noch immer rar, zum Kummer der Schlittenfahrer und Schneeburgenbauer. Nur zum Schlittschuhfahren war das Wetter ideal. Das Eis war klar und dunkel, man konnte durch die quarzgraue Oberfläche bis in die frostige Tiefe sehen, wo in silbernen Spalten gefangen Blätter und Luftblasen kreisten. Franz hatte versprochen, sich mit Betty Zumbrugge zu treffen, wenn die Weihnachtsferien angefangen hatten. Sie hielt in dem großen schwarzen Wagen vor der Metzgerei und ließ den Motor laufen. Franz nahm die Schürze ab und hängte sie auf. Er hatte seinem Vater gesagt, daß er ausgehen würde, aber nicht, mit wem. Fidelis sah, abwesend ein Messer schärfend, aus dem Fenster. »Das ist ja Zumbrugge«, sagte er.

»Es ist Betty«, sagte Franz.

»Warum kommt sie nicht herein?«

»Sie holt mich ab.«

Fidelis warf Franz, der gerade in die abgetragene Lederjacke seines Vaters schlüpfte, einen scharfen Blick zu »Laß dich nicht verleiten«, mahnte Fidelis. Franz winkte ab, er machte sich nichts aus Alkohol. Er trat vors Haus. Schnee wirbelte durch die Luft, helle Flocken trafen peitschend seine Wangen. Er setzte sich in den Wagen und hielt sich, den Ellbogen auf den Fensterrahmen gestützt, an der Halteschlaufe über dem Beifahrersitz fest. Betty wendete mit quietschenden Reifen, und sie bretterten zu einem kleinen Gasthaus, das während der Prohibition ein illegaler Alkoholausschank gewesen war. Betty bremste mit einem Ruck und lachte. Dann zündete sie sich eine Zigarette an. Eine Weile saßen sie nur da und sahen sich die Kneipe von außen an.

»Warst du schon mal in so was?«

Franz zuckte nur die Schultern. Er kannte keine Kneipe von innen. Diese hier war ein flacher Schindelbau mit einer schmalen Veranda, die sich rund ums Haus zog. Betty erzählte von ihrer Familie, von ihren Schwestern und deren Freunden, von ihrem Vater und seinen Problemen und daß sie selbst Krankenschwester werden wollte. Franz versuchte, aufmerksam zuzuhören, aber seine Gedanken schweiften ab. Schließlich stiegen sie aus und gingen zur Tür. Drinnen spielte jemand auf dem Akkordeon einen langsamen kanadischen Walzer. Der Raum war hell und warm, an den Wänden hingen Reklametafeln, Stühle und Tische waren aus massivem, abgegriffenen Holz. Sie setzten sich ziemlich weit hinten hin, wo sie den Eingang im Auge behalten konnten, ohne selbst gleich entdeckt zu werden. Ungefragt bekamen sie Whiskey und Bier.

Das Bier zeigte nicht viel Wirkung, aber der Whiskey rann ihm herb und süß zugleich durch die Kehle und verbreitete seine bernsteinfarbene Wärme im ganzen Körper. Er sah Betty nachsichtig lächelnd in die blanken blauen Augen. Auch wenn sie sich kleidete und schminkte wie eine Erwachsene und diesen großen Wagen fuhr, kam sie ihm jünger vor als Mazarine. Jetzt erzählte sie etwas, was ihr offenbar sehr wichtig war. Sie sah ihn eindringlich an und fuhr sich sogar einmal mit der Hand durch die kunstvolle Frisur, so daß das blonde Haar durcheinandergeriet und sich in viele Ringellocken auflöste. Nach dem zweiten Whiskey verschwammen vor seinen Augen die Locken zu einem frostigen Heiligenschein. Betty trank noch einen dritten Whiskey, dann gingen sie hinaus zum Wagen.

Es war kälter geworden, der Wind ließ Hände und Gesichter erstarren, aber weil es ein hochmoderner Wagen war, wurde er wärmer, als der Motor lief. Betty wählte eine Straße, auf der sie keine Störung zu befürchten hatten, denn sie endete an einer Farm, die im Frühjahr zwangsversteigert worden war. Franz erinnerte sich, daß die Zwangsversteigerung Bettys Vater veranlaßt hatte. Sie hielt an und schaltete die Scheinwerfer aus. Die Augen gewöhnten sich allmählich an das Schneelicht, das die Welt blau färbte. Durch den Windschutz einer Hecke sah man in der Ferne die spärlichen Lichter der Stadt. Um sie herum war es sehr still. Betty holte Decken vom Rücksitz. »Jetzt können wir reden«, sagte sie.

»Worüber?« fragte Franz und legte die Hände um ihr Gesicht.

»Über uns.«

»Wie meinst du das?«

»Willst du mich nicht küssen? So langsam frage ich mich, ob bei dir was nicht stimmt.«

»Na schön.« Franz strich mit den Fingern über ihre Lippen, rieb mit dem Daumen den Lippenstift ab. Er wollte sie nicht auf die Folter spannen, aber seine Bewegungen schienen sie zu hypnotisieren, und sie bog den Kopf nach hinten. Sobald er ihre Lippen auf den seinen spürte, begriff er, daß er einen schrecklichen Fehler gemacht hatte. Er hatte gedacht, sie würde wie Mazarine küssen, aber bei ihr war alles ganz anders. Ihre Lippen waren voll und feucht. Sie machte den Mund so weit auf, daß auch er den seinen aufreißen mußte, und ihre Zunge war eine spitze, kleine geschwätzige Zunge, die ihm ebensowenig gefiel wie ihre Zähne und daß sie nach Rauch schmeckte und wie sie roch, obwohl sie bestimmt ein teures Parfüm benutzte. Sie benutzte zuviel davon, die ganze Betty war ihm zuviel. Er rückte benommen zur Seite, aber sie folgte ihm, und dann waren seine Hände in ihrem Mantel, zu seiner Überraschung stand plötzlich ihr Kleid offen, unversehens lagen seine Hände auf ihrem Busen. Ihr BH war aus einem glatten weichen Material. Er schob ihn hoch, aber als ihre Brüste in seinen Handflächen lagen, stöhnte er plötzlich auf, hielt mitten in der Bewegung inne, zog den BH wieder herunter, knöpfte Bettys Mantel zu und wandte sich ab.

»Ich muß raus hier«, sagte er und riß die Wagentür auf. »Muß mich bewegen.«

Weil in diesem Jahr so wenig Schnee lag, konnte er querfeldein zu Mazarine laufen.

Er war halb erfroren, als er zum Haus der Shimeks kam, das eigentlich nur eine Hütte mit einem stiefelförmigen Schornstein und einem Abort an der Grundstücksgrenze war. In dieser Gegend waren die Häuser im Viereck angelegt, zwischen denen unbefestigte Wege verliefen. Ringsum standen dürftige Bäume. Mazarines Mutter hielt Hühner und eine alte Kuh, die ein wenig Milch gab. Unterwegs hatten Franz sämtliche Hunde angekläfft, meist Kettenhunde, die an ihren Hundehütten angebunden waren, eigentlich mußte Mazarine ihn kommen hören. Franz war so erfüllt von seiner Mission, so aufgewühlt durch seinen dramatischen Abgang bei Betty und wohl auch noch so benebelt vom Whiskey, daß er sich einredete, Mazarine müsse ihn mit offenen Armen empfangen, auch wenn er seit Wochen kein Wort mehr mit ihr gewechselt hatte. Sie würde ihn erwarten. Sie würde wissen, was geschehen war. Wie mit einem Zauberschlag würde alles sein wie immer. Als er vor der ungestrichenen Tür stand und klopfte, wühlte in ihm die Erregung eines Mannes, der weiß, daß die Rettung unmittelbar bevorsteht.

Ihre Mutter machte auf und füllte die Türöffnung ganz aus. Sie sah ihn aus zusammengekniffenen Augen an, strich sich ein paar graumelierte Strähnen aus dem Gesicht, seufzte leise, als sie ihn erkannt hatte, und machte ihm wortlos die Tür vor der Nase zu. Nach einer Weile klopfte er erneut. Diesmal machte Mazarine auf, sie trug ihr Sommerkleid und sah sehr schmal aus vor dem matten Licht, das aus dem Haus drang. Das Haar lockte sich wie lebendig und fiel ihr bis auf die Brüste. Ihr Gesicht war im Schatten, aber sie wirkte ruhig. Und traurig, fand er.

»Was willst du?« fragte sie.

»Hereinkommen.« So hatte er sich das nicht vorgestellt. »Nur eine Minute.«

Mazarine sah kurz in den Raum hinein, wo sich im Dämmerlicht die Beine ihrer Mutter als dicke, nackte weiße Säulen abzeichneten. Mrs. Shimek saß, den Rock hochgezogen, auf einem hölzernen Küchenstuhl und blickte zur Tür.

»Bitte nicht«, sagte Mazarine.

»Ich bin halb erfroren. Ich bin über die Felder gekommen. Gut und gern neun Kilometer.«

»Was hattest du denn da draußen zu suchen?« fragte Mazarine. Ohne auf den scharfen Wind zu achten, der ihr das Haar um die Schultern wehte, sah sie ihn wartend an. Sie roch, daß er getrunken hatte, und das traf sie sehr, sie hatte es bei ihm noch nie erlebt. Mrs. Shimek schrie, ihre Tochter solle endlich die verdammte Tür zumachen, aber in seiner Verzweiflung trat Franz einen Schritt vor, so daß Mazarine zurückweichen und ihn einlassen mußte. Er war nicht zum ersten Mal bei ihr, aber heute kam ihm alles noch schlimmer vor. Vielleicht war Mr. Shimek wirklich abgehauen, wie er angedroht hatte. Oder vielleicht war ihre Mutter jetzt echt krank. Mrs. Shimek saß wie überlebensgroß auf dem kleinen Stuhl und sah ihn unbewegt an. Weil kein zweiter Stuhl da war, blieb er stehen, während Mazarine zum Herd ging, das Feuer schürte und zwei Scheite hineinlegte.

»Brauch nicht alles auf«, sagte ihre Mutter.

»Komm her«, sagte Mazarine zu Franz, ohne sie zu beachten. Sie winkte ihn zum Herd, und er merkte erst jetzt, wie sehr er fror, das Kältegefühl mußte tief in ihm stecken, denn er zitterte weiter, als sein Körper sich schon langsam wieder erwärmte. Der Whiskey hatte ihm für den Marsch über die Äcker trügerische Wärme geschenkt. Er war über die eisenharten Schollen gelaufen, durch die kleinen Schneewehen, über den Schnee, der so fein und hart war, daß er wie Gipsmörtel auf dem Boden liegenblieb, aber jetzt war sein Blut kalt und dünn, sein Schwung dahin, er kam sich dumm und hilflos vor. Das Feuer loderte, und allmählich drang die Wärme durch seine Kleidung, durch seine Haut und breitete sich in ihm aus, so daß der Schüttelfrost nachließ. Nur ab und zu überlief ihn noch ein kurzer Schauder. Er stand neben Mazarine und schwieg, und Mrs. Shimek sah ihnen von ihrem Stuhl aus zu.

Mazarine staunte, daß der Besuch sie so unberührt ließ. Aber – welche Empfindung wäre angemessen gewesen? Dankbarkeit über seine Rückkehr – wenn denn dieser Besuch Rückkehr bedeutete? Freude? Zorn? »Du mußt ihn doch jetzt hassen«, hatten ihre Freundinnen gesagt, aber sie haßte ihn nicht, sie litt stumm, während der heiße Kummer zu müder Verzweiflung wurde, und wehrte die lüsternen Fragen mit einem Schulterzucken ab. Sie wußte, daß sie sich Franz aus dem Herzen reißen, ihn in einer dunklen Kammer einmauern mußte, nachdem sie an jenem Novembernachmittag ihre Wange an sein Glied gelegt, es lange und zärtlich geküßt hatte. Denn gleich darauf hatte sie erfahren, daß er mit Betty zusammen war. Wenn sie an ihre Nachmittage unter der Kiefer dachte und daran, daß er sie danach hatte verlassen können, wäre sie am liebsten gestorben vor Scham. Nun stand er leibhaftig vor ihr, ohne daß sie ihn so recht wahrnahm. Alles war anders geworden – oder doch nicht? Sie stocherte im Feuer und wartete auf ein Zeichen von ihm, aber nur die Flammen knisterten vor sich hin.

Das Schweigen machte Franz zunehmend nervös, und sobald er sich etwas aufgewärmt hatte, bedankte er sich, und Mazarine begleitete ihn die wenigen Schritte bis zur Tür. Als er die Hand nach der Klinke ausstreckte, fragte er leise: »Möchtest du, daß ich wiederkomme?«

Das Nein kam automatisch, ihre Stimme war eine weiße Schramme auf dem kurzen Wort.

Der Schnee kam gerade zur rechten Zeit, darüber waren sich alle einig. Er kam in malerischen Postkartenflocken, die an einem windstillen Tag sacht vom Himmel schwebten. Alle liefen auf die Straße und freuten sich lautstark. Die Kinder ließen sich die Flocken auf die Zunge schneien und planten große Taten, gruben Tunnel durch die Schneewehen, machten Schneeballschlachten. Endlich kamen die Schlitten zum Einsatz. Die Weihnachtsbäume hatten einen Hintergrund, die Weihnachtslieder und Krippenspiele einen Sinn. Auf der weiten Ebene herrschte so selten Windstille, daß es wie ein Wunder war, wenn die leichten Flocken liegenblieben. Den Zäunen wuchsen Mützen, ein weißer Saum milderte das Schwarz der kahlen Zweige, die Kiefern hüllten sich in flauschige Schals. Die Einwohner von Argus gingen spazieren, um die seltsamen Formen anzustaunen, die der Neuschnee alltäglichen Gegenständen verlieh – Autos, Hundehütten, Mülltonnen, kahlen Weinlauben, dem Denkmal vor dem Rathaus, Stufen und verschnörkelten Gittern. Argus wirkte plötzlich heiter und romantisch wie ein Dorf aus dem Märchen.

So sah es auch Clarisse, die durch den Hintereingang das Bestattungsinstitut verließ, die Hände in einen gestrickten Muff steckte und sich auf den Heimweg machte. Sie dachte an das Hexenhaus im Wald, an das mit verzuckerten Löffelbiskuits und Gummibonbons verzierte Dach. Sie dachte an die drollige Schweizer Almhütte auf der Blechdose mit Schokolade, die in ihrer Küche stand. Zu Hause würde sie sich eine große Kanne Kakao gönnen. Sie würde die Milch aufkochen und Zucker reinrieseln lassen, dann die Schokolade in den Topf reiben und umrühren, bis sie geschmolzen war. Vielleicht war in der Flasche, die sie bei Delphine in der Metzgerei gekauft hatte, noch so viel Sahne, daß sie sich zu einem eleganten Häubchen aufschlagen ließ. Sollte sie Delphine einladen und bitten, Nachschub mitzubringen? Doch dann gab es plötzlich Wichtigeres zu bedenken. Im Neuschnee führten Spuren zu ihrer Haustür. Die großen Fußspuren eines Mannes. Und tatsächlich – da stand er leibhaftig auf ihrer Veranda und wartete auf sie.

Sheriff Hock hatte dank seiner Verbindungen, und nachdem er wiederholt und beharrlich bei Richter Zumbrugge vorstellig geworden war, endlich einen Durchsuchungsbefehl für das Haus von Clarisse Strub erwirkt. Hock war ein sehr ordentlicher, ja pedantischer Mensch. Sein Haus war immer tipptopp aufgeräumt, alles, was er besaß, hatte seinen Platz, die Kleidung lag korrekt in der Kommode oder hing im Schrank, in dem er kein Stäubchen duldete. Seinen blankgeputzten Sheriffstern bewahrte er in einer kleinen hölzernen Schale neben seinem Bett auf. Wenn etwa eine rote runde, glänzende Glasperle in einer Ritze seines Kleiderschranks gesteckt hätte, wäre ihm das sofort aufgefallen. Clarisse hingegen hielt nur beruflich Ordnung. Privat ließ sie gern einmal fünf gerade sein, und in ihrem Haus herrschte meist ein sehr weibliches Chaos. Sie hatte, nachdem Delphine sie von dem bewußten Kleid befreit hatte, das Schlafzimmer gefegt, es wäre ihr aber nicht eingefallen, die Dielenspalten mit einer starken Taschenlampe und scharfem Blick abzusuchen. Genau das tat Sheriff Hock, als Clarisse ins Schlafzimmer kam.

»Es wird nicht lange dauern«, sagte er freundlich, aber förmlich. »Tut mir leid, wenn ich dich störe und in deine Privatsphäre eindringe.«

Clarisse war außer sich. »Bei allem Respekt vor deinem Amt, aber ich … ach, geh doch zum Teufel!«

»Bei dem war ich schon«, gab Sheriff Hock entwaffnend schlicht zurück. »Du hast mich zu ihm in die Hölle geschickt, Clarisse.«

»Das war nicht meine Absicht.« Einen Augenblick beherrschte sie sich noch, dann ließ sie die Tränen fließen. Vielleicht ging er ja weg, wenn es ihr gelang, sein Mitleid zu wecken. »Ich wollte dich nicht verletzen.«

Hock stellte rasch die Lampe aus der Hand. Er hatte plötzlich neue Hoffnung geschöpft. »Dann empfindest du also doch etwas für …«

Clarisse war wie gelähmt. In ihren Ohren rauschte es.

»… für mich«, setzte er hinzu.

»Ich empfinde für dich, wie man für einen Freund empfindet.« Clarisse hörte, wie sich ihre Stimme in die Höhe schraubte, fast zum Schrei wurde, und versuchte, tief durchzuatmen, aber plötzlich sah sie rot. Sheriff Hock schüttelte kummervoll den Kopf und richtete den Strahl der Lampe wieder auf den Boden. Clarisse beobachtete ihn, und ihre Gedanken überschlugen sich. Er würde eine Perle finden, einen Faden, ein Stück Stoff, irgend etwas Belastendes. Damit hatte er sie dann da, wo er sie haben wollte, und sie würde sich zwischen ihm und einer Mordanklage entscheiden müssen.

»Raus«, sagte sie. »Das ist mein Zimmer.«

Hock stand auf, und auch wenn er sich keinen Zentimeter auf sie zu bewegt hatte, spürte sie seine Kraft, eine bedrohliche und selbstgerechte Kraft, wie eine Welle auf sich zurollen. Leise pfeifend und mit verkniffenem Lächeln wandte Hock sich ab. Die Arme verschränkt, die Lippen zusammengepreßt – so lehnte Clarisse am Türrahmen und starrte auf den scheußlichen Twill, der sich über dem Gesäß des Sheriffs spannte. Der Gürtel schnürte ihm den Bauch ein, der Oberkörper sah aus wie mit einem dicken Quilt gepolstert. Und dieser unförmige Mensch meinte nun, Clarisse gehöre ihm. Sie ließ ihre Gedanken gehen, wie sie wollten. *Warum nicht ihn ermorden* ... Wie einfach es wäre, ein Messer zwischen diese gepolsterten Rippen zu stoßen. Ihre Hände zitterten ein wenig.

»Bitte geh«, flüsterte sie, und als er nicht reagierte, fügte sie etwas an, was ihre Mutter oft zu ihr gesagt hatte: »Bring mich nicht in Rage!«

Hock blickte auf. »Ach? Wie hätte ich mir denn das vorzustellen?« fragte er freundlich, fast nachsichtig.

Sie wandte sich ab. »Das weiß ich nicht. Ich bin noch nie in Rage geraten.«

Was sollte sie mit ihm machen? Ihn in den Schrank sperren? Weihnachten war für sie immer die schönste Zeit des Jahres, besonders ans Herz gewachsen war ihr der Gang zur Mitternachtsmesse in der kalten blauen Luft, und es war unfair, wenn sie jetzt auf ein Ritual verzichten sollte, das sie von klein auf begleitet hatte. Sie öffnete und schloß die noch immer zitternden Fäuste und sah zu, wie der Sheriff in ihrer Unterwäsche herumsuchte. Daß er dabei sehr behutsam vorging, erboste sie mehr, als wenn er ihre Höschen achtlos auf dem Fußboden verstreut hätte.

Ihr war durchaus klar, daß sie sich zusammennehmen mußte, daß sie sich von ihrem hämmernden Herzen nicht mitreißen lassen durfte, aber ihre Empörung war ein fruchtbarer Boden für giftiges Unkraut. Sie verkrampfte die Hände, einen Augenblick drohte die Beherrschung sie zu verlassen, dann gab sie sich einen Ruck, ließ den Sheriff in ihrem Schlafzimmer allein und ging die Treppe herunter, hielt sich am Geländer fest, um nicht zu stürzen. Das hätte sie eher Sheriff Hock gegönnt. Sie stellte sich vor, wie der schwere Mann mit den Armen rudernd die Treppe hinunterkollerte, auf dem Absatz in zwei und unten dann in vier Stücke zerbrach wie ein Porzellanschwein. Das Bild stimmte sie heiterer. Sie beschloß, vors Haus zu gehen und – was selten vorkam – zur Beruhigung eine Zigarette zu rauchen. Was hoffte er zu finden? Das Kleid hatte sie geschickt verschwinden lassen, in ihrem Irisbeet war es gut aufgehoben. Aber dann fiel ihr ein, wie es von dem dummen Ding Perlen geregnet hatte, damals, als Hock daran herumgezerrt hatte, sie erinnerte sich an die abgerissenen Fäden, Tausende abgerissener Fäden, und es überlief sie eiskalt.

Clarisse ging mit steifen Schritten in die Küche, wo sie ihre Zigaretten aufbewahrte – in einer kleinen luftdichten Dose über den Messern. Die wiederum waren sicher in einer Schublade verwahrt, wo kleine Hände nicht an sie herankamen. Die einzigen kleinen Hände im Haus gehörten ihr. Plötzlich merkte sie, daß sie, statt eine Zigarette aus der Dose zu nehmen, die Schublade aufzog und ihr Lieblingsmesser, ein langes, schlankes Tranchiermesser, herausholte. Es hatte eine wunderschöne gehärtete Klinge, die leicht gebogen war. Clarisse holte einen kleinen Schleifstein aus der Schublade und fuhr mit der Klinge prüfend über den Daumen, aber noch kam kein Blut. Sie zögerte einen Augenblick, dann zog sie die Klinge ein paarmal über den Schleifstein und dachte, wie bedauerlich es war, daß so viele Menschen – sogar Delphine, ihre beste Freundin, und natürlich Sheriff Hock – sie unterschätzten. Natürlich würde sie ihn nicht umbringen, aber verjagen konnte sie ihn. Danach würde sie die Tür verriegeln und sich einen Anwalt nehmen, aber nicht einen von Zumbrugges Gnaden. Einen richtigen Anwalt, vielleicht einen aus Minneapolis. Sie würde alles ihrem Onkel erzählen, auch wenn ihr das unangenehm war. Gemeinsam würden sie diesem Hock zeigen, daß man eine Strub nicht bedrängen und bedrohen, daß man nicht in ihrer Unterwäsche herumwühlen konnte. Sie würde sämtliche Hemdchen, Höschen und Büstenhalter verbrennen müssen, die er betatscht hatte, und es waren gute Sache. Besonders für Unterkleider aus echter Seide gab sie viel Geld aus. Jetzt hätte sie gern das rote Kleid gehabt. Unangreifbar hatte sie sich darin gefühlt, als sie es unter einem schwarzen Mantel für die Trauerfeier angezogen hatte. Das Kleid hatte ihr den Mut gegeben, den Tod ihres Vaters anzunehmen, das Geklingel der blutroten Perlen hatte ihr geholfen, ihm Lebewohl zu sagen. Das Messer zitterte in ihrer Hand. Eine Unverschämtheit, daß dieser Hock sich bei der Trauerfeier für ihren eigenen Vater an sie herangemacht hatte. Wenn er nicht versucht hätte, sie zu küssen, hätte sie vielleicht nicht so hart zugeschlagen. Er hatte ihren Kummer geschändet, und niemand wußte besser als sie, wie heilig echter Kummer ist. Er hatte getan, als wollte er sie trösten, und vielleicht hatte er selbst ja daran geglaubt. Sie sah an der Klinge entlang, sie war glatt, ohne Kerben, und verteufelt scharf. Sie dachte an Delphine und an das »schottische Stück«. Ihre Angst war verflogen. Sie ließ das Messer noch ein letztes Mal über den Schleifstein gleiten. Der Sheriff würde anfangs gar nichts spüren.

Es war nur fair, ihn zu warnen. Sie ging, das Messer hinter dem Rücken verborgen, zurück ins Schlafzimmer. »Zum letzten Mal: Wenn du nicht gehst, muß ich dir weh tun.«

Er stand auf und besaß die Unverfrorenheit, ihr erst zuzulächeln und sie dann durchdringend zu fixieren, um ihre Abwehr zu schwächen.

»Ich werde husten und prusten und dir dein Haus zusammenpusten«, sagte er freundlich. »Auch ich habe dich gewarnt.« Er schürzte die vollen Lippen. »Was hast du gegen mich, Clarisse? Ich habe einen guten, angesehenen Beruf. Ich trinke nicht. Ich habe noch nie mit anderen Frauen geschlafen und würde dich nicht betrügen. Du bist zwar schön wie ein Engel, aber eine Leichenbesorgerin, und dieser Beruf schreckt die Männer ab. Nur mich nicht.«

Hock streckte die Arme aus und fletschte die Zähne zu einem Raubtiergrinsen. In seinem Blick stand eine ahnungslose und unschuldige Gier. Als Clarisse nicht auf ihn zukam, ließ er langsam die Arme sinken und holte aus der Tasche ein Stück Papier, in dem eine rote Glasperle lag.

»Die habe ich hier gefunden. Eindeutiges Belastungsmaterial.«

»Belastungsmaterial? Lächerlich. Zeig her.« Clarisse griff mit der freien Hand nach dem Papier.

»Finger weg«, krähte er neckisch, dann wickelte er die Perle sorgfältig wieder ein, steckte das Papier in die Brusttasche seines Hemds und machte einen Satz auf sie zu.

Wie von selbst schnellte ihr Arm vor.

Er begriff nicht gleich. Erschrocken drehte er sich weg und nahm ihr damit sogar ein Stück Arbeit ab. Sie sah vor ihrem inneren Auge, wie die scharfe Klinge die Gedärme durchtrennte.

Das, was da herausquoll, würde ihn umbringen. Aber viel zu langsam. Sie dachte noch immer ruhig und rational. Sie würde das Messer wie eine Säge einsetzen müssen. Während er die Hände in die Luft warf und versuchte, von ihr wegzukommen, zog sie das Messer waagerecht durch seinen Leib, ohne den Holzgriff loszulassen. Sie mußte mit beiden Händen zupacken und sich dabei seiner rudernden Arme erwehren. Er war zäher, als sie gedacht hatte, aber durch ihren Beruf hatte sie viel Kraft in den Händen. Fassungslos sah er, wie zügig das Messer den Hemdenstoff durchtrennte. Groteske Sätze, sonderbare Gedanken schossen ihr durch den Kopf. Die unerwartete Entwicklung hatte ihn getroffen wie ein Blitz. Mit gerunzelter Stirn sah er sie an und war sichtlich ratlos, was sie ihm sogar nachfühlen konnte. Auch sie hatte nichts für Überraschungen übrig.

»Setz dich«, sagte sie sachlich. »Es wird nicht lange dauern.«

Er fiel hintenüber, die Schranktür schepperte in ihren Scharnieren, Blut durchtränkte ihre seidene Unterwäsche und rann in die Schuhe. Rasch zog Clarisse ihre Lieblingsstücke unter ihm weg. Jetzt sah sie mit grimmiger Genugtuung, daß er mit seinem Taschenmesser eine zweite rote Perle aus einem Dielenspalt geholt hatte. Sie griff nach der Perle, hielt sie ihm unter die Nase, dann steckte sie sie in den Mund und verschluckte sie. Er machte ein ausgesprochen dummes Gesicht. Nach einer Weile griff sie nach seinem Handgelenk, spürte, wie sein Puls sich verlangsamte, und beobachtete nüchtern, wie die Pupillen starr wurden. Keiner mehr zu Hause, konstatierte sie. Unwillkürlich hatte sie die Luft angehalten. Jetzt richtete sie sich auf, legte eine Hand auf die Brust, die andere an ihren Unterleib und holte Luft aus dem tiefsten Punkt ihres Zwerchfells, wie man es ihnen im

Sprechunterricht beigebracht hatte. Sie überlegte kurz, ob sie die Leiche verstecken sollte. Aber was brachte es schon, den toten Sheriff in den Kleiderschrank zu verfrachten? Damit hätte sie sich allenfalls einen minimalen Aufschub erkauft. Ein jäher Weinkrampf schüttelte sie, ihr war, als stünde sie neben sich und hörte eine Fremde schluchzen. Das Geräusch hallte von den Wänden wider und machte ihr angst. Schluß jetzt, befahl sie sich, sonst hörst du nie wieder auf. Sie ging ins Badezimmer und ließ sich ein Bad ein.

Während das Wasser in die Wanne rauschte, zog sie das Messer aus dem Sheriff und wusch es ab. Sie breitete eine alte Tagesdecke über ihn, langte an ihm vorbei in den Schrank und holte einen großen braunen Koffer heraus.

Der nächste Tag war der 24. Dezember, und in der Badewanne plante sie die nächsten Schritte. Morgen mußte sie noch zur Bank. Wenn sie an diesem Tag Geld abhob, fiel das nicht weiter auf, zu Weihnachten brauchten die Leute immer Bargeld für unerwartete oder extravagante Geschenke. Leider wurde um Weihnachten herum auch häufig gestorben, so daß es bei der Pietät Strub zu Engpässen kommen konnte. Nach Weihnachten warteten die meisten Leute mit dem Sterben bis zum Jahreswechsel. »Nur du hast es nicht abwarten können«, rief sie zu Sheriff Hock hinüber. Wenn sie von der Bank kam, würde sie weiter packen, nicht zu viel, aber durchdacht, und sich ihre Reiseroute überlegen. Mit einiger Genugtuung erkannte sie, daß sie, wenn sie umsichtig vorging, wie üblich zur Mitternachtsmesse würde gehen können; danach würde sie ein paar Stunden schlafen und Argus mit dem Frühzug verlassen.

Cyprian wußte natürlich, daß die Sache mit Delphine hoffnungslos war, aber diese Erkenntnis half ihm nicht weiter. Weihnachten war die Stunde der Wahrheit, die Weihnachtstage waren immer vermintes Gelände, darüber waren sich beide klar. Dabei – und das machte die Sache noch schlimmer – hatte Cyprian sich bemüht, diesmal das Weihnachtsfest richtig schön zu gestalten, so schön, wie Delphine es als Kind nie gehabt hatte. Er übrigens auch nicht. Weihnachten war für ihren Vater wie für seine Eltern nur ein Anlaß gewesen, sich sinnlos zu betrinken. Es hatte keinen Truthahn, keine Geschenke, keine Girlanden, Papiersterne oder Kerzen am Fenster gegeben. Nur den kalten Eisenofen, den die Kinder selbst anzuschüren versuchten. Es hatte keine Schule gegeben, die sie abgelenkt hätte, keine Lehrer, die ihnen etwas von ihrem eigenen Essen abgegeben hätten, nur Erwachsene, die herumtorkelten und auf den Küchenboden fielen.

Mit diesen Erinnerungen im Hinterkopf kaufte Cyprian bei einem böhmischen Farmer eine mit Mais und Weizen gemästete Gans, Delphine fädelte mit den Jungen Popcornketten auf, und Franz ging mit einer Axt in den Wald und fällte zwei junge Kiefern. Eine hatte sie für Fidelis und seine Söhne geschmückt, die andere auf die Kühlerhaube des Autos gebunden und nach Hause gefahren. Auch Kerzen hatte sie besorgt, in Haltern aus Blech mit einer spiegelnden Rückwand hinter der Flamme. Für jeden der Jungen hatte sie ein Geschenk vorgesehen, und auch Cyprian und Roy sollten etwas bekommen. Cyprian versuchte vergeblich die Frage zu verdrängen, ob Delphine auch für Fidelis etwas gekauft oder selbst gemacht hatte. Vor ein paar Tagen hatte er sogar in ihrer Kommode nach einem eingewickelten verdächtigen Gegenstand gefahndet, aber nur ihre ziemlich schlampig zusammengelegten Sachen gefunden und sein Geschenk, es schien ein Schal zu sein. Was er da trieb, war ihm peinlich. Er hätte nie gedacht, daß er mal zu den Typen gehören würde, die in den Sachen einer Frau herumschnüffelten. Und dann war er losgegangen und hatte ihr einen extravaganten Rubinring gekauft.

Als er sie am Weihnachtsabend abholte, war sie schweigsam und nachdenklich.

»Ist was?« fragte er.

»Müde.« Alle seien auf den letzten Drücker gekommen, um die Gans oder den Puter oder den Schweinsbraten für die Feiertage zu holen, es gab jede Menge Sonderwünsche und Bestellungen in letzter Minute. Ihr Versuch, einen Stollen zu backen, war mißlungen, und dann waren ihr noch die Plätzchen verbrannt. Er versuchte, nicht an Fidelis zu denken. Hatten die Plätzchen vielleicht für ihn sein sollen? Gewiß, Delphines Müdigkeit war verständlich, und er sagte sich hoffnungsvoll, daß sie sich über das Überraschungsessen um so mehr freuen würde. Roy hatte er bei Step-and-a-Half abgesetzt, die ein Zimmer über ihrem Trödelladen hatte. Die Räumlichkeiten hatte sie mit dem Geld gemietet, das sie, wie man munkelte, in Blechdosen unter Steinen, Bäumen, Wegweisern und Zaunpfählen an den Straßen zu deponieren pflegte, auf denen sie weit hinaus in die Ebene wanderte. Im Laden ließ sie sich nur selten sehen, so daß sich Roy, wenn es kälter wurde, häufiger mal um das Feuer kümmern mußte. Cyprian und Delphine würden also an diesem Abend allein sein.

»Du wirst staunen, was ich gekocht habe«, sagte Cyprian.

»Du hast gekocht?« fragte sie höflich, aber ohne besondere Anteilnahme. Klein, fast zierlich wirkte sie an diesem Abend, aber das machten wohl nur die Flammen, die über ihr Gesicht flackerten, und der blaue Schein, den der winterliche Himmel und die frostige Erde zurückwarfen. Sie sah einsam aus, aber das verstand er nicht, schließlich war er doch da – und bereit, für sie zu kochen oder zu singen. Und ihr den Ring zu schenken, von dem der Juwelier seufzend gesagt hatte, es sei sein Lieblingsstück, und es fiele ihm sehr schwer, sich davon zu trennen, aber auch er brauche Weihnachtsgeld.

»Komm schon«, redete Cyprian ihr zu. »Ich hab uns eine Flasche echten alten Brandy gekauft, damit können wir auf die kommenden Feiertage trinken.«

»Auf unsere Zukunft, meinst du?« In ihrer Stimme schwang etwas wie Verachtung oder Hohn, und das traf ihn, aber er zwang sich, es zu überhören und weiter an seine Vorbereitungen zu denken. Dazu pfiff er eine alte Weise, von der er nicht genau wußte, ob es ein Weihnachtslied war.

»Warum pfeifst du das?« fragte Delphine nach einer Weile.

»Was?«

»Mine Eyes Have Seen the Glory.«

Er schwieg gekränkt.

Sie konnte sich die trübe Stimmung, gegen die sie schon den ganzen Tag ankämpfte, selbst nicht erklären und gab sich einen Ruck. *»Mine eyes have seen the glory of the coming of the Lord.* Jesu Geburt. Du hast ja recht, das paßt«, sagte sie versöhnlich.

»Na eben«, blaffte er und bog auf die schmale Straße ein, die er frühmorgens freigeschaufelt hatte. Er stieg aus, schlug die Tür etwas zu laut zu und sog die kalte, windstille blaue Luft ein. Sie war so rein, daß ihn die Lungen schmerzten. Er atmete, bis er sein Gleichgewicht wiedergefunden hatte, und dann dachte er an seinen Versuch, Pfefferkuchen zu backen. Bestimmt würde zumindest das sie zum Lachen bringen. Aber als sie das Haus betrat, sagte sie nur. »Iih, verbrannter Pfefferkuchen.« Sie ließ den Mantel auf den Fußboden fallen, streifte die Stiefel ab und sank seufzend in den Sessel vor dem Weihnachtsbaum.

»Ich komme mir alt vor«, sagte sie wie zu sich selbst. »Uralt.«

»Du bist eben nur scheußliche Weihnachten gewöhnt. Hier.« Cyprian gab ihr ein Stück von dem steinharten Pfefferkuchen, von dem er das Verbrannte abgekratzt hatte, blies ins Feuer, legte zwei Scheite nach, machte die Ofentür fest zu und öffnete den Zug, bis das Feuer behaglich bullerte. Er holte seine Streichholzschachtel aus der Tasche und zündete die Kerzen am Fenster und die am Baum an. Dabei drehte er Delphine den Rücken, die ganz still war, aber sicher doch deshalb, sagte er sich, weil sie endlich seine Bemühungen zu würdigen wußte, den friedlichen Abend genoß, vielleicht den Pfefferkuchen kostete, sich allmählich daran gewöhnte, von ihm umsorgt zu werden. Aber als er sich umdrehte, sah er, daß sie, den Pfefferkuchen noch auf dem Schoß, eingeschlafen war.

»Mist«, sagte er ziemlich laut, um sie zu wecken, aber sie wachte nicht auf. Er blies die Kerzen aus, ging in die Küche und machte eine Austernsuppe, die ihm, wie er fand, recht ordentlich gelang. Als sie heiß war, goß er die milchige Flüssigkeit in einen Suppenteller, legte Cracker an den Rand, gab Pfeffer dazu und ein Stück Butter. Er brachte ihr die Suppe, stellte sie auf den Fußboden, kniete sich neben den Sessel und küßte sie behutsam auf die Wange. Als sie die Augen aufschlug, sah er, daß sie gar nicht geschlafen, sondern geweint hatte. Ausgerechnet heute abend!

»Wie nett, danke«, sagte sie anstandshalber. »Wo ist dein Teller?«

»Hole ich gleich.« Er setzte sich mit seiner Suppe neben sie.

»Du weißt ja, was man sich über Austern erzählt«, sagte er, obgleich er wußte, daß er sich damit auf gefährliches Gebiet begab.

Er atmete auf, als keine sarkastische Antwort kam, und schöpfte Hoffnung, als sie sagte: »Schmeckt gut.«

Rasch zündete er die Kerzen wieder an. Sie flackerten und leuchteten, warfen Schatten an die Wände und machten das Zimmer wunderschön heimelig, fand er. Vielleicht versetzte der friedliche Raum sie nun in die richtige Stimmung.

»Wie findest du den Baum?« fragte er. »Ich hab Lametta besorgt.«

Als sie nicht antwortete, regte sich Zorn in ihm, er spürte das vertraute Prickeln, die Kälte, die ihm über den Rücken kroch.

»Ich versuche, dich glücklich zu machen.« Seine Stimme drohte zu kippen, aber sie sah achselzuckend weg.

Er stand auf, räumte ihren Teller ab, wobei etwas von der Suppe auf ihr Kleid schwappte, und trug beide Teller in die Küche. »Ganz ruhig«, sagte er leise zu sich selbst, spürte aber einen Druck hinter den Augen und auf der Stirn wie von einem zu engen Hut und überlegte kurz, ob er nicht in die schwarze kalte Nacht hinausgehen sollte. Statt dessen ging er – und das war ein Fehler – zurück zu Delphine und baute sich vor ihr auf.

»Warum zum Teufel gehst du dann nicht zu denen?«

»Was redest du da?«

Er war so wütend, daß er sich nicht traute, den Namen des Mannes zu nennen, weil er sonst explodiert wäre, aber es war eine hilflose Wut, denn er hatte ja nicht das mindeste Recht zum Explodieren. Er zog das in grünrotes Geschenkpapier eingewickelte Kästchen aus der Hosentasche und tat genau das, was er nicht hatte tun wollen – er warf es Delphine mit einer verächtlichen Bewegung hin. »Da! Ich hab dir ein Geschenk gekauft.«

Das Kästchen landete in ihrem Schoß. Eine ganze Weile musterte sie es nachdenklich, dann stieß sie es behutsam mit dem Finger an.

»Hübsch. Was ist drin? Ein Ring?«

»Ja«, sagte er heiser. Sein Zorn schlug jählings in eine schmerzliche Wehmut um, sein Herz krampfte sich zusammen, als seien ihre Initialen darauf eingebrannt. Am liebsten hätte er sich Delphine zu Füßen geworfen. Sie sah zu ihm hoch, das Kästchen im Schoß, die Flammen tanzten in ihren Augen, das Haar umstand wie eine Aureole das warme, gerötete Gesicht. Sie lächelte, aber nicht so, wie er es sich vorgestellt hatte. Er lehnte sich an den Türpfosten und betrachtete seine Füße.

Delphine dachte, das Schmuckkästchen im Schoß, im Glanz von Cyprians hoffnungsvollen Kerzen an ihre Balancenummer. Das heimelige Licht hatte sie in eine nachdenklich-störrische Stimmung versetzt. Sie sah sich in ihrem langen roten Rock vor das Publikum treten. Da war das Tablett, das auf ihrem Bauch stand, sie wurde zum menschlichen Tisch. Nur waren es keine Stühle, die auf ihrem Bauch aufeinandergetürmt wurden, sondern jetzt waren es Männer, die auf ihr balancierten, eine Pyramide von Männern. Cyprian und Fidelis. Die Zwillinge Emil und Erich. Franz und Markus. Und schließlich ihr Vater. Schwankend hielten sie auf ihr das Gleichgewicht. Und was dachte, was empfand sie selbst da unten? Ein Wort – und sie konnten ins Wanken kommen. Ein Wort, und sie konnten stürzen. Und deshalb sagte sie nichts, aber ihre Arme und Beine fingen an zu zittern.

»Geh ins Bett, Delphine«, sagte Cyprian leise. »Jetzt geh schon.«

Sie sah noch immer auf das Kästchen herunter, als könnte sie durch das Geschenkpapier in das mit Samt ausgeschlagene Innere sehen. Cyprian streckte die Hand aus, nahm es an sich, steckte es wieder in die Tasche und ließ sie allein.

Er stieg ins Auto, saß einen Augenblick still da, um sich zu sammeln, dann ließ er geräuschvoll den Motor an und donnerte in Richtung Stadt. Als er den Billardsalon betrat, war ihm schon etwas besser, und nachdem er sich genüßlich hatte vollaufen lassen, ging es ihm wieder richtig gut. Kurz vor Tagesanbruch – die Wirkung des Whiskeys war im Abklingen – setzte er sich wieder in den DeSoto, fuhr zu Delphines Freundin Clarisse und klopfte mit der indignierten Beharrlichkeit des Betrunkenen zu laut an ihre Tür.

Clarisse schoß von der Couch hoch, auf der sie geschlafen hatte, und lief zur Tür, um dem Lärm ein Ende zu machen. Mißtrauisch und verschlafen blinzelnd machte sie auf. Sie trug einen dünnen Morgenmantel und schien zu frieren. Ihr sonst so rosiges Gesicht war blaß, die Lippen fast blau. Fröstelnd ließ sie ihn ein. Auf einem Vorleger an der Tür stand ein großer gepackter Koffer, auf einem Stuhl eine flotte rote Hutschachtel. Als er stampfend und händereibend hereinkam, durchquerte sie gelassen, als wüßte sie nicht, daß er durch den dünnen rosafarbenen Stoff ihren Hintern und ihre Beine sehen konnte, das Zimmer und nahm eine flauschige blaue Decke von der Couch, in die sie sich aber erst einwickelte, als er sie nicht mehr sehen konnte.

Sie winkte ihn in die Küche, und er setzte sich an den Tisch. Von einer Minute zur anderen hatte sie sich offenbar wieder erholt. Ihre Wangen glühten, die Locken glänzten. Sie drehte sich, mit einer Hand die Decke festhaltend, rasch um und bot ihm Kaffee an. Dann setzte sie sich zu ihm und rieb sich mit weichen Katzenpfötchen die Augen. Kokett gähnend schüttelte sie den Kopf, wobei ihre Locken reizvoll wippten, und schürzte versonnen die Lippen. »Was willst du?« fragte sie.

»Fröhliche Weihnachten«, sagte Cyprian und schob langsam das grüne Kästchen über den Küchentisch.

Die Kiste aus Deutschland, die erst Weihnachten aufgemacht werden durfte, enthielt erstaunliche Sachen. Für Franz einen Mantel aus erstklassiger Wolle, beste Schneiderware, und mit dem schweren Satin gefüttert, den Fidelis noch aus seiner Jugend kannte. Alle Jungen bekamen Lederstiefel. Daß sie paßten, verdankten sie Tante, die ihrer Mutter die Größen nach Deutschland gemeldet hatte. Dazu gab es Kleinigkeiten – bunt lackierte Kreisel aus Holz, die Bücher *Max und Moritz* und *Der Struwwelpeter*, Pferdchen mit beweglichen Beinen. Für die Zwillinge ganze Regimenter von Soldaten in jeder nur denkbaren Stellung, dazu die entsprechende Ausrüstung. Für Markus eine dicke Mütze und einen Strickpullover. Tante hatte ein gesticktes Umschlagtuch bekommen, das sie Schal nannte. »Umschlagtücher sind was für alte Frauen.« Für Fidelis gab es eine Meerschaumpfeife und türkischen Tabak. Alles war in dicke Bündel wertloser Reichsmark eingepackt – eine Trillion für einen Dollar. Obenauf lagen Zeitungen – Kostbarkeiten, die sich Fidelis und Tante scherzhaft streitig machten, während sie ihre angebrannten Plätzchen und den süßen Stollen aßen und starken Kaffee dazu tranken.

Als alle Geschenke verteilt und die Lieder gesungen, die Kerzen gelöscht und die Jungen in das Spiel mit den neuen Sachen vertieft waren, saßen Tante und Fidelis gemeinsam am Tisch. Sie sprachen darüber, wie gut es der Familie in der alten Heimat jetzt ging. Bilder zogen ihnen durch den Kopf, leise lächelnd sahen sie vor sich hin und erinnerten sich an das Backsteingebäude mit dem Ladengeschäft, das der Vater ihres Vaters gebaut hatte, das Haus mit den steinernen Rosetten unter der Traufe, das schöne Haus mit den drei Geschossen.

Hier in North Dakota berichteten die *Deutsche Freie Presse* und *Die Rundschau* sehr zurückhaltend über die Lage in Deutschland, deshalb freuten sie sich, aus den Lokalnachrichten einer deutschen Zeitung zu erfahren, was sich in der Heimat tat. Auch stießen sie auf die Namen von Menschen, die sie beide kannten. Geburten, Todesfälle, Hochzeiten. Bald lasen sie einander laut vor. Fidelis zog an seiner Pfeife, genoß die satte Süße des Tabaks und überlegte laut, ob sie wohl bald genug Geld beisammen hätten, um die alte Heimat zu besuchen. Tante wurde hellwach, sagte aber nur wie nebenbei, für die Jungen wäre es schön, ihre Großeltern kennenzulernen, zu sehen, wie die Deutschen ihr Leben anpackten, vielleicht sogar ein paar Monate drüben zu bleiben, um ihre Deutschkenntnisse zu vervollkommnen.

Fidelis wandte ihr den schweren Kopf zu und sah mit seinem blauen Blick durch sie hindurch. Er hatte sie längst durchschaut, aber er wußte auch, daß manches von dem, was sie sagte, nicht von der Hand zu weisen war. Die Jungen wuchsen wild auf, sie wußten nichts von Disziplin, lernten nicht genug und nahmen sich Freiheiten heraus, von denen er nicht einmal gewußt hatte, daß es sie gab. Sie konnten ihm nicht immer folgen, wenn er deutsch mit ihnen sprach, und mit ihrem fließenden Englisch konnte er nicht mithalten. Wenn er sich einmal zu einem Gespräch mit ihnen überwunden hatte, konnte er das, was er sagen wollte, nicht richtig ausdrücken, und aus ihren Antworten wurde er nicht mehr schlau. Er konnte sich nicht darum kümmern, was die Kinder trieben, konnte ihnen nicht kaufen, was sie brauchten, konnte sie nicht vor Unfällen oder Krankheit bewahren. Ja, wenn er verheiratet wäre … Aber eine Frau für ihn war weit und breit nicht in Sicht. Manchmal, wenn Delphine sich zu ihm umwandte und ihn unerschrocken ansah, stand in ihren goldenen Augen etwas, was er nicht zu deuten wagte, und auch seine Gefühle für sie waren etwas, woran er nicht gern rührte. Delphine war vergeben. Sie gehörte Cyprian, dem Mann, der seinen Sohn gerettet hatte.

»Was zum Teufel ist los mit mir?« fragte sich Delphine, als sie am Weihnachtsmorgen vor dem geschmückten Baum saß und ein Haferplätzchen knabberte. Sie schämte sich, weil sie Cyprian am Vorabend so schlecht behandelt hatte. »Vielleicht gar nichts Besonderes«, überlegte sie weiter. »Es ist nur … ich bin das alles so leid.«

Zum Teil war wohl der Weihnachtsbaum schuld, der, üppig geschmückt mit langen bunten Popcorn- und Cranberryketten, grüngolden lackierten Blechsternchen, Engeln aus Papier mit weißen Watteflügeln und Silberglanz auf den Zweigen, so beruhigend und tröstlich wirkte, daß sie vorübergehend alles um sich her vergaß. So war es ihr auch gestern abend gegangen, und damit hatte sie Cyprian gekränkt.

Sie biß noch ein Stück von dem Plätzchen ab, das ihr Frühstück war, und dachte an die Mühe, die sich Cyprian mit den Vorbereitungen gegeben hatte. Hab mich lieb, das ist wohl die Botschaft, sagte sie, mit dem Plätzchenrest auf den Baum deutend, aber gestern abend hatte ich alles so satt, ich war es leid, ihm etwas vorzuspielen. Ist es denn meine Schuld, wenn ich ihn nicht liebe?

Sie schob das letzte Stück Plätzchen in den Mund. »Und was ist dann das Ende vom Lied? Daß man dasitzt und mit einem dämlichen Baum redet.«

Delphine sprang auf und zog sich rasch an, um Clarisse ihr Geschenk – ein Paar teure Seidenstrümpfe – zu bringen. Sie wußte, wie sehr Clarisse elegante Strümpfe liebte, wie gern sie ihre hübschen Beine zeigte. Statt in Geschenkpapier hatte sie die Strümpfe in ein geblümtes Kopftuch gewickelt und das Päckchen mit einem Haarband zugebunden. Clarisse fand Haarbänder bestimmt zu kindlich, aber vielleicht konnte sie es mal irgendwo als Besatz verwenden. Delphine streute Asche auf die Glut und legte den Schlüssel für Cyprian und Roy auf den Türsturz. Der Hunger würde die beiden vermutlich hertreiben, ehe sie selbst wieder da war.

Clarisse war nicht zu Hause, die Tür war abgeschlossen, aber Delphine wußte, daß die Freundin immer einen zweiten Hausschlüssel unter einem gußeisernen Stiefelabstreifer versteckt hatte. Sie rückte das schwere Ding beiseite, nahm den Schlüssel und betrat durch die Hintertür mit der leise scheppernden Glasscheibe einen mit Stiefeln und Zeitungsstapeln vollgestellten Vorraum, der in die Küche führte. Die war für Clarisse Strubs Verhältnisse ziemlich aufgeräumt. Vielleicht schläft sie ja, dachte Delphine, und rief von der Küche her ihren Namen. Dann ging sie zur Treppe und rief noch einmal. Stille. Sollte sie hinaufgehen? Das kam ihr zudringlich vor, auch wenn sie früher im Haus der Freundin nach Belieben ein und aus gegangen war. Ich lege ihr das Geschenk auf den Tisch, beschloß sie, und schreibe vielleicht noch was dazu.

Sie kramte in ihrer Handtasche nach einem Bleistift und einem Zettel, als sie das offene Kästchen auf dem Küchentisch sah. Ein Wattebausch war herausgefallen und lag neben der Zuckerdose. Es dauerte einen Moment, bis sie begriff, daß sie eben jenes grünrote Kästchen vor sich sah, das Cyprian ihr hatte schenken wollen. Nur der Inhalt war nicht mehr da. Delphine machte ein sehr nachdenkliches Gesicht, und ihr Geschenk für Clarisse wog plötzlich merkwürdig schwer in ihrer Hand.

Sie verließ das Haus, schloß ab und legte den Schlüssel wieder unter den Stiefelabstreifer. Als sie durch den Garten nach hinten ging, sah sie dort den leicht mit Neuschnee bestäubten DeSoto stehen, der ihr und Cyprian gemeinsam gehörte. Um sie herum war alles weiß und still. Im ganzen Häuserblock rührte sich nichts. Alles Leben hatte sich an diesem Weihnachtstag in die Häuser zurückgezogen, Rauch stieg aus den Schornsteinen auf, und in den Fenstern stand kalte Leere. Delphine nahm den Messingring mit ihren Schlüsseln aus der Handtasche, schloß den DeSoto auf, setzte sich hinein, startete, fuhr zurück zur Farm und parkte den Wagen so, daß alle Vorbeifahrenden ihn sehen mußten.

Im Haus schüttelte sie den beschneiten Mantel aus und legte ihn über einen Sessel. Die Stiefel stellte sie ordentlich neben die Tür, das Geschenk für Clarisse legte sie wieder unter den Baum. In der Küche schürte sie das Feuer, wärmte sich die Hände und wartete, bis das Teewasser kochte. Es gab nur eine Erklärung. Nachdem sie Cyprian abgewiesen hatte, war er gestern abend zu ihrer besten Freundin gefahren und hatte ihr den Ring geschenkt. Delphine goß sich eine Tasse Tee ein, gab Honig und Sahne dazu und setzte sich wieder vor den Weihnachtsbaum. Warum aber hatte der Wagen noch vor dem Haus von Clarisse gestanden? Sie wurde glühendrot, als ihr aufging, daß der Wagen womöglich deshalb da stand, weil Cyprian und Clarisse oben in dem chaotischen Schlafzimmer der Freundin in ihrem warmen Bett gelegen hatten und von Delphines Rufen aufgewacht waren. Sie sah die erschrockenen Gesichter, konnte sich die Erleichterung vorstellen, als sie hörten, wie Delphine das Haus wieder verließ. Ihre Lippen zuckten. Sie stand nicht gern als die Blamierte da.

Aber dann mußte sie lachen. War das nicht, nüchtern betrachtet, die beste Lösung? Hätte sie sich nicht genau das gewünscht, um aus der Sackgasse herauszukommen, in die sie und Cyprian gestern abend geraten waren? Sie liebte Cyprian nicht, und auch wenn sie diese unerwartete Treulosigkeit noch kaum fassen konnte, war es bestimmt besser, wenn er sich jemand anders suchte. Die Szene im Park fiel ihr ein, Cyprian in inniger Umarmung mit jenem Fremden. Nicht mehr mein Problem, dachte Delphine. Sie kannte sich zu gut, um nicht zu wissen, daß sie sich, so paradox das sein mochte, hin und wieder mit dem Gedanken an die Schwierigkeiten würde trösten müssen, die sich Clarisse mit Cyprian Lazarre eingehandelt hatte. Und er mit ihr, setzte sie hinzu und dachte an das Kleid mit den roten Perlen.

Mit den Sachen, die Clarisse herausstellte, ließ sich immer noch etwas anfangen. Ungeordnet in Kartons oder Säcke gestopft oder in alte Röcke gewickelt, häuften sie sich auf ihrer hinteren Veranda. Step-and-a-Half machte ihre Runden pünktlich und regelmäßig. Manchmal war das Abgelegte so gut, daß sie es noch verkaufen konnte, das Glitzerkleid mit den roten Perlen zum Beispiel, das sie vor einiger Zeit in Zeitungspapier eingewickelt und verschnürt auf der Veranda gefunden hatte. Es war schmutzig, als hätte es jemand irgendwo vergraben und später – blödsinniger Gedanke! – wieder ausgegraben, aber nachdem Step-and-a-Half es gelüftet und mit Feinseife und einem Schwamm gesäubert hatte, war es wieder tadellos. Es brachte ihr drei Dollar von einer Dame, die mit ihrem Mann, einem Schrotthändler, auf der Durchreise war. Clarisse war eine ergiebige Quelle, allerdings fragte sich Step-and-a-Half manchmal, ob nicht manches – die Hüte, die Schuhe oder auch Sachen, die Step-and-a-Half später selbst benutzte – den Toten gehört hatte, die Clarisse in Strubs Keller auf ihre letzte Reise vorbereitet hatte.

Im Morgengrauen fand Step-and-a-Half auf Clarisse Strubs hinterer Veranda einen wahren Schatz. Töpfe, Pfannen, ein komplettes Eßservice, ein erstklassiges Tranchiermesser. Step-and-a-Half brachte ihre Beute in die Kammer hinter dem Laden, in der sie ihre Trödelware zu sichten pflegte. Das Messer scheuerte sie, bis es blitzblank war, und legte es zu ihren eigenen Küchengeräten. Dann begutachtete sie die übrigen Gegenstände, prüfte die Haltbarkeit der Henkel und wog die Töpfe in der Hand. Nachdem sie über die Verwendung der einzelnen Posten entschieden hatte, gönnte sie sich ein Frühstück aus Hühnerflügeln, ein paar Schiffszwiebäcken und einer runzligen Möhre. Beim Essen besah sie sich die Stoffballen, von denen sie umgeben war – den Kattun und die Wollstoffe, schwere und leichte, grobe und feine. Sie wollte einem Menschenkind, das es ihrer Ansicht verdiente, etwas schenken.

Nach dem Frühstück zog sie eine Bahn gestreifte Baumwolle hervor, schüttelte den Kopf, legte sie wieder weg. Die geblümten Baumwollstoffe verwarf sie ganz, nachdem sie einen Augenblick nachdenklich davorgestanden hatte. Für einen Rock war Wolle besser. Wärmer. Dazu eine Bluse aus Leinen, die ließ sich schnell mal durchwaschen, und Leinen war angeblich sehr haltbar. Sie prüfte mit den Fingerspitzen einen buttergelben Stoff, dann griff sie nach einem in Hellblau und lächelte zufrieden. Das Blau hatte die Farbe eines wolkenlosen Novemberhimmels. Eine Schattierung heller, und es wäre ein Grau geworden. Das unauffällige Karo in dem braunen Wollstoff – blaugrün mit einem Hauch von Gold und Gelb – paßte wunderbar zu Mazarines Haar. Step-and-a-Half nickte und legte die Stoffe auf den breiten Tisch, an dessen Kante ein Zollstock angebracht war.

Eine kalte Weihnachtssonne schien durchs Fenster und spielte über die Eisblumen. Der bauchige Ofen in der kleinen Stube, in der Step-and-a-Half ihre Buchführung machte und Bestellungen schrieb, schickte auch hierher ein wenig Wärme. Für eine Altwarenhändlerin war Step-and-a-Half bemerkenswert reinlich. Ihrem Einfluß war es zu verdanken, daß Roy Watzka im Vorjahr seine Gefängniszelle geputzt und sich auch in anderer Beziehung so erstaunlich verändert hatte. Wenn er mit Step-and-a-Half zusammen war, mußte er sich in ein richtiges Taschentuch schneuzen, die Lippen an einer richtigen Serviette abwischen und sich entschuldigen, wenn er unpassende Geräusche von sich gab. Zum Glück schnarchte sie selbst und war an laute Geräusche in ihrer Umgebung gewöhnt. Wenn sie in dem Zimmer über dem Geschäft schliefen, er auf dem Fußboden, sie auf einem schmalen Lager, klirrten die Scheiben in den Fensterrahmen, aber davon drang nichts in ihre Träume.

Sie neigte ihr Adlergesicht über das schöne Stück Stoff, nahm eine scharfe Schere mit schwarzen Griffen und schnitt sorgfältig die erforderliche Bahn ab. Dann legte sie den weichen Wollstoff zusammen, maß die pastellfarbenen Leinenstoffe ab und schnitt sie zu. Zum Schluß nahm sie von einem Regal, auf dem ihre kostbarsten Stoffe lagen, einen mitternachtsblauen Satin, den sie selbst unwiderstehlich fand. Alle Kundinnen blieben vor diesem Stoff stehen und sahen sich in einem Kleid, das aus diesem traumhaften Satin gemacht war. Einer Abendrobe … aber wo sollte man so was hier in Argus tragen? Schön, dann vielleicht ein Nachtkleid. Ein Material, das so warm und kühl zugleich war, so schlicht, so exquisit, daß man unwillkürlich die Hand ausstrekken mußte, um es zu streicheln, um ein wenig zu träumen – und schließlich seufzend zu verzichten.

Rasch, ehe sie es bereuen konnte, schnitt Step-and-a-Half eine Bahn ab, legte sie auf den Ladentisch, gab Nähseide dazu, schürzte nachdenklich die Lippen, suchte die passenden Knöpfe für den Karostoff und das Leinen heraus, tat alles in eine kleine Tüte, zum Schluß kamen noch Bänder dazu, Haarbänder für ein junges Mädchen. Sie wickelte alles in braunes Packpapier, setzte eine pelzgefütterte Männermütze auf, zog den schweren Mantel, Handschuhe und grobe Stiefel an, nahm das Paket unter den Arm und schlug die Tür zu. Dabei brabbelte sie ergrimmt vor sich hin. Hätte sie früher daran gedacht, hätte sie das Paket unbemerkt ablegen können, im Schutz der Nacht, die ihre Freundin und Vertraute war.

Auf das kurze Tauwetter im Dezember folgten grimmige Kälte und ein scharfer Wind, von dem man Kopfschmerzen bekam, sobald man nur einen Fuß vor die Tür setzte. In ihrem ungeheizten Zimmer schlief Delphine unter allen verfügbaren Decken, trug lange Unterhosen unter dem Rock und den Mantel auch im Haus. Jetzt stand sie warm eingepackt am Herd, schälte Kartoffeln für einen Auflauf, überlegte, ob sie das Mett braten sollte, das sie aus der Metzgerei mitgebracht hatte, und vielleicht eine Zwiebel, wenn sich noch welche fanden, die nicht gekeimt hatten. Plötzlich flog mit einem Knall die Tür auf, und ein Schwall eisiger Luft drang ins Haus. Roy kam hereingeschlingert, schälte sich aus seinem gefütterten Mantel und wickelte sich zwei Schals vom Kopf.

»Mord und Totschlag«, stieß er hervor. »Grausige Gewalttat. Clarisse unter Verdacht.« Er nickte Delphine zu, als habe sie, als ihre Freundin, das Recht darauf, alle Einzelheiten zu erfahren, dann fuhr er in dem gleichen Schlagzeilenstil fort: »Eine ganze Stadt unter Schock. Sheriff erstochen aufgefunden.«

Er setzte sich an den Küchentisch und schüttelte ratlos den Kopf. »Hock ... Ausgerechnet Hock!«

Delphine erstarrte, den Kartoffelschäler in der Hand, mitten in der Bewegung und sah ihren Vater an, als hätte er fließend französisch gesprochen oder als sei ihm unversehens ein Pferdefuß gewachsen.

»Allerdings, wenn man es recht überlegt«, fuhr Roy fort, »ist ein Mensch, von dem wir sagen, ›ausgerechnet der‹, sehr häufig das logische Opfer. Er war der Sheriff. Er war in Clarisse Strub verliebt. Sie haben ihn mit heruntergelassenen Hosen gefunden.«

Delphine schwenkte, noch immer sprachlos, den Kartoffelschäler.

»Hock ...« Es war, als müsse Roy sich selbst gut zureden, um das Unfaßbare zu begreifen. »Hock ist im Schlafzimmer von Clarisse Strub gestorben. Es heißt, sie hätte über ihrem schweren Beruf den Verstand verloren.« Roy verzog ergrimmt das Gesicht. »Ganz meine Meinung! Armes Vögelchen ... Ihr Onkel hätte sie nie mit ins Geschäft nehmen dürfen. Leichen zunähen ... Das Blut durch Essig ersetzen ... So ein hübsches junges Ding als Bestatterin – das ist doch nicht normal.« Roy legte die Hände zusammen wie im Gebet und biß auf den Fingerknöcheln herum. »Ein zartes Dingelchen – und hat ihn abgestochen wie ein Schwein.«

»Clarisse hat nie mit Essig gearbeitet, und sie war zäh wie ein altes Suppenhuhn«, sagte Delphine halblaut und machte sich in Windeseile daran, die Geschichte zu revidieren, die sie sich zurechtgelegt hatte für den Fall, daß man sie nach dem Besuch bei der Freundin am Weihnachtstag fragte.

Roy schüttelte tadelnd den Kopf. »Armes Vögelchen«, wiederholte er. »Hock hat ihr Nest besudelt. Er hatte Lieder für sie geschrieben, die hat er uns vorgesungen, romantischen Schwulst, ich habe das nie ernst genommen. Aber dann hat er unter dem Vorwand polizeilicher Ermittlung eine Hausdurchsuchung gemacht, mit Durchsuchungsbefehl und allem Drum und Dran. Und jetzt glaubt man, sie ...« – Roy nickte zur Speisekammer und der verbretterten Kellerluke hin –, »... sie hätte die da auch umgebracht.«

Die Geste war seltsam linkisch, wie die eines mittelmäßigen Schauspielers, und beunruhigte Delphine etwas. Andererseits war eben die ganze Geschichte sehr sonderbar, und es gab zweifellos einen Zusammenhang zwischen den drei Toten im Keller, Hock, der in dem Fall ermittelte, und Clarisse, die Hock umgebracht hatte.

»Sie hat sich nicht versteckt, und das hatte sie ja auch nicht nötig.« Roy schlug sich kräftig mit den Händen auf die Knie. »Es war Notwehr, sie mußte ihre Unschuld verteidigen. Die Welt ist schlecht. Unvorstellbar, wozu Menschen fähig sind. Man hat sie gesehen. Sie ist in den Frühzug gestiegen, mit ihrem großen braunen Koffer und einer kleinen runden Hutschachtel. Rot. Hat eine Fahrkarte nach Minneapolis gelöst.«

»Dort wird man sie wohl erwischen.« Delphine setzte sich benommen zu ihrem Vater. »Und verhaften. Was dann?«

»Glaub ja nicht, daß man die findet.« Roy warf ihr über seine Knollennase einen scharfen Blick zu. »Ich hab ihren Großvater und zwei Großonkel gekannt. Gewiefte Burschen. Wenn sie erst mal in der Großstadt ist, taucht sie unter, nimmt einen neuen Namen an. Clarisse ist eine Überlebenskünstlerin.«

»Ich denke, sie ist ein armes Vögelchen«, wandte Delphine ein, hatte aber nicht viel Lust zum Streiten.

»Na gut, dann eben das zarte Weibchen einer giftigen Spezies«, räumte Roy ein. »Wie zierlich, wie reizvoll sind die acht schlanken Beine der Schwarzen Witwe, wie fragil ist der stachelbewehrte Schwanz des weiblichen Skorpions. Und das Moskitoweibchen, das sich zum Saugen auf den Kopf stellt, ein Hauch von einem Geschöpf, das praktisch nichts wiegt, bringt uns die tödliche Malaria.«

Roy hatte noch mehr über die Widersprüchlichkeiten des weiblichen Geschlechts zu sagen, aber Delphine hörte nicht mehr zu. Sie ging in ihr Zimmer und kroch unter ihren Steppdeckenberg. Sie mußte nachdenken.

Nach etlichen Tagen des Schocks und des Staunens, in denen die Bürger von Argus von nichts anderem sprachen und gierig nach allen Einzelheiten haschten, gingen ihnen die Erklärungen aus. Clarisse war, wie Roy vorausgesagt hatte, spurlos verschwunden. Hocks Leiche wurde, in eine Plane gewickelt und verschnürt, aus dem Haus getragen und zum Leichenbeschauer nach Fargo gebracht, das Haus versiegelt. Ein Stellvertreter wurde berufen, und das Leben der Stadt floß weiter wie Wasser, das sich an Felsen vorbei seinen Weg sucht. Das grausige Geschehen schliff sich im Alltag allmählich ab, durch unaufhörliches Reden, jahrelanges Reden und Raten. Schließlich wurde aus der blutigen Sudelei in Clarisse Strubs Kleiderschrank ein farbiges Stück Stadtgeschichte. Sie war verschwunden mitsamt ihrer Hutschachtel und ihrem braunen Koffer, aber verschwunden auf stilvolle Art. Unbekümmert hatte sie sich in den Zug gesetzt, war offenbar nach Minneapolis gefahren und dort umgestiegen, hatte ihren Namen geändert, war vielleicht zu einem ganz neuen Menschen geworden, denn sie wurde nirgends gesichtet, nie gefaßt.

Daß Cyprian die Stadt verlassen hatte, merkte zunächst niemand. Als Delphine wegen ihrer Freundin vernommen wurde, erwähnte sie ihren Besuch am Weihnachtsmorgen nicht, und niemand fragte sie danach. Niemand hatte bemerkt, daß Cyprians Wagen an jenem Morgen hinter Clarisses Haus gestanden hatte, und der Neuschnee hatte Delphines Spuren zugedeckt. Auch daß Delphine den Wagen nach Hause gebracht hatte, war nicht weiter aufgefallen, und da sie ihn so parkte, daß man ihn von der Straße aus sah, wurde erst nach Monaten klar, daß Cyprian nicht mehr bei ihr wohnte. Selbst Roy glaubte, Cyprian sei wieder einmal in Sachen Schnapsschmuggel unterwegs, und konstatierte nur, daß ihm ohne den Jüngeren jetzt im Winter die Zeit sehr lang wurde. Einmal erkundigte sich Fidelis betont beiläufig, ob Cyprian den Gesangverein aufgegeben habe. Delphine zuckte die Schultern. »Nicht, daß ich wüßte«, sagte sie, und er fragte nicht weiter. Nur Delphine wußte um die Verbindung zwischen Cyprian und Clarisse. Eine Weile schmerzte die Vorstellung, war eine wunde Stelle unmittelbar neben der Erinnerung an den toten Sheriff, schwarz wie eine Sickergrube. Immer wieder beschäftigte sich Delphine mit dem, was sie über Clarisse wußte, sie spekulierte und analysierte, versuchte sich in die Freundin hineinzuversetzen und stand schließlich doch immer wieder mit leeren Händen da. Clarisse fehlte ihr so, wie ihr ein Arm oder ein Bein gefehlt hätte – immer und bei allem, was sie tat. Die Arbeit fiel ihr schwer, die Einsamkeit war quälend. Sie besuchte Aurelius und Benta. Man saß zusammen und trank Kaffee, aber das half ihr nicht.

Delphine stürzte sich, wenn es sie drängte, mit Clarisse zu sprechen, verbissen auf ein Buch. Ihr war, als gäbe es in ihrem Leben einen Ausschnitt, der die Form eines Frauenkörpers hatte, eine Öffnung, die zu einem rätselhaften Ort führte. Durch diese Öffnung war ihre Mutter gegangen, dann Eva, jetzt Clarisse. Wie schön wäre es, dachte Delphine, wenn sie die Arme ausstrecken und sie zurückholen könnte.

— 12 —

Traumfeuer

In der Küche der Metzgerei stand ein großer Tontopf, in den Delphine jeweils die letzten Früchte der Saison schichtete – Kirschen, Pfirsiche, Himbeeren, Bananen, Äpfel und Trauben. Auf jede Schicht kamen Zucker und Brandy. Zu Kuchen oder – eher selten – Eiskrem gegeben, war das ein Nachtisch für die Wochenenden, denn dann machte es nichts, wenn die Jungs leicht benebelt schlafen gingen und am nächsten Morgen erst spät aus dem Bett fanden. Vielleicht war das die Erklärung für den Namen *Traumfeuer*, und vielleicht aßen sie es deshalb so gern vor dem Einschlafen. Delphine, die meist so spät nicht mehr da war, wunderte sich ein wenig, daß der Inhalt des Tontopfs so schnell abnahm. Daß Fidelis nichts dagegen hatte, wenn seine Söhne sich daraus bedienten, wußte sie nicht. An dem Tag vor der Fahrt nach Chicago saß sie am hellen Nachmittag vor einer großen Schale Traumfeuer. Sie hatte das Obst mit etwas Sahne auf ein Stück alten Kuchen gegeben, um sich dafür zu belohnen, daß sie die Sachen der Jungen in einen Koffer gepackt hatte, den sie aufs Wagendach binden wollten, in Wahrheit aber wohl eher, dachte sie, während sie noch ein zweites Mal mit dem Löffel in den Topf langte, um nicht an den nächsten Tag denken zu müssen.

Tante hatte Fidelis die Einwilligung abgerungen, seine Söhne

– bis auf Franz, der die Schule fast beendet hatte – mit nach Deutschland zu nehmen. Dort würden sie und die alte Frau Waldvogel, die recht einsam war, die Jungen versorgen. Tante hatte sich zwar keinen Mann angeln können, aber mit der Nähmaschine konnte sie hocherhobenen Hauptes zurückkehren, zumal sie nun auch die Jungen mitbrachte, die allerdings, wie sie nicht müde wurde zu betonen, nicht für immer in Deutschland bleiben sollten. Von der Sorge um die Söhne befreit, würde Fidelis seine ganze Kraft ins Geschäft stecken und es zum Erfolg führen können. Wenn die Jungen dann zurückkamen, waren sie vernünftiger geworden und konnten ihm eine echte Hilfe sein.

Vielleicht waren es die vielen Rechnungen, die Fidelis endlich überzeugt hatten, oder die Erkenntnis, daß er Delphine für ihre Arbeit nicht angemessen bezahlen konnte. Vielleicht dachte er an das, was Markus im Berg geschehen war, oder an die noch nicht ganz verheilten Wunden auf Emils Stirn, die von der Schrotflinte eines Nachbarjungen stammten. Oder an Erichs Sturz vom Dach, nach dem er eine halbe Stunde wie tot dagelegen hatte. Oder an das Floß, das sie aus Abfallholz gebaut hatten und auf dem sie der Frühlingshochwasser führende Fluß meilenweit mitgerissen hatte. Oder an die neuen Sachen, die sie brauchten und die er nicht bezahlen konnte. Ihre Arme waren mittlerweile viel zu lang für die Jackenärmel, und sie mußten noch immer kurze Hosen tragen, was Markus maßlos ärgerte.

Ganz früh am nächsten Tag würden alle zusammen mit dem DeSoto nach Chicago fahren, vorn Fidelis, Tante und Delphine, hinten die Jungen. Drei Tage lang würde Franz sich um das Geschäft kümmern. Sie würden mitten in der Nacht losfahren, morgens in der Stadt sein und am ersten und zweiten Tag den ganzen Papierkram beim Konsulat erledigen. Am dritten Tag würden Tante und die Jungen samt Gepäck mit dem Zug nach New York City fahren und am Tag darauf an Bord des Überseedampfers gehen. Sie hatten eine Kabine mit einem zusätzlichen Lager auf dem Boden und einem winzigen Fenster gebucht – geradezu luxuriös, wie der Agent beteuerte, mit dem sie telefoniert hatten, und trotzdem ein Schnäppchen.

Delphine gab noch einen Löffel Obst auf den weich gewordenen Kuchen. Der Brandy lockerte ihr die Schultern, aber ihr Gesicht brannte, und sie spürte einen Druck auf den Schläfen. Sie legte den Deckel auf den Tonkrug und beschloß, nach Hause zu gehen und sich ein bißchen auszuruhen. Ihr war, als schleppte sie sich durch eine Unterwasserwelt, als sei sie plötzlich doppelt so schwer wie sonst. Als sie ihren Teller und das übrige Geschirr in der Spüle abwusch, hörte sie Markus in die Küche kommen. Sie drehte sich nicht um. Er trat hinter sie, das machten die Jungen oft, wenn sie am Herd arbeitete, und sie tat wie immer so, als merkte sie es nicht, damit er sich möglichst nah an sie heranwagte.

»Was machst du da?« fragte er.

»Ich wasche ab.«

Er sah ihr beim Hantieren mit Wasser und Spülmittel zu. Wenn sie in der Küche arbeitete oder am Herd stand und ihnen dabei den Rücken kehrte, fühlten sich die Jungen irgendwie sicherer und erzählten ihr Dinge, die sie nie herausgelassen hätten, wenn sie ihr etwa am Tisch gegenübersaßen. Besonders Markus kam nach der Schule gern zu ihr. Delphine rührte dann endlos in der Suppe herum oder hielt sich länger als nötig an irgendeiner Arbeit fest, damit er offen reden konnte. So hatte er ihr einmal, während sie Kartoffelsuppe kochte, von der Valentinskarte erzählt, die ihm Ruthie geschrieben hatte. Auch von seinem Schlaf im Berg hatte er ihr erzählt, von seinen Träumen, von seiner Sehnsucht nach der Mutter. Wenn er über Eva sprach, tat das auch Delphine gut. Einmal sagte sie, als sie Kloßsuppe in seinen Teller schöpfte: »Das Rezept habe ich von deiner Mutter, aber so gut wie ihr gelingt es mir bestimmt nie.«

»Deine Suppe ist auch nicht schlecht«, hatte Markus gesagt, und ihr war die Kehle eng geworden, sie hatte die Hand ausgestreckt und ihm das Haar gestreichelt.

Und jetzt sollte sie Abschied nehmen.

»Ich schicke das Rezept deiner Oma«, sagte sie. »Das Rezept von der Suppe, die du so gern magst.«

»Machen sie in Deutschland auch gute Klöße?«

»Ich glaube, die sind dort erfunden worden«, meinte Delphine. »Auch Nudeln und Spätzle. Und das deutsche Brot ist einmalig, das weiß ich von deiner Mutter. Und eine Schokolade haben sie dort, die ist fast schwarz und schmeckt nach Orangen. Und diesen leichten Käse, den sie morgens auf getoastete Brötchen streichen. Viele Sorten Konfitüre. Und Orangenmarmelade. Kennst du die?«

»Wir haben sie im Geschäft.«

»Ich mag sie nicht, aber Eva hat dafür geschwärmt. Die Orangenmarmelade, die es in Deutschland gibt, hat sie gesagt, ist aus spanischen Orangen, die sind ganz anders als die schäbigen Apfelsinen hier, die nur aus Schale und Kernen bestehen und zu süß sind. Die spanischen Orangen schmecken wie bitterer Sonnenschein.«

»Hört sich gut an«, sagte Markus mit erstickter Stimme.

Delphine drehte sich um. »Vielleicht hältst du mich für herzlos, weil ich von Orangenmarmelade rede, wenn du nach Deutschland fährst. Aber wenn du wüßtest, wie es in mir aussieht …«

Als sie sich abwandte, legte Markus den Kopf an ihren Arm. Sie rührte sich nicht. Es war ganz still in der Küche. Wieder hatte er sich für sie entschieden, und in diesem Augenblick stand für Delphine fest: Sie würde ihn nicht gehen lassen. Jetzt brauchte sie nur noch eine gute Idee, um ihn zu behalten – dann hatte Tante keine Chance.

Nach einer Weile löste Markus sich verlegen von Delphine. Er hätte gern etwas gesagt, fand aber keine Worte. Sie gab ihm ein Käsebrot, und er fing an zu kauen, nein, zu schlingen, in seiner Verzweiflung über den bevorstehenden Verlust alles Vertrauten. Er hätte ihr gern gesagt, daß er nicht nach Deutschland wollte, hätte sie am liebsten gebeten, ihn zu verstecken, ihn mitzunehmen oder seinen Vater irgendwie davon zu überzeugen, daß er einen Fehler machte. Aber seine Zunge war wie gelähmt, das Käsebrot war plötzlich kleistrig-trocken und mühsam zu essen. Ich bin nur ein Gepäckstück, das von hier nach da transportiert wird, dachte er. Ein Gegenstand. Eine Kleiderpuppe. Aber um das Delphine zu sagen, fehlten ihm die Worte.

Als sie den Wagen beluden, die Jungen benommen auf die Rückbank krabbelten und dort sofort weiterschliefen, war es tintenschwarze Nacht. Fidelis wollte die erste Schicht übernehmen und setzte sich ans Steuer. Tante schob sich, Delphine beiseite drängend, rasch vorn auf den Mittelsitz, um nur ja neben ihrem Bruder zu sitzen Die Nähmaschine stand im Kofferraum, in ihrem

Gehäuse verstaut und zusätzlich noch in einer Kiste verpackt, damit ihr auf der Fahrt nichts zustoßen konnte. Daneben stand ein kleiner Koffer mit Tantes Sachen. Die große schwarze Lederhandtasche hatte sie auf dem Schoß. Sie hatte ihr metallisches Kostüm ausgelüftet und in einer Tüte fünf harte Eier mitgebracht. Für Delphine war keins vorgesehen, aber für die Eier würde sich sowieso keiner interessieren. Delphine hatte für die Jungen Zuckerplätzchen in Form von Tieren und Schmalzgebackenes dabei, Wurst, Brot, Schnittkäse, Äpfel und eine kleine Kühlbox mit Flaschenbier.

Unter dem Mantel trug sie ein einfaches Kostüm, aber in einem grünen Koffer hatte sie zwei Garnituren Unterwäsche und ihr bestes Stück, ein tailliertes Wollkostüm und dazu passend einen Hut mit einer gebogenen grünen Feder, den sie keck so aufsetzen konnte, daß ein Auge bedeckt war. Auf der Innenseite des Hutes war ein kleiner gepunkteter Schleier befestigt, den sie sich kokett bis über die Nase ziehen konnte. Aber ihr war nicht nach Kokettieren zumute, sie wollte die traurige Angelegenheit so schnell wie möglich hinter sich bringen. Es war ausgemacht, daß sie, während Tante und Fidelis mit Papieren und Paßformularen beschäftigt waren, mit den Jungen die Sehenswürdigkeiten von Chicago besichtigen würde. Nach der Mittagspause löste sie Fidelis am Steuer ab. Jetzt konnte sie sich auf die Straße konzentrieren und brauchte nicht zu reden. Im Wagen herrschte eine düstere Stimmung, nur Tante gab sich heiter, was Delphine einigermaßen makaber fand. Die Jungen dösten vor sich hin und schliefen immer wieder ein. Je näher sie ihrem Ziel kamen, desto mehr widerstrebte Delphine der Gedanke, mit den Waldvögel-Söhnen historische Bauwerke anzustarren und in Museen herumzulaufen. Sobald sie im Hotel waren, beschloß Delphine, würde sie sich auf die Suche nach einem Zirkus machen.

Wir haben tagelang die verdammten Elefanten mit Erdnüssen vollgestopft, sagte sie später, wenn sie mit Markus über diese Zeit sprach. Nachdem sie ihre Hotelzimmer bezogen hatten, ging sie in eine Buchhandlung, nahm einen Stadtführer, prägte sich ein, welche Sehenswürdigkeiten ein Chicago-Besucher gesehen haben mußte, und gab ihr neu erworbenes Wissen an die Jungen weiter. Dann gingen sie zum Zirkus. Sie verbrachten den ganzen Vormittag in der Sideshow, fütterten die Affen und Elefanten und sprachen mit den Schaustellern, die – je nach der Art ihrer Attraktion – in Wagen, Käfigen oder auf einem kleinen Podium auf Besucher warteten. Weil sie an diesem rauhen Wintertag sonst wenig Zuspruch hatten, weil die Jungen so offensichtlich fasziniert waren, hauptsächlich aber, weil Delphine eine kontaktfreudige junge Frau war, kam man schnell ins Gespräch.

Da gab es »die Nadel«, eine Frau, die so dünn war, daß sie angeblich unsichtbar wurde, wenn sie sich zur Seite drehte (wurde sie aber nicht), und die Riesendame, die mit ihren Fettmassen wie hingegossen auf einem Bärenfell lag. Seal-O, der Seelöwenmensch, war ein junger Mann, der Flossen anstelle von Händen und Füßen hatte, außerdem auch einen Hang zur Boshaftigkeit, denn er machte schlechte Witze über die abgetragenen und ausgewachsenen Sachen der Jungen. Da kam er aber bei Delphine schön an. »Fassen Sie sich lieber mal an die eigene Nase! Auf der müßten Sie nämlich von Rechts wegen einen roten Ball balancieren!« Er grinste anzüglich, und sie zog die Jungen rasch weg, ehe er noch ausfälliger werden konnte. Sie wechselten ein paar

Worte mit Mr. Tiger, der tatsächlich eine gestreifte Haut hatte. Sie könnten ruhig versuchen, die Streifen abzureiben, sagte er, aber es ging nicht. Die »Kleine Rechenkünstlerin« gab ihnen eine Probe ihres Könnens, von der ihnen der Kopf schwirrte. »Warum bist du hier und nicht an einer Uni?« fragte Delphine. Es gab einen Kraftmenschen, der sich sichtlich langweilte, und ein gruseliges Wesen von unbestimmbarem Geschlecht, aus dessen Bauch noch ein halbes Wesen herauswuchs. Es gab eine exotische Seejungfer mit zwei Busen, die Delphine ohne die Jungen besichtigte. Die beiden oberen Brüste, berichtete sie danach, seien echt, aber die unteren eindeutig aus Gummi. Und dann gab es da noch die Gedankenleserin in einem geheimnisvoll verhängten Zelt, das etwas abseits stand.

Die Jungen interessierten sich begreiflicherweise nicht fürs Gedankenlesen. Delphine kaufte ihnen Zuckerwatte, sagte, sie sollten nicht weglaufen, und zahlte ihren Vierteldollar Eintritt.

Die Gedankenleserin saß an einem kleinen Holzkohlenfeuer, in dem sie mit einem dünnen Schürhaken herumstocherte, und sah ziemlich mürrisch hoch, als Delphine hereinkam. Wortlos deutete sie auf einen Stuhl und streute aus einem Tütchen ein weißes Pulver, vielleicht eine Art Weihrauch, auf das Feuer. Ein würziger Duft verbreitete sich im Zelt, der sehr angenehm war. Delphine atmete tief und musterte die Frau neugierig.

Sie hatte weißes Haar, aber ein junges Gesicht und war wohl nicht viel älter als Delphine. Ihr Körper war zierlich, und sie schien in dem wallenden blauen Gewand ein wenig zu frösteln, hatte aber breite Lippen und kräftige Hände. Mit diesen Fingern, dachte Delphine, könnte sie Walnüsse knacken.

»Sie mustern mich ja sehr genau, Miss«, sagte die Gedankenleserin.

»Mir sind Ihre Finger aufgefallen. Stark genug zum Nüsseknacken, hab ich gedacht«, gestand Delphine lachend.

»Nüsseknacken ... Der bewußte Mann besorgt das mit den Fingern. Von mir aus können Sie mich anschauen, so lange sie wollen, aber Sie haben Eintritt gezahlt, damit ich Ihre Gedanken lese.«

»Na, dann legen Sie mal los«, sagte Delphine leicht verunsichert.

»Sie sind in einer betrüblichen Angelegenheit hier«, sagte die Gedankenleserin.

»Nicht schlecht. Ich bin hier, um die Söhne des Mannes, für den ich arbeite, auf die Reise zu schicken.«

»Sie fahren nach Deutschland.«

»Wie bitte?«

»Sie haben mit Fleisch zu tun«, sagte die Frau. »Ich habe Sie auch angeschaut. Ihre Hände.«

Delphines Hände hatten sich verändert. Sie waren verschrammt und zerschunden und voll kleiner weißer Narben, aufgerauht von Seifenlauge, gerötet vom Mischen der scharfen Gewürze für die italienischen Wurstsorten. Von einer Fingerspitze fehlte ein kleines Stück. Jetzt lagen diese Hände auf dem kleinen Kupfertisch, und Delphine sah sie an wie die einer Fremden. »Das habe ich noch nie bemerkt«, sagte sie halblaut.

»Nein«, bestätigte die Frau. »Sie haben nicht mal versucht, sie zu verstecken. Hier tragen die Frauen Handschuhe. Auch das hat etwas zu bedeuten.«

»Nämlich?«

»Daß Sie nichts verschweigen werden. Es gibt Leute, die sich einreden, sie seien ehrlich, und andere, die wirklich die Wahrheit sagen. Bei Ihnen geht die Tendenz in die zweite Richtung. Ich höre Musik. Sie lieben diesen Mann.«

»Nein«, sagte Delphine. »Er singt. In einem Chor«, fügte sie hinzu.

»Ah so.« Die Gedankenleserin schloß die Augen und drückte die Finger an die Schläfen, als habe sie plötzlich Kopfweh. »Ein Tier ist Ihnen im Wege. Nein, das kann nicht stimmen. Ich sehe in Ihrem Kopf das Bild eines großen schwarzen Krabbeltiers, in der Mitte schmal wie eine Ameise.«

»Stimmt«, bestätigte Delphine belustigt und vergaß fast zu staunen. »Das ist die Tante der Jungen.«

»Sie können die Frau nicht ausstehen. Mit gutem Grund.«

»So könnte man es sagen.«

»Aber sie geht weg.«

»Sie ...« Delphine wurde die Kehle eng. »Sie nimmt die Jungen mit.«

»Und die lieben Sie.«

»Ja.«

»Der Mann ist äußerlich zu hell und innen zu dunkel, um ihn zu deuten. Er ist Witwer. Heiraten Sie ihn.«

»Das kann ich nicht«, sagte Delphine gereizt.

»Sie sind nicht feige«, sagte die Gedankenleserin. »Deshalb liegt der Grund anderswo.« Sie beugte sich über die glühenden Kohlen und streute ein anderes Pulver darüber. Der Duft, der jetzt zwischen ihnen aufstieg, war gleichzeitig bitter und tröstlich. »Sie sind es leid, alle zusammenzuhalten.«

»Ja.«

»Dann lassen Sie die gehen, auf die Sie verzichten können. Alle wird sie Ihnen ohnehin nicht gönnen. Sie werden sich gegen die Frau nicht durchsetzen und auch keinen Keil zwischen Schwester und Bruder treiben können. Blut ist allemal dicker als Wasser.«

Delphine machte sich mit den Jungen auf den Rückweg. Die Gedankenleserin hatte ihr noch anderes erzählt, Dinge, die sie erst einordnen mußte. Von dem duftenden Rauch hatte sie leichte Kopfschmerzen. Nachmittags sollten die Jungen Paßfotos machen lassen, sie waren mit Fidelis und Tante vor dem Hotel verabredet.

»Da ist noch Zuckerwatte.« Delphine bürstete Emils Jackett ab, dessen Ärmel sie so weit wie möglich ausgelassen hatte, und zupfte ein paar rote Fäden weg. Markus bürstete Erich ab und zog ein paar Strohhalme aus seinen Socken, die sich aus dem Elefantenkäfig dorthin verirrt hatten. Erich griente. Seine beiden Schneidezähne wirkten riesengroß und sehr komisch, die anderen waren noch nicht nachgewachsen oder erst halb da.

»Jetzt kann man euch wieder ansehen«, sagte Delphine, aber die Worte blieben ihr in der Kehle stecken und waren kaum zu verstehen.

Auf dem Weg ins Hotel beschloß sie, mit Fidelis ein Gespräch unter vier Augen zu führen. Tante mochte ihr noch so viele Knüppel zwischen die Beine werfen – sie, Delphine, würde dafür sorgen, daß sie und Fidelis eine Chance bekamen, miteinander zu reden, ehe die vier in den Zug stiegen und wegfuhren, womöglich für immer. Sie hatte sehr aufmerksam verfolgt, was sich seit dem Putsch von 1934 in Deutschland tat – immer neue Einzelheiten wurden über die Schreckenstage bekannt –, und im Gegensatz zu Fidelis und Tante auch nicht vergessen, daß es zu blutigen Ausschreitungen gekommen war, als das Saarland wieder deutsch und das Rheinland militarisiert wurde. Die beiden redeten immer nur von Stärke, von Wohlstand, von dem stetig wachsenden Familienvermögen. Im Auslandsteil einer Zeitung aus Minneapolis hatte eine winzige Notiz über eine Haßkampagne gegen die Juden und zerschlagene Fensterscheiben gestanden. Fidelis hatte sie kopfschüttelnd gelesen, aber nach einer kleinen Pause gesagt, das sei immer so gewesen, schon immer habe es dieses Gift gegeben, und bei einigen wenigen sei es eben zutage getreten. *Der Johannes war ein Jud*, hatte er hinzugefügt, aber den Satz weder übersetzt noch erläutert. Und jetzt hatte Delphine – obwohl sie überzeugt war, daß sie ihm, wenn es darauf ankam, den Wind aus den Segeln nehmen konnte, obwohl sie sich mehr Gedanken gemacht hatte als Fidelis über das, was die Jungen in Deutschland erwartete – Angst vor dem Gespräch mit ihm. Schon bei dem Gedanken daran schlug ihr Herz unruhig, wurden ihr die kräftigen Hände feucht. Nicht wegen ihrer politischen Differenzen, sondern wegen der unausgesprochenen Angst um das, was in ihrem Herzen war und was sie nicht näher zu untersuchen wagte. Nichts geschieht aus Versehen, dachte sie, nichts ist Zufall. Ich bin aus gutem Grund zu der Gedankenleserin gegangen. Ich mußte mit mir selbst ins Reine kommen, mußte mich selbst diese Dinge aussprechen hören, von denen ich nicht einmal wußte, daß ich sie insgeheim denke. Ich mußte vor der Frau mit den weißen Haaren sitzen und alles ausbreiten, um es selbst erkennen zu können.

Sie betraten alle zusammen das große steinerne Haus mit den vielen kleinen Büros, in denen Schriftstücke bearbeitet wurden. Die Büros waren um einen Schacht herum angeordnet, auf Galerien, von denen aus man bis ins Erdgeschoß sehen konnte. Gedämpfte Helle fiel durch ein mit rätselhaften Kämpfergestalten verziertes, gewölbtes Oberlicht. Die Jungen verrenkten sich den Hals, um hinaufzusehen. An Delphines Hand stiegen sie die breite Treppe hoch. Vor dem Zimmer, in dem die Paßfotos gemacht wurden, standen die Besucher Schlange, manche saßen auf dem Boden, andere lehnten müde an der Wand. Es war eine sehr lange Schlange. Tante war erschöpft, aber sie hielt sich kerzengerade, das Kostüm schien sie zu stützen. Gereizt erklärte sie, die Jungen müßten was essen.

Delphine nahm ihre Chance wahr. »Komm, wir kaufen belegte Brote«, sagte sie zu Fidelis.

»Nicht nötig«, wehrte Tante ab. »So hungrig sind wir auch wieder nicht.«

»Die Jungs haben nichts im Magen«, wandte Delphine ein.

»Sie werden's überleben.« Tante holte triumphierend eine Tüte mit klumpig verklebten Zitronendrops aus der Handtasche. Auf der zuckrigen Oberfläche hafteten die üblichen Flusen. Tante schlug den ganzen Brocken einmal leicht gegen die Wand, gab jedem Zwilling ein großes Stück und Markus ein ganz kleines.

»Damit halten sie's erst mal aus«, befand sie.

»Damit machen sie sich die Zähne kaputt«, konterte Delphine und wandte sich erneut an Fidelis. »Wir holen ihnen was Vernünftiges.« Sie sah ihn eindringlich an. »Dir tut ein bißchen frische Luft auch gut. Jetzt komm schon.«

Er folgte ihr. Als sie auf einen Deli zugingen, den sie beide gleichzeitig entdeckt hatten, sagte Delphine drängend: »Hör zu, Fidelis. Ich habe nichts zu verlieren, deshalb rede ich ganz offen mit dir. Du darfst sie nicht Maria Theresa nach Deutschland mitgeben, das kann nicht gut gehen. Sie versteht nichts von Kindererziehung, das ist doch sonnenklar.«

»Meine Mutter wird sich um alles kümmern«, sagte Fidelis.

Sie standen vor der Tür des Deli. Delphines Gedanken jagten. Sie wollte nicht, daß Fidelis jetzt durch die profane Auswahl billiger Sandwiches von dem eigentlichen Problem abgelenkt wurde. »Gehen wir einmal um den Block? Ich hab dir noch mehr zu sagen.«

»Das Thema ist erledigt«, sagte Fidelis.

»Ist es nicht. Du mußt mich anhören, das schuldest du mir.«

Diesem Argument konnte er nichts entgegensetzen. Fidelis blieb nicht gern etwas schuldig, schon gar nicht Delphine, die sich seit Evas Tod mit ganzer Kraft – weit über die Grenzen ihres Jobs hinaus – für seine Söhne gemüht hatte. Sie gingen weiter.

»In Deutschland können sie viel lernen.«

»Mag sein. Und dann? Glaubst du wirklich, sie kommen wieder her und helfen dir im Geschäft? Glaubst du, Tante wird das zulassen?«

Fidelis sah auf sie herunter. Seine Züge verhärteten sich. Man sah ihm an, daß auch er sich mit dieser Frage beschäftigt, aber seine Ängste verdrängt hatte. Nach einer kleinen Pause sagte er ruhig, aber entschlossen: »Dann hole ich sie.«

»Ich habe in der Zeitung gelesen, daß die neue Regierung alle Deutschen dabehält, die auf Besuch kommen«, sagte Delphine, obgleich das damals nur ein Gerücht war, das sich später allerdings bewahrheiten sollte. »Und was ist mit den Jungen, wenn sie die Grenzen schließen? Du kennst doch den Krieg.«

Doch damit war sie zu weit gegangen. »Es wird nie wieder Krieg geben«, versicherte Fidelis sehr ernst. »Dieser Hitler macht das Land stark, um den Frieden zu erhalten. Deshalb geht es auch meinen Leuten gut. Sie werden meinen Söhnen kaufen, was sie brauchen. Sie haben Geld.«

»Geld!« fuhr Delphine ihn an. »Hier geht es um deine und Evas Söhne.«

Der Name fiel zwischen ihnen zu Boden wie ein Stein.

Jetzt holte Delphine die Information hervor, die sie für so eine Gelegenheit aufgehoben hatte, für den Augenblick, in dem alles auf dem Spiel stand.

»Tante hat damals das Morphium gestohlen. Wie kannst du deine Söhne der Frau mitgeben, die Eva so hat leiden lassen? Behalt wenigstens Markus hier. Ich kümmere mich um ihn.«

Sie blieben auf der windigen Straße stehen und sahen sich an. Fidelis' Gesicht war zerquält und aschgrau, das ihre herausfordernd, die Augen verengt und wachsam. Sie wirkten wie ein Magnet, diese Augen. Fidelis merkte, daß er wie von selbst auf Delphine zuging. Ihm fiel keine Widerrede mehr ein, denn es stimmte ja – mit Markus kam Tante nicht zurecht. Doch dann wandte er den Blick ab. Seine jüngeren Söhne waren in Ludwigsruhe, bei der Familie, wo sie keine Gelegenheit hatten, sich in Erdhügeln einzugraben oder auf einem Floß einen reißenden Fluß herunterzutreiben und beinah zu ertrinken, wirklich besser aufgehoben.

»Ich kann mich nicht genug um sie kümmern.« Fidelis steckte die Hände in die Taschen und sah auf den schmutzigen Gehsteig herunter. Er hatte noch etwas zu sagen, und es fiel ihm schwer. »Ich habe kein Geld mehr, um dich zu bezahlen.«

»Ich weiß«, sagte Delphine ungeduldig, »aber das ist doch unwichtig. Ich möchte …« Dann sah auch sie auf den Gehsteig herunter. Sie standen, den nächsten Satz schon auf den Lippen, so lange dort, daß man hätte meinen können, sie würden, beschwert vom Gewicht ihrer Worte, gleich durchs Pflaster sinken. Fidelis legte die Hand ans Kinn und betrachtete Delphine mit dem flotten, schräg ins Gesicht gezogenen grauen Hut, dem kleinen Schleier, der wippenden Feder. Unvermittelt und zu seiner eigenen Überraschung streckte er die Hand nach dem Hut aus, berührte die Spitze der grünen Feder. Delphines ungeschminkte Lippen waren dunkel und bräunlichrot. Er tat einen mühsamen Atemzug.

»Cyprian«, sagte er.

Sie sah ihn an und lächelte, das kommaförmige Grübchen sprang auf, die weißen Zähne blitzten. Er war wie geblendet. Und dann sagte sie kopfschüttelnd: »Cyprian und ich sind nicht verheiratet.«

Das mußte er erst verdauen. Sie setzten sich wieder in Bewegung und waren nebeneinander fast einmal um den Block gegangen, ehe Fidelis die Worte für das fand, was er sagen wollte. Er tat sich hart damit, denn er schämte sich für das, was er gedacht hatte, nachdem Cyprian seinen Sohn gerettet hatte. Neben Erleichterung und Dankbarkeit war da plötzlich auch die Erkenntnis gewesen, daß er niemals Anspruch auf Delphine würde erheben können. Er stand in der Schuld des Mannes, mit dem sie lebte, mit dem er sich geschlagen hatte. Er stand in Cyprians Schuld. Ob er Delphines rechtmäßiger Ehemann war oder nicht, spielte dabei keine Rolle. Die Beziehung zwischen Delphine und Cyprian mochte manche Leute schockieren, aber daß zwei Menschen vorgaben, ein Ehepaar zu sein, um sich dem Kleinstadtklatsch zu entziehen, kam schließlich häufiger vor. Ihm war schon vor einiger Zeit aufgefallen, daß sie ihren Trauring nicht trug.

»Du hast mit ihm geschlafen?« fragte er geradeheraus.

»Nein. Ja und nein. Er konnte nicht …«

Fidelis blieb stehen. Plötzlich glaubte er alles zu begreifen. So also verhielt es sich mit Cyprians Verletzung, deshalb war er so empfindlich, wenn es um Delphine ging. Fidelis legte die Hand vor die Augen, er konnte sie in diesem Augenblick nicht ansehen. Jetzt mußte er nur noch wissen, ob Cyprian wieder zurückkommen würde.

»Wird er …«, setzte er an.

Da aber kam Tante, deren Kostümjacke wie ein zerkratzter Spiegel glänzte, zeternd aus dem großen Portal des steinernen Hauses und stürzte, die Jungen im Schlepptau, über die Straße auf ihren Bruder zu. Fidelis warf Delphine einen fast flehenden Blick zu, als hoffte er, sie würde den Satz für ihn zu Ende bringen.

»Wird er was?« fragte sie und lief zu den Jungen, um die sie in dem dichten Verkehr Angst hatte. Fidelis packte seine Schwester am Arm.

»Komm, wir haben etwas Schönes gefunden.« Er deutete auf die nur wenige Schritte entfernte, einladend geöffnete Tür des Deli.

Tante zankte ihn kräftig aus, weil er sie allein gelassen hatte. »Und wo«, fragte sie, »bleiben die belegten Brote? Wenn ich mittags nichts zu essen bekomme, wird mir schwindlig.« Ungerührt zog Fidelis sie zu dem Schnellimbiß, wo sie hinter großen modernen Schaufensterscheiben kleine Tische stehen sahen, und ging mit ihr hinein. Delphine belegte mit den Jungen einen Tisch gleich neben Tante und Fidelis und zeigte ihnen die billigen Gerichte auf der Speisekarte, von denen sie sich etwas aussuchen konnten. Nachdem alle bestellt hatten, sah Delphine kurz zu Fidelis hinüber, den Tante mit Vorwürfen überschüttete. Er nickte zu allem, was sie sagte, ohne daß sein ernster, nachdenklicher Blick sie losließ.

Das Hotel – Badezimmer auf dem Gang, das ganze Haus freudlos grau – war alles, was ihre Mittel hergaben. Immerhin war es sauber und anscheinend ungezieferfrei, und die anderen Gäste machten keinen bedrohlichen Eindruck. Die Jungen schliefen bei Fidelis, das zweite Zimmer war für Tante und Delphine bestimmt. Für Delphine war das eine beängstigende Vorstellung, dabei hatte sie noch gar nicht bedacht, daß sie ja auch das Bett würden teilen müssen.

Am ersten Abend waren beide so erledigt gewesen, daß sie einfach hineinsanken, einander den Rücken zudrehten und einschliefen. Ein paarmal wachte Delphine zwar davon auf, daß Tante eine Hand ausstreckte und vor Delphines Nase traumbefangen mit den Fingern schnippte, aber sie schob die Hand weg und schlief weiter. An diesem Abend jedoch wollten sie sich, nachdem sie die Reste der mitgebrachten Verpflegung vertilgt hatten, zeitig hinlegen, denn der Zug ging am nächsten Morgen sehr früh.

Tante schnupperte, als sie das halbdunkle Zimmer betraten.

»Hier war jemand.«

Rasch ging sie zu ihrem Gepäck und sah es durch, leise die einzelnen Posten ihrer Habe abzählend. Delphine setzte sich aufs Bett und sah Tante zu, die vor dem braunen Rindslederkoffer hockte, jedes Kleidungsstück so vorsichtig herausnahm, als könnte es gleich explodieren, und argwöhnisch musterte. Glaubst du vielleicht, überlegte Delphine, daß jemand in unser Zimmer spaziert ist, deine Sachen anprobiert und sorgsam zusammengelegt wieder im Koffer verstaut hat? Wertgegenstände hatte Tante ohnehin nicht, abgesehen von der Nähmaschine, die sie vom Hoteldirektor hatte einschließen lassen. Ehe sie auf ihr Zimmer gegangen waren, hatte Tante sich noch einmal überzeugt, daß die Maschine sicher untergebracht war.

»Ich gehe mich mal waschen«, verkündete Delphine.

»Scheint soweit alles in Ordnung zu sein«, sagte Tante und zog ein grimmiges Gesicht. Liebevoll packte sie ihre schäbigen Unterröcke und abgetragenen Schlüpfer, die auf der eigenen Nähmaschine verfertigten Röcke und adretten Blusen wieder ein. Delphine ging über den Gang ins Badezimmer. Das war nicht allzu schlimm, aber das Klo stank, und das Wasser lief nur als dünnes kaltes Rinnsal in das kleine Waschbecken aus Blech. Trotzdem ließ sie sich Zeit, seifte sich ein und spülte sich ab, kämmte sich und rieb Gesicht und Hände mit einer Creme ein, die nach Mandeln duftete. Sie wollte Tante Gelegenheit geben, sich für die Nacht fertigzumachen. Am Vorabend war das eine langwierige Prozedur gewesen, aber müde, wie sie war, hatte sie das nicht weiter gestört. Heute waren ihre Nerven zum Zerreißen gespannt. Wie sollte sie es anstellen, noch einmal mit Fidelis zu sprechen? Sie kämmte sich das Haar nach hinten und rieb sich die Lippen mit Öl ein, und dann half alles nichts – sie mußte zurück in ihr Zimmer.

Tante mit gelöstem Haar war ein schauriger Anblick. Aus den komplizierten Zöpfen und Schnecken befreit, fiel es ihr in graubraunen dünnen Strähnen bis auf die Schultern. Sie trug ein Schlafgewand aus dicker kratziger Wolle und war gerade dabei, sich mit einer Mixtur aus Schmalz und Vaseline einzureiben. Das Zeug war mit Kampfer und Orangenwasser parfümiert, aber der ranzige Geruch schlug trotzdem durch. Die Luft in dem kleinen Zimmer war zum Schneiden. Delphine stürzte zum Fenster und riß es auf, was Tante mit einem dumpf durch ihren Wollschal dringenden Entsetzensschrei quittierte.

»Wenn kalte Luft an meine Haut kommt«, erklärte sie verschreckt, »bin ich morgen früh krank.«

Das Zeug, das sie sich ins Gesicht geschmiert hatte, war offenbar eine Art vorbeugende Einreibung. Sie fürchtete sich hier in der Stadt vor Ansteckungen jeder Art und hatte deshalb, ehe sie sich zur Ruhe begab, vielfältige Vorkehrungen getroffen: ein Schal für den Kopf, ein Handtuch für den Hals, wie Babystiefelchen geschnürte Filzschuhe an den Füßen. Die Brust, großzügig mit der stinkenden Schmiere eingecremt, war mit einem Flanelltuch bedeckt, um die Körperwärme zu halten. Steif wie ein Frankensteinmonster wankte sie zum Bett, legte sich auf den Rücken und faltete die Hände über dem Bauch. Dann machte sie die Augen zu und sprach halblaut ein langes deutsches Gebet. Als Delphine sich hinlegte, war Tante schon eingeschlafen.

Eine, höchstens zwei Stunden, nachdem auch sie eingeschlafen war, fuhr Delphine hoch und war sofort hellwach. Das kleine Zimmer, erfüllt von dunklen Stadtgeräuschen, schien von der Erde immer höher ins Nichts aufzusteigen. Sie spürte, wie allein alle waren, bedeutungslos als Einzelwesen, in dem Hotel aufgeschichtet wie Heringe in der Kiste, übereinander, nebeneinander.

Die ganze Wirrnis des vergangenen Tages stürmte auf sie ein. Sie dachte zuerst an die weißhaarige Frau in dem wallenden blauen Gewand, das ihr offenbar eine Aura des Rätselhaften verleihen sollte. Aber sie war ja wirklich eine rätselhafte Person. Männer sind eigenartige Wesen, fehlerhafte Kunstgeschöpfe, hatte sie zu Delphine gesagt, und ob wir uns Mühe geben, sie zu lieben oder nicht – im Endeffekt bleibt sich das gleich.

Und dann dachte sie an Fidelis, mit dem sie durch die windigen Straßen gelaufen war, und an sein bedrücktes Gesicht in dem grauen Licht, das die Last all der Dinge verriet, die er nicht aussprechen konnte. Sie glaubte zu wissen, was er hatte fragen wollen, als Tante so aufgeregt auf sie zugelaufen war.

Delphine wußte, daß sie keine Gedanken lesen konnte, und der eindringliche Blick, den Fidelis ihr beim Essen zugeworfen hatte, konnte eine Warnung gewesen sein: Komm nicht näher! Oder vielleicht ein Signal, daß er noch trauerte und sich Gedanken, wie Delphine sie manchmal hegte, nicht gestatten durfte. Die Trunksucht ihres Vaters hatte sie wohl unempfänglich für die Liebe erwachsener Männer gemacht, denn daß sie Fidelis überhaupt in Betracht zog, ließ sich nur durch die Gefühle erklären, die sie seinen Söhnen entgegenbrachte und gegen die sie machtlos war.

Es gab nur eine Stellung, in der sie Tante nicht berührte, und weil sie schon lange so lag, tat ihr alles weh. Vorsichtig versuchte sie, sich anders hinzulegen. Tantes Hand schoß vor, und Delphine legte sie behutsam wieder auf ihren Bauch.

»Nein«, sagte Tante auf deutsch. *»Gib mir deinen Finger.«*

Sie sprach im Schlaf, und ihre Stimme kam dumpf unter dem Schal hervor, aber Delphine erkannte die Worte, die im Märchen die Hexe zu Hänsel sagt, und nahm das als schlechtes Vorzeichen.

Sie zwang sich, tief zu atmen, sich ganz zu entspannen und nicht zu denken. So wartete sie auf den Schlaf.

Markus selbst löste das Problem, indem er in der Nacht sehr krank wurde. Für ihn war das ein großer heimlicher Sieg. Zwar hatte er ihn, soweit er wußte, nicht willentlich herbeigeführt, aber Jahre später überlegte er, ob er tief in seinem Inneren gewußt hatte, was ihn erwartet hätte, wenn er in den Zug nach New York gestiegen, wenn er an Bord des Schiffes nach Deutschland gegangen wäre. Morgens glühten seine Wangen, und seine Augen waren glasig. Er fieberte so hoch, daß Fidelis noch vor Sonnenaufgang die beiden Frauen weckte und Delphine bat, bei Markus zu bleiben. Er wolle eine Apotheke suchen. Sie setzte sich zu dem Jungen an das schmale Bett. Die Zwillinge zogen sich verschlafen an, Delphine spürte ihre aufgeregte Vorfreude. Markus' Haut war trocken vom Fieber, seine Lippen waren wund und rissig, er atmete schnell und keuchend. Der Puls raste. Dann verzerrte sich sein Gesicht.

Delphine wischte die Waschschüssel sauber und hielt seinen Kopf darüber. Als er sich besser fühlte, ging sie mit der Schüssel ins Bad, säuberte sie gewissenhaft, ließ kaltes Wasser einlaufen, feuchtete ihr Taschentuch an und wusch Markus das Gesicht, die schmalen, leicht mit Sommersprossen gesprenkelten hohen Wangenknochen, Hals, Ohren, die mageren Handgelenke und die Unterarme. Während sie ihn mitleidig betrachtete, fragte sie sich beunruhigt, ob die Krankheit womöglich so schnell vorübergehen würde, wie sie gekommen war. Aber sein Zustand verschlimmerte sich eher noch.

Als er vom Aspirin anfing zu phantasieren, erklärte Delphine energisch, daß er nicht reisen könne, und niemand widersprach ihr. Da war nichts zu machen, aber Tante fand es sündhafte Verschwendung, ein Ticket verfallen zu lassen, und sann auf Möglichkeiten, es gewinnbringend loszuschlagen. Sie verabschiedete sich, eine Hand vors Gesicht gelegt, von Markus, ohne das Zimmer zu betreten. Delphine umarmte die Zwillinge, hielt einen Augenblick ihre kratzigen Mäntel fest, atmete in ihr staubiges Jungenhaar, hielt ihre rauhen Hände, strich ihnen über die Stirn. Die blanken Augen funkelten in Erwartung des bevorstehenden Abenteuers. Sie gab jedem einen Kuß, dann machten sie sich los und waren aus ihrem Leben verschwunden.

Am späten Nachmittag fuhr Fidelis das Auto vor den Hoteleingang und trug Markus in die Halle. Delphine folgte mit dem wenigen Gepäck, das sie im Kofferraum verstauten. Sie setzten den Jungen auf die Rückbank und deckten ihn zu. Er warf die Dekken unruhig ab und wollte zum hundertsten Mal wissen, wohin die Fahrt gehen sollte.

»Nach Argus. Nach Hause«, sagte Delphine, während sie ihn wieder einwickelte. Er strahlte so verklärt, daß sie sich erschrokken fragte, ob das Fieber womöglich wieder gestiegen war. Während Fidelis dem Empfangschef ein Trinkgeld gab, weil er sie länger im Zimmer hatte bleiben lassen, untersuchte sie Markus sorgfältig und gewann den Eindruck, daß das Schlimmste überstanden war. Vielleicht war ihm, nicht anders als ihr selbst, nur schwindlig vom Hunger und von der Freude über den unerwarteten Aufschub.

Fidelis setzte sich ans Steuer, und Delphine lotste ihn aus der Stadt. Bald waren sie auf dem Highway nach Norden. Stundenlang kam kein richtiges Gespräch zustande. Einmal stellten sie übereinstimmend fest, wie sehr die Felder sie an die Dakotas erinnerten, ein wenig später, daß sie eigentlich mehr wie Minnesota aussahen. Sie machten sich gegenseitig darauf aufmerksam, wie groß die Scheunen waren, wie ordentlich sie aussahen. Als hätte man hier die Wirtschaftskrise schon hinter sich. Am Horizont zogen drohende Wolken auf, und sie überlegten, ob es wohl ein Gewitter geben würde. Als es ausblieb, konzentrierten sie sich auf Markus, hielten ein paarmal an, um Fieber zu messen und ihm ein wenig Ingwerbier einzuflößen. Er schlief wie betäubt. Solange es hell war, suchten und fanden sie neutrale, ungefährliche Gesprächsthemen oder schwiegen, wechselten sich ab beim Fahren, während der andere auf dem Beifahrersitz schlief. Als das Nachmittagslicht schwand, die Schatten tiefer wurden und schließlich mit der Dunkelheit verschmolzen, wurde das Schweigen zur Last.

Den ganzen Tag hatte Delphine eine innere Unruhe geplagt, der Drang, endlich zu sagen, was gesagt werden mußte. Normalerweise hatte sie keine Hemmungen, das auszusprechen, was sie für wahr und richtig hielt, und das vorsichtige Manövrieren strengte sie an. Sie holte einmal tief Luft und hielt so lange den Atem an, bis sie zu platzen drohte. Als sie endlich ausatmete, schlug ihr Herz ruhiger. Sie würde jetzt Fidelis reinen Wein einschenken, ob ihm das nun gefiel oder nicht.

»Cyprian ist für mich wie ein Bruder. Wir sind nicht verheiratet, und wir schlafen nicht miteinander. Er will das nicht.«

»Er will das nicht?« Der Wagen kam ein wenig ins Schlingern. Fidelis hatte sich in den Kopf gesetzt, daß eine Kriegsverletzung Cyprian um seine Männlichkeit gebracht hatte, und es fiel ihm nicht leicht, sich von dieser Vorstellung zu trennen. Cyprian wollte es nicht? Unsinn, Cyprian wollte es vermutlich sehr wohl, aber was sollte er sonst sagen, wenn er seine Würde bewahren wollte? Fidelis schüttelte den Kopf, aber mit einer Diskussion über dieses Thema war er sprachlich und emotional überfordert. Außer ihnen war kein Auto auf der Straße. Sie fuhren sechzig. Er hätte gern weitergesprochen, aber ihm fiel nichts ein.

Delphine kreuzte die Beine, schlug die Arme übereinander und ließ den Kopf sinken. Sie sah jetzt aus wie ein schmollender Junge. Daß sie von sich aus so viel preisgegeben hatte, war ihr peinlich. Nach einer Weile sagte Fidelis leise:

»Spielt doch so oder so keine Rolle. Cyprian hat Markus gerettet. Er hat sein Leben aufs Spiel gesetzt, um ihn da rauszuholen.«

Delphine versuchte, Fidelis' Gedankengang nachzuvollziehen. Wenn er sich wegen Cyprian zurückhielt, bedeutete das, daß er etwas für sie empfand. Andererseits war es möglich, daß er Cyprian nur vorschob, um nicht weitergehen zu müssen. Er mochte das Gefühl haben, sie sei nicht abgeneigt – worüber sie sich ja selbst noch nicht im klaren war –, und hatte das Problem geschickt dadurch umgangen, daß er diese Frage der Ehre wie eine Schranke zwischen ihnen aufrichtete, damit sie sich nicht mit dem auseinanderzusetzen brauchten, was zwischen ihnen schwang.

»Ich habe meine Zweifel, ob er zurückkommt«, sagte sie. »Und wenn, dann nicht zu mir.«

Um das zu verarbeiten, brauchte Fidelis etliche Meilen. Die Scheinwerfer bohrten sich in die tiefer werdende Dunkelheit. Delphines Antwort löste das Problem nicht, sie bürdete ihm die ganze Last auf. Hatte sie nun für ihn etwas übrig, oder war sie nur fertig mit Cyprian? Wäre sie zu lieben ein Verrat an dem Mann, der seinen Sohn gerettet hatte? Er überlegte hin und her. Gleich nach dem Krieg, bei Eva, war alles so eindeutig gewesen. Das Gemetzel und die Trauer hatten alle Herzensfragen vielleicht zu sehr vereinfacht, aber der Weg war klar vorgezeichnet. Keine Zweideutigkeiten, keine Zweifel. Er hatte die Todesnachricht überbracht, Eva war ihm buchstäblich zugefallen. Er hatte sie besucht, um ihr über den Schock hinwegzuhelfen, sie zu trösten, und im Sturm der Gefühle hatten sie ohne Umwege zueinander gefunden. Hier dagegen steckte er in einem Labyrinth, zu viele Menschen waren beteiligt. Oder nein – eigentlich war es ja nur eine Wiederholung. Delphine war Evas beste Freundin gewesen, so wie er der beste Freund von Johannes gewesen war, beide waren tot, und jetzt wiederholte sich alles, denn Delphine konnte ihn und seine Söhne retten, so wie er Eva und Franz gerettet hatte.

Zumindest das konnte er Delphine wie eine Geschichte erzählen. Jetzt konnte er es. Vielleicht sah sie einen Ausweg, vielleicht ergab sich aus dem Erzählen heraus eine Lösung.

Leichter Nebel war aufgestiegen und zog in Schwaden durch die Lichtbahnen der Scheinwerfer. Während der Wagen durch den Abend rollte, erzählte Fidelis alles, was ihm zugestoßen war, und fing – denn das sah er als den eigentlichen Beginn – mit Johannes an.

Zum ersten Mal hatte der Fidelis das Leben gerettet, als er ihn unter einem Leichenberg hervorzog, nachdem er durch die Kugel, die ihm das Kinn zerschmettert hatte, das Bewußtsein verloren hatte. Beim zweiten Mal hatte Johannes einen französischen Angreifer erschossen, als das Gewehr des Freundes Ladehemmung hatte. Zweimal also hatte Johannes den Freund gerettet, er selbst war unter den Klängen zart schwirrender Musik gestorben. In den letzten Kriegstagen war das gewesen. Zwei Tage und Nächte hatte Fidelis bei Johannes gesessen, in den Trümmern einer vornehmen Villa, einer Station auf dem überstürzten Rückzug, wo man die Verwundeten und Sterbenden ablud. Tag und Nacht bebten die Mauern von dem ständigen Granatfeuer in unmittelbarer Nähe. In den kleinen Ewigkeiten zwischen den Einschlägen vibrierten die Reste der Scheiben in den Fenstern und die Scherben auf den Fensterbrettern in sanftem Wohllaut wie ein Glockenspiel im Wind.

Sie blieben oben, denn unten im Keller wurden die Verwundeten erdrückt, wenn die Gesunden dort Schutz suchten. Der Gestank, das Brüllen und Fluchen, das Stöhnen, die irrwitzigen Schreie – das war alles da unten noch schlimmer. Fidelis fand es besser, wenn sein Freund in Regen und Wind und der verwehenden Musik starb. Johannes hatte einen Bauchschuß und konnte nicht mehr schlucken. Woran er letztlich starb – an der Ruhr, an der infizierten Wunde, der mörderischen Erschöpfung, die all die verzweifelten Männer im Griff hatte –, war schwer zu sagen. »Sing mir etwas, alter Freund«, flüsterte Johannes. Und Fidelis sang, in einem eiskalten Zimmer, in einem Winkel seines besiegten Landes, zur Begleitung der sacht klirrenden Scherben. Danach hatte er Johannes ordentlich hingelegt und ihm ein seidenes Tuch, das seine Mutter ihm als Glücksbringer mitgegeben hatte, ums Gesicht gebunden, aber er hatte nicht den Mut gehabt, zurückzubleiben und ihn zu begraben. Er war weitermarschiert, vorbei an Chaos und Tod, er war weitermarschiert in seinen eisenbeschlagenen Stiefeln, bis er wieder in seinem Kinderzimmer war, bei seiner Mutter, seinem Federbett, seinen Büchern, seinem Vater und seiner Schwester. Und bei Eva. Er hatte ihr von dem

Tod des Mannes erzählt, der Vater ihres Kindes gewesen war, und dann … *»Es war einfach«,* schloß er auf deutsch. *»Wir haben geheiratet.«*

»Ihr habt geheiratet«, sagte Delphine leise, »damit Franz einen Vater hat.«

»Ja«, sagte Fidelis, weil das die leichteste Antwort war. Die Antwort, die Delphine wohl hören mußte, aber es war nicht die einzige Antwort. Schon bei jener ersten Begegnung, als er Eva so unverhüllt erlebt hatte wie danach nie mehr, hatten ihre Körper ihnen gesagt, wie alles kommen würde. In der Dunkelheit verhärtete sich sein Gesicht. Die Erinnerung lag wie ein Reif um seine Brust, und er mußte tief ein- und ausatmen. Mit der Frau, die neben ihm saß, konnte er nicht darüber sprechen. Delphine hatte die Pumps abgestreift, die Beine angezogen, die Füße auf den Sitz gestellt. Er spürte ihre Gedanken in Tiefen dahintreiben, die er nicht ausloten konnte, und erst nach geraumer Zeit war sie offenbar mit sich ins Reine gekommen. »Würden wir heiraten, würde das alles noch einmal von vorn anfangen«, sagte sie.

»Genau.« Er staunte, wie schön sie das auf den Punkt gebracht hatte, aber Delphine hatte es eigentlich nicht so gemeint, daß hier das Schicksal vier Menschen in einer erstaunlichen Übereinstimung zusammengeführt hatte. Eva hatte Fidelis nicht aus Liebe geheiratet, sondern aus Pflichtgefühl dem ungeborenen Kind gegenüber, und das – so Delphines Folgerung – wollte er nicht noch einmal erleben. Was ja verständlich war, dachte sie erleichtert. Denn er hatte schließlich nicht unbedingt davon ausgehen können, daß er und die Frau sich, wenn das Kind größer war, weiter gut verstehen würden. Und auch sie konnte davon nicht ausgehen, konnte ihr eigenes Herz nicht deuten, wußte nicht, ob ihre Liebe den Söhnen galt oder den Söhnen zusammen mit dem Vater, aber jetzt, als sie durch die Dunkelheit rollten, hielt Delphine es zumindest für möglich, daß er inbegriffen war. Und dann wachte Markus auf und lehnte sich zu ihnen vor. »Papa«, fragte er verschlafen und mit ganz dünner Stimme, »singst du mir was vor?«

Delphine hatte nicht gewußt, daß Fidelis zu seinen Söhnen auch zärtlich sein konnte. Wenn die Jungen, als sie noch sehr klein waren, nicht einschlafen konnten oder wenn sie krank waren, hatte er ihnen auf Evas Bitte die alten deutschen Volkslieder vorgesungen, mit leiser Stimme, und der tröstliche Klang schenkte ihnen Geborgenheit. Jetzt sang er das Lied, das Markus das liebste war. *»Ich weiß nicht, was soll es bedeuten, daß ich so traurig bin. Ein Märchen aus uralten Zeiten, das geht mir nicht aus dem Sinn.«*

Das war das Lied von der Loreley, ein Lied voller Bilder. Die Frau saß auf dem hohen Felsen und kämmte ihr goldenes Haar. Sie kämmte es mit goldenem Kamme, und wenn die Männer sie hörten, kamen sie mit ihren Booten immer näher heran und zerschellten, verlockt von dem Zauber der Loreley, an den tödlichen Klippen. Delphine die das Lied nicht kannte, mußte sich die Bedeutung der Worte mühsam zusammenreimen. Dann aber wunderte sie sich sehr über diesen Fidelis, der lässig Hühner abstach und Schafen den Schädel einschlug, der mit einem einzigen Knall ein Dutzend Köter über den Haufen schoß und sie wie Müll verbrannte, dessen Trauer um seine Frau so tief war, daß er nicht darüber sprechen konnte, der aus der zugegebenermaßen komplizierten Beziehung zu ihr, Delphine, einen hoffnungslosen Irrgarten gemacht hatte – und der seinen Söhnen etwas vorsang, um sie zu beruhigen. Nach und nach geriet auch Delphine in den Bann der Melodie, die sie in den Schlaf lullte.

Fidelis ließ das Lied ausklingen, lauschte den tiefen Atemzügen des Jungen und der Frau, nickte nachdenklich und summte nun etwas anderes, Einfacheres, um sich wach zu halten. Es war ein Lied, das er mit Johannes gesungen hatte, in einer trunkenen Ausgelassenheit, die er kaum noch nachvollziehen konnte. Deutschland war weit und rückte immer weiter weg, je tiefer sie in die amerikanische Prärie hineinrollten, wo das große Sterben schon beendet, das Blut schon in der Erde versickert war, bevor er das Land betreten hatte.

— 13 —
Die Schlangenmenschen

Wenn Delphine ihm die naheliegende Frage stellte, lautete Roys Antwort häufig: »Ich trinke, um die Leere auszufüllen.« Delphine fand diesen Satz ausgesprochen ärgerlich. Einmal hatte sie Roy auf einen Stuhl gedrückt und geschrieen: »Soll ich dir mal was sagen? Jeder Mensch tut alles, um die Leere auszufüllen.« Roy fand den Gedanken tröstlich, daß diese Leere überall war, denn dadurch fühlte er sich weniger isoliert, besonders, was das schwarze Loch anging, das seine verlorene Liebe in ihm hinterlassen hatte, aber er fühlte sich nun auch anderen leeren Seelen verwandt. Seit jener Zeit brachte er am liebsten Trinksprüche auf die große Leere aus. In der langen nüchternen Phase nach Evas Tod hatte er alles versucht, um die Leere auszufüllen, hatte aber schließlich kein geeigneteres Mittel gefunden als den Alkohol.

»Nichts vermag die gähnende Leere des Abgrunds zu füllen«, sagte er eines Abends zu seinen Sangesbrüdern. Sie saßen auf alten Kisten und knarrenden Stühlen in der von den schweren Weinreben halb erdrückten Laube. Fidelis hielt bei den Proben streng auf Disziplin, aber wenn er anderweitig beschäftigt war, kamen sie häufig ins Schwatzen oder hielten lange, weinerliche Monologe.

»Nichts vermag das Nichts zu füllen«, dozierte Roy weiter, »nur Liebe oder Schnaps oder ein frommes Leben. Minnis Liebe ist dahin, und die Phantasielosigkeit, an den Gott der Lutheraner oder der Katholiken zu glauben, geht mir ab. Andererseits bin ich aber auch nicht scharfsinnig genug, um mir eine eigene zweifelhafte Version des Allmächtigen auszudenken.«

Alle nickten, aber keiner antwortete, weil ihn das womöglich zu neuen endlosen Tiraden angeregt hätte. »Nichts«, wiederholte er und zupfte an seiner Nase. »Gott hat den Schnaps aus einem einzigen Grund geschaffen. ER hat, als Er uns aus Lehm gemacht hat, ein Loch in uns gelassen. Jawohl, ein Loch. Einen Becher. Und weil wir Ihm leid taten, hat Er uns für diesen Becher den Geist geschenkt. Noch nie was von geistigen Getränken gehört?« Er warf zornige Blicke in die Runde. »Denkt mal in Ruhe drüber nach.« Alle hätten merken müssen, daß Roy auf einen Rückfall zusteuerte.

Allmählich – erst mit Bier in kleinen Rinnsalen, dann in einer stetig anschwellenden Flut – füllte Roy die Leere wieder mit seinem Lieblingsstoff. Er schwindelte seiner Tochter vor, er habe bei Step-and-a-Half zu tun, während er in Wirklichkeit mit seinen Saufkumpanen am Fluß oder auf der Hintertreppe des Billardsalons saß (das Betreten war ihm längst verboten) oder an irgendeinem anderen Ort, wo er sich in Ruhe abfüllen konnte.

Damit Delphine nichts merkte, und auch um jeden Kontakt mit den ungebärdigen Toten zu vermeiden, blieb Roy seinem Haus fern, wenn er betrunken war, denn dann ließen ihn die Geister der unglücklichen Familie Chavers in Ruhe. Er schaffte es immer noch, zwei, drei Tage in der Woche wieder nüchtern zu werden und sich fast übertrieben fürsorglich um Delphine zu kümmern. Er machte ihr ein üppiges Frühstück, wusch seine Sachen selbst, putzte das ganze Haus. Weil sie diesen Rhythmus von ihrem Vater nicht gewöhnt war, merkte sie lange nichts. Die Wahrheit erfuhr sie erst, als sie aus Chicago zurückgekommen war und auf Arbeitssuche ging.

Vor dem Trödelladen von Step-and-a-Half standen alte Butterfässer, deren Stößel zahllose Frauenhände abgewetzt hatten, Waschzuber, eine Mangel, angestoßene Krüge, verbeulte Töpfe, ein zahnlückiger Rechen, stumpfe Hacken, abgenutzte Besen. Der bis auf die Straße quellende Krempel, den Step-and-a-Half abends nicht immer hereinholte, sollte eigentlich Käufer anlocken, war aber nur ein Ärgernis, weil die Passanten darüber stolperten oder auf die Fahrbahn ausweichen mußten. Delphine betrat den Laden, um zu fragen, ob sie Tantes Stelle bekommen könnte, wich aber unwillkürlich einen Schritt zurück, als Step-and-a-Half sich weit über den verschrammten Ladentisch beugte.

»Tantes Stelle? Der hab ich nur einen Job gegeben, weil mir die alte Krähe leid getan hat. Warum kommt ihr aus der Metzgerei ausgerechnet immer zu mir, wo ihr doch sonst die Nase so hoch tragt?«

Delphine verschränkte die Arme. »Dann eben nicht. Du könntest mich hier bestimmt gut gebrauchen, aber glaub ja nicht, daß ich vor dir auf den Knien rutsche, um dein vergammeltes Dreckszeug zu verkaufen.«

»So gefällst du mir schon besser.«

Step-and-a-Half lächelte und schob sich einen Zahnstocher in den Mund. Zigaretten waren knapp und teuer geworden, und die Selbstgerollten aus Bull-Durham-Tabak waren ihr zu scharf. Deshalb war sie auf Zahnstocher ausgewichen. Außerdem nahmen die teuren Stoffe, besonders die aus Wolle, allzu leicht den Rauchgeruch an. Das Holzstäbchen mit den Zähnen zerkleinernd, musterte sie Delphine nachdenklich.

»Du hast es nicht nötig zu arbeiten«, befand sie dann, »aber du mußt weg von diesem alten Säufer. Soll er doch sehen, wo er bleibt. Die ganze Stadt bedauert dich.«

»Was redest du da?« fuhr Delphine wütend auf.

»Ich weiß Bescheid«, sagte Step-and-a-Half. »Erst gestern hab ich ihn sturzbetrunken aus dem Haus gejagt.«

»Er trinkt nicht.«

»Du steckst den Kopf in den Sand! Er ist ein hoffnungsloser Trunkenbold, Delphine. Diese Typen ändern sich nie.«

»Das stimmt nicht. Er hat sich geändert. Du solltest ihn mal sehen.«

»Ich hab ihn gesehen. Und gerochen.«

»Blödsinn«, sagte Delphine, aber sie wußte, daß sie soeben die Wahrheit gehört hatte. Zutiefst niedergeschlagen begriff sie, daß sie die Zeichen bei Roy übersehen hatte, und der Mut drohte sie zu verlassen. Warum steckte sie, die sonst so Realistische, den Kopf in den Sand, wenn es um ihren Vater ging? Wortlos verließ sie den Trödelladen, ging nach Hause und kroch ins Bett, um sich erst einmal auszuschlafen, aber als sie aufwachte, war die dunkle Wolke sofort wieder da. Benommen stolperte sie in die Küche, um sich zwei Setzeier zu machen.

»Dann ist er also doch wieder rückfällig geworden«, sagte sie halblaut zu ihrem Spachtel. Die Sorge schlug schnell in die gewohnte anstrengende Wut um. »Kann mir doch egal sein!« Zornig schob sie sich die Setzeier direkt aus der Pfanne in den Mund.

»Wenn er denkt, daß ich ihn suche, hat er sich geirrt. Ich werde lieber mal nach Markus sehen.«

Rasch, ehe sie sich anders besinnen konnte, machte sie einen Topf mit Evas berühmter Kloßsuppe, wickelte ihn in ein Handtuch und fuhr zu den Waldvogels. Unterwegs fiel ihr ein, daß sie nur noch zehn Dollar hatte, und das reichte – jetzt, da sie keinen Zuschuß mehr von Roy erwarten konnte – nicht mehr für die Rechnungen am Monatsende. Wenn ich nicht innerhalb der nächsten Woche einen Job finde, verkaufe ich eben den Wagen, dachte sie, und dieser Gedanke vertrieb ihre Panik.

Im Geschäft roch es kräftig nach Knoblauch. Fidelis machte wohl gerade italienische Würste. Sie sah sich um. Die Sahne war nicht kalt gestellt. *Achte darauf, sie verdirbt sonst,* saget sie zu Franz, der aus dem Kühlraum kam. Niemand hatte die Fingerabdrücke von den Glasscheiben der Vitrine gewischt. Delphine nahm einen Lappen und machte es selbst.

»Wo ist Markus?« fragte sie.

Franz deutete nach hinten, und sie ließ alles, was im Geschäft nach Erledigung schrie, stehen und liegen. Daß Markus noch im Bett lag, machte ihr Sorge. Zumindest schien es ihm nicht schlechter zu gehen. Er hatte sich nicht ausgezogen.

»Himmel, wie das müffelt!« Delphine zog ihm die Socken von den Füßen.

»Mir geht's gut, nur wenn ich aufstehen will, falle ich um«, lachte Markus. Er war so froh und dankbar, wieder daheim zu sein, daß Delphine gern eine Weile bei ihm blieb. Seine Augen waren klar, das helle, pfirsichfarbene Haar stand ihm in zerdrückten Locken um den Kopf. Delphine kramte in dem dürftigen Vorrat gewaschener Sachen herum, fand eine zerschlissene Pyjamahose und eine Jacke, die nicht dazu paßte, aber immerhin sauber war. Leicht schwankend ging er damit ins Badezimmer. Delphine zog Laken und Bettdecke glatt. Als sie das Kopfkissen aufschüttelte, stieß ihre Hand in der billigen Federfüllung auf etwas Hartes. Sie zog die Andenken an Ruthie heraus, die Briefchen, den Blechfrosch, sehr persönliche Dinge offenbar, die sie rasch wieder ins Kopfkissen stopfte. Markus kam zurück, legte sich ins Bett und machte die Augen zu, weil ihm schwindlig war.

»Iß deine Suppe«, mahnte Delphine. Sie hatte den Namen gesehen, mit dem die Briefchen unterschrieben waren, und das Herz tat ihr weh. Er mußte Ruthie Chavers geliebt haben, wie nur Kinder lieben können. Sie half Markus, sich aufzusetzen, und wollte ihn füttern. »Ich bin kein Baby«, wehrte er ab, nahm ihr Löffel und Suppenteller ab und aß langsam und mit Genuß. Delphine holte tief Luft. Eine große Ruhe überkam sie. Die Geräusche aus dem Geschäft waren gedämpft und weit weg. Schatzie, die auf dem Fußboden lag, winselte leise im Traum. Klirrend stieß der Löffel an den Tellerrand. Markus schluckte bedächtig. Delphin hätte ewig so sitzen und ihm zusehen können, ihr war ganz feierlich zumute. Schade, dachte sie, als er den Teller an die Lippen setzte, den letzten Tropfen trank und ihr den Löffel reichte.

»Mehr?«

Schläfrig schüttelte er den Kopf, rutschte unter die zerschlissene Steppdecke und schloß mit einem erleichterten Seufzer die Augen. Gleich darauf atmete er tief und gleichmäßig. Delphine blieb sitzen, den leeren Teller im Schoß, dann strich sie ihm das Haar aus der Stirn, aber einen Kuß gab sie ihm erst, als sie sicher war, daß er schlief.

Im Laden hörte sie zufällig, daß auf dem Holzplatz eine Buchhalterin gesucht wurde. Es müßte schön sein, bei der Arbeit statt Blutgeruch den Duft nach frischem Sägemehl in der Nase zu haben, dachte sie. Roy war noch nicht zu Hause, und das war vielleicht gut so. Sie schloß ab, löschte das Licht und legte sich schlafen. Am nächsten Morgen zog sie ihr Arbeitskleid und ihren alten Mantel an und setzte einen abgetragenen Hut auf. In den guten Sachen, die Cyprian ihr geschenkt hatte, mochte sie nicht zum Holzplatz gehen, dort wollte sie sich als eine achtbare, vertrauenswürdige Person vorstellen, nicht als die Sorte Frau, die sich einen Hut mit grüner Feder leisten konnte, deren beste Freundin jemanden ermordet hatte, die mit einem Akrobaten gelebt hatte und deren Vater ein geschwätziger alter Säufer war. Delphine, sollten die Leute von ihr sagen, ist zwar ziemlich hitzig, aber gediegen und zuverlässig.

Der Frühlingswind jagte mit leisem, stetigen Brausen Papierfetzen und nadelscharfen Graupel vor sich her. Hellgrau zeichneten sich die kahlen Bäume vor dem blaßvioletten Himmel ab, und das Morgenlicht hatte eine feuchte Frische. Delphines Stimmung hob sich. Sie liebte diese stürmische Jahreszeit, die bei Clarisse mit ihrem Hang zum Drama immer ganz andere Gefühle geweckt hatte. Sie war dann verschlossen und geheimnisvoll geworden, hatte in der Schule Trauerkleidung getragen, sich die Augen mit einem abgebrannten Streichholz schwarz umrandet und kreisrunde Rougeflecke auf die Wangen gemalt, so daß sie aussah wie ein schwindsüchtiger Clown. Delphine fand den März, der ganz Erwartung und Kräftesammeln war, der noch kalt war, aber jeden Tag eine Spur wärmer wurde, eine hoffnungsvolle Jahreszeit.

Auch jetzt, als sie durch die fast menschenleeren Straßen ging, war sie voll ruhiger Zuversicht, und das war gut so, denn dadurch konnte sie mit dem Wesen, das da aus der Gegenrichtung auf sie zugestolpert kam, besser umgehen.

Grau, nackt, haarlos, mehr gespenstisches Tier denn Mensch, jagte die abenteuerliche Gestalt um die Ecke des Drugstore, warf sich auf den Boden und krallte sich in den gefrorenen Schlamm. An dem heiseren Aufschrei erkannte sie ihren Vater. Er rutschte ihr auf den Knien entgegen, dann schnellte er wie an Strippen gezogen hoch, prallte gegen eine Schaufensterscheibe und landete in der Gosse. Delphine lief auf ihn zu, aber als er sie sah, wich er entsetzt zurück, drehte sich um und flüchtete in wildem Zickzackkurs. Arme und Beine waren hager und ausgezehrt, der Bauch aber rund und weiß wie bei einem Frosch, die Genitalien kleine violette Verzierungen. Er gab sich keine Mühe, sie zu verbergen, ja, er schien gar nicht zu wissen, daß er pudelnackt war, er wollte nur weg, egal wohin. Im Delirium tremens war er schlau und wendig, Delphine wußte aus Erfahrung, wie schwer es dann war, ihn zu fangen.

Sie rannte hinter ihrem Vater her die Hauptstraße entlang, bis er hinter der lutherischen Kirche verschwunden war, und jagte ihn um die Kirche herum, in der vergeblichen Hoffnung, ihn im Pfarrgarten in die Enge treiben zu können. Durch einen blühenden Forsythienbusch brechend, hätte er fast Mrs. Orlen Sorven über den Haufen gerannt, die die runden Arme gen Himmel reckte und um Hilfe rief. Roy hechtete über ein Primelbeet und sprintete zu dem kleinen Park am Fluß. Dort setzte er über Picknicktische und sauste um Schaukeln herum. Zum Glück waren keine Kinder in dem für derlei Dinge besonders empfänglichen

Alter da, nur eine Mutter, die ihrem Kleinen die Augen zuhielt und selbst mit offenem Mund das Spektakel verfolgte.

»Er ist harmlos«, rief Delphine ihr zu und verfolgte Roy japsend über den gewundenen Pfad. Er lief in Richtung Feuerwache, schwenkte dann aber nach Norden ab, hatte offenbar vor, den Wasserturm zu erklimmen. Delphine holte auf. Sie war jung und kräftig, aber die Schuhe, die sie zur Arbeitssuche angezogen hatte, erwiesen sich als hinderlich. Als er ihr wieder entwischte und schluchzend vor Entsetzen angesichts der Bilder, die sein Hirn ihm vorgaukelte, um die Benzinpumpen herum wieder zur Hauptstraße kurvte, zog sie widerstrebend die Schuhe aus, stellte sie neben die Benzinpumpe und setzte die Jagd auf Strümpfen fort. Daß damit ihr letztes gutes Paar ruiniert war, bekümmerte sie sehr. Vor der Grundschule packte sie ihren Vater und riß ihn zu Boden. Der Turnlehrer – er war gerade unter der Dusche gewesen und hatte noch ein Handtuch um den Hals – kam herausgerannt und setzte sich auf Roy, dessen Beine voller Schmutz und Kot waren. Einmal gefaßt, war er lammfromm. Delphine zog ihren Mantel aus, zog ihn mit Hilfe des Turnlehrers Roy über und knöpfte ihn zu. Kinder und Lehrer standen mit runden Augen hinter den Fenstern der Schule und sahen zu, wie Roy sich schwankend aufrappelte und, mühselig einen Fuß vor den anderen setzend, von Delphine nach Hause gebracht wurde.

Dort gab sie ihm Wasser mit Zucker und etwas Salz zu trinken und brachte ihn zu Bett. Obwohl sie wußte, wie schrecklich es ihm war, wenn er sich nicht rühren konnte, rollte sie ihn in ein Laken, steckte es mit Sicherheitsnadeln fest, legte ihn auf die Seite und verständigte Dr. Heech, der versprach, gleich nach der Sprechstunde vorbeizukommen. Als sie sicher war, daß Roy schlief, ging sie zum Holzplatz, wo man ihr sagte, die Stelle sei schon vergeben. Leider. *Und achten Sie doch bitte darauf, daß Ihr Vater nicht wieder zwischen den Holzstößen schläft. Womöglich geht er mit einem Streichholz an die Paletten, um sich ein Feuerchen zu machen, und das wäre doch zu gefährlich, nicht wahr?*

»Wenn ich dir jetzt mit einem scharfen Tranchiermesser den Bauch aufschneiden würde«, sagte Dr. Heech und ließ seinen Zeigefinger von Roys Leiste bis zum Brustbein wandern, »würde ich Magen und Darm beiseite schieben, mir die Leber greifen, dieses arme, mißhandelte Organ, und sie dir zeigen, dann könntest du unschwer erkennen, daß du ihr immensen Schaden zugefügt hast.«

Dr. Heech schüttelte die Silberlocken und fuhr mit Grabesstimme fort: »Was du dieser bedauernswerten, unschuldigen, fleißigen Helferin angetan hast, ist unverzeihlich. Durch deine Schuld ist sie geschrumpft und verhärtet und verbreitet zweifelsohne auch einen üblen Geruch. Schon durch sanftes Abtasten …« Nachdenklich die Stirn runzelnd, stieß er Roy die Hand in die Seite; der schrie laut auf. »Schon durch sanftes Abtasten, sage ich, kann man erkennen, daß diese deine edle Leber kaputt ist.«

»Aufhören«, stöhnte Roy und schüttelte die Hände des Arztes ab. »Gott weiß, ich hab mir Mühe gegeben …«

Dr. Heech schnaubte verächtlich und wandte sich an Delphine. »Du sollst ja heute vormittag den Rekord im Fünfzig-Meter-Lauf eingestellt haben.«

»Mir kam's eher wie ein Marathon vor. Wird er's überleben?«

»Dieser Mensch spricht allen Naturgesetzen hohn«, sagte Heech, »und ich werde mich hüten, eine Voraussage zu machen.

Wie er in diesem kaputten Körper die Lebensflamme überhaupt noch am Brennen hält, ist mir ein Rätsel.« Heech sah auf Roy herunter, und seine Nachsicht wandelte sich in Wut. »Nachdem ich soviel Mühe und Arbeit auf deinen elenden Kadaver verwandt habe, wirst du nicht sterben, ehe du an Delphine gutgemacht hast, was du sie hast leiden lassen. Du wirst jetzt nicht sterben, ist das klar? Es wäre rücksichtslos. Ich erlaube es nicht. Setz ihn auf Entzug, Delphine, du weißt ja, wie man das macht. Und gegen den Husten gib ihm das da.« Er drückte ihr eine Flasche mit dickem kirschroten Saft in die Hand und sagte so laut, daß Roy es mitbekommen mußte: »Und wenn er abkratzt, leg ihn in eine einfache Kiste, und spar an der Beerdigung. Nimm das Geld lieber für dich.«

Ich will den Leuten ja nichts unterstellen, dachte Delphine, aber haben sie wirklich keine Arbeit für mich, oder sagen sie das nur, weil ich es bin? Sie suchte trotzdem weiter und fand zu ihrer großen Erleichterung, als sie nur noch zwei Dollar im Geldbeutel hatte, schließlich doch noch einen Aushilfsjob. Tensid Bien, der pedantische Alte, der immer die Sunshine-Kekse probierte und bestimmt wußte, daß sie ihm für seinen Vierteldollar oft eine Scheibe Mortadella mehr gegeben hatte, legte ein gutes Wort für sie ein. Sie sollte in der Rathaus-Registratur Akten ablegen. Die Arbeit war so trocken wie der Wind, der draußen wehte. In einem Hinterzimmer kämpfte sie sich durch Kartons voller Grundbucheintragungen und zahlloser Einsprüche. Niemand störte sie bei dieser Tätigkeit. Anrufe nahm eine Sekretärin entgegen, die auf ihrer flotten schwarzen Schreibmaschine laufende Vorgänge bearbeitete und Gespräche mit einer Aushilfskraft offenbar für unter ihrer Würde hielt. Es dauerte nicht lange, bis Delphine vergessen hatte, wie die Frau hieß. Die Beamten bekam Delphine kaum zu Gesicht, die waren offenbar ständig im Bezirk unterwegs. Wenn sie nach Hause kam, gab sie Roy den Hustensaft und die kleinen Mengen Alkohol, die ihm während des Entzugs gestattet waren, ließ ihn aber mit den Flaschen nie allein. Wenn der Husten sich gelegt hatte, atmete er ruhig und gleichmäßig und ohne zu schnarchen. Dann machte Delphine sich etwas zu essen und legte sich ebenfalls hin.

Weißer Flaum fiel von den Pappeln und sammelte sich im Gras. Delphine bewegte sich langsam durch die leichte Brise und das Frühlingsgrün. Das eigentliche Leben, das erstaunliche Licht dieser Jahreszeit – alles versank, wenn sie im Dämmerlicht ihres Hinterzimmers über den raschelnden Papierbergen saß. Sie kam sich vor wie in einem womöglich immerwährenden Winterschlaf, fand sogar Gefallen an dem täglichen Trott und der Langeweile und hätte nichts dagegen gehabt, dieses Leben weiterzuführen, wäre da nicht Markus gewesen. Und vor oder hinter ihm, das konnte sie nicht so recht entscheiden, sah sie – strotzend vor Kraft – auch Fidelis stehen.

Gewöhnlich war es Markus' Aufgabe, auf der großen hölzernen Reibe, einem dicken, paddelförmigen Brett, in das eine scharfe Klinge eingelassen war, den Kohl für das Sauerkraut zu raspeln. Auch diesmal hatte er nach der Schule schon stundenlang an dem hölzernen Bottich gestanden, aber als Fidelis sah, wie blaß er war und wie langsam er sich auch einen Monat nach der Chicagoreise noch bewegte, schickte er ihn kurzerhand ins Bett und machte sich nach dem Abendessen selbst ans Werk. Er nahm einen Kohlkopf aus der Kiste und drückte ihn leicht und fest zugleich gegen die Klinge. Der Kopf wurde rasch kleiner, bis zwischen seiner Handfläche und dem Metall nur noch die Dicke einer Blattrippe war. Er warf das Blatt weg und griff sich die nächste feste grünweiße Kugel, fing an zu raspeln und hielt plötzlich inne, weil er das Gefühl hatte, als wäre eine wichtige Aufgabe unerledigt geblieben, nur wollte ihm nicht einfallen, was es war. Er griff wieder nach dem Kohlkopf, aber das Gefühl verstärkte sich. Schließlich band er die Schürze ab und trat vors Haus.

Auf dem bereiften Gras des Vorgartens unter einem Viertelmond, der strahlend am kalten schwarzen Himmel stand, fiel es ihm wieder ein. Es war keine Aufgabe, aber eindeutig eine Sache, die er nicht zu Ende gebracht hatte. Die Frage war nur, ob sie überhaupt zu Ende zu bringen war und ob er den Mut aufbringen würde, zu ihr zu gehen.

Delphine saß, immer wieder einnickend, über einem Bestseller aus der kleinen Leihbücherei, die eine Gruppe von Lehrerinnen im Keller des Rathauses betrieb. Die Handlung war behaglich-britisch und romantisch, so daß sie nicht befürchten mußte, sich noch tagelang darüber zu grämen. Sie hatte schon immer gern gelesen, vor allem, seit Clarisse nicht mehr da war, und jetzt hatte eine wahre Lesewut sie gepackt. Nachdem sie den Bücherschatz in unmittelbarer Nähe ihres Arbeitsplatzes entdeckt hatte, begegnete sie immer wieder neuen Menschen, neuen Schicksalen. Sie las Edith Wharton, Hemingway, Dos Passos, George Eliot und – wenn sie besonders trostbedürftig war – Jane Austen. Die Bücher bereicherten, ja revolutionierten ihr Leben. Sie las E.M. Forster, die Brontë-Schwestern, John Steinbeck. Daß ihr Vater die meiste Zeit in seinem Bett am Küchenherd verschlief, daß sie kein Kind hatte, keinen Mann und kein Geld, ließ sich ertragen, sobald sie ein Buch in der Hand hielt. Ihre eigenen Fehler verschwanden darin, die erfundenen Schicksale gaben ihr Kraft.

Wenn sie am Ende eines Romans widerstrebend seine Welt verließ, sah sie sich manchmal als Figur im Buch ihres eigenen Lebens. Interessiert verfolgte sie das Auf und Ab, die Möglichkeiten und erstaunlichen Wendungen ihrer ureigenen Geschichte. Was sollte sie jetzt machen? Argus verlassen? Ohne sie würde ihr Vater sterben – und aus der Handlung herausfallen. Das Leben der Waldvogels würde auch ohne sie, ohne das Fragezeichen ihrer Existenz weitergehen. Eine neue Geschichte würde beginnen. Delphines Geschichte. Würde sie die aushalten? Vielleicht sollte sie ihre Geschichte doch hier zu Ende leben. Durch das Lesen veränderte sich allmählich etwas in ihr. Wenn jetzt in schneller Folge ein Leben nach dem anderen an ihr vorüberzog, litt sie nicht mehr mit den Figuren. Und der Drang, auf der Bühne etwas darzustellen, ließ sich billiger zu Hause befriedigen, wo sie sich nicht mit anderen Schauspielern herumzuärgern brauchte. Es zog sie nicht mehr so stark hinaus in die Welt, und etwas wie Zufriedenheit stellte sich ein. Sie hatte das Wort Zufriedenheit bisher – nein, nicht gerade gefürchtet, es aber immer unbestimmt mit der Vorstellung des Scheiterns verbunden. Unzufriedenheit, Rastlosigkeit, Suchen – all das hatte sie immer als viel fruchtbarer empfunden, aber das war eine ausgesprochen romantische Sichtweise, und sie erkannte, daß es sich in eingefahrenen Gleisen ruhiger lebte. Solange ihr der Lesestoff nicht ausging, haderte sie nicht mit dem Schicksal. Es machte ihr nichts aus, mit dem armen, altersschwachen Roy am äußersten Rand einer vergessenen Stadt zu leben, unter einem Himmel, der je nach Laune Verheerung oder Segen brachte. Zufriedenheit – allein das Wort schien ihr nun stabil und festgefügt wie das kleine Haus. Mein Haus, dachte sie, obgleich es eigentlich Roy gehörte. Mein Haus am Ende der Welt. Horizont, so weit das Auge reichte. Sobald man vor die Tür trat, hatte man seine weiche Linie vor Augen. Im Westen hing – jeden Abend später – flammendes Rot über den endlosen schwarzen Feldern.

Wenn sie sich den Sonnenuntergang angesehen hatte, machte sie Licht und griff zu ihrem neuesten Buch. Ehe sie sich in den Text versenkte, sah sie sich noch einmal in dem stillen Zimmer um. Das war ihr allabendliches Ritual: Sie las, sie döste, stand erquickt und leicht benommen auf, machte sich einen starken Tee und las weiter. Manchmal las sie bis drei oder vier Uhr morgens, weil sie wußte, daß sie am nächsten Tag hinter den Aktenstapeln ein Nickerchen machen konnte. Immer wieder sah sie sich zwischendurch um und freute sich an ihrer Umgebung. Das rosafarbene Licht der teuren Lampe, die Step-and-a-Half ihr aus unerfindlichen Gründen geschenkt hatte, fiel auf die goldgelben Wände. Delphine hatte aus Kalendern Waldbilder ausgeschnitten und mit Resten von Birkenrinde gerahmt. Das üppige Grün der Drucke versetzte sie in einen friedvollen und inzwischen vertrauten Schwebezustand. Ein Radio, das Roy von Step-and-a-Half bekommen und repariert hatte, spielte beruhigend blecherne Orchestermusik. Das Zimmer war nicht geheizt, aber Delphine wickelte sich in den Quilt, den Eva für sie genäht hatte. Manchmal zog sie die winzigen Stiche der Freundin nach, Stiche, die sie in der eigenen Haut zu spüren meinte. Unzählige Kleinigkeiten erinnerten sie täglich an Eva. Die Persönlichkeit der

Freundin hatte sich ihr unverlierbar eingeprägt, und es war ein tröstlicher Gedanke, daß sie Eva auch auf diese Weise am Leben erhielt.

Eva würde das Zimmer gefallen, dachte sie. Ein kleiner weiblich-verspielter, hölzerner Sekretär stand darin, an dem Delphine ihre Rechnungen zahlte. In einem großen eisenbeschlagenen und mit einem Vorhängeschloß gesicherten Schiffskoffer waren noch zwei Quilts, die sie in sehr kalten Nächten hervorholte. Ein ovaler Vorleger ließ den Dielenboden wärmer wirken. Sie konnte sich nie entscheiden, ob der Porzellanhund, der auf einem wackligen Tischchen vor dem Fenster stand, Kitsch oder Kunst war, aber das war auch nicht weiter wichtig. Über allem leuchtete das freundliche Licht der Lampe mit dem rosafarbenen Schirm. Delphine freute sich daran und verschloß die Ohren vor dem kalten, unterirdischen Murren der Erde.

Ja, sie waren noch da, die Chavers. Nicht ihre Knochen, aber Überreste ihrer Verzweiflung. Manchmal versuchte Delphine im Halbschlaf, mit ihnen ins Gespräch zu kommen. *Ich hab's ja nicht gewußt. Ich hätte nie … es tut mir so leid. Geht weg.*

Als es klopfte, fuhr sie zusammen. Ruthie, dachte sie, hatte sich aber gleich wieder im Griff. Sie bekam nie Besuch. Obgleich die Stadt stetig wuchs, verirrte sich kaum jemand in diese Gegend, und abends schon gar nicht. Delphine warf einen vorsichtigen Blick durchs Fenster und sah Fidelis, die Schultern unter dem Wollmantel hochgezogen, einen dicken Schal um den Hals zum Schutz vor dem scharfen Frühlingswind und in schweren Stiefeln, weil die Wege schlammig waren. Merkwürdig, daß er zu Fuß gekommen war … sie öffnete rasch. Mit Fidelis kam ein Schwall kalter Nachtluft herein, und sie machte schleunigst die Tür wieder zu.

»Markus?« fragte sie angstvoll.

»Schläft.« Fidelis schnürte die schweren Arbeitsstiefel auf. »Er ist nicht krank. Nur sehr müde.«

Er zog die Stiefel aus und stellte sie auf Zeitungspapier an der Tür.

»Dad ist in der Küche«, sagte Delphine. »Wir bleiben am besten hier.«

Auf Socken tappte er zu einem Stuhl. Fersen und Zehen der grauen Socken waren leuchtendrot, das sah kindlich und irgendwie liebenswert aus – ein Gedanke, den Delphine sofort im Keim erstickte. Ohne zu fragen, setzte sie in der Küche Wasser für Pfefferminztee auf und kam dann wieder zu ihm. Er habe einen Brief aus Deutschland bekommen, berichtete Fidelis. Die Zwillinge seien jetzt dort in der Schule und Mitglieder in einer staatlichen Jugendorganisation, in die man nicht so ohne weiteres aufgenommen werde. Tante habe angedeutet, daß sie mit dem Geld, das Fidelis ihr geschickt hatte, Beamte hätte bestechen müssen, obgleich die Jungen die strenge Aufnahmeprüfung mit Bravour bestanden hätten. Tante selbst habe zunächst Nähvorführungen gegeben, mit ihrer amerikanischen Nähmaschine, dann aber festgestellt, daß sie deutschen Modellen unterlegen war.

»Das reicht«, sagte Delphine. »Deine Schwester interessiert mich nicht.« Sie fragte nach Franz und Markus. Aßen sie gut? Wuschen sie sich ordentlich? Und wie stand es ums Geschäft, zahlten die Leute, die hatten anschreiben lassen, ihre Schulden? Einige. Bekam er gute Preise von den Lieferanten? Offenbar hatte er keine Zeit, erfolgreich mit ihnen zu feilschen. Delphine runzelte die Stirn. »Ein oder zwei Prozent mehr oder weniger – und wir sind entweder gemachte Leute oder bankrott«, sagte sie und erschrak über ihren Versprecher. Wir? Was redete sie da?

»Wieder nur Tee«, setzte sie rasch hinzu, als sie seinen enttäuschten Blick sah. »Du trinkst sowieso zu viel Bier.« Sie ging in die Küche, umkurvte den schlafenden Roy und goß kochendes Wasser über die Minzeblätter in der schweren braunen Teekanne, holte die Tassen heraus und legte in jede ein Stück Zucker. Mit der Kanne und den beiden Tassen ging sie ins Wohnzimmer und stellte alles neben dem Porzellanhund ab.

»Hast du schon mal so einen Hund gesehen?« fragte sie Fidelis.

Der Porzellanhund hatte lange schwarze Schlappohren, ein schwarzweißes Fell und eine spitze Schnauze und sah, auf einem grünen Porzellankissen sitzend, wachsam in die Runde.

Fidelis nahm den Hund in die Hand und drehte und wendete ihn fast spielerisch hin und her. »So was von Hund gibt's bestimmt nicht noch mal.«

Der täppisch-tändelnde Ton gab Delphine zu denken. Es verunsicherte sie, Fidelis über Dinge reden zu hören, die nichts mit der Metzgerei zu tun hatten. Sie lenkte das Gespräch in ungefährlichere Bahnen; plötzlich fragte Fidelis, ob sie wüßte, wann – wenn überhaupt – Cyprian wiederkommen wollte.

»Nein, das weiß ich nicht«, erwiderte Delphine zögernd, betroffen von diesem jähen Schwenk ins Persönliche.

Fidelis lehnte sich zurück und sah sie gerade an. Das rosafarbene Licht glättete seine Züge und verlieh ihnen etwas trügerisch Sanftes. Er hatte das Jackett über die Sessellehne gehängt und saß nun in Hemdsärmeln da. Das Licht spielte über die bronzefarbenen Härchen seiner Unterarme. Ein wenig benommen sah sie auf seine grobknochigen Handgelenke. Er warf einen raschen Blick zur Küche hinüber, wo alles dunkel war, und rückte seinen Stuhl ein Stück näher an sie heran.

»Ich habe Cyprian genug Zeit gegeben«, sagte er dumpf. Sie fand den Satz lächerlich, aber als er sich vorbeugte, stieg ihr der Geruch nach Gewürzen – nach weißem und rotem Pfeffer, Ingwer und Kümmel – in die Nase, der Geruch nach Männlichkeit, herbem Rasierwasser, Mantelwolle und Hemdenleinen. Sie wußte, daß er sich die Zähne mit Zigarrenasche einrieb, um sie zu bleichen, und sie mit Backpulver putzte, und daß er den Schnurrbart mit Evas französischer Fliederseife einschäumte. Sie wußte um diese Kleinigkeiten, weil sie den Haushalt geführt hatte, als seine Frau im Sterben lag, und sich hinterher um seine Söhne gekümmert hatte. Von Anfang an hatte sie sich gesagt, daß das mit Fidelis nichts zu tun hatte. Aber nun saß er hier, fern von dem vertrauten Kreis der Familie, und sie kannte seine Gewohnheiten, während er kaum einmal ihr Haus betreten hatte und von ihr so gut wie nichts wußte, schon gar nichts so Persönliches wie die Seife, die sie benutzte.

»Was meinst du damit, daß du Cyprian genug Zeit gegeben hast?«

»Zeit zum Wiederkommen.«

Allmählich dämmerte ihr, worauf er hinauswollte, und etwas in ihr lehnte sich gegen Fidelis auf. Sie wollte es ihm schwermachen. Was fiel ihm ein, einfach in dieses goldfarbene Zimmer, in ihre Zuflucht, hineinzuplatzen? Sie lachte hell auf wie über einen gelungenen Witz und trank einen Schluck Tee.

»Du denkst wohl, er hätte mich sitzen lassen? Typisch Mann!« Nie würde sie verraten, warum sie sich getrennt hatten und daß er viel früher abgereist war, als man hier allgemein annahm. Vielleicht dachte sie in diesem Augenblick ein wenig zu sehr an ihre Gesellschaftsromane, in denen ständig über die Liebe gesprochen wurde, denn sie genoß plötzlich die Situation, genoß es, daß Fidelis versuchte, sich zu erklären, und daß sie meinte, ihn endlich durchschaut zu haben. Er hatte also auf sie gewartet.

»Fidelis!« Sie schüttelte den Kopf, daß die braunen Locken flogen, und sah mit einem lässig-verständnisinnigen Blick zu ihm auf, aber als sie die hilflose Leidenschaft in seinen Augen sah, war die kleine Koketterie vergessen.

Noch nach Monaten war ihnen, als habe es damals einen gewaltigen Zusammenstoß gegeben, als seien zwei Gletscher, langsam und unaufhaltsam aufeinander zutreibend, mit einem Ruck zusammengeprallt und hätten sich verformt. Sie waren beide wie betäubt, langsamer als sonst im Umgang mit anderen Menschen, vergeßlich. Delphine behielt ihren Job im Rathaus, arbeitete aber nicht mehr so lange, damit sie nachmittags in der Metzgerei bedienen konnte. Sie kam, um Fidelis nah zu sein. Wie früher kümmerte sie sich auch um die Küche und machte, wenn sie Zeit hatte, die Wäsche für die Jungen, aber nicht für Fidelis. Seine Hemden bügelte er jetzt mit äußerster Präzision selbst.

Einmal kam sie dazu. Im Haus war es still. Er stand, fröstelnd im Unterhemd, in dem Hausarbeitsraum mit dem Betonfußboden und der Doppelspüle aus Speckstein und ließ das Eisen über das Brett mit dem gepolsterten Bezug gehen. Er hatte ein modernes elektrisches Bügeleisen gekauft und verpaßte einem gestärkten Ärmel gerade zischend eine Bügelfalte.

Kribbelnde Erregung erfaßte Delphine, als sie diesen Kraftmenschen bei einer Tätigkeit sah, die normalerweise Frauen vorbehalten war, und sie strich mit der Hand über seinen Arm oberhalb des Ellbogens. Sie hatte noch ihre Handschuhe an. Er stellte das Bügeleisen ab, nahm ihre Hand, zog ihr den Handschuh aus, einen Finger nach dem anderen, und sah ihr ernst und ruhig in die Augen. Dann nahm er ihre Hand in seine beiden Hände, betrachtete sie lange, streichelte die mit weißen Narben übersäten Knöchel und hob sie zaghaft an die Lippen.

Er legte die Lippen auf die Stelle, wo die Finger aus der Handfläche wuchsen, dann aber versuchte er mit einer schnellen, hochfahrenden Bewegung, die ihr mißfiel, sie an sich zu ziehen. Sie entzog sich seinem Ungestüm und ging rasch hinaus. Das war die erste Annäherung, der erste Kuß – obgleich es mehr war als ein Kuß und doch noch nicht ganz ein Kuß. Auf dem Heimweg mußte sie ständig daran denken, wie er ihr den Handschuh ausgezogen hatte, und war plötzlich zu Hause. Sie hatte den langen Weg wie in Trance zurückgelegt. Obwohl sie nicht aufhören konnte, auf diese neue Art an ihn zu denken, mied sie ihn. Denn wenn sie jetzt beisammen waren, standen sie auf einer leeren Bühne, einer Bühne, auf der es keine Szenerie gab, sondern nur sie beide und das, was sie zueinander zog – und das war zuviel, um es auf einen Schlag zu bewältigen. Sie kamen sich ganz allmählich, in winzigen Schritten, näher.

Wochen später hatten sie sich immer noch nicht geküßt. Und dann kniete Fidelis eines Tages in dem Büro voll staubiger Papiere vor Delphine nieder, strich mit den Händen an der Innenseite ihrer Schenkel entlang bis zum Rand der dicken Seidenstrümpfe, tastete nach den Strapsen, den Stoffschichten unter ihrem Rock. Er drückte ihre Beine so weit auseinander, daß sie sich auf ihrem

Ledersessel genierte, und dann küßte er die Innenseite ihrer Knie. Sie packte mit beiden Fäusten sein Haar so heftig, daß es bestimmt weh tat, und dann sah sie auf sein regloses Gesicht herunter, stieß ihn mit aller Kraft zurück und strich ihren Rock glatt.

»Himmel noch mal, was fällt dir denn ein?«

»Ich weiß nicht.« Er richtete sich mit einer raschen Bewegung auf und klopfte sich umständlich die Hosenbeine ab. »In deiner Nähe komme ich eben auf solche Gedanken.« Er versuchte, seine Würde zurückzugewinnen, verschränkte die Arme, löste sie wieder, setzte sich, kramte im Schreibtisch nach Zigaretten. Als er keine fand, hob er resigniert die Hände, als wollte er sagen: »Siehst du? Ich kriege nie, was ich will!« Und damit hatte er Delphine glücklich zum Lachen gebracht.

Oft konnten sie die Spannung kaum ertragen und übersahen sich geflissentlich. In vier Monaten, hatten sie beschlossen, sollte die Hochzeit sein. Zuerst kam ihnen die Wartezeit sehr lang vor, dann fand Delphine die Frist viel zu kurz und spielte mit dem Gedanken, alles abzublasen. Fidelis kaufte die Heiratslizenz, legte sie ihr beiläufig vor, und sie setzten beide rasch und nüchtern ihre Unterschrift darunter, als wäre es ein Schriftstück für die Bank. Sie arbeiteten gut zusammen, schnell, umsichtig und mit gegenseitigem Respekt. Delphine übernahm wieder die Buchhaltung und die Bestellungen und brachte allmählich Ordnung in das Büro mit den fliegenden Blättern.

An einem Nachmittag, als Franz und Markus in der Küche beim Essen saßen, kam Delphine mit Fidelis herein und gab ihm einen Rippenstoß. »Sag's ihnen!«

Franz, der gerade die Hand zum Mund geführt hatte, hielt mitten in der Bewegung inne und wartete auf die Worte seines Vaters. Markus aß ungerührt weiter und nickte. »Weiß schon, was du sagen willst.« Er nahm den nächsten Bissen, stellte die nächste wichtige Frage.

»Heißt das, daß Emil und Erich nach Hause kommen?«

»Ich habe ihnen geschrieben und Geld geschickt«, erklärte Fidelis zuversichtlich. »Tante wird alles regeln.«

»Sag's ihnen«, wiederholte Delphine und rüttelte ihn am Arm.

Fidelis sammelte sich, aber Franz war schneller.

»Schon klar, ihr beide wollt heiraten!« Er schob sich mit der Gabel einen halben Bratapfel in den Mund. »Aber dann hab ich auch etwas bekanntzugeben. Ich gehe zur Luftwaffe.«

»Es gibt keinen Krieg«, sagte Fidelis mit leiser, spröder Stimme. Er hatte noch Hoffnung. Franz ging nicht darauf ein.

»Der Krieg kommt, wart's nur ab. Und wenn er da ist …« Er deutete mit einer gleitenden Handbewegung ein startendes Flugzeug an, schickte es brummend ins weite Blau und lächelte die anderen beifallheischend an. Fidelis zog bekümmert die Schultern hoch und ging hinaus.

»Mußt du dich denn so darüber freuen?« Delphine war verärgert, weil Franz ihr das Konzept verdorben hatte, und zugleich entsetzt über seine Kriegslust.

»Ich freu mich drüber«, erklärte Markus. »Es ist doch jetzt schon so, als ob du hier wohnst.«

»Ach das«, meinte Franz. »Er kann machen, was er will.«

»Du weißt, was ich meine. Setz dich wenigstens mal zu ihm«, mahnte Delphine.

»Das wäre Dad nicht recht.« Franz nahm eine Walnuß aus der Schale auf dem Tisch und knackte sie mit den Fingern, genau wie

Fidelis, warf den Kern in die Luft und fing ihn mit dem Mund auf. »Ich werde eine Spitfire fliegen, da kommen wir gar nicht auf deutsches Gebiet. Ich werde gegen feindliche Piloten kämpfen, nicht gegen Dads Leute. Das weiß er auch.«

»Du hast doch keine Ahnung, was Krieg bedeutet.« Delphine bemühte sich, nicht laut zu werden, sie wollte ihn nicht vertreiben, aber seine mutwillige Ignoranz brachte sie in Rage. »Laß jetzt mal unsere Heiratspläne beiseite, Franz. Sei realistisch. Die könnten dich zur Infanterie schicken.«

»Mich?« Er sah Delphine fast mitleidig an. »Zu den Bombern vielleicht. Aber nein, ich werde Jagdflieger.« Er stieß knatternde Geräusche aus, als habe er ein MG auf Markus gerichtet, und der gab es ihm mit gleicher Münze zurück.

»Du bist richtig herzlos«, empörte sich Delphine.

»Was willst du eigentlich? Die Heirat ist eure Sache. Meine Ansicht zählt doch gar nicht.«

»Natürlich zählt sie«, sagte Delphine versöhnlich.

»Ich glaube, dann ziehe ich weg«, sagte Franz. »Es geht nicht gegen dich, aber das halte ich nicht aus.« Er stand auf und steckte die Hände in die Taschen seiner zerschlissenen Pseudofliegerjacke. Als er außer Sicht war, fluchte er kräftig und warf mit wütenden Tritten die Erde hoch. Dann lachte er bitter über sich selbst. In seinem ganzen Leben war er noch nie so unglücklich gewesen.

Wenn Franz an der Stelle vorbeikam, an der er mit Mazarine zu ihrer Kiefer abgebogen war, spürte er regelmäßig ein Brennen in der Kehle und einen Druck auf der Brust. Noch Stunden später wurde er den Gedanken an die Kiefer nicht los. Das Atemholen machte ihm Mühe, und wenn er die Luft wieder ausstieß, klang das zu seiner eigenen Überraschung oft genug wie ein tiefer Seufzer. Er würgte an seinem Essen und magerte ab. Seine Handgelenke wurden schmal, die Wangenknochen zeichneten sich scharf unter der Haut ab. Er schlief nicht gut, träumte von leichtsinnigen Geschäften, von Wasserfluten, die ihn von Mazarine trennten oder sie über Klippen rissen und durch Abwassergräben schwemmten, während er vergeblich die Arme nach ihr ausstreckte. Noch schlimmer wurde es, als sich herausstellte, daß Mazarine es mit ihrem Nein ernst gemeint hatte und ihn nicht zurückhaben wollte – Mazarine in den neuen Sachen, die er nie berührt hatte.

In der Schule trug sie jetzt einen karierten Faltenrock aus weicher Wolle, der beim Gehen wippte und um ihre Beine schwang, wenn sie sich drehte. Der Stoff hatte die Braun- und Goldtöne des Lichts, in dem sie mit ihm unter der Kiefer gelegen hatte. Sie trug nun gestärkte Blusen, die sich um den Ausschnitt herum in weiche Falten legten und über der Brust mit schimmernden Perlmuttknöpfen geschlossen wurden. Die Haare waren zum Zopf geflochten und mit einem Band aus schwerem Satin umwunden, mal einem blauen, mal einem gelben. Begierig registrierte er diese Einzelheiten – es war alles, woran er sich derzeit halten konnte. Mazarine übersah ihn, sprach kein Wort mit ihm, ließ sich nie mehr die Bücher abnehmen und auf dem Fahrrad herumfahren. Eigentlich fehlte ihm das am meisten. Er sehnte sich danach, sie zu berühren, ja, da auch, aber noch mehr sehnte er sich danach, sie zwischen seinen Armen auf dem Fahrrad zu spüren, sie lachen zu hören, wenn er lenkte und sie versuchte, das Gleichgewicht zu halten. Je ferner sie ihm rückte, desto mehr wurde ihm zur Gewißheit, daß er Mazarine liebte. Bis in den Tod, dachte er ungestüm. Bis über den Tod hinaus.

Blödmann! Er hieb sich die Fäuste an die Schläfen. Nachts suchte er nach Möglichkeiten, sie zu versöhnen, sie wiederzugewinnen, und verwarf sie wieder. Er würde sich ihr auf Gnade und Barmherzigkeit ausliefern. Ihr auflauern. Betteln. Ihr eine Gewächshausrose kaufen und sie nachts auf ihr Bett legen. Sie brauchte ihn doch! Daß sie unglücklich war, sah ja ein Blinder, so still und traurig, wie sie in der Schule herumlief, so beängstigend dünn, wie sie geworden war. Und wie sie das Haar, das immer jede ihrer Bewegungen gefolgt war, in diesen dicken Zopf eingesperrt hatte …

Nur auf dem Flugplatz kam er noch auf andere Gedanken. Manchmal betrachtete Franz die Männer, die neben ihm arbeiteten, und überlegte, ob auch sie solche Gefühle quälten. Wohl kaum – keiner sah aus, als hätte er je eine andere Liebe gehabt als seine Maschine. Zuerst hatte er diese Beschränktheit voller Verachtung von sich gewiesen, später fand er sie vernünftig. Einen bockenden Motor in Ordnung zu bringen, tat gut. Deshalb arbeitete Franz in jeder freien Minute an den Flugzeugen, und Pouty Mannheim bezahlte dafür mit Flugstunden.

Bei jedem Start überkam Franz das gleiche berauschende Gefühl der Befreiung wie damals, als er auf dem Feld hinter dem Haus zugesehen hatte, wie das Flugzeug über die Hecken stieg. Nur war es natürlich besser, selbst in der Maschine zu sitzen, nachdem er das Flugzeug jetzt beherrschte, den Wind und die Zeichen in den kleinen und großen Wolken zu deuten wußte. Bei seinem achten Flug ließ Pouty ihn an die Instrumente. Wochenlang übten sie Starts und Landungen, dann wagten sie sich an das kleine Einmaleins des Kunstflugs – Langsamflug, Trudeln, hochgezogene Fahrkurven, zahme Loopings. Als Pouty ihn endlich allein in die Luft ließ, war Franz fast beängstigend leicht zumute. Die Maschine, in der er saß, flog in einem aufregend heiklen Gleichgewicht. Er hielt auf den Getreidesilo zu, einen schmalen Strich am Horizont, machte eine gesteuerte Rolle, dann eine kompliziertere Rolle mit kurzem Verweilen in der Rückenlage, ein Looping, ließ die Maschine in der Rückenfluglage trudeln. Die Erde kippte ab. Wenn man sich jetzt nicht konzentrierte, war es aus. Verkehrt herum war alles ganz einfach. Als er landete, spürte er eine große innere Ruhe und dachte sich, daß er vielleicht über Mazarines Verlust hinwegkommen würde, wenn er sein ganzes Leben in der Luft verbringen könnte.

Keine Gäste, kein Kuchen, keine Blumen. Nach der Hochzeit, und nachdem Franz zu seiner Aufnahmeprüfung für die Luftwaffe gefahren war, verbrachte Delphine ihre Zeit weiterhin teils in der Metzgerei, teils mit der Pflege von Roy. Auch in der Registratur arbeitete sie noch, las ihre Bücher, versuchte so weit wie möglich ihr altes Leben beizubehalten. Immer wieder aber kam ihr die Vergangenheit mit ihren Schrecken und Komplikationen und ihrer Bruchstückhaftigkeit in die Quere. Nun war sie verheiratet, aber der Hintergrund zu ihrem neuen Leben war unfertig wie ein zusammengewürfeltes Bühnenbild. Es wäre schön, wenn man die Vergangenheit ablegen könnte wie die alten Akten in der Registratur, dachte sie. Und dann kam Cyprian zurück.

Am frühen Abend saß er auf der Treppe vor Delphines Haus.

Er trug einen Hut und nickte Delphine gelassen zu, als sie mit dem Wagen auf den Hof fuhr. Dann nahm er den Hut ab, und sie sah, daß er kahlgeschoren war. Er wirkte noch attraktiver als früher, sehr fremdartig, wie ein Mensch aus prähistorischer Zeit, den man gezwungen hatte, Hemd, Hose und Schuhe anzuziehen. Wenn man seinen Kopf sah, mußte man sofort an seinen nackten Körper denken. Delphines Herz tat einen Sprung. Sie holte tief Luft, um sich zu beruhigen, während sie ihn durch die Windschutzscheibe hindurch musterte. Da war er also. Sie lächelte unwillkürlich, und dann dachte sie an Clarisse und daran, daß sie nun vielleicht erfahren würde, was aus der Freundin geworden war. Das Lächeln blieb, es änderte sich nur ein wenig. Trotz allem freute sie sich, daß Cyprian wieder da war.

Sie sprang aus dem Wagen und wollte zu ihm laufen, aber dann erfaßte sie plötzlich ein ganz sonderbares Gefühl. Sah Fidelis etwa zu? Gegen alle Vernunft blickte sie sich nach allen Seiten um und versuchte vergeblich, ihr Unbehagen abzuschütteln. Sie begrüßte Cyprian ein wenig zaghaft, trat in der schräg einfallenden Sonne des frühen Abends von einem Fuß auf den anderen und ertappte sich bei dem Gedanken, daß es ihr lieber wäre, wenn er nicht mit ins Haus käme. Wieder hatte sie das Gefühl, etwas Unrechtes zu tun, obgleich doch alles völlig harmlos war, aber um die Tatsache, daß Fidelis bedrohlich im Hintergrund stand, kam sie nicht herum. Die Erkenntnis, daß sie jetzt männliche Eifersucht fürchten mußte, irritierte sie. Unter der Veranda und in dem reglosen Gras begannen die Moskitos zu sirren. Cyprian legte den Kopf schief und scheuchte die Blutsauger mit seinem Hut weg. Sie setzten sich nebeneinander auf die Verandastufen.

»Mach eine Zigarette an, vielleicht vertreibt das die Biester.«

Sie ließ sich von Cyprian eine Zigarette geben und sie zwischen den Fingern herunterbrennen.

»Ich spreche kein Wort mit dir«, sagte sie endlich leise, »bis du mir verraten hast, was aus Clarisse geworden ist.«

»Das mit Hock habe ich nicht gewußt.«

»Was aus Hock geworden ist, weiß ich, verdammt noch mal. Ich hab nach Clarisse gefragt.«

»Zu mir hat sie nur gesagt: ›Ich gehe dahin, wo meine Arbeit gebraucht und gewürdigt wird.‹«

»Sieht ihr ähnlich. Ich wette, sie ist in den Süden gegangen. New Orleans oder … nein, weiter weg. Yucatan oder noch weiter. Brasilien. Dort kann ich sie mir gut vorstellen.« Sie schüttelte sich seufzend. Die Sehnsucht nach Clarisse war noch immer fester Bestandteil ihres Tages wie Kaffeetrinken oder der Griff zum Radioknopf. Allerdings hielt sie sich nicht mehr mit Grübeleien, mit schmerzlichen Fragen oder Überlegungen auf, sie akzeptierte einfach die Tatsache, daß Clarisse ihr fehlte, und konnte sich dann anderen Dingen zuwenden. So tut die Zeit uns doch manchmal auch Gutes, dachte sie und sah Cyprian an. »Das mit Hock hast du also nicht gewußt. Wie lange nicht?«

»Bis sie es mir gesagt hat.«

»Wann?«

»Auf der Fahrt nach Minneapolis.«

»Bist du da nicht auf die Idee gekommen, daß jemand eine Verbindung zwischen euch herstellen, daß auch auf dich ein Verdacht fallen könnte?«

»Ja, natürlich. Deshalb habe ich mich ja auch von ihr getrennt.«

»Und warum bist du jetzt hier?«

Cyprian drehte den Hut in der Hand – es war ein glatter, lehmbrauner Fedora mit breitem braunen Seidenband, wahrscheinlich ein teures Stück. Cyprians Finger kneteten behutsam am Hutrand herum. Er wählte seine Worte sorgfältig.

»Ich bin auf der Durchreise. Aber ich mußte einfach mal sehen, ob du ihn liebst.«

»Natürlich liebe ich ihn.«

»Daß ich nicht lache!«

Sie funkelten sich empört an, bis sie begriffen, wie absurd ihre Entrüstung war, und sich kurz abwenden mußten, um das verräterische Zucken der Mundwinkel vor dem anderen zu verbergen. Delphine streifte den Aschenkegel ihrer Zigarette an der Treppenstufe ab und schwenkte sie durch die Luft, um sich mit einem Rauchschleier zu schützen.

»Du bist also zurückgekommen auf die Gefahr hin, unter Mordverdacht verhaftet zu werden, nur weil du wissen wolltest, ob ich Fidelis liebe.«

Er zuckte die Schultern und zog die Brauen hoch. »Ich habe, wie gesagt, auch noch andere Gründe.«

»Komm schon herein«, sagte Delphine. »Roy liegt im Bett. Schön, wenn er mal wieder was zu lachen hat.«

Cyprian stülpte sich den Hut auf den Kopf, nahm ihn wieder ab und folgte ihr über die leere Veranda ins Haus. Den Hut vor dem Bauch, betrat er die Küche und setzte sich an Roys Bett. Der blieb ganz still liegen, die Hände auf dem Quilt, die Augen geschlossen. Dann öffnete sich ein Auge einen Spaltbreit, nahm Cyprian zur Kenntnis und ging rasch wieder zu. Delphine merkte zu ihrer Überraschung, daß diese kleine Komödie, in der sich ansatzweise der alte Roy zeigte, ihr Spaß machte. Sie zog sich einen Stuhl heran.

»Hey, Dad, du hast Besuch!«

Roy ging offenbar mit sich zu Rate, ob er sich wieder aus der Welt zurückziehen oder sich auf die Lebenden einlassen sollte. Er runzelte die Stirn, seine Kiefer mahlten, schließlich gab er sich einen Ruck, riß die Augen auf und ließ sie die große starre, milchig-blaue Iris sehen.

»Cyprian! Cyprian der Kahle!«

Cyprian griff nach der ausgemergelten Hand mit den vielen Altersflecken, und Roy wurde merklich munterer.

»Ein Königreich für ein Bier«, seufzte er, »oder ein Schlückchen Schnaps. Nur, um mir mal ein bißchen die Kehle zu befeuchten ...«

»Dad ...«

»Ja, ja, es ist nicht von der Hand zu weisen, daß mich das umbringen könnte.« Roy machte eine weit ausgreifende Handbewegung, die alle Bedenken wegzuwischen schien. »Aber ein paar Tropfen könnten mir doch vielleicht sogar guttun ...«

»Ein, zwei Teelöffel – das ist dein derzeitiges Quantum«, sagte Delphine. »Es kann dir wohl nichts schaden, wenn du das jetzt bekommst.«

»Na, wer sagt's denn!« Roy tätschelte Cyprians Arm. »Machst du mit, mein Junge? Gib dem Mann einen Teelöffel.« Roy deutete mit großer Geste auf die Besteckschublade.

»Er bekommt ein Glas, Dad.« Sie griff sich ein Glas, nahm ein Schlüsselbund vom Gürtel, ging damit zum Wagen, schloß den Kofferraum auf und mit einem anderen Schlüssel das Vorhängeschloß des Werkzeugkastens, dem sie eine Halbliterflasche Brandy entnahm. Sie schenkte das Glas halb voll, stellte es auf dem Wagendach ab, schloß sorgfältig alles wieder ab und ging mit dem

Brandy zurück zu Roy. Aus dem Glas goß sie eine kleine Menge in einen Becher und tauchte einen Teelöffel hinein.

»Cheers!« Roy machte den Mund auf und schloß ihn um den Löffel.

Cyprian hob sein Glas und trank ihm zu.

»Was treibst du so?« fragte Roy munter, aber in seinen Augen glänzten plötzlich Tränen. »Suchst du Arbeit und eine Frau? Bist du wie der Hund an den Ort zurückgekommen, an dem man ihn einmal gefüttert hat?«

Cyprian nahm einen großen Schluck Brandy, während Roy weiter spekulierte. »Auf den Farmen hier herum gibt es immer was zu tun, aber das ist Knochenarbeit und saisonabhängig, ich weiß, wovon ich rede. Vielleicht wäre in unserer Hauptstraße was zu machen, da ist ein Laden am anderen, und das Geschäft blüht. Du könntest Verkäufer werden oder Friseur. Oly Myhra ist in die Jahre gekommen. Der alte Adam will nicht mehr so recht …« Er gab Cyprian einen Rippenstoß. »Um meinen alten Adam hat sich seit sechsundzwanzig Jahren niemand mehr bemüht. Wie steht's denn bei dir?«

Cyprian sah Delphine an. Sie zog die Augenbrauen hoch, verzog aber keine Miene.

»Ich kann nicht klagen«, sagte er. »Was machen denn die anderen Sangesbrüder?«

»Mannheim ist noch an Bord«, sagte Roy. »Und Fidelis hat die Frau geheiratet, die du hast sitzenlassen.« Er nickte Delphine liebevoll zu. »Mit ihrem Dickkopf hat sie es wieder mal geschafft, mich zurückzuholen. Ich war total dem Teufel Alkohol verfallen und hab ihr damit das Leben ganz schön schwer gemacht. Aber sie hat ihren alten Dad nicht hängen lassen. Jetzt bin ich auf Entzug, und sie paßt auf, daß ich spure. Wie wär's übrigens jetzt mit meinem zweiten Teelöffel?«

»Meinetwegen«, sagte Delphine. »Zur Feier des Tages.«

Roy machte die Augen zu, und sie schob ihm den Teelöffel in den erwartungsvoll geöffneten Mund.

»Ich hab sie nicht sitzenlassen.« Cyprian warf Delphine einen vielsagenden Blick zu. »Ich habe ihr sogar einen Verlobungsring schenken wollen. Einen sehr schönen. Sie hat mir einen Korb gegeben.«

»Paß nur auf«, warnte Delphine. »Ich weiß, wo der Ring gelandet ist.«

»Ah ...« Roy seufzte zufrieden und nuckelte an dem Löffel. »Enttäuschte Liebe ist um so schwerer zu ertragen, je älter man wird. Die Zeit heilt nicht alle Wunden, egal, was die Philosophen uns weismachen wollen. Wann immer ich gefallen bin, war es ein harter Fall«, erklärte er stolz.

»Ich hab es satt, dich den Märtyrer spielen zu sehen«, sagte Delphine. »Schließlich war sie meine Mutter, ich mußte damit leben, daß sie nicht für mich da war, und hatte obendrein noch all die Jahre dich alten Schluckspecht am Hals.«

»Aber waren es nicht schöne Jahre?« Roy freute sich immer, wenn Delphine auf seine Frotzeleien einging. »Ich glaube, durch die heilige Liebe, die ich im Herzen trage, bin ich bis in den Nabel der Welt geraten, und was ich dort gesehen habe, mein Freund ...« Roys Stimme erstarb, und sein Blick ging in die Ferne, kehrte aber recht schnell in die Gegenwart zurück. »Meist allerdings hab ich nur jede Menge Schnaps verschwinden sehen«, fügte er sachlich an.

»Dad verwechselt den Nabel der Welt mit der Delle am Boden der Schnapsflasche«, erläuterte Delphine.

»Also, die Sache ist die«, meinte Cyprian sachlich, »daß ich hier ein Engagement habe.«

»Ein was?« Roy sperrte den Mund auf.

»Ich suche keinen Job, ich bin mit dem Schlangenmenschen auf Tournee.« Er holte eine Rolle rosafarbener Eintrittskarten aus der Tasche. »Wie viele braucht ihr?«

»Mit dem Schlangenmenschen?« wiederholte Delphine, vielleicht ein wenig gekränkt, vielleicht sogar eine Spur eifersüchtig. »Du hättest schreiben können. Ist er dein menschlicher Tisch?«

»Mit zwei Männern ist das nicht so wirkungsvoll, aber ein paar Balancenummern sind natürlich auch drin. Er hat eine Python, die schiebt er in einem Lederkoffer auf die Bühne. Und auch sonst noch so einiges an Reptilien.« Cyprian machte eine kleine Pause. »Und einen Spinnenmann.«

»Wie heißt er?«

»Mighty Tom.«

»Guter Name für einen Akrobaten.«

»Nein, das ist der Spinnenmann. Mein Partner heißt Vilhus Gast.«

Damit, dachte Delphine, ist wohl alles klar.

»Wie ist er denn so?« fragte sie.

»Ein Akrobat eben. Wir sind uns ziemlich ähnlich. Er ist Jude und gerade noch rechtzeitig aus Litauen rausgekommen. Für ihn war ich anfangs ein echtes Kuriosum. Ich hab ihn zu meinen Leuten mitgenommen.« Cyprian lachte. »Der hat vielleicht gestaunt.«

»Wieso?«

»In den Reservaten gibt es keine Juden, ich hab nie einen zu Gesicht bekommen, ebensowenig wie er einen Indianer. Aber er weiß einiges über uns und behauptet, wir wären einer der verlorenen Stämme Israels und dazu verdammt, in der Welt umherzuziehen, genau wie seine Leute. Immer Randfiguren zu sein. Gehetzt und gejagt. ›Na schön‹, hab ich gesagt, ›dann können wir ja gemeinsam weiterziehen.‹ Dann haben wir diese Nummer erarbeitet, und seither sind wir zusammen.«

Delphine und Markus waren am nächsten Abend frühzeitig in der Turnhalle und setzten sich auf die knarzenden Klappstühle in der ersten Reihe. Es würde Gerede geben. Man würde Cyprian erkennen, sich über seinen kahlen Kopf wundern oder gar lustig machen. Die ganze Stadt, Kunden, Schulkameradinnen würden sich, wenn Delphine weiter hinten saß, den Hals verrenken, und sie würde ihre verhohlene oder unverhohlene Neugier ertragen müssen. In der ersten Reihe hatte sie alle im Rücken, da mochten sie glotzen, soviel sie wollten. Delphine war fest entschlossen, sich den Spaß nicht verderben zu lassen.

Der Vorhang ging auf. Cyprian und sein Partner standen in eng anliegenden schwarzen Turnanzügen auf großen roten Gummibällen. Die Bälle mit den Füßen vorwärts treibend, umrundeten sie einander, immer schneller, immer schneller, bis sie unter begeistertem Beifall hoch in die Luft sprangen und auf den wirbelnden roten Bällen die Plätze tauschten. Vilhus Gast war von Größe und Figur her Cyprian sehr ähnlich, hatte aber ein eher unscheinbares Gesicht und trug ein sehr schlecht gemachtes Toupet, das bei jeder Bewegung verrutschte.

Plötzlich stand Gast, präzise ausbalanciert, ganz still, die Hände hochgereckt wie eine Ballerina, und Cyprian begann, den Ball zwischen den Füßen, zu federn, sprang mit katzenhafter Geschmeidigkeit hoch, drehte sich in der Luft, landete auf dem Ball von Vilhus Gast und gab ihm die Hand. Ihre Muskeln spannten sich, einen Augenblick schien es, als würden sie stürzen, gleich darauf waren sie wieder im Gleichgewicht.

Jetzt tänzelte Gast auf dem Ball hin und her. Die Zuschauer lachten, als er so tat, als könnte er Cyprian kaum halten. Sie balancierten auf einem Arm, einem Bein – und was dann geschah, war ebenso erstaunlich wie unheimlich: Vilhus Gasts häßliches Toupet krabbelte langsam von seinem Kopf herunter. Zum Entzücken der Jungen und zum Entsetzen der quiekenden Damen im Zuschauerraum entpuppte sich das schlecht gemachte Haarteil als Riesenspinne. Bedächtig kletterte sie an Gasts Arm hoch, tastete sich zu Cyprians Ellbogen hin, und als Cyprian sich herunterließ, umspannte die Spinne seinen kahlen Schädel mit ihren Beinen und blieb dort sitzen. Die Artisten machten noch ein paar elegante Schritte, dann blieben sie stehen und nahmen mit ausgebreiteten Armen den ungestümen Beifall der johlenden, pfeifenden Menge entgegen. Aus einer Kiste auf einem kleinen Gestell schüttelte Gast eine kleinere, aber nicht minder behaarte Spinne. Im Zuschauerraum wurde es still. Er trieb sie behutsam mit einer Feder auf seinem Arm entlang und half ihr auf Cyprians Hals. Zielstrebig nahm sie die Klippe von Cyprians Kinn, kroch über seinen Mund und rollte sich auf seiner Oberlippe, in dem warmen Atem aus seiner Nase, zu einem kleinen schwarzen Schnurrbart zusammen.

Jetzt zog Cyprian eine schwarze Frackjacke und spiegelnde schwarze Schaftstiefel an. Seine Beine blieben nackt, was sehr komisch aussah. Er gab einen von Blähungen geplagten Adolf Hitler. Sobald hinter der Bühne eine Tuba ertönte, erschien Cyprians muskulöses Gesäß zwischen den Frackschößen, tanzte, zuckte, führte ein Eigenleben, das die Versuche des Führers zunichte machte, die johlende Menge mit seinem grotesk erstarrten, bemüht hypnotischen Gesichtsausdruck zu beeindrucken. Sobald er den Hitlergruß einforderte, röhrte die Tuba, und sein Hinterteil zuckte hektisch. Die Spinne blieb dabei ruhig unter Cyprians Nase sitzen. Die Zuschauer hatten schnell heraus, daß sie den Führer zum Furzen bringen konnten, indem sie ihn mit dem Hitlergruß erfreuten. Eilfertig ließen sie den rechten Arm vorschnellen, bis der Tubaklang zu einem ununterbrochenen heiseren Röhren wurde und Hitler auf der Bühne herumhüpfte wie ein Floh auf einer heißen Herdplatte. Die Zuschauer rasten, der Vorhang schloß sich, der erste Akt war zu Ende.

Das Gelächter war noch nicht verhallt, als der Vorhang wieder aufging. Auf der Bühne stand jetzt auf vier Sägeböcken ein zweieinhalb bis drei Meter langer Lederkoffer mit mehreren Griffen. Cyprian und Vilhus Gast trugen juwelenbesetzte Turbane und waren in durchsichtige Schleierstoffe gehüllt, die sich um ihre Beine blähten, unter den Armen in der Luft flatterten und hinter ihnen herwehten. Zu den exotisch winselnden Klängen einer Grammophonplatte machten sie den Koffer auf. Was zum Vorschein kam, war zweifelsfrei ein lebendiges Wesen, gefleckt, sehr ruhig, aber eine Kraft ausstrahlend, die den Zuschauern den Atem verschlug. Die beiden Männer lockten die Riesenschlange auf ihre Arme und sagten den Todestanz an. Sie drehten und wanden sich mit der Schlange, die zunehmend munterer wurde und versuchte, die Artisten eng an sich zu ziehen. Der Tanz war improvisiert, anmutig und von träger Sinnlichkeit. Die Zuschauer, die ehrlich glaubten, die Schlange sei darauf aus, die Artisten zu verschlingen, waren wie gebannt. Cyprian und Vilhus tanzten mit der Schlange durch den Mittelgang, die Zuschauer durften ihre trockene, knisternde Haut anfassen, den grotesk kleinen, keilförmigen Kopf betrachten. Beim Anblick der frostig glitzernden Augen lief es ihnen kalt über den Rücken, und sie waren froh, als Cyprian und Gast die Schlange wieder in dem Lederkoffer verstauten, die Schlösser zuschnappen ließen und zwei blinkende Fuchsschwänze hervorholten, um die Python in ofenfertige Stücke zu zersägen.

»Ist ein Metzger im Saal?« rief Cyprian. Sie händigten Pete Kozka die Sägen zur Überprüfung aus, der sie für scharf und einsatzbereit erklärte. Die Männer machten sich an die Arbeit, und die Python verfiel in ihrem Koffer in grausige Zuckungen. Ihr Schwanz, der aus dem nicht verschlossenen Ende des Koffers hervorsah, peitschte wild. Dann verbrannten die Männer eine duftende Substanz, leierten feierlich-unverständliche Verse, ließen die Hände beschwörend über einem Topf mit Schulkleister kreisen, klebten die Python wieder zusammen – und die Schau ging weiter. Sie jonglierten mit Eidechsen, führten dem Publikum einen riesigen Leguan vor, der reglos und ohne Blinzeln dasaß wie aus Stein gehauen, und wieder kam Mighty Tom, der begabte Spinnenmann und Vilhus Gasts Toupet, zum Einsatz. Sie trugen ihn in einem großen runden Bonbonglas durch den Mittelgang, damit die Zuschauer ihn bewundern und sich gruseln konnten. Sie balancierten Tassen und Teller auf dem Kopf und auf der Nase, vollführten noch ein paar akrobatische Kunststücke und sprangen, begleitet von prasselndem Beifall und »Zugabe! Zugabe!«-Rufen, zu Boden. Sie gingen ab, um gleich darauf als Hitlerzwillinge auf Einrädern zurückzukommen, auf denen sie pupsend und mit hochgerecktem Arm hin- und herfuhren, bis die immer ungestümeren Darmwinde sie fast vom Rad rissen. Sie jonglierten mit brennenden Hakenkreuzfahnen. Sie jonglierten mit Beilen, Äxten, Messern. Sie jonglierten mit Äpfeln, von denen sie im Flug immer wieder ein Stück abbissen, bis nur noch das Kerngehäuse übrig war. Sie waren ein Riesenerfolg.

Noch Wochen, nachdem Cyprian mit dem Schlangenmenschen die Stadt verlassen hatte, sprach Markus von nichts anderem als von ihrem Auftritt. Die Leute hielten Delphine auf der Straße an, man brachte ihr als einer Frau, die einen großen Künstler kannte oder Zugang zu ihm hatte, scheue Bewunderung entgegen, fragte sie nach Einzelheiten und Geheimnissen.

»Hat die Python schon Menschen gefressen?«

»Hat Cyprian schon mal niesen müssen, wenn die Spinne unter seiner Nase saß? Was wäre, wenn er mal niesen muß?«

»Wo hat er das Jonglieren gelernt? Und wie man auf dem Einrad fährt?«

»Kommt er noch mal wieder?«

Von allen Fragen konnte Delphine nur die letzte beantworten, und auch die nur aus einem Instinkt heraus, der sich später als richtig erwies.

»Nein. Hierher kommt er nicht mehr zurück.«

Roy war es offenbar zufrieden, fast den ganzen Tag dösend in seinem Bett am Herd zu liegen. Weil Dr. Heech ihm strikte Ruhe verordnet hatte, damit seine Leber sich regenerieren konnte und der Husten sich nicht zur Lungenentzündung auswuchs, war Delphine zunächst froh um jede Stunde, die er im Traumland verbrachte. Nach und nach aber begriff sie, daß es Roy nicht so sehr ums Gesundschlafen als um eine Art letzter Vorbereitung ging. Er betrieb das Schlafen so gewissenhaft wie eine vorgeschriebene Übung. Sie hatte nun jeden Tag Angst, er könne sterben, sowie sie zur Arbeit gegangen war, und wenn sie zurückkam – und auch morgens nach dem Aufstehen –, legte sie ihm zuallererst die Hand ans Gesicht. Das ständige Schlafbedürfnis brachte es wohl auch mit sich, daß er kaum etwas aß. Er schluckte ein paar Löffel Suppe, dann legte er sich wieder hin und dämmerte weiter. Delphine beobachtete ihn aufmerksam. Er schrumpfte sichtlich, wurde schwächer und stiller. Er hatte nach den Bildern ihrer Mutter verlangt und sie auf das Gewürzbord stellen lassen, wo er sie vom Bett aus sehen konnte.

Delphine hatte Roy immer wieder gebeten, ihr von Minnie zu erzählen, aber für einen Mann, der so hartnäckig an seinem zerstörerischen Langzeitkummer festhielt, hatte er zu diesem Thema erstaunlich wenig zu sagen. Es gab nicht mal einen Grabstein, an dem sie um die Mutter hätte trauern können. Roy weigerte sich standhaft, ihr zu verraten, wo Minnie begraben war. Minnie sei die einzige, die übriggeblieben sei und die Geschichte erzählen könne. Mehr wollte er nicht sagen.

»Was für eine Geschichte?« fragte Delphine dann, hatte aber darauf bisher nie eine Antwort bekommen.

Jetzt hatte das Kodein ihm ein wenig die Zunge gelöst, außerdem langweilte er sich, und Delphine rechnete sich deshalb für ihre Fragen bessere Chancen aus. Als sie wieder einmal abends, grübelnd und wortlos ein kleines Feuer in Gang haltend, bei ihm saß, merkte sie, daß sie auf etwas wartete, ohne daß sie recht hätte sagen können, worauf. Vielleicht würde Roy in dieser Nacht sterben. Es war eine ganz leidenschaftslose Überlegung, und sie betrachtete ihn mit nüchterner Anteilnahme. Er schien sehr matt.

Die Haut war zart und weich, fast durchsichtig. An seinen Unterarmen waren bläuliche Verfärbungen wie von inneren Verletzungen. Es war, als zeigte er nun der Welt all das, was das Leben ihm im Lauf der Jahre an Püffen und Schlägen versetzt hatte. Er darf seine Geheimnisse nicht mitnehmen, dachte sie plötzlich, ich habe ein Recht darauf, sie zu erfahren.

»Ich verlange eine Antwort. Wo kam sie her?« fragte sie und deutete auf Minnies Fotos.

»Von da unten.« Er zeigte unbestimmt nach Süden. Delphine hatte damit gerechnet, wie üblich nichts zu erfahren, was Hand und Fuß hatte. Trotzdem drängte sie: »Weiter! Ich will alles wissen.« Diesmal schien er ernsthaft zu überlegen, dann setzte er lebhafter hinzu: »Eigentlich war sie von ganz da oben.« Er verdrehte die Augen, bis man das Weiße sah, und blickte gen Norden. Vielleicht begriff er, daß Delphine in diesem Moment für ihn das ideale Publikum war. Unversehens kam der alte Roy zum Vorschein, jener Roy, der schwadronierend in den Kneipen gesessen, der mit Eva Waldvogel in der geheimen Wolfssprache geredet und ihr so beim Sterben geholfen hatte. Delphine beugte sich über ihn und hielt den Atem an. Seine Stimme war so viel kräftiger, war so eindringlich geworden, daß sie wußte: Nun würde sie endlich ihre Geschichte bekommen.

»Du willst es also wissen? Ja, natürlich willst du es wissen. Schön, ich erzähl's dir. Schreib es nur auf für unsere sogenannten Nachgeborenen. Minnie also … Sie war keine gewöhnliche Frau, keine, an der man einfach so vorbeilief. Die man gleich wieder vergessen hat. In ihr floß das Blut ihrer Vorfahren, das kein gewöhnliches Blut war, denn sie stammte aus der berühmten Indianernation der Cree und Ojibwa oben im Norden, die sich mit den Franzosen vermischt hatten, und von denen her war sie königlicher Herkunft, jawohl, du hast ganz recht gehört. Ihr Urgroßvater war ein Bastard des Sonnenkönigs, das hat er jedenfalls behauptet, er war über das große Wasser geflohen, um ein ordentliches Leben als Pelzjäger zu führen. Außerdem war sie eine Adoptivcousine zweiten Grades von dem alten Crazy Horse. Ich sage das, damit du begreifst, daß von allen Seiten in den Adern dieser Frau, deiner Mutter, Ströme königlichen Blutes siedeten und kochten und sich vermischten. Nein, keine Fragen bitte, das lenkt mich nur ab, laß mich auf meine Art erzählen. Was ich jetzt sage, hat noch keiner zu hören bekommen, und zwar aus gutem Grund. Die Geschichte ist so traurig, so unglaublich, daß ich selbst nicht mehr daran denken mag, die man am besten vergißt. Sie handelt von dem, was deiner Mutter mit acht Jahren widerfahren ist und warum aus ihr eine Frau wurde, die sich von einem wie dem alten Roy nicht hat zähmen lassen.«

Roy richtete sich auf, bedeutete Delphine, ihm Kissen in den Rücken zu stopfen, und trank einen Schluck Wasser, in das sie etwas Ingwer gegeben hatte, der den Magen beruhigt und das Blut schneller zum Herzen fließen läßt. »Stell dir eine Christmette vor in einer behaglichen kleinen Kirche im Herzen der Prärie.« Roy spreizte die Finger und sah mit zusammengekniffenen Augen auf seine Handfläche wie in eine Wahrsagerkugel. »Eine zerlumpte Schar hungriger und frierender Minneconjou Lakotas – der Laie würde Sioux sagen – klopft bescheiden an die Tür dieses christlichen Gotteshauses. Sie sind auf der Flucht, hauptsächlich Frauen und Kinder und ein paar erschöpfte Krieger, die Kämpfe und Niederlagen fast um den Verstand gebracht haben. Ihr Häuptling liegt in einem Wagen, vor den sie zwei knochige Klepper gespannt haben, die mal Kriegsrösser waren. Er liegt im Sterben. Sie haben miterlebt, wie Sitting Bull verraten und ihre Existenz zerstört wurde. Sie glauben, daß sie mit ihrem Tanz die Weltkugel zurückdrehen, daß die Toten ihren Gesang hören und wieder zum Leben erwachen können. Es sind sehr einsame Menschen, und wer wissen will, was einsam sein heißt, braucht nur mich zu fragen. Sie sehnen sich nach ihren Lieben. In der Prärie ist Weihnachten, und die armen Leute bitten um eine milde Gabe, hoffen auf ein wenig Barmherzigkeit. Und wird ihre Bitte erfüllt?« Roy sah blicklos auf die Bilder in seinem Kopf. »Na, was meinst du?«

»So, wie du es erzählst, eher nein«, meinte Delphine.

»Recht hast du. Man hat sie weggeschickt.« Sein Atem ging schnell, die Geschichte brannte ihm auf der Zunge.« Sie haben ein kleines Mädchen dabei, das kommt aus dem Indianervolk oben im Norden, das sich mit den Franzosen vermischt hat. Der Vater der Kleinen, ein Cree, ist von seinen Leuten in den Süden geschickt worden, um etwas über diese neue Kunst zu erfahren, mit der man durch Tanzen die Toten wieder zum Leben erwecken kann. Er soll sich die Sache ansehen und den Alten seines Stammes berichten, ob was dran ist, aber bisher hat er noch niemanden wiederauferstehen sehen. Auf die Reise hat er seine Lieblingstochter, die Jüngste, mitgenommen, die anderen sind zu Hause geblieben. Zuerst waren Vater und Tochter zum Lager der Hunkpapa Lakota gereist, aber da war alles im Aufbruch zum Dorf von Chief Hump im Süden. Dort haben sie sich mit einer Gruppe von Minneconjou zusammengetan und sind mit den Resten der Gläubigen, die gerade versuchten, wieder heimzukommen, tiefer in die Badlands hinein. Sehr bald gibt man ihnen nichts mehr zu essen und kein Obdach, ihnen bleiben nur die steilen Hänge am Medicine Root Creek. Dort haben sie einen Major der berüchtigten 7. Kavallerie zu Gast, Major Samuel M. Whitside. Auf dem Porcupine Butte überredet er sie, als Zeichen der Kapitulation die weiße Fahne zu hissen und mit ihm zu einem Militärlager an einem Ort zu ziehen, den ich in der Lakota-Sprache nicht aussprechen kann. Auf englisch heißt er Wounded Knee.«

Roy machte eine lange Pause, sah mit zusammengekniffenen Augen in die dunkelsten Winkel des Zimmers und fuhr sich mit der Zunge über die Lippen, als wollte er feststellen, ob sich vielleicht ein, zwei Worte gleich Krümeln dorthin verirrt hatten. Dann gab er sich einen Ruck und fuhr fort:

»An diesem Ort kampiert eine Armee, die sich erboten hat, die Lakota – oder die Sioux, wenn dir dieser Name lieber ist – unter ihre Fittiche zu nehmen, falls die sich in ihrer Verzweiflung an sie wenden. Und da kommen sie schon, halb verhungert, mit ihrem Häuptling Big Foot, der mit Lungenentzündung in dem Karren liegt und schon fast tot ist, und bitten um Schutz. Sie geben ihre Waffen ab und schlagen an dem Platz, den man ihnen zuweist, ihr Lager auf. Minnies Vater hat ein altbackenes Stück Indianerbrot in der Tasche, mehr haben sie nicht mehr zu essen, das teilt er mit der Frau, die sie in ihrem Zelt aufgenommen hat. Sie hat sich ein Baby in einem Tuch um die Taille gebunden, ein Mann ist nicht zu sehen. Aber die Frau hat etwas aufgehoben, was ihr einer der Kirchgänger zugeworfen hat, eine altbackene Lebkuchenfigur mit nur einem Bein, die teilt sie mit den beiden, Krümel für Krümel. Sie essen, und dann schlafen sie. Am nächsten Morgen füllt die Frau Schnee in einen kleinen Topf und stellt ihn auf ein Reisigfeuer. Aus ihrem Kleid holt sie ein Bündel Wurzeln und kocht eine davon in dem Topf mit geschmolzenem Schnee. Sie wacht über den Topf mit der Wurzel wie über einer Kostbarkeit, beruhigt ihr weinendes Kind, prüft von Zeit zu Zeit mit einem Finger das Gebräu, holt die Wurzel heraus und prüft auch die. Dann nimmt sie den Topf vom Feuer, läßt den Tee ein wenig abkühlen und bedeutet Minnie, davon zu trinken. Und noch während sie trinkt, fällt vor dem Zelt ein Schuß.

Wenn du willst, kannst du das in den Geschichtsbüchern nachlesen, allerdings wird das volle Ausmaß der Tragödie selten erzählt, und vielleicht würde es ja auch keiner glauben. Minnies Vater wird getroffen, als er aus dem Zelt läuft, denn dieser versehentliche Schuß löst Donner, Rauch und Schwefel aus. Kugeln durchschlagen die Zeltbahn, Minnie flieht mit der Frau aus dem Zelt, die packt sie am Arm und zieht sie zu der weißen Fahne. Und da stehen sie nun, und um sie herum pfeifen die Kugeln. Die Frau gibt ihrem Kind die Brust. Wieder rollt der Donner. Es sind Hotchkiss-Geschütze, die auf das Lager mit den Frauen und Kindern und auf die weiße Fahne gerichtet sind. Die Frau fährt fort, das Kind zu stillen. Noch als sie von einer Kugel getroffen zu Boden sinkt, saugt das Kleine, vom Blut der Mutter überströmt, weiter an der Brust. Die Frau sinkt neben Minnies Vater zusammen und hört noch seine letzten Worte – eine Botschaft. Da läuft Minnie los, hilflos und verwirrt, mitten durch den Kugelhagel. Sie steigt in eine Schlucht hinunter und sieht da Dinge, die sie nie mehr vergessen wird. Sie sieht, wie die Soldaten Frauen über den Haufen reiten und aus nächster Nähe abknallen, während die ihre kleinen Kinder in die Höhe heben. Sie klettert aus dem trockenen Flußbett heraus und kriecht unter einem Gitterzaun durch. Von dort aus sieht sie, wie ein Berittener einen mageren, weinenden, stolpernden Jungen zur Strecke bringt. Die Soldaten tun

Minnie nichts, vielleicht, weil sie ein Kleid trägt und einen Mantel, wie die Farmer sie haben, oder vielleicht, weil ihre Haare und ihre Haut heller sind als die der Lakota, oder vielleicht sehen sie auch, daß sie französische Augen hat. Sie läuft im Zickzackkurs hinter anderen Flüchtenden her. Sie kämpft sich durch den Schnee. Als sie so weit zurückgeblieben ist, daß sie die anderen nicht mehr sieht, folgt sie ihren Spuren. Diese Spuren retten ihr das Leben. Sie stapft in die Spuren hinein und läuft und läuft, bis sie zu einer Missionsstation kommt, die von einem alten Priester namens Jutz betrieben wird. Das ist alles. Mehr kann ich dir nicht sagen.«

Delphine sah ihren Vater zweifelnd an. Ihr brummte der Kopf. Es war zuviel, und es sah Roy ähnlich, ihr diese sonderbare und grauenvolle Geschichte zu erzählen und dann in dem Moment aufzuhören, als die Szene überdeutlich vor ihrem inneren Auge stand. Vage erinnerte sie sich an den Namen des Ortes, den er genannt hatte, aber was sich dort zugetragen und wie es sich zugetragen hatte, war ihr längst entfallen. Sie kannte keinen Indianer näher bis auf Cyprian, und wenn sie Roy glauben durfte, war sie mit dem jetzt gewissermaßen verwandt.

Daß Delphine seine Geschichte mit einigem Mißtrauen aufnahm, enttäuschte Roy. Er hatte für seine Mühe zumindest eine kleine Anerkennung erwartet, und als Delphine nur blinzelte, mit dem Zeigefinger an den Lippen zupfte und sich nicht entscheiden konnte, ob sie ihm glauben sollte oder nicht, drehte er sich weg und sah die unscharfen Fotos von Minnie an. Sein Blick trübte sich, sein Gesicht wurde friedlich.

Delphine begriff, daß es sinnlos war, weiter in ihn zu dringen.

Dabei gab es Fragen, die ihr auf der Seele brannten, einfache, undramatische Fragen: Was für ein Mensch war Minnie? War sie froh, daß sie eine Tochter hatte? Und hatte sie diese Tochter geliebt? Hatte sie Roy geliebt? War er wirklich so glücklich mit Minnie gewesen? Warum hatte er sein verlorenes Glück als kläglichen Vorwand dafür benutzt, seiner Tochter das Leben schwerzumachen – ganz zu schweigen davon, daß er damit sein eigenes ruiniert hatte? Würde er glücklich sterben, weil er diese Erinnerungen hatte, waren jetzt sie sein Rauschmittel? Sagte er die Wahrheit?

Als sie fragte, warum er Minnie so sehr geliebt hatte, was an ihr so außergewöhnlich gewesen war, daß er nach all den Jahren noch immer ihre unscharfen Fotos ansah, bekam sie nur nichtssagende Antworten. Vielleicht war es auch Egoismus, vielleicht waren diese Erinnerungen alles, was er hatte, und er mochte sich nicht einmal Delphine zuliebe von ihnen trennen.

Trotzdem gab es Dinge, die er offenbar noch loswerden wollte.

Er wurde Tag für Tag schwächer, seine Stimme war nur noch ein heiseres Flüstern. Delphine mußte sich, um ihn zu verstehen, tief über ihn beugen, so daß sein Atem sie anwehte. Solange sie denken konnte, hatte dieser Atem säuerlich nach Schnaps gerochen, jetzt war er rein und duftete nach Milch wie der eines Kindes. Verstört sah er vor sich hin und redete. Redete ununterbrochen, oft wirres Zeug, bei dem die Zeiten durcheinander kamen, Fakten sich verflüchtigten, Namen zusammenhanglos fielen. Häufig verlor er den Faden, als habe das Säuferleben jede zweite Zelle seines Gehirns zerstört, so daß er von einem Thema zum anderen sprang wie die Nadel über einen Riß in der Schellackplatte, hin und wieder aber – manchmal wechselte das von Satz zu Satz – förderte er aus einem Winkel seines Hirns völlig klare Gedanken zutage.

»Hör auf, mich anzusehen«, quengelte er, als sie einmal nachmittags bei ihm saß.

Sie hatte ihm den Rücken zugewandt, jetzt drehte sie sich um.

Er seufzte. »Hör auf, mich *so* anzusehen. Ich hab nie deinen Part gesungen, Chavers, also halt die Klappe, verdammt noch mal.« Erst jetzt schien er Delphine zu erkennen. »Ich hab's satt, daß er ständig von unten an den Fußboden klopft. Bumbumbum – das hört und hört nicht auf. Wahrscheinlich wartet er drüben auf mich. Mit der ganzen verdammten Familie. Ich hab doch nicht gewußt, daß sie da unten sind.«

Roy greinte wie ein verängstigter Vierjähriger.

»Schon gut, Dad, wir wissen doch, daß du völlig hinüber warst«, sagte Delphine leicht gereizt. Sie wollte nicht, daß er wieder in diese Rille von Selbstmitleid und von bequemen Selbstbeschuldigungen geriet, sein Gejammer hatte sie schließlich oft genug gehört. Jetzt aber machte er ein ernstes Gesicht und sagte in listig-vertraulichem Ton: »Ich wollte den Porky mal so richtig in den Senkel stellen, darauf hab ich die ganze Zeit schon gewartet.«

»In den Senkel stellen?« Delphine sah ratlos in die tränenden blaßblauen Augen.

Roy griff nach ihrer Hand. »Ich hab ihm gesagt, er soll ein Ginger Beer aus dem Keller holen und dabei nach dem guten Stoff sehen. Und ein, zwei Kerzen mitnehmen, damit er die französischen Etiketten lesen kann. Hat wohl gedacht, er findet den Jahrhundertwein, der alte Chavers.«

Roy zuckte unbehaglich und sprach mit geschlossenen Augen weiter, vielleicht, um nicht zu sehen, wie seine Worte auf Delphine wirkten. »Woher sollte ich wissen, daß seine Frau und die Kleine mit sind?«

Delphine beugte sich vor und schüttelte ihn leicht, aber als sein Körper schwer und kraftlos hin und her pendelte, ließ sie von ihm ab, und er fuhr klagend fort:

»Die kleine Ruthie ..., Ich weiß einfach nicht mehr, was danach passiert ist. Kann sein, daß ich die Klappe zugemacht habe. Nur was ich zu ihm runtergerufen habe, das weiß ich noch: ›Hey, Chavers, wenn du versprichst, bei der Chorprobe nicht mehr lauter zu singen als ich, darfst du wieder raufkommen.‹ Er hat sich nämlich immer aufgeplustert und vorgedrängt, hat mich buchstäblich an die Wand gesungen.« Roy hatte die Augen wieder aufgeschlagen und sah ins Leere.

»Du warst drei Wochen weg. Ziemlich lange für eine Sauftour«, brachte Delphine mühsam heraus, die krampfhaft gegen ihr Entsetzen ankämpfte.

»Länger«, flüsterte Roy. Wieder gab es eine Pause. Der Wind heulte in den Bäumen, und die Fensterscheiben klirrten leise. Ein trockener Husten schüttelte ihn, und als der Anfall vorbei war, sagte er klar und deutlich: »Ich bin zurückgekommen, weil ich den Schnaps aus dem Keller holen wollte. Da hab ich sie gefunden. Und dann hab ich mich nur noch zugeschüttet. Bis ihr gekommen seid, du und Cyprian.« In seinem trüben Blick stand eine stumme Bitte, aber nach einem Blick in ihre Augen drehte er sich weg und zog sich die Decke über den Kopf.

Delphine trat auf die kleine Veranda hinaus, setzte sich auf die oberste Stufe und schlang die Arme um ihren Körper. Hin und wieder verscheuchte sie die Moskitos oder schüttelte die Samen aus dem Haar, die sacht wie Schnee von den Bäumen rieselten, zarte Perlen in einer dünnen, durchsichtig braunen Hülle. Sie streifte die Samen vom Rock. Ab und zu hörte sie das aggressive Sirren eines Moskitos und spürte den Stich, aber sie wollte nicht zurück ins Haus. Sobald Roy gestorben war, würde sie das Haus verkaufen, beschloß sie, würde der Metzgerei und Fidelis den Rücken kehren und in eine Großstadt ziehen. Chicago. Sich einen Job beim Theater suchen, und wenn es nur als Kartenverkäuferin an der Kasse war. An Markus und Ruthie mochte sie gar nicht denken. Sie legte die Finger an die Schläfen, dann ballte sie die Hände zu Fäusten und knetete mit den Fingerknöcheln ihre Stirn. Sie stellte sich die Wohnung vor, in der sie leben würde. Klein und gut geplant. In der Nähe ein Park, in dem sie kurze Spaziergänge machen konnte, eine Bibliothek, vielleicht ein Museum. Sie würde lernen, lernen, lernen, würde sich den Kopf mit Wissen vollstopfen, Lehrerin werden. Für eine Zeitung schreiben. Sie sah sich mit brennender Zigarette an der Schreibmaschine sitzen, in einer gestärkten weißen Bluse und einem engen grauen Rock, Stöckelschuhen – oder nein, einen Schuh hatte sie ausgezogen.

Sie dachte nach, sah sich beim Nachdenken zu, und dann schüttelte sie den Kopf. Nachdenken ist nicht mein Ding, wird es nie sein, sagte sie sich. Auch jetzt denke ich nur in Wunschbildern. Das ist ganz etwas andres, als sich frei in der Weite des eigenen Kopfes zu bewegen. Sie spürte, wie ihr etwas silbrig blinkend entschlüpfte, und wußte nicht mehr, womit sie sich in Gedanken zuletzt beschäftigt hatte, nur daß es etwas Bedrückendes gewesen war. Und wenn schon, dachte sie trotzig. Was geschehen ist, ist geschehen, und Roy hat seine Strafe bekommen, ich bin schließlich nicht verantwortlich für die Sünden, die er im Suff begangen hat. Überhaupt – ich bin eine verheiratete Frau. Ich halte mich an meinen Teil der Abmachung, kümmere mich ums Geschäft und um Kinder, die mir gar nicht gehören. Ihre Gedanken verirrten sich auf der Suche nach einem Weg aus Schuld und Grauen. Sie schloß die Augen und sah die Leichen im Keller. Eine verwandelte sich in ein adrett gekleidetes kleines Mädchen mit einem wissenden Zug um den Mund und altklugen Augen. Die Kleine trug ein rundes Hütchen, hatte die Fäuste in die Hüften gestemmt und runzelte die Stirn. Jetzt machte sie die Augen ein wenig weiter auf, als hätte sie bemerkt, daß Delphine sie beobachtete, hob herausfordernd das Kinn und lachte höhnisch, und als sie sich abwandte, sah Delphine, daß sich Schlangen von ihren Schultern über die Arme und um ihre Waden ringelten.

»Laß mich in Ruhe«, flüsterte Delphine.

»Ruhe? Du hast mehr Ruhe, als dir lieb ist«, spottete das Schlangenmädchen, »denn du bist sehr allein. Dein Mann ist aus einem fremden Land, und du hast kein Kind. Dein Vater liegt im Sterben, und du weißt nicht, wie deine Mutter aussah. Du bist anders als alle anderen in dieser Stadt. Du denkst, daß du gescheiter bist, weil du mehr liest. In Wirklichkeit bedauerst du dich nur mehr. Arme Delphine. Armes Polenmädchen. Arme Metzgersfrau.«

Armes Ding, armes Ding ... Delphine mußte lachen, und das tat ihr so gut, daß ihr das Lachen auch dann nicht verging, als Roy hoffnungsvoll nach seinem Teelöffel Whiskey verlangte.

Die Bezirkskrankenschwester fand Roy Watzka tot auf, im Bett sitzend und mit weit geöffneten Augen auf die unscharfen Fotos von Minnie starrend. Sie stellte ihre Tasche hin, holte das Stethoskop heraus und horchte ihn ab. Als sie keinen Herzschlag feststellen konnte, packte sie das Stethoskop wieder ein, zog die Kappe von ihrem Füller, vermerkte die genaue Uhrzeit und fügte noch ein, zwei Sätze über die Verfassung des Toten und die vermutete Todesursache an. Sie registrierte den gespenstisch gesammelten Blick des Toten, der Zeugnis von seiner legendären Liebe gab. Dann schloß sie ihm die Augen, verständigte seine Tochter und verbreitete, während sie auf Delphine wartete, die Kunde von Roy Watzkas letztem Blick telefonisch in der ganzen Stadt.

Es war eine große Beerdigung. Von weit her kamen die Frauen der Farmer und Bankdirektoren, die sich vielleicht auch nach so einer Liebe bis in den Tod sehnten. Die Kirche war mit zarten Blumengestecken geschmückt, viele Taschentücher wurden gezückt, und alle Gäste hatten etwas zu den Fotos zu sagen, die man Roy seinem Wunsch entsprechend mit in den Sarg gegeben hatte und die jetzt auf seinem Herzen ruhten. Der Leichenschmaus stand in der Mehrzweckhalle der Kirche bereit, in der am Vortag ein Basketballspiel stattgefunden hatte.

Delphine blieb in einer Ecke der Halle stehen, in der es noch leicht nach Erregung, Schweiß und gesalzenem Popcorn roch. Die langen Tische waren mit Topfblumen von den Fensterbrettern der weiblichen Gemeindemitglieder geschmückt. Es gab Hühnchen in Sahnesoße, pürierten Mais und Spinat, Kartoffelbrei mit Butter und süßer Sahne, und Sahne auch zum Kaffee. Auf weißen Papierdeckchen lagen Kuchenstücke und Plätzchen. Für das Essen hatte eine interkonfessionelle Gruppe gesorgt, und Delphine hatte zum ersten Mal den Eindruck, daß bei diesen Frauen das Mitleid überwog, daß sie echtes Gefühl zeigten und ihr wirklich eine Freude machen wollten. Trotzdem überkam Delphine angesichts von soviel Fürsorge fast etwas wie Platzangst.

Umgeben von Essern und Mitbürgern, die ihr Beileid aussprachen, stand Delphine unversehens neben Mazarine Shimek und zog die Jüngere entschlossen hinaus auf das verdorrte Stück Rasen hinter der Küche.

»Wenn ich noch rauchen würde, wäre das jetzt der richtige Augenblick für eine Zigarette.« Delphine strich sich das Haar aus dem Gesicht. Sie hatte es schneiden und legen lassen, aber die Locken widersetzten sich der Bürste und sprangen auf, wie sie wollten – auch das eine Gemeinsamkeit mit Mazarine, deren Haar soviel ungebärdiges Leben besaßen.

Auch Mazarine sprach Delphine ihr Beileid aus.

»Danke«, sagte Delphine mechanisch, aber sie konnte nicht trauern, sie war todmüde und voller Zorn darüber, daß Roy sein langes Leben vertan und ihre Zuneigung verspielt hatte. Gleich nach Roys Tod war jene törichte hoffnungslose Liebe zurückgekehrt, die sie als Kind für ihn empfunden hatte. Plötzlich kamen ihr die Tränen. Seit Jahren hatte sie sich darauf vorbereitet, ihn zu verlieren, und wenn sie sich wieder einmal gründlich über ihn geärgert hatte, sogar auf jenen Tag gefreut. Jetzt konnte sie sich nicht erklären, warum sie derart aufgewühlt war. Das ist kein Kummer, sagte sie sich, das ist nicht die Angst vor Einsamkeit, es ist nicht einmal Erschöpfung oder Erleichterung. Es ist existentiell, entschied sie und straffte, ermutigt von dem Wort, den Rücken. Mazarine war, eine Hand auf die Mauer gestützt, geduldig und ruhig neben ihr stehengeblieben.

»Ich muß dir etwas sagen.« Delphine hatte ihre Stimme wiedergefunden. Sie wußte, daß sie der Jüngeren etwas Wichtiges mitzuteilen hatte, etwas, was ihr durch den Tod des Vaters klargeworden war. »Wir müssen alle sterben«, hörte sie sich zu

Mazarine sagen. »Franz liebt dich. Du liebst ihn. Schreib ihm, sag es ihm!«

Als sie ein paar Tage später im Haus beim Putzen war, hörte Delphine die vertrauten Schritte und machte auf. Eine Lichtbahn fiel auf das Gras, und Fidelis stand auf der Schwelle. Delphine brachte Bier. Er nahm sich den hölzernen Schaukelstuhl gegenüber von ihrem Lesesessel. »Ich werde das Haus behalten«, sagte sie. »Damit ich manchmal herkommen kann.« Fidelis öffnete und schloß die Hände, sagte aber nichts. Lange saßen sie schweigend beieinander und hörten dem Wind zu, der ächzend durchs Gebälk fuhr. Zweige rieben sich aneinander und klopften aufs Dach. Unvermittelt stand Fidelis auf, hob Delphine hoch und trug sie ins Schlafzimmer.

Sorgsam schloß er mit dem Absatz die Tür und legte Delphine auf die kühle, glatte, gelbgoldene Tagesdecke. Er hatte nichts geplant, und jetzt sah sie im Licht der Nachttischlampe mit der selbstbewußten Gelassenheit einer Katze zu ihm hoch. Ihre Augen hatten die gleiche Farbe wie der Stoff, auf dem sie lag. Die kleine gläserne Uhr auf der Kommode tickte eindringlich. Über dem Bett hing ein laienhaft gemaltes Bild von Wellen, die sich an Felsen brechen, und über dem Nachttisch lag ein Schal aus orangefarbenem Samt. Das Blut brauste in seinen Ohren. Das Bettgestell war frisch mit Bienenwachs poliert, die Bettwäsche roch nach Sonne und ihre warme Haut nach Erde, als sie sich fast unbewußt ein Stück auf ihn zu bewegte. Doch dann rollte sie plötzlich von ihm weg und setzte sich auf die Bettkante.

»Hör zu.« Sie spürte den hastigen Schlag ihres Herzens. »Ich muß dir etwas sagen.« Ihr Mund war trocken, sie schmeckte Rost und suchte krampfhaft nach einem anderen Thema. Plötzlich bereute sie ihren Entschluß, ihm über Roy reinen Wein einzuschenken, obwohl sie sich alles genau zurechtgelegt hatte. Und dann platzte sie doch damit heraus, auch wenn es sich anhören mochte wie eine verlogene Zeile aus einem Theaterstück: »Ich bin die Tochter eines Mörders.«

Verwirrt von diesem plötzlichen Richtungswechsel setzte er sich auf. Vielleicht hatte er sich in der englischen Sprache verfangen, vielleicht hatte sie etwas ganz anderes gesagt. Und dann fuhr sie fort, schilderte, was Roy vor seinem Tod zugegeben und wie sie auf die Enthüllung reagiert hatte. Während sie sich mit dem quälte, was sich ihr Vater dabei gedacht oder nicht gedacht hatte, ihre Mitschuld einmal akzeptierte, dann wieder verwarf, kamen Fidelis unwillkürlich andere Bilder in den Sinn.

Fidelis sah die Gesichter der Männer vor sich, die er getötet hatte, eins nach dem anderen wie in einem Erinnerungsalbum des Todes. Und als er angefangen hatte, darin zu blättern, konnte er ebensowenig aufhören, wie er den Wind daran hindern konnte, über die Ebene zu wehen. Delphines Stimme umbrandete ihn. Er legte sich aufs Bett und schloß die Augen, aber die Bilder drängten sich in die Dunkelheit und wurden immer genauer. Er machte die Augen wieder auf und konzentrierte sich auf Delphines Gesicht, ohne zu hören, was sie sagte. Da war sein fünftes Opfer. Ein blonder Mann, der viel Ähnlichkeit mit Pouty Mannheim hatte, griff über einen Sandsack hinweg nach ... ja, wonach? Einer Tasse Tee vielleicht, einem Zinnbecher in der Hand eines Kameraden. Dann machte er den Mund weit auf und legte den Kopf zurück, als wollte er ein Lied schmettern. Die Kugel zerstörte sein Gesicht. Fidelis sah es vor sich, wie so oft. Blondes Haar, ein dunkelrotes Loch, ein Nichts. Ohren. Er sah dieses Nichtgesicht. Es lebte weiter, kannte ihn, war unsterblich. Genau wie die anderen. Er sah sie alle, sobald er das Album aufschlug.

Manchmal half es, wenn er sich mit den Nagelschuhen, die er damals getragen hatte, auf den Einband stellte, dann ging das Album nicht auf. Auch jetzt versuchte er es, konzentrierte sich mit ganzer Kraft darauf, bis ihm der Schweiß ausbrach. Schlamm quoll zwischen seinen Stiefeln hervor. Er roch Kot und Tod. Er war kaltblütig gewesen, unbesiegbar, hatte den Beschuß des Feindes auf sich gezogen und auf alle, die um ihn herum waren. Kein Wunder, daß die Kameraden ihn gehaßt und gefürchtet hatten. Bis auf Johannes.

»Ist dir was?« fragte Delphine erschrocken. Er wußte, daß sie ihm etwas erzählt hatte, was ihr sehr wichtig war, aber er hatte kaum etwas davon mitbekommen. Um sie abzulenken, legte er die Hände um ihr Gesicht und vertiefte sich in ihre Züge.

»Es macht nichts«, sagte er auf deutsch, in der Hoffnung, daß Delphine seinen Worten die für sie tröstlichste Auslegung geben würde. Dann ließ er seinen Herzschlag, seine Atmung, seine Gedanken zur Ruhe kommen und glitt in sie hinein, bis sein Herz wieder hämmerte, sein Atem keuchte, seine Gedanken zu wechselnden Farben wurden, die sich sacht in viele kleine Stücke teilten und als ganz gewöhnliches Licht auf sie herunterrieselten.

Als er später durch die blaue Nacht lief, wußte Fidelis, daß sich etwas verändert hatte. Zum ersten Mal spürte er das Blut durch seinen Körper fließen, als seien dort sämtliche Moleküle in Bewegung. Ein paarmal torkelte er wie ein Betrunkener. Einmal kam ihn die wunderliche Lust an, laut zu schreien, und das tat er dann auch, im Brausen des Windes, umgeben von schwarzen Getreidestoppeln, die ihn meilenweit umgaben, von den zarten Trieben des jungen Weizens. Weit und breit gab es nichts, was ein Echo hätte zurückwerfen können. Er stellte sich vor, daß sein Schrei einmal rund um die Erde reiste und dann, noch ehe er weitergegangen war, wieder auf seiner Schulter landete, und mußte lachen. Später, als der Stadtrand mit seinen Lichtern näher kam und er schon fast zu Hause war, erkannte er an diesem Schrei, was mit ihm geschehen war. Seine Reglosigkeit war ihm abhanden gekommen, die Fähigkeit zu völligem Stillstand, seine Begabung, sein Herz langsamer schlagen zu lassen, ganz flach zu atmen. Da war etwas aus dem Takt geraten, er konnte es nicht mehr, es war vorbei. Aber das machte nichts, denn zum Überleben hatte er diesen Stillstand, diese Reglosigkeit nicht mehr nötig.

Die Wände des Schlafzimmers von Fidelis und Eva waren hellbraun verputzt. Nach Evas Tod hatte Tante deren Kleidung unter Bedürftigen verteilt, hatte Evas Porzellanfiguren und ihren Schmuck für sich beansprucht und alles, was wertlos, zu persönlich oder ihr vielleicht sogar unheimlich war, weggepackt – Evas Schildpattkämme, Briefe von der Familie, Bücher, in denen Zettel mit persönlichen Notizen lagen, Bildchen von Engeln, Jungfrauen, Heiligen und katholischen Märtyrern. Als alles weggeräumt war, hatte Fidelis allein dort geschlafen, aber nur deshalb, weil anderswo im Haus kein Platz war. Er hatte sich abends hingelegt, war sofort ins schwarze Nichts gefallen und am nächsten Morgen aufgestanden, ohne sich groß für seine Umgebung zu interessieren. Auf dem breiten Fensterbrett stapelten sich Motorenteile, Bierflaschen, kaputte Tassen, überquellende Aschenbecher und verdorrte Topfpflanzen.

Einmal, als es im Geschäft relativ ruhig zuging, machte Delphine dort Ordnung. Sie sortierte alles, was herumlag, in Häufchen, um es entweder an einem geeigneten Ort aufzubewahren oder zu entsorgen. Auch das eine oder andere von Eva fand sich noch – eine Jacke, ein vergessener Schuh, Puder und in einer Schublade mehrere Unterkleider, die sie sorgfältig zusammengefaltet in einen Pappkarton legte. Fidelis hatte das alte Ehebett in das Zimmer der Jungen geschafft und ein neues, schlichteres angeschafft, dazu eine Kommode, beide rotbraun gebeizt. Delphine hatte eine Tagesdecke in leuchtenden Rot- und Violettönen gekauft, die sie jetzt über das Bett breitete. Sie trat zurück, um die satten Farben zu bewundern, rieb die neue Kommode mit Mandelöl ein und polierte den Spiegel, aber als sie dort ihren Augen begegnete, mußte sie sich auf die Bettkante setzen. Ihr Herz raste, die Brust wurde ihr eng. Liebte sie Fidelis zu sehr, oder liebte sie ihn überhaupt? Das konnte nicht gutgehen. Sie war dem, was er mit ihr machen konnte, hilflos ausgeliefert. Wo würde das enden? Und wenn er eines Tages sterben sollte? Ihre Kehle schmerzte, Tränen brannten hinter den Augen. Sie schlug die Hände vors Gesicht und atmete in die Schwärze ihrer Handflächen. In diesem Augenblick war sie drauf und dran, ihm zu sagen, daß sie nie hätten heiraten dürfen. Noch konnte sie weg. Der Gedanke ließ den Druck auf ihrer Brust verschwinden, und sie atmete freier. Ja, sie konnte einfach aus seinem Leben gehen. Statt dessen ging sie nur nach vorn ins Geschäft.

Als sie über die braunweißen Fliesen auf die Tür aus gebeiztem Kiefernholz zuging, die das Geschäft vom Wohnbereich trennte, hatte sie das sonderbare Gefühl, als seien die Wände enger zusammengerückt und der Gang länger geworden. An Haken oder in Schränken hing und lag das, was fürs Geschäft gebraucht wurde. Schmutzige Schürzen, Handtücher, Holzkästchen mit Schrauben, Bolzen und Nägeln. Werkzeug für Reparaturen in den Kühlräumen und den Bau neuer Regale. Kataloge und Handzettel und Preislisten. Proben und Etiketten. Rechnungsformulare und Pergamentpapierrollen. Auf halbem Wege, an der dunkelsten Stelle, blieb sie stehen und atmete den Geruch von getrocknetem Blut und altem Papier ein. Von Gewürzen, Haaröl, frischer Milch, sauberen Böden. Den Geruch der Ordnung, die sie zustande gebracht hatte. Plötzlich war sie sehr glücklich. Und dann schellte draußen die Glocke, und sie trat rasch wieder hinter den Ladentisch.

Die Schmidts hatten sich in Smith umbenannt, und die Buchers waren zu Mr. und Mrs. Book geworden. Die Deutschen hängten amerikanische Fahnen über die Tür oder ins Fenster und sprachen, soweit sie konnten, nur noch englisch. In das fröhlich-kameradschaftliche Miteinander der Sänger mischte sich Unbehagen. Die Männer saßen im Garten der Waldvogels unter der Wäscheleine um einen Tisch aus rohem Holz auf dem zertretenen Gras. In einer Zinkwanne lagen Bierflaschen auf Eis, in einem kleineren Gefäß war ungekühltes Bier. Kaltes Bier war schlecht für den Magen, fand Fidelis, und er trank seins nur, wenn die Sonne es schon eine Weile gestreichelt hatte. Jetzt machte er eine Flasche auf und wandte sich Chester Zumbrugge zu, der besorgt fragte, ob das Singen deutscher Lieder nicht vielleicht als Landesverrat ausgelegt werden könnte.

»Nicht als ein richtiges Verbrechen natürlich, für das man uns bestrafen könnte. Aber wir müssen wohl Rücksicht auf die öffentliche Meinung nehmen.«

»Die Krauts haben diesen Polacken ganz schön eingeheizt«, sagte Newhall. »Ihr könnt sagen, was ihr wollt, aber das ist eine Kriegsmaschine.«

»Schlächter sind sie, alle miteinander«, konterte Fidelis, und die anderen lachten. Fidelis versuchte, eine Walnuß mit den Fingern zu knacken, rutschte aber an der Schale ab. Erst der dritte Versuch gelang. Er warf sich die Kerne in den Mund, knackte eine zweite Nuß, diesmal rasch und mit Erfolg, sagte aber nichts weiter. Pete Kozka betrat den Garten.

»Holla, wer kommt denn da?« Pouty gab Kozka mit der einen Hand ein Bier und streckte ihm die andere zur Begrüßung hin. Sal Birdy schlug ihm auf den Rücken, Newhall nickte vergnügt und rückte ihm einen Stuhl zurecht. Sie hatten Chavers und Sheriff Hock verloren und vor kurzem auch noch Roy Watzka. Ihr Kreis wurde immer kleiner, da war es schön, wenn einer von der alten Garde sich sehen ließ. Sie räusperten sich, summten kurz ihre Einsätze an, befeuchteten sich die Kehle noch mal mit Bier, rückten näher zusammen und ließen sich von der Musik tragen.

I was standing by my window in the early morning
Feeling no worry and feeling no care,
I greeeted the postman who smiled with no warning
And told me the day would be fair.

The air glowing warm on the grass of the lawn
He handed me the mail in a stack.
Little did he know as he turned and was gone
He had brought me a letter edged in black.

Oh mother, mother, I am coming …

»Muß es dieses trübselige Stück sein? Warum singen wir nicht was Erbaulicheres?« fragte Newhall. »Also ich finde, wir brauchen jetzt Lieder, die uns mitreißen.«

»Zum Beispiel?« fragte Zumbrugge. »Wenn einen was so richtig mitreißt, ist es bestimmt ein wüstes Sauflied.« »Also dann was Amerikanisches.« Fidelis machte die nächste Flasche auf. Sie sangen alle vaterländischen Lieder, die sie kannten, aber da sie das jetzt bei jeder Singestunde machten, wurden die allmählich langweilig. Meist halfen sie sich dann mit Songs, die Roy bei den Hobos gelernt und ihnen hinterlassen hatte. »When I was single my pockets did jingle«, sangen sie und danach ein paar Schauerballaden, auf deren düsteren mehrstimmigen Satz sie sehr stolz waren und die Delphine zum Lachen brachten. Viel eher als das Bier gingen ihnen die Lieder der Arbeiterbewegung aus, die Roy ihnen beigebracht hatte, und nun blieben nur noch »Roll out the barrell«, die »polnische Nationalhymne«, wie Kozka sagte, ein beliebtes Marschlied der Soldaten, und ein Métis-Walzer, den sie von Cyprian gelernt hatten und der ihnen willkommene Gelegenheit bot, mit den Augen zu rollen und sich so zu geben, wie sie sich galante Franzosen vorstellten.

Je suis le garçon moins heureux moins dans ce monde.
J'ai ma brune. Je ne peux pas lui parler.
Je m'en irai dans un bois solitaire finir mes jours à l'abris d'un rocher.
Dans ce rocher avec une haie, claire fontaine …
J'avais bon dieu, j'avais bon.
Ah! Mon enfant, j'aimerais ton cœur si je savais n'être aimé.
Ah! amis, buvons. Caressons la bouteille.
Non. Personne ne peut prédire l'amour.

Als die anderen gegangen waren, blieb Fidelis im Garten sitzen, trank in der Dämmerung das letzte Bier und übte alte deutsche Lieder, die sonst niemand kannte. Der Mond ging auf, eine strahlend goldene Scheibe, die langsam silbern und im Lauf ihrer Reise über den Himmel wieder heller wurde. Um ihn her raschelte und flüsterte Evas üppiger Garten, den Delphine mehr schlecht als recht in Zaum hielt. In Wellenbewegungen hob und senkte sich das Gezirp der Grillen. Irgendwo quakte heiser-sehnsüchtig ein Frosch. Schweine grunzten im Pferch. Er dachte daran, wie er die Jungen zum ersten Mal auf dem Arm gehabt hatte. Eine weiche Stimmung erfaßte ihn, ein Schluchzen saß ihm in der Kehle, seine Augen brannten, und seine Stimme schwankte, als er »Lili Marleen«, sang, das schändliche Lied des Feindes. Jetzt packte ihn der Zorn. Jawohl, sie waren seine Feinde, und seine Söhne würden gegen sie kämpfen und ihre Brüder retten. »Lili Marleen« … sogar die Melodie des Schmachtfetzens erfüllte ihn mit Scham. Er sehnte sich sehr danach, die Gesichter seiner Eltern zu sehen, und ertränkte seine Gefühle in einem großen Schluck Bier.

— 14 —

Stacheldraht und Silbertannen

Delphine wußte, daß ihr Körper ihr – nach dem, was sie im Keller des väterlichen Hauses gesehen hatte – keine Kinder gönnen würde, aber sie litt unter der Kinderlosigkeit weniger als vielleicht andere Frauen, weil sie geholfen hatte, Evas Söhne großzuziehen. Besonders Markus galt ihre mütterliche Zuwendung. Nach seiner Rettung hatte er sich sehr verändert, er war nicht mehr der Junge, der Tunnel gegraben, mit Begeisterung kindliche Schlachten gekämpft hatte, mit einem Handwagen gegen Bäume gefahren und von Schlitten gefallen war. Die Stunden in der Tiefe der Erde hatten ihn ruhiger und sein Blut kälter gemacht. Er las nun viel und kannte sich auf vielen Wissensgebieten aus. Er kaufte sich ein Grammophon, und nun hörte man häufig das fast menschliche Klagen des Saxophons und melancholischen Blues aus seinem Zimmer. Manche Lehrer gaben ihm glänzende Noten, andere fanden ihn arrogant und vorlaut. Er störe den Unterricht mit seiner Kritik und seinen vielen Fragen, hieß es.

Als er jünger war, hatte Delphine ihn gescholten, wenn er seine Handschuhe verloren hatte, und ihm neue gestrickt. Hatte vergeblich Strategien entwickelt, um ihn aufzupäppeln, weil er so mager war. Als er älter wurde, half sie ihm bei den Schularbeiten und feierte die Preise, die er in der Schule einheimste. Tröstete ihn, als der Augenarzt ihm eine Brille verordnete, brachte ihn dazu, sie zu tragen, und hoffte heimlich, daß er nun nicht Soldat zu werden brauchte, aber weil er, wie sie vermutete, beim Sehtest schummelte, nahm man ihn doch.

Als er es ihr sagte, war sie vorbereitet.

»Setz dich zu mir, Markus.«

Bereitwillig setzte er sich an den Küchentisch. Delphine wußte, daß er nicht auf sie hören, ja, daß er ihr nicht einmal glauben würde, aber einen Versuch war es immerhin wert.

»Es ist nicht wie im Film, Markus, wo sie dich an der Schulter erwischen oder wo du auf ordentliche, saubere Art stirbst, nach einem Schuß mitten ins Herz. Den Soldaten werden die Glieder weggerissen, sie werden zerfetzt wie ein Blatt Papier. Und sehr oft auch noch aus Versehen, von den eigenen Leuten. Ich bitte dich von Herzen, Markus, um Evas und deines Vaters willen und auch um meinetwillen, obgleich ich nicht deine leibliche Mutter bin: Laß dich nicht in den Krieg schicken. Niemand sagt euch, wie das wirklich ist, Markus. Niemand spricht von den grauenhaften Verstümmelungen.«

»Verstümmelungen?« wiederholte Markus fast gönnerhaft. »Woher weißt du das alles?«

»Ich kann schließlich lesen. Im übrigen sagt einem so was der gesunde Menschenverstand.« Seine Überheblichkeit brachte sie in Rage. »Glaubst du, daß die Bomben sich nur die Deutschen und die Japaner aussuchen? Daß sie Unterschiede machen, wenn sie auf unsere Linien heruntergehen? Und euch sauber und unsichtbar aus der Welt schaffen? So ein Ding ist wie ein Fleischwolf.«

»Beruhige dich, Mom«, sagte Markus, als hätte er es mit einer Verrückten zu tun.

»Sind wir denn alle blöd?« Delphine war außer sich. Es war nicht so sehr der Krieg, der sie wütend machte, als die Scheinheiligkeit, die freundliche Fassade, das Lügengespinst. Sie griff nach einer Zeitschrift und blätterte, bis sie eine Anzeige für Zahnpasta gefunden hatte, in der empfohlen wurde, den Jungs an der Front in jedem Päckchen eine Tube beizulegen. »Als ob Zahnschmerzen das Schlimmste wären, was euch treffen könnte. Und das da!« Eine Anzeige für Kaugummi. Schon ein Streifen, in jeden Brief eingelegt, sollte Einsamkeit lindern und die Konzentration erhöhen.

»So sind wir in diesem Land! Der Krieg als Absatzförderung von Kaugummi.« Sie legte, den Tränen nah, die Zeitschrift aus der Hand.

»Ist ja gut, Mom.« Markus streichelte unbeholfen ihre Schultern. »Ich werde sehr aufpassen, daß mich niemand erschießt oder verstümmelt, das verspreche ich dir. Bei mir liegen die Dinge anders als bei Franz. Der ist als ausgebildeter Pilot in den Krieg gegangen. Mich schicken sie wahrscheinlich nicht mal nach Übersee.«

Sie schlug die Hände vors Gesicht. Bestimmt wünschte Markus sich in diesem Augenblick weit weg. »Geh jetzt. Es ist dein letzter Abend zu Hause«, sagte sie schließlich und wischte sich das Gesicht mit der Schürze ab. »Geh los und mach noch mal richtig Rabatz.«

»Es ist keiner zum Rabatzmachen mehr da. Ich geh noch ein bißchen spazieren, dann kaufe ich mir eine Zeitung und lese mich in den Schlaf.«

Die Soldaten der Zwillinge waren noch immer im ganzen Zimmer aufmarschiert, auf der Kommode, auf dem Fensterbrett. Markus war ihnen längst entwachsen, aber er hatte sie nicht weggeräumt. Als er nach seinem Spaziergang nicht einschlafen konnte, verbrachte er den letzten Abend zu Hause damit, die Schlachtordnung zu vervollkommnen, richtete, auch wenn er sich dabei töricht und sentimental vorkam, die Pferde und gefallenen Leutnants auf, verlegte hier eine Batterie, verstärkte dort eine Stellung. Unversehens nahm ihn das kindliche Spiel gefangen. Er stellte um einen zusammengewürfelten Spähtrupp herum die Berge und Bäume auf, die seine kleinen Brüder vor Jahren aus Abfällen vom Holzplatz gebastelt und primitiv bemalt hatten, und ließ die Panzer mit den Ketten aus echtem Gummi und den zinnernen Fähnchen auffahren. Die Soldaten trugen kleine Helme, die man ihnen vom Kopf schießen konnte. Die Pferde und die Kavallerie waren ein leichtes Ziel, als Markus, gefesselt von seinem Tun, sie aus den selbstgebastelten MG-Nestern mit einer Garbe bestrich und die Panzer losschickte. Jedes Kind mußte erkennen, daß es romantischer Wahnwitz war, sich mit der Kavallerie gegen Panzerdivisionen zu stellen, wie die Polen es gemacht hatten, als die 8. Armee von Blaskowitz nach Osten gegen Lodz vorgerückt war, trotzdem baute Markus die Reiter und den Offizier auf seinem stolzen Schlachtroß gewissenhaft auf.

Kurz nach der Trauung von Delphine und Fidelis hatte Markus, hinter der Tür des Büros versteckt, seinen Vater beim Telefonieren belauscht. Gewisse Andeutungen in Gesprächen von Fidelis und Delphine hatten ihm dann endgültig die Gewißheit gebracht, daß seine Brüder nicht heimkommen würden, und daraufhin hatte er beschlossen, die Spielzeugsoldaten nicht wegzuräumen. Nie. Als hoffte er, die unvollständigen Spielzeugschlachten, über denen sie die Welt vergessen hatten, könnten die Brüder zurückbringen, hatte er die Infanterie abgestaubt, in einer neuen, strengeren Formation aufgestellt und einsatzbereit gehalten. Jetzt trat er einen Schritt zurück, runzelte die Stirn, streifte mit dem Finger über ein paar Figürchen, so daß sie, die Gewehre gen Himmel gereckt, umfielen, erschrak und stellte sie in abergläubischer Eile wieder auf.

Am nächsten Tag fuhr Markus mit dem Bus nach Fort Snelling, und Delphine war bis Mitternacht mit Backen beschäftigt. Dann setzte sie sich an den Tisch, verschlang ein halbes Dutzend Liebesromane aus der Stadtbücherei und die Hälfte der Plätzchen, die für sein erstes Päckchen bestimmt gewesen waren. Früh um zwei machte sie ein zweites Blech, und als sie endlich einschlief, träumte sie zum ersten Mal seit Jahren von den Toten im Keller, sah Ruthie, Wolken weißer Motten speiend, von unten auf sie zuschweben.

Als sie aufwachte, war es hell, und sie begriff, daß sie ungewöhnliche Maßnahmen würde ergreifen müssen, um Angst und Kummer in Zaum zu halten und nicht den Verstand zu verlieren. Sie mußte streng mit sich sein. Sie war fünfunddreißig Jahre alt. Der Junge, den sie ihren Sohn nannte, war erwachsen und aus dem Haus. Wie es den Zwillingen in Deutschland ging, wußten sie nicht. Ihr Mann hatte sich etwas wie Liebe von ihr erkämpft, die allerdings nichts Romantisches hatte, dafür aber gewichtig war. Delphine hatte das Gefühl, unter einem Teppich zu schlafen statt unter einer Daunendecke. Es war eine Liebe, in der es um Alltagsgeschäfte ging, um Kaufen und Verkaufen und Schlachten und das Säumen von Hosen. Sie schliefen tief und fest, und vermutlich schnarchten sie beide. Er bügelte nach wie vor seine Hemden selbst. Sie kaufte sich französisches Parfüm und sorgte sich wegen seiner empfindlichen Verdauung. Es war eine maßvolle und zweckgerichtete Liebesbeziehung, die Delphine um so höher schätzte, als sie nicht so viel Macht über sie gewann, wie sie befürchtet hatte.

Delphine fand immer mehr Gefallen am Verkauf und der Buchhaltung, die pedantische Verfolgung der Lagerbestände entsprach ihrem Hang zum Detail. Dazu kam der ihrer Stellung angemessene Einsatz fürs Gemeinwohl. Zu ihrer großen Überraschung war sie allein dadurch, daß sie nun verheiratet war, ein regelmäßiges tägliches Arbeitspensum absolvierte, sich um Details kümmerte und die Nase nicht in anderer Leute Angelegenheiten steckte, zu einer der verläßlichsten und angesehensten Frauen in Argus geworden. Ihr Rat war gefragt. Ihre Vorschläge wurden weitergegeben. Ihre Kunst, auch aus billigem Fleisch etwas zu machen, und ihre Sparsamkeit wurden bewundert. Sie wußte, wann es angebracht war, zehn Cents für Werbung oder Gerätschaften auszugeben, und wann man das Geld besser sparte oder eine Kriegsanleihe kaufte. Und sie las – auch das spielte eine Rolle. Andere Frauen richteten sich nach ihren Empfehlungen oder holten sich aus der Bibliothek Bücher, auf deren Leihkarten in der Lasche im hinteren Buchdeckel ihre klare, energische Unterschrift stand.

Neuerdings hatte sie nicht nur fürs Lesen weniger Zeit. Der Krieg veränderte die Geschäftswelt erschreckend plötzlich. Sie kamen mit den Bestellungen nicht mehr nach. Kunden tauchten aus dem Nichts auf. Jüdische Synagogen aus Minneapolis wandten sich an Fidelis, um koscheres Fleisch bei ihm weiterverarbeiten zu lassen. Das Geschäft blühte, wurde aber durch die Rationierungen auch komplizierter. Fidelis besaß zwar einen der begehrten C-Sticker für den Lieferwagen, trotzdem hatten sie nie genug Kraftstoff. Kaffee verschwand aus den Regalen, die Butter aus den Molkereien wurde vom Staat requiriert, sie verkauften Margarinewürfel, in denen kleine gelbe Farbklümpchen waren. Ihr Lieferant konnte ihnen nur noch geringwertige Konserven liefern und dann gar keine mehr. Auch Eier gab es nicht, die wurden offenbar alle zu Eipulver für die Army verarbeitet, denn Markus schrieb, daß sie zum Frühstück täglich Rührei aus Eipulver bekamen. Er träumte von Schokoriegeln und frischem Obst und langweilte sich schrecklich. Delphine kaufte ein Dutzend Romane aus der Modern-Library-Serie und schickte ihm jeweils zwei in einem Päckchen. Dos Passos, Faulkner, Cather. Sie hatte soviel zu tun wie nie, doch die Unruhe, die sie plagte, seit Markus aus dem Haus war, verließ sie nicht.

Sie stritt mit Lieferanten, schlug sich mit der Lebensmittelknappheit herum, entwarf witzige Reklamen wie das Bild von der Kuh mit der Unterschrift: »Unsere einzige unzufriedene Kundin«, sie machte Überstunden, um sich müde zu arbeiten. Trotzdem wachte sie jede Nacht Punkt vier auf und konnte ihre Gedanken nicht zur Ruhe bringen. Manchmal spürte sie, daß auch Fidelis neben ihr wach lag und an die Zwillinge dachte. »Sie sind zu jung«, sagte sie immer wieder zu ihm. Sie wartete, bis er wieder eingeschlafen war, und sobald sie seine tiefen, gleichmäßigen Atemzüge hörte, warf sie sich wieder unruhig hin und her. Sie fing an zu schreiben, ein Tagebuch zu führen, empfand aber ihre Versuche als unbefriedigend und bald auch als langweilig. Eine

Zeitlang nähte sie, konnte sich aber für Nähte und Schnittmuster nicht begeistern. Ein Spaziergang vor dem Schlafengehen erwies sich noch als die beste Medizin.

Während Fidelis vor dem Zubettgehen noch Radio hörte und nach seinem ersten Highball ein heißes Fußbad mit Epsomsalz nahm, das Delphine ihm zurechtmachte, streifte sie durch die Stadt. Wenn sie in der kühlen Dämmerung an den erleuchteten Fenstern vorbeikam, fragte sie sich, ob sie schon den langen schlaflosen Reiherschritt von Step-and-a-Half übernommen hatte. Vielleicht würde sie später auch so wunderlich werden, vielleicht sagte man dann abends in den Häusern: »Da draußen geht die alte Delphine.«

Oft machte sie einen Abstecher auf den Friedhof, wo ihr Vater und Eva lagen. Der war auch abends für sie ein wohltuend normaler Ort, an dem sie weder von der Majestät noch dem Schrecken des Todes viel merkte. Alles war überschaubar angelegt, Zoll für Zoll vermessen. Hocks Grab mit der strengen schwarzen Granitsäule, die er sich schon vor vielen Jahren ausgesucht hatte, war nicht mehr als ein trauriges Kuriosum. Roys Grab roch immer ein wenig nach Schnaps, fand sie. Eva war, ihrem Wunsch entsprechend, in Argus und nicht in Deutschland zur letzten Ruhe gebettet worden, auch wenn ihr manchmal der Gedanke weh getan hatte, für immer in diesem neuen Land bleiben zu müssen, fern von den Gräbern der Eltern. Delphine hatte hinter Evas Grabstein eine kleine Kiefer gepflanzt und ihr viel Platz zum Wachsen gelassen. Es war eine tröstliche Vorstellung, daß inzwischen die Wurzeln so tief gingen, daß sie ihre Freundin umschlangen. Einmal wickelte sich Delphine in ihren Mantel, setzte sich, obwohl der Boden kalt war, unter die Kiefer und lauschte dem leichten Wind, der in den Nadeln raschelte. Ihr war, als könnten diese Laute durch die langen Wurzeln bis zu Eva dringen, so daß auch sie sich daran freuen konnte.

»Wenn ich dich nicht kennengelernt hätte«, sagte sie zu Eva, »wäre ich vielleicht weitergezogen. Du hast mir meine Ambitionen genommen und mir dafür dein Leben geschenkt, und ich habe dafür gesorgt, daß es weitergeht.«

Fidelis hatte eine große Grabstelle gekauft, man würde ihn neben Eva begraben. Delphine hatte zunächst an seiner anderen Seite liegen wollen, aber jetzt fand sie es schöner, wenn sie Eva in die Mitte nehmen könnten. Hinter ihr lag Roys Grab. Eigentlich gut, dachte Delphine, daß ich in alle Ewigkeit Roy in meiner Nähe habe und er mir schmutzige Witze erzählen kann. Aber in der kühlen, raschelnden Dunkelheit empfand sie auch jene grenzenlose Einsamkeit, die nur ein Verlust in der Kindheit mit sich bringt. Der Verlust der Mutter hatte Delphine stark gemacht, aber sie auch verletzt. Noch jetzt, fast schon in mittleren Jahren, war die Sehnsucht nach der Mutter immer da. Sie strich über die kalten Grashalme auf Evas Grab, legte sich spontan hin und drückte ein Ohr an die Erde, als könnte sie dort ein großes Herz schlagen hören.

Als sie in die warme Küche kam, saß ihr Mann, die Füße noch im Wasser, auf einem Stuhl und las die Zeitung. Der Schnurrbart, den er sich hatte wachsen lassen, war ganz grau, sein Kopfhaar aber immer noch rötlichblond wie bei ihrer ersten Begegnung und nur von einigen grauen Strähnen durchzogen. Delphine griff sich an das eigene Haar, das trotz des schwarzen Walnußshampoos, das sie direkt vom Lieferanten bezog, ein wenig dünner und stumpfer geworden war. Alles in allem aber sah sie noch sehr gut aus, das verrieten ihr auch die Blicke der Kundinnen, die sich wahrscheinlich hinter ihrem Rücken herablassend und mitleidig zuraunten, Delphine sähe wohl deshalb noch so jung aus, weil sie keine Kinder bekommen hatte, aber wenn man überlegte, wieviel Freude Kinder machten, könne man auf diese Äußerlichkeiten gern verzichten.

Delphine setzte sich vor Fidelis auf einen Hocker und hob seine Füße, die weiß und schwer waren wie das Porzellan einer Spüle, auf ihren Schoß. Sie gab Eukalyptusöl aus einer großen braunen Flasche in ihre Handfläche, massierte die Füße ihres Mannes, um den Blutkreislauf anzuregen, schnitt ihm die Nägel, streute Salz über die Füße, rubbelte die Hornhaut ab und schloß mit einer zweiten kräftigen Massage ab. Er legte die Zeitung weg, ächzte erleichtert und bedankte sich verlegen, weil ihm die Fußpflege immer ein wenig peinlich war, auch wenn er nicht darauf verzichten konnte. Er litt noch immer unter den Nachwirkungen der Frostbeulen, die er sich im Ersten Weltkrieg geholt hatte, und neuerdings hatte er oft Krämpfe und ein taubes Gefühl in den Zehen.

Als seine Füße in warmen Wollsocken verpackt waren, machte er sich einen zweiten Highball mit Rum. Er versuchte, sich an Rum zu gewöhnen, denn Whiskey aus Irland war knapp. Delphine räumte die Fußbadewanne weg und setzte sich neben ihn. Der liebe Gott ist bei mir zu kurz gekommen, dachte sie, aber ich kann mich zumindest damit trösten, daß ich mir selbst treu geblieben bin. Nach wie vor war sie der Meinung, daß Gott ein betrunkener Rüpel war, der seit der Schöpfung keinen Gedanken mehr an die Welt verschwendet hatte. Es war ein großer Wurf, zugegeben, aber ein Künstler mußte sich doch eigentlich um sein Werk kümmern und konnte nicht alles einfach zum Teufel gehen lassen.

»Du brauchst nur zwischen den Zeilen zu lesen!« Sie schlug mit der flachen Hand auf die Zeitung aus Fargo. »Guadalcanal. Stalingrad. Was ist das für ein Gott, der so was Schreckliches duldet?«

Fidelis war diese Ausbrüche bei Delphines Zeitungslektüre gewöhnt, ihren lauten Kummer angesichts der Gefallenenlisten aus North Dakota, ihre dezidierten Meinungen und ausgefallenen Ideen zu lustigen oder traurigen Meldungen, und antwortete nicht. Was Gott betraf, war er im Grunde ihrer Meinung, obwohl er jede Nacht für seine Söhne betete, so wie er im Schützengraben zu Gott gebetet hatte, weil er sich nicht anders zu helfen wußte, obwohl er wußte, daß es sinnlos war. Er beugte sich zu Delphine herüber und küßte sie – eine seltene Zärtlichkeit – auf die Stirn. Seine Hände streiften über ihren Hals, dann gab er ihr noch einen langen Kuß und löste sich von ihr. Delphine sah ihn an, und das Grübchen vertiefte sich. Sie standen auf. Feierlich folgte ihnen die Hündin, als sie die Runde durch Haus und Geschäft machten, die Schlösser überprüften und das Licht löschten. Irgendwann fanden sich ihre Hände, die – rauh, zerschunden und vernarbt – zusammenpaßten wie Scherben eines alten Tongefäßes. Hand in Hand gingen sie ins Schlafzimmer und machten die Tür hinter sich zu.

Die weiße Hündin, die mittlerweile halb blind war, ging steifbeinig über den Gang zurück in den Ladenraum und blieb mit erhobener Schnauze im Dämmerlicht stehen und vergewisserte sich, daß alles in Ordnung war. Ihre Krallen klickten auf dem Linoleum, als sie den Rückweg antrat. Vor der Schlafzimmertür hielt sie einen Augenblick inne. Die langen, spitzen, auf der Innenseite zart behaarten Ohren hoben sich aufmerksam und entspannten sich dann. Sie drehte sich zweimal um sich selbst, suchte eine schöne kühle Stelle und legte sich dann, die Beine wie sprungbereit ausgestreckt, auf die Seite.

Emils Krieg war sehr kurz. Er hatte sich nicht älter zu machen brauchen, denn die Wehrmacht benötigte dringend Nachschub und zog kurzerhand die ganze Klasse aus seiner Adolf-Hitler-Schule ein, einschließlich der Lehrer und Zugführer. Emil und Erich galten schon im Ausbildungslager als vielversprechende Anwärter für eine Offizierslaufbahn. Als überzeugte Hitlerjungen hatten sie in die Waffen-SS gehen und den ganzen Krieg über zusammenbleiben wollen, aber Emil trat gleich zu Beginn auf eine Mine in einer Schafweide. Die Explosion zerfetzte seine nagelneue Uniform, noch ehe sie einen einzigen Flecken bekommen hatte. Ein grüner Wirbel zog an seinen Augen vorbei. Er nahm noch verblüfft wahr, daß er kopfüber in der Luft hing und ins Gras sah, aber als er unten aufschlug, lebte er schon nicht mehr. Blut tränkte das Foto von Tante in seiner Tasche, und ein Honigbonbon erkaltete in seinem Mund. Die Honigbonbons hatte seine Großmutter ihm mitgegeben. Sie hatte sich daran erinnert, daß Emils Vater den Ersten Weltkrieg mit Honig überlebt hatte, und auf eine ähnliche Schutzwirkung auch für den Sohn gehofft.

Erich machte weiter, auch wenn ihm mit seinem Zwillingsbruder die Hälfte seines Ichs genommen war. Er hatte geschworen, bis zum bitteren Ende zu kämpfen, und ließ sich äußerlich nichts anmerken, mußte aber feststellen, daß er bei Dauerbeschuß seinen Darm nicht mehr kontrollieren konnte. Seine Arme legten sich um einen Sandsack und erstarrten, die Hände ballten sich zu Fäusten und wurden taub. Sein heiliger Eid und die vielbeschworene Kameradschaft nützten ihm nichts, wenn es Blut, Gedärme, Hirnmasse und unkenntliche Körperteile regnete. Als Erich in Gefangenschaft geriet, hatte er seit vier Tagen und vier Nächten nicht mehr geschlafen. »Das ist ja noch ein Kind, der hat bestimmt noch nicht mal Haare auf den Eiern!« sagte der GI, der ihn entwaffnete, aber Erich hütete sich instinktiv, auf englisch zu antworten. Was hätte er auch sagen sollen? Im Grunde hatte der GI ja recht.

Später hatte er halbherzig nach dem Gewehr des GI gelangt und sofort klein beigegeben, als der ihn mit einem Fluch niederschlug. »Ich hasse diese braune Brut. Junge Klapperschlangen.«

»Giftzwerge«, bestätigte ein Kamerad. »Wenn wir sie abknallen, sparen wir uns viel Arbeit. Wo sollen wir überhaupt mit ihnen hin?«

Der erste GI trat zurück und hob sein Sturmgewehr, und in diesem Moment hörte Erich sich entsetzt rufen: »Gott im Himmel, Sir, bitte erschießen Sie mich nicht.«

»Was redest du da für einen Scheiß?«

»Ich bin in North Dakota geboren«, würgte Erich. »Mein Dad lebt noch dort.«

»Ich werd verrückt! Und was machst du hier, du kleiner Pisser?«

»Sie haben mich vor dem Krieg hergeschickt.«

»Und was bist du jetzt? Ein Scheißnazi oder ein Scheißami?«

»Ich weiß nicht, was ich bin, Sir«, entfuhr es Erich, »ich weiß nur, daß ich keine Haare auf den Eiern habe.«

Die Amerikaner wollten sich kaputtlachen, und seine beiden Kameraden, die einzigen, die aus der Adolf-Hitler-Schule noch übriggeblieben waren, sahen Erich staunend an und dachten sich, daß er entweder unglaublich raffiniert war oder durch das Kriegsgeschehen den Verstand verloren hatte.

Vielleicht hatte es geholfen, vielleicht hatten die Spielzeugsoldaten, die Markus vor seiner Abreise so gewissenhaft in Stellung gebracht hatte, Erich heimgeholt. Was der natürlich nicht wissen konnte, obwohl ihm immer auch Gedanken an seine Spielsachen durch den Kopf gingen, so wie er alle Bilder und Ereignisse seiner Kindheit vor sich sah, als der Zug mit ihm und weiteren zweihundert Gefangenen gen Norden fuhr, in das Gebiet der Großen Seen, nach Wisconsin vielleicht oder Michigan. Er hatte die Landkarte nicht mehr genau im Kopf, denn er hatte sich bemüht, alles zu verdrängen, was mit Amerika zu tun hatte. Nach seiner schmählichen Kapitulation hatte sich Erich nie mehr anmerken lassen, daß er englisch verstand und perfekt sprach. In seiner Gruppe waren fanatische Nazis, die gedroht hatten, an Kollaborateuren fürchterliche Rache zu nehmen. Auf der Fahrt quer durchs Land hatte es ihm – wie übrigens den anderen auch – ohnehin fast die Sprache verschlagen, wenn sie aus dem Zugfenster sahen. Sie hatten sich an den ausgebrannten Städten, verheerten Landschaften, verkohlten Feldern, verlassenen Farmen weiden wollen, von denen der deutsche Rundfunk gefaselt hatte. Statt dessen rollten sie durch ein erstaunlich heiteres, von Menschen wimmelndes, unversehrtes Land. Die Gefangenen waren beeindruckt und verunsichert, später fühlten sich manche im Stich gelassen, andere suchten nach Entschuldigungen. Erich beiteiligte sich nicht an solchen Überlegungen, er hatte genug mit seiner Verzweiflung und seinen Erinnerungen zu tun.

Immer weiter ging es nach Norden, tief hinein in die Wälder. Hier fühlten die Männer aus Südwestdeutschland sich heimisch, sie nickten und deuteten auf die im blauen Licht der Morgendämmerung wogenden Wipfel. Auf einem kleinen Bahnhof schloß man sie mit den Händen an eine lange Kette. Nacheinander kletterten sie aus dem Waggon und marschierten meilenweit über eine morastige Straße. Es war Frühsommer, und die Kriebelmücken waren geschlüpft. Wenn einer sie mit seinem gefesselten Arm abwehrte, schepperte die ganze Kette, und den Kameraden gab es einen Ruck, aber die kleinen Quälgeister waren so lästig, daß die Männer es nicht lassen konnten, nach ihnen zu schlagen.

»Wohin sollen die schon fliehen«, sagte einer der Amerikaner, die sie bewachten. Sie waren zu sechst. »Laß sie von der Kette.«

»Kommt nicht in Frage«, sagte der Vorgesetzte, aber ohne großen Nachdruck. Deutsche Kriegsgefangene flohen hier nicht weit, sie begegneten Vettern und früheren Nachbarn aus dem Dorf, sie arbeiteten auf den Farmen und verdienten gutes Geld damit. Eigentlich durfte niemand mit ihnen sprechen, sie fotografieren, ihnen etwas zu essen geben, sie zur Kenntnis nehmen – aber viele taten es doch.

Die Reihe der Gefangenen zog klirrend weiter, es fiel kein Wort, bis sie zu einer Lichtung kamen. Tief in den Boden eingegrabene Pfähle, an denen Draht in verschiedenen Stärken befestigt war, umgaben das Lager. Davor und dahinter lagen Stacheldrahtrollen. Weil aber rundherum Bäume standen und sich über allem ein blauer Himmel wölbte, wirkte das alles nicht bedrohlich. Sie wurden auf primitive Baracken verteilt. Trotz seiner Verwirrung und der Last seiner Erinnerungen betrat Erich sein Quartier fast beschwingt. Sie standen Schlange und bekamen blaue Arbeitsanzüge, auf denen ein großes PW – Prisoner of War – prangte, Mäntel, Schuhe, vier Paar Socken, Unterhemden und -hosen, sogar ein Wollhemd und einen Regenmantel. Bekamen zwei Decken, Zahnbürste, Seife, ein kleines Handtuch. Erich nahm alles mit einer Zufriedenheit in Empfang, die ihm nicht ganz geheuer war. Vielleicht, dachte er, ist mir die frische Luft aufs Gehirn geschlagen. Oder die Aussicht auf die Arbeit im Wald, harte Arbeit, bei der man nicht zu denken brauchte, die seinem Körper guttun würde. Das Essen, das gleich nach ihrer Ankunft in der zentralen Blockhütte aus großen Kesseln heiß in die Blechnäpfe geschöpft wurde, war wunderbar vertraut. Gebackene Bohnen mit Tomatensoße – seit seiner Kinderzeit hatte er den Geschmack nach Melasse, die Schärfe des Senfpulvers, den Räucherspeck in dieser besonderen Kombination nicht mehr auf der Zunge gehabt. Plötzlich mußte er an Delphine denken. Obgleich halb verhungert, aß er langsam, ehrfürchtig und beschämt zugleich und wischte den Napf mit der weichen, quadratischen Weißbrotscheibe aus.

Es gab kein Fleisch außer dem Räucherspeck, aber für jeden einen Berg Maisbrei, eine große Ofenkartoffel, einen tüchtigen Klecks Schmalz, außerdem ein dickes Stück Maisbrot mit Sirup. Die Männer starrten das Essen an, als könnte es sich vor ihren Augen in Luft auflösen. Manche steckten ihre Kartoffeln ein, konnten sich nicht satt riechen an dem süßen Maisbrot oder hatten ihre Näpfe schon geleert, ehe sie an ihren Tisch kamen. In dem großen Raum war kein Wort zu hören, nur das Kratzen von

Blechlöffeln und ein animalisches Schmatzen. Sie schwiegen nicht nur, weil sie halb verhungert waren. An der Güte und Menge des Essens und der Tatsache, daß es an diesen entlegenen Ort geschafft und an sie – den Abschaum, Kriegsgefangene – ausgegeben worden war, erkannten sie, daß Deutschland den Krieg verloren hatte.

Sie benutzten bei den dicken Bäumen die Zugsäge und die Kappsäge zum Trimmen der Äste an den Wanderwegen, arbeiteten mit Baggern und schweren Lastern. Für weiter entfernt wachsende Stämme hatten sie zwei Maultiere, die sie Max und Moritz tauften. Einer der Aufseher, der passabel deutsch sprach, zensierte die kleine Zeitung, die von den Kriegsgefangenen auf einer Handsatzpresse herausgegeben wurde. Vor Jahren hatte es so ausgesehen, als hätte keiner der Waldvogel-Söhne die Stimme des Vaters geerbt, aber nach dem Stimmbruch hatte Erich eines Tages den Mund aufgemacht, um eine Melodie zu summen, und ihn verblüfft wieder geschlossen, als ein schöner, voller Ton herauskam. Jetzt war das Singen für ihn eine Möglichkeit, die Zeit totzuschlagen, und bald sangen andere mit, tauschten Liedertexte und machten das Singen zu einer allabendlichen Einrichtung, die ihre eintönigen Tage ein wenig auflockerte.

Die Lieder weckten Emotionen und verfolgten sie bis in ihre Träume. Nachts schrieen die Männer im Schlaf, husteten, furzten, schnarchten, schnieften, und manchmal ächzten sie tonlos in der Dunkelheit. Erich schlief schlecht, er hörte sie jede Nacht, wenn er dem Raunen der Tannen lauschte und den seltsam unheimlichen Eulenrufen. Er sehnte sich nach Ludwigsruhe, fragte sich, ob er seinen Großvater, den er abgöttisch liebte, noch einmal wiedersehen würde, dachte an die Würste, die er geklaut hatte, um sie nachts mit Emil zu essen. Ja, er dachte zunächst noch an seinen Bruder, verbot sich aber dabei jedes Gefühl, und später verdrängte er jeden Gedanken an die Familie. Zu verraten, wer er war, oder sich durch seine amerikanische Herkunft Vorteile zu verschaffen, hätte ihn das Leben kosten können. Gerüchte über deutsche Kriegsgefangene waren in Umlauf, die angeblich vom *Heiligen Geist* in Stücke gesägt und verbrannt worden waren, deren Asche irgendwo in den Wäldern verstreut lag. Wer sich mit den Amerikanern anfreundete, hieß es, mußte damit rechnen, spurlos zu verschwinden. Einen verläßlichen Gewährsmann für diese Geschichten hatte noch niemand gesprochen, aber die älteren Gefangenen verbreiteten Furcht und Schrecken unter denen, die nicht in Treue fest zu Deutschland hielten. Erich war durch seine rigorose Erziehung in den prägenden Jahren seines Lebens zu einem überzeugten Deutschen geworden – oder zu dem, was er dafür hielt. Anders gesagt: Er hatte seine Kindheit mit neuen, hehren Schlagworten übertüncht – Glaube, Treue bis in den Tod, Haß auf die Schwachen. Dieser eine große Eid hielt ihn nun aufrecht.

Mazarine leerte hinter dem Haus den Eimer ihrer Mutter, dann ging sie langsam zurück und stellte ihn auf die kaputte Hintertreppe. Um das kleine, lange nicht mehr gestrichene Holzhaus herum wucherten Disteln und Kletten, aber das störte nicht weiter. In dem dichten Unkraut zwitscherten viele Vögel – winzige Goldbrust-Waldsänger, Grünfinken, unscheinbare Spatzen. Soll das Haus doch einstürzen, dachte Mazarine. Wen kümmert es? Ihre Mutter gewiß nicht, die jetzt mit matter Stimme vom Bett aus nach einem Glas Wasser verlangte, was Mazarine geflissentlich überhörte. An den morschen Stufen lehnte ein Fliederbusch, den Mazarine aus einem Ableger gezogen hatte und dessen üppige duftende Dolden immer eine unbestimmte Sehnsucht in ihr weckten. Fliedertau rann ihr in den Nacken. Schon wärmte die Sonne das Gras. Mazarine war handwerklich nicht geschickt, aber am Vortag hatte sie sich einen Hammer und Nägel geholt, und jetzt versuchte sie die vom Schnee verzogenen Bretter wieder einzupassen und die Schäden des Winters zu reparieren. Das Hämmern übertönte die Rufe der Mutter und das protestierende Knarren des Bettes, als Mrs. Shimek sich aufraffte, in die Küche ging und sich dort selbst Wasser pumpte. Vielleicht würde sie sogar ein kleines Feuer schüren und Haferbrei kochen.

Mazarine war aufs Lehrerseminar in Moorhead gegangen und zurückgekommen, als Roman verwundet worden war und seine Orden bekommen hatte. Ihre Mutter hatte sich ins Bett gelegt und war nicht wieder aufgestanden, also blieb Mazarine da. Die Schule in Argus konnte sie wegen des Lehrermangels gut gebrauchen, und vor einem halben Jahr hatte sie eine vierte Klasse übernommen. Die Mutter, dachte sie, würde wohl im Bett bleiben, bis das Haus über ihr zusammenfiel, die Mäuse würden die dünnen Wände durchnagen, der Flieder würde bis zum Bett der Mutter wuchern, Schwalben und Spechte über ihrem Kopf nisten und ihre Jungen, statt die Vogelsprache zu lernen, die leisen Rufe von Mrs. Shimek nachahmen. *Mazarine … Mazarine …*

Sie stützte die unterste Stufe mit einem Stein ab und setzte sich auf das verwitterte Brett. Der Geruch der Sonne auf dem Holz erinnerte sie an den Geruch nach Salz, Staub und Sommer im Haar ihres Bruders vor Jahren, als er noch klein war. Sie zog einen blütenschweren Fliederzweig zu sich heran und atmete den Duft tief ein. Der Busch hatte von der Trägheit der Mutter profitiert, die ihr Waschwasser aus dem Fenster schüttete, statt damit vor die Tür zu gehen. Der Duft verstärkte sich mit der zunehmenden Wärme, die eine strahlende Frühlingssonne verbreitete. Mazarine strich über ihren Rock und hörte den Brief in der Tasche knistern.

Delphine hat mir erzählt, daß Du wieder in der Stadt bist und da draußen in der weiten Welt noch nicht geheiratet hast, das finde ich gut. Ich übrigens auch nicht. Ich komme bald heim, und wir werden uns sehen, ob du willst oder nicht, denn ich habe keinen einzigen Augenblick vergessen, und ich liebe dich immer noch.

Franz.

Ich sollte mich nicht mit ihm treffen, dachte Mazarine. Ich habe ihn schon einmal verloren, ein zweites Mal ertrage ich das nicht. Aber Franz hatte Delphine offenbar von seinen Absichten und Gefühlen erzählt, denn nachmittags hielt sie mit dem Lieferwagen der Waldvogels vor der Schule, stieg aus und ging zum Spielplatz, wo Mazarine mit wehendem Kleid und wehendem Haar lachend ihre Kinderschar beaufsichtigte.

»Morgen oder übermorgen kommt er«, sagte Delphine. »Er hat sogar angerufen.«

Mazarine tat keinen Augenblick so, als wüßte sie nicht, von wem die Rede war, obgleich sie seit der Beerdigung von Roy Watzka mit Delphine nicht mehr über Franz gesprochen hatte.

»Gut siehst du aus«, sagte Delphine und lächelte leicht verlegen. Sie konnte es einfach nicht lassen, alle Mädchen, für die sich ihre Jungen interessierten, genau zu mustern. Die kleine Zumbrugge damals hatte ihr überhaupt nicht gefallen. Manchmal dachte Delphine, daß es für ihre Seelenruhe besser war, wenn sie nichts von den Frauen wußte, mit denen sich Franz im Urlaub traf. Mazarine hatte sie schon immer gut leiden können, hatte aber immer noch das unbestimmte Gefühl, das Mädchen aus dieser unmöglichen Situation mit ihrer Mutter retten zu müssen. Aber sie selbst hatte sich mit ihrem Vater ja auch schwergetan, und es sah so aus, als käme Mazarine einigermaßen zurecht. Sie hatte sich das Haar weder kurz schneiden noch Dauerwellen machen lassen, wie so viele junge Frauen heutzutage, es fiel ihr immer noch in natürlichen Locken bis über die Schultern. Mazarine war der Typ Lehrerin, in den kleine Jungen sich verlieben. Ihre Wangen waren rosig vom Herumtollen mit den Kindern, und die ausdrucksvollen braunen Augen hatten den hungrigen Blick verloren, den sie als mageres junges Ding gehabt hatten. Leicht hatte sie es bestimmt nicht, denn Roman erholte sich nur langsam, und die Mutter war ja von jeher anstrengend.

Wie geht's ihr denn, der dicken Schlampe? hätte Delphine am liebsten gefragt. Statt dessen sagte sie: »Deine Mutter liegt wieder?«

Mazarine nickte knapp. Wenn es um die Reputation ihrer Mutter ging, war sie empfindlich. Ob Franz mit der Bahn oder mit dem Bus kommen würde, fragte sie rasch. Mit der Bahn, gab Delphine zurück, und wenn Mazarine die Lokomotive pfeifen höre, solle sie sich darauf gefaßt machen, wenig später Franz vor der Tür stehen zu sehen.

»Wenn er nicht«, fügte sie trocken hinzu, »schon vorher abspringt und losrennt.«

Die Sonne wärmte am Ufer die rissigen grauen Stämme, deren Äste auf den vom Frühjahrshochwasser angeschwollenen Fluß hinausragten. Mazarine hockte sich auf das trockene Gras, das ein heuartiges Polster bildete, und zog einen weiten braunen Wollmantel um die Knie, und Franz, in Sachen seines Vaters und dem schweren Mantel, den er vor Jahren aus Deutschland bekommen hatte, setzte sich neben sie. Er war so nah, daß er ihre Hand hätte berühren können. Als er keine Anstalten dazu machte, schob sie rasch beide Hände in die Mantelärmel und sah auf das gegenüberliegende Ufer.

Dort hingen die brüchigen Ranken der letztjährigen Igelgurken von den Ästen wie lange Haare. Hier und da lagen in den frischen Wunden des Ufers, wo das Hochwasser einen Baum herausgerissen oder das Eis ein keilförmiges Stück Erde herausgestemmt hatte, noch schmutzige Schneereste. Krähen, immer die ersten Rückkehrer, flatterten lärmend zwischen den Zweigen herum.

»Wir müssen reden«, sagte Franz endlich.

»Wenn du meinst ...«

»Dabei weiß ich gar nicht recht, wo ich anfangen soll.« Franz lachte verlegen. Er hatte vergessen, wie still sie war – genauso ernst und gefaßt wie damals, als sie ihn verabschiedet hatte. Sie gehörte nicht zu den Frauen, die herumzappelten, an ihren Haaren zupften oder sich die Lippen nachzogen, und das hatte ihm schon immer an ihr gefallen. Andererseits hätte er sich dadurch leichter getan, ein unverfängliches Gespräch anzufangen. Die Beschäftigung mit der eigenen Person fiel ihm schwer. Nach seinen Kriegserlebnissen fand er sich in der Heimat nicht mehr zurecht. Fast fühlte er sich wie ein Gespenst, das gekommen ist, um den Lebenden nachzuspionieren.

»Ich hab die ganze Zeit an dich gedacht«, sagte er hilflos.

Sie nickte, den Blick noch immer auf die verschleierten Bäume und die zeternden Krähen gerichtet. »Und was hast du gedacht?«

»Daß ich dir Unrecht getan habe.«

»Nein, nicht.« Sie zog eine Hand aus dem Ärmel, winkte ab und steckte sie wieder hinein. »Das ist alles nicht wichtig. Nicht mehr.«

Er wußte, daß sie recht hatte, sie waren all dem entwachsen, aber er hatte erwartet, daß sie eine Entschuldigung, so etwas wie einen symbolischen Kniefall verlangen würde. Jede andere Frau hätte das verlangt, dachte er, jeder andere Mann es erwartet. Daß sie offenbar entschlossen war, die Vergangenheit ruhen zu lassen, fand er bewundernswert, aber auch verwirrend. Wie standen sie zueinander, wenn sie die Uhr nicht zurückdrehen konnten, wenn sich nichts wiedergutmachen ließ?

»Du hast mir geschrieben«, sagte sie. »Aber nicht, wie es dir wirklich ergangen ist. Daß du viel herumgekommen bist, hast du geschrieben. Daß du viel durchgemacht hast. Du glaubst, daß ich es nicht wissen will. Aber das stimmt nicht. Ich kann es nicht wissen, wenn du es mir nicht erzählst, und wenn ich es nicht weiß ...«

Ihre Stimme zitterte leicht in der linden Frühlingsluft. In ihrem Blick stand kein Mitleid, sondern ruhige, herzliche Anteilnahme, so daß ihm die Kehle eng wurde.

»... und wenn ich es nicht weiß – wie soll es dann mit uns weitergehen?« schloß sie. Damit waren sie schon mittendrin, und Franz wurde es himmelangst.

»Aus dem schlimmsten Schlamassel bin ich jetzt raus«, sagte er nach einer kleinen Pause und so leise, daß seine Stimme sich in dem Rauschen des eisigen Flusses verlor. »Ich werde Fallschirmjäger absetzen oder Segelflieger anschleppen. Ich bin kein Jagdflieger mehr und auch nicht bei einem Bombergeschwader. Ich fliege eine C-47, das ist ein Transportflugzeug, evakuiere Verwundete, werfe Nachschub ab – Verpflegung, Kleidung, Medikamente und so Sachen.«

Sie nickte, ließ das Schweigen zwischen ihnen stehen und wartete.

»Sie haben mich versetzt«, sagte Franz. »Ich war …« Er suchte nach dem richtigen Wort, aber im Grunde gab es das nicht. »Ich war wohl ziemlich erledigt.«

Mazarine wußte: Das war noch nicht das Eigentliche. Ihr Herz krampfte sich zusammen, am liebsten hätte sie sich über ihn geworfen, und sie mußte rasch die Augen schließen und sich abwenden. Sie hätte sich nicht mit ihm treffen dürfen. In seiner Nähe fielen alle Schranken, die sie so mühsam aufgerichtet hatte, Sehnsüchte und Hoffnungen lebten quälend wieder auf.

»Ich will wissen, was du erlebt hast«, sagte sie nach einer Weile ruhig. Sie deutete flußabwärts in Richtung Metzgerei. »Das ist der einzig mögliche Weg. Wir haben uns beide verändert. Aber mich haben kleine, schöne Dinge verändert, die ich handhaben kann, und dich … Dinge, von denen ich nichts weiß.«

Sie sah ihn lange und eindringlich an, dann schüttelte sie ihn leicht, in zärtlichem Zorn. Sein Atem ging schwer, so sehr strengte es ihn an, die Erinnerungen zu verdrängen. Ihm war sehr kalt. Beschämt schob er die zitternden Hände zwischen die Knie, biß sich auf die Lippen, die grau geworden waren wie die Borke der Bäume, und mußte gegen den jähen Drang ankämpfen, sich die

Sachen vom Leib zu reißen und in den Fluß zu springen, in dem noch Schneematsch trieb. Sie begriff, daß er in diesem Augenblick nur noch an Flucht dachte, und küßte ihn, um ihm etwas von seiner Angst zu nehmen.

»Ich bin abgeschossen worden«, sagte er unvermittelt, als hätte der Kuß ihm die Zunge gelöst. »Das war das erste Mal. Beim nächsten Mal setzte der Motor aus. Das Schlimmste war, die Kameraden sterben zu sehen ... Schumacher hat es auf ein schwarzes Riff vor Korsika getrieben, er war mit dem Fallschirm ausgestiegen. Ein anderes Mal habe ich Tom Simms sterben sehen, die Flak hatte ihm den Fallschirm zerschossen, aber das hat er erst gemerkt, als der Schirm aufging und sich dann plötzlich in Nichts auflöste. Er hat noch zweimal gestrampelt, als wollte er sich selbst hochziehen, aber dann hat er einfach aufgegeben. Es muß wie ein Traum gewesen sein. Vielleicht.«

Mazarine zog seine Hand in ihren Mantelärmel, um sie zu wärmen. Er griff mit der anderen Hand in ihren zweiten Ärmel, dann kniete er vor ihr, hielt sie an den Ellbogen fest und sah ihr ins Gesicht. »Ich hoffe sehr, daß es wie ein Traum war«, sagte sie.

Hilfloser Kummer hielt ihn gefangen. Erschrocken merkte er, daß ein zorniges Schluchzen in ihm aufstieg, das er gerade noch zurückdrängen konnte. Er zwang sich weiterzusprechen, rasch und leidenschaftslos.

»Beim zweiten Mal habe ich unten Geschützfeuer gesehen, aber nichts gehört, da habe ich gemerkt, daß ich taub war. In den Beinen hatte ich keine Kraft mehr, und wahrscheinlich hätte ich es nicht geschafft, aus meinem Gurtwerk rauszukommen, wenn nicht ...« Er suchte vergeblich nach Worten und verstummte.

»Wenn nicht?«

Franz atmete schwer und versuchte, sein Herzrasen zu bändigen. Nicht einmal Mazarine konnte er das sagen. Er hatte eine Frauenstimme gehört, die ihm Kraft gegeben hatte. Evas Stimme. Er hatte die Arme ausgestreckt und ohne Erstaunen die Taille seiner Mutter umfaßt. Als er ins Leere hinaustrat, füllten sich seine Augen mit Blut. Ohne etwas zu sehen, hielt er sie fest. Im Fallen hörte er sie zählen, mit leiser, klangvoller Stimme, auf deutsch, wie damals in seiner Kinderzeit, erst an seinen Fingern, dann an den ihren, bis der Fallschirm sich öffnete und die Erde ihnen entgegenkam.

»Es gehörte wohl zu dem großen Plan«, sagte er und sank erschöpft in sich zusammen.

Mazarine küßte ihn wieder und wickelte ihn in den weiten Mantel, der sie nun beide einhüllte wie eine Decke. Sie lehnten sich an eine dicke Wurzel. Mazarine in den Armen, atmete Franz den vertrauten Duft nach Kiefernnadeln, unschuldige Frühstücksgerüche. Von ihrem Duft werde ich nie genug bekommen, dachte er. Auch die Schule roch er nun an ihr, roch die Wachsmalstifte und das steife neue Papier, das blaue Seifenpulver, das aus den Spendern über den Waschbecken der Schule in Argus rieselte, roch Milchkartons, Kreidestaub und Tulpen. Er mußte an Sicherheitsbestimmungen denken und saubere Hände und die Ermahnung, höflich zu seinem Nachbarn zu sein, und merkte, wie er in einen leichten Halbschlaf glitt. Sein Körper entspannte sich, und Mazarine hielt ihn fest, strich ihm übers Haar, horchte auf seinen schweren Atem, auf die gierige Strömung des Flusses, auf das Streiten der Krähen, die zwischen den peitschenden Zweigen ihre Kreise zogen.

Für Delphine war es ganz offenkundig, daß Franz und Mazarine ein Liebespaar waren. Die meisten Leute hatten noch nichts gemerkt – die beiden waren so schüchtern, daß sie im Beisein der Waldvogels nicht einmal Händchen hielten –, aber Delphine spürte es deutlich. Sobald sie sich sahen, gingen sie wie magnetisch angezogen aufeinander zu, lachten atemlos und zu laut, bewegten sich linkisch. Nachdem Franz abgereist war, kam Mazarine zu Delphine, und sie arbeiteten Seite an Seite, stumm und verzweifelt. Sie konnten nicht schlafen. Tage vergingen, bis sie seinen Namen aussprechen konnten.

Delphine fiel ein Stein vom Herzen, als Markus schrieb, er würde wohl auf Dauer einen Schreibtischjob beim Generalstab bekommen, es war, als habe das Schicksal ihnen eine kleine Wiedergutmachung zukommen lassen, und sie schlief endlich wieder die Nacht durch. Markus schrieb etwa zehn- oder zwanzigmal, so oft wie Franz, und später durfte er auch von dem erzählen, womit er befaßt war. Um Briefe von Geistern ginge es da, berichtete er, geschrieben für Geister über Geister. Delphine verstand kein Wort, bis er auf Urlaub nach Hause kam.

Markus war ein schlanker, nachdenklicher junger Mann geworden, der aber noch immer herzhaft lachen konnte und ein boshaftes Vergnügen an Mimikry hatte. Eine Zigarettenschachtel sah aus seiner Brusttasche hervor, Hose und Hemd waren frisch gebügelt. Sein Gesicht war schmal und müde, aber die Augen waren noch immer Evas Augen, traurig und zugleich voller Humor. Er ging auf seinen Vater zu, aber sie fielen sich nicht in die Arme, sondern setzten sich an den Tisch und tranken zusammen ein Bier. Hin und wieder rangen sich Vater oder Sohn einen kurzen Satz ohne viel Sinn ab. Sie taten sich so schwer, daß sie ohne Delphine verloren gewesen wären. Sie kam mit ihrem Bier zu ihnen und fragte Markus, was es mit den Briefen auf sich habe.

»Gefallene Kameraden, Mom. Ich kann gut Kondolenzbriefe schreiben, und der Kommandeur gibt mir die Listen mit den Namen der Eltern. Ich hab die Jungs natürlich nicht gekannt, ich weiß nicht, wie sie gelebt haben oder wer sie waren oder wie sie gestorben sind. Allmählich bekomme ich Übung im kreativen Schreiben, so könnte man es wohl nennen, aber ich finde es schrecklich.«

Er trank einen großen Schluck von dem kalten Bier. Eine Weile schwiegen sie zu dritt. Dann stellte Markus unvermittelt die Flasche ab. »Da ist noch etwas … ich habe euch noch nichts davon erzählt, weil ich gedacht habe, daß es vielleicht nur eine Ente ist. Ja, also …« Markus straffte die Schultern, faltete die Hände, löste sie wieder, trommelte mit den Fingern auf die Knie, sah zaudernd auf die Tischplatte herunter und gab sich einen Ruck.

»Ich hab da einen Kameraden getroffen, mit dem hab ich eine geraucht, weil er auch aus dem Mittelwesten ist, aus Illinois, er ist erst vor kurzem zu uns versetzt worden, und wie er meinen Namen hört, meinen Nachnamen, sagt er, ich soll ihn wiederholen, und dann schnippt er mit den Fingern und sagt: ›Jetzt weiß ich, warum du mir so bekannt vorkommst … und dieser Name … Der Mann sieht dir ein bißchen ähnlich, und er heißt genau wie du, Waldirgendwas, in dem Lager im Norden, in dem ich Dienst gemacht habe.‹ Den Vornamen wußte er nicht. Es war ein Kriegsgefangenenlager.«

Fidelis stellte langsam und akkurat sein Bierglas ab und rückte es noch ein wenig zurecht. Dann hob er den Kopf und sah Markus fragend an. Als der bestätigend nickte, legte Fidelis die Hände vors Gesicht. Lange sagte niemand etwas, man hörte nur das Ächzen und Stöhnen der Kühlaggregate auf dem Hof unter dem wilden Wein. Dann stand Schatzie draußen vor der Küchentür, und Delphine ließ sie ein. Alle sahen der Hündin zu, als sie durch die Küche zu ihrem Platz im Gang stakste. Markus trank noch einen Schluck Bier. »Der Typ hat noch was gesagt. Der Gefangene spricht nicht, hat er gesagt. Aber er singt. Und wie der singen kann, dieser Waldvogel.«

Fidelis hatte die Hände ineinander verkrampft und bewegte mechanisch den Kopf auf und ab.

»Ich hab uns eine Genehmigung besorgt. War nicht ganz einfach, aber ich hab die Papiere da.« Markus klopfte auf seine Brieftasche. »Morgen fahre ich hin«, setzte er sehr leise hinzu.

»Ich komme mit«, erklärte Fidelis. »Können wir ihn da wegholen? Er ist doch noch ein Kind.«

»Ja, schon. Aber ich glaube nicht, daß sie ihn rauslassen. Ehrlich gesagt: Ich weiß, daß sie ihn nicht rauslassen werden. Aber wir können ihn besuchen, das ist schon etwas. Es ist sehr viel, Dad, du glaubst gar nicht, was ich alles habe anstellen müssen. Wenn ich nicht zu gewissen Leuten einen so guten Draht gehabt hätte …«

Schweigend gingen Vater und Sohn nach vorn, um den Laden abzuschließen. Gemeinsam reinigten sie die Geräte, inspizierten die Kühlräume, zählten und verwahrten das Bargeld aus der Kasse.

Delphine klapperte indessen in der Küche mit Schüsseln und Töpfen. Wie immer in Krisenzeiten machte sie sich ans Backen. Plätzchen, dachte sie, während sie die Zutaten zusammensuchte und das Mehl siebte, Ingwerplätzchen. Beim Abmessen und Rühren brachte sie Ordnung in ihre Gedanken. Sie hatte sich instinktiv dafür entschieden, nicht mitzufahren. Sie wollte den Schock der Männer nicht miterleben, wenn sich herausstellte, daß der junge Mann im Lager nicht Erich oder Emil war, sie wollte nicht einmal wissen, ob einer von ihnen wirklich dort oben im Norden gefangen saß. Es würde zu viele Antworten in zu kurzer Zeit geben. Wie er sich verändert und wie er überlebt hatte. Wie er in seinem Alter überhaupt an die Front geraten war. Und ob er etwas über seinen Zwillingsbruder wußte. Vielleicht ist das nur Selbstschutz, dachte sie, während sie das Blech in den Ofen schob, und wiederholte es, als sie am nächsten Morgen Markus und Fidelis wegfahren sah: Selbstschutz. Vielleicht wäre ihr Platz an der Seite ihres Mannes gewesen, vielleicht hätte sie während der Fahrt seine Hand halten müssen, aber dazu konnte sie sich nicht durchringen. Außerdem gab es da eine Stimme in ihr, die eine kurze, schlimme Frage stellte, eine Frage, die sie nie laut ausgesprochen hätte. Denn gewisse Nachrichten waren durchgesickert, Gerüchte und Schreckensmeldungen machten die Runde, und wenn sie an das dachte, was sie in Zeitschriften und in der Zeitung gelesen hatte, fragte sie sich unwillkürlich, ob er ... *unschuldige Menschen, Zivilisten* umgebracht hatte, so formulierte sie es bei sich, aber insgeheim dachte sie: Juden.

Als sie die Ebenen von North Dakota hinter sich gelassen hatten und in die sandigen Kiefernwälder und die Hügellandschaft Minnesotas hineinfuhren, hätte Markus seinen Vater gern gebeten, ihm wie früher etwas vorzusingen. Fidelis rauchte. Er hatte das Seitenfenster einen Spaltbreit heruntergerollt, so daß der Fahrtwind den Zigarettenrauch wegwehen konnte. Am liebsten hätte Markus selbst angefangen zu singen, um seinen Vater nicht direkt darauf ansprechen zu müssen, aber seine kratzige, dünne Stimme war ihm peinlich. Daß er die Gabe seines Vaters nicht geerbt hatte, bedauerte er sehr. Dafür hatte er wohl von der Mutter den Wissensdurst mitbekommen und ihr sensibles Wesen. Er hätte es in der Ausbildung schwer gehabt, wenn er nicht von Delphine auch gelernt hätte, sich seiner Haut zu wehren, und von den Freunden seines Vaters, sich beim Pokern nicht über den Tisch ziehen zu lassen. Daß er Karten spielte, sich in einem Männerspiel behaupten konnte, war seine Rettung, sie hätten ihn sonst fix und fertig gemacht.

Die Fahrbahn war schmal, teilweise ausgewaschen und voller Schlaglöcher. Von dem früheren Aufseher hatten sie eine Lagekarte bekommen, eigentlich, hatte er gesagt, hätte er ihnen die gar nicht geben dürfen, aber Markus wußte ohnehin, wonach er zu suchen hatte. Das Lager lag am Rand eines Staatsforstes, und der war auf ihrer normalen Karte eingezeichnet.

Am späten Nachmittag waren sie am Ziel. Sie folgten einem ausgefahrenen Holzweg und hielten vor dem mit Stacheldraht und Pfählen gesicherten Eingang, wo nur ein Mann in lässig zerknautschter Uniform Dienst tat. Er hielt sie an, ließ sich von Markus die Papiere geben, stellte ein paar Fragen und nickte überrascht und interessiert, als er hörte, daß einer seiner Gefangenen womöglich gebürtiger Amerikaner war.

»Sie müssen warten, die Jungs sind draußen und verbrennen Windbruch«, sagte er.

Markus und Fidelis setzten sich bei geöffneten Türen in den Wagen, atmeten die grüne Waldluft ein und aßen Schokolade, die Markus in seinem PX gekauft hatte und die es sonst nirgendwo gab. Eine Tafel hoben sie auf. Dann versuchten sie, nicht zuviel zu rauchen und nicht zu oft zu sagen, »Bin neugierig, ob er dabei ist«, oder »Wahrscheinlich ist er es nicht«. Sie bemühten sich, ein vernünftiges Gespräch in Gang zu halten, aber ohne Delphine gelang es ihnen nicht, und schließlich saßen sie nur stumm da, ließen die Gedanken treiben, drückten eine Zigarette aus, zündeten die nächste an.

Als die Männer zurückkamen, versuchten beide, still sitzen zu bleiben, aber dann sprangen sie doch aus dem Wagen und musterten die Gruppe, die sich auf der Straße näherte. Sie erkannten Erich sofort. Er war noch immer kräftig, mit breiter Brust, frischem Gesicht und goldenen Glanzlichtern im braunen Haar. Er trug eine alte, zerknitterte Uniformjacke, die blaue Kluft mit dem großen PW auf dem Rücken und verwaschene Arbeitshosen. Aufgeschreckt von ihren Rufen, bemerkte er auch sie, und sie sahen, daß er sie erkannt hatte. Erich drehte rasch den Kopf weg, blickte stur auf das Lagertor und wandte ihnen ein unbewegtes Profil zu, als sie zu ihm laufen wollten und von den Wachen zurückgehalten wurden. Dann kam er dicht an ihnen vorbei, und sie sprachen ihn an, riefen ihm Namen und besorgte Fragen zu. Sein Gesicht verschloß sich, er kniff die Augen zusammen, und als seine Händen anfingen zu zittern, schob er sie tief in die Taschen.

Erichs Starrsinn, der dem seinen so ähnlich war, ließ Fidelis' Angst und Sorge in maßlose Wut umschlagen, so daß er seinem Sohn einen Fluch nachschickte, den Erich noch aus der Kinderzeit kannte und der die Waldvogel-Jungen damals wie ein Donnerkeil getroffen und augenblicklich zur Ruhe gebracht hatte. *Heilundkreuzmillionendonnerwetternocheinmal!*

Ein paar Gefangene blieben stehen, und der eine oder andere

lächelte verblüfft, als hätte er den eigenen Vater fluchen hören, Erich aber ging ungerührt weiter. Seine Hände verkrampften sich, und sein Mund zuckte höhnisch. Er sammelte sich und seine Gedanken. Aus lauter Sentimentalität sich selbst zu gefährden, lag ihm fern. Im übrigen war er nicht der, für den sie ihn hielten. Sein Vater war ein kaputter alter Mann, wie dumm von ihm, hierherzukommen und nach jemandem zu suchen, den er für Erich hielt. Dieser Mann, der sich mit seinen Würsten bis nach North Dakota durchgeschlagen hatte, wirkte jetzt nicht mehr heroisch, nicht mal mehr stark, sondern hager und besiegt. Er war hinter einem Nichts hergejagt, der ganze Mann ist ein Nichts, dachte Erich. Was für lächerliche Drohungen! Als könnte so ein Fluch einem ausgebildeten Soldaten etwas anhaben, einem jungen Mann, der körperlich fit und geistig wendig war, und zwar in einem Maße, wie das bei Fidelis Waldvogel zumindest in den Augen seines Sohnes nie der Fall gewesen war. Als könnte irgend etwas von dem, was Fidelis da brüllte, Erich beeindrucken. Fast mußte er lachen, wenn er an den Bullenschwengel an dem Nagel hinter der Tür dachte, der ihm früher angst gemacht hatte. Der Arm seines Vaters war einmal rotglühendes Eisen gewesen, der blaue Blick seines Vaters hatte ihn beherrscht. Und mit seinen seltenen Zärtlichkeiten hätte sich der Vater die Söhne jederzeit zu Sklaven machen können. Aus und vorbei. Erich marschierte weiter und drehte sich auch nicht um, als sie Emils Namen riefen. Sie wußten es also noch nicht. Gestorben ist er, dachte er zornig, verreckt durch eine eurer Landminen. *Leck mich am Arsch*, hätte er gern gerufen. Sie hatten seinen Bruder, seine andere Hälfte umgebracht. Was wollten sie noch? Er hatte in der Ausbildung gelernt, keine Gefühle zu zeigen, und außerdem, sagte er sich, sind wir ja noch im Krieg. Anders als die meisten seiner Kameraden hatten Erich weder die üppige Verpflegung noch die Freundlichkeit der Einwohner in der nahen Stadt oder das Wachpersonal, mit dem sie deutsch sprechen konnten, über die deutsche Niederlage hinweggetröstet. Sein Fanatismus war der eines Menschen, der nicht genau weiß, in welcher Kultur er zu Hause ist. Er hatte lange genug darum gekämpft, Deutscher zu werden, und nicht einmal die Erfahrung der Gefangenschaft sollte je das auslöschen, was er durchgemacht hatte, als man ihn nach Ludwigsruhe verfrachtet hatte. Erichs neues Vaterland – das waren Grenzen auf der Landkarte, eine Liebe zu einem bestimmten Lied, ein Wäldchen, eine Straße, war eine Liebesbeziehung, die so beständig war wie die Erinnerung an das vergossene Blut seines Bruders, die Sehnsucht seines Vaters, die Schmerzen dieses Krieges, war eine Idee, die ihn in Bewegung hielt, bis das Lagertor sich hinter ihm geschlossen hatte.

Markus wendete. Wortlos fuhren sie nach Süden, durch Kiefern- und Mischwald, dann vorbei an Birken, Ahorn, Pappelwäldchen mit zweitem oder drittem Nachwuchs. Sie kamen durch kleine Städte, die alle nach dem gleichen wohlgeordneten Muster angelegt waren – mit Hauptstraße, Kirche, Postamt, Kaufladen, Eisenwarenhandlung, Schnellimbiß. Ein- oder zweimal machte Markus den Mund auf, um etwas zu sagen, besann sich eines Besseren und fuhr bedrückt und nachdenklich weiter, bis das Benzin zu Ende ging.

Er hielt an einer primitiven kleinen Tankstelle, zu der auch ein Lokal gehörte. Über der verschrammten roten Tür prangten Hirschgeweihe.

»Komm, trinken wir was«, sagte Fidelis.

Sie betraten die Gaststube. In der frühabendlichen Dämmerung verbreiteten kleine kerzenförmige Wandleuchten bernsteinfarbenes Licht. Sie ließen sich Whiskey geben, eine teure Sorte. Fidelis kippte seinen hinunter, verlangte stumm noch einen. Markus bestellte Schinkenbrote und bedeutete dem Barkeeper, eins seinem Vater hinzustellen. Der starrte auf die Tischplatte, kippte seinen zweiten Whiskey und trank dann langsamer ein Bier. Noch immer war über den Besuch kein Wort gefallen. Vielleicht, dachte Markus, ist das auch gar nicht nötig. Das Dämmerlicht in der Bar war tröstlich. Sie waren die einzigen Gäste, und außer dem leisen, beruhigenden Geklapper von Geschirr und Gläsern, die im Hintergrund abgewaschen wurden, hörte man keinen Laut. Fidelis hatte die Hände um das Glas gelegt, sie wirkten erschreckend bleich in dem matten Licht und schienen sich Fidelis' Kontrolle entziehen zu wollen. Einmal hätte er fast sein Glas umgeworfen, dann wieder streckte er abwesend die Hand danach aus und griff daneben. Der Anblick ging Markus ans Herz, und er atmete auf, als die Brote kamen und sie etwas hatten, womit sie Hände und Mund beschäftigen konnten.

Es war ein wunderbares Vorkriegssandwich, frisch gebackenes Landbrot, dick mit süßer Butter bestrichen, der Schinken perfekt geräuchert und in großzügigen Scheiben aufgeschnitten. Dazu bekamen sie einen Teller mit knackigen, dünn gestiftelten Dillgürkchen. Sie aßen langsam und mit Genuß. »Er hat bestimmt an seinem Verstand gezweifelt, als er uns gesehen hat«, sagte Fidelis.

»Das glaube ich auch«, bestätigte Markus.

»Wir werden ihm schreiben und ihn an den Gedanken gewöhnen, daß wir wiederkommen.« Bier und Whiskey hatten Fidelis wieder hoffnungsvoll gestimmt.

»Kommen wir denn wieder?«

»Seine Bockbeinigkeit werden wir ihm schon austreiben.«

Markus lachte leise. Jetzt wußte er, wie er sich zu verhalten hatte. »Wenn er sich stur stellt, können wir das schon lange.«

Fidelis bestellte noch ein Bier, trank es mit zufriedener Miene und wandte sich an Markus wie an einen Mitverschwörer: »Wir kidnappen ihn einfach, den kleinen Scheißer.«

»Recht hast du!«

Sein Vater leerte das Glas mit einem langen Zug, dann stand er auf, um zur Toilette zu gehen, und mußte sich an der Tischkante festhalten. An den Stuhllehnen entlang tastete er sich bis zum Ende der Theke, schwankte kurz, fing sich wieder und ging so aufrecht und gemessen weiter, daß man kaum merkte, wie betrunken er war.

»Franz hat sich ja wieder mal mächtig ins Zeug gelegt. Daran sieht man, daß er verrückt nach dir ist«, sagte Delphine zu Mazarine, die sich im Laden zu ihr gesetzt hatte. »Volle sechs Seiten hat er geschrieben.«

»Eigentlich sieben«, sagte Mazarine nur leicht verlegen. Sie war jetzt im siebten Monat, der Leib wölbte sich unter einer geblümten Umstandsbluse mit frischer weißer Schleife. Bis zur vergangenen Woche hatte sie noch unterrichtet, und manche Leute meinten, sie hätte sich in diesem Zustand nicht sehen lassen dürfen, das sei unpassend wegen der Kinder. Sie hätten wohl gern noch mehr gesagt, aber sowie Delphine von Mazarine erfahren hatte, daß sie ein Kind erwartete, hatte sie bei einem Juwelier in Fargo einen Trauring in Mazarines Größe gekauft. »Das wird ihnen den Mund stopfen«, hatte sie gesagt. Wenig später hatte Franz einen Verlobungsbrillanten geschickt, so daß Mazarine nun einen Ring für jede Hand hatte. Sie trug beide und ließ die Leute denken, was sie wollten. Schließlich war Krieg. War es da nicht schön, wenn neues Leben entstand?

Delphine zog die Augenbrauen hoch. »Und die siebente Seite hast du in der Tasche.«

Mazarine hatte ihr den langen Brief von Franz gegeben und nur die letzte Seite behalten, auf der das Persönliche, nur für sie Bestimmte stand. Er wußte, daß Mazarine und seine Eltern sich seine Briefe teilten, weil er nicht oft schreiben konnte. Seit Monaten lebten sie jetzt in einer Dauerspannung, die man besonders in Mazarines Augen sah.

»Jetzt ist es bald zu Ende«, sagte sie. »Ich spüre es. Man muß zwischen den Zeilen lesen.«

Während Delphine sich in den Brief vertiefte, legte Mazarine die Hand auf ihr Kind. Daß ihr schmaler Leib sich so erstaunlich hatte ausdehnen können, fand sie abwechselnd aufregend und lästig. Von anderen Frauen hatte sie Schreckensgeschichten über die Schwangerschaft gehört und war deshalb froh, daß sie nur die ganz normalen Beschwerden hatte – Übelkeit, ein Ziehen in den Brustwarzen, Schlaflosigkeit, Rückenschmerzen. Schwerer zu ertragen als die körperlichen Veränderungen waren die Gefühlswallungen, die oft wahre Tränenströme auslösten. Sie schämte sich, weil sie machtlos dagegen war, und in solchen Augenblicken suchte sie die Einsamkeit, lief bis zum Stadtrand, wo die Weite und ständige Veränderung des Himmels ihr Trost brachten. Heute früh hatten sich noch dunkle Gewitterwolken über dem Horizont aufgetürmt, im Westen fiel der Regen schon in blauen Schwaden, in der Stadt aber war bisher noch kein Tropfen gefallen.

Mazarine tastete nach dem Blatt in ihrer Tasche. Bei allem, was sie dachte und erlebte, war Franz nicht weit. Sie versuchte, ihre extremen Gefühle zu zügeln, erlaubte sich die intensive Realität der Erinnerung nur zweimal täglich, morgens und abends. Dann verdrängte sie ihre Angst um ihn, lag in Gedanken neben ihm und liebte ihn, erlebte erneut den Augenblick, als sie zum ersten Mal ehrlich miteinander gesprochen hatten, wiederholte ihre törichten Streitigkeiten, den schmerzvollen Abschied, den ihre Körper voneinander genommen hatten. Wenn Franz sich tagsüber in ihre Gedanken drängte, versuchte sie sich auf anderes zu konzentrieren – auf die Hausarbeit oder ihre Mutter oder die Kinder, die vor ihr im Klassenzimmer saßen, oder wie jetzt auf den Sonnenschein, der sie und Delphine einhüllte. Während Delphine las, strich Mazarine mit beiden Händen über die weit geschnittene Bluse. Das Kind zappelte und strampelte unter ihren Händen und schlug mit der Faust an ihr Herz.

Delphine faltete den Brief zusammen, steckte ihn in den Umschlag und ging zur Kühlvitrine. Sie holte einen halben Liter Milch heraus und stellte die Flasche Mazarine hin, die sie aufmachte und Delphine zulächelnd trank.

»Und was ist mit dir?« fragte sie – und meinte natürlich die Milch. Als sie den Schatten sah, der die honiggoldenen Augen verdunkelte, begriff sie erschrocken, daß Delphine verletzt war, und fügte rasch hinzu: »Ich hab noch nie gern Milch getrunken.« Delphine nickte nur. Es war schön, daß sie Mazarine etwas geben konnte, was sie in diesem Zustand brauchte, aber daß für sie selbst solche Vorkehrungen nie nötig gewesen waren, schmerzte sie sehr.

Franz wurde dem 439. Truppentransportgeschwader zugeteilt. Die Flieger trugen Aufnäher mit gestickten Adlern, Wölfen, Löwen, Blitzen und zerbrochenen Ketten. Das Geschwader von Franz scharte sich um den zornigen Biber. Er schrieb:

Man fragt sich, wer unsere Abzeichen erfindet – vielleicht einer wie Markus. Aber ich mag meinen Biber, er hat ein boshaftes Gesicht, aus seinen Schulterblättern wachsen Flugzeugflügel, und in der rechten Pfote hat er eine Rakete. Ich muß immer an das denken, was damals passiert ist, Du weißt schon, was, und verstehe mich selbst nicht. Sie hat mir nichts bedeutet, aber das wußtest Du ja. Was Du nicht ertragen konntest, war meine Schwäche. Von dem Mann, der Dir jetzt schreibt, könnte man wohl sagen, daß er ein wenig härter geworden ist, aber vor allem hat er das Glück, die Welt von hoch oben zu betrachten, und aus dieser Warte ist es eine friedliche, keine gefolterte Welt, und seine Liebe erscheint ihm jetzt unschuldig wie die eines kleinen Jungen. Er war ein ganz junger Kerl, als ihr euch zum ersten Mal begegnet seid. Das Fliegen ist auf immer mit jenen geheimnisvollen Stunden verquickt.

Jetzt werden wir unserem Sohn oder unserer Tochter erzählen können, daß wir uns seit der Schulzeit lieben.

Hier ist der Krieg vorbei, wir sind mit Aufräumarbeiten beschäftigt, Du brauchst dir also keine Sorgen zu machen. Das Schlimmste, was uns passieren kann, ist ein Sonnenbrand.

Delphine erfuhr es von einer Kundin, die es morgens im Radio gehört hatte. Abends war dann auch die Zeitung aus Fargo gekommen mit der Schlagzeile ATOMBOMBE TRIFFT JAPSE. Sie breiteten die Seiten auf dem Küchentisch aus und studierten die Schlagzeilen. Schreckensgeschoß hat zweitausendmal mehr Sprengkraft als größte Fliegerbombe. Sonnenenergie Schlüssel zur Explosivkraft. Churchill: Deutsche hatten Geheimnisse. Küchentraum wird Wirklichkeit – Kombination Waschmaschine–Geschirrspüler–Kartoffelschäler kommt noch 1946. Vierfach amputierter Gefreiter James Wilson benützt künstliche Gliedmaßen. Ehemann erschießt Frau, tötet sich selbst beim Tanz. Delphine las: »Truman enthüllte heute diese große wissenschaftliche Leistung und mahnte, die Japaner müßten jetzt mit ›Tod und Verderben aus der Luft rechnen, wie es die Welt es noch nie erlebt hat‹.«

Fidelis beugte sich vor. »Lies alles«, verlangte er. »Alles, was auf der Seite steht.« Delphine fuhr fort: »Mr. Truman erklärte, daß ungeachtet der ganz wesentlich verstärkten Schlagkraft der Bombe die Sprengladung selbst sehr klein ist. Es handelt sich um eine Atombombe, die sich die Energie des Weltraums zunutze macht.«

»Und gleich daneben«, sagte sie, »steht folgendes: Das, was sich die Hausfrau schon immer erträumt hat, eine Kombination aus Waschmaschine, Kartoffelschäler und Geschirrspüler, dazu noch Buttermaschine und Eiskrembereiter, ist heute zum Greifen nah.«

»Nur zum Greifen nah?« Mazarine wiegte ihren kleinen Sohn in den Armen. »Mit anderen Worten: Wir haben uns die Energie des Weltraums zunutze gemacht, aber den perfekten Kartoffelschäler nicht hingekriegt?«

»So sieht es aus«, sagte Delphine. »Und jetzt hört euch das an: ›Wie die Polizei von Bekannten der Familie erfuhr, spielte sich die Tragödie in dem matt beleuchteten Kellerraum von Mr. und Mrs. Michael Wojcik ab, und zwar anläßlich einer Willkommensparty für ihren Sohn Edwin, der als Sergeant aus England zurückgekommen war. Laut Aussage von Gästen hätten drei Paare getanzt, als zwei Schüsse fielen. ›Bist du getroffen, Liebling?‹ hörten sie Rzeazutko fragen. ›Ja‹, erwiderte seine Frau. ›Na gut, dann kann ich ja den Schlußstrich ziehen‹, sagte er und richtete mit der dritten Kugel sich selbst.‹«

»So ein Blödsinn. Lies weiter von der Bombe vor«, sagte Fidelis.

»Eine Bombe entspricht 1.228 Pfund TNT für jeden Mann, jede Frau und jedes Kind in Fargo«, berichtet Delphine.

»Komm, hör auf«, bat Mazarine.

»Der Krieg ist aus«, sagte Fidelis sehr leise und so bewegt, daß die anderen erschraken.

Delphine legte die Zeitung aus der Hand, alle drei hingen nun ihren Gedanken nach. Der Kühlschrank summte, ein Brummer stieß immer wieder gegen das Fliegengitter der Außentür, Wasser tropfte in das Sieb der Spüle. Spatzen tschilpten und stritten. All diese alltäglichen Geräusche gingen Delphine nah. Sie erschienen ihr wie ein Schlüssel zu ihrem täglichen Tun und Treiben, Symbol für ein größeres Ganzes. Wenn sie nur die Muster deuten, tiefer eindringen, Zusammenhänge verknüpfen könnte … Sie war zwischen Schrecken und Erleichterung hin und her gerissen. Weinen täte vielleicht gut. Oder Schreien. Sie ging hinaus und arbeitete lange in dem geordneten Chaos des Gartens, rupfte dicke Büschel von Kreuzkraut und Gänsefuß aus, sog den frisch-säuerlichen Duft abgeknickter Stengel und zerdrückter Blätter ein. Als sie die Hände tief in die Erde bohrte, um die Pfahlwurzel eines kräftigen Löwenzahns herauszuziehen, stieß sie an etwas Rundes, Festes. Das war wohl ein Knochen. Die lagen alle noch da unten, die Knochen, die Schatzie versteckt, und die, die Eva vergraben hatte, die Mäuse, Schnecken und Vögel, die im Garten gestorben waren, kleine Tode und große Tode, das ganze komplexe Geflecht, in dem sich eins vom anderen ernährte. Für immer und ewig, Amen, dachte sie, Wurzel und Knochen herauszerrend, beide dick, kräftig, bräunlich verfärbt. Sie warf alles auf den Abfallhaufen und arbeitete weiter, bis ihr die Hände weh taten und ihr Denken nur noch ein müdes Summen war. *Jetzt kann nichts mehr passieren. Jetzt kommen sie heim.*

Als Junge hatte Franz sich immer vorgestellt, daß er einen Heldentod sterben würde – wenn er denn überhaupt sterben mußte –, in einer Spitfire, nach einem aufregenden Kampf, abgeschossen von einer deutschen Focke-Wulf 190, dem Feindflugzeug, das ihm das liebste war – dunkelblau wie ein Gewitter mit Blitz und Donner und hell wie ein Sonnenaufgang, todbringend, sonnig und schön. Natürlich würde er die Focke-Wulf abschießen, in einem letzten rächenden Feuerstoß. Während sie gemeinsam abschmierten, würden sie sich grüßen. In all der Öde, den Schrecknissen, der Mühsal des täglichen Überlebens in einem realen Krieg hatte er sich in einem Winkel seines Denkens als kindliches Wunschbild den eigenen Triumph bewahrt. Daß ihm letzten Endes ein falscher Schritt zur falschen Zeit, ein verkaterter Monteur, ein pendelndes Drahtseil zum Verhängnis werden würde – damit hätte er nie gerechnet.

Franz war dabei, eine der Versorgungskammern zu betreten, als hinter ihm das Flugzeug startete. Ein Mann vom Bodenpersonal hatte vergessen, ein dickes Drahtseil loszuhaken, das jetzt hinter der aufsteigenden Maschine hin und her schwang. Die anderen Männer duckten sich und machten, daß sie wegkamen. Wäre Franz nur eine Spur schneller – oder auch langsamer – gegangen, wäre er nicht mehr in Reichweite des Drahtseils gewesen, als es zuschlug wie eine lange Lederpeitsche. Mit dem letzten Schwinger, ehe die Maschine es nach oben zog, erwischte es Franz am Kopf, streifte wie ein Finger seine Schläfe. Seine Hand machte noch die Tür auf, aber sein Körper ging nicht mehr mit. Da war kein Gedanke mehr, nicht der Sekundenbruchteil einer Überraschung, nicht der Hauch einer Vorahnung. Sein Blick war immer noch auf den zerschrammten Türrahmen gerichtet.

Mazarine waren Krankenhausgerüche schon immer zuwider gewesen. Die im Staat New York waren nicht anders. In der Halle stieg ihr schaler Zigarettenrauch in die Nase und dann der gnadenlose Geruch nach Äthanol. Als sie die Krankenschwester kommen sah, erhob sie sich zu schnell, und als sie, den zappelnden Kleinen im Arm, auch noch mit der Windeltasche jonglierte, ging ihre Handtasche auf, aber sie hatte nur einen Lippenstift, die Fahrkarte, eine kleine Geldbörse und ein Heft mit Lebensmittelmarken darin, das sich in einem Kamm verfangen hatte. Mazarine hätte gern mehr zum Aufheben gehabt. So tapfer sie auch versuchte, sich zu beherrschen – immer zitterte und bebte irgend etwas an ihr, die Hände, die Knie, das Herz. Delphine hatte sie auf der langen Fahrt quer durchs Land begleitet, um ihr mit dem Kind zu helfen, aber als sie vor der Doppeltür der Station standen, auf der Franz lag, trat sie zur Seite.

»Geh du zuerst.« Sie nahm Mazarine das Kind ab. Von der Anspannung tat ihr die Brust weh, sie konnte kaum atmen. »Ich komme dann nach.«

Sie gab Mazarine einen sanften Schubs, und die folgte der breiten, nüchtern weißen Hinterfront der Schwester. Erst als sie die Hälfte der Patienten hinter sich gelassen hatten, die in langer Reihe im Saal lagen, merkte Mazarine, daß sie die Luft angehalten hatte. Sie atmete so tief ein, daß ihr fast schwindlig wurde. Der Geruch war hier noch schlimmer, denn er hatte alles in sich versammelt, was die Desinfektionsmittel, der keimabtötende Alkohol eigentlich tilgen sollten: die süßliche Ausdünstung von langsam heilenden Wunden, den scharfen Geruch nach altem Urin, den Schweiß der Verzweiflung, die essigscharfe Trostlosigkeit der Resignation. Dabei wußte sie natürlich – und deshalb war sie ja hier –, daß dies die Geretteten waren, die wahrscheinlich am Leben bleiben würden. Dann nahm die Schwester eine Tabelle zur Hand, blieb vor einem Bett stehen und zog den an einer Rollschiene befestigten Vorhang beiseite, damit Mazarine das provisorische Krankenzimmer betreten konnte.

Als die Vorhangfalten den Blick freigaben, wußte sie, daß sie dabei war, aus dem Davor, in dem es Franz in ihrer Erinnerung und ihrer Phantasie gegeben hatte, in das Danach zu wechseln. Bis sie ihn direkt im Blick, bis sie den Schaden registriert hatte, würde er noch unversehrt sein, ein Knabe, ein junger Mann, und beide waren sie noch nicht in der Welt der Erwachsenenliebe mit ihren schrecklichen Kompromissen angekommen. Ich kann das nicht, dachte sie und wußte doch, daß es nicht darauf ankam, was sie konnte oder nicht konnte. Der Mann im Bett lag in tiefem Betäubungsschlaf. Ihr Blick begann am Ende des unter der Matratze festgesteckten Bettuchs und ging langsam an der Gestalt unter der Decke hoch, alle Einzelheiten registrierend, bis sie nicht mehr anders konnte, als ihm ins Gesicht zu sehen.

Der Mann im Bett war, solange er schlief, noch Franz, und deshalb blieb sie bei ihm sitzen und kostete die Illusion aus. Er atmete so flach und langsam, daß sie keine Bewegung der Brust wahrnahm. Die verletzte Schädelseite war dick verbunden, dunkle Blutergüsse zogen sich am Hals entlang. Wie es weitergehen, wieviel zurückkommen würde, ließe sich nicht sagen, hatte der Arzt gemeint. Mazarine legte die Hand um das Handgelenk des Schlafenden, sie spannte und lockerte den Griff, als könnte sie ihre Kraft in ihn hineinpumpen. Sie saß und saß. Der Vorhang, der sie umschloß, war wie eine Leinwand, auf der – quälender und komplexer als der Tod – ihre Zukunft zerlief.

— 15 —

Der Metzgermeister-Gesangverein

Das Denkmal für die Opfer der Luftangriffe auf Ludwigsruhe sollte an diesem Nachmittag enthüllt werden, und alle Metzgermeister aus den umliegenden Dörfern und den weiter entfernten Städten hatten sich hier zum Singen versammelt. Man schrieb das Jahr 1954, und alle Toten des Krieges waren zu Staub geworden. Seit einem Monat war Fidelis auf Besuch in seiner Heimatstadt und probte mit den wenigen Überlebenden. Während der Proben ging Delphine über die wegen ihrer Schönheit berühmten Friedhöfe oder schlenderte durch die reizlosen Straßen mit den klotzigen, mit Hilfe des Marshallplans errichteten Büro- und Wohnhäusern, sah hin und wieder in das Schaufenster eines der Juweliere, bei denen man für billiges Geld schön gearbeitete vergoldete Medaillons bekommen konnte, und kehrte dann zurück in den Garten, in dem ihr Mann als Kind gespielt hatte und wo jetzt das Denkmal stand, unter einem Tuch verborgen und so geschickt verschnürt, daß die Honoratioren es mit einem Griff würden enthüllen können.

Bei der Zeremonie saß sie neben Tante, die den Hals nach den Rednern reckte und sie nicht beachtete. Delphine sah von ihr nur die noch immer eleganten Füße, die jetzt in hellen Lederpumps von bester Qualität steckten. Auf Tantes anderer Seite saßen Fidelis' Bruder und seine Schwägerin mit ihren beiden erwachsenen Kindern und Erich mit seiner Braut. Ursprünglich war der Deutschlandbesuch als verspätete Hochzeitsreise geplant gewesen, aber dann war alles anders gekommen. Auf der Überfahrt hatte Fidelis rätselhafte Schmerzen bekommen, und eine Röntgenaufnahme hatte ergeben, daß die Leber vergrößert und das Herz gefährdet war. Beide litten sie unter chronischer Verstopfung, obgleich sie eimerweise frische Erdbeeren aßen, um sich Erleichterung zu verschaffen. Delphine konnte dem Wortschwall in der fremden Sprache nicht folgen. Der Mund tat ihr weh vom Lächeln, und sie war es leid, ständig freundlich nicken zu müssen. Daß sie so ausgeschlossen war, wurde allmählich lästig. Dabei konnten manche Verwandten nicht genug für sie tun, frühere Bekannte von Fidelis organisierten Picknicks und Campingausflüge, Waldwanderungen, üppige Essen mit Wild und Pilzen aus der Gegend, gaben ihnen selbstgemachte Geschenke und herzten und küßten Fidelis mit geradezu hektischem Entzücken.

Delphine war verwirrt und hilflos, sie wurde nicht klug aus diesen Menschen. Jetzt sah sie sich in der erwartungsvollen Menge um. Die Reden gingen über sie hin wie Wellen, eine nach der anderen. Die Frauen trugen kleine Hüte und altmodisch geschnittene Kostüme in Grau oder Braun, Schuhe mit dicken Sohlen, Stützstrümpfe, keine Handschuhe. Die Kleider hatten Blumenmuster in gedämpften Farben, hauptsächlich Lila und Braun. Auf dem Schoß hatten sie Handtaschen aus weichem Leder. Delphine legte eine Hand über die Augen. Die Sonne tauchte hinter dicken Wolken auf und verschwand wieder. Die Menschen warfen scharf begrenzte Schatten, die sich über die Gesichter der Frauen und um die Handtaschen auf ihrem Schoß legten, an den

Stuhlbeinen heruntergglitten und unter ihren Füßen zusammenflossen. Auch die Fahnen warfen Schatten und zeichneten ein Streifenmuster auf die Honoratioren. Delphine roch den süßen Duft von Gewächshausgardenien, die manche Frauen am Revers trugen, und das brutzelnde Fett einer Würstchenbude im Hintergrund. In dem schwerfälligen Deutsch, das über die Zuschauer hinging, machte sie Untertöne aus, ein summendes Gemurmel, sonderbare Klänge aus einer anderen Quelle, die fast übermächtig wurden – und dann erklommen die Metzger, die in der ersten Reihe gesessen hatten, das Podium und fingen an zu singen.

Die meisten waren dick, aber es waren auch Dünne, Drahtige dabei. Die Stimmen brandeten über die Menge hin, brachen kraftvoll aus kleinen stämmigen Sängern hervor, errichteten eine massive Mauer aus Wohllaut. Delphines Gedanken schweiften ab. Sie horchte auf das, was hinter dem Gesang war, und bald hörte sie keine Melodie mehr, sondern sah nur noch Männermünder, die sich gemeinsam öffneten und schlossen wie die Mäuler brüllender Tiere im Zoo, und plötzlich gab sie das unscharfe Foto ihrer Mutter, das sich groß und flackernd über das heitere Bild legte. Sie dachte an all das, was sich hier abgespielt hatte, die Brände, die Märsche – Ungeheuerlichkeiten, die ihre Vorstellungskraft überstiegen, eine schreckliche Fremdheit, in der sich Unglaubliches getan hatte. Und doch standen nun diese Metzger hier und sangen Lieder, die dem Ohr wohlgefällig waren. Die Stimme ihres Mannes schwang sich hoch in die deutsche Luft empor.

Das Trugbild wich, sie blinzelte benommen. Ein Gefühl der Unwirklichkeit hatte sie erfaßt, ein Klingen war um sie, in dem alle Geräusche zu einem verschmolzen. Dann machte sie große Augen. Als die Hülle gefallen war, als freundlicher Sonnenschein das Denkmal für die Bombenopfer umfloß, als die Metzger das nächste Lied anstimmten, quoll aus ihren Mündern wie aus Schornsteinen Rauch und Asche. Ihre Herzen verglühen, dachte sie, ihr Inneres steht in Flammen, ihre Lungen sind heiße Blasebälge, dabei singen sie weiter, als sei nichts geschehen. Niemand zeigte mit dem Finger auf sie, kein Kind weinte. Unablässig wand sich Schwärze aus den Männerbrüsten wie aus einem Ofenkasten spiralförmig nach oben, Rauch wirbelte, Asche wehte. Dann war das Lied zu Ende. Die dunkle Wolke zerflatterte, übrig blieb nur der teerschwarze Rückstand der Schatten. Delphine war umgeben von lächelnden, nickenden Menschen, die laut klatschten und gar nicht wieder aufhören wollten. Dann ist es also ganz normal, dachte Delphine erschöpft und ebenfalls klatschend, daß aus dem Mund der singenden Metzger schwarze Rauchfahnen in die milde Luft steigen; so etwas zu erleben ist hier ein ganz gewöhnlicher Vorgang.

In ihrem Traum hörte Delphine ein Klopfen. Laut und schnell. Immer drängender, wie von der anderen Seite einer Wand. Ungeduldig. Als sie aufwachte, noch immer in Deutschland und auf einer schmalen, mit weicher Schafwolle gefüllten Matratze an ihren Mann geschmiegt, erkannte Delphine die Laute. Eva verlangte nach Fidelis. Sie würde ihn sehr bald zurückgeben müssen. Delphine wußte, daß es Eva war, denn sie hatte dieses Geräusch schon einmal gehört, hatte schon einmal dieses Klopfen geträumt, und als sie damals in Argus aufgewacht war, hatte sie begriffen, daß Eva im Sterben lag.

Als jetzt das schnelle Klopfgeräusch sie weckte, wußte sie, daß Fidelis seine Krankheit überspielte. Die Zeit – das war eine Armee, die gleich den Metzgern auf die Bühne marschierte. Die Zeit – das war ein Gesangverein, dessen Musik Rauch und Asche war. Delphine rückte noch näher an Fidelis heran, hielt den Schlafenden fest, spürte das regelmäßige Seufzen seines Atems, das summende Blut, den mühsamen Schlag seines Herzens.

In ihrem letzten Brief aus Europa nach North Dakota schrieb sie an Markus:

> *Es geht ihm nicht sehr gut, es wird wohl Zeit, daß er sich einmal gründlich untersuchen läßt. Bitte behalte unsere neuen Aushilfen im Auge, und notiere, wann sie zur Arbeit kommen. Wir werden zu gut verpflegt (überall gibt es Sauerbraten und Wild und Kuchensorten, von denen ich bisher nichts wußte), und ich kann es kaum erwarten, endlich heimzukommen. Mazarine soll Johannes einen Kuß von mir geben, wenn er lange genug stillhält, und ihrer Mutter Kohletabletten gegen die Blähungen.*

Als Fidelis von Bord der USS Bremen ging und in das Gewühl von New York eintauchte, machte ihm die ungewohnte Erschöpfung zu schaffen, gegen die er schon auf der Überfahrt vergeblich angekämpft hatte. Zwölf, vierzehn Stunden hatte er geschlafen und mittags noch ein Nickerchen gemacht. Sie verwirrte ihn, diese Erschöpfung. Ganz allmählich hatte sie sich angeschlichen, und jetzt hatte er sie nicht mehr im Griff. Sein Herz war seit zehn Jahren krank, nur wußte er das nicht. Als sein Sohn in den Wäldern von Minnesota an ihm vorbeimarschiert war und sich für ein Lager mit Pfosten und Stacheldraht und gegen seinen Vater entschieden hatte, war Fidelis das Leiden, das seine

Herzkranzgefäße nach und nach verstopfen und dann zerstören sollte, zum ersten Mal bewußt geworden. Als das Telegramm mit der Nachricht von Franz' Unfall gekommen war und später dann der Brief, der ihm Emils Tod meldete, hatte es ihm buchstäblich das Herz zerrissen. Als Franz heimgekehrt war, nur um in hilflosem Zorn aus dem Leben zu schwinden, war ein Teil von Fidelis ihm gefolgt. Für einen Menschen aber, der von Geburt an immense Kräfte besessen hatte, war Schwäche ein Fremdwort. Fidelis wollte nicht akzeptieren, daß er krank war. Er ignorierte seinen Körper, mißachtete seine Bedürfnisse, hielt an den alten Gewohnheiten fest, als könnten sie ihm seine Kraft zurückbringen.

Jetzt zündete er sich, obwohl er Schmerzen und Enge in der Brust spürte, eine türkische Zigarette an, eine von denen, die er in Deutschland gekauft hatte. Während er, langsam und mit schweren Schritten hinter Delphine hergehend, am Zoll auf die Abfertigung wartete, dachte er daran, wie er vor vielen Jahren in einer ähnlichen Schlange gestanden und sich an seinen Vater erinnert hatte, der die Würste in dem großen kupfernen Wurstkessel brühte; er dachte an die massigen roten Unterarme und Hände, mit denen er die Wurstketten in den Dampf hob. Wieder sah Fidelis über allem das breite Gesicht seines Vaters, ruhig, diszipliniert, schweißnaß. Er wischte sich mit einem dicken Baumwolltaschentuch die Stirn, ging breitbeinig, um festeren Stand zu haben. Ihn schwindelte. Der gute Mantel, den er in Ludwigsruhe gekauft hatte, war zu warm für dieses Wetter. Das Jetzt und das Einst kollidierten. Die Tage zwischen seiner ersten und seiner zweiten Ankunft waren wie zahllose auf einem Tisch ausgebreitete Spielkarten, jede mit ihrer eigenen Farbe, ihrem eigenen

Wert. Plötzlich kam eine feste Hand und schob sie zu einem erdrückenden Pack zusammen. Die Tage stürzten in sich zusammen, einer über dem anderen.

Die Zigarette fiel ihm aus der taub gewordenen Hand. Er sah zu, wie sie, noch brennend, von seinen Schuhen abprallte. Und dann roch er plötzlich ihren aromatischen Rauch dicht vor seiner Nase und lag in einem Meer aus fleckig-schmierigem Linoleum. Wie damals, als er aus dem Krieg gekommen war, hörte er das Licht singen, das weiter hinten auf dem Fußboden glänzte, dort, wo niemand ihn betreten durfte und das Bohnerwachs noch frisch und neu wie am Morgen war. Fidelis wunderte sich über diese Musik, die vertrauten Stimmen. Er kauerte auf allen vieren auf dem Boden wie ein Tier. So brachen die Tiere zusammen, aber das ist doch eine Ankunftshalle und kein Treibgang, dachte er benommen. Er bildete sich ein, daß er aufgestanden war, sich den Mantel abgeklopft und ein paar Schritte getan hatte, doch dann merkte er verwirrt, daß er sich nicht vom Fleck gerührt hatte und noch immer den Fußboden anstarrte.

Sein Leben lang hatte es einmal in der Woche einen Schlachttag gegeben, und immer war Fidelis zur Stelle gewesen, um dem Tod zur Hand zu gehen. Den Strudel des schmutzigen Fußbodens vor sich, begriff er, daß jetzt er an der Reihe war. Wer würde ihm diesen Dienst tun? Er breitete die Arme aus, die Beine wurden steif, dann fiel er zu Boden. Jemand drehte ihn auf die Seite, jemand nahm seine Hand. Delphines Gesicht flimmerte durch sein Blickfeld. Sie hatte sich hingehockt, beugte sich über ihn und machte vertraute Mundbewegungen. Er wußte, was sie sagte, und wollte antworten, aber es ging nicht. Zu seiner Überraschung brachte er den Mund nicht auf, konnte die Hände nicht bewegen. Nichts gehorchte ihm mehr. Sein Herz krampfte sich zusammen. Ein qualvoller Schmerz weitete ihm die Augen. Delphines Gesicht verschwand. Das Licht wurde trübe, der Gesang verstummte.

— 16 —

Step-and-a-Half

Im Alter wurde Step-and-a-Half so schön, wie vom Wind beschliffene Steine schön sind oder die gebleichten Gebeine eines Rehs. Die Jahre ließen die Symmetrie ihrer Züge hervortreten, die noch immer kräftigen elfenbeinfarbenen Zähne, die Anmut der Hände, der geraden Arme und Beine. Das Weiß der Haare, die in zwei würdevollen Wellen die glatte Stirn überwölbten, hatte eine ungewöhnliche Leuchtkraft. Das Alter, die Aufgaben als Geschäftsfrau und die Schlaflosigkeit, die sie nach wie vor plagte, zwangen sie jetzt häufig zu Betrachtungen, denen sie sich hatte entziehen können, solange sie in Bewegung war. Ehe sie nach Argus kam, war sie kreuz und quer durch North Dakota gewandert. Sie hatte in Gräben und an dicht bewachsenen Flußufern geschlafen, ab und zu auch in einer Scheune oder auf einer Veranda. Mit ihren langen Schritten schaffte sie zwanzig, dreißig Meilen am Tag, und die Weite des Landes schenkte ihr tröstliche Betäubung. War sie an einem Ort angekommen, wußte sie oft nicht mehr, wie sie dorthin geraten war. Die Ankunft war ein Rätsel für sich – woher sollte sie wissen, daß sie angekommen war, wenn sie doch kein Ziel hatte? Argus aber bedeutete ihr längst Ankunft. Und weil sie immer öfter dort ankam und schließlich blieb, begann sie das zu sammeln, was das Wesen dieser Stadt ausmachte.

Wenn sie sich jetzt umschaute, sah sie die Menschen aus der Trödlerperspektive. Sie erlebte die Bewohner von Argus in den Gassen, wo sie ihren Müll verbrannten, auf den hinteren Veranden – nicht vorn, wo immer Ordnung herrschte –, auf denen sie ihre Lumpen bereitlegten. Sie sah nicht das, was sie trugen, sah nicht die Fassade, die sie der Welt zeigten, sondern erkannte ihre Mitbürger an dem, was sie wegwarfen, ausrangierten, für wertlos hielten, erkannte sie an dem Abfall, und die Abfälle erzählten ihre Geschichten.

Die Flaschen in Gus Newhalls Mülltonne verrieten das offene Geheimnis seines Broterwerbs in Schmugglertagen. Die Bouchards pflegten im Streit Teller zu werfen, bei ihnen waren immer Scherben zu holen, die sich oft wieder kitten ließen – anders als die Ehe, denn die zerbrach. Pouty Mannheim warf beide Socken weg, wenn an einem die Spitze kaputt war, als Junggeselle gab er sich nicht mit Sockenstopfen ab und trennte sich bedenkenlos auch von der übriggebliebenen Hälfte des Pärchens. Step-and-a-Half fand das zwar anerkennenswert, sein liederlicher Umgang mit der Fußbekleidung verriet ihr aber auch, daß er eines Tages bankrott machen würde. Bei seiner Mutter waren es die Bonbonpapiere, die ihr heimliches Laster verrieten. Sie blieb zwar gertenschlank, verlor aber nach und nach alle Zähne, was viele Leute wunderte, Step-and-a-Half allerdings nicht. Sie fand schlimme Dinge – tote Haustiere, zerrissene Liebesbriefe, von Blut, Krankheit und Verfall getränktes Bettzeug. Sie fand schöne Dinge – Noten und Bücher, die sie behielt, obwohl sie nicht las, verlorenes Kinderspielzeug, das sie sorgfältig säuberte und auf Fensterbänken ablegte. Sie fand eine hölzerne Handprothese und ein Glasauge. Eine Dose mit fünfzig merkwürdigen blauen Samen, die sie in eine Kaffeedose voll Erde steckte, und aus einem wurde eine üppige weiße Blüte, die aussah wie der Helm eines Operettensoldaten und nach Sex und Zimt roch. Sie fand Rasiermesser, die sich schärfen, Reifen, die sich reparieren ließen, Maschinenteile und Stöße alter Kleidung, die sie als Lumpen losschlug und von deren Erlös sie Mehl für ihr Brot kaufen konnte und manchmal auch Butter zum Draufstreichen. Sie hatte eine goldene Taschenuhr gefunden, ein Radio, eine Spieldose, die ein paar Takte einer zarten Melodie klimperte. Eva hätte ihr sagen können, daß es eine Weise von Mozart war. Sie hatte einen unversehrten Rinderbraten gefunden, eine Schachtel Pralinen, sechs nagelneue, duftende rosafarbene Seifenstücke. Pfefferminzbonbons und Cracker und leicht angeschimmelte Sofakissen. All das fand sie auf Müllhalden, in brennenden Tonnen, am Fluß, in Gräben, hier und da auf der Straße. Ihren zweifellos spektakulärsten Fund aber hatte sie aus Mrs. Shimeks Abort gefischt.

Es war ein Fund, der ihr Leben bestimmt, eine Entdeckung, die ihre Wanderungen definiert, ihren Gedanken eine Form gegeben und ihr zu einem Gefühl verholfen hatte, zu dem sie sich nicht oft bekannte, dem sie aber immer wieder folgte. Nach über vierzig Jahren erinnerte sie sich noch wie heute an das Drama, das sich vor ihren Augen abgespielt hatte wie auf einer Bühne.

Es war eine stille, sehr kalte Nacht gewesen. Der Mond stand als ferne, gleißende Scheibe am Himmel. Ein früher Frost hing in der Luft dieses Oktobertages, aber tiefe Temperaturen schreckte Step-and-a-Half nicht, außerdem verstand sie es, sich so einzupacken, daß die Körperwärme erhalten blieb und sie vor dem Wind geschützt war. Damals war sie schon so lange in Argus, daß ihr der Tagesablauf der Stadt vertraut war. Wenn die Schenken schlossen, die Türen zuschlugen, die Herdfeuer auseinandergezogen, die Vorhänge geschlossen und die Hunde zum Schweigen gebracht waren, begann sie ihre Runde. Am Haus der Shimeks blieb sie selten stehen, denn außer vielfach ausgekochten Knochen, verfilzten Haarballen und schmutzigem Zeitungspapier war dort nichts zu holen. Auch in jener Nacht wäre sie vorbeigegangen, hätte sie nicht aus dem verwitterten Abort ein Stöhnen gehört. Der Laut war ihr irgendwie vertraut und gleichzeitig nicht recht geheuer, aber sie brachte es nicht fertig weiterzugehen. Noch viermal und jedesmal intensiver, animalischer hörte sie das Stöhnen und begriff, daß da ein Mensch war, der Hilfe brauchte. Sie hatte sich gerade dazu durchgerungen, etwas zu unternehmen, als Mrs. Shimek, damals jung verheiratet, eine harmlos-dümmliche, rotwangige Person von kräftiger Statur, aus dem Abort stürzte und torkelnd davonging wie ein betrunkener Farmer.

Im Schatten des halbhohen Eschen-Ahorns verborgen, beobachtete Step-and-a-Half, wie die Frau im Haus verschwand, in dem kein Licht brannte, und wäre einfach weitergegangen, hätte sie nicht aus dem Abort wieder ein Geräusch gehört – ein einziges, heiser-empörtes Quäken. Im Mondlicht sah sie, daß Sitz und Boden des Aborts glitschig waren von Blut. Mrs. Shimeks Mann hatte die Arbeit nicht erfunden, deshalb hatte er nicht, wie im Herbst üblich, ein neues Loch gegraben und das Häuschen ein Stück weitergerückt, und das erwies sich in dieser Nacht als Glücksfall, denn der Arm von Step-and-a-Half war gerade lang genug, um in dem noch nicht gefrorenen Unrat die Ferse des Neugeborenen zu packen. Das Kind hatte seine Nachgeburt mit der Nabelschnur herausgezogen, und Step-and-a-Half durchtrennte die Schnur kurzerhand mit ihren scharfen Zähnen. Mit einem Finger säuberte sie den Mund des Kindes, hauchte ihm ihren warmen Atem ins Gesicht, dann öffnete sie ihren Mantel, zog die Strickweste hoch und knöpfte die drei Kleider auf, die sie übereinander trug. Sie legte sich das gekrümmte Würmchen auf die nackte Haut und deckte die Kleider und die Strickweste darüber. Sie hatte diesen einen Schrei gehört, ehe das Kind, die entscheidenden zwei Zentimeter tiefer gerutscht, nicht mehr hatte schreien können, und genau mit dieser Spanne, mußte sie oft denken, während sie Delphine aufwachsen sah, war diese immer wieder einem drohenden Unglück entkommen.

Doch diese Überlegungen kamen später, nachdem Step-and-a-Half Zeit gehabt hatte, ihre Entscheidung zu bereuen. Zunächst war es ihr ganz selbstverständlich, das Kind an den Ort mitzunehmen, den sie – wie eine herumstreifende Wölfin – als ihre zeitweilige Höhle betrachtete. Nur für ein paar Wochen hatte sie in der Scheune und dann im Haus des ledigen Farmers am Rand von Argus Station machen wollen. Roy Watzka war fast zwanzig Zentimeter kleiner als Step-and-a-Half, hatte sich aber trotzdem in sie verliebt. Er würde sie heiraten, hatte er gesagt und eifrig Pläne geschmiedet. Er würde ihr eine Milchkuh kaufen und einen goldenen Ring. Einen Wagen mit einem kräftigen Grauen. Er würde das Drehorgelspielen lernen, um sie in Winternächten zu unterhalten. Aber sie dürfe nicht mehr auf Wanderschaft gehen, hatte er gesagt, sie würde bei ihm bleiben und seßhaft werden müssen.

Daß er sich damals wie ein solider Bürger gebärdete, hatte sie bewogen, das Kind zu ihm zu bringen. Als sie sich in Bewegung setzte, wand es sich zuerst stumm, sog dann ein wenig Luft in die winzigen Lungen und stieß einen kurzen, lauten, abgerissenen Schrei aus, der so traurig klang, als wüßte es – so wie Step-and-a-Half es wußte –, daß es jetzt zum Leben verdammt war.

Als Step-and-a-Half zu Roy Watzkas Haus kam, einer Hütte aus Brettern und Teerpappe, aber kompakt und ordentlich gebaut, war die Kleine schon ziemlich lebendig und suchte verzweifelt nach einer Brust. Roy hatte eine Ziege, die milde Milch würde dem Kind wohl nicht schaden. Step-and-a-Half klopfte, befahl ihm, das Feuer zu schüren und die Ziege zu melken. Natürlich hatte sie ihn aus dem Schlaf geholt, und er stand in seinen ausgebeulten langen Unterhosen da und sah verdattert zu, wie sie den Mantel aufknöpfte und in ihren drei Kleidern herumwühlte. Meist interessierten ihn ihre Fundstücke, manchmal waren sie ihm auch peinlich, und dieses machte ihm angst.

»Heiliges Kanonenrohr.« Er warf die Arme gen Himmel und rang die Hände. »Das ist ja ein Baby, Minnie!«

Das Kind und die Frau, die es hielt, sahen ihn streng an. Das Baby war mit Brocken von angetrocknetem, stinkenden Zeug bedeckt und fing in der Kälte an zu zittern und zu jammern. Die Frau, die Roy in einer romantischen Anwandlung Minnie getauft hatte, legte die Kleine rasch wieder an ihre Brust und deckte sie zu.

»Schnell, sie ist elend dran.«

Er warf zwei Scheite in den Herd, fuhr in den Overall und rannte mit dem kleinen Eimer aus dem Haus. Die überraschte Ziege trat zuerst verschlafen nach ihm, dann fügte sie sich in das Unvermeidliche und ließ sich melken. Als er wieder hereinkam, hatte Minnie zwei Töpfe mit Wasser aufgesetzt. In einem kochte sie einen Lappen aus, in dem anderen wurde Waschwasser für das Baby warm. Nachdem Minnie den Lappen zu einer Zitze gedreht, immer wieder in die Milch getaucht und das kleine Mädchen damit gefüttert hatte – ein langwieriges Verfahren –, wischte sie es sauber, klemmte eine Wäscheklammer auf den Stummel der Nabelschnur und windelte das Kind mit Streifen von einem flanellenen Kissenbezug.

»Komm, gib sie mir«, sagte Roy. Zuerst kam er sich ein bißchen komisch vor und mußte erst lernen, sich so zurechtzurücken, daß er ein Baby halten konnte, aber er hatte es schnell raus. Roy Watzka besaß sogar einen Schaukelstuhl, bei dem allerdings die Verbindungen nachgeleimt werden mußten. Während er sich hin und her wiegte, der Schaukelstuhl leise quietschte und die Dielenbretter darunter in einem etwas tieferen Ton knarrten, betrachtete er Minnie, die im Schein der Petroleumlampe ihre Strickweste und zwei Kleiderschichten ablegte und sich im Schutz des Kleides, das ihrer Haut am nächsten war, ausgiebig säuberte.

Sie machte das sehr gründlich, mit Einseifen, Rubbeln und Abspülen. Sie wusch sich das Gesicht, den Hals, die Ohren. Sie wusch sich den Ausschnitt und den Hals unter dem Kragen. Dann drückte sie den Lappen aus, seifte ihn wieder ein, streifte das Kleid von ihren Schultern, knöpfte es hinten auf und wusch sich die Brüste, die er nie gesehen hatte und auch nie zu Gesicht bekommen sollte. Sie knöpfte das Kleid wieder zu, dann stellte sie, noch immer mit dem Rücken zu ihm, ein Bein auf einen Stuhl und zog eine Socke aus. Sie wusch die Innenseite des Beins, wusch sich zwischen den Beinen, stellte das andere Bein hoch, zog die zweite Socke aus und wusch auch das. Das restliche heiße Wasser schüttete sie in die Schüssel auf dem Boden, setzte sich Roy gegenüber und stellte die Füße hinein. Dann sah sie still zu, wie er das Kind wiegte. Die schrägen Augen waren wachsam wie die Augen eines Falken. Er hätte gern gewußt, was sie dachte, traute sich aber nicht zu fragen, weil er fürchtete, daß sie sich in Gedanken damit beschäftigte, wieder auf Wanderschaft zu gehen – womit er natürlich recht hatte.

Er hatte kein Verständnis dafür, niemand hatte das. Die meisten Menschen waren für Step-and-a-Half eine andere Spezies, keiner von denen konnte nachvollziehen, was in ihr vorging, sie ahnten nichts von dem unwiderstehlichen Drang, Tag für Tag ihren Gedanken davonzulaufen. Wenn sie zu lange stehenblieb, würde sie womöglich das Kind sehen, das mit geschlossenen Augen an der Brust seiner toten Mutter trank. Oder den kleinen Jungen, der sich die Arme vors Gesicht gelegt hatte, als hoffte er, dadurch unsichtbar zu werden, und den das Geschützfeuer in Stücke gerissen hatte. Später hatte sie erfahren, daß ein Kind drei Tage in einem Schneesturm überlebt hatte und gerettet worden war, obwohl man es in einer gefrorenen Blutlache – dem Blut seiner Mutter – aufgefunden hatte. Es trug ein Mützchen, auf das mit Perlen eine amerikanische Flagge gestickt war. Wer würde nicht versuchen, sein Leben lang solchen Erinnerungen davonzulaufen? Nur wenn sie in Bewegung blieb, konnte sie all das hinter sich lassen, woran sie sich erinnerte und nicht erinnerte, und die Räume, die sie durchmaß, waren beruhigend frei von menschlicher Grausamkeit. Ein herzloser Himmel, gnadenloser Wind, Kälte, sengende Sonne – das waren Erscheinungen, die sie akzeptieren konnte. Das Rauschen des Windes übertönte das Zischeln und Rieseln der Lakota-Sprache und jener anderen, ihrer ersten Sprache, die sie mit ihrem Vater gesprochen hatte. Noch als alte Frau sah sie sein überraschendes Lächeln, als sie auf der schneeharten Erde unter einem Dach aus pfeifenden Kugeln gelegen und sich angesehen hatten, und hörte ihn sagen: »Geh heim, gewehn, n'dawnis. Sag ihnen, daß es vorbei ist.« Das Donnern aus den Wolken übertönte sein Schweigen wie auch das Schweigen der leblosen Körper, die in den glitschigen Abgründen lagen, in denen der Wind tagelang klagte, bis auch seine Stimme nach und nach vom Schnee erstickt wurde.

Wer würde da nicht wandern? Wer könnte da seßhaft werden?

Seit damals streifte sie ruhelos umher. Roy konnte nicht von ihr verlangen, daß sie darauf verzichtete. Sie wußte, daß sie ihn mit dem Kind allein lassen würde, wußte aber noch nicht, daß sie, auch wenn sie sich dagegen sträubte, immer wieder zurückkommen, daß sie ihm Geld geben würde, damit das Kind keine Not litt, daß sie hin und wieder ungeschickte Ansätze machen würde, sich um die Heranwachsende zu kümmern. Da wußte sie noch nicht, daß Roy sie fotografiert hatte, wußte kaum, was ein Foto war. Und sie begriff nicht, daß sie damals schön war, so schön wie jetzt im Alter, umringt von ihren Erinnerungen.

Jetzt hielt sie sich hauptsächlich in dem kleinen Zimmer über dem Laden in einer Nebenstraße von Argus auf und ging nur hin und wieder vor die Tür. Manchmal zog es sie noch zurück auf die Landstraße, und dann beschwichtigten die Meilen, die ihren Körper auszehrten, noch immer zeitweise ihre Qual und bewahrten sie vor dem Nachdenken. Immer öfter mußte sie jetzt ruhen. Nach dem Mittag legte sie sich ins Bett, unter Decken, die sie aus ihren besten Fundstoffen genäht hatte – dem dicken, gemusterten Samt, dem schweren Satin, der zarten Seide. Ehe sie dann unter den Flickendecken einschlief, in die ihre Erinnerungen eingenäht waren, kamen die Bilder und zwangen sie, Überraschendes und vermeintlich längst Vergessenes noch einmal zu durchleben.

Wieder kam sie an Fidelis vorbei, dem Metzger, dessen Koffer sie für gänzlich leer gehalten hatte, so mühelos nahm er ihn von einer Hand in die andere, als er damals in die Stadt kam, um Arbeit zu suchen. Später erfuhr sie, daß in dem Koffer seine kostbaren Messer gewesen waren. Eines Tages wurde der Koffer wieder gepackt, aber nicht mit Messern und Würsten. Er reiste zurück nach Deutschland. Sie sah Evas Söhne vor sich und durchlebte erneut Schock und Trauer um den Tod der Freundin. Sie sah, wie der eine Sohn aus dem Berg gerettet wurde und wie der andere in die Wolken stieg und sich in Delphines kleine Schwester verliebte. Sie sah Roy vor sich und war froh, daß er ihre Fotos mit ins Grab genommen hatte und nichts von ihr auf Erden bleiben würde. Sie erinnerte sich, wie er schon früh behauptet hatte, er habe sich aufs Trinken verlegt, um ihr zu zeigen, daß er ohne sie nicht leben konnte. »Red kein Blech«, hatte sie gesagt und war gegangen.

An jenem Tag hatte Delphine auf der Erde gespielt, war hinter ihr her getappelt – sie war zu klein, um sich später daran zu erinnern – und hatte nur dieses eine Mal *Mama?* gerufen. Und Step-and-a-Half hatte sich hingehockt und der Kleinen in das Gesicht mit den frischen Wangen und in die schönen Augen gesehen. Ihr Herz hatte sich in Sorge zusammengezogen, und dann hatte sie sich sagen hören: »Deine Mutter ist tot.« Das Gesicht der Kleinen war plötzlich erstarrt – in diesem Alter ist man ja gerade erst dabei zu begreifen, was »tot« ist –, dann hatte sie sich wieder gefaßt und Step-and-a-Half unerschrocken angesehen – vielleicht spürte sie, daß sie beide aus dem gleichen Holz geschnitzt waren –, hatte die kleine Faust geballt und Step-and-a-Half, so fest sie konnte gegen die Stirn geschlagen. Die hatte sich die schmerzende Stelle gerieben und gesagt: »Gut. Wer überleben will, muß hart sein.«

»Meine Mutter kommt wieder«, hatte Delphine verkündet, als wäre *Totsein* ein Ort wie *Himmel* oder *Straße*.

Totsein ist etwas, was einem auch an der nächsten Ecke begegnen kann, dachte Step-and-a-Half. Delphines Mutter aber war nie fortgegangen, sie lebte gar nicht weit von Delphine, fröhlich verschlampt in einer baufälligen Bude, die sich dunkel vor den tiefhängenden Wolken abhob. Und auch Delphine lebte – und gar nicht mal schlecht. Step-and-a-Half freute sich immer, wenn sie Delphine und ihre Schwester in dem Blumengeschäft sah, das sie sich aufgebaut hatten, zwei Frauen mit Löckchenfrisur, inmitten von Kübelpflanzen, Treibhausblumen und in dem fruchtbaren Boden des Schlachthofs gezogenen Beetpflanzen. Der Schlaf zog Step-and-a-Half tiefer unter die Flickendecke der Argus-Tage und Argus-Jahre, sie sträubte sich nun nicht mehr, sondern gab dem Sog der Träume nach. Vor ihrem Fenster stand ein quadratisches Stück Himmel. Sie entspannte sich und ließ sich in das Blau hinaustragen. Die Decke lag tröstlich und vertraut an ihrem Gesicht. In den Quilt war auch ein Stück von einem zerrissenen Hemd eingenäht, das die gute Siouxfrau ihr damals geschenkt hatte. Sie solle es unter dem Mantel tragen, hatte sie zu der kleinen Step-and-a-Half gesagt.

Ein Restchen des Geisterhemdes hatte Step-and-a-Half getreulich aufgehoben, ein Stück vergilbten Musselin mit ein paar zerschlissenen Fransen. Sie legte die Hand auf das verblaßte Bild einer Krähe mit schwarzen Augen und geöffnetem Schnabel und die Wange an die weiße Mondsichel. Manche Leute sagten, die Geistertänzer hätten geglaubt, solche Hemden können sie kugelfest machen, aber für Step-and-a-Half war klar, daß die Tänzer weder dumm noch in einem Irrglauben befangen waren, sondern einfach etwas wußten, was fast alle vergessen hatten außer dem Wind: wie nah die Toten sind. Nur ein Lied entfernt von den Lebenden. Sie hatte an jenem Abend, ehe die schweren Geschütze losdonnerten, die trunkenen Lieder der Soldaten gehört, mal rauh, mal whiskeyweich klangen die Männerstimmen in der frostigen Dezemberluft. »Aura Lee«, »Ault Lang Syne«, »Calpurnia, the Faithful«. Im Zelt erklang das traurig-sanfte Wiegenlied, das die Mutter in die weichen Wirbel der schwarzen Kinderhaare hineinsang. Nein, die Tänzer wußten ganz genau, was ihnen geschah, es war ihnen vorausgesagt worden, aber wer so ein Hemd trug, konnte die Toten besuchen und sich von ihrem Gesang trösten lassen.

Unter der Flickendecke hörte Step-and-a-Half sie draußen: die ungestümen Klagen von Frauen. Männer bei der Singestunde. Die Tonleiter herauf und herunter. La-la-la-... Nebelhörner aus Akkorden. *Adeline est morte. Elle est morte et enterrée.* Ina'he'kuwo-'Ina'he'kuwo. *Ich weiß nicht, was soll es bedeuten.* Die Lieder jagten über die Felder, trafen auf Bäume und Telefonkabel, zwängten sich durch die Straßen von Argus wie durch einen Trichter. Der Gesang schwappte über die Dächer und sank in die Schornsteine, fing sich in Gassen oder beugte mit leisem, unmelodischen Knarren die Zweige, klang freudvoll oder großspurig – alberne Balladen, strenge Choräle, deutsche Seemannslieder und die Paddelsongs der Voyageurs, der kanadischen Kanufahrer, vaterländische amerikanische Gesänge. Dann wieder Wiegenlieder der Cree, Schwitzhüttengesänge, verlorene Geistertanzlieder, Zählreime, Hymnen an den Schnee. Unsere Lieder reisen um die Welt. Wir singen einander etwas vor. Keine einzige Note geht verloren, kein Lied ist ein Original. Sie kommen alle vom gleichen Ort und gehen zurück in eine Zeit, da nur die Steine heulten. Step-and-a-Half summte im Schlaf und verlor sich in ihrer eigenen Weise, einem Plunderhaufen aus verschlissenen Liebesliedern und Jägerweisheiten, Hausierersprüchen, Texten, die aus einem Grashalm kamen oder einem Wolkenfetzen oder einem prophetischen Schweinsfuß in einer Welt, in der Metzger singen wie die Engel.

Danksagungen

Ich danke euch, Diane Reverand, Andrew Wylie, Trent Duffy, Terry Kartne, Lisa Record, Jen Mundt – und vor allem Ralph Erdrich, meinem Vater.

In der mündlichen Überlieferung des Massakers von Wounded Knee heißt es, zwei Menschen aus dem Norden, Cree oder Ojibwa, seien zusammen mit Bigfoots Leuten gestorben. Ich habe oft an sie denken müssen.

Mein Großvater, seinerseits Metzger, hat im Ersten Weltkrieg auf der Seite der Deutschen in den Schützengräben gekämpft. Seine Söhne dienten im Zweiten Weltkrieg auf amerikanischer Seite. Dieses Buch ist Fiktion – bis auf den Ochsenmaulsalat, den Bullenschwengel und die kurze Karriere meiner Großmutter als menschlicher Tisch in einer Akrobatennummer.